HEYNE BÜCHER

Das Buch

In einer stürmischen Gewitternacht des Jahres 1969 bricht in Shadow's Gate das Chaos aus. Um den charismatischen Magier Thorne Blackburn hatte sich dort eine Gruppe von Menschen geschart, die auf der Suche nach alten Kulten, Ritualen und Weisheiten war. Für diese Nacht hatte der Magier ein ganz besonderes Ritual vorbereitet – dann aber ist Thorne Blackburn auf einmal verschwunden. Katherine, seine Lebensgefährtin und Mutter eines seiner Kinder, liegt tot auf dem Altar.

Die Geschehnisse dieser Nacht liegen mehr als 30 Jahre zurück, als Truth Blackburn, die Tochter Thorns und Katherines, damit konfrontiert wird. Lange Jahre hatten der Haß auf den Vater und die Trauer um ihre Mutter sie daran gehindert, sich mit ihrer Familie auseinanderzusetzen. Der Tod ihrer Tante und die seltsame Erbschaft, die sie Truth hinterläßt, zwingen die junge Frau, sich auf die Suche nach der Wahrheit zu begeben. Was geschah wirklich in jener Nacht? Besaß ihr Vater tatsächlich magische Kräfte? Was wurde aus ihren Halbgeschwistern? Truth fährt nach Shadow's Gate, an den Ort, wo die tödliche Séance stattgefunden hatte. Doch dort ist sie dem charismatischen Julian Pilgrim im Weg, der fanatisch ein Ziel verfolgt – das Tor zu den Göttern zu öffnen …

Die Autorin

Marion Zimmer Bradley ist die Autorin von *Die Nebel von Avalon*, einem Buch, das weltweit monatelang auf den Bestsellerlisten stand. Marion Zimmer Bradley lebt in Berkeley, Kalifornien.

Im Heyne Verlag liegen vor: *Trommeln in der Dämmerung* (01/9786), *Die Tänzerin von Darkover* (01/10389), *Die Teufelsanbeter* (01/9962), *Das graue Schloß am Meer* (01/10086), *Der Tigerclan von Merina* (01/10321), *Das Amulett von Ruwenda* (01/10554), *Die Zauberin von Ruwenda* (01/9698), *Hüter der Träume* (01/10340).

MARION ZIMMER BRADLEY

GEISTERLICHT

Roman

Aus dem Englischen
von Andreas Nohl

WILHELM HEYNE VERLAG
MÜNCHEN

Heyne Allgemeine Reihe
Nr. 01/10394

Die Originalausgabe
GHOSTLIGHT
erschien 1995 bei Tom Doherty Associates, Inc., New York

Umwelthinweis:
Das Buch wurde auf chlor- und säurefreiem Papier gedruckt.

Printed in Germany 1999
Umschlagillustration: Enrique Nieto und Klaus Holitzka/Agentur Holl
Umschlaggestaltung: Atelier Ingrid Schütz, München
Satz: Leingärtner, Nabburg
Druck und Bindung: Elsnerdruck, Berlin

ISBN 3-453-15179-8

http://www.heyne.de

Prolog

30. April 1969, Shadowkill, New York

Der wilde Frühlingssturm schlug mit unermüdlicher Heftigkeit gegen das alte Haus, als versuchte er, sich zu dem, was darin vorging, Zutritt zu verschaffen. Lichtfetzen schnitten mit staccatoartiger Intensität die Personen aus dem Dunkel des Raums, erleuchteten die Szenerie wie für das Skalpell eines dämonischen Chirurgen.

Es war ein runder Raum, und seine einzigen Fenster lagen in der Kuppel darüber. Unter diesen Fenstern wurde ein Ritual abgehalten, das so alt war wie das Land, auf dem das Haus stand. Zwischen den Blitzen sorgten allein die Kerzen in den Händen der Teilnehmer für die Beleuchtung, doch sie reichte aus.

Eine nackte Frau ruhte auf einem drapierten Holzaltar, ihr Körper glänzte von Öl. Ihr schwarzes Haar war fächerförmig über den Fellen und dem Samt ausgebreitet, auf denen sie lag. Hinter ihr stand eine Frau in rotem Gewand, die ihren Kopf zurückgeworfen hatte, in ekstatischer Vereinigung mit jenen Kräften, die in dieser Nacht herbeigerufen worden waren. Ihre Hände wölbten sich über den Schläfen der Entkleideten, und sie rief kontrapunktisch zum Donner Worte in einer altertümlichen Sprache.

Sieben Männer und eine Frau, alle in der dunkelgrünen Farbe des Waldes gekleidet, standen an den Viertel- und Achtelpunkten eines Kreises, der in den Boden eingraviert war. Eine weitere Gestalt in Robe stand knapp außerhalb dieser Grenze. Sie alle hielten Bienenwachskerzen in Händen; ihr Gesang bildete eine tiefstimmige Antiphonie mit den verzückten Ausrufen der rotgekleideten Frau. Im Norden und Westen des Raums sandten flache Schalen duftende Weihrauchsäulen in die Luft. Im Osten und Süden summten leise mit Wasser und Blumen gefüllte gläserne Becken, von dem ekstatischen Gesang in Schwingung versetzt.

Über Wind und Stimmen hinweg wurde ein Hämmern an der einzigen Tür des Raums hörbar.

»Er kommt! Er kommt! Er kommt!« schrie die Frau im roten Gewand.

Der Gesang verstummte. Die Türflügel flogen auf.

Ein Mann stand auf der Schwelle. Seine Augen waren tiefliegend, sein blondes Haar wallte frei hinab. Silberne Geweihsprossen krönten sein Haupt, auf seiner Stirn leuchtete die goldene Scheibe der Sonne. Seine Haut schimmerte von Öl und schattenhaft gemalten Zeichen. Er trug nichts als ein Tierfell, das über seinen Schultern zusammengeknotet war, und vor sich hielt er senkrecht ein großes Silberschwert, das im Licht der Kerzen glitzerte.

»Ich bin der Schlüssel für jedes Schloß«, intonierte er mit einer Stimme, die an den tiefen Orgelton des Meeres erinnerte. »Ich bin der Wegbereiter!«

Er schritt langsam mit erhobenem Schwert vor, bis er den Mann im Süden des Raumes erreichte. Er berührte mit der Schwertspitze – sanft, sanft – seine Brust. Der Mann wich zurück, und die anderen begannen alle zu singen, ihre Stimmen klangen nun dringlicher.

»Die Sonne! Hier kommt die Sonne! Im Namen von Eiche und Asche und Dorn, die Sonne! Hier kommt die Sonne!«

»Die Sonne geht im Süden auf!« rief die rotgewandete Frau. »Ich nenne dich: Abraxas, Metatron, Uranos …«

Unbeachtet fuhr sie in ihrer Litanei fort. Der Mann mit den Geweihsprossen legte das Schwert zu Füßen des Altars nieder und beugte sich über die nackte Frau. Der Duft von Amber, Zibet und Opium, der von ihrer Haut aufstieg, war stark genug, um ihn inmitten all der anderen Düfte zu riechen. Die leere Weinschale lag ihr noch lose in der Hand.

»Katherine – geht es dir gut?« flüsterte er unter dem anschwellenden Gesang. Er spürte, wie die Kraft in ihm wuchs; das Ritual verlief genau nach den Ideen, die er niedergeschrieben hatte, aber irgend etwas hier in seinem Tempel stimmte nicht in dieser Nacht.

Als sie ihn sprechen hörte, öffnete sie die Augen. Trotz des nur schwachen Kerzenlichts erkannte er, daß ihre Pupillen unter dem Einfluß von Drogen stark geweitet waren.

»Komm … Wegbereiter«, sagte sie mit undeutlicher, heiserer Stimme.

Die Gewandeten am Rand des Kreises sangen wie aus einem Halse, ihre Stimmen vereinten sich in einer aufbegehrenden Kraft, die nicht mehr zu bändigen war.

»Im Namen von Abbadon! Meggido! Typhon! Mache dich ans Werk!« rief die rotgekleidete Frau. »Bereite nun den Weg!«

Ihre Augen drehten sich unter die Lider, und sie sank auf ihre Knie, und der gehörnte Mann fühlte die Gewalten, die sich im Tempel versammelten, wie das Aufflattern von Flügeln. Er nahm einen tiefen Atemzug, der seine Brust dehnte, und hob seine Hände zum Himmel.

»Hierodule und Hierolator! Hierophex und Hierophant …«, rief er aus.

Seine Stimme wurde von den stärker werdenden Donnerschlägen überdeckt, die sich von Schlag zu Schlag zum Getöse eines dicht vorbeirasenden Eisenbahnzugs verdichteten. Die Türflügel, die kurz zuvor von einem der Altardiener geschlossen worden waren, schlugen mit solcher Wucht wieder auf, daß sie in ihren Angeln bebten, und eine Böe eisiger Luft wehte in den Raum.

»Nein! Zerstört nicht den Kreis!« rief der geweihte Mann, doch es war vergeblich. Panik fuhr in die Gruppe wie Feuer in ölgetränkte Lumpen. Überall herrschte nur noch Gekreisch und Chaos.

Im Aufblenden eines Blitzes sah er, wie die Frau auf dem Altar zu Boden stürzte und in krampfhafte Zuckungen verfiel, wie eine Marionette an den Fäden eines Rachegottes. Ein Donnerkrachen, lauter denn je, schien den Raum wie mit einer Henkersaxt entzweizuschlagen.

Dann Dunkelheit.

Schreie.

Und irgendwo weinte ein Kind.

KAPITEL 1

Was ist Wahrheit?

Die heitere Gelassenheit der Wahrheit
in dem ruhigen, stillen Sinn
frohen Studiums betrachten.
JOHN MILTON

Nördlich von New York, am Ufer des Hudson, liegt ein kleiner Landsitz zwischen den Schienen der Metro North und dem Fluß. Das Hauptgebäude war ehemals eine Apfelkelterei, und nach wie vor wird das Anwesen von ihr geprägt, ebenso wie von den Nachkommen des ursprünglichen Obstgartens. Steingepflasterte Wege kreuzen die sanften Wiesenhügel, und in jedem Jahr findet zwischen den Studenten und dem Rotwild ein Kampf um die Apfelernte statt.

Jüngere Gebäude im klassizistisch strengen Stil der Föderalisten vervollständigen den Campus, doch seit nunmehr fast einem Jahrhundert hat es keine neue Bautätigkeit mehr gegeben. Die konservative Architektur macht den Ort so perfekt zum Inbild eines Colleges aus dem 19. Jahrhundert, daß der Dekan sich Jahr für Jahr sehr energisch gegen Anfragen verschiedener Filmgesellschaften zur Wehr setzen muß, die hier drehen wollen. Denn das Taghkanic College schützt seine Ruhe und Ungestörtheit – und die seiner Studenten und seines Lehrkörpers – mit der gleichen Umsicht und Strenge wie eh und je.

Das Taghkanic College war im Jahre 1714 gegründet worden, um den dort lebenden Indianern, hauptsächlich Angehörigen der Taghkanic- und Lenapestämme, aber auch in Freiheit befindlichen Schwarzen, die sich hier niederließen, eine Ausbildung zu gewähren. Bis zum heutigen Tag hat das College für seinen laufenden Unterhalt keinen Pfennig von der Regierung angenommen, es hat stets die Unabhängigkeit vorgezogen, zunächst von der Krone und dem königlichen Gouverneur und dann auch von den Vertretern der jungen Vereinigten Staaten.

Das Festhalten an dieser Politik hatte über die Jahre zu einer Liberalisierung der Aufnahmebestimmungen geführt: Das Taghkanic College öffnete 1762 seine Tore für *»alle younge gentillmen of goode familie«* und 1816 für Frauen, wodurch das Taghkanic zu einer der ersten Institutionen in den Vereinigten Staaten wurde, die Frauen den Zugang zum Studium ermöglichten.

Doch trotz dieser freizügigen Aufnahmepolitik hätte das Taghkanic College kaum bis zum heutigen Tag überleben können, wären Margaret Beresford Bidney und Colin MacLaren nicht gewesen.

Miss Bidney schloß ihr Studium am Taghkanic College im gleichen Jahr ab, als der Aufstand der Südstaaten das zufriedenstellende Auskommen ihres Vaters in ein großes Vermögen verwandelte. Sie heiratete nie, und in ihren letzten Jahren wurde sie die Schülerin von William Seabrook, einem berühmten Okkultisten.

Es war wohl unvermeidlich, daß Miss Bidneys Erbschaft in eine Stiftung floß, die dem College zugute kam, an dem sie selbst ihren Abschluß gemacht hatte, und so entstand das *Margaret Beresford Bidney Memorial Psychic Science Research Laboratory* im Taghkanic College.

Von Beginn an war das Laboratorium – oder wie es gewöhnlich hieß: das Bidney Institut – wirtschaftlich unabhängig, weil es sich durch die Bidneysche Erbschaft finanzierte. Die Vermögensverwalter des Taghkanic College hatten über fünfzig Jahre versucht, Bidneys Hinterlassenschaft für das gesamte College zu beanspruchen, und standen auch kurz vor dem Erfolg, als Colin MacLaren die Direktorenstelle des Instituts übernahm.

Dr. MacLaren war seit den frühen fünfziger Jahren in parapsychologischen Kreisen bekannt und stand häufig in Verruf wegen seiner Bereitschaft, Dinge für bare Münze zu nehmen, die andere als Ausgeburten von Scharlatanen und Spinnern abtaten. MacLaren verfocht die Ansicht, daß in der Forschung zwischen den Gebieten des Okkultismus und der Parapsychologie keine Grenze gezogen werden sollte, da sie beide seit Jahrhunderten die unsichtbare Welt erforschten und eine wissenschaftliche Methode zu entwickeln versuchten, um deren Wirkungen zu erfassen. MacLarens eigenstes Forschungsgebiet war der Transpsychismus oder das Phänomen der spiritistischen Medien, und sein dynamischer Führungsstil war genau das, was das existenzgefährdete Bidney Institut brauchte.

Unter seiner Leitung wurde das Institut in der Erforschung parapsychologischer Phänomene sowie deren anstößiger Stiefschwester, den okkulten Phänomenen, führend und errang internationales Ansehen. Das Gespenst der Institutsauflösung verschwand wie verbrauchtes Ektoplasma, und den enttäuschten Vermögensverwaltern des Taghkanic Colleges wurde klar, daß ihr reiches, aber ungeliebtes Pflegekind noch fortbestehen würde, bis die Hölle gefror – ein Ereignis, das die Mitarbeiter des *Bidney Instituts* keinesfalls versäumen wollten.

Truth Jourdemayne saß brütend in ihrem winzigen Zimmer im Bidney Institut und kämpfte gegen die Montagmorgenstarre an, die bisher noch nicht von der heilenden Kraft eines Kaffees gelockert worden war. Ihr kurzgeschnittenes, dunkles Haar machte einen leicht zerwühlten Eindruck, und ihr weißer Laborkittel war nicht so frisch wie sonst. Ein Stapel Computerausdrucke lag sechs Zoll hoch unter ihrem rechten Ellbogen: Truths Arbeit für die unmittelbare Zukunft.

Sie warf einen Blick auf die Wanduhr und schob dabei das Horngestell ihrer Lesebrille in die Stirn. Viertel vor neun, und als sie vor fünfzehn Minuten hier angekommen war, hatte Meg gerade erst begonnen, die Kaffeemaschine in Gang zu setzen. Die Maschine war groß und alt und brauchte eine geraume Weile, bis sie das Wasser zum Kochen brachte; es würde also noch dauern, bis es Kaffee gab. Truth seufzte und zog die Ausdrucke zu sich heran. Sie konnte ebensogut etwas Arbeit hinter sich bringen, während sie wartete.

Davy hatte erst gestern die letzte Untersuchung abgeschlossen. Sie war Teil eines Experiments, das Truth entwickelt hatte; nichts Außergewöhnliches, nur ein Versuch, ein für allemal eine statistische Grundlage für das Vorhandensein hellseherischer Wahrnehmungen zu erstellen. Diese Arbeit ließ sich nicht umgehen, doch die ganzen Daten zu erheben, um das Experiment aussagekräftig zu machen, war geisttötend: mit zehn gesunden Personen zwischen zwanzig und fünfundzwanzig Jahren, die bereit waren, an hundert Doppelblindversuchen mit jeweils hundert Rhine-Karten teilzunehmen –, und trotzdem fürchtete Truth, daß ihre Ergebnisse in Zweifel gezogen werden könnten, weil sie auf einer zu schmalen statistischen Basis beruhten.

Doch mit mehr freiwilligen Versuchspersonen, sofern sie diese überhaupt gefunden hätte, wäre das Experiment ausgeufert. Es hatte schon so ein Jahr gedauert, die Daten zusammenzutragen. Und die Vorbereitungsarbeiten waren aufwendig genug gewesen. Das Experiment entsprach allen Richtlinien der *International Society of Psychic Research*: Die Antworten wurden elektronisch gespeichert, die Symbole wurden nach Zufallskriterien vom Computer ausgewählt; die Symbole konnten den Versuchspersonen nicht versehentlich durch Körpersprache des Forschers vermittelt werden.

Und auch nicht durch Telepathie. Es war schwierig genug, einen Versuchsaufbau zu entwerfen, der statistische Grundlagen für die Meßbarkeit hellseherischer Phänomene erbringen sollte, ohne zugleich andere übersinnliche Fähigkeiten – wie Telepathie oder Präkognition – ausschließen zu müssen. Dennoch glaubte Truth, daß es ihr gelungen war. Da der Computer in gewisser Weise die Reihenfolge der von ihm gewählten Symbole schon »kannte«, lag das Ereignis vor dem Zeitpunkt, zu dem die Versuchspersonen in das Experiment einstiegen. Also konnte die Fähigkeit, die Zukunft vorherzusehen – vorausgesetzt, daß einer von ihnen sie überhaupt besaß, was Truth um ihres Experiments willen nicht hoffte –, nichts mit dem Erraten der Symbole auf den Karten zu tun haben.

Willkommen in der schönen neuen Welt der statistischen Parapsychologie, dachte Truth und nahm einen Stift zur Hand.

Sie hatte den Kaffee vollkommen vergessen, als Meg eine Stunde später hereinkam.

»Hallo! Im Winterschlaf?«

Meg Winslow war Sekretärin im Fachbereich für Parapsychologie, klein, vergnügt, rundlich und effektiv. Sie trat mit einem Packen Briefe und einer Tasse dampfenden Kaffees ein, die sie mit drei Fingern riskant und ruhig vor sich her balancierte.

»Ich habe die Zeit vergessen«, gab Truth einfältig zu.

»Jede Menge wunderbarer Briefe«, verkündete Meg, »und Dyl hat Shortbread mit Rosinen mitgebracht, das er am Wochenende gebacken hat. Ich habe dir ein Stück aufgehoben.«

Sie legte die Post vorsichtig auf den Schreibtisch, stellte die Tasse ab und griff in ihre Jackentasche, um abgepackte Zucker- und Milchrationen sowie ein in eine Papierserviette gewickeltes Stück Shortbread hervorzuholen.

»Du verwöhnst mich«, protestierte Truth lachend. Dieser Service stand nicht in Megs Arbeitsplatzbeschreibung.

»Wenn ich das nicht tue, verhungerst du mir noch und wirst unter einem Haufen Statistiken begraben«, sagte Meg. »Ich mache mich aber besser wieder auf den Weg – heute beginnen die neuen Klassen, und wir werden sicher ein Dutzend Neuanfänger haben, die sich vor der Mittagszeit hierher verirren, wenn ich sie nicht abfange.« Meg ging wieder hinaus und schloß die Tür hinter sich, wie es dem Wunsch von Truth entsprach.

Als einer der nicht zur Fakultät gehörenden Forscherinnen des *Bidney Instituts* stand Truth ebenso wie den Professoren ein Arbeitszimmer mit Tür zu, und sie hielt die Tür stets geschlossen, ob sie im Büro war oder nicht. Die Professoren, deren Zimmer nebenan lagen, hatten ihre Türen, so vermutete Truth, nur aus Demonstrationszwecken geschlossen, denn die meisten von ihnen tauchten bei den leisesten

Schrittgeräuschen auf dem Flur sofort auf und lugten heraus.

Truth schloß ihre Tür nicht zum Versteckspiel. Truth wollte nicht gestört werden. Insbesondere nicht in dieser Phase ihrer Arbeit. Truth Jourdemayne haßte den September mit einer Leidenschaft, die sonst eher den Semesterferien galt; sie haßte die Horden von Studenten, die verwirrten Neuankömmlinge, die Erstsemester.

Sie hatte eigentlich nichts gegen einzelne Studenten im besonderen, sagte sie sich mit schwacher Überzeugung. Es waren einfach nur zu viele – laut, lärmend und ungestüm platzten sie herein.

Na ja, immerhin kommen sie gerade erst an, während du dich hier den ganzen Sommer im Weinberg der Statistik und Analyse herumgeschlagen hast, spottete sie über sich selbst. Das Institut folgte nicht dem akademischen Jahr des Taghkanic – was sinnvoll war, denn sonst hätten sie nichts zuwege gebracht –, aber so war der September für Truth einfach ein gewöhnlicher Monat und nicht das Ende einer langen Ferienzeit.

Sie seufzte und griff zur Kaffeetasse – *Meg sollte so was wirklich nicht tun; wenn das die Professoren sehen, wollen alle, daß sie ihnen dies und das bringt, und sie kommt zu nichts mehr* –, und erst jetzt spürte sie, wie steif und schmerzhaft unbeweglich ihre Muskeln geworden waren.

Verspannung. Ich hasse es hier wirklich im September. Eine Mischung aus Irrenanstalt und Drei-Manegen-Zirkus – und dazu wieder die Immatrikulation. Jetzt überall sein, nur nicht an der guten alten Maggie B. Es gab nicht viele Orte, weder in den Vereinigten Staaten noch in Europa, wo ein Studium mit akademischem Abschluß in Parapsychologie angeboten wurde, obendrein mit einem erstklassigen Forschungslabor. Wenn es das Bidney Institut nicht gegeben hätte, wäre das Taghkanic College wahrscheinlich schon vor Jahren geschlossen worden, ein weiteres geisteswissenschaftlich ausgerichtetes College, das der Geldknappheit zum Opfer gefallen wäre.

Und wo würdest du dann arbeiten? Truth reckte und dehnte sich eine Weile, um die Spannung aus Nacken und Schultern zu vertreiben, dann wandte sie sich den Briefen zu.

Ein Großteil der Post, die Meg gebracht hatte, bestand aus dicken wissenschaftlichen Zeitschriften und Katalogen. Ein Buch zum Rezensieren; ein weiteres Buch, das nur aus Zitaten bestand und mit dem ein Verleger für sich werben wollte; die meisten Bücher beschäftigten sich mit Parapsychologie, eines über statistische Analyse erregte ihr Interesse. Ein Stapel von Briefumschlägen, deren Rücksendeadressen sie kannte.

Doch eine kannte sie nicht. Rouncival Press.

Sie riß den Umschlag stirnrunzelnd auf.

Sie zerrte und riß daran, bis der Umschlag und drei Blätter schweren Papiers in Fetzen auf ihrem Schreibtisch lagen. Ihre Hände zitterten. Wie konnten diese Leute es wagen?

»… da Sie auch eine Karriere im Bereich des Okkulten gewählt haben … persönliche Einblicke in das Leben eines großen Pioniers der Magie …«

Sie wollten von ihr, daß sie eine Biographie über Thorne Blackburn schrieb.

Ihre Hände zitterten noch immer, als sie die Papierfetzen vom Schreibtisch in den Papierkorb wischte. Sie war eine Wissenschaftlerin – sie hatte den Magister in Mathematik! Eine lobpreisende Biographie über Thorne Blackburn schreiben? Eher hätte sie ihn mit einem Pfahl im Herzen begraben – aber er war längst tot.

Doch, was die Sache schlimmer machte, er war ihr Vater.

Truth starrte blicklos auf ein Plakat der Ruinen von Olana, das an der Wand hing. Vor dreißig Jahren war Thorne Blackburn an vorderster Front gewesen bei der Wiedererweckung des Okkultismus, die Hand in Hand ging mit dem Ruf nach freier Liebe und den Antikriegsbewegungen der sechziger Jahre. So sexy wie Morrison, so hitzig wie Jagger – und so verrückt wie Hendrix – hatte Blackburn für sich den Titel des Helden im griechischen Sinne beansprucht, eines Halbgottes, eines Sohnes der Leuchtenden, der Keltischen Alten Götter. Auch wenn solche Inanspruchnahmen später an der Tagesordnung waren und sich die Leute für alles Mögliche ausgaben, von Gesandten aus dem Weltall bis zu Engeln der Erde, so war Thorne Blackburn doch der erste gewesen.

Auch in manch anderen Dingen war er der erste gewesen,

angefangen von einer landesweit ausgestrahlten Fernsehmesse für seine Alten Götter bis zu einer Tournee mit Rockbands als *opening act*. Halb Ketzer, halb Schwindler und durch und durch Showman, war Blackburn in seiner kurzen, aber schillernden Karriere eine der hervorstechenden Figuren der okkulten Wiedererweckung gewesen.

Und er hat nicht schlecht dabei verdient, dachte Truth wütend. Während er öffentlich behauptete, eine neue Ordnung der Helden und der praktizierten Magie zu gründen, um die Alten Götter des Westens wieder in die Welt zu holen und das »Neue Zeitalter« zu beginnen, hatte Blackburn ganz nebenbei das Geld für ein Herrenhaus am Hudson River aufgetrieben, in dem er und seine ihm besonders nahestehenden Anhänger die Rituale seines sogenannten Kreises der Wahrheit in einer Atmosphäre freier Liebe, freien Drogenkonsums und wilder Exzesse praktizierten.

Unter diesen Anhängern hatte sich auch Katherine Jourdemayne befunden.

Truth spürte die fernen Anzeichen von Kopfschmerzen, als sie über den alten Familienbetrug nachsann. Ihre Mutter war Blackburns »mystische Konkubine« gewesen. Katherine war 1969 bei einem seiner Rituale ums Leben gekommen, und Blackburn war dafür nie zur Rechenschaft gezogen worden.

Denn in derselben Nacht – am 30. April 1969 – war er wie vom Erdboden verschwunden.

Truth war von Katherines Zwillingsschwester Caroline aufgezogen worden und fürchtete, daß sie viel von der emotionalen Unabhängigkeit dieser verschlossenen Frau in sich trug, die den schrecklichen Tod ihrer Zwillingsschwester so stoisch ertragen hatte. Tante Caroline hatte Truth von ihrem Vater erzählt, als sie alt genug war, um es zu verstehen, aber in den siebziger und achtziger Jahren schien das alles nicht viel zu bedeuten. Als der erste Journalist Verbindung mit ihr aufnahm, war Truth sogar überrascht, daß sich überhaupt noch jemand an Thorne Blackburn erinnerte; er gehörte der Vergangenheit an wie LSD, die Mondlandung und die Beatles. Sie reagierte höflich, wenn auch kurz angebunden und erklärte ihm, daß sie nichts zu sagen habe, da ihr Vater gestorben sei, als sie zwei Jahre alt war.

Es war das letzte Mal, daß sie so höflich gewesen war, denn nachdem der »Gentleman von der Presse« sie ausfindig gemacht hatte, verwandelte sich ihr Leben in einen Alptraum aus Briefen und Telefonanrufen – schlimmer noch: Besuche von seltsamen Leuten, die behaupteten, Anhänger – und in einem gräßlichen Fall: die Reinkarnation – von Thorne Blackburn zu sein.

Und seit sie achtzehn war, wurde sie jedes Jahr zu Halloween von einem besonderen Schlag nekrophiler Sensationsjournalisten heimgesucht, die ihre Artikel mit einem Interview der Tochter des berüchtigten Satanisten Thorne Blackburn würzen wollten.

Die Anfragen aus dem Lager der fanatischen Anhänger, ob sie ein Buch über Thorne Blackburn schreiben wolle, waren im Lauf der Jahre glücklicherweise weniger geworden, auch wenn sie nie ganz aufgehört hatten. Sie wäre vielleicht sogar bereit gewesen, ein Buch zu schreiben – schließlich galt der Grundsatz ›veröffentliche oder stirb‹ auch für diejenigen, die keinen akademischen Posten innehatten –, doch hatten die Verleger allzu deutlich zu verstehen gegeben, daß sie keine historisch fundierte Untersuchung, sondern eine gläubige Lobeshymne wollten, die sie als Evangelium ihren wirrköpfigen Lesern verkaufen konnten.

Und Katherine Jourdemaynes Tochter hätte verdammt sein wollen, wenn sie den Ruf eines Schwindlers, Hochstaplers und aquarianischen Schlangenölverkäufers beschönigte. Warum konnten all diese Leute nicht sehen, was für ein Schaumschläger Blackburn in Wirklichkeit gewesen war?

Das war, nahm Truth an, einer der Gründe, warum sie sich für die Parapsychologie entschieden hatte: sie wollte die Betrüger entlarven, bevor sie irgend jemandem schaden konnten. Aber manchmal schämte sie sich nur.

Warum konnte ich nicht statt dessen die Tochter von Elvis sein? dachte Truth unglücklich. *Das Leben wäre so viel einfacher.*

Sie fuhr sich mit der Hand durch das Haar und zitterte immer noch vor unterdrückter Erregung. Warum konnte niemand begreifen, daß sie nur ihre Ruhe haben und an Thorne Blackburn nie wieder einen Gedanken verschwenden wollte? Er spukte in ihrem Leben herum wie ein Geist, darauf aus, sie in seine Welt des Wahns zu zerren.

»Hallo? Jemand zu Hause? Ah, meine geschätzte Kollegin Miss Jourdemayne.« Ohne daß sie die Chance gehabt hätte, so zu tun, als wäre sie nicht da, glitt Dylan Palmer in ihr Arbeitszimmer und schloß die Tür.

Dylan Palmer – Dr. Palmer – war Inhaber einer akademischen Stelle, Mitglied des Lehrkörpers am Taghkanic College und auch Mitarbeiter des Instituts. Er war der Typ Professor, der in Indiana Jones vorkam, groß, blond, gutaussehend und gut gelaunt, gelegentlich sogar mit einem Anflug von Verwegenheit. Dylans spezielles Interesse in der Parapsychologie galt den Fragen der Übertragung und des Überlebens von Persönlichkeiten – mit anderen Worten dem Spuk.

»Wie geht es meiner geliebten Zahlenfresserin heute?« fragte er vergnügt.

Er beugte sich über ihren Schreibtisch und glich in seinem Flanellhemd und seinen ausgebeulten Hosen eher einem Studenten als einem Lehrer. Der kleine goldene Ring in seinem Ohr blinkte im Sonnenlicht.

»Wie ist dein Sommerprojekt gelaufen?« fragte Truth.

Sie fühlte, wie sie zurückwich, und wußte, daß Dylan es ebenfalls merkte, doch Truth fand seine Lebensfreude ebenso bedrohlich wie erfrischend.

»Wunderbar!« Wenn Dylan von ihrer Unterkühltheit verletzt war, so zeigte er es nicht. »Zwölf Wochen in dem zugigsten irischen Schloß, das du je gesehen hast – nur ich mit drei Erstsemestern und 75 Tausend Dollar in Gestalt von Kameras, Mikrophonen und Sensoren. Na ja, und die IRA.«

»Wer?«

»Nur ein Scherz. Ich glaube, die Leute im Städtchen haben uns dafür gehalten, obwohl – sie haben sich nicht vor uns bekreuzigt, wenn wir zum Einkaufen hinunterkamen.« Er richtete sich auf und wirkte selbstzufrieden.

»Das ist genau die Art von Beschäftigung, die *du* spaßig findest«, sagte Truth. »Es ist aber kein Spaß, Dylan – parapsychologische Forschung ist eine ernste Sache, auch wenn *du* sie leicht nimmst.« Sie hörte den herablassenden Ton in ihrer Stimme und zuckte innerlich zusammen; sie hoffte, daß Dylan bald wieder ging, bevor sie in weitere Verlegenheiten kam.

»Ah, haben wir Halloween früher in diesem Jahr?« fragte er wie nebenbei.

Truth starrte ihn mit ausdruckslosem Gesicht an.

»Es ist schlecht zu übersehen«, sagte Dylan und blickte demonstrativ zu Boden. »Es ist wieder Thorne-Blackburn-Zeit, nicht wahr?«

Truth folgte der Richtung seines Blicks und sah die Folgen eines kleinen Wirbelsturms um ihre Füße liegen, überall weiße Papierfetzen. Dylan bückte sich elegant und hob ein Stück Papier auf. Truth schnappte mit der Hand danach, doch ohne Erfolg. Dylan schwenkte es drohend durch die Luft und begann dramatisch zu deklamieren.

»Wenn der Frost in den Kürbis fährt und die Blackburn-Zeit ist nah/ Dann hüpfen der Kobold und der Ghul vor Angst, trara/ Denn Truth ...«

»Das ist nicht lustig!« rief Truth zornig. Sie sprang auf und riß Dylan das Stück von Rouncivals Brief aus der Hand. »Glaubst du, ich werde gerne daran erinnert, daß Thorne Blackburn mein Vater war? Glaubst du, es macht mich glücklich?«

»Na, es könnte schlimmer sein; er könnte noch unter uns weilen. So wie es steht, fällt er ganz in mein Gebiet. Komm schon, Truth – Thorne war nicht Jack the Ripper. Professor MacLaren denkt, daß er ein interessanter Bursche war, durchaus der Beschäftigung wert. Vielleicht solltest du doch mal erwägen ...«

Truth fühlte sich unsinnigerweise verraten. Obwohl die meisten Leute am Institut wußten, daß sie Thorne Blackburns Tochter war – seine uneheliche Tochter –, und jeder von ihnen wußte, sofern er sie kannte, daß man das Thema ihr gegenüber lieber nicht anschnitt. Ganz sicher wußte es Dylan. Oder hätte es wissen müssen.

»Na und, ich teile nicht die Toleranz seiner Heiligkeit Professor MacLaren gegenüber Schwindlern und Ungeheuern!«

unterbrach sie ihn hitzig. »Vielleicht solltest du die Gefühle anderer berücksichtigen, bevor du irgendwo mit deinem Schatz an guten Ratschlägen hereinplatzt!«

Dylans ungezwungenes Lächeln verschwand, als er ihr Gesicht betrachtete. »Ich habe es nicht so gemeint ...«, begann er.

»Du meinst nie etwas so!« schrie Truth ihn an, erfüllt von dem unbewußten Wunsch, zurückzuschlagen, gleichgültig, wen es traf. »Du bist so ein freischaffender Superheld, der den Furchtlosen spielt, und dich kümmert überhaupt nicht, was du machst, solange es dir einen effektvollen Abgang und ein billiges Lachen verschafft. Aber ich werde nicht lachen.« Sie ballte ihre Hände schmerzhaft zu Fäusten und versuchte nicht zu weinen.

»Du wirst eines Tages furchtbar allein sein auf deinem Podest«, sagte Dylan sanft. Bevor sie noch etwas erwidern konnte, war er gegangen, die Tür leise hinter sich zuziehend.

Er hat meine Mutter umgebracht, er hat sie umgebracht, er hat meine Mutter umgebracht ...

Truth saß an ihrem Schreibtisch, die Augen fest geschlossen gegen die Tränen, die sie nicht zulassen wollte – denn sie waren nutzlos und kindisch, und sie änderten nichts. Warum verstand niemand, was Thorne ihr angetan hatte? Er hatte ihr alles genommen, alles ...

Von Dylan hätte sie am wenigsten erwartet, daß er Thornes Partei ergriff. Sie hätte damit rechnen sollen, sagte sie zu sich. Er war offenbar ebenfalls ein Thorne-Fan – und warum auch nicht? Sie waren beide vom selben Schlag.

Doch auch in ihrer Wut wußte Truth, daß sie ungerecht war. Dylan war einfach ... zu glücklich, schloß Truth schwach. Dylan Palmer schien nie zu dem Bewußtsein gelangt zu sein, daß das Leben ein schreckliches Geschäft voll böser Überraschungen war, in dem alles, was man hoffen durfte, darin bestand, nicht allzu übel zugerichtet zu werden.

Aber wie konnte er nur Thorne Blackburn Glauben schenken? Dieser Mann – Thorne – war ein erklärter Betrüger!

Truth brachte ein sarkastisches Lächeln zuwege; wahrhaftig, manchmal waren parapsychologische Forscher die leichtgläubigsten Leute auf der Welt. Jedes Ereignis galt ihnen als authentisch bis zum Erweis des Gegenteils; Leute wie Dylan näherten sich den Phänomenen von Kornkreisen bis Uri Geller mit grenzenloser Gläubigkeit.

Sie rang zitternd nach Atem und gewann langsam ihre Selbstbeherrschung wieder. Es war nur gut, daß sie so leichtgläubig waren, dachte Truth, denn die Ernüchterung bei der fortwährenden Entlarvung von Schwindlern und Zufällen Jahr für Jahr wäre sonst wohl schwer zu ertragen. Sie schüttelte den Kopf. Dylan hatte sich etwas daneben benommen, doch seine Unhöflichkeit erlaubte keineswegs die Antwort, die sie ihm gegeben hatte. Sie würde sich entschuldigen müssen.

Ich brauche Ferien. Als ihr Bewußtsein diese Wörter formte, merkte Truth, wie müde sie war. Sie hatte sich den Sommer über um den Abschluß ihres Projekts gekümmert, zusätzlich zu ihrem gewöhnlichen Arbeitspensum – warum sollte sie das Taghkanic nicht hinter sich lassen, solange der erste Ansturm des Herbstsemesters dauerte? Sie könnte zurückkommen, wenn wieder Ruhe eingekehrt war – oder jedenfalls soviel Ruhe, wie es sie hier eben gab.

Das Telefon klingelte.

Sie starrte es gebannt und voller Schuldgefühle an. Wahrscheinlich war es Dylan, der sie von seinem Arbeitszimmer aus anrief, um ihr endgültig die Meinung zu sagen. Doch als sie auf das Telefon schaute, sah sie, daß es eine Außenverbindung war. Sie nahm den Hörer ab.

»Hallo?«

»Truth?«

»Tante Caroline?«

Truth spürte ein langsam aufsteigendes Alarmgefühl. Caroline Jourdemayne war eine sehr von sich selbst eingenommene Person, und sie beide standen sich nicht wirklich nahe. Was konnte geschehen sein, daß Tante Caroline es für nötig hielt, sie anzurufen? »Ist irgend etwas nicht in Ordnung?« fragte Truth.

»Das kann man wohl sagen«, sagte die vertraute, jedes Gefühl aussparende Stimme. »Es tut mir leid, daß ich dich bei deiner Arbeit störe, Truth, aber du mußt sobald wie möglich nach Hause kommen.«

Zuhause war das kleine Haus inmitten der Wildnis des nördlichen Amsterdam County, über siebzig Meilen entfernt, wo Truth ihre Kindheit verlebt hatte und wo ihre Erinnerungen begannen.

»Nach Hause kommen?« wiederholte Truth verblüfft.

Tante Caroline war keine Frau, die sich gern in der Welt bewegte. Seit Truth ihr Appartment auf dem Campus von Taghkanic bekommen hatte, war sie nur noch selten bei ihrer Tante zu Besuch gewesen – meist um Thanksgiving herum, da im Dezember die Wege nahe am Haus tückisch waren, wenn man kein Auto mit Vierradantrieb hatte.

»Du weißt doch noch, wo es ist?« sagte Tante Caroline.

»Oh, ja, natürlich. Nur …«

»Wie bald kannst du kommen?« fragte Tante Caroline.

Truth runzelte die Stirn und ging in Gedanken ihren Zeitplan durch. Zum Glück hatte sie keine Lehrverpflichtungen. Sie sollte eine gewisse Anzahl von Stunden im Labor sein, um den Lehrern bei ihren Forschungsprojekten zu assistieren, aber so früh im Semester fiel nicht viel an; sie konnte leicht jemanden finden, der für sie einsprang.

»Morgen«, sagte Truth. »Ich werde morgen bei dir sein. Tante Caroline, kannst du mir nicht sagen, was los ist?« Sie konnte sich kein so großes Geheimnis vorstellen, daß es sich nicht am Telefon mitteilen ließe, und außerdem waren die Jourdemaynes keine Familie mit solchen Geheimnissen – zumindest nicht der Teil, der von den Jourdemaynes übriggeblieben war.

Sie sah mit leerem Blick auf die Wanduhr, als Tante Caroline den Grund für den Anruf zu erklären begann, und als die entfernte Stimme fortfuhr, wurde der Blick von Truth immer starrer, und schließlich rannen Tränen ihre Wangen hinunter.

KAPITEL 2

Die Wahrheit der Sache

Dies ist Wahrheit, die der Dichter kündet,
Daß der Sorge sich glückliche Erinnerung verbindet.
ALFRED, LORD TENNYSON

Im Gegensatz zum verheißungsvollen Montag mit seinem strahlend blauen Himmel war der Dienstag trüb und für die Jahreszeit zu feucht. Früh am Morgen fuhr Truth auf der Schnellstraße in nördlicher Richtung nach Stormlakken. Es gab keine direkte Straßenverbindung zu der Stadt; es war eine Fahrt von mehreren Stunden, auch unter guten Bedingungen. Sie würde kurz nach Mittag dort eintreffen.

Erst als sie schon unterwegs war, wurde Truth klar, daß sie den Streit mit Dylan am Tag zuvor nicht ausgeräumt hatte. Sie war zu beschäftigt mit den Vorbereitungen für ihre Abreise gewesen, und dann hatte sie sich auch verpflichtet gefühlt, am Projekt weiterzuarbeiten, und die beruhigenden Tabellen der Statistik hatten alles andere aus ihrem Kopf verdrängt. Sie wußte, daß mit wachsendem zeitlichen Abstand eine Entschuldigung immer schwieriger wurde, doch nach Tante Carolines Nachricht wollte sie sich auf keine weitere Auseinandersetzung einlassen, die dazu angetan war, ihre Gefühlsschleusen zu öffnen. Sie würde jedoch Tante Caroline nicht als Grund vorschieben, wenn sie schließlich mit ihm sprach. Sie würde sich einfach entschuldigen. Die Jourdemaynes waren selbstgenügsame Menschen, die nicht zu Selbsterklärungen neigten. Oder zu Gefühlsausbrüchen.

Warum fühle ich überhaupt nichts?

Die beinahe abgedroschene Schönheit des Hudson-Tals –

überwältigende Aussichten, die Frederick Church und eine ganze Schule amerikanischer Landschaftsmaler inspiriert hatten – zog unbeachtet an den Autofenstern vorbei. Dylan zitierte gern ein kleines Stück von Coleridge über einen wilden, heiligen und verzauberten Ort. Truth hatte es immer für übertrieben dramatisch und phantasievoll gehalten – wie Dylan? –, aber tatsächlich war das Gebiet imposant genug, um den Seelen seiner phlegmatischen holländischen Bewohner, die sich hier vor dreihundert Jahren niedergelassen hatten, Dichtung zu entlocken. Dies war das Sleepy Hollow Country, Heimat und Geburtsort von Erzählungen über kopflose Pferdemenschen und Rip Van Winkles, kegelnde Riesen, fiedelnde Gnome und Gespenstergaleeren, die sich durch die Untiefen des Hudson mühten.

Truth überraschte sich inmitten dieser prosaischen Träumereien; sie fand ihr Bewußtsein mit dem Ordnen von Fakten beschäftigt, als ob sie eine Vorlesung für ein unbekanntes Auditorium vorbereitete. Stets hatte sie die schmerzhafte Welt mit Fakten in Schach gehalten. Ihre Gefühle bezwungen.

Doch ich fühle nichts. Ich müßte etwas fühlen.

Caroline Jourdemayne war alles an Familie, was Truth seit ihrem zweiten Lebensjahr, als sie Waise geworden war, besessen hatte. Tante Caroline war in Blackburns schäbige Gemeinschaft gekommen und hatte das Kind ihrer Schwester fortgebracht, sie hatte für Truth ohne ein Wort des Vorwurfs oder der Klage gesorgt, obwohl es ihr geordnetes Jungfernleben vollkommen durcheinanderbrachte. Doch trotz der Tatsache, daß Caroline und Katherine eineiige Zwillinge waren, hatte Truth nie die Wärme für Tante Caroline empfunden, die sie für ihre Mutter – wie sie annahm – empfunden hätte.

Natürlich herrschte keine Feindschaft zwischen Truth und Tante Caroline, es war lediglich eine etwas distanzierte und pflichtgemäße Zuneigung auf Seiten von Truth und eine ängstliche Besorgtheit auf Seiten von Tante Caroline. Wenn eine der beiden Frauen die Beziehung seltsam fand, so wurde darüber nie gesprochen – und als Truth älter wurde und fortging und die Geschichten von den Familien ihrer Klassenkameradinnen und Zimmernachbarinnen hörte, war sie um so dankbarer für die bedachtsame Zurückhaltung, die Tante Caroline ihr gegenüber bewahrt hatte. Wenn Tante Caroline ihren Schmerz über den Tod der Schwester geteilt hätte, so hätte Truth es wohl kaum ertragen können.

Aber sie muß etwas gefühlt haben. Zwillinge, vor allem eineiige Zwillinge, hängen sehr aneinander; die Telepathie-Experimente von Lienbaugh-Hay haben erwiesen – Truth brach ihren Gedankengang ab, verwundert über die klinische Richtung, die er genommen hatte. Natürlich vermißte Tante Caroline ihre Schwester Katherine, ebenso wie Truth ihre Mutter vermißte. Aber nachdem Thorne Blackburn verschwunden war, gab es niemanden, den man verantwortlich machen konnte.

Blackburn. Immer führte es auf ihn zurück – Fortunas Günstling, ein Mann von geheimnisvoller Herkunft, der sich als oberster Scharlatan unter den Scharlatanen einen Namen gemacht hatte, der jedermann unverschämte Geschichten erzählte und anschließend erklärte, es sei alles Lüge, ein Mann, der von seinen Anhängern Glauben verlangte und zugleich von sich sagte, er selbst habe keinen Glauben. Ein Mann der Versprechungen, die niemand auf Erden erfüllen konnte – aber Thorne Blackburn hatte auch nie vorgehabt, seine Versprechen zu halten.

Thorne Blackburn war ein spiritueller Hochstapler, der Glauben statt Geld veruntreute und dann das Geld obendrein stahl.

Truth trat auf die Bremse und sah im gleichen Moment, als sie das Steuerrad nach rechts herumriß, schuldbewußt in den Rückspiegel. Glücklicherweise war niemand hinter ihr; sie hätte beinahe die Ausfahrt verpaßt. Sie bog von der Schnellstraße ab und fuhr auf die löchrige und ausgefahrene Nebenstraße, die nach Stormlakken führte. Nur noch ein kurzes Stück bis zum Ziel.

Was konnte sie tun? Was konnte sie sagen?

Es gab nichts, was sie tun konnte – Tante Caroline hatte daran keinen Zweifel gelassen. Und es war Tante Caroline, die etwas zu sagen hatte, über Dinge, die sie am Telefon nicht aussprechen wollte.

Die Nebenstraße wurde zu einem bloßen Feldweg und war nur noch halb so breit. Jetzt befand sich Truth in den Ausläufern der Taconic-Bergkette, und das gezackte, von Gletschern zerklüftete Gebiet war von hohem Gras und kargem Gebüsch, von Buschkiefern und vereinzelten Birken bewachsen.

Sie hielt in Stormlakken an, um zu tanken. Der Ort sah noch aus wie vor zwanzig Jahren, vor zehn und fünf Jahren, auch wenn das Billigkaufhaus mit Brettern vernagelt war und es an der Hauptstraße nur noch eine Bushaltestelle, einen Selbstbedienungsladen, eine Zweigstelle der Mid-Hudson-Bank und einen Fliegen anziehenden Imbiß gab. Das viktorianische Rokoko-Kaufhaus gegenüber der Tankstelle stand leer, solange sich Truth erinnern konnte.

Eine sterbende Stadt; ein passendes Gegenstück zu dem trüben Septembertag. Truth war froh, als sie weiterfuhr, die Hauptstraße hinauf in Richtung See. Oder was die Einheimischen See nannten, obwohl es seit beinahe einem dreiviertel Jahrhundert keinen See mehr gab.

Ein regionales Wasserprojekt – Teil eines Plans, um New York City mit Trinkwasser zu versorgen, der vom Bau des Croton Reservoirs überholt worden war – hatte in den frühen zwanziger Jahren zur Austrocknung des Sees geführt, der Stormlakken den Namen gegeben und seinen kleinen Ruf als Ferienort begründet hatte. Als die Schnellstraße gebaut wurde, sog sie den letzten Rest Leben aus der Stadt, bis sie nun einer Geisterstadt glich, zu weit südlich von dem florierenden Dreiergebilde Schenectady / Albany / Troy und zu weit nördlich von Poughkeepsie, um von der Ausbreitung dieser urbanen Räume in irgendeiner Weise profitieren zu können.

Caroline Jourdemaynes Haus lag ein paar Meilen außerhalb der Stadt, am Ufer des ehemaligen Sees. Die meisten der schmucken viktorianischen Häuser, die einst das Ufer gesäumt hatten, waren seit langem abgerissen; Tante Carolines kleines Haus stand in einsamer Pracht auf einem der spärlich bewaldeten Hügel und sah auf die saftigen Wiesen, die den ehemaligen Seegrund übergrünten.

Truth parkte neben dem alten Honda von Tante Caroline und stellte den Motor ab. Ein feuchter Wind fuhr über den line Jourdemayne wollte auf dem Amsterdam Rural Cemetery neben ihrer Schwester beerdigt werden. Der Sarg war schon bezahlt und der Totengottesdienst mit der örtlichen Bestattungsgesellschaft abgesprochen. Alles war bereit.

Caroline Jourdemayne mußte nur noch sterben.

»... aber das hätten wir alles auch am Telefon besprechen können«, fuhr Tante Caroline unerbittlich fort. »Es gibt noch etwas.«

Zum ersten Mal schien Tante Carolines eiserner Wille zu versagen. »Bitte... wenn du mir ein Glas Wasser bringen könntest... meine Tabletten...«

Truth eilte in die Küche, kehrte mit einem Glas Wasser und einem Fläschchen mit Schmerztabletten zurück, das mit Warnhinweisen übersät war: KANN SCHLÄFRIGKEIT ERZEUGEN – KONTROLLIERTE EINNAHME – ARBEITEN SIE NICHT AN SCHWEREN MASCHINEN, SOLANGE SIE DIE TABLETTEN EINNEHMEN. Als Truth sah, wie Tante Caroline mit dem Verschluß kämpfte, öffnete sie ihn, und Tante Caroline schluckte zwei Tabletten. Truth runzelte die Stirn. Sie war sich sicher, daß die vorgeschriebene Dosis bei einer Tablette lag.

Es mußte schon sehr schlimm stehen. Und es gab nichts, was sie tun konnte – keine Möglichkeit, Caroline Jourdemayne nahezukommen. Truth überfiel plötzlich die panische Erkenntnis, daß keine Zeit mehr blieb, um engere emotionale Bande mit ihrer Tante zu knüpfen. Caroline würde sterben, und Truth würde zurückgelassen mit dem Schuldgefühl, selbstsüchtig gewesen zu sein.

»Also. Es wird mir gleich besser gehen, so hat mir Dr. Vandemeyer wenigstens versichert. Nun. Es gibt noch eine andere Sache, über die wir sprechen müssen. Der eigentliche Grund, warum du hier bist.«

Truth wartete, doch Tante Caroline sprach nicht weiter. Truth ließ ihren Blick zum Fenster und hinaus über die erstarrte Landschaft schweifen, die aussah wie ein Gemälde von Andrew Wyeth. Der Himmel bestand aus vielen Grautönen, die das Haus wie nasses schwammiges Fleisch einhüllten.

»Wir haben nie über ... die Vergangenheit gesprochen«, sagte Tante Caroline schließlich. »Aber du solltest wissen, daß du nicht das einzige Kind bist.«

Das einzige Kind? Truth sah ihre Tante an, sie war leicht alarmiert und verspürte ein unbehagliches Mitleid. Was Caroline Jourdemayne gesagt hatte, ergab keinen Sinn. »Ich glaube ...«, begann Truth.

»Ich bin noch nicht senil – oder von den Tabletten um meinen Verstand gebracht«, schnappte Tante Caroline, als ob sie Truths Gedanken gelesen hätte. »Aber das ist sehr schwer für mich. So viele Jahre habe ich einfach versucht, das Ganze auszulöschen – Thorne und Katherine –, aber es gibt Dinge, die du über deine Familie erfahren mußt.«

»Meine Familie«, wiederholte Truth. Aber ihre Familie war Tante Caroline, und Truth konnte sich nicht vorstellen, was sie über ihre Tante unbedingt wissen mußte.

»Über deine Eltern. Deinen Vater und deine Mutter. Vor allem über Thorne Blackburn. Du hattest nie die Möglichkeit, ihn kennenzulernen, und jetzt ...«

Wieder Blackburn! Truth gab sich Mühe, gelassen zu bleiben. »Ich glaube wirklich nicht, daß es irgend etwas gibt, was du mir über Thorne Blackburn erzählen müßtest, Tante Caroline«, sagte sie bedacht.

»Wie leicht du so etwas sagst. Vielleicht hätte ich – aber es ist jetzt keine Zeit mehr für nutzlose Klagen. Du hast ihn nicht gekannt.«

Und habe es auch nie gewollt! schrie Truth innerlich. In Tante Carolines Stimme lag ein seltsamer Ton, der sie beunruhigte.

»Es gibt eine Hinterlassenschaft ...« Tante Carolines Stimme verlor sich, und ihr Kopf sank einen Augenblick lang herunter, als die erlösende Wirkung der Tabletten eintrat.

»Tante Caroline?« sagte Truth voller Angst.

Die alte Frau brachte sich mit einem Ruck zur Besinnung. »Ich werde neuerdings so leicht müde; ich habe mich noch nicht daran gewöhnt. Und bevor ich daran gewöhnt sein werde, bin ich tot.« Sie verzog ihr Gesicht aus Ungeduld über ihre körperliche Schwäche. »Da ist etwas, das ich für dich aufgehoben habe, etwas aus Thornes Besitz. Ich weiß, daß du nicht verstehst, warum... Ich hatte gehofft, daß ich warten könnte, bis... Aber mir bleibt keine Zeit mehr.«

Mir bleibt keine Zeit mehr. Diese ruhige Feststellung erregte Truths Mitleid mehr als jede dramatische Erklärung.

»Zeit wofür, Tante Caroline?« fragte Truth sanft.

»Ich wollte sie dir nicht geben, bis es – ich wollte nie, daß du ihn haßt«, sagte Tante Caroline, »ich konnte es einfach nicht ertragen... Aber jetzt ist keine Zeit mehr. Diese Dinge kann man nicht einfach herumliegen lassen, bis irgend jemand nach meinem Tod darüber stolpert; auf deine Gefühle kann ich jetzt keine Rücksicht nehmen, du mußt sie jetzt an dich nehmen, und ich bete, daß...« Erneut brach Caroline Jourdemayne mitten im Satz ab, als ob es immer noch Dinge gäbe, die sich nicht sagen ließen. »Sieh es als Thornes Hinterlassenschaft für dich an, und ich wünschte, du könntest verstehen, was er... Dort in der Schachtel im Schlafzimmer – geh und hole sie. Und dann müssen wir über die anderen reden.«

Was für andere? fragte sich Truth, als sie aufstand. Doch Tante Carolines Augen waren geschlossen, und Truth wollte sie nicht weiter stören.

Tante Carolines Schlafzimmer lag im rückwärtigen Teil des Hauses. Es war ebenfalls mit pseudomodernen Möbeln eingerichtet, die der Vision einer glücklicheren Zukunft anzugehören schienen. Die Kommode mit ihrem eng gemaserten Teakholzfurnier – wer in jenen seligeren Tagen hatte schon vom bedrohten Regenwald gehört? –, das schlichte Doppelbett mit seinem Bücherbrett am Kopfende und einer hellen Tagesdecke aus Leinen, sogar die Bilder an der Wand konnten direkt aus der Zeit von...

Von 1969 stammen, dachte Truth mit einem kalten Stich der Erkenntnis. *Es ist, als ob hier die Zeit stehengeblieben wäre, als Mutter starb.*

Sie wollte darüber nicht nachdenken, um kein weiteres Verbrechen zur Liste von Blackburns Schandtaten hinzufügen zu müssen. Sie hatte sich zuvor nie Gedanken darüber gemacht, wie das Haus aussah, doch nun konnte sie der Erkenntnis nicht mehr entrinnen. Nichts hatte sich hier geändert, seit

Tante Carolines Zwillingsschwester gestorben war. Es war, als ob Tante Caroline und das ganze Haus … warteten.

Auf was?

Truth ging zur Kommode hinüber. Auf ihr stand ein Foto im Silberrahmen – das verblaßte Porträt einer dunkelhaarigen, dunkeläugigen Frau, die aussah wie Caroline Jourdemayne mit zwanzig Jahren.

Aber niemand würde ein Foto von sich selbst so aufstellen – und Caroline Jourdemayne hatte ihre Haare nie so lang und ungebändigt getragen und niemals solche zigeunerhaften Ohrringe aus mexikanischem Silber besessen.

Mexikanisch … Blackburn hatte seinen kleinen Hexensabbat mit nach Mexiko genommen, in dem Sommer, bevor sie nach Shadow's Gate zogen – in dem Sommer, bevor Katherine starb.

Das mußte Katherine Jourdemayne sein.

Truth hatte noch nie ein Bild von ihrer Mutter gesehen. Wenn sie je daran gedacht hatte, so war sie davon ausgegangen, daß es keine Bilder gab. Sie nahm den Rahmen in die Hand und fragte sich, warum Tante Caroline ihr das vorenthalten hatte.

Als Truth das Foto bewegte, rutschte ein weiteres Foto – lose – aus seinem Versteck hinter dem Rahmen heraus und flatterte zu Boden. Truth beugte sich hinunter, um es aufzuheben.

Es war ein Polaroidbild des gleichen Jahrgangs wie das gerahmte Foto, diesmal die ganze Figur eines schlanken, lachenden, blonden Mannes, sein langes glänzendes Haar hing über seinen Rücken, und er hielt mit ausgestreckten Armen ein dunkelhaariges Baby in die Höhe. Er war barfuß, trug kein Hemd, sondern nur eine Hose mit Schlag und eine Art Perlenkette.

Ihr Vater.

Sie war sich vollkommen sicher, auch wenn nur noch wenige Fotos von Thorne Blackburn im Umlauf waren, und gewiß kein solcher Schnappschuß. Das verbreitetste war sein Foto für die Öffentlichkeit, das ihn in vollem mystischen Habit zeigte.

Und das Kind mußte … sie selbst sein.

Ein solcher Zorn, daß er sich von Haß nicht unterschied, ergriff Truth Jourdemayne mit der Gewalt eines heranrasenden Zuges. Wie konnte der Mann auf dem Bild sich herausnehmen, so normal zu erscheinen, als ob er ein junger Vater wäre, der fröhlich mit seiner kleinen Tochter spielte? Wußte er nicht, was er getan hatte – was er tun würde?

Truth bekam eine Gänsehaut, als ob Blackburn hier mit ihr im selben Zimmer wäre, und daß er sie einst zärtlich in seinen Armen getragen hatte, war unverzeihlich. Sie legte das Foto behutsam zurück auf die Kommode und stellte das gerahmte Bild ihrer Mutter darauf, als könnte sie die Gedanken an Blackburn so leicht unterdrücken.

Warum hat Tante Caroline ein solches Foto aufgehoben? fragte sich Truth.

»Ich wollte nie, daß du ihn haßt«, hatte Tante Caroline gesagt. Ein schrecklicher Verdacht stieg in Truth auf, zunächst lauernd im Hintergrund ihres Bewußtseins, doch mit wachsender Kraft, um im geeigneten Moment hervorbrechen zu können; es war die präationale Gewißheit, die Parapsychologen *clairsentience* nannten – die Fähigkeit, etwas zu wissen, was man unmöglich wissen konnte, eine Wahrnehmungs- und Erfassungsgabe, die den Beschränkungen von Raum und Zeit spottete.

Ach, hör auf damit! sagte sich Truth grimmig. Zehn Minuten mehr, und sie würde Gespenster sehen. *Und wo ist jetzt das verdammte Was-auch-immer?*

Die Schachtel lag auf dem Bett.

Es war eine weiße Pappschachtel – die alte, schwere Glanzpappe, die in guten Geschäften verwendet wurde –, und auf den Deckel war in Silber das Firmenzeichen des nicht mehr existierenden Lucky-Prat-Kaufhauses geprägt.

Zögernd öffnete Truth den Deckel. Die Schachtel war mit zusammengeknülltem weißen Seidenpapier gefüllt – und mit noch etwas. Truth fragte sich, was für eine gräßliche Erbschaft Thorne Blackburn ihr zugedacht haben mochte.

Nein, nicht Thorne Blackburn.

»Etwas, das ich für dich aufgehoben habe, etwas aus Thornes Besitz … Diese Dinge kann man nicht einfach herumliegen lassen, bis

irgend jemand nach meinem Tod darüber stolpert; auf deine Gefühle kann ich jetzt keine Rücksicht nehmen, du mußt sie jetzt an dich nehmen ... Sieh es als Thornes Hinterlassenschaft für dich an ...

Ich wollte nie, daß du ihn haßt.

Aber mir bleibt keine Zeit mehr ...«

Ein Ring, eine Halskette und ein Buch.

Sie nahm zuerst den Ring. Er hatte ein solches Gewicht, daß Truth ihn beinahe fallen ließ; er war ihr zu groß, er reichte am Mittelfinger von Gelenk zu Gelenk. Als Stein hatte er einen flachen ovalen Lapislazuli von der Größe eines Pfirsichkerns, tief mit verschlungenen Zeichen eingeritzt, deren System Truth nicht recht durchschaute. Der Stein war in mindestens eine Troy-Unze Gold gefaßt, weich genug, um rein zu sein, geformt in Gestalt einer Schlange, die rot emaillierte Buchstaben in ihrem geschuppten Körper trug und winzige rote Rubine als Augen hatte. Der Rand des Rings war mit weiteren Rubinen verziert – keine Cabochons, sondern ganze, dunkelrote Kugeln wie Perlen aus Blut. Innen war eine griechische Inschrift mit Datum eingraviert. Beides sagte Truth nichts.

Die Halskette war ein wunderschönes Schmuckstück aus dunkelgoldenen, walnußgroßen Bernsteinperlen, die ihr halb über die Brust reichte. *Es ist die Kette, die er auf dem Bild trägt ...* An ihr hing ein dickes, schweres Symbol aus Goldemaille, verwirrende Schlingen und Schlaufen und seltsame Zeichen. Sowohl der Ring als auch die Kette hatten etwas Theatralisches, Zeremonielles, als ob sie mit einer ganzen Welt von magischen Wirkungen und Absichten behaftet wären.

Blackburns Ring. Blackburns Halskette. Seine Hinterlassenschaft an sie – aufbewahrt von Tante Caroline. Für sie.

Warum hatte Tante Caroline diese Dinge für sie aufgehoben? Warum hatte sie Truth hergeholt, um ihr diese Dinge jetzt zu geben?

Nichts dergleichen hatte sie von Tante Caroline erwartet, nein, nicht im geringsten ...

Truth merkte mit wachsendem Entsetzen, daß sie ihre Tante nie richtig gekannt hatte. Nie und nimmer hätte sie das erwartet. Nein. Nicht von einer Frau, die Thorne Blackburn für den Tod ihrer Schwester verantwortlich machte. *»Ich wollte* *nie, daß du ihn haßt …«* Aber was sonst hatte Tante Caroline erwartet?

Konnte sie irgend etwas anderes erwarten?

Truth schloß ihre Hände um die Halskette, halb hoffend, daß die Bernsteinperlen zerbrechen würden. All die zurückliegenden Jahre hatte sie angenommen, Tante Caroline wäre von Blackburn ebenso abgestoßen wie sie, während in Wirklichkeit …

Sie sah plötzlich ganz klar.

Tante Caroline und das Haus hatten seit dem Tod von Katherine im Jahr 1969 nur gewartet. In der Zeit erstarrt. Sie warteten …

Wie hatte sie nur so blind sein können? Es war so offensichtlich. Man mußte nur die Augen öffnen und sehen …

Sie warteten.

Warteten, bis Caroline sich im Tod mit Katherine vereinen konnte.

Warteten, bis Caroline sich mit Thorne Blackburn vereinen konnte.

Caroline Jourdemayne hatte Thorne Blackburn *geliebt*.

Es war, als ob die Welt sich plötzlich um 180 Grad gedreht hätte. Alle ungeprüft hingenommenen Tatsachen aus Truths Vergangenheit, so sorgfältig vor Fragen beschirmt und verdrängt, erhoben sich plötzlich, als ob sie dem Willen eines anderen gehorchten und sich zu einer unwillkommenen, aber bitter einleuchtenden Geschichte zusammenfügten.

War Caroline Jourdemayne nicht in jener Nacht, als Katherine Jourdemayne gestorben und Thorne Blackburn verschwunden war, in Shadow's Gate gewesen? Sie war dort gewesen, und die ganzen Jahre hatte sich Truth nie gefragt, warum – doch Caroline Jourdemayne hatte nicht wissen können, wie wichtig ihre Gegenwart dort sein würde. Sie war einfach zu Besuch gewesen.

Ihre Schwester und ihr Freund.

Ihr Liebhaber?

Die Vergangenheit schien plötzlich lebendig zu werden, hier in diesem Zimmer – Truth konnte sie alle zusammen sehen; Katherine, vertrauensvoll und töricht verliebt; Caroline, die skeptisch war und die Gefahr ahnte, versuchte praktisch zu sein, hatte aber nicht die Macht, die Tragödie zu verhindern, der die zwei Menschen, die sie am meisten liebte, zum Opfer fielen. Und Thorne Blackburn.

Truth schloß fest ihre Augen. *Nein – nein – nein … Das ist nicht wahr. Es* kann *nicht wahr sein!*

Aber es war so überzeugend und folgerichtig. Warum sollte eine Frau das Foto eines Mannes aufheben, den sie haßte? Warum seine Dinge für seine Tochter aufbewahren, wenn sie nicht glaubte, daß die Erinnerung an ihn wertvoll war?

Caroline hatte ihn geliebt.

Truth setzte sich langsam auf das Bett. Ihr Kiefer schmerzte, so fest hatte sie ihn zusammengebissen wegen ihres Widerwillens, dem sie keine Stimme verleihen wollte. Alles, woran sie je geglaubt hatte, war Lüge gewesen. Den ganzen Rest ihres Lebens hatte Caroline Jourdemayne in nonnengleicher Askese gelebt, hinter einem Schleier der Zurückgezogenheit, den Truth vergeblich zu lüften versucht hatte, als ob sie sich dem keuschen Gottesdienst von Thorne Blackburn geweiht hätte, in all den einsamen Jahren, in denen sie seine Tochter großzog.

Und sie hatte gedacht, es wäre alles aus Liebe zu Katherine gewesen, verspottete Truth sich selbst. Irrtum.

Sie hat nicht mich geliebt. Sie hat ihn *geliebt.* Truth hörte die Stimme des betrogenen kleinen Mädchens in sich und konnte sie nicht zum Schweigen bringen. Tante Caroline hatte Thorne Blackburn geliebt. Liebte ihn immer noch. Jetzt. Immer. Wenn sie ihn gehaßt hätte, wäre sie nicht dort gewesen, immer dort – und dort in der Nacht, als die beiden – als die drei – Caroline so dringend brauchten.

Und als Truth in ihrer Jugend erfahren hatte, wer Thorne Blackburn gewesen war, und sich gegen ihn auszusprechen begann, hatte Tante Caroline nie ein Wort gesagt.

Hoffte sie, daß ich meine Meinung ändere? Eher wird es Schneestürme in der Hölle geben, dachte Truth grimmig. Der Schmerz, der in ihr wuchs, war zu tief, um ihn in Worte zu fassen.

Er hat alles genommen, hat mir nichts gelassen.

Nicht ihre Mutter, nicht die Liebe ihrer Mutter – am Ende

noch nicht einmal die ihrer Tante. Es war alles, alles, alles für Thorne Blackburn gewesen und nichts für seine Tochter.

Nichts. Nichts übrig. Keine Zeit ...

Es war noch etwas in der Schachtel.

Ein Buch.

Sie hob es vorsichtig heraus. Es maß ungefähr zwanzig mal dreißig Zentimeter – ein bißchen größer als moderne Taschenbücher –, und es war etwa fünf Zentimeter dick. Es war in weiches schwarzes Leder gebunden und hatte einen runden Buchrücken, wie Truth ihn von den alten Büchern in der Bibliothek des Taghkanic College kannte.

Aber dies war kein altes Buch – es war, wie sie beim Aufschlagen merkte, auch kein gedrucktes Buch.

Die Titelseite war in einer schwungvollen Handschrift und mit schwarzer Tinte beschrieben. Dort stand: *Die leidende Venus: Abhandlung über den Wahren Ritus der Wegbereitung und andere Dinge. Thorne Blackburn*

Truth blätterte es eilig durch. Die Seiten waren in einer engen, modernen Schrift beschrieben, hin und wieder unterbrochen von kunstvollen Zeichnungen der gleichen Hand.

Es muß eine Art Zauberbuch sein, dachte Truth wie versteinert. Sie legte es zurück in die Schachtel und rieb sich danach die Hände ab, als ob sie etwas Schmutziges angefaßt hätten. In unseren modernen Zeiten noch einen Glauben an Magie aufrechtzuerhalten, schien für Truth wie der vorsätzliche und mutwillige Versuch, sich vom Rationalismus ab- und der finsteren Ignoranz der Vergangenheit zuzuwenden. Wenn schon Magie, warum dann nicht auch Gesundbeterei und Kinderopfer?

Thorne Blackburn hatte sein Leben der Vernichtung der einzigen Waffe geweiht, die die Menschheit gegen das Universum ins Feld führen konnte – die Kraft der Vernunft –, als ob er ein dämonischer Kollaborateur der Unvernunft gewesen wäre.

Und Tante Caroline hatte ihn geliebt. Hatte dies hier aufbewahrt – fünfundzwanzig Jahre lang, um es Truth eines Tages schenken zu können.

Als ob es ein *Geschenk* wäre – als ob es etwas wäre, was Truth sich wünschen könnte.

Truth legte auch den Ring und die Halskette in die Schachtel zurück und schloß den Deckel. Zitternd fuhr sie mit der Hand durch ihr kurzes Haar. Ihr blasses, von Widerwillen gezeichnetes Gesicht starrte ihr aus dem Kommodenspiegel entgegen.

Wie konnte sie Tante Caroline gegenübertreten? Sie konnte nicht ertragen, zu der Frau, die sie großgezogen hatte, unfreundlich zu sein – aber wie sollten sie ein annähernd vernünftiges Gespräch zuwege bringen, wenn Caroline Jourdemayne den widerwärtigen okkulten Irrsinn Thorne Blackburns bewunderte?

Das war unmöglich.

Truth seufzte tief, plötzlich erschöpft. Nach einem langen widerstrebenden Moment nahm sie die Schachtel in die Hand und kehrte ins Wohnzimmer zurück.

»Tante Caroline?«

Die alte Frau lag auf dem Sofa, den Kopf zurückgeworfen und die Augen geschlossen. Im Schlaf sah sie noch schrecklicher aus: Truth konnte förmlich den entsetzlichen Prozeß der Krankheit sehen, der sie verschlang. Beim Klang von Truths Stimme erwachte Tante Caroline langsam.

»Ah, da bist du ja.« Ihre Augen suchten voller Hoffnung Truths Gesicht. Truth wußte, was Tante Caroline zu sehen hoffte, und kämpfte gegen ihre wahren Empfindungen an. Jetzt über Blackburn zu sprechen, würde zu nichts Gutem führen.

»Wir müssen reden – über die anderen …«, sagte Tante Caroline. Ihr fielen die Augenlider zu; mit großer Willensanstrengung zwang sie sie wieder auf. »Als … als Katherine starb, herrschte ein solches Durcheinander und Chaos. Ich habe alles getan, was ich konnte, aber ich habe die anderen im Stich gelassen, Truth, das ist der Grund, warum …« Ihre Stimme erstarb.

»Tante Caroline, du bist so müde«, sagte Truth schnell. »Du solltest dich wirklich hinlegen und ausruhen. Natürlich hast du niemanden im Stich gelassen. Ich bin ganz sicher, alles wird gut werden.« Die hastig gesprochenen Worte klangen laut und falsch in dem Zimmer.

Tante Caroline schüttelte den Kopf, als ob selbst diese kleine Bewegung ihr Schmerzen bereitete. »Es hat noch andere gegeben«, sagte sie wieder mit schwacher Stimme.

»Wir können später über sie sprechen«, sagte Truth und wünschte sich sehnlichst, daß es dieses Später nie geben würde.

»Du mußt die anderen finden. Die anderen brauchen dich. Der Junge...«, sagte Tante Caroline mit von den Tabletten schwerer Zunge. Truth sah, wie ihrer Tante die Augen langsam wieder zufielen. Sie hob die Füße ihrer Tante auf die Couch hoch und deckte die Frau mit einer afghanischen Decke zu, um es ihr so bequem wie möglich zu machen. Sie wollte nicht Gefahr laufen, ihrer Tante weiteren Schmerz zu bereiten, indem sie sie ins Schlafzimmer trug, obwohl sie die zerbrechliche, zerstörte Gestalt, die unter ihr lag, ohne weiteres hätte tragen können.

Tante Carolines Atem wurde langsamer und stetiger, sie lag jetzt in tiefem, erholsamem Schlaf. Truth nahm das Tablettenfläschchen zur Hand. DEMEROL stand auf dem Etikett. *Eine Tablette alle sechs Stunden gegen Schmerzen.* Aber Tante Caroline hatte zwei genommen. Es würde Stunden dauern, bis sie wieder erwachte.

Truth war ausgesprochen erleichtert und, trotz eines schlechten Gewissens, dankbar, nicht anhören zu müssen, was ihre Tante über die Ereignisse vor einem Vierteljahrhundert zu sagen hatte. Tante Caroline war verwirrt, das war alles. Da gab es niemanden zu finden; niemanden, dem zu helfen war. Blackburns fehlgeleitete Anhänger waren in alle Winde zerstreut, und Truth Jourdemayne hatte gewiß nicht die Absicht, *ihnen* zu helfen, selbst wenn sie Hilfe brauchen sollten.

Sie schaute sich im Zimmer um und nahm, nach kurzem Zögern, Tante Carolines Adreßbuch vom Telefontisch. Hier stand, wie sie gehofft hatte, die Nummer der Krankenschwester, die sich um Tante Caroline kümmerte. In einem kurzen Telefongespräch vereinbarten sie ein Treffen in wenigen Stunden. Die Krankenschwester hatte schon einen Hausschlüssel.

Truth kritzelte eine hastige Nachricht und ließ den Zettel auf dem Kaffeetisch, wo die Tante oder die Krankenschwester ihn finden konnten. Dann holte sie nur noch schnell ihren Mantel, ihre Handtasche und die verhaßte Schachtel und verließ eilig das Haus, in dem Caroline Jourdemayne den tiefen Drogenschlaf der tödlich Kranken schlief und Katherines und Blackburns Fotos über die Vergangenheit wachten.

Wie konnte sie das tun? Die Frage blieb unbeantwortet, als Truth ihren Saturn über die Nebenstraßen von Stormlakken zurück auf die Schnellstraße lenkte. Sie hätte ihr anbieten müssen zu bleiben, aber sie hatte keine Vorkehrungen dafür getroffen, dem Institut länger als einen Tag fernzubleiben, und sie sträubte sich dagegen, länger als unbedingt notwendig in dem Haus zu verweilen, das jetzt so von Thorne Blackburns Gegenwart erfüllt war.

Um ganz ehrlich zu sein: Sie konnte dort nicht länger bleiben, seit sie die Gefühle ihrer Tante für Thorne Blackburn kannte, und zugleich wollte sie ihre Tante nicht verletzen, indem sie ihre eigenen Gefühle zeigte.

Von Anfang an hatte Truth die Gedanken von Tante Caroline respektiert, und sie hatte ihre eigene Persönlichkeit nach dem Vorbild ihrer Tante geformt. Wie war es möglich, daß jemand, in den sie immer das Vertrauen gesetzt hatte, auf der richtigen Seite zu stehen, in Bezug auf Thorne Blackburn so fehlgeleitet denken und empfinden konnte?

Daß sie falsch lag, daran gab es für Truth keinen Zweifel. Aber es war nicht Tante Carolines Schuld. Es war seine, Thorne Blackburns Schuld. Irgendwie hatte er es geschafft, seinen Scharlatanzauber sogar auf Caroline Jourdemayne zu übertragen.

Das war nicht fair. Das empfundene Elend wühlte ihren Magen auf und brachte die Vorboten stechender Kopfschmerzen.

Nein. Es war mehr als nur unfair. Es war unrecht.

Truth hatte sich immer, in ihrem bescheidenen Lebensumfeld, für das Richtige eingesetzt. Manchmal war es schwierig, Recht von Unrecht und richtig von falsch zu unterscheiden, aber diesmal nicht. Der Feenzauber, den Blackburn über diejenigen, die ihn kannten, ausgebreitet hatte, um Menschenverstand und Würde außer Kraft zu setzen, war *falsch*. Dieser faule Zauber hatte noch nicht einmal mit seinem Tod ein Ende gefunden; er wirkte sogar jetzt noch. Jahre nachdem Blackburn verschwunden war, löste er Schmerz und Verletzung aus.

Sie mußte diesem Spiel ein Ende bereiten.

Sie mußte Blackburn ein für alle Male aufhalten, indem sie die Illusion, die er geweckt hatte, zerstörte. Und was wäre besser dazu geeignet, als die Wahrheit zu erzählen – die ganze, endgültige, *wirkliche* Wahrheit über Thorne Blackburn.

Truth warf einen triumphierenden Blick auf die weiße Schachtel neben sich. *Du hast mir also ein Buch vermacht, nicht wahr, Vater? Schön, ich habe ein Buch im Kopf, das doppelt soviel wert ist wie deins.*

»Du willst was machen?« fragte Dylan Palmer ungläubig.

»Ich werde eine Biographie über Thorne Blackburn schreiben«, wiederholte Truth.

Es war halb elf am Dienstag morgen. Truth saß auf der Kante des Schreibtischs in Dylans Büro und schaukelte einen Fuß vor und zurück, während sie seine Reaktion auf ihre Ankündigung beobachtete.

»Wie wirst du es nennen: ›Liebster Zauberer‹? Bei allem, was recht ist, Truth!« Dylan starrte sie an, unsicher, ob sie einen Scherz machte oder nicht. Sein weizenblondes Haar fiel ihm in wirren Locken in die Stirn.

Im Gegensatz zu Truths effizienter Ordentlichkeit hatte Dylans Büro die gleiche freundliche Ungezwungenheit wie sein Besitzer. Dylans Arbeitsplatz war ein Durcheinander von Souvenirs und Lebensspuren, Briefen, Papieren und Büchern. Eine Reihe von Wasserspeiern, die auf Bildern an den Wänden zu sehen waren, verliehen dem Raum eine gewisse Pikanterie. Auf der Innenseite der Tür hing ein Filmplakat von *Ghostbusters*, und ein weiteres über dem Schreibtisch.

»Und ich dachte, du würdest begeistert sein. Du erzählst mir doch immer, was für eine originelle und zukunftsweisende Gestalt Blackburn im Okkultismus des 20. Jahrhunderts darstellt, rechtmäßiger Erbe der Krone von Aleister Crowley. Und doch gibt es keine Bücher über ihn, sein Leben und sein Werk. Nun, das wird sich ändern«, sagte Truth mit Befriedigung.

»Und du willst es schreiben«, sagte Dylan.

Nun, da ihre Entscheidung unwiderrufbar erklärt war, fühlte sich Truth fröhlicher und mehr mit sich selbst im Einklang, als sie sich je zu sein erinnern konnte. Endlich war sie in einer Position, das abscheuliche Puzzle mit Namen Thorne Blackburn zu einem Bild zusammenstecken zu dürfen.

»Ja, ich werde es schreiben. So wird es wenigstens von einem gewissen Nutzen sein – und nicht voll von pseudofaktischen Berichten über Reisen zur Venus und dergleichen«, erwiderte Truth. Insgeheim war sie froh, diese Neuigkeit zum Anlaß nehmen zu können, mit Dylan wieder ins Gespräch zu kommen. Nun konnten sie beide so tun, als ob der Vorfall am Montag nie passiert wäre.

»*Tir na Og*«, sagte Dylan unerwartet. »Die Insel der Seligen. Thorne hat behauptet, daß er dorthin gehen würde.«

Dorthin und zur Venus, hätte Truth ihm sagen können. Seit ihrem Besuch bei Tante Caroline hatte sie ein paar freie Augenblicke dazu genutzt, um in der *Leidenden Venus* zu lesen. Der Titel, der das Buch wie eine Schrift über weibliche Beschwerden erscheinen ließ, war, wie Truth herausgefunden hatte, tatsächlich ein Begriff, den Astrologen benutzten, wenn der Planet Venus im astrologischen Sternbild übermäßig von anderen Planeten beeinflußt wurde. Eine Person, die im Zeichen der leidenden Venus stand, war unglücklich in ihrer Beziehung zu anderen Menschen.

Truth hielt von Astrologie nicht mehr als von der sogenannten Realmagie, aber sie mußte zugeben, daß die Astrologie etwas harmloser war. Sie fragte sich, warum Blackburn ausgerechnet diesen Titel gewählt hatte, wenn doch offenbar andere in ihrer Beziehung zu Thorne unglücklich waren, und nicht umgekehrt. Sie wendete ihren Blick wieder Dylan zu.

Dylan sah aus wie jemand, der nach Worten suchte. Plötzlich fragte sich Truth, ob *er* vielleicht vorgehabt hatte, eine Biographie über Thorne Blackburn zu schreiben. So war schließlich die akademische Welt – veröffentliche oder stirb. Aber auch, wenn ihre Vermutung zutraf, verschwendete sie keinerlei Mitleid auf Dylans gescheitertes Vorhaben. Sie war um vieles qualifizierter und hatte Zugang zu Quellen, die Dylan verschlossen waren.

Vielleicht sollte ich es ›Die Wahrheit liegt im Blut‹ nennen, dachte sie despektierlich.

War *Die leidende Venus* je veröffentlicht worden? Sie hatte Dylan nicht gesagt, daß sie dieses Werk besaß; dieses sollte der Höhepunkt ihres Buchs werden – der Clou, der die Veröffentlichung sicherstellen und aus ihr ein wertvolles Stück wissenschaftlicher Forschung machen sollte –, und sie wollte es bis zum letztmöglichen Zeitpunkt geheimhalten.

»Offen gestanden ist es mir gleichgültig, ob er gesagt hat, er geht nach *Tir na Og* oder nach Cleveland«, verkündete Truth. »Alles, was ich will, sind beweisbare Fakten. Ich habe noch eine Menge Urlaub zu kriegen, und den werde ich nehmen. Drei Monate sind wohl genug, um die Wirklichkeit von der Phantasie zu scheiden.«

»Die Wahrheit ist selten rein und nie einfach, hat Oscar Wilde gesagt«, kommentierte Dylan. »Und was willst du mit deiner Wahrheit anfangen, wenn du sie denn findest?«

»Ich werde sie niederschreiben. Ich sehe keinen Grund, warum Leute Thorne Blackburn weiterhin verherrlichen sollten, wenn sie mit Entsetzen erfahren, was er getan hat.«

Dylan schaute sie mit festem Blick an.

»Bist du dir sicher, daß das etwas ändert? Nimm die beiden Kennedys oder Martin Luther King oder Elvis. Je mehr Schmutz über sie verbreitet wird, desto stärker verankern sie sich im öffentlichen Bewußtsein. Wieso glaubst du, daß dein Buch eine andere Wirkung haben wird?«

»Das weiß ich nicht«, mußte Truth zugeben. »Aber wenigstens werde ich die ganze Wahrheit sagen.« Plötzlich hatte sie das Bedürfnis, ihn davon zu überzeugen, daß sie das Richtige tat – und nicht nur auf Rache aus war. »Wenn ich zu lange warte, Dyl, werden die Primärquellen – die Menschen, die ihn gekannt haben – tot sein.«

»Wenn er heute noch lebte, wäre er über sechzig«, stimmte Dylan zu. »Aber wo willst du anfangen? In Kalifornien? In England?«

»Oh, nein«, sagte Truth. »Ich fange ganz nah bei uns an. Ich beginne dort, wo wirklich alles begann – oder endete.« Sie holte tief Luft und sagte: »Ich gehe nach Shadow's Gate.«

KAPITEL 3

Der Kreis der Wahrheit

Die Wahrheit, die Arme, war Niemandes Kind
Sie zog sich aus und ging ins Wasser, blind.
DOROTHY L. SAYERS

Es war die zweite Oktoberwoche, Hochsaison für die herbstliche Verfärbung des Laubs im Hudson-Tal. Eichen, Ahornbäume, Birken und Pappeln streckten ihre bernstein- und goldfarbenen Kronen einem Himmel entgegen, der so blau war, daß einem die Augen schmerzten. Und Truth war auf dem Weg nach Shadow's Gate.

Es war für sie ein wenig überraschend gewesen, als sie herausfand, daß Blackburn für den typisch romantischen Namen seines letzten Wohnsitzes keine Verantwortung trug. Auch hatte er den Namen der nahgelegenen Stadt in seinen veröffentlichten Essays nicht umgedichtet. Shadowkill gab es tatsächlich, und sein Name leitete sich von dem Bach ab, den der holländische Grundbesitzer Elkanah Scheidow im Jahre 1641 nach sich benannt hatte: Scheidows Kill – *kill* war das gebräuchliche holländische Wort für »Bach« und kam im Tal des Hudson häufig als Ortsname vor, von Peekskill bis Plattekill.

Als englische Siedler sich anstelle der Holländer in der Gegend niederließen, wurde Scheidow's Kill zu Shadowkill und zum Namen der neuen englischen Stadt. Und Scheidowgehucht – Scheidows Weiler – wurde Shadow's Gate, ein Name, der nur noch den Landbesitz außerhalb des kleinen Städtchens meinte. So löste sich eine spukhafte und theatralische Namengebung unter dem Druck einer kleinen Recherche in etwas vollkommen Einfaches und Ungespenstisches auf.

Und in etwas verdammt Trügerisches.

Sie hatte den Namen der Anwälte, die Blackburns Grundbesitz verwalteten, in den Zeitungsberichten gefunden, die 1969 von seinem Verschwinden berichtet hatten. Doch ihre Briefe und Anrufe, worin sie um Hilfe und Informationen bat – und um die Erlaubnis, das Haus zu besichtigen –, blieben unbeantwortet. Truth glaubte jedoch, daß es nicht schwer sein könnte, über den Zaun zu klettern und sich umzusehen. Und als Blackburns Tochter, wenn auch unehelich, konnte man sagen, daß sie ein gewisses Anrecht auf den Besitz hatte.

Der Gedanke beunruhigte sie. Sie wollte nichts von Blackburn haben, nicht sein geheimnisvolles Buch, nicht seinen Zeremonienschmuck, nicht – welche Worte hatte einer ihrer übergeschnappten Korrespondenten benutzt? Ach, richtig – nicht den Mantel seiner mystischen Autorität. Sie schnaubte verächtlich, als sie daran zurückdachte.

Aber sie wollte das Haus sehen. Sie erinnerte sich nicht an die Zeit, die sie in Shadow's Gate verbracht hatte; an ihre früheste Kindheit. Vielleicht konnte sie durch diese Reise etwas für sich wiederentdecken: ihre Geschichte.

Es hatte fast einen Monat gedauert, bis sie vom Institut die Urlaubsbewilligung erhielt. Anschließend hatte sie sich der unangenehmen Beschäftigung gewidmet, ein paar biographische Fakten über Thorne Blackburn herauszufinden. Sie hatte mehrere Male mit Tante Caroline telefoniert, doch Tante Caroline hatte Thorne Blackburn nicht mehr erwähnt, auch nicht die Erbstücke, und Truth war dankbar dafür.

Während sie auf die Urlaubsgenehmigung gewartet hatte, sammelte Truth alles zusammen, was sie über Blackburn gelesen hatte, seit sie von ihm wußte. Sie sah es erneut durch und fand es spärlicher, als sie erwartet hatte. Es gab nur äußerst knappe Erwähnungen in Colin Wilsons *Das Okkulte,* und auch in Richard Cavendishs *Mensch, Magie und Mythos* stand kaum mehr. Als sie nach einer Woche Arbeit ihre Notizen anschaute, glichen sie einem lächerlichen Rätsel.

Thorne Blackburn, geboren wahrscheinlich um 1939, Geburtsort unbekannt – möglicherweise in England – Familie und Kindheit unbekannt. Das erste Mal in den späten fünfziger Jahren in New Orleans aufgetaucht, wo er für Touristen Voodoo-Rituale vortäuschte – eine Phase seiner Karriere, die nicht lange dauerte – und behauptete, er sei Conte de Cagliostro, ein französischer Zauberkünstler aus dem 18. Jahrhundert, der seinerseits behauptet hatte, tausend Jahre alt zu sein. Ungeachtet dieser Behauptungen war Thorne um die dreißig, als er starb – Dylan hatte recht, er wäre nun in seinen Sechzigern.

Als er in den sechziger Jahren in San Francisco wiederauftauchte, hatte er bereits einen Namen als Okkultist. Er behauptete, Mitglied in dem *Ordo Templi Orientis* und der *Goldenen Dämmerung* zu sein. Er erregte großes Aufsehen mit seinen Vorträgen, öffentlichen Ritualen und der Publikation dessen, was in jenen unschuldigen Tagen »Untergrundzeitung« hieß – die natürlich ganz dem Blackburnschen Kult und seinen bizarren New Age-Theorien verpflichtet war.

Und das war alles. Hier brach die Geschichte von Blackburns Leben – und Tod – ab.

Ihre Anfrage in der Bibliothek nach Zeitungsberichten über Blackburn hatte Truth einen Ordner mit Kopien von mikroverfilmten Artikeln eingebracht, die allesamt nicht sonderlich ergiebig waren, mit Ausnahme des einen, der den Namen des Anwalts enthielt. Die meisten drehten sich um das Verschwinden im April 1969. Katherine Jourdemaynes Tod wurde unter dem »Verdacht einer Überdosis Rauschgift« abgehandelt. Die Polizei hatte nach Thorne gesucht, er war aber nie gefunden worden; andere Mitglieder des Kreises waren eine Weile festgehalten und dann wieder freigelassen worden. Es hatte keine Haftstrafen gegeben.

Die Fährte war schon seit einem Vierteljahrhundert kalt, aber vielleicht konnte sie die Geschichte enträtseln – wenn sie Shadow's Gate besuchte.

Truth wußte nicht, woher die Überzeugung kam, daß sie die Antworten dort finden würde – das Haus war schließlich unbewohnt und dem Verfall überlassen, während Meilen von rotem Klebeband es umgaben und der verschwundene, aber nicht nachweisbar tote Besitzer neues Leben von dort fernhielt. Sonst wäre Shadow's Gate mit seinen hundert Morgen Wald schon vor Jahren verkauft worden, glaubte Truth. Sie mußte dorthin.

Vom Institut aus hatte es leichter ausgesehen. Truth schaute hoffnungslos durch die Windschutzscheibe ihres Autos auf eine weitere Nebenstraße in Dutchess County. Sie war den ganzen Morgen über gefahren, und jetzt begann sie sich einzugestehen, daß sie sich verfahren hatte.

Vielleicht gab es Shadow's Gate gar nicht wirklich.

Natürlich existiert es, rief sie sich zur Ordnung. Die Bed-and-Breakfast-Pension bei Shadowkill, in der sie für heute nacht reserviert hatte, war mit Sicherheit Realität und auch realistisch genug, um Visa zu akzeptieren. Truth fuhr an einer geeigneten Stelle an den Straßenrand und studierte noch einmal die Karte von Dutchess County. Shadowkill mußte hier irgendwo in der Nähe sein. Es entstammte nicht der Einbildung eines Kartographen.

Mühsam machte sie Shadowkill auf der Karte ausfindig und dann (nach einem Blick auf das Straßenschild, um sich zu vergewissern) die Bundesstraße 43. Sie lagen wenigstens einen Zoll weit auseinander und berührten sich nicht, entgegen Truths Wegbeschreibung.

Ach, jetzt hab ich's. Ich hätte weiter hinten abbiegen und auf die Bundesstraße 13 fahren müssen. Glückszahl 13. Wie treffend.

Nur gut, dachte Truth bei sich, daß sie nicht abergläubisch war.

Aber selbst eine abergläubische Person wäre schließlich von der Ansicht der kleinen Stadt Shadowkill bezaubert worden, die Truth endlich nach weiteren vierzig Minuten erreichte.

Shadowkill war eine der typischen alten Städte am Hudson River, mit großzügigen viktorianischen Häusern, die sich um einen malerischen Stadtpark gruppierten. In der Mitte des Verkehrskreisels stand ein großes Kriegerdenkmal. Die Hauptstraße, die von Antiquitätengeschäften und einer Reihe schicker, kleiner Läden gesäumt wurde, zeigte Shadowkill als eines der Städtchen in dem »Sleepy Hollow Country«, das hauptsächlich vom Tourismus lebte.

Es war schon spät am Nachmittag, und vernünftigerweise hätte sie ihre Bed-and-Breakfast-Pension aufsuchen sollen, um wenigstens ihre Wirtin kennenzulernen und die Koffer abzustellen, aber nun war sie ihrem Ziel so nah, daß sie es nicht über sich brachte, anzuhalten. Über viele Jahre hatte Shadow's Gate drohend in ihrer Phantasie gestanden wie ein Höllenhaus; sie konnte keinen Augenblick länger abwarten, um es zu sehen, wie es wirklich war, um es auf seine gewöhnliche Erscheinung zu reduzieren.

Ihrer Wegbeschreibung folgend, fuhr Truth auf der Hauptstraße, wie die Bundesstraße 13 hier hieß, an Läden vorbei, denen sich schmucke – und teure – Ferienhäuser anschlossen. Nach den Häusern führte die Straße drei Meilen lang zwischen eingezäunten Wiesen hindurch. Dann erreichte Truth eine Stelle, wo die Main Street mit der Old Patent Grant Road ein T bildete.

Shadow's Gate lag direkt vor ihr, und der Lattenzaun, der die Old Patent Grant Road säumte, war von dem Bereich vor dem Pförtnerhaus entfernt worden, so daß man ungehindert auf den Grundbesitz fahren konnte. Truth überquerte die zweispurige Straße und fuhr hinauf auf den Kiesplatz vor dem Pförtnerhaus. Ein warnendes Zittern durchfuhr ihre Haut, so daß sich ihre Arm- und Nackenhaare aufrichteten; die Luft schien geladen wie vor einem Sturm.

Sei nicht melodramatisch. Es ist nur ein Haus, schimpfte Truth mit sich. Sie zwang sich, die Dinge um sich herum mit wissenschaftlich prüfendem Blick zu betrachten.

Von ihren Forschungen wußte sie, daß Shadow's Gate noch aus den Tagen stammte, als beide Ufer des Hudson von den palastähnlichen Villen der Räuberbarone des 19. Jahrhunderts übersät waren. Das jetzige Herrenhaus mußte kurze Zeit nach dem Bürgerkrieg erbaut worden sein. Das Pförtnerhaus, vor dem ihr Auto nun hielt, war offenbar später hinzugebaut worden und selbst ein Miniaturschlößchen, allerdings mit einer riesigen Uhr an der Stirnseite, die ihm eine entfernte Ähnlichkeit mit einem amtlichen Gebäude verlieh. Das Pförtnerhaus bildete einen Bogen über den Fahrweg; Eisentore innerhalb des Bogens hielten unerwünschte Eindringlinge von dem Besitz fern. Truth hatte in dem Buch von Cavendish Fotos von dem Pförtnerhaus gesehen und es im Geiste vervollständigt: die Umgebung mit Unkraut überwachsen, das verrostete Tor von einem Vorhängeschloß verschlossen; alles umgeben von einer Aura des Niedergangs und Verfalls.

Als störend für ihren Seelenfrieden erwies sich, daß das Unkraut beseitigt war, statt dessen wuchsen Zierpflanzen, und das frisch gestrichene Tor vor der kürzlich mit neuem Kies aufgefüllten Zufahrt stand weit offen. Shadow's Gate machte keineswegs den Eindruck, nur ein Überbleibsel aus geisterhafter Vergangenheit zu sein.

Jemand lebt hier, wurde Truth klar, und sie fühlte wieder die unterdrückte Eifersucht, die sie schon bei Tante Caroline gespürt hatte. Shadow's Gate gehörte ihr – wer wagte es …

»Kann ich Ihnen helfen?«

Die Stimme gehörte dem unverfrorenen jungen Mann, der hinter dem Pförtnerhaus hervorkam. Sie kurbelte das Fenster herunter und lehnte sich hinaus.

»Ich – ich weiß nicht recht. Ich wollte mir das Haus ansehen.«

»Es steht nicht zum Verkauf«, sagte der junge Mann, immer noch lächelnd. Er war einige Jahre jünger als Truth, mit sonnengebleichtem blonden Haar und dunkel gebräunter Haut, was auf Arbeiten an der frischen Luft hindeutete.

»O nein, ich will es nicht kaufen«, sagte Truth schnell. »Ich wollte es mir nur ansehen.« Ein Anfall von Ehrlichkeit ließ sie hinzufügen: »Ich bin hier aufgewachsen – na, ist schon eine Weile her. Mein Name ist Truth Jourdemayne.«

Mittlerweile hatte sich Truth gegen praktisch jede mögliche Reaktion auf ihren zugegebenermaßen seltsamen Vornamen abgehärtet. Er war ebenfalls eine Hinterlassenschaft von Thorne Blackburn, aber zu der Zeit, als sie das bemerkte, war es so sehr ihr Name geworden, daß keine noch so große Verachtung für den Namensgeber sie veranlassen konnte, sich umzunennen.

»Sie sind Truth Jourdemayne? Die Truth Jourdemayne? Das ist ja toll! Und Sie sind hier! Wie haben Sie…? Oh, ich, mhm, glaube, ich muß mich erst mal vorstellen. Ich bin Gareth. Gareth Crowther, schon gehört? Egal, willkommen in Shadow's Gate, Ms. Jourdemayne – ich kann mir niemanden vorstellen, der hier besser herpassen würde. Junge, Junge, das ist wirklich irre – niemand von uns hat gewußt, daß Sie kommen.«

Unter allen möglichen Reaktionen – Belustigung, Unglaube, Verwirrung – hatte sie so eine noch nie erlebt. Offensichtlich bedeutete ihm ihr Name etwas, doch er war so unschuldig erfreut von seiner Entdeckung, wer sie war, daß es schwerfiel, daran Anstoß zu nehmen.

»Aber, meine Güte! Sie müssen ins Haus kommen und Julian kennenlernen«, fügte Gareth hinzu. »Das wird toll werden!«

»Ich glaube nicht, Mr., em…«, begann Truth.

Gareth welkte sichtbar unter der Absage hin. »Nennen Sie mich Gareth. Und… bitte, kommen Sie doch. Es macht nicht die geringsten Umstände. Julian ist im Moment mit nichts Besonderem beschäftigt. Und Sie können das Haus anschauen. Dafür sind Sie doch hergekommen, oder? Ihr Haus zu sehen. Julian wird sich freuen, Sie herumzuführen.«

Er starrte sie so voller Hoffnung an, daß Truth wegen ihrer Ablehnung ein schlechtes Gewissen bekam. Gareth war offenbar ein kleines Kind in Männergestalt und sein Seelenhaushalt nicht darauf eingerichtet, Unfreundlichkeiten auszuteilen oder zu empfangen. Und sie *wollte* das Haus sehen. War die Frage des Blackburnschen Nachlasses doch geklärt und der Grundbesitz verkauft worden? Niemand hatte schließlich einen Grund, es ihr zu sagen, wenn dem so war.

»Julian, nehme ich an, ist der neue Eigentümer?« sagte Truth.

»Ja«, sagte Gareth. »Wir sind erst vor ein paar Monaten hierhergezogen, im Mai.«

Truth war darüber ein bißchen verwundert – selbst nach so kurzer Bekanntschaft schien ihr Gareth nicht der passende Partner für jemanden, der sich einen Besitz wie diesen leisten konnte, der, bei *sehr* zurückhaltender Schätzung, mehrere hunderttausend Dollar kostete.

»Kommen Sie schon«, sagte er ermunternd. »Bitte.«

Du bist einen so weiten Weg gefahren; du könntest also ebensogut hineingehen. Geh schon. Sieh's dir mal an. Das stumme Drängen war so stark, daß Truth es als eine äußere Kraft wahrnahm, aber immer noch zögerte sie.

Als Parapsychologin glaubte Truth Jourdemayne an die unsichtbare Welt der Wahrnehmungen jenseits des Alltäglichen und an Kommunikationen jenseits der Sprache. Als Wissenschaftlerin zog sie jedoch immer eine natürliche Erklärung einer paranormalen vor. Das abwehrende Gefühl kam wahrscheinlich nur von ihrem unbewußten Wunsch, kindliche Schreckgespenster zu vertreiben.

»Okay, ich komme mit«, sagte sie. »Danke, Gareth, Sie sind sehr freundlich.«

»Ich danke *Ihnen*, Ms. Jourdemayne«, sagte Gareth und machte eine schelmische Verbeugung.

»Truth«, sagte sie. Sein Lächeln wurde breiter. Er trat zurück, als das Auto das frisch gestrichene Tor passierte.

Truth stellte fest, daß man das Haupthaus vom Pförtnerhaus aus nicht sehen konnte. Sie hatte das seltsame Gefühl, in ein Gemälde oder einen Film hineinzufahren – in eine Welt, die auf andere Weise wirklich war als diejenige, die sie verließ, eine Welt mit eigenen Reizen und Gefahren.

Wenn man sich erst einmal auf dem Grund und Boden des Anwesens befand, war es, als ob das 20. Jahrhundert sich verflüchtigte. Kein anderes Haus war in Sicht; sie konnte noch nicht einmal die Stromleitungen sehen, die es, wie sie wußte, hier gab. Der Kiesweg machte zuerst eine Biegung nach links, dann nach rechts und führte durch den jungen Wald, der das Haus umgab; der Fahrweg war an beiden Seiten von tiefen Gräben gesäumt, um das Wasser von Sommerregen und Schneeschmelze abfließen zu lassen; jetzt waren sie voll mit

Blättern, goldenen Dublonen, die aus irgendeiner Geistergaleere geraubt worden waren.

Truth tat ihr Bestes, ihre Phantasie im Zaum zu halten und sich auf das zu konzentrieren, was sie erwartete. Wer war Julian? Warum hatte er Shadow's Gate gekauft? Gareth schien zu wissen, wer er war; wie unangenehm würde die Begegnung werden?

Plötzlich öffnete sich der Wald, und Truth sah das Haus vor sich liegen. Sie bremste, ohne sich dessen bewußt zu sein.

Shadow's Gate war ein üppiges Beispiel für die Neugotik des 19. Jahrhunderts im Hudson Valley. Es sah aus wie eine Märchenburg, erbaut als Festung für einen Krieg im Nimmerland. Im Gegensatz zu den anderen Herrenhäusern am Hudson River, die aus einheimischem Holz und importiertem Marmor gebaut waren, war Shadow's Gate aus dem hiesigen hellen Graustein errichtet worden. Drei Türme mit kegelförmiger Abdachung und langen, schmalen Fenstern erhoben sich über den Ecken der verschachtelten Anlage, und an einer Seite sah Truth die geometrische Form eines Glas- oder Gewächshauses vorragen. Es stand so weit ab, als wollte es mit den Mauern, die es stützten, nichts zu tun haben. Die vielleicht fünf Morgen Land, die gleich um das Haus lagen, waren sorgfältig gepflegt; über der weiten Fläche des grünen Rasens konnte sie einen wie aus weißer Spitze bestehenden Pavillon erkennen und hohe geschnittene Hecken, hinter denen sich ein Irrgarten verbergen mochte. Hinter diesen Anzeichen der Zivilisation beherrschte wieder der herbstliche Wald die Landschaft. Der Grundbesitz von Shadow's Gate belief sich auf gut einhundert Morgen Land.

Der Hundert-Morgen-Wald. Wie in *Pu der Bär.*

Shadow's Gate glich einer Bilderwelt, die sie eher in einem Kinderbuch vermutet hätte, die aber nun zu wunderlichem Leben erwachte. Truth war sich immer sicher gewesen, daß sie keinerlei Erinnerung an ihre frühe Kindheit hatte, wie es durchaus normal war – schließlich berichten die meisten Menschen, daß sie über keine Erinnerungen aus der Zeit vor ihrem siebenten oder achten Lebensjahr verfügen –, doch nun schien es, als hätte sie sich geirrt.

Sie kannte diesen Ort. Durch seine Tür zu treten war wie das Versprechen, eine Verabredung einzuhalten, zu der sie zwanzig Jahre zu spät kam.

Ihr Herz schlug heftig. Für einen kurzen Augenblick war die Welt – das Auto, der Herbstwald – verschwunden, und sie stand nackt an einem Ort, wo Fackeln eine Säulenkathedrale aus Licht schufen. Sie war zum Gericht gekommen, doch jene, die sie gerufen hatten, wußten nur wenig davon, daß sie Truth gerufen hatten, damit sie ihnen begegne …

Truth schüttelte den Kopf, verwundert. Die Erinnerung, Phantasie, was immer es war, wich von ihr wie ein Traum und ließ nur die Ahnung einer Aufgabe zurück, der sie sich stellen mußte.

»Unheimlich.« Sie sagte es laut, und der Traum zerbrach. Das Haus vor ihr war nichts weiter als ein stattliches viktorianisches Herrenhaus, nach vielen Jahren frisch renoviert.

»*Déjà vu*, das ist der Begriff dafür«, sagte Truth zu sich selbst und fuhr langsam weiter. *Déjà vu*, das Gefühl, irgendwo schon einmal gewesen zu sein. Oft von medial Begabten als Beweis ihrer Kräfte angeführt, aber das war es kaum. Ein hübscher Trick des Bewußtseins, mehr nicht.

Mehr nicht.

Als sie das Haus erreichte, stand ein Mann auf den Eingangsstufen des Hauses und erwartete sie.

Gareth muß vom Pförtnerhaus aus angerufen haben, dachte Truth. Sie stieg zögernd aus dem Auto und hängte sich ihre Tasche über die Schulter. Der Mann kam die Stufen herunter und ging um den Wagen herum, um sie zu begrüßen.

»Hallo«, sagte er und streckte die Hand aus. »Ich bin Julian Pilgrim. Willkommen in Shadow's Gate, Ms. Jourdemayne.«

Truth entging nicht, daß er sie mit schnellem Blick musterte, und war plötzlich froh, daß sie sich die Mühe gemacht hatte, eine ihrer Kombinationen auszugraben, die sie sich gewöhnlich für wissenschaftliche Konferenzen vorbehielt: ein Rock mit dazu passendem Jackett in olivgrüner Wildseide, wozu noch ein elfenbeinfarbener *peau de soie*-Mantel gehörte. Die kaffeefarbenen Pumps mit niedrigen

Absätzen und dazu die übergroße Schultertasche vervollständigten das Bild einer tüchtigen, im Beruf stehenden und normalen Frau.

In dem Moment, als Julian Pilgrim sie abzuschätzen begann, nahm Truth ihrerseits eine Taxierung vor. Vor ihr stand ein Mann, ein paar Jahre älter als sie, mit festem, leicht schimmerndem schwarzem Haar und Augen, deren überraschendes Topazblau an das einer siamesischen Katze erinnerte. Sein Gesicht hatte die herablassende Arroganz vornehmer Herkunft, und sein Körper schien von katzenartiger Geschmeidigkeit. Er war angezogen, als nähme er an derselben imaginären Konferenz teil wie sie; er trug ein Jackett aus feinem, teurem Tweed, eine schwarze Freizeithose und ein leuchtend weißes, aufgeknöpftes Leinenhemd, das seinen kräftigen, braunen Hals sehen ließ. Er hatte keinen Ring an seinen Händen, und die Rolex umgab sein linkes Handgelenk wie ein dünner, goldener Hauch von Luxus. Als sie seine Hände sah, lief ein leiser Schauer durch ihren Körper; sie fragte sich unwillkürlich, wie sich diese Hände auf ihrer bloßen Haut anfühlen würden.

Die einzige nicht harmonierende Note in dieser Vollkommenheit war der Armreif, den Julian Pilgrim an seinem rechten Handgelenk trug.

Man hätte erwartet, daß der Schmuck des Mannes von ausgesuchter Eleganz wäre. Dieses an Handschellen erinnernde Gebilde war es nicht. Es hatte das primitive, gekörnte Aussehen von Roheisen, in das völlig sinnlos eine Figur in reinem Gold eingelegt worden war. Sie warf nur einen flüchtigen Blick darauf. Der Richtung ihrer Augen folgend, schüttelte Julian den Ärmelaufschlag herunter, um den Armreif zu verbergen. Die Manschettenknöpfe waren flache Quadrate aus rotem Emaille.

Ihr gegenseitiges Mustern hatte nur Momente gedauert; Truth lächelte und ergriff seine Hand.

»Ich bin Truth Jourdemayne – wie Sie bereits wissen«, sagte sie. »Und Sie sind der Eigentümer von Shadow's Gate?«

»Ich sehe mich nur in der Rolle des Verwalters. Wenn ein Mann ein dreihundert Jahre altes Haus kauft, muß er sich darüber im klaren sein, daß er nur eine flüchtige Episode in dem Leben des Hauses darstellt. Aber bitte, kommen Sie doch herein. Haben Sie eine lange Reise hinter sich?« Er strahlte die gleiche bezaubernde Faszination aus wie eine der großen Raubkatzen – ein Tiger, vielleicht –, und trug seine Aura charismatischer Männlichkeit wie einen triumphierenden Lorbeerkranz, sich seiner Wirkung auf einen großen Teil der weiblichen Bevölkerung augenscheinlich nicht bewußt.

»Wir sind fast Nachbarn; ich arbeite am Taghkanic College, gleich drüben in Amsterdam County.«

Normalerweise hätte sie sich genauer ausgedrückt, denn eigentlich arbeitete sie für das Bidney Institut und nicht für das College, aber irgendein Instinkt hielt sie davor zurück, zu schnell zuviel von sich preiszugeben. »Ich habe nicht gewußt, daß Shadow's Gate zum Verkauf stand«, fügte sie hinzu.

»Das stand es auch nicht.«

Julian machte mit der Hand eine Gebärde, daß sie ihm auf den Stufen vorangehen sollte, und dann huschte er nah an sie heran, um die Tür zu öffnen.

Im Eingang stehend, schaute sie sich kurz um. Juwelengleiches, vielfarbiges Licht ergoß sich durch die Buntglasscheiben der Galerie und drohte erneut, sie in jenen merkwürdigen, sie verändernden Zustand der Erinnerung zu versetzen. Sie wendete den Blick ab, als sie hineinging.

»Ich habe ein ziemlich seltsames Arrangement bezüglich des Besitzes ausgehandelt«, sagte Julian, der ihr ins Haus folgte. »Mein erstes Gebot, mit dem ich mir das Vorkaufsrecht gesichert habe, ist bei einem Treuhänder hinterlegt, und ich wohne hier mit ein paar ... Freunden, ... während die letzten Details noch ausgearbeitet werden. Aber sind das nicht schlechte Nachrichten für Sie? Vielleicht haben Sie geplant, selbst in Shadow's Gate zu wohnen?« Seine tiefe Stimme war wie rauher Samt, wob einen Zauber, der nichts mit dem Haus zu tun hatte.

»Ich denke nicht«, sagte Truth kurz.

»Ich muß gestehen, daß ich mich geehrt fühle durch den Besuch von Thorne Blackburns Tochter«, fügte Julian hinzu.

»Alles, was ich tun kann, um Ihren Besuch so angenehm wie möglich zu machen ...«

Also wußte er, wer sie war. Truth spürte, wie sie sich versteifte, trotz Julians enormem Charme und seinem offenbaren Wunsch, ihr zu gefallen. Sie fragte sich, wie gefährlich anziehend Julian Pilgrims ungenannte Freunde sein mochten – und was für eine Art von Freundesbund es war, der sie hier zusammengeführt hatte.

»Ich bin nur gekommen, um mir das Haus anzusehen«, sagte Truth brüsk.

»Und das sollen Sie auch«, sagte Julian und nahm sie am Arm. »Für Sie mache ich die große Führung.«

»Ich könnte mir vorstellen, daß es für Sie ziemlich belastend war, die Tochter von Thorne Blackburn zu sein«, sagte Julian etwa eine Stunde später.

Schließlich waren sie am Ende der großen Führung in einem Zimmer gelandet, das Julian sein Büro nannte; ein erstaunlich kleiner Raum, der sich eingeklemmt unter dem großen Treppenaufgang befand. Er war voll von eingebauten Bücherschränken, die wiederum voll von Büchern waren – der gelesenen Art, nicht die übliche »Meterware« eines Dekorateurs. Wo keine Bücher standen, waren die Wände mit rotem Seidenbrokat tapeziert; entweder echtem oder einer täuschend echten Kopie. In der Mitte befand sich ein Schreibtisch mit bequem gepolsterten viktorianischen Stühlen zu beiden Seiten. Eine Chinoiserie als Barschränkchen und ein Orientteppich auf dem Fußboden komplettierten die Einrichtung. Seltsam genug, hatte der Raum keine Fenster.

Nach der einsichtsvollen Bemerkung sah Truth überrascht aus. Julian lächelte amüsiert.

»Kommen Sie, Ms. Jourdemayne – der Schreck, der Ihnen in die Glieder fuhr, als ich nur den Namen Ihres Vaters erwähnte, wäre selbst für jemanden, der weniger Intelligenz besitzt, als ich mir zubillige, ein Hinweis darauf gewesen, daß dies kein willkommenes Thema für Sie war.«

Truth wendete sich ab und machte einen Staatsakt daraus, sich einen Stuhl auszusuchen, damit er ihre Errötung nicht sah. Er war in der letzten Stunde die Freundlichkeit selbst gewesen, hatte ihr das Haus und den dazugehörigen Besitz gezeigt, hatte kenntnisreich über die Geschichte gesprochen – und nicht ein einziges Mal Thorne Blackburn erwähnt.

Sie ging alle möglichen Antworten durch, die sie geben konnte. »Es tut mir leid, wenn ich unhöflich erscheine«, sagte sie schließlich, als sie sich auf den einfachsten Stuhl setzte. »Aber…«

»Aber Sie sind es müde, so behandelt zu werden, als wären Sie kein eigener Mensch, mit eigenen Wünschen und Bedürfnissen, sondern eine Art übersinnliche Fernmeldestelle für einen Mann, den Sie kaum gekannt haben«, sagte Julian. »Und dessen Neigungen Sie vielleicht noch nicht einmal teilen.«

Nun, das war eine wahrhaft höfliche Umschreibung.

»Ja«, sagte Truth dankbar. Sie fühlte sich zu Julian auf eine Art hingezogen, welche die rein körperliche Anziehung überstieg, als ob eine unausgesprochene Kameradschaft, eine alte Freundschaft zwischen ihnen existierte.

»Ich«, sagte Julian, »bitte niemanden, meine Neigungen zu teilen – und wenn es jemand trotzdem tut, ist es eine unerwartete Zugabe.« Er lachte, und Truth lächelte zurück. »Vielleicht ein wenig Sherry, Ms. Jourdemayne?«

»Ja, danke. Und bitte nennen Sie mich Truth, Mr. Pilgrim.«

»Und Sie müssen mich Julian nennen«, antwortete er und ging hinüber zu dem Schränkchen, in dem eine Kristallkaraffe und Gläser auf einem Silbertablett standen, so stilgerecht wie in einem Professorenzimmer in Oxford.

»Verzeihen Sie, daß ich es erwähne«, fuhr er fort, nachdem er zwei feine Kristallgläser, gefüllt mit dem granatfarbenen Wein, gebracht hatte, »aber Sie wissen natürlich, daß Sie für das Werk von Blackburn vorgemerkt sind, nicht wahr?«

Eine Frage, die sie von jedem anderen geärgert hätte, legte sie Julian als menschliche Neugier aus.

»Ich kenne mich mit Blackburns Werk nicht sonderlich gut aus«, sagte Truth vorsichtig.

»Kinder kennen fast nie ihre Eltern – oder was für ihre Eltern wichtig ist –, und das grelle Licht der Öffentlichkeit, das nach Blackburns Verschwinden auf sein Werk fiel, war da gewiß auch nicht hilfreich. Okkultisten – wie Parapsychologen – leisten ihre beste Arbeit, wenn sie nicht für die 6-Uhr-Nachrichten interviewt werden.«

Truth zog die Augenbrauen hoch und sagte nichts, während Julian stillvergnügt über ihre Verwunderung lachte.

»›Sie kennen meine Methoden, Watson, nun wenden Sie sie an‹«, zitierte er fröhlich. »Jeder, der sich mit dem Gebiet beschäftigt, kennt das Bidney Institut, egal für welche Seite sein Herz schlägt, und abgesehen davon, wie sollte ich die Autorin der *Vorläufigen Untersuchungen für eine statistische Grundlage zur Auswertung hellseherischer Wahrnehmung* nicht kennen? Ich wünschte, ich hätte nach Bern kommen können, um Ihren Vortrag zu hören; es scheint, als hätten wir uns längst kennenlernen sollen.«

Diesmal ließen sich sein Lächeln und seine Worte nicht mißdeuten; Truth fühlte sich geschmeichelt und errötete.

»Ich hatte keine Ahnung, daß Sie sich für Parapsychologie interessieren, Julian«, sagte sie. Sie nahm einen kleinen Schluck von ihrem Sherry; sein süß-würziger Geschmack war die körperliche Entsprechung des Oktober-Sonnenlichts, das durch die Buntglasfenster draußen in die Eingangshalle fiel.

»O ja, das tue ich, aber lassen Sie sich nicht in die Irre führen. Mein Hauptinteresse gilt Blackburns Werk aus dem Blickwinkel des Magiers selbst – doch wie Thorne selber sagt, wir müssen uns sowohl mit dem Reich wissenschaftlicher Möglichkeiten als auch mit der Palette von Bühnenillusionen vertraut machen, um wahre Magie zu erkennen, wenn wir ihr begegnen.«

Julian lehnte sich in seinen Stuhl zurück, und wieder verdrängte Truth ein inneres Nachsinnen darüber, wie es sich anfühlen würde, die Muskeln zu berühren, die sich unter der Kleidung spannten.

»Das klingt ganz vernünftig«, gab Truth widerstrebend zu und zwang sich, ihre Gedanken nicht abschweifen zu lassen. Sie wollte mit einem so liebenswürdigen Gastgeber kein Streitgespräch beginnen, doch sie konnte sich einen kleinen ironischen Seitenhieb nicht verkneifen. »Und haben Sie viel ›wahre Magie‹ gesehen, Julian?«

»Nein.« Er lächelte sie an, als ob er sie einladen wollte, ein kostbares Geheimnis mit ihm zu teilen, und trank den Rest seines Sherrys in einem Schluck. »Aber ich hoffe noch darauf. Und was führt *Sie* nach Shadow's Gate, Truth Jourdemayne? Sicher nicht das Interesse an der Architektur im Hudson Valley?«

Er beugte sich vor, vollkommen ungezwungen und entspannt, und erneut fühlte sich Truth an eine träge Raubkatze im Dschungel erinnert, ganz Mitternachtsfell und heißglühende Augen. Es war enttäuschend, ihn auf der Seite der Thorne-Anhänger zu finden, aber wollte sie mit ihrem Buch nicht gerade solchen Leuten wie Julian helfen?

Abgesehen davon arbeitete kein Biograph, ohne sein Thema zu diskutieren. Also mußte sie früher oder später auch mit jemand anderem als Dylan über Blackburn reden.

»Ich schreibe eine Biographie über meinen Vater«, sagte Truth.

Julian fuhr in seinem Stuhl auf, sein Gesicht strahlte vor Freude. »Ach, wie wunderbar sich das trifft!«, sagte er. »Sie sind genau an den richtigen Ort gekommen, um damit anzufangen. Sie müssen natürlich hierbleiben; es wird alles für Sie soviel einfacher machen. Sie haben sicher von der Sammlung gehört – ich stelle sie Ihnen natürlich zur Verfügung –, aber welch eine erstaunliche Synchronizität!«

»Synchronizität«, wiederholte Truth verwirrt. »Was für eine Sammlung, Julian?« fragte sie und überging zunächst seine Einladung, zu bleiben.

»Die Blackburniana – in Ermangelung eines besseren Begriffs. Sie wollen sagen, daß Sie nichts davon *gewußt* haben? Das ist zuviel für meinen armen Verstand. Ich sammle seit vielen Jahren. Sie ist ziemlich umfangreich, wirklich: Briefe, Tonbänder, mystische Instrumente. Genau, was Sie brauchen, ich werde sie Ihnen zeigen.«

Er stand auf und reichte ihr die Hand. Nach einem Augenblick des Zögerns legte sie ihre Hand in die seine. Julians warme Finger schlossen sich selbstbewußt um ihre, und die Kraft, die durch seine Berührung floß, ließ sie erschauern.

»Ich fing schon an zu glauben, daß ich sie selbst schreiben müsse, und ich habe nicht das geringste literarische Talent, wie ich Ihnen versichern kann«, sagte Julian. »Doch es gibt keinen besseren Weg, Thorne Blackburn kennenzulernen, als über ihn zu schreiben.«

Truth stand neben Julian in einem hohen, weiten Raum, den sie auf ihrem ersten Rundgang nicht gesehen hatte. Seine weißen Wände und hohen Decken gaben ihm die unerklärliche Atmosphäre eines Schulhauses auf dem Land. Hier gab es keine eingebauten Bücherschränke, nur ausgedehnte Flächen von Rauhverputz und weiß gescheuerte Eichendielen. Zwei lange Bibliothekstische standen darin und mehrere freistehende Regale und Karteischränke, doch beherrscht wurde der ganze Raum von einem riesigen Ölgemälde, das über dem Kamin auf der gegenüberliegenden Seite des Raums hing – Thorne Blackburn in seinem vollen zeremoniellen Habitus.

»Es ist hilfreich, wenn man sich Anzeigen in Magazinen und Zeitungen leisten kann – und für angebotene Stücke zahlen kann, natürlich. Erstaunlich, wie oft wir das kalte Geld dem ehrenden Gedenken vorziehen. Aber ich klinge zynisch – in Wahrheit war ich unsagbar glücklich, all diese Dinge erwerben zu können, und ich fühle – Demut und Dankbarkeit.«

Selbst nach so kurzer Bekanntschaft fand Truth, daß Demut nicht zu den Eigenschaften gehörte, die Julian auszeichneten. Man konnte sich ebensogut einen schüchternen Adler oder einen unterwürfigen Tiger vorstellen. Sie wendete ihren Blick dem Porträt zu, damit Julian sie nicht ertappte, wie sie ihn anstarrte: gleich einem Schulmädchen, das ihren ersten Schwarm anhimmelte.

Der Abgebildete auf dem Porträt war barfuß und trug eine fließende grüne Robe, deren Saum mit goldenen altirischen Runen verziert war. Ein Wolfspelz – oder etwas, das einen solchen darstellen sollte – war an den Schultern befestigt. Die Robe war an der Taille mit einem breiten, edelsteinbesetzten Ledergürtel zugebunden, und von ihr hingen seidig goldene Quasten herab, die Truth an schwere Vorhänge erinnerten.

Die Arme des Abgebildeten waren über der Brust gekreuzt; in einer Hand hielt er einen rotweiß gestreiften Zauberstab, dessen Ende von einer goldenen Nachbildung der geflügelten Isis gekrönt wurde, und in der anderen ein kurzes Schwert, in dessen Knauf ein großes *Magier David* gesetzt und in dessen Schneide komplizierte Zeichen graviert waren. Blackburns magisches Glaubenssystem – was immer das war – hatte einen bemerkenswert katholischen Anstrich, was die Symbolik betraf.

Ein goldenes Band, das ein Sonnenrad trug, hielt sein herabfallendes blondes Haar, und seine grünen Augen blickten himmelwärts. Dies – zusammen mit dem Heiligenschein, den ihm zu verleihen der Künstler sich nicht entblödet hatte – gab der Figur auf dem Bild das dümmlich-rührselige Aussehen eines Heilands aus dem Billigkaufhaus.

Doch irgend etwas fehlte.

»Wo ist seine Halskette?« fragte Truth. »Und der Ring?«

Julian sah sie überrascht an. »Ich dachte, Sie hätten gesagt, daß Sie sich mit Blackburns Werk nicht auskennen?«

Truth antwortete nicht, verfluchte sich, daß sie überhaupt etwas gesagt hatte. Das Letzte, was sie brauchen konnte, war, daß Julian dachte, sie hätte irgendein geheimes Wissen von den »Blackburniana«, das er ihr entlocken könnte.

Nach einem Moment zuckte Julian mit den Schultern. »Na schön, sind meine kleinen Unvollkommenheiten also entdeckt«, sagte er lachend. »Der Ring und das Halsband sollten auf dem Bild sein, Sie haben recht. Ich weiß, daß sie in der Literatur erwähnt werden, aber – wie Sie bemerkt haben werden – ist dieses Porträt kaum naturgetreu. Ich konnte keines der beiden Stücke auftreiben, so habe ich dem Künstler gesagt, er solle sie weglassen. Vielleicht können sie eines Tages nachgetragen werden – wenn sie je auftauchen.«

Er wendete ihr erneut sein berückendes Lächeln zu, und Truth fühlte sich dahinschmelzen. Es war nicht Verliebtheit, gewiß, und vielleicht noch nicht einmal Begierde – Julian schien nur um so vieles wirklicher zu sein als alle Menschen, die Truth zuvor getroffen hatte. Sie unterdrückte mühsam den Impuls, ihm auf der Stelle die Kette und den Ring zu geben, einfach nur der Freude wegen, die es ihm bereiten würde, sie zu besitzen. Doch egal, ob sie selbst diese Dinge haben wollte oder nicht – und sie wollte nicht –, ihre Neigung und ihre Erfahrung ließen sie gegenüber ersten Eindrücken mißtrauisch werden, und wenn sie noch so verführerisch waren. Sie wollte lieber noch abwarten.

»Wie auch immer, hier in diesen vier Wänden befindet sich so gut wie alles auf Erden Erhaltene von Thorne Blackburn, *Magister Stella Maris*: Fotografien, Geräte, persönliche Briefe. In den Regalen stehen alle Bücher, in denen er erwähnt wird – die zitierten Stellen sind jeweils vorne aufgelistet – sowie die Raubdrucke von Texten aus der alten *Stimme der Wahrheit*.« Julians leichte Handbewegung bezog die freistehenden Regale an beiden Wänden ein. Sie waren voller Bücher, von ramponierten Taschenbüchern bis zu Bänden, die an den goldgeprägten Glanz juristischer Bibliotheken erinnerten.

»Wissen Sie, es ist ein Jammer, daß er auf diese Weise verschwand«, fuhr Julian fort. »Sein Nachlaß ist so in Unordnung, daß viele der Copyrights sich nicht mehr entwirren lassen, bis sie irgendwann im nächsten Jahrhundert frei werden. Aber bitte – verfahren Sie mit allem, wie es Ihnen beliebt – und bitte, denken Sie über mein Angebot nach. Es würde mich glücklich machen, Ihr Gastgeber sein zu dürfen. Es schmeichelt mir sogar, daß ich Ihnen von Nutzen sein kann – vielleicht mehr, als Sie ahnen.«

Es war unmöglich, die Aufrichtigkeit dieses Angebots zu mißdeuten, und Truth erwiderte einmal mehr sein Lächeln.

»Wirklich, ich ... ich glaube nicht ...«, verhaspelte sich Truth trotzdem. Sie kannte Julian nicht – er war Anhänger ihres Vaters –, sie konnte ihm nicht leichtfertig vertrauen. »Das ist eine so großartige Sammlung, Julian; ich weiß kaum, wo anfangen – sie ist wundervoll!« sagte sie in der Hoffnung, ihn abzulenken.

»Sie gehört Ihnen, solange Sie sie brauchen.« Julian nahm ihre Hand. »Werden Sie bleiben?«

»Ich ...« Truth hielt inne, und Julian, der ihr Widerstreben spürte, machte ein anderes Angebot.

»Wenigstens als mein Gast zum Abendessen? Die anderen würden Sie gern kennenlernen – und ich hoffe auf eine weitere Chance, Sie für uns einzunehmen.«

Julians steter Blick aus türkisfarbenen Augen und sein gewinnendes, entschuldigendes Lächeln machten es unmöglich, einer Antwort auszuweichen, auch wenn Truth aus irgendeinem Grund das Gefühl hatte, daß es um mehr ging als die bloße Zusage zu einem Essen. Wieder meinte sie vor einer Herausforderung zu stehen.

»Also schön«, sagte sie und spürte, wie ihr Widerwille sich mit der Zustimmung auflöste. »Sehr gern.«

»Soviel wäre also geklärt.«

Truth wollte fragen, zu welcher Zeit sie zurückkehren sollte, doch Julian kam ihr erneut zuvor.

»Kann ich Sie einen Augenblick hier allein lassen? Ich würde Ihre Gesellschaft um einiges dem vorziehen, was ich jetzt zu tun habe, aber ich muß ein paar Anrufe nach Kalifornien erledigen. Ich hoffe, Sie fühlen sich hier gut aufgehoben?«

Truth nickte. Julian fuhr fort, während er zur Tür ging: »Ich bin so froh, daß Sie bleiben; ich werde es Irene sagen.« Er sprach den Namen englisch, mit drei Silben und einem langen »ie« am Ende, aus: *Ei-rie-nie*. »Sie tut mir den Gefallen und kümmert sich um die häuslichen Angelegenheiten, und ich wäre ohne sie vollkommen hilflos. Ich bin so schnell zurück wie ich kann, doch fühlen Sie sich wie zu Hause, und fragen Sie Irene oder jemanden von den anderen, wenn Sie irgend etwas benötigen.«

»Ja, gern«, sagte Truth, ein wenig verblüfft.

Die Nachmittagssonne, die durch die hohen, vorhanglosen Fenster hereinstrahlte, badete Julian in einen orientalischen Glanz und verlieh ihm so einen wahrhaften Glorienschein im Gegensatz zu dem verlogenen auf dem Bild. Er sah so aus, wie er war – ein kraftvoller, bedeutender Mann. Ein Mann, der große Dinge zu vollbringen trachtete – und der bereits davon überzeugt zu sein schien, daß sie ihm dabei helfen würde. Er öffnete die Tür, um den Raum zu verlassen.

»Julian«, fragte Truth mit plötzlicher Dringlichkeit, »was, glauben Sie, ist mit ihm geschehen? Ich meine Blackburn. Er

kann nicht einfach auf und davon und verschwunden sein.«
Kann er doch? setzte ein Teil ihres Bewußtseins in neuer Ungewißheit hinzu.

Julian blieb stehen.

»Ich glaube – ich glaube, er hat gefunden, was er suchte, oder wenigstens annähernd. Keine Grenze kann ohne Risiko erkundet werden – und Magie ist kein Spiel für Amateure.«

Er wendete sich ab, ging aus dem Raum und schloß die hohen Türflügel hinter sich, als ob er die Flügel eines Engels einzöge.

KAPITEL 4

Die Suche nach Wahrheit

Wir schulden den Lebenden Respekt; den Toten schulden wir nur Wahrheit.
VOLTAIRE

Truth setzte sich an einen der langen Bibliothekstische. Jetzt, da Julian gegangen war und den erregenden Glanz seiner Aura mit sich genommen hatte, fühlte sie sich plötzlich müde. Es war ein langer Tag gewesen – und eine lange Fahrt dazu, und nun hatte sie auch noch ein Abendessen vor sich mit einem ganzen Haus voller …

Mach dir keine Gedanken über »Magie oder nicht« – die wirkliche Frage lautet: »Obstkuchen oder nicht«? sagte Truth spöttisch zu sich selbst. Unter fast allen anderen Umständen wäre Thorne Blackburn der Gegenstand ihrer Betrachtung gewesen. Heute war es der sehr viel greifbarere Julian Pilgrim. Der unleugbar gutaussehende, charmante und faszinierende Julian Pilgrim.

Sie hob ihre Tasche vom Boden auf, öffnete sie und holte ein dickes Notizbuch und einen kleinen Kassettenrekorder hervor, um sich Notizen zu machen. Doch im Moment waren ihre Gedanken ganz woanders.

Magie? Oder … nicht?

Stets hatte Truth Magie als eine arglistige, betrügerische Art psychologischer Bauernfängerei abgetan, und sie hatte sich mit dieser Ansicht ganz wohl gefühlt. Es war auch einfach gewesen: Sie hatte nie einen Menschen getroffen, den sie bewunderte und der zugleich an Magie glaubte. Aber jetzt gab es Julian, der mit der gleichen ruhigen Selbstverständlichkeit über Magie sprach wie Truths Kollegen im Taghkanic College über Chaucer und submolekulare Physik.

Er befand sich im Irrtum, natürlich, entschied Truth und seufzte. Der Glaube an Magie hatte die großen Denker der Renaissance beseelt, von Francis Bacon bis Isaac Newton, aber das machte sie nicht besser. Immerhin war Julian mit seiner Verblendung in guter Gesellschaft.

Magie ließ sich genauso unmöglich beweisen wie alles, was auf bloßem Glauben basierte. Von dem, wie Mark Twain einmal gesagt hatte, man »weiß, daß es nicht stimmen kann«.

Truth seufzte erneut, stützte ihr Kinn auf die Hand und starrte wie ein verwirrtes kleines Mädchen zum Fenster hinaus. Sie ließ ihre Gedanken eine Weile mit der verlockenden Vorstellung spielen, hier in Shadow's Gate zu wohnen, während sie für ihr Buch forschte – und Julian von seinen logischen Trugschlüssen abbrachte.

Mit Bedauern gab sie die Vorstellung auf. Es ging ihr nicht um Julian, ermahnte sie sich. Er würde wohl kaum seine Überzeugungen aufgeben, nur weil sie es ihm sagte, und sie sollte im übrigen dankbar sein; er hatte, in welcher Absicht auch immer, eine vorzügliche Sammlung genau dessen zusammengetragen, was sie brauchte, und er wollte sie ihr zur Verfügung stellen.

Sie sollte mit ihren Tagträumen aufhören und sich nicht länger ausmalen, wie es wäre, einen Mann zu küssen, den sie vor weniger als zwei Stunden zum ersten Mal gesehen hatte; sie sollte lieber etwas tun, was ihre Anwesenheit rechtfertigte.

Sie stand auf, nahm ihren Rekorder mit sich und begann den Schatz zu erforschen, den Julian ihr so großmütig geöffnet hatte.

Hier, in den Glasvitrinen an den Wänden, befanden sich die meisten der Gegenstände, die sie auf dem Porträt gesehen hatte, dazu auch noch andere.

»Eine flache Schale, sieht aus wie – Obsidian? Hat mir Dylan nicht im letzten Jahr etwas ähnliches gezeigt? Ein *Wahrsageglas*, hat er, glaube ich, gesagt. Ich wünschte, er wäre jetzt hier. Ich glaube nicht, daß ich ohne ein Hintergrundwissen über Magie viel von diesen Sachen verstehen werde. Laß mal sehen, einige Dinge sehen aus wie Hutnadeln mit silbernen Köpfen, eine kleine Sichel – Kupfer? Sieht scharf aus. Ich muß eine Kamera herbringen und das ganze Zeug fotografieren. Und mehrere Dolche – einer hat einen schwarzen Griff und eine Klinge von etwa 15 Zentimetern …«

Sie diktierte weiter in den Rekorder, während sie die Objekte in den Vitrinen in Augenschein nahm: die Dolche, mit schwarzen und weißen und roten Griffen, die Sonnenkrone aus dem Porträt – und hier als Pendant eine Mondkrone, ganz in weißem Silber. Nur die Furcht, Julian zu verärgern, hielt sie davon ab, die Vitrine zu öffnen und die Krone herauszunehmen; ihre Stirn empfand einen Druck, als ob sie das Gewicht der Krone spürte.

Es war ein langer Tag, beruhigte sich Truth erneut. Sie rieb sich die Stirn und vertrieb die Empfindung, dann zwang sie sich, mit ihren Notizen fortzufahren.

»Ich frage mich, wer sie getragen hat? Ob es wohl irgendwo eine umfassende Beschreibung von Blackburns Werk gibt? Julian scheint zu glauben, daß es sich um etwas Reales handelt – nun, so real wie Magie eben sein kann.«

Es war nicht leicht, sich bei der Durchsicht dieser Gebrauchsgegenstände daran zu erinnern, daß sie nur Requisiten in einer teuren und trügerischen Art von Theater waren. Die Objekte schienen so zweckgerichtet zu sein – als ob sie wüßten, daß sie einst gebraucht worden waren, und auf die Zeit warteten, da sie wieder gebraucht würden.

Truth wendete sich ab, sie konnte kaum ihre innere Unruhe bezwingen. Die Gegenstände, die dieser Raum enthielt, waren nicht wie der Schmuck von Wicca, die vorübergehende Mode der Erdreligion, die vor wenigen Semestern die jungen Leute von Taghkanic erfaßt hatte. Eine von Truths Testpersonen war eine selbsternannte »Hohepriesterin der Wicca« gewesen, und Truth mußte eine Reihe von Vorträgen und Demonstrationen der Kraft von Wicca über sich ergehen lassen, damit Sally an der Testreihe teilnahm. Damals war ihr Wicca vollkommen harmlos vorgekommen, wenn nicht albern – und Sallys Ergebnis war nicht besser als der statistische Durchschnitt gewesen, trotz ihrer Beteuerungen, daß sie unter dem Einfluß der »lebendigen Magie« stünde.

Diese Dinge hier waren anders. Selbst wenn Truth die Augen schloß, konnte sie sie noch sehen.

Du bist einfach müde. Und Dylan könnte dir ein Dutzend Erklärungen für dieses Phänomen geben, ohne an der Vernunft zu zweifeln – oder Magie auch nur zu erwähnen.

Entschlossen wandte sich Truth den Bücherregalen zu. Dort standen die Cavendishes und der Wilson sowie zahlreiche Bücher von Blackburns Vorläufer in der Schwindler-Tradition, dem Großen Wilden, Aleister Crowley. Truth runzelte die Stirn. Dies sollte eine Sammlung von Blackburniana sein, und Crowley war 1947 gestorben; was konnte er über Blackburn gesagt haben? Sie zog den ersten Band heraus, *Juwelen aus dem Äquinoktium*, und schlug ihn auf.

Für meinen treuen Schlangenzahn, Thorne Blackburn, stand darin in einer verschlungenen, mit Symbolen verzierten Handschrift. *Schlangenzahn?* wunderte sich Truth. Dann fiel ihr ein – es war ein Zitat aus der Bibel: »*Um wieviel schärfer als der Zahn einer Schlange ist ein undankbares Kind.*«

War Blackburn ein undankbares Kind gewesen? Und wenn ja, wem gegenüber? Er konnte nicht älter als acht Jahre gewesen sein, als die Widmung in das Buch geschrieben wurde, vorausgesetzt, daß die Unterschrift echt war.

»Scheint Aleister Crowley ziemlich gut gekannt zu haben, wenn die Eintragung irgend etwas bedeutet«, sprach sie auf ihre Kassetten. »Aber woher? War Crowley nicht Engländer?« Ein Gedanke brachte sie zum Lachen. »War Blackburn Amerikaner?« Ihre Quellen hatten die Möglichkeit angedeutet, daß er aus England kam – aber warum war er dann für sein Werk nach Amerika gekommen.

Vielleicht wußte Julian darüber Bescheid.

Sie ging schnell die anderen Bücher im Regal durch; es stellte sich heraus, daß ein guter Teil davon aus Blackburns eigener Bibliothek stammte, weshalb sie hier enthalten waren. Truth ratterte die Titel aufs Band, um sie später zu überprüfen.

»*Der Magus*, Francis Barrett; *Die heilige Magie von Abra-Melin dem Magier*, MacGregor Mathers, Herausgeber; *Der Fluß, in dem die Geister wandeln* ...«

In mehreren großen, grauen Schachteln lagen Ausgaben von Blackburns Zeitschrift *Die Stimme der Wahrheit*. Truth blätterte einige davon durch – die Seiten waren schon gelb und fleckig –, doch fand sie die Kombination von esoterischem Inhalt und Setzerwillkür schwer zu lesen.

Deutlich wurde die Atmosphäre der Hoffnung, die jene rauschhaften Jahre kurz vor ihrer Geburt überglänzt hatte, als alles für möglich gehalten wurde und die vier apokalyptischen Reiter Seuche, Krieg, Hunger und Tod für immer besiegt werden sollten.

Jetzt wußte die Welt es besser. Es würde immer neue und schrecklichere Plagen, brutalere und ungerechtere Kriege geben, und die Menschen verhungerten auf den Gehsteigen der reichsten Nationen.

Truth schüttelte den Kopf und verdrängte ihre düsteren Gedanken. Küchenphilosophie brachte sie nicht weiter – und trotz allem, was Julian gesagt hatte, war dies möglicherweise die einzige Gelegenheit, sich seine Funde anzuschauen. Sammler waren für ihre Launenhaftigkeit berühmt; wenn sie seine Ansicht von Blackburns Wichtigkeit nicht teilte – und das tat sie nicht –, konnte er es sich anders überlegen und ihr jederzeit den Zugang verweigern.

Als nächstes untersuchte sie die Karteischränke. Truth öffnete die erste Schublade und erkannte mit einem Gefühl der Vergeblichkeit, daß hier schlicht zuviel Material lag, um es in der kurzen Zeit, die sie hatte, sichten und verarbeiten zu können. Sie schob die Schublade wieder zu und zog fast wahllos eine andere auf. Ein Durcheinander von Schnellheftern in unbeschrifteten dunkelgrünen Hängeordnern kam zum Vorschein.

»O mein Gott«, sagte Truth verzweifelt. »Wie soll sich je irgend jemand in einem solchen Ordnungssystem zurechtfinden?«

Sie drückte auf die Stopptaste und spulte das Band zurück, um den letzten Kommentar zu löschen, dann zog sie einen der

Schnellhefter aus dem Durcheinander in der Schublade. Er war gefüllt mit etwa fünfzig Din-A-4 Blättern in verschiedenen Farben, alle mit einem violetten Filzstift in einer gleichmäßigen, altmodischen Handschrift vollgeschrieben.

Im Gegensatz zu der unmodernen Schreibart schien der Inhalt auf dem neuesten Stand. Das war kein Text aus Blackburns Zeit, sondern etwas aus den letzten Jahren, urteilte Truth. Welche Verbindung konnte es mit Thorne Blackburn haben – wenn es sich nicht um Julians eigenen Versuch handelte, an einer Biographie zu schreiben?

Sie drehte sich ein wenig, so daß das Sonnenlicht aus den hohen Fenstern, die den Kamin und das lächerliche Heiligenbild flankierten, auf die Blätter fiel, und begann den Inhalt eingehender zu studieren, sogfältig darauf bedacht, die Reihenfolge der Seiten nicht durcheinanderzubringen.

Es war keine Biographie.

Zuerst hatte Truth den Eindruck, es handele sich um ein Theaterstück – wenn man über Evita Peron eins geschrieben hatte, warum dann nicht auch eins über Thorne Blackburn? –, mit Bühnenanweisungen, Auftritten und Abgängen, Sprechparts für den »Hierolator« und den »Hierophex« und ein paar andere, entfernt römisch-katholisch klingende Rollen. Was war ein »Hierolator«? fragte sich Truth. *Hieros* war natürlich griechisch und hieß heilig, und das Suffix *lator* hieß Anbeter. Im gleichen Sinne würde Hierophex »heiliger Schöpfer« oder »heiliger Erbauer« bedeuten.

Heiliger Anbeter? Heiliger Erbauer? Das ergab auf den ersten Blick keinen Sinn. Truth las weiter, sie wollte verstehen, worum es ging. Die Schrift brach ab und setzte erneut an, doch nun waren die Wörter und Handlungen etwas anders angeordnet, bis Truth schließlich erkannte, was sie da vor sich hatte.

Es war kein Stück.

Es war der Entwurf für eines der Rituale aus *Die leidende Venus*.

Aber das war absurd. Man machte zunächst Rohentwürfe, und dann schrieb man das Buch. Man schuf nicht erst das fertige Buch – das sich jetzt in ihrem Koffer im Kofferraum ihres

Wagens befand –, um sich dann, dreißig Jahre später, hinzusetzen und den Rohentwurf niederzuschreiben.

Es sei denn, es war kein Rohentwurf, sondern eine … Rekonstruktion?

Nein. Gewiß war *Die leidende Venus* zu Lebzeiten von Thorne veröffentlicht worden. Das war nicht anders denkbar – und gleichgültig, wie klein die Auflage gewesen war, Truth war sich sicher, daß Julian ein Exemplar davon besaß.

Sie legte den Schnellhefter vorsichtig auf dem Tisch ab und ging zu den Büchern zurück. Jedes Buch über Thorne, hatte Julian gesagt, und daneben eine Anzahl aus seiner eigenen Bibliothek. Sogar der englische Raubdruck einiger Ausgaben von *Die Stimme der Wahrheit*.

Aber es gab hier nichts über die Wegbereitung, das angebliche Thema von *Die leidende Venus*.

Und wenn es irgendwo auf der Welt in einer anderen Form existiert hatte als in dem Buch, das sie besaß, dann würde Julian es besitzen. Aber es war nicht da.

Truth fühlte plötzlich die Erregung der Forscherin in sich; auch wenn *Die leidende Venus* der reine aufgeblasene Nonsens war, sie hatte das einzige Exemplar. Es war nie veröffentlicht worden – doch sie würde es publizieren: *Die leidende Venus*, das Zauberbuch, das Blackburn für den Schlußstein seines Werks gehalten hatte.

»Aber …«, sagte sie laut. Der Schlußstein seines Werks? Woher wußte sie das – wie konnte sie das wissen? Sie wußte ja nicht einmal, was Blackburns Werk war!

Die Welt drehte sich, und sie war zurück an dem kühlen, richtungslosen Ort, umgeben von Säulen aus Licht, dem Ort des Wortes, aus dem die Welten entstanden …

Truth hielt sich am Tisch fest, sie brauchte plötzlich eine Stütze. Eine kalte Starre schien langsam über ihre Haut zu kriechen, nahm Besitz von ihren Sinnen, lockte sie in jene andere Wirklichkeit. Unbemerkt rutschte der Hefter mit Blättern zu Boden und machte ein zischendes Geräusch, als die Blätter auseinanderglitten und ein fächerförmiges Muster bildeten. Plötzlich brachte sie ein lauter Schlag zur Besinnung – der Kassettenrekorder war ihr aus der Hand gefallen und auf den

Boden gekracht. Die kleine Klappe in der Seite des Geräts sprang dabei auf, und die Kassette schnellte heraus.

Der Zauber war gebrochen. Truth bückte sich, um den Rekorder, die Kassette und die Blätter aufzuheben. Eine kurze Probe zeigte ihr, daß nichts zerstört war – auch wenn die Blätter jetzt durcheinandergeraten waren. Sie glaubte nicht, daß dies so schlimm war, alles in allem betrachtet.

Das kommt von einem Glas Sherry auf leeren Magen – und kein Essen dazu, schalt Truth sich selbst. Sie hatte in Shadowkill zu Mittag essen wollen, aber dann war sie so begierig gewesen, Shadow's Gate zu sehen, daß sie es ganz vergessen hatte, bis jetzt.

Sie sah auf ihre Uhr. Vier Uhr. Sie hatte keine Ahnung, wann in Shadow's Gate das Abendessen eingenommen wurde, aber sie war sich sicher, daß es noch eine Weile dauerte. Sie wollte draußen noch ein wenig umherspazieren; nicht nur begann dieser Heiligentempel für ihren dahingeschiedenen Vater ihr auf die Nerven zu gehen, sondern es war zudem völlig aussichtslos, den Wert des hier versammelten Materials in einem Tag oder auch in einer Woche zu überblicken. Sie konnte wahrscheinlich ebensoviel herausfinden, wenn sie Julian über Thorne Blackburn ausfragte – na, das war ein gefährlich verlockender Gedanke …

Sie steckte ihren Kassettenrekorder und das unbenutzte Notizbuch in ihre Tasche, als sie ein stürmisches Gerüttel an den Flügeltüren hörte. Bevor sie diese erreichen oder gar öffnen konnte, flog eine der Türen nach innen auf, und herein kam eine betriebsame, weißhaarige Frau mit wehendem Schal, die ein großes altmodisch verziertes Metalltablett trug.

Die Frau setzte es mit Klirren und Geschepper auf der nächsten Abstellfläche ab – Truth sah, daß auf dem Tablett eine dunkelblaue Teekanne und ein runder, goldbrauner Kuchen, überstreut mit Zuckergußkrümeln, standen. Truth wurde von einem unmittelbaren Verlangen danach erfaßt.

»Er ist ein lieber Junge, aber ich schwöre beim heiligen Kreuz, er hat kein bißchen Verstand in seinem Kopf! Ich habe ihm gesagt, daß Sie bestimmt Ihren Tee wollen, wenn Sie uns am frühen Nachmittag besuchen, aber er glaubt partout, daß

Sie hier ungestört sein wollen – aber wenn Sie nicht drauf und dran waren, sich irgendwo nach einer Tasse Tee umzusehen, dann will ich nicht Irene Avalon heißen!« sagte die hereingeplatzte Frau und warf Truth ein fröhliches Lächeln zu.

Irene Avalon mochte gut in ihren Sechzigern sein. Sie trug einen weiten Kaftan, der mit Spiralen von Purpur bedruckt war, und einen Fransenschal, dessen Muster nicht dazu paßte und der über ihre Ellbogen hing. Eine Halbbrille in feiner Drahtfassung war an einer Kette befestigt und ruhte jetzt auf ihrem ausladenden Busen. Sie trug auch eine Halskette aus leuchtendem Bernstein, der eine kirschrote Farbe hatte. Vom Alter war ihr Haar silberweiß geworden. Es war oben auf ihrem Kopf mit Nadeln zu einem losen Knoten zusammengesteckt. Sie war keine große Frau, einige Zentimeter kleiner als Truth, und die Fülle des Körpers, die manchmal mit dem Alter einhergeht, verlieh ihr eine gewisse Weichheit. Mit einem Wort, sie sah aus wie die Inkarnation der Tante eines versponnenen Spiritisten aus irgendeiner britischen Comedy-Show.

»Na, mein Kleines? Es ist schon lange her, und ich nehm' es dir nicht übel, aber hast du kein Wort der Begrüßung für deine alte Tante Irene?« Und tatsächlich, Irene hatte die Spur eines englischen Akzents in ihrer Aussprache, die ansonsten in ihrer Präzision eher an die einer Schauspielerin erinnerte.

Während sie redete, stellte Irene die Dinge vom Tablett auf den Tisch: zwei wunderhübsche weißblaue Tassen chinesischen Porzellans mit dazu passenden Untertassen; Zucker und Sahne in altmodischen Staffordshire-Behältnissen, steife weiße Servietten aus gestärktem Leinendamast sowie zierliche Silberlöffel.

»Ich glaube ...«, hob Truth an, aber es fehlten ihr die Worte. *Ich glaube, Sie müssen sich irren; ich kenne Sie nicht,* wollte sie sagen, aber irgendwie spürte sie, daß es nicht ganz der Wahrheit entsprach.

Ich bin noch keine drei Stunden hier, und dieser Ort spricht zu mir, dachte Truth zugleich belustigt und verzweifelt. Doch die Frau kam ihr beinahe vertraut vor, wie etwas aus einem halb vergessenen Traum.

»Ich bin mir nicht sicher ...«, sagte Truth zögerlich.

»Na, warst ja auch noch ein so kleines Kind – wie solltest du dich an mich erinnern? Und nach – ach, das war eine furchtbare Zeit, furchtbar, und ich mache Caroline überhaupt keine Vorwürfe, daß sie einen Schlußstrich ziehen wollte, aber trotzdem – ach, bitte, nimm mir das nicht übel«, sagte Irene, sich selbst ermahnend. »Du bist jetzt zurückgekehrt, und das ist die Hauptsache. Aber ich habe es immer gewußt, als Julian mit dem Werk wieder anfing ... Ach, liebes Kind, ich erinnere mich, wie ich hier in diesem Raum mit dir stand, du warst damals noch in Windeln und wirst dich wahrscheinlich nicht mehr daran erinnern. Aber nimm dir doch Tee«, sagte Irene und unterbrach den Fluß ihrer Erinnerung.

»Danke sehr«, sagte Truth, denn sie hatte dieser überwältigenden Freundlichkeit nichts entgegenzusetzen. Ihr Wunsch, diesem Ort zu entfliehen, war vergangen. Der Raum konnte seine Bedrohlichkeit nicht länger behaupten, jetzt, da Irene in ihm war.

Truth setzte sich an den Tisch zurück und wurde mit einer dampfenden Tasse Tee und einem großzügig bemessenen Stück des goldbraunen Kuchens belohnt. Sie schaffte es, sich soweit zurückzuhalten, daß sie zunächst ihren Tee mit einem Schuß Sahne aufhellte, bevor sie einen Bissen von dem Kuchen nahm. Der durchdringende Geschmack eines aus verschiedensten Resten zusammengestellten Gebäcks erfüllte ihren Mund: süß, kräftig und würzig in einem.

»Das ist wundervoll«, sagte Truth, hastig schluckend.

»Den hat dein Vater am liebsten gemocht«, sagte Irene heiter, ohne zu ahnen, was sie damit anrichtete. »Bergamot, ganze Orangen und ein winziger Hauch von reinem Weihrauch, als Puderzusatz – oh, meine Liebe, du bist unserer armen Katherine wie aus dem Gesicht geschnitten; es ist einfach herzzerreißend! Du bist jetzt sicher schon eine richtig junge Dame, es sind – was? – fünfundzwanzig Jahre und mehr, seit wir alle zusammen in Shadow's Gate waren! Aber jetzt bist du zurückgekehrt, genau wie es der Meister prophezeit hat, und wir werden das Werk endlich vollenden!«

Truth schlürfte ihren Tee und betrachtete sehnsuchtsvoll das Stück Kuchen auf ihrem Teller – warum verwandelte die einfache Auskunft, daß es Blackburns Lieblingskuchen war, ihn zu Asche in ihrem Mund? Sie konnte nicht die gesamte Welt aufgeben, nur weil Blackburn sie bewohnt hatte.

»Das Werk?« fragte Truth in der Hoffnung, sich abzulenken.

»Das Werk von Blackburn«, bestätigte Irene und aß von dem Kuchen. »Aber meine Liebe – du ißt ja nichts!«

Truth wollte auf keinen Fall die Gefühle der alten Frau verletzen, nahm einen neuen Bissen und spürte ihre törichte Aversion ebenso dahinschmelzen wie den zitrusfruchtigen Zuckerguß.

»Natürlich beginnen wir das Werk des Meisters erneut, jetzt da wir fast alles haben, was wir brauchen«, fuhr Irene plappernd fort. »Wir steckten in einer Sackgasse – ich war mal groß, das kann ich heute ohne falsche Bescheidenheit oder übertriebenen Stolz sagen, aber die Jenseitigen haben es für klug und richtig befunden, daß meine Kräfte nachlassen – oh, ich weiß natürlich, daß es uns so gut wie alle trifft, die ihre Kräfte der Natur und nicht einer Kunstfertigkeit verdanken, dennoch war ich überzeugt, daß ich, Irene Avalon, eine Ausnahme wäre«, sagte sie mit selbstironischem Lachen.

»In einer Sackgasse? Warum?« fragte Truth. *Und was war das Werk von Blackburn – nun tatsächlich?* fügte sie stumm hinzu, begierig auf eine Antwort.

Irene starrte sie an, überrascht, dann lächelte sie. »Ach, du gleichst Katherine so sehr, daß ich ganz vergessen habe, daß du auf dem Pfad noch eine Anfängerin bist! Das Werk braucht ein Medium, meine Liebe – jemanden, der die Gabe hat, als Vermittler zwischen der anderen Welt und dieser hier zu fungieren.« Für einen Augenblick schien die Erinnerung ihr Lächeln zu verdunkeln, dann schwand sie wie eine Wolke im Angesicht der Sonne.

Truth verkniff sich die Bemerkung, daß sie sehr wohl wisse, was ein Medium sei, da das Bidney Institut mit mehreren arbeite – und daß sie gewiß nicht an die Geister glaube, die manche von ihnen zu beschwören vorgaben.

»Ich verstehe«, sagte sie stattdessen.

»Oh, das tust du nicht«, widersprach Irene liebevoll und

tätschelte ihr die Hand. »Aber das wird sich ändern. Jedenfalls als Julian uns alle hier wieder versammelt hatte – oder jedenfalls mich wieder hergeholt hatte; die anderen sind zu dem Werk leider erst hinzugekommen, nachdem unser verehrter Meister uns für eine Weile verlassen hatte –, wollte Julian das Werk sofort beginnen, aber, wie ich dir gesagt habe, ich bin nicht mehr die Frau, die damals als Thornes Hierophex gearbeitet hat. Glücklicherweise hat Julian Light gefunden.«

»Julian hat *Leid* gefunden?« fragte Truth ungläubig. Eine solche Menge bizarrer Pseudo-Fachausdrücke hatte sie nicht mehr gehört, seit sie einmal unvorsichtigerweise dem Gespräch zweier Dekonstruktivisten im Anglistik-Fachbereich am Taghkanic gelauscht hatte.

»O nein, Truth, Liebes. Julian hat *Light* gefunden – sie ist ein liebes Mädchen, und ich konnte sie unterweisen; du wirst sie nachher beim Abendessen kennenlernen – und nun hat unser Kreis wieder einen Hierophex. Und wir haben auch einen Hierolator – die Heilige Konkubine, weißt du. Damit sind unsere Vorbereitungen nahezu abgeschlossen, um das Werk wieder aufzunehmen.«

Irene lächelte stolz, aber irgend etwas tief im Innern von Truth ließ sie vor der Hoffnung und dem Vertrauen in diesen ruhigen blauen Augen zurückschrecken. Weder vermochte sie die Worte zu sagen, die mit Irenes Glauben übereinstimmten, noch konnte sie sich angesichts dieser freundlichen Zuneigung ungeschminkt zeigen.

Truth spürte einen starken, brennenden Schmerz im Hals – wegen Blackburn, sagte sie sich, Blackburn, der gute Menschen dazu gebracht hatte, ihn zu lieben, und dann fortgerannt war.

»Erzähl mir mehr über das Werk«, sagte Truth und schaffte es, ihre Stimme gelassen klingen zu lassen.

»Oh, du kannst natürlich darüber lesen«, sagte Irene, offensichtlich, um sich selbst zu entlasten, »aber ich könnte dir ein bißchen erzählen, soll ich? Es handelt sich um das Große Werk – es soll uns einstimmen auf das Neue Zeitalter und dann auf die Wegbereitung für das *sidhe-valkirie*; um die Geister des Neuen Zeitalters, die weiter in die Welt der Menschen fahren, auf den Pfad zu führen. Was auch recht gut gelingt, Truth, Liebes, nur daß mein altes Gehirn sich nicht mehr genau erinnern will, weißt du – und ich habe den ganzen Ritus nur ein einziges Mal gesehen«, klagte Irene liebenswürdig. »Wie du natürlich weißt, ist der Hierophex im Ritual sozusagen abwesend, in einem Zustand der Trance.«

»Ach?« sagte Truth fragend. Sie wußte nichts davon, aber sie wußte, wie man an Informationen kam. Der Kuchen war längst gegessen, und Truth leerte nun ihre Teetasse. Irene strahlte sie ermunternd an und schenkte die Tasse wieder voll. Truth goß sich Sahne dazu und gab sich das stille Versprechen, später zur Strafe eine Diät einzulegen.

Das seltsame Gefühl der Doppeltheit – sie selbst zu sein und zugleich eine andere Person, die Dinge wußte, die Truth Jourdemayne nicht wissen konnte – hatte sie verlassen: Nichts Hellseherisches hatte vor Irenes mütterlichem Realismus Bestand. Doch, mußte Truth sich eingestehen, hatte Irene mehr Fragen aufgeworfen als beantwortet.

»Ja natürlich, abwesend … Und du bist nicht in der Lage, Julian bei der Rekonstruktion von …« Truth ließ den Satz unvollendet.

»Der Wegbereitung zu helfen«, fiel Irene ohne Zögern ein. »Ich tue mein Bestes, und natürlich sind die neun ersten Stationen schriftlich festgehalten und bekannt, aber ohne *Die leidende Venus* weiß ich nicht, ob wir je den ganzen Ritus noch einmal ausführen können.«

Auf der Uhr an Truths Handgelenk war es halb sechs. Sie befand sich oben in einem Schlafzimmer in Shadow's Gate. Es war ein hübsches, altmodisches Zimmer mit blauen Tapeten, das über die hintere Terrasse und den Rasen hinaus auf den ausgedehnten Wald in der Abenddämmerung blickte. Alte Tiffanyglasleuchter an den Wänden verbreiteten mit ihrem sanften Licht einen goldenen *fin de siècle*-Schimmer im ganzen Raum, als ob er jeden Moment in ein anderes Zeitalter eintauchen könnte.

Irene war heftig erbost über Julians Nachlässigkeit seinem Gast gegenüber, und sie zeigte eine mütterliche Entrüstung, die Truth heimlich schmunzeln ließ. Als Truth gesagt hatte, daß sie seit sechs Uhr früh unterwegs war, ließ Irene sich von Truth den Schlüssel zum Saturn geben und schickte Gareth den Koffer holen. Dann hatte sie Truth in das oben gelegene Zimmer geführt, damit Truth vor dem Abendessen, das um halb acht aufgetragen wurde, sich »ein bißchen frisch machen und ein kleines Nickerchen halten« könne. Truth hatte die Gelegenheit begierig ergriffen, um ihre zerknitterte Reisekleidung gegen etwas auszuwechseln, das besser zu einer Essenseinladung paßte, die eher elegant und förmlich zu werden versprach.

Sie fuhr sich mit der Hand durch ihr kurzes dunkles Haar, bis es ganz zerzaust war, dann setzte sie sich plötzlich auf das Bett und betrachtete sich in dem alten Ahorn-Drehspiegel, der in einer Ecke stand. Eine dunkelhaarige Frau Ende zwanzig, bekleidet mit einem naturfarbenen Slip und dunklen Nylonstrümpfen, schaute kampflustig zurück.

Sie hatte ihre Reisekleidung an der Tür zum Badezimmer aufgehängt, auf Bügeln aus dem Schrank, in der Hoffnung, daß einige der Falten sich aushängen würden; Seide war in dieser Beziehung pflegeleicht. Ihr Hand- und ihr Reisekoffer – sie hatte nicht geglaubt, daß sie für ihren kurzen Aufenthalt in Shadowkill, New York, mehr brauchen würde – standen wie stumme Wächter aus stoßfestem burgunderroten Plastik neben dem Bett, das zu sinnlichen Vergnügungen einzuladen schien.

Was mache ich hier? fragte Truth sich hilflos. Sie fühlte die gleiche Verlegenheit, als wäre sie als Außenseiterin beim Herumschnüffeln in einer Moschee erwischt worden. Irene Avalon war ernsthaft gläubig …

Ernsthaft irregeleitet, verbesserte eine böse kleine Stimme aus ihrem Innern.

… sie glaubte an Thorne Blackburn und sein Was-auch-immer. Julian Pilgrim war …

Eine verräterische Hitze stieg in Truths Wangen, als sie an Julian dachte. Julian erregte sie, wie noch nie etwas in ihrem sorgsam geregelten und abgemessenen Leben sie bisher erregt hatte. Er trug eine Aura von Romantik und Gefährlichkeit wie ein Zauberergewand um sich.

Nur zu wahr, gab die innere Stimme widerwillig zu.

Doch sie schreckte vor dem zurück, was so gut wie sicher war. Sie wollte an Julian nicht als an einen Magier denken, der mit dem Werk von Blackburn verbunden war.

… Auch wenn er es offenbar selbst finanziert, Truth, meine liebe Rationalistin? Wie wäre es mit ein bißchen mehr Ehrlichkeit bei der Reklame für deinen Verehrten, kleine Forscherin? Für eine harmlose, verrückte alte Frau geht es in Ordnung, wenn sie an Magie glaubt, aber du hättest doch viel lieber, wenn dieser Ritter im strahlenden Schatten ohne Tadel wäre …

Truth stieß ihren angehaltenen Atem wütend aus. Julians Glaube war ihr gleichgültig, weil Julian ihr gleichgültig war.

Lügnerin.

»Also schön!« sagte sie im Flüsterton. Julian war so attraktiv wie jemand aus einem Liebesroman – humorvoll, gutaussehend, wunderbar geheimnisvoll, unerreichbar, oder beinahe …

Und er würde ohne *Die leidende Venus* auskommen müssen, solange sie darüber bestimmen konnte.

Nachdem sie sich zu dieser Entscheidung – fast einem Gelöbnis – durchgerungen hatte, spürte sie, wie eine große Last von ihr wich, als ob etwas darauf gewartet hätte, ihren Entschluß zu hören. Sie war nur froh, daß sie das Buch in dem Gespräch mit Julian nicht erwähnt hatte; es war nicht sonderlich schwierig, etwas verborgen zu halten, nach dem niemand suchte, und sie hatte die feste Absicht, das einzige Exemplar von Blackburns Zauberbuch niemandem zu zeigen, koste es was es wolle. Was immer *Die leidende Venus* genau war – der neu gebildete Kreis würde sie nicht in die Hände bekommen.

Die Erleichterung überzeugte sie davon, den richtigen Entschluß gefaßt zu haben: Sie kannte nicht alle Einzelheiten des Wie, Warum und Wer, aber sie wußte, daß Julian Pilgrim keine Gelegenheit erhalten durfte, sich des Schlußrituals zur »Wegbereitung« zu bemächtigen.

Warum nicht? fragte eine verschlagene innere Stimme. *Wenn sowieso alles nur Unsinn und Mummenschanz ist, was macht es dann schon, wenn er hier seinen Hokuspokus veranstaltet?*

Du brauchst ihm noch nicht einmal das Original zu geben – laß einfach in der Stadt eine Kopie davon anfertigen und gib ihm die. Er wäre dankbar. Er wäre vielleicht sogar sehr *dankbar …*

Diese hinterlistige neue Richtung ihrer Gedanken war zuviel. Truth sprang auf ihre Füße, nahm den Koffer und verteilte seinen Inhalt auf dem Bett. Damit verscheuchte sie ihre Gedanken. Ihr Spiegelbild erschien im Fenster, und Truth ließ das Rouleau herunter, zog die weißen betreßten Vorhänge zu und sperrte das dämmernde Licht aus.

Was konnte sie zum Abendessen anziehen? Sie betrachtete die praktischen Sweater, den Baumwollpyjama, die eher geschäftsmäßigen Jacketts, Blusen und Röcke, die sie eingepackt hatte, und seufzte mutlos. Da fand sich nichts, womit sie in Julians Welt paßte – nicht einmal als Gast. Nichts, außer …

Sie zog ein Kleidungsstück hervor, schüttelte es aus und hielt es so hoch, daß es nicht den Boden berührte.

Sie war sich nicht ganz sicher, warum sie es eingepackt hatte; als sie eine Auswahl ihrer Kleidung für die Reise traf, hatte sie sich keinen Anlaß vorgestellt, für den es geeignet war. Tatsächlich, um der Wahrheit die Ehre zu geben, hatte sie es für keinerlei Anlaß gekauft; sie wußte nicht, warum sie es überhaupt besaß.

Wahrscheinlich von meiner bösen Doppelgängerin gekauft, dachte Truth amüsiert.

Es war ein Prinzeß-Abendkleid aus feinem mitternachtsblauem Wolljersey, schlicht und zugleich königlich elegant. Mit seinen langen Ärmeln und dem einfachen Halsausschnitt war das Kleid für die psychologische Statistikerin Truth Jourdemayne eigentlich viel zu schick und aufwendig.

Aber es war genau das Richtige für ein Abendessen in Shadow's Gate.

Ein schnelles Bad, in dem sie sich mit einem Schwamm abrieb, ein Spritzer von ihrem bevorzugten Lavendelparfum, und Truth war zum Ankleiden bereit. Sie zog sich das Kleid über den Kopf und verfluchte den langen Reißverschluss auf dem Rücken – warum wurde Frauenkleidung nicht so entworfen, daß Frauen sich selbst anziehen konnten? fragte sie sich wohl zum hundertsten Mal – und betrachtete sich im Drehspiegel.

Eine Fremde blickte daraus zurück, mit einem spöttisch herausfordenden Glanz in ihren dunklen Augen. Ähnelte sie ihrer Mutter tatsächlich so sehr? Hatte Katherine Jourdemayne so ausgesehen? fragte sich Truth, obwohl diese Frage an jenen seelisch wunden Punkt rührte, wo alle unbeantworteten Fragen über ihre Mutter, die sie nie gekannt hatte, wie ein Geschwür saßen. Truth betrachtete das Spiegelbild voller Neugier, als sollte es die Geheimnisse der Vergangenheit einer anderen Frau preisgeben. Katherine Jourdemayne? Irene Avalon hatte das leichthin gesagt, aber sie hatte Katherine nicht mehr gesehen, seit sie beide junge Frauen gewesen waren; es war verführerisch, sich von den Empfindungen des Augenblicks forttragen zu lassen.

Doch Irene Avalon war nicht Katherines Freundin gewesen. Sie war die Freundin von Truths beiden Elternteilen gewesen, und Truth sah schließlich die Notwendigkeit ein, daß sie über beide etwas wissen mußte – über ihre Mutter und, ja, auch über ihren Vater. Wenn sie ihre Fragen nicht bald stellte, wären die Leute, die sie fragen konnte, nicht mehr auf der Welt, und ihre Fragen würden auf ewig unbeantwortet bleiben.

Das wollte sie nicht zulassen.

Truth verneigte ihren Kopf anmutig vor der Fremden im Spiegel, dann schlüpfte sie mit den Füßen in ihre schwarzen Pumps. Ein paar rasche Auffrischungen ihrer Frisur und ihres Make-ups, und sie war bereit.

Oder beinahe. Das Kleid sah fast furchteinflößend streng aus. Sie brauchte etwas, um das Kleid zum Leben zu erwecken, doch Truth besaß nicht viel von dem schicken, teuren und frechen Modeschmuck. Außer ein paar »guten« Ohrringen und einer kurzen Goldkette besaß sie überhaupt keinen Schmuck.

Bei ihrer Suche nach dem passenden Kleidungsstück hatte sie den Koffer fast ganz ausgekippt. Alles, was sich noch darin befand, waren ihr Bademantel und der Gegenstand, der damit eingewickelt war – *Die leidende Venus*. Nun wendete sie sich ihrem Beauty-Case zu – diesem eckigen Behältnis, in dem in früheren Zeiten die Schönheits- und Toilettenartikel einer Dame aufbewahrt wurden – und das sich in unseren Tagen als so praktisch erwies, um die kleinen, zerbrechlichen Dinge zu transportieren, mit denen eine Frau immer noch auf Reisen ging.

Sie öffnete den kleinen Handkoffer und hob den obersten Einsatz heraus. Darunter lagen in einer Schmuckschatulle die Halskette und der Ring, die Tante Caroline ihr gegeben hatte: Thorne Blackburns Kette und Ring. Vielleicht …?

Der Ring war einfach unmöglich; er rutschte ihr von jedem Finger, über den sie ihn zog, und selbst wenn er gepaßt hätte, hätte er sich immer noch wie eine Hantel angefühlt. Nicht das Passende für eine Abendeinladung. Sie legte ihn zurück in die kleine Satinschatulle und nahm die Halskette heraus.

Auch ein solcher Laie in der Edelsteinkunde wie Truth konnte erkennen, daß die großen Bernsteinperlen viel wertvoller waren als die an Irenes Kette. Die Kette lag auf ihrer Handfläche, leicht wie eine Seifenblase. Die alten Griechen hatten diese Substanz *electrum* genannt und hielten sie für versteinerte Blitze, die von dem donnergrollenden Zeus aus dem Himmel geschleudert wurden. Die Griechen hatten es so genannt, weil echter Bernstein, wie Truth wußte, die elektrische Spannung hielt; richtig magnetisiert, zogen die Steine Fäden und Papierstücke an, ließen sie daran haften und gaben im Dunkeln einen merkwürdig blauen Schimmer von sich. Als Truth die großen Perlen durch ihre Hände gleiten ließ, schienen sie auch ohne Elektrizität fast zu leuchten, indem das Zimmerlicht von ihnen eingefangen und in einem zitronengelben Glanz gebrochen wurde.

Sie zog die Kette über den Kopf: der verzierte, emaillierte Goldanhänger schwang frei hin und her und kam dann unterhalb von ihrem Herzen zur Ruhe. Vor dem dunklen Stoff leuchteten die Steine, die einst das Blut in Bäumen gewesen waren, mit noch größerem Feuer und verliehen Truth das Aussehen einer Krieger-Priesterin, die sich für eine Schlacht bereitmachte.

Nein, entschied Truth, als sie ihr Spiegelbild anschaute. Die Kette war schön, aber in keiner Weise dem Anlaß angemessen – ganz zu schweigen von den Fragen, die sie auslösen würde. Bedauernd verstaute sie Blackburns Kette mitsamt dem Ring wieder in dem Reiseköfferchen. Ein langes Seidentuch, das sie sich lose um den Hals band, war ein schlichter, aber passender Ersatz.

Ich denke, sie müssen mich so nehmen, wie ich bin. Truth sah auf ihre Uhr. Sieben. Eine halbe Stunde bevor sich alle zum Abendessen einfanden, und sehr wahrscheinlich würde der Abend nicht vor zehn Uhr zu Ende sein. Truth war froh, daß sie Irene gebeten hatte, die Bed-and-Breakfast-Pension anzurufen und Bescheid zu sagen, daß sie bereits in der Stadt war und später am Abend kommen würde – es wäre ihr sehr unangenehm gewesen, wenn ein Fremder ihr das Bett noch weggeschnappt hätte.

Jedenfalls konnte sie ebensogut jetzt nach unten gehen.

Sie ging zur Tür, zögerte jedoch und kehrte um. Sie hatte den Inhalt ihres Koffers auf dem Bett verstreut liegen lassen – darunter auch *Die leidende Venus*. Was, wenn jemand hereinkäme?

Sie runzelte die Stirn, stand mit einer Handvoll Sweaters über den Koffer gebeugt. Was, wenn jemand hereinkam und ihren Koffer durchsuchte, was kein gutes Benehmen, aber dennoch möglich war. Sie hatte keinen Schlüssel zu ihrem Koffer, und sie glaubte nicht, daß das Schloß jemandem widerstand, der es tatsächlich öffnen wollte.

Sie runzelte die Stirn und dachte einen Moment lang nach, dann nahm sie *Die leidende Venus* aus ihrem zusammengerollten Bademantel. Sie mußte das Buch irgendwo anders verstauen – ein sicheres Versteck finden.

Wo?

Nach kurzem Überlegen steckte sie es zwischen die Matratze und den Sprungfederrahmen, in der Nähe des Kopfendes, wo eine kleine Erhöhung der Matratze dem flüchtigen Blick nicht auffallen würde. Sie stopfte das Laken wieder fest und verstaute ihre Kleidung lose im Koffer.

In der Tür blieb sie noch einmal stehen und warf einen letzten Blick auf das Zimmer. Alles sah vollkommen unberührt aus.

Tante Caroline sagte immer: Wenn etwas zu schön aussieht, um wahr zu sein, dann ist es das wahrscheinlich auch. Truth lächelte, dehnte ihre Schultern und ging die Treppe hinunter.

KAPITEL 5

Wahrheit unter Schatten

Durch die sorglosen Vielen schritt er einher,
Ein Glanz unter Schatten, ein strahlend heller Tag
Auf dieser düstern Bühne, ein Geist, der schwer
Um Wahrheit rang, und wie der Prediger erlag.
PERCY BYSSHE SHELLEY

Als sie die oberste Stufe erreichte, sah Truth, daß Julian am Treppenabsatz auf sie wartete. Bei seinem Anblick war Truth froh, daß sie ihrem kriegerischen Impuls nachgegeben und sich für das Abendessen umgekleidet hatte. Julian hatte sein Landjunker-Tweed gegen etwas ausgetauscht, das aussah wie ein Armani-Anzug aus nachtblauer Seide.

»Ah, Truth. Ich wollte gerade sehen, ob Sie fertig sind. Wir haben uns im Salon zum Sherry versammelt. Nicht, daß wir immer so förmlich sind – es ist Ihnen zu Ehren, kann man sagen.«

Sein Blick ruhte mit offensichtlichem, männlichem Beifall auf ihr, und Truth spürte, wie die Hitze ihr erneut in die Wangen stieg. Was an diesem Herrn von Shadow's Gate brachte sie nur so aus dem Gleichgewicht? Das sah ihr gar nicht ähnlich; sie war immer so überlegen und selbstbeherrscht, ein Geschöpf der Vernunft, vom Intellekt regiert und allen emotionalen Verführungen gegenüber so behutsam. Keine flatterhafte düsterromantische Heldin, nicht sie!

»Wen werde ich heute abend kennenlernen, Julian?« Sie hörte das leise, nervöse Zittern in ihrer Stimme und erschrak darüber, konnte aber nichts dagegen tun. Der Gedanke an eine große Gesellschaft – erst recht an Menschen, die von Thorne Blackburn besessen waren – erfüllte sie mit Furcht.

Er bot ihr seinen Arm, und sie nahm ihn an. Ein schwacher, schwer bestimmbarer Herrenduft drang in ihre Nase, und einen Augenblick, bevor sie den frivolen Gedanken abwies, meinte Truth eine Art Stromstoß zu verspüren, wo ihre Finger die warme Festigkeit seines Arms erspürten. Gemeinsam gingen sie nun den letzten Teil der Treppe hinunter.

»Ich werde Sie schon nicht schutzlos in den Rachen des Löwen werfen, Truth«, sagte Julian mit leicht spöttischem Tadel. »Aber Sie lernen heute abend den Rest unseres Kreises kennen, zumindest diejenigen, die ich bisher hier versammeln konnte. Das Werk benötigt eigentlich einen Kreis von dreizehn, aber es kann auch mit weniger vollbracht werden.«

Und Sie vollbringen es? wollte Truth fragen, aber sie waren bereits am Ziel.

Wie die meisten viktorianischen Herrenhäuser besaß Shadow's Gate eine gewisse Symmetrie, so daß von jeder Seite der Eingangshalle ein Salon abging. Truth hatte sich heute bereits in einem von ihnen – dem Blackburn-Museum – mehrere Stunden aufgehalten.

Die beiden Räume hätten kaum unterschiedlicher sein können. Obwohl viele der Zimmer in Shadow's Gate noch mit dem ursprünglichen Mobiliar ausgestattet waren, ließ sich nicht übersehen, daß Julian keineswegs ein museales Wohnhaus schaffen wollte, in dem die Uhren 1895 stehengeblieben waren. Die Wände dieses Salons hatten eine dunkle Schattierung von Smaragdgrün, die in den Brokat-Vorhängen und den wertvollen Orientteppichen wieder auftauchte. Doch das lange, aus verrückbaren Teilen bestehende Sofa war modern, seine eleganten italienischen Formen waren mit butterweichen, austernfarbenen Lederkissen gepolstert, und auch die Tische waren eine moderne Konstruktion aus Bronze und Glas.

Truth war kein ahnungsloses Dummerchen – wer auch nur entfernt mit der unablässigen Suche eines Colleges nach Geldmitteln zu tun hatte, wußte, wie die Welt funktionierte –, und allein die Geldmenge, die ein Raum mit solcher Möblierung repräsentierte, ließ bei ihr die Alarmglocken läuten. Die Reichen, wie F. Scott Fitzgerald einmal sagte, unterscheiden sich von dir und mir, und nach Truths Erfahrung bestand der Unterschied in der rücksichtslosen Nichtbeachtung der Folgen, die Handlungen, die der schieren Macht des Reichtums entsprangen, für andere hatten.

Verwirrt nahm sie ein halbes Dutzend Leute wahr, die herumstanden, als ob sie auf sie warteten. Julian nahm seine Hand von ihrer Taille und drängte sie sanft in den Raum.

Vor die Löwen geworfen ...

»Meine Damen und Herren«, sagte Julian. »Es ist mir eine große Ehre, Ihnen die Tochter von Thorne Blackburn vorzustellen – Truth Jourdemayne.«

Truth wurde rot vor Wut. Warum hatte Julian ...?

»Sollen wir applaudieren?« fragte eine männliche Stimme gedehnt. Der Sprecher trat vor, mit einem Glas in der Hand. Unter seinem Tweedjackett trug er eine dunkle Weste und eine altmodische Krawatte, und Truth steckte ihn sofort, wenn auch unbewußt, in die Schublade des heruntergekommenen Professors – der Mann hatte die mondbleiche Haut und die tiefliegenden Augen von jemandem, der seine wachen Stunden in staubigen Archiven beim Brüten über kleingedruckten Texten zubrachte. Er schien irgendwo in den Vierzigern zu sein, seine Haare waren dunkel und reif, geschnitten zu werden, seine Augen grau. Er machte den Eindruck eines irritierten Falken.

»Nichts für ungut, gnädige Frau«, fügte er mit einer ironischen Verbeugung hinzu. Truth lächelte erleichtert über den ihr vertrauten Ton – nicht anders als irgendein langweiliger Fachbereichs-Tee, wenigstens bis hierher.

»Bei allem, was recht ist, Ellis«, murmelte Julian. »Truth, erlauben Sie mir, Ihnen Ellis Gardner vorzustellen, auch wenn ich mir im Moment Angenehmeres denken könnte. Er ist normalerweise nicht so schlimm. Ellis, kannst du vielleicht ...«

»Mein lieber Hierodule, es ist nur der Sherry, der mich überhaupt erträglich macht«, sagte Gardner spöttisch. Er nahm Truth bei der Hand und führte sie von Julian weg. Obwohl er stark nach Sherry roch und laut Julians Aussage häufig einen

Schluck zuviel trank, waren sowohl der Gang wie die Sprechweise von Ellis stabil, als er Truth durch den Raum zu den anderen geleitete.

»Ich darf Ihnen den Rest unserer fröhlichen Schar von Wahrheitssuchern vorstellen. Den Stifter des Festes kennen Sie schon«, dies mit einem spöttischen Nicken zu Julian hin, der bemüht war, sich nichts anmerken zu lassen, »und unsere liebe Mrs. Avalon, die Besseres verdient.«

Irene sah blendend aus, in einem Kaftan aus leuchtendem Goldlamé und dazu mit mehreren Ketten und Armreifen. Ihre Augen waren für den Abend kräftig, in ägyptischem Stil, geschminkt: mit langen schwarzen Kohllinien, die um die Schläfen herumgriffen, die Augenlider bis hinauf zu den Brauen mit einem brillanten Türkisblau übermalt. Ihr Gesicht glich einer Maske, aus der die mütterliche, vernünftige Frau starrte, die Truth am Nachmittag kennengelernt hatte.

»Ellis, komm, sei ein guter Junge«, forderte sie ihn auf.

»Und das hier ist Gareth Crowther, mit dem Sie auch schon das zweifelhafte Vergnügen hatten. Gareth ist unser ungehobelter Handwerker«, sagte Ellis.

»Hör auf damit, Ellis«, erwiderte Gareth, ohne aufgebracht zu sein. Er trug ein Jeanshemd mit Perlenknöpfen, und seine Hände waren nach all dem Schmutz, den Truth an ihnen beim Pförtnerhaus gesehen hatte, geradezu peinlich sauber. »Freut mich, daß Sie geblieben sind, Truth«, sagte er.

Truth öffnete ihren Mund, um seinen Irrtum zu korrigieren – in der Hoffnung, daß Julian ihm nicht ebenfalls erlegen war –, als Ellis sich jemandem zuwandte, der am anderen Ende des Raums stand, und wieder zu sprechen begann.

»Mr. Crowther betet sie von Ferne an, von diesem Schrein aus«, sagte Ellis in der volltönenden Stimme eines Reiseführers auf Bustour, »unser *soi-disant* Hierolator, die sehr hübsche, attraktiv verpackte Fiona, unter ihren Freunden auch als Miss Cabot bekannt …«

Truths Blick folgte Ellis' Hand dorthin, wo eine junge, stark geschminkte Frau stand, deren flammend rotes Haar über ihren Rücken wallte. Sie stand mitten im Licht einer Halogenlampe, als hätte sie einen Bühnenauftritt.

Fiona Cabot trug ein langärmeliges Kleid aus Glanzsamt, das ebenso kurz wie enganliegend war, so daß ihr geschmeidiger und zugleich üppiger Körper darin wirkte wie in einem Tänzerinnentrikot. Die Spur einer Spitzenborte zeigte sich am Saum des tiefgeschnittenen Ausschnitts, um den Hals trug sie ein breites schwarzes Band, ebenfalls aus Samt. Sie lächelte Truth kalt zu und erwiderte damit eine nicht minder distanzierte Begrüßung quer über die Arena hin.

»Man traut sich nicht allzu nah heran«, fuhr Ellis gewandt fort, »wie bei *Hamadryad orientalis* – der Königskobra, die ihr Gift mehrere Meter weit spucken kann.«

Fionas Kinn trat deutlich hervor, und sie warf Ellis einen kurzen, aber mörderischen Blick zu, bevor sie ihr Glas auf der nächsten Stellfläche laut abstellte. Mit schnellen, wütenden Schritten ging sie zu Julian hinüber. Wenn sie wirklich die Katze wäre, die sie zu sein schien, würde sie mit aufgeplustertem Schwanz wild um sich schlagen, dachte Truth unfreundlich.

»Liebster Julian«, sagte Fiona mit dem Akzent zusammengebissener Zähne, schlang ihren Arm um seinen und lehnte sich kokett gegen ihn. »Müssen wir uns diese Aufführung wieder gefallen lassen?« Mit ihren Stilettabsätzen war sie beinahe so groß wie er.

Truth verspürte einen unerklärlichen Anfall von Eifersucht – aber wegen Ellis' Worten warf sie einen schnellen Blick auf Gareth und sah, wie ihre eigene Eifersucht fieberhaft und unverhohlen in seinen Augen glühte.

Garner hat in einem Punkt recht: Gareth ist verliebt in Fiona. Und ich wette, daß die Hexe es weiß, dachte Truth. Ihr Widerwille gegenüber der Situation, in der sie sich befand, wurde stärker.

»Ellis, das reicht«, sagte Julian kurz.

Entlang unsichtbaren Befehlslinien sauste eine gleichsam unsichtbare Kraft; Truth spürte, wie Ellis sich einen Moment lang dagegen auflehnen wollte und dann nachgab.

»Oh, aber bitteschön«, sagte der ältere Mann. »Dann der Rest aus unserem Tollhaus, in aller Kürze.« Er umfaßte Truths Arm fester, als brauchte er nun plötzlich eine Stütze.

»Donner Murray.« Ein dunkelhaariger, braunäugiger Mann, etwa im gleichen Alter wie Truth, trug ein graues Jackett aus Kordsamt, ohne Krawatte. Er lächelte Truth an – höflich, etwas zurückhaltend – und hob sein Glas in schweigendem Gruß.

»Caradoc Buckland.«

»Erfreut, Sie kennenzulernen.«

Caradoc hatte dunkelbraunes, modisch kurzgeschnittenes Haar. Ein großer Goldring glitzerte in einem Ohr, und an der rechten Hand prangte ein schwerer Siegelring. Caradoc war eleganter gekleidet als Donner, in einem hellen Designer-Anzug, unter dem er ein dunkles, kragenloses Hemd trug.

»Hereward Farrar.«

Inzwischen schwirrte Truth der Kopf von den vielen eigenartigen Personen, deren ebenso seltsame Namen sie sich merken mußte. Doch Farrar würde sie ohne Schwierigkeiten in Erinnerung behalten. Seine grauen Augen waren so hell, daß sie beinahe silbern erschienen, und sein rotes Haar – dunkler als das von Fiona – trug er, im Stil der vorherigen Generation, lang. Er schenkte ihr sein zaghaftes, unpersönliches Wolfslächeln. Er war ein Mensch, der abseits stand und nicht leicht zu gewinnen war. Sie hatte seine rasche Taxierung gespürt, mit der er ihre erwiderte.

»Bereit, schreiend in die Nacht zu laufen, Truth?« fragte Hereward.

»Noch nicht«, antwortete Truth.

»Ihr Sherry, Truth«, sagte Julian, der sich von Fiona löste und wieder das Heft in die Hand nahm. Er reichte Truth ein kleines, feinstieliges Glas und nutzte die Gelegenheit, sie von Ellis zu befreien. Fiona stand unschlüssig da und entschied dann, das Beste aus der Situation zu machen und sich auf ein Gespräch mit Donner einzulassen.

»Ich fürchte, Ellis hat einen eher abwegigen Humor«, sagte Julian und nahm Truth auf seine Seite. Bildete sie es sich nur ein, oder war das Lächeln, das Julian ihr schenkte, wärmer als dasjenige, das er für Fiona übrig hatte?

Truth nahm einen kleinen Schluck, bevor sie antwortete. Es war ein exzellenter Sherry; wenn sich das allgemeine Thema vor dem Abendessen der Fuchs- oder Hetzjagd zuwenden sollte, so gab es immerhin Möglichkeiten, sich zu trösten.

»Ach, ich bin eigentlich nicht aus Zuckerwatte«, sagte sie. »Und seine geistreichen Kommentare haben sich schließlich nicht gegen mich gerichtet.«

»Ich möchte nur nicht, daß Sie Schlechtes von uns denken«, sagte Julian schlicht. Er wollte noch etwas sagen, aber er wurde von Irene unterbrochen, die mit einem Ausdruck der Verwirrung von der Tür aus auf ihn zukam.

»Julian.« Truth erinnerte sich, daß Irene den Raum verlassen hatte, kurz nachdem Ellis sie vorgestellt hatte. »Hast du Light gesehen?«

»In ihrem Zimmer?« sagte Julian halb fragend.

»Da war ich gerade; dort ist sie nicht. Oh, Julian, wenn sie wieder weggegangen ist ...«

Truth erkannte echte Sorge und Beunruhigung in Irenes Gesicht. Vorhin hatte Irene von Light als einem ebenbürtigen Mitglied in Blackburns Werk gesprochen, doch nun verhielt sie sich, als wäre Light ein eigensinniges Kind.

»Ich schicke jemanden, der sich nach ihr umsieht«, sagte Julian. »Sie ist vielleicht nach draußen gegangen, und keiner hat es bemerkt. Gareth ...?«

»Das ist nicht nötig. Sie ist schon hier«, sagte eine tiefe Stimme.

Ein Mann und eine Frau waren in der Tür erschienen.

Das muß Light sein, dachte Truth.

Die Frau war schlank, beinahe zerbrechlich. Sie trug eine Tunika mit weiten Hosen aus einem seidigen, blassen Stoff. Truth stand zu weit weg, um ihre Augen sehen zu können, doch das hellere Licht aus der Halle umgab das lange Silberhaar des Mädchens mit einem beinahe unirdischen Schimmer.

Unirdisch. Soviel steht fest. Sie sieht fast aus wie die Hollywood-Version eines Mediums.

Truths Erfahrung mit medialen Menschen war ziemlich begrenzt, da deren Betreuung und »Fütterung«, wie es am Institut scherzhaft hieß, eher in Dylans oder sogar Professor MacLarens Bereich fiel. Truth wußte nicht weniger und nicht mehr als jedermann: Ein Medium war jemand mit einer natürlichen seelischen Begabung, empfänglich für die Emanationen dessen, was altmodische Kollegen immer noch die »Geisterwelt« nannten; jemand, der in Trance die Kommunikation zwischen den jenseitigen Wesen und der Welt der Lebenden vermittelte. *Oder scheinbar vermittelte,* erinnerte sich Truth mit der Gewohnheit der berufsmäßigen Skeptikerin. Dylans Medien machten für ihn Geister in Spukhäusern ausfindig, die seine Lieblingsprojekte waren, doch Light – ein seltsamer Name, aber nicht komischer als der von Truth oder sonst irgend jemandem hier – schien beinahe selbst ein Geist zu sein.

»Julian!« Light rannte mit der Offenheit eines Kindes zu ihm hin, schlang ihre Arme um ihn und drückte ihn fest. »Es tut mir leid, ich war draußen, aber ich habe sie wieder gesehen – den roten Hirsch und das weiße Pferd – und ich ...«

»Und nun mußt du unseren Gast begrüßen, Light«, sagte Julian mit liebevoller Unbeirrtheit. Er legte eine Hand auf Lights Kopf und schaute zu Truth. »Light ist unser Medium, und manchmal ist sie ... leicht zerstreut. Nicht wahr, meine Kleine?« sagte er nachsichtig.

Light schüttelte heftig ihren Kopf. Ihre Stimme und Bewegungen waren die einer viel jüngeren Frau, und Truth spürte einen plötzlichen Drang, sie zu beschützen. Sie konnte bei Light keine geistige Beeinträchtigung erkennen, doch offensichtlich besaß sie nicht die seelischen Mittel, um sich in der heutigen Welt ohne Hilfe zurechtzufinden.

»Ich war nicht zerstreut!« protestierte Light und nahm immer noch keine Notiz von Truth. »Ich bin dem roten Hirsch gefolgt. Dem roten Hirsch und dem weißen Pferd; dem grauen Wolf und dem schwarzen Hund; Rot und Grau und Schwarz und Weiß, die vier Wächter des Tores«, verfiel sie in einen erregten Singsang.

»Aber du darfst ihnen nicht in den Wald folgen, Kind. Auch wenn sie dir nichts Böses wollen, gibt es im Wald andere Gefahren«, sagte der Mann, der mit ihr eingetreten war.

Er war gut fünf Zentimeter größer als Julian, mit lockigem schwarzen Haar, das blau erschien, wo das Licht darauf fiel.

Die tiefe Stimme klang ein wenig fremdländisch, hatte die Spur eines Akzents, den Truth nicht ganz einordnen konnte. Sie sah ihm in die Augen.

Fallen, und an dem Ort des Lichts und des Wortes war Finsternis und das Feuer ewig ...

Mit Macht riß sich Truth los von ... was?

»Hallo, ich bin Truth Jourdemayne«, sagte sie, fast als wollte sie ihn herausfordern, ihr zu widersprechen. In dem Gefühl, übertrieben förmlich zu sein, streckte sie ihre Hand aus.

Er ergriff sie und beugte sich in ebenso förmlicher Manier darüber. Truth zwang sich, bei der Berührung nicht zurückzuweichen. Seine Haut glühte vor Energie; ihre Hand prickelte stark, und surreale Bilder stiegen wie Feuerwerkskörper hinter ihren Augen auf. Warum war er hier – und was sollte diese Maskierung? Das war nicht seine Kleidung – das war nicht sein Zuhause!

»Und damit hätten wir den letzten unserer Gruppe. Truth, dies ist Michael ...«

»... Archangel«, vervollständigte der große Mann, ließ ihre Hand los und schaute ihr erneut in die Augen. Die kurze Halluzination verschwand, und Truth sah, daß Michael Archangels Augen schwarz waren, der Ring zwischen Iris und Pupille nahezu unsichtbar, und seine Haut hatte die klare bleiche Olivfarbe, wie man sie auf einer Renaissance-Ikone fand.

»In meiner Heimatsprache Griechisch klingt der Name nicht so ungewöhnlich«, fuhr er fort, »aber er wurde vor so langer Zeit dem Englischen angepaßt, daß es die Mühe nicht lohnt, ihn wieder zurückzuverwandeln.«

Truth starrte ihn und dann ihre Finger an. Sie sahen normal aus – warum hatten sie ein Prickeln von jenem asketischen Feuer gespürt? Und woher war diese befremdende Gewißheit gekommen? Sie hatte diesen Mann noch nie in ihrem Leben gesehen!

»Erzengel Michael, der Führer der himmlischen Heerscharen«, sagte Julian ironisch. Seine neckische Bemerkung enthielt einen scharfen Ton, den Truth bei ihm zuvor nicht gehört hatte.

»Der die Schlange in den letzten Tagen niederwerfen und sie für immer und alle Zeiten in den Abgrund schleudern wird«, stimmte Michael ihm zu, als würde er eine Art Katechismus zu Ende sprechen.

»Doch der bis dahin in unserer Sammlung forscht«, sagte Julian besänftigend. Er löste Light von sich und gab ihr einen sanften Schubs in Irenes Richtung. »Geh nur zu Irene, mein Schatz. Sie wird dir etwas zu trinken geben.«

Light lächelte sie alle strahlend an und begriff auch Truth in dieses stumme Willkommen ein, bevor sie sich abwandte.

»Wenn Sie mich entschuldigen«, sagte Michael und folgte Light.

Julian sah zu, wie sie weggingen, und auf seinem Gesicht zeigte sich eine leichte Geistesabwesenheit.

Er mag es nicht, wenn Michael und Light zusammen sind, dachte Truth mit jener neuen unerklärlichen Gewißheit. *Warum?* Sie zwang sich, ihre Eingebung nicht weiter zu beachten; es wäre so verführerisch, daran zu glauben, daß ihre innere Stimme immer recht hatte – genau das war es, woher die Selbsttäuschung und der Wahn großer okkulter Kräfte stammten.

»Wer ist er, Julian?« fragte Truth. Sie wußte, daß die Frage kindlich klang, konnte sie sich aber dennoch nicht verkneifen.

»Eigentlich ein alter Schulfreund von mir. Nicht jemand, den Sie einen Gläubigen nennen würden, glaube ich; er nutzt meine Sammlung, um für sich selbst ein paar Dinge zu untersuchen«, sagte Julian. »Aber er ist auch kein Skeptiker. Michaels Bindung ist … noch nicht entschieden.«

Truth und Julian standen etwa in der Mitte des Salons. Die anderen hatten es sich an verschiedenen Plätzen bequem gemacht: Hereward saß auf dem austernfarbenen Sofa und redete mit Fiona, die sich auf eine der Lehnen niedergelassen hatte, wodurch der Saum ihres Kleids gefährlich hochgerutscht war. Ellis stand, wie nicht anders zu erwarten, an der Sherry-Karaffe und hielt wiederholt ein volles Glas in der Hand.

Gareth hatte sich überraschenderweise Michael und Light angeschlossen. Einer der übrigen Männer – Donner oder Caradoc, sie war sich nicht ganz sicher – erklärte Irene irgend etwas mit ausladenden Gesten; der zweite saß am anderen Ende des Sofas.

Ein gewöhnliches Familientreffen – wenn man zufällig zur Addams Family gehört, dachte Truth boshaft. Sie fragte sich, wer all diese Leute wirklich waren und wie Julian sie um sich versammelt hatte. Mit Sicherheit trugen Menschen heutzutage keine Namen mehr wie »Hereward« und »Caradoc«.

Wenn ich Magie ausüben würde, dann würde ich mir wahrscheinlich auch ein Pseudonym zulegen, dachte Truth und wendete ihre Gedanken wieder Julian zu.

»Was halten Sie von der Blackburn-Sammlung, nachdem Sie einen ersten Blick darauf geworfen haben?«

»Ich habe kaum damit angefangen«, widersprach Truth, »aber ich werde wohl Wochen brauchen, um mich darin zurechtzufinden.« *Das und einen eingeborenen Führer.* »Andrerseits, welchen Wert hat Ihre Sammlung ohne *Die leidende Venus*?« fragte sie verwegen. »Irene hat mir am Nachmittag davon erzählt«, fügte Truth hinzu, als sie Julians Erstaunen bemerkte.

Er brauchte einen Moment, um seine Worte zu wählen, bevor er sprach. »Eine vollständige Sammlung ist natürlich immer wertvoller als eine unvollständige. Meine Sammlung ist aber ziemlich repräsentativ, wenn man bedenkt, daß Aufzeichnungen magischer Geschehnisse und auch magische Gegenstände immer als äußerst geheim und zugleich als nur sehr kurzlebig betrachtet werden, so daß sich die meisten Sammlungen mit dem Tod ihres Gründers einfach auflösen.«

»Aber …«, unterbrach Truth, weil dies keine Antwort auf ihre Frage war.

»Ich würde meine Seele hergeben, um *Die leidende Venus* in Händen halten zu können«, sagte Julian offen. »Vorausgesetzt, ich besitze eine«, fügte er hinzu, um das Gespräch aufzuheitern.

Glücklicherweise entband der Klang einer kleinen Glocke Truth von einer Erwiderung.

»Abendessen«, sagte Gareth, in dessen Erleichterung Truth ihre eigene mitschwingen hörte.

Der Speisesaal in Shadow's Gate konnte es, was die Opulenz der Rockefeller-Gründerzeit anbetraf, leicht mit dem Rest des Hauses aufnehmen. In ihm hätte problemlos ein doppelt so langer Tisch stehen können, aber auch so hatten die elf Speisenden reichlich Platz, um sich an der mit weißem Damast gedeckten Tafel niederzulassen.

Darüber hinaus wurde der Saal erleuchtet von zwei riesigen funkelnden Waterford-Kristallüstern. Auf dem prachtvollen Parkettboden lag ein großer, in Cremetönen gehaltener Aubusson-Teppich, und ein Paar wunderlich verzierter, silberner Kandelaber stand auf der marmorbelegten Ebenholzanrichte bereit, zusammen mit einer Reihe silberner Kerzenständer.

Der Raum war zur Hälfte getäfelt, ganz im Stil einer vergangenen Epoche, und von der Holztäfelung bis zur Decke waren die Wände mit goldenem Samtbrokat verkleidet. Eine Reihe doppelflügeliger Türbogen führten in den zentralen Bereich des Hauses, zwei kleinere Türen zur Küche und zur Bedienstetenkammer.

Julian ging an den Kopf des Tisches und wies an das Fußende.

»Als unserem Ehrengast gebührt Ihnen der Platz«, sagte Julian zu Truth und unterstrich seine Worte mit einer auffordernden Geste.

»Oh, das kann ich nicht annehmen. Wirklich nicht«, sagte Truth, die in der Tür stehenblieb.

»Julian, also wirklich!« flötete Fiona in honigsüßem Ton. »Du machst sie ja ganz befangen, wenn du sie so auffällig plazierst.« Fiona glitt mit einer Schnelligkeit auf den Stuhl am Fußende des Tisches, die nahelegte, daß dies nicht ihr üblicher Platz war, und warf Truth einen Blick trotzigen Triumphs zu.

Truth spürte eine plötzliche Spannung im Raum, wie den peitschenden Knall eines fernen Donners, doch Julian sagte nichts, sondern zog nur den Stuhl zu seiner Rechten zurück.

»Also, dann hier«, sagte er lächelnd. »So kann ich Sie während des ganzen Essens mit Beschlag belegen.«

Daraufhin setzten sich alle auf andere Plätze als gewohnt. Truth war amüsiert, daß Ellis Gardner die Gelegenheit nutzte, sich an ihre rechte Seite zu setzen. Er war offenbar glücklich, ein unverbrauchtes Ohr für seinen Klatsch zu finden. Truth fragte sich, ob es sich lohnte, ihn für sich einzunehmen: Einerseits erfuhr sie so jedermanns Geheimnisse – zumindest eine Version davon –, doch andererseits würden die meisten anderen mit ihr nicht mehr offen sprechen, wenn bekannt wäre, daß sie mit einer Klatschbase verkehrte.

Klatschbase. Na, hier *haben wir mal ein altmodisches Wort! Wo* das *wohl auf einmal herkommt?*

Michael ließ Irene höflich den Vortritt, sich links neben Julian zu setzen, und er selbst nahm mit Light neben ihr Platz. Truth, die über den Tisch in Michaels schwarze Augen sah, hatte das Gefühl, daß hier mehr vor sich ging als nur ein abendliches Stühlchen-wechsle-dich, aber sie schob den Gedanken beiseite. Es hatte schließlich nichts mit ihr zu tun.

Die Suppe war gegessen, und Truth dachte sehnsuchtsvoll an ihr Zimmer in der Pension in Shadowkill, fern von all der halb verborgenen Leidenschaft, den Splittergrüppchen und Eifersüchteleien. Wenn sie erst einmal dort wäre, würde sie in Ruhe überlegen, ob sie je nach Shadow's Gate zurückführe!

Aber du mußt. Deine Arbeit ist hier noch nicht zu Ende, erinnerte sie eine innere Stimme.

Der Gedanke ernüchterte sie, als ob er eine physische Barriere in ihr errichtet hätte. Es war richtig. Sie hatte kaum mit dem Entwurf zu ihrer Biographie über Thorne Blackburn begonnen, und sie wußte bereits, daß das meiste Material, das sie brauchte, sich hier in Julians Sammlung befand. Julians Sammlung, Irenes Erinnerungen ...

Sie blickte flüchtig über den Tisch, wo Light zwischen Michael und Gareth saß. Light sah auf, als sie Truths Blick spürte, und lächelte scheu, bevor sie ihren Kopf wieder senkte. Truth erwiderte das Lächeln. Sie hätte gern von Irene in Erfahrung gebracht, welche Rolle Light in diesem seltsamen Haushalt spielte und ob Light in irgendeiner Form ... ausgebeutet wurde.

»Etwas Wein, Truth?«

Julians Frage riß sie aus ihren Gedanken. Sie nickte, und er füllte ihr Glas mit einem glitzernden strohfarbenen Wein.

»Ich gehöre nicht zu denen, die glauben, der Weg zur Macht liege in der Entsagung und in der Askese«, sagte er mit einem Lächeln. »Natürlich gibt es Situationen, in denen Fasten und Beten angemessen sind, und dann halte ich mich auch daran; aber wieviel wahrer ist, daß wir verstehen müssen, welche Menge von Informationen unsere Sinne uns geben können, wenn wir sie nur richtig einsetzen.«

»Sie wissen, daß ich nur wenig von Ihren ... Praktiken verstehe«, sagte Truth ohne Zurückhaltung. Nach dem Sherry war sie sich nicht sicher, ob sie gleich anschließend ein weiteres Glas Wein wollte, aber jeder am Tisch, sogar Light, trank, und außerdem würde sie eine volle Mahlzeit zu sich nehmen, um die Wirkungen auszugleichen. »Hat Blackburn das auch geglaubt?« Sie hob ihr Glas und nahm einen kleinen Schluck.

»In dieser wie in jeder anderen Hinsicht können Sie mich als seinen Schüler betrachten«, sagte Julian lächelnd.

»Ich hätte auch gern etwas Wein, Julian«, sagte Fiona, die ihr Glas demonstrativ in der Luft schwenkte. Hereward, mit Lachen in den Augen, doch sein Gesicht so unnahbar ausdruckslos wie das eines Butlers, schenkte ihr aus einer zweiten Flasche vom anderen Ende des Tisches neu ein.

»Julian hat aber auch das ein oder andere am Werk des Meisters verbessert«, sagte Irene vergnügt, wobei sie Fiona ins Wort fiel, als wäre sie gar nicht da.

»Wenn das Werk Erfolg haben soll, dann dürfen wir es nicht als eine unumstößliche Wahrheit ansehen, die wir empfangen haben und mit der wir nun auf eigene Gefahr unseren Spaß treiben. Das Rad dreht sich weiter«, sagte Julian.

»Und Julian«, raunte Ellis Truth ins Ohr, »will immer oben sein, egal wie oft es sich dreht.«

Truth sah ihn an und mußte unwillkürlich lachen. Diese Einschätzung von Julian hatte sich bereits auch ihr aufgedrängt, doch sie schien den Mann nur noch erregender zu machen.

Was machte dieses Shadow's Gate aus ihr?

Das Abendessen war eine lange und aufwendige Angelegenheit, auch wenn die Horden livrierter Diener fehlten, nach denen der Speisesaal zu verlangen schien. Das Essen war vorzüglich und seine optische Zubereitung eines 4-Sterne-Restaurants würdig, doch in der heutigen Zeit war an eine solche Menge folgsamer Bediensteter, wie sie die alten Schauerromane bevölkerten, nicht so leicht heranzukommen. Der Koch und ein Helfer brachten das Essen an den Tisch, danach bedienten sich die Speisenden selbst.

Die Gespräche – und der Wein – flossen munter. Die Themen reichten von möglichen zukünftigen Problemen mit dem Brunnen auf dem Landsitz bis zu den neuesten Kinofilmen. Es herrschte eine freundschaftliche und unbeschwerte Atmosphäre am Tisch, und Truth fühlte sich wie ein akzeptiertes Mitglied der Gruppe.

Die einzige Mißstimmung ging von Fionas aufrechterhaltener Abneigung aus, aber die war verständlich. Fiona fühlte sich offensichtlich von Julian angezogen – auch wenn dies nicht auf Gegenseitigkeit zu beruhen schien.

Es war wie in einer Komödie von Shakespeare, dachte Truth. Sie fragte sich, ob die ineinander verschlungenen Gefühle in Shadow's Gate sich ebenso leicht und säuberlich entwirren lassen würden wie am Ende eines elisabethanischen Stückes, mit all den unpassenden Verbindungen von Liebenden, die sich schließlich mit ihren richtigen Gespielen und Gespielinnen zusammenfanden. Unterdessen liebte Gareth Fiona, Fiona liebte Julian …

Nein, entschied Truth nach sorgfältiger Überlegung. Julians Gefühle für Light waren nicht die eines Möchtegern-Liebhabers. Sie schaute über den Tisch hinweg zu Michael, der vollkommen in eine sanftgestimmte Unterhaltung mit dem silberhaarigen Mädchen vertieft war. Vielleicht war es Michael, der Light liebte; seltsamerweise hatte Truth das Gefühl, daß Julian diese Verbindung mißbilligte. Warum, wenn er nicht an Michaels Stelle treten wollte? Gewiß würde er, wenn er Michael Archangel so wenig schätzte, ihn nicht als Gast in seinem Haus dulden.

Der Koch und sein Gehilfe kamen wieder herein, gerade als die letzten mit ihrem Mahl fertig wurden – Truth, die darauf geachtet hatte, sah Julian heimlich mit dem Fuß auf einen Knopf treten –, und begannen mit dem Abräumen. Da Truth sah, wie Gareth und Donner aufstanden, um zu helfen, wollte sie sich auch erheben, doch hielt Julian sie mit einer Hand an ihrem Arm zurück.

»Jeder Rang hat seine Privilegien«, sagte er. »Hoskins möchte gleich nach dem Dessert gehen, also helfen wir ihm ein bißchen. Aber es kommt nicht in Frage, daß sich ein verehrter Gast an der Arbeit beteiligt.«

»Dessert?« fragte Truth schwach. Sie konnte sich nicht erinnern, wann sie das letzte Mal soviel gegessen hatte: klare Suppe, Rinderbraten und Röstkartoffeln, angeschmortes, püriertes und gegrilltes Gemüse sowie ein halbes Dutzend verschiedener heißer Brotsorten waren nur der Anfang gewesen.

In wenigen Augenblicken war der Tisch abgeräumt, und Hoskins' Assistent kam mit einem Wagen, auf dem sich neue Gläser, Teller und Geschirr befanden. Hinter Davies folgte Hoskins, der ein großes Tablett mit verschiedenen Torten und Kuchen trug.

»Irene hat mir erzählt, daß Sie in der Stadt ein Zimmer reserviert haben. Meinen Sie, jetzt, da Sie die Sammlung begutachtet haben, ich kann Sie davon überzeugen, statt dessen hierzubleiben?« Julian stellte die Frage, während das Tablett herumgereicht wurde.

Truth zögerte. Nach ihrer Erfahrung hatte ein so großzügiges Angebot meistens einen Haken, auch wenn sie in diesem Fall bisher noch keinen entdecken konnte. Doch trotz der Bequemlichkeit eines solchen Arrangements und der verlockenden Nähe zu Julian Pilgrim spürte Truth, daß Shadow's Gate für sie eine Herausforderung war, die sie erst genauer kennenlernen mußte, bevor sie sich darauf einließ. Es wäre einfacher, irgendwo außerhalb darüber nachzudenken, fern von der überwältigenden Gegenwart des Hauses.

»Obwohl ich nicht glaube, daß ich ohne Ihre Sammlung mit meinem Buch weiterkomme«, begann sie taktvoll.

»Dann ist es abgemacht«, sagte Julian. »Sie werden ...«

Ein heftiger Donnerschlag unterbrach ihn. Die Lichter flatterten wie Mottenflügel.

»Jetzt geht's wieder los«, sagte Gareth und ließ sich auf seinem Stuhl nieder.

»Was er meint«, sagte Hereward, der sich ein Stück Torte vom Tablett nahm, »ist, daß man im Garten des Sturmkönigs gelegentlich mit Sturm rechnen muß.«

»Ich wünschte, es wäre nur gelegentlich«, sagte Caradoc. »Zumindest verschaffen einem die Stromausfälle ein gutes Bewegungstraining, wenn man bei Kerzenlicht das ganze Haus abläuft.«

Das Tablett erreichte Truth. Von Julian gedrängt, nahm sie ein Kuchenstück mit Birnenmus, das ihr in der Auswahl am kalorienärmsten erschien.

»Fällt bei Ihnen der Strom oft aus?« wollte Truth wissen. Der Sturmkönig, erinnerte sie sich, war der Name eines der hiesigen Berggipfel.

»Normalerweise haut es uns einfach eine Sicherung durch«, sagte Caradoc, »das fällt dann in den Bereich unseres Technikfreaks« – Gareth verneigte sich grinsend – »aber manchmal bricht das ganze Stromnetz in der Gegend zusammen.«

»Wenn man vom zweiten Stock aus die Fenster von Shadowkill nicht sieht, dann kann man aufgeben«, sagte Gareth. »Das heißt, daß in der ganzen Stadt der Strom ausgefallen ist und wahrscheinlich auch im nördlichen Dutchess County.«

Light kicherte, es war ein silbriger, elfenhafter Laut. »Ich mag Gewitter«, vertraute sie scheu ihren Zuhörern an. Truth lächelte zurück.

»Ich auch ...«, begann sie, hielt aber inne, als die Lichter erneut zur donnernden Begleitung flackerten. Truth legte ihre Gabel ab.

»Ich habe den Abend wirklich genossen, aber ich denke, wenn es zu gewittern beginnt, dann sollte ich jetzt besser gehen«, sagte sie entschlossen. Sie hatte auch ohne Gewitter genug Mühe, das Bed-and-Breakfast im Dunkeln zu finden.

»Aber Truth! Du bleibst doch sicher?« sagte Irene ungläubig.

»Wir haben genug Platz«, fügte Gareth hinzu.

»Ich hatte gehofft, Sie würden meine Einladung, Ihr Buch hier zu schreiben, annehmen«, sagte Julian, »aber selbst, wenn nicht, so wäre die Gastfreundschaft, die wir Ihnen für eine

Nacht anbieten, gewiß nicht zuviel? Ich hasse es, bei solchem Wetter jemanden hinauszuschicken und irgendwo hinfahren zu lassen.«

»Er hat recht. Man würde bei solchem Wetter keinen Hund vor die Tür lassen«, sagte Caradoc und zeigte sein schiefes Grinsen.

In diesem Moment gingen die Lichter aus, gefolgt von einem betäubenden Donnerschlag, dann hörten sie ein Prasseln von Regentropfen, als ob Kieselsteine gegen die Fenster des Speisesaals geschleudert würden. Nach einem Moment der Stille gab es Gelächter und vereinzelt Applaus, den Julian anführte.

»Sehen Sie, Truth, die Götter sind unserem Wunsch, daß Sie hierbleiben, gewogen«, sagte Julian aus der Dunkelheit. Man hörte schlurfende Schritte und Tasten und dann das Geräusch eines angerissenen Streichholzes.

Die beiden Kandelaber – mit gut zwei Dutzend Kerzen – machten das Speisezimmer überraschend hell.

»Die Lichter sind alle aus«, sagte Light verwundert.

»Wer will nachschauen gehen?« fragte Gareth.

»Immer der, der fragt«, sagte Donner, ging zur Anrichte und gab Gareth einen einzelnen Kerzenleuchter. Gareth grinste gutmütig, zündete die Kerze am Kandelaber an und ging hinaus, die Flamme mit der freien Hand beschirmend.

»Jemand noch Wein?« fragte Ellis und füllte sein eigenes Glas. Truth schüttelte verneinend den Kopf, und er zuckte mit den Schultern.

»Warum nimmt er keine Taschenlampe?« fragte Truth Julian.

»Batterien haben die Angewohnheit, in Shadow's Gate ihre Spannung zu verlieren«, sagte Julian. »Es ist einfacher, Kerzen zu benutzen, als sich mit nicht mehr funktionierenden Batterien herumzuärgern. Ich fürchte, daß die Batterie in Ihrer Uhr auch ziemlich bald ersetzt werden muß.«

Na, das ist etwas, was ich überprüfen kann, dachte Truth.

»Ich glaube, es wäre klug, wenn Sie Julians Einladung annähmen«, sagte Michael. »Ihr Gepäck ist doch schon im Haus, nicht wahr?«

»Ja. Schon«, sagte Truth. Es war dennoch eine seltsame Frage – warum ging Michael davon aus, daß sie mit Gepäck gekommen war? Michael war als einer der letzten im Salon erschienen. Hatte er während seiner Abwesenheit ihr Zimmer durchsucht?

Noch ein bißchen mehr Paranoia, und du wirst bald an UFOs und Mordkomplotte glauben, schalt Truth sich selbst.

»Laßt es uns nun als beschlossene Sache betrachten«, sagte Julian bestimmt. »Ich kann Sie heute nacht nicht gut gehen lassen; es wäre viel zu gefährlich. Irene, Liebe, ich glaube, der Kaffee ist fertig, aber du nimmst wahrscheinlich besser die Thermoskanne statt der Silbernen, um ihn warmzuhalten.«

»Genau wie in den alten Zeiten«, sagte Irene glücklich und ging in einem Wirbel von glitzerndem Kerzenlicht in die Küche.

»Ich gehe ihr helfen«, sagte Truth und war diesmal auf den Beinen, bevor Julian sie zurückhalten konnte.

Irene hatte nur einen Kerzenleuchter mit in die Küche genommen. In den sprunghaften Schatten seiner schwankenden Flamme wirkte die Küche gespenstisch. Der Sturm hatte in der kurzen Zeit, in der Truth das Speisezimmer durchquert hatte, an Gewalt zugenommen, und der heulende Wind peitschte den Regen mit solcher Kraft gegen die Küchenfenster, daß die Scheiben in ihren Fassungen rüttelten. Das Geräusch ließ Truth ihre Entscheidung, ob sie fahren sollte, noch einmal überdenken. Julian hatte recht; dies war keine Nacht, um ein Haus zu suchen, das sie noch nie gesehen hatte, und es war ein langer Tag gewesen.

»Es ist eine wilde Nacht«, sagte Irene vergnügt. »Thorne hat in solchen Nächten sein bestes Werk vollbracht – wenn die Wilde Jagd ging.« Sie eilte mit hausfraulicher Behendigkeit in der Küche hin und her, nahm zwei Thermoskannen aus dem Geschirrschrank und füllte den Kaffee aus der verchromten Kaffeemaschine um. »Oh, ich vermisse ihn sehr. Und es ist keine Nacht, um draußen auf der Straße zu sein, wenn man nicht muß«, leitete sie das Gespräch zu praktischen Dingen über. Dies gehörte zu Irenes flinker Wesensart.

»Irene«, sagte Truth. »Dieses Mädchen – Light – wo kommt sie her?«

»Oh, Julian hat sie gefunden. Als er im letzten Jahr Shadow's Gate zurückerwarb – es ist in diesem Monat fast ein Jahr her, daß er mich holte –, führte er eines der kleineren Rituale aus, und auf einmal war sie da.«

Verflixte Irene mit ihrem verschwommenen Okkultismus, der für alles und jedes eine magische Erklärung hatte, dachte Truth verärgert.

»Ja«, sagte sie geduldig. »Aber woher kam sie?«

»Ich glaube, sie muß irgendwo im Krankenhaus gewesen sein«, sagte Irene unbestimmt und stellte Tassen und Untertassen auf ein zweites Tablett. »Sie hat keine Familie, das arme Ding, und manchmal sind die mit den größten übersinnlichen Gaben am wenigsten fähig, mit Malkut umzugehen – der Sphäre der Manifestation.«

Oder mit der wirklichen Welt, ergänzte Truth in Gedanken. Trotzdem war es sonderbar – wenn Light wirklich keine Familie hatte, wie hatte Julian sie aus dem Krankenhaus herausbekommen?

Vorausgesetzt, sie war tatsächlich in einem.

»Aber jetzt, da du bei uns bleibst, haben wir jede Menge Zeit zum Plaudern«, sagte Irene in ihrer forschen englischen Art. »Nimm doch dies mit ins Speisezimmer, sei so lieb«, sagte sie und gab Truth das Tablett voller Kaffeetassen in die Hände.

»Es ist alles schwarz, bis zum Fluß – die Telefone funktionieren auch nicht mehr«, verkündete Gareth mit Befriedigung, als Truth ins Zimmer trat. »Ich war draußen«, fügte er hinzu – unnötigerweise, denn sein Haar und Hemd waren bis auf die Haut durchnäßt, als ob er unter der Dusche gestanden hätte. »Es geht wirklich wild zu. Eine gute Nacht für … allerlei«, sagte er mit einem zweifelnden Blick auf Truth.

Truth stellte das Tablett sorgfältig ab, und Michael stand auf, um beim Herumreichen der Tassen zu helfen. Er betrachtete sie eingehend, als ob er die Antwort auf eine Frage suchte.

Truth mußte unwillkürlich lächeln. Irene folgte Truth aus der Küche, ohne Kerze, und brachte die Kannen.

»Es ist noch Kaffee in der Küche«, sagte sie, »und er wird kalt.«

»Wir werden ihn trotzdem brauchen«, sagte Hereward. »Auch wenn er kalt ist. Wird eine lange Nacht heute, was, Julian?«

Julian lächelte erwartungsvoll. »Sie sind eingeladen, uns Gesellschaft zu leisten, Truth«, sagte er. »Als Zuschauerin oder ... was Sie wollen.«

Truth schreckte innerlich zurück, plötzlich erkannte sie, was die Andeutungen und Seitenblicke zu bedeuten hatten. Julian war entschlossen, die Nacht der Magie zu widmen – aus ihrer Lektüre von *Die leidende Venus* hatte sie den etwas nebelhaften Eindruck gewonnen, daß Blackburn seine Rituale mit Vorliebe bei Gewitter ausführte.

Als Wissenschaftlerin und psychologische Forscherin war Truth der Ansicht, daß sie jeder noch so seltsamen Manifestation mit vollkommener Gelassenheit ins Auge sehen sollte, und ganz gewiß glaubte sie nicht an Magie, aber der Gedanke, sich irgendwo in der Nähe eines von Blackburn inspirierten magischen Rituals aufzuhalten, erfüllte sie mit erstickendem Grauen.

Er hat meine Mutter umgebracht. Hier in diesem Haus, in einer Nacht wie dieser. Er hat sie ermordet ...

»Truth?« Julian berührte ihren Arm. Sie zuckte zusammen und verschüttete Kaffee auf ihre Hände und die Tischdecke.

»Alles in Ordnung?« fragte er.

Sie stellte ihre Tasse wieder auf die Untertasse und wischte ihre Hände ab. Zum Glück hatte sie sich nicht sehr verbrannt; die Tischdecke hatte das meiste abbekommen. »Es tut mir leid, Julian. Ich hoffe, die Flecken gehen wieder raus; ich weiß nicht, wo meine Gedanken waren ...«

»Das macht doch nichts«, beruhigte er sie. »Dieses Haus hat manchmal eine solche Wirkung auf Menschen, besonders während eines Gewitters.«

»Danke«, sagte Truth, die nicht recht verstand, was er meinte.

Sonst schien niemand ihr kleines Mißgeschick bemerkt zu haben. Sie trank von dem Kaffee, der noch in ihrer Tasse war. Sie hatte ihn reichlich mit Sahne und Zucker versehen, in der Hoffnung, mit Hilfe von Koffein und Zucker wachzubleiben. Die Ereignisse des Tages, nach der langen Fahrt, hatten sie eingeholt, und das gedämpfte Kerzenlicht trug dazu bei, ihre Müdigkeit zu verstärken.

»Es gibt eine Reihe von Ritualen – genannt ›Das Ebnen des Pfades‹ –, die vor der Wegbereitung zu absolvieren sind«, erläuterte Julian, »und die Nacht ist eine gute Zeit dafür. Wenn die psychischen Störungen durch das Tageslicht und die vielen wachen Seelen sich auf ein Mindestmaß beschränken.«

Truth sah sich in widerstrebender Zustimmung nicken. Die meisten ihrer »professionellen« Medien – diejenigen, die an ihre übersinnlichen Kräfte glaubten und sich dazu bekannten – sagten, daß ihr sechster Sinn in den Nachtstunden am stärksten sei.

Doch an einem von Blackburns Ritualen teilnehmen …?

Julian beobachtete sie, offensichtlich in Erwartung einer Antwort.

Nein! schrie ein Teil ihres Bewußtseins.

»Ach, ich glaube nicht … ich bin wirklich müde; vielleicht ein anderes Mal.«

»Ich freue mich schon darauf«, sagte Julian und lächelte vielsagend.

»Ich gehe schnell nachsehen, ob für Truth im Zimmer alles gerichtet ist, und dann eile ich hinunter zum Tempel, ja?« sagte Irene. »Ich sage jetzt Gute Nacht, meine Liebe.«

Irene stand auf und kam um den Tisch zu Truth, beugte sich über sie und gab ihr einen Kuß auf die Wange. Truth streckte sich ihr entgegen und tätschelte die beringte Hand, die auf ihrer Schulter ruhte, dabei unterdrückte sie die plötzlich aufsteigenden Tränen. Sie war müde, sonst nichts. Das erklärte alles. Alles.

»Gute Nacht, Tante Irene«, sagte sie laut.

Irene Avalon ging aus dem Zimmer und trug dabei den Kerzenleuchter wie ein flammendes Schwert vor sich her.

»Fühlst du dich stark genug, um heute nacht zu arbeiten, Liebe?« fragte Julian Light.

»Oh, ja!« antwortete Light.

Truth warf ihr einen Blick zu. Es gab keinen Zweifel an Lights Aufrichtigkeit; ihre Augen funkelten im Kerzenlicht, und ihr glücklich aufleuchtendes Gesicht war keine Fassade.

»Aber kommst du nicht auch, Michael?« fragte Light traurig, während sie sich ihm zuwandte. »Du kommst nie mit.«

»Und das werde ich auch nie«, sagte Michael Archangel freundlich. »Jedem Schuster seine Leisten.« Er erhob sich.

»Und jeder Maus ihre Katze«, sagte Julian. »Wir lassen Michael die Wahrheit auf seine Weise finden und hoffen dafür, daß wir unsere Truth ermuntern können, uns zu begleiten«, endete er scherzend. Michael erwiderte die Bemerkung mit einer Verbeugung und einem leichten Lächeln, dann verließ er den Saal. Er machte sich nicht die Mühe, eine Kerze mitzunehmen.

Na ja, ich denke, er ist lange genug hier und kennt sich im Haus aus. Truth leerte ihre Kaffeetasse und stand ebenfalls auf. Sie konnte eine untergründige Ungeduld bei den anderen am Tisch spüren, einen starken Wunsch, ihrem Geschäft nachzugehen oder vielmehr: Blackburns Geschäft.

»Ich sage Gute Nacht«, verkündete sie. »Es hat mich sehr gefreut, Sie alle kennenzulernen.« *Obwohl ich alles in allem von niemandem viel erfahren habe.*

»Ich werde Ihnen den Weg leuchten«, sagte Ellis und ging zur Anrichte, um einen Kerzenleuchter zu holen. Er zündete ihn an einer Kerze auf dem Tisch an. Die Ausstattung mit Kerzen, die Truth für reine Dekoration gehalten hatte, erwies sich als äußerst praktisch.

Da sie keine so große Aversion gegen die Begleitung von Ellis hatte, daß sie es zu einer unerfreulichen Szene kommen lassen wollte, folgte Truth ihm hinaus. Als sie den Raum verließ, steckten die anderen schon die Köpfe zur geheimen Beratung zusammen.

Wie in Jugendbanden mit Losungen und Geheimsprache, spottete Truth innerlich in einem Anflug von Neid. Es war nie angenehm, von irgend etwas ausgeschlossen zu sein, selbst wenn man gar nicht dazu gehören wollte.

Truth hielt ihre Phantasien im Zaum, als sie mit Ellis das große Treppenhaus hinaufschritt. Die Kerzenflamme schien in jeder Ecke die Gestalten von tanzenden Tieren heraufzubeschwören, und obwohl Truth wußte, daß es sich um Illusionen handelte, schrak sie jedesmal zusammen, wenn eins sie anzuspringen drohte.

Ellis ging wachsam voraus, als ob diese imaginären Gefahren wirklich bestünden, und Truths Unbehagen wurde von seinem genährt. Sie war sehr froh, als sie die Tür zu ihrem Zimmer erreichten, das Irene ihr früher am Tag zum Ausruhen gegeben hatte. Die Tür schwang bei ihrer Berührung nach innen auf, und Truth sah, daß Irene tatsächlich hier gewesen war: Sie hatte das Bett aufgeschlagen und eine Kerze zurückgelassen, die in einem Glasbehälter auf dem Nachttisch brannte.

Ellis trat einen Schritt zurück, so daß sie eintreten konnte. Das Kerzenlicht hob seine Gesichtszüge stark hervor, so daß sie einer mephistophelischen Maske glichen. Als er sich zum Gehen wandte, zögerte Ellis plötzlich.

»Dies ist ein altes Haus, und so mag Ihnen der Rat eines alten Mannes am besten dienen. Glauben Sie nur die Hälfte von dem, was Sie sehen, und nichts von dem, was Sie hören.«

Bevor Truth eine passende Erwiderung einfiel, drehte er sich um und ließ sie stehen.

Kaum hatte sie die Türe geschlossen, schaute Truth unter der Matratze nach. *Die leidende Venus* war noch in ihrem Versteck. Sie fühlte sich seltsam erleichtert, so als ob um sie herum Gefahr lauerte und sie nur durch irgendein zufälliges Glück davon verschont blieb. Nach kurzem Bedenken ließ sie die Matratze wieder sinken und das Buch dort, wo es war.

Ein Regenschwall traf auf das Fenster, von ferne vernahm sie Donnergrollen, gefolgt vom Aufleuchten zweier Blitze, die beide fast gleichzeitig einschlugen.

Truth zuckte zusammen. Sie hoffte, daß das Gewitter sie

nicht die ganze Nacht wachhalten würde. Auch wenn das Hudson Valley als Mutter der Stürme galt, so gab es gewöhnlich im Sommer mehr Gewitter als im Herbst. Und es würde nur wenig von den Herbstfarben bleiben, wenn der Sturm alle Blätter von den Bäumen riß.

Im Licht der Kerze machte sich Truth für das Bett fertig und hängte ihr blaues Kleid ordentlich in den leeren Schrank. Sie versuchte, die Ereignisse des Tages noch einmal Revue passieren zu lassen und ihnen eine bestimmte Ordnung zu geben, doch immer, wenn sie einer Sache habhaft zu werden meinte, entzog sich diese ihr wieder. Sollte sie in Shadow's Gate bleiben, wie Julian es zu erwarten schien? Es würde ihre Forschungsarbeit erleichtern – und obgleich sie jetzt wünschte, daß sie sich nie auf das Schreiben eines Buchs über Thorne Blackburn eingelassen hätte, wußten jetzt so viele Leute von ihrem Plan, daß es dumm aussähe, wenn sie plötzlich davon Abstand nähme.

Sie haßte es, dumm auszusehen, gleichgültig wie oft sie sich selbst sagte, daß die Meinung anderer Leute nicht zählte. Und gewiß würde sie ihr Projekt nicht wegen eines plötzlichen Anfalls von Ängstlichkeit aufgeben!

Solche wohlklingenden Erklärungen waren alle schön und gut, doch wie eng sollte sie sich diesem neuen Kreis der Wahrheit anschließen? Wenn sie es tat, so konnte das ihre Glaubwürdigkeit als unabhängige Forscherin in Frage stellen; andererseits würden Informationen über diese Leute ein wertvolles Licht auf Nebenaspekte von Blackburns Biographie werfen, doch zugleich ...

Ein langes Gähnen erinnerte Truth daran, daß sie nicht in der Verfassung war, diese Dinge jetzt zu überdenken. Ausgeschlafen würde sich ohnehin alles in größerer Klarheit darstellen.

Truth schlüpfte in ihr Bett und blies die Kerze aus.

Eine unbestimmte Zeit später erwachte sie aus einem Traum, der in deutlichen Bildern von Wasser gehandelt hatte. Es sprudelte aus der Erde und stürzte vom Himmel ... Geträumte Gesprächsfetzen irrten in ihrem Kopf herum: »*Komm, du Prinzessin der Elemente, Undine, Geschöpf des Wassers: Du, die du vor der Welt warst …«*

Doch der Traum war es nicht, der sie geweckt hatte. Truth starrte in die Dunkelheit und strengte all ihre Sinne an, um herauszufinden, was sie aus dem Schlaf gerissen hatte. Der Regen hatte aufgehört, und ein Geruch, der zur gleichen Zeit streng und aufdringlich war, füllte den stillen Raum und machte ihren Hals trocken und rauh.

Weihrauch, erkannte Truth. *Es muß durch die Lüftungsgitter von irgendwoher im Haus kommen.* Hatte Irene nicht von einem Tempel gesprochen, der sich im Haus befand?

Daß sie den Geruch in ihrem Zimmer wahrnehmen konnte, bedeutete, daß die beiden über die Lüftung miteinander verbunden sein mußten. Vielleicht konnte sie das Lüftungsgitter hier bei sich schließen, bevor ihre Kleidungsstücke durch und durch nach Weihrauch rochen.

Falls es Streichhölzer in der Nähe der Kerze gab, so konnte sie sie mit bloßem Tasten nicht finden. Doch bald hatten sich ihre Augen an die Dunkelheit gewöhnt, so daß sie einen schwachen Lichtschimmer in der Wand am Boden erkennen konnte – der Lüftungsschlitz, wie sie annahm.

Nun mußte sie ihn noch schließen. Truth kletterte aus dem Bett und ging hinüber. Wie sie geahnt hatte, war der Geruch hier am stärksten, so intensiv, daß ihr Tränen in die Augen stiegen. Sie hockte sich auf die Fersen und fuhr mit der Hand über die Metallverschalung, um einen Schließhebel zu finden.

»Geh weg von hier!« Die Stimme war laut: männlich, zornig – ganz nah vor ihrem Gesicht.

Truth machte einen Satz rückwärts und erstickte den Schrei, der zwischen ihren zusammengebissenen Zähnen hervorbrechen wollte. Sie kroch auf allen vieren von der Wand, hatte nur den Wunsch, soviel Abstand wie möglich zwischen sich und die Stimme zu bringen.

Sie stieß ihren Kopf heftig am Bettgestell an, und der plötzliche Schmerz brachte sie zur Besinnung zurück, auch wenn ihr Herz dadurch nicht ruhiger schlug.

Da war niemand hinter dem Lüftungsschlitz.

Die Stimme hatte nicht zu ihr gesprochen.

Es war nur eine Laune der hiesigen akustischen Gegebenheiten, welche die Stimme aus einem anderen Teil des Hauses an ihr Gehör gebracht hatte.

Da war niemand – niemand!

Sie glaubte fest daran, versicherte sich Truth. Doch nachdem sie wieder ins Bett gekrochen war, die Decke bis zum Kinn hochgezogen, lag sie wach, starr und zitternd in der Dunkelheit, bis der Himmel grau zu dämmern begann.

KAPITEL 6

Der Spiegel der Wahrheit

Sehr wahr ist's: fremd und schielend und bedingt
Sah ich die Wahrheit. Doch, bei allen Mächten!
Dies Straucheln hat mein Herz mir nur verjüngt;
Dich besten Freund erprobt' ich unter Schlechten.
WILLIAM SHAKESPEARE

Als Truth das nächste Mal erwachte, stand die Sonne hoch am Himmel. Sie reckte sich ächzend und wunderte sich, daß sie so steif war. Plötzlich erinnerte sie sich an die Ereignisse der letzten Nacht; sie schaute sich um und entdeckte den Lüftungsschlitz, neben dem sie gekauert hatte. Im Morgenlicht sah er harmlos aus, sein weiß gestrichenes Gitter war nicht mehr als die Abdeckung eines Rohrs, wie es sie in solchen alten Häusern zuhauf gab. Vollkommen harmlos.

War es nur ihre Phantasie gewesen? Vielleicht ein Traum, ausgelöst von dem üppigen Essen und der fremden Umgebung? Truth stand auf und ging zum Fenster, um hinauszusehen. Der Tag war kristallklar, blau und ungetrübt, und das einzige Anzeichen für das Unwetter in der letzten Nacht waren die neuen Muster nasser Herbstblätter, die auf dem Rasen verstreut lagen.

Sie schaute auf ihre Uhr am Handgelenk und stöhnte auf. Halb elf! Sie hatte gehofft, Julian beim Frühstück zu treffen und die Dinge zwischen ihnen zu klären. Auch wenn sie sich noch nicht entschieden hatte, ob sie sein Angebot, in Shadow's Gate zu bleiben, annehmen sollte, so hätte sie doch wenigstens eine Art Stundenplan für die Benutzung der Sammlung vereinbaren können.

Andererseits konnte wahrscheinlich jemand von den anderen ihr sagen, wo er steckte und ob er beschäftigt war. Sie zog sich schnell an, einen olivgrünen Baumwollpullover und einen Khaki–Rock, dann ließ sie ihren entsetzten Blick über die Unordnung im Zimmer schweifen. Es schien, als ob jedes einzelne Stück aus ihrer Reisetasche und dem Koffer herausgeholt und irgendwo im Zimmer liegen gelassen worden wäre. Wie hatte sie es geschafft, innerhalb von nur einer Nacht ein solches Chaos anzurichten?

Nun, sie konnte später noch aufräumen. Nachdem sie mit Julian gesprochen hatte.

Sie ging hinaus auf den Flur und dann die Treppe hinunter. Auf ihrem gestrigen Besichtigungsgang durchs Haus hatte sie keine anderen Eßgelegenheiten gesehen, und so nahm sie an, daß das Frühstück ebenfalls im Speisesaal serviert werden würde. Zumindest könnte sie sich von dort auf die Suche begeben. Sie fragte sich, warum Irene oder Ellis ihr gestern abend keine Zeit für das Frühstück genannt hatten; sie hätte ihren Wecker stellen können, was sie allerdings sowieso hätte tun sollen.

Einige Minuten später sah sich Truth verwirrt in einem ihr unbekannten Korridor um. Die Tapete war dunkel cremefarben mit einem blauen Blumenmuster, ganz anders als die mit den schwarzweißen Streifen in dem Flur vor ihrem Zimmer. Sie konnte sich auch nicht erinnern, diese Tapeten gestern auf ihrem Weg durchs Haus gesehen zu haben. Sie ließ ihre Finger über die Wand gleiten; die Oberfläche unter ihren Fingern fühlte sich uneben und rissig an, als ob sie alt und vertrocknet wäre; vernachlässigt wie sonst nichts, was sie in Shadow's Gate gesehen hatte.

Wie war sie hierhergekommen? Der Weg von ihrem Zimmer zur Treppe war nicht zu verfehlen: den Flur hinunter, dann rechts, und am Ende begannen die Stufen. Sie sah noch deutlich die dunklen Eichenpfosten des Treppengeländers vor sich, in die Akanthusblätter eingeschnitzt waren.

Sie ging zurück, sicher, daß sie wenigstens ihr Zimmer wiederfinden würde. Doch statt dessen stieß sie auf eine schmale, unbekannte Treppenflucht, die nach oben führte.

Das ist grotesk. Ich bin gestern abend zweimal die Vordertreppe hinauf- und hinuntergegangen – und heute morgen habe ich noch keine Treppe betreten. Truth runzelte die Stirn. Gewiß hatte Julian eindringlich genug darauf hingewiesen, daß Shadow's Gate ein Ort war, in dem es nicht mit rechten Dingen zuging, und ihre räumliche Desorientierung war ein übliches Symptom für die Art paranormaler Geschehnisse, die mit sogenannten Spukhäusern verbunden waren.

Wenn sie sich verlaufen hatte, so konnte das natürlich auch von der Verbindung von zuwenig Schlaf und zuviel Weihrauch herrühren – vorausgesetzt, sie hatte letzteres nicht nur geträumt. Doch nein, ihr Zimmer hatte, als sie am Morgen erwacht war, immer noch ein wenig nach Weihrauch gerochen. Für einen Augenblick sprangen Truths Gedanken zu der körperlosen Stimme der vorigen Nacht zurück. Ist das alles wirklich passiert – und wenn ja, war es ein Hinweis darauf, daß es hier spukte?

Selbst wenn Truth in Betracht zog, daß die Stimme natürlichen und nicht übernatürlichen Ursprungs war, stellte sie ein ziemliches Rätsel dar. Wer hatte da gesprochen, und an wen richtete sich die Aufforderung, wegzugehen? Sie glaubte, daß weder Julian noch Michael der Sprecher waren, und sie hatte die anderen Männer nicht lange genug reden hören, um ihre Stimmen identifizieren zu können.

Nach genauem Abzählen von Stufen und Ecken fand Truth zuerst zu der vertrauten Tapete und dann zu ihrem Zimmer zurück.

Sie betrachtete den Weg, den sie gekommen war. Der Flur sah bis zu der Abzweigung ganz »normal« aus – doch im Moment hatte Truth keine Lust nachzusehen, was dahinter kam. Sie stand mit dem Rücken an ihrer Tür und rief sich den Weg zur Treppe in Erinnerung, bevor sie erneut aufbrach. Diesmal fand sie sie problemlos – das einzige Rätsel blieb, wie sie die Treppe beim ersten Mal hatte verfehlen können.

Als sie die Stufen hinunterging, schaute sie noch einmal auf ihre Uhr. Ihr fuhr ein heftiger Schrecken in die Glieder.

Die Uhrzeiger standen auf elf Uhr, und die stetige Bewegung des Sekundenzeigers zeigte, daß die Batterie noch funktionierte.

Dabei hatte sie ihr Zimmer doch um fast genau elf verlassen und war auf der Suche nach der Treppe mindestens zwanzig Minuten in den Korridoren herumgeirrt.

Wie konnte es immer noch elf sein?

Als sie beim Speisesaal ankam, hatte sie diese neuerliche Beunruhigung zu der stetig wachsenden Liste von Fragen hinzugefügt und in ihrem Hinterkopf gespeichert. Sie allein konnte die Rätsel nicht lösen – und es wurde immer offenbarer, daß sie hier in Shadow's Gate von niemandem eine Antwort erhalten würde, in der nicht Thorne Blackburn eine wesentliche Rolle spielte.

Merkwürdigerweise gab es im Parterre nicht die Spur eines Weihrauchgeruchs, obwohl sich der Tempel doch wahrscheinlich hier befand. Sie fragte sich, wo genau er wohl lag, und mit einem verräterischen Flattern in der Magengegend dachte sie daran, daß sie Julian ohne Schwierigkeiten dazu bewegen könnte, ihr den Tempel zu zeigen.

Die Türen zum Speisesaal standen offen; als sie hineinsah, fand sie zu ihrer Überraschung Ellis Gardner, der wie ein einsamer Monarch an dem sonst menschenleeren Tisch thronte. Er lächelte ihr zu.

»Hallo, meine Liebe, Sie sind früh auf den Beinen. Kommen Sie, nehmen Sie etwas Kaffee – der Strom wurde irgendwann in den frühen Morgenstunden wieder angestellt, und Mr. Hoskins hat uns mit allem Nötigen versorgt. Wir sind weniger förmlich als beim Abendessen, wie Sie feststellen werden.«

Er wies auf den Korb mit Brötchen und die Thermoskanne auf dem Tisch. Auf der Anrichte standen anstelle der Kandelaber ineinandergestapelte Tassen wie in einem Hotel.

»Kein Grund, aus der Reihe zu tanzen«, sagte Truth und nahm sich eine Tasse von der Anrichte. »Ich weiß, daß es nach elf ist, aber ich habe verschlafen.«

Irgendwie, kommentierte die kleine innere Stimme.

Ellis machte vor Verblüffung große Augen. »Mein liebes Mädchen – oder sollte ich in diesen dekadenten Zeiten besser ›Frau‹ sagen? –, ich meine es ganz ernst«, protestierte er. »Ich habe nicht damit gerechnet, daß sich jemand in den nächsten Stunden blicken läßt. Zwischen Julians Nachtritualen und Michaels Nachtgebeten taucht gewöhnlich niemand vor dem frühen Nachmittag auf.«

»Gebete?« fragte Truth und setzte sich in Reichweite des Kaffees. Beten schien eine seltsame Beschäftigung für einen Magier.

»O ja, gewiß«, sagte Ellis vergnügt. »Unser gefallener Erzengel ist nicht, was er scheint – andererseits ist der römische Kragen, modisch betrachtet, ein bißchen veraltet und stößt die Leute eher ab. Also ist es verständlich, daß er ihn nicht trägt.« Ellis schob die Thermoskanne in ihre Richtung.

»Sie meinen, er ist Priester?« sagte Truth. Sie nahm die Kanne und goß sich ein. Der starke Duft frisch gemahlenen und frisch aufgebrühten *Jamaican Blue Mountain*-Kaffees umfing sie, und sie atmete tief ein.

»Nur ein Laienbruder«, sagte Ellis mit durchtriebener Liebenswürdigkeit, »der einen untergeordneten Dienst in der Kongregation des Glaubensdogmas versieht – oder, wie es früher genannt wurde, im Heiligen Offizium der Frage.«

»Michael ist Mitglied der Inquisition?« fragte Truth ungläubig, nachdem sie sicher war, daß sie Ellis nicht mißverstanden hatte. »Sie machen wohl Scherze!« Sie hatte noch nie jemanden gesehen, der weniger wie ein Priester oder ein Inquisitor ausgesehen hätte.

»Spaß muß sein«, sagte Ellis wegwerfend. »Aber Sie können ihn ja mal fragen, wer er ist und was er in Julians Bibliothek treibt. Ach, und Sie können ihn auch fragen, warum er und Julian sich diese unsinnige Geschichte ausgedacht haben.«

Ellis machte den Eindruck, als wollte er bedrängt werden, sein Geheimnis preiszugeben, und obwohl Truth nicht sicher war, ob sie an diesem Morgen die Kraft dafür aufbrachte, wagte sie unter dem stärkenden Einfluß des Kaffees einen Versuch.

»Also gut, Ellis, ich beiße an: Was für eine Geschichte?«

Ellis nahm einen Schluck von seinem Kaffee – oder, nach dem Geruch zu urteilen, von seinem Kaffee mit Brandy. Sie erinnerte sich, was Julian am gestrigen Abend über Ellis' Trinkgewohnheiten gesagt hatte. Offenbar trank er ebenso viel wie oft.

»Daß Michael und Julian alte Freunde sind. Sie sind es nicht, verstehen Sie. Ich kenne Julian länger als irgend jemand sonst hier, und ich kann es beschwören«, sagte Ellis.

»›Und warum erzählen Sie mir das, einem fahrenden Musikanten?‹« fragte Truth, indem sie W. S. Gilbert zitierte.

»›Ich durchwanderte die Welt wohl manches Jahr, zu sehen, welches Unheil ich vollbrächte‹«, antwortete Ellis seinerseits mit einem Zitat. »Und da Sie Thornes Tochter sind, dachte ich, Sie sollten Ihre Arbeit nicht unter solch falschen Vorgaben beginnen.«

Obwohl sie sich noch immer nicht mit ihrer Herkunft abgefunden hatte, stumpfte die ständige Erinnerung daran Truth doch offenbar ab.

»Haben Sie Thorne Blackburn gekannt?« fragte sie. Sie fragte sich, welch perverser Kobold von ihr Besitz ergriffen hatte, daß sie so gegen ihren innersten Willen handelte. Eigentlich wollte sie, während sie über ihrem Morgenkaffee saß, nicht das Geringste von Blackburn hören.

Aber sie war sich ziemlich sicher, daß die Antwort ohnehin Nein lauten würde – Ellis, seinem Aussehen nach um die vierzig, war nicht alt genug, um jemanden zu kennen, der vor 26 Jahren gestorben war.

»Ich bin ihm einmal begegnet«, antwortete Ellis überraschend. »1967. Ich war siebzehn. Während des Ostküstenteils der Universal Mystery Tour nahm ihn Glass Key ins Programm.«

Die Universal Mystery Tour war Thorne Blackburns Mischung von Musik und Mystik; sechs Wochen voller Chaos; Blackburns letzte Vorstellung, bevor er in der nördlichen Wildnis des Staates New York verschwand.

»Also sind Sie ein ehemaliger Rock'n'Roll-Star?« versuchte Truth einen vorsichtigen Scherz. Es war kaum zu glauben, wenn man Ellis' professorales Tweed-Gehabe betrachtete.

»Jeder Mann und jede Frau ist ein Star«, sagte Ellis. »Ich zitiere Nietzsche hier ungenau. Ich war ihr Drummer. Tatsächlich glaube ich, daß ein paar Fotos von Glass Key in der Sammlung sind – Thorne hat immer alles fotografiert, und Julian hat mehrere Fotoalben gefunden, als er hier einzog.«

Ellis' Gesicht wirkte wehmütig, während er sich an eine Zeit erinnerte, die mehr Freude und Lebensinhalt geboten hatte als die jetzige.

»Ellis, warum sind Sie hier?« fragte Truth.

Er blinzelte, sah sie schärfer an. »Wo sollte ich sonst sein? Das Herz hat seine Gründe.« Er schob die Frage mit einer Bewegung seiner Hand beiseite. »Aber Sie wollen sicher die Dinge von Ihrem Vater erforschen. Ein kleiner Ratschlag zuvor, wenn Sie erlauben.«

Truth, tief beeindruckt von der Verwandlung in seinem Verhalten, nickte zustimmend.

»Zu allererst, denken Sie daran, daß der alte Satz ›Der Feind meines Feindes ist mein Freund‹ nicht so oft der Wahrheit entspricht. Nehmen Sie sich in acht vor unserem Freund Michael: Grenzenlose Güte hat so wenig mit Humanität zu tun, daß sie ebenso gut das Gegenteil sein könnte.«

»Und zweitens?« fragte Truth mit einer bewundernswerten Gelassenheit, wie sie fand.

»Wenn Sie mit Dingen zu tun haben, die Sie nicht verstehen, dann ›bleib dir selber treu‹. Aufrichtigkeit ist die höchste Form der Höflichkeit, also denken Sie daran, daß Sie, liebe Truth, menschlich sind – oder jedenfalls beinahe.«

Ellis bewegte sich mit der gekonnten Anmut eines alten Schauspielers, und so hatte er bereits den Raum durchquert, bevor Truth erkannte, daß er sie allein ließ. Das Schließen der Tür folgte so unmittelbar dem Ende seiner Rede, daß Truth einen Augenblick brauchte, um sich diese zu vergegenwärtigen.

»Denken Sie daran, daß Sie menschlich sind – oder jedenfalls beinahe?« Was zum Teufel soll das *denn heißen?*

Es war, dachte sie verdrießlich, ein weiteres Stück des großen Blackburn-Rätsels. Jeder hier mußte irgendeine Verbindung zu Blackburn haben, auch wenn Julian, Gareth, Donner, Caradoc und Hereward – und Fiona, um gerecht zu sein – bestenfalls Kinder gewesen sein konnten, als Blackburn noch lebte.

Und, verdammt, sie hatte keine Gelegenheit gehabt, ihn nach Julian zu fragen.

Sie brütete über einem Brötchen und der zweiten Tasse Kaffee und legte Ellis' kryptische und unglaubhafte Eröffnungen und Warnungen vor Michael im gleichen geistigen Ordner ab wie all die anderen merkwürdigen Dinge, die ihr seit ihrer Ankunft in diesem Haus widerfahren waren.

Wenn sie wirklich geschehen waren. Wenn Truth nicht nur eine Art grundlosen Nervenzusammenbruch durchlebte.

Sie hielt sich so lange wie möglich im Speisesaal auf, doch niemand gesellte sich zu ihr. Die einzigen Geräusche – Klirren und Klatschen – drangen gedämpft aus der Küche, wo das Essen zubereitet wurde. Sie kam zu dem Schluß, daß Ellis zumindest, was die Schlafgewohnheiten in diesem Haus anging, die Wahrheit gesagt hatte. Julian war wahrscheinlich noch in seinem Bett. Die Eingangshalle und die Treppe lagen in vollkommener Stille, als Truth sich behutsam auf den Weg vom Speisesaal zur Blackburn-Sammlung machte.

Der weite Raum sah einladend aus. Die Spätmorgensonne schien durch die hohen, vorhanglosen Fenster herein. Truth stellte ihre Kaffeetasse vorsichtig ab, außer Reichweite von allem Papier, und fuhr mit der Durchsicht des Materials fort.

Seltsam. Sowohl Julian als auch Ellis haben gesagt, Michael betreibe hier in Shadow's Gate Forschungen. Aber die Sammlung dreht sich einzig und allein um Thorne Blackburn, und Michael scheint an ihm nicht interessiert zu sein – und wenn Ellis die Wahrheit gesagt hat, als er von Michael als einem »Laienbruder« sprach, muß Michael doch Zugang zur Bibliothek des Vatikans haben! Und der Vatikan hat die umfangreichste Büchersammlung über Magie, die es auf der Welt gibt.

Sie legte auch dies in ihrem geistigen Ordner ab, um später darüber nachzudenken; im Augenblick war sie auf den Spuren von Thorne Blackburn. Ellis hatte gesagt, es gebe hier Fotos, und Truth hoffte, daß diese aufschlußreicher sein würden als die zahllosen Papiere, auf die sie gestern gestoßen war. Es hieß schließlich, daß ein Bild mehr sagte als tausend Worte.

Ihr Herz schlug schneller vor Aufregung, da sie endlich dem rätselhaften Geist begegnen sollte, der ihr junges Erwachsenenleben überschattet hatte. Sie fühlte sich abgestoßen von allem, wofür Thorne Blackburn stand, doch indem sie sich ihm mit der wissenschaftlichen Disziplin einer Gelehrten näherte, fand sie, daß sie sogar Thorne Blackburn mit einer gewissen Unvoreingenommenheit betrachten konnte.

Die Sammlung, die Julian zusammengetragen hatte, war noch umfangreicher, als Truth am Tag zuvor gedacht hatte. Während sie die Regale und Schubladen durchging und sich merkte, welche davon sie als erste gründlich studieren wollte, fand sie zahlreiche Beweise für Julians enzyklopädische Gründlichkeit.

Eine Reihe von Schallplatten – sie hatte keine Ahnung, was diese in der Sammlung zu suchen hatten, abgesehen von einer Glass Key-Platte, deren Cover einen noch sehr jungen Ellis Gardner hinter psychedelisch bemalten Percussions zeigte.

Mehrere Videokassetten, sorgfältig etikettiert als Aufnahmen von Blackburns Fernsehauftritten, darunter seine berüchtigte Szene als Gast von Johnny Carson und der Ausschnitt aus der *Ed Sullivan Show,* den nur das Publikum im Studio gesehen hatte. Es gab das Gerücht, daß Blackburn auch in *The Dating Game* aufgetreten war.

Ein Videorekorder stand bereit, falls sie sich eine der Kassetten anschauen wollte, und trotz ihrer Selbstbeherrschung und ihrer guten Vorsätze merkte Truth, wie sich ihre Arm- und Nackenhaare bei der Aussicht sträubten, einen sich bewegenden, sprechenden Thorne Blackburn zu sehen.

Schluß mit den Kindereien! schalt Truth sich selbst. Ein Bild konnte ihr nichts anhaben, und sie mußte tiefer in Blackburns Leben eintauchen, wenn sie vorhatte, ihn gründlich zu entlarven. Sie würde sich die Aufzeichnungen später ansehen, einfach um sie hinter sich zu haben. Jetzt im Moment hatte sie ein anderes Ziel vor Augen.

Nach kurzem Suchen hatte sie sie gefunden: fünf dicke, alte Fotoalben, etwas angestoßen und lediglich mit einer Aura von Staub überzogen, denn eigentlich waren sie ganz sauber.

Sie lagen gestapelt in einem großen Stehregal; Truth nahm sie nacheinander heraus und schleppte sie zum Tisch. Nebeneinander nahmen die fünf Bände beinahe die ganze Tischfläche ein. Sie zog das nächstliegende Album zu sich heran und schlug es auf.

Die Seiten verströmten den süßen, muffigen Geruch von lange abgestellten Büchern. Dies mußten die Originalalben sein, die Julian im Dachgeschoß gefunden hatte; diese Bilder müßten herausgenommen, katalogisiert, kopiert und hinter Folie geklebt werden, um sie vor Altersschäden zu schützen.

Vorsichtig hob sie das Vorsatzblatt. Die Seiten bestanden aus einem rauhen, cremefarbenen Papier, und die Bilder – manche schwarzweiß, manche in Farbe – wurden von kleinen Fotoecken gehalten oder manchmal auch von vergilbtem, sich zersetzendem Klebeband. Manche hatten ähnlich alte Bildunterschriften in einer schludrigen, unbekannten Handschrift. War es Blackburns?

Kate in der Hasbury, lautete einer der mysteriösen Einträge unter dem verblaßten Foto eines lachenden, dunkelhaarigen Mädchens in knöchellangem, hochtailliertem Kleid und mit geflochtenem Stirnband. Im Hintergrund war ein Stück von einem viktorianischen Haus zu sehen, aus einem der oberen Fenster hing eine amerikanische Fahne. Das Mädchen trug eine kleine Nickelbrille mit viereckigen rosafarbenen Gläsern, und ein Friedenssymbol leuchtete unter den Liebesperlen an ihrem Hals hervor. Über ein Vierteljahrhundert hinweg lächelte sie in die Linse des unbekannten Fotografen, hielt ihre Hand erhoben zum »V«–Zeichen. Ein Friedenszeichen, entsann sich Truth. *Kate in der Hasbury. Haight-Ashbury. San Francisco.*

Kate. *Katherine.*

Mommy. Truths Lippen bildeten stumm das Wort nach. Mit der Fingerspitze fuhr sie vorsichtig über das Bild. Das war Katherine Jourdemayne, und wenn Truth auf irgendeine Weise in das Bild hätte hineingehen können, dann stünde sie dem Mädchen gegenüber, das jünger war als sie selbst, einem

Mädchen, das daran glaubte, daß Liebe und Magie die Welt verändern könnten.

Sie betrachtete die anderen Fotos auf der Seite. Sie alle schienen irgendwann Mitte der sechziger Jahre in San Francisco aufgenommen worden zu sein. Auf einem war Irene abgebildet, ohne die tiefen Falten des Alters, das weiße Haar noch flammend rot.

Ein anderes Foto, das ihre Aufmerksamkeit erregte, zeigte einen Mann und eine Frau von erstaunlich bürgerlichem Aussehen, gemessen an den anderen Fotos. Wenn Blackburn das Bild gemacht hatte, so mußte er die beiden gekannt haben, aber wer waren sie? Sie betrachtete das Foto eingehender und fand etwas Bekanntes darin, das sich nur schwer fassen ließ. Der Mann war irgendwo in seinen mittleren Jahren, vermutete Truth, er trug ein leicht altmodisches Sportjackett und Freizeithosen. Er glich irgendwie einem Schotten – mit seiner hohen eckigen Stirn und dem kräftigen Kinn. Selbst auf dem verblaßten Bild waren seine Augen von durchdringendem Hellblau, und sein bulldoggenartiger Dickkopf schien einen wichtigen Wesenszug von ihm zu spiegeln.

Die Frau neben ihm war fast so groß wie er – ungewöhnlich groß für eine Frau –, sie hatte graue Augen und welliges, bleiches Haar. Sie erinnerte Truth seltsamerweise an Light, obwohl die beiden Frauen sich in keiner Weise ähnelten und die Frau auf dem Bild eher ein kluges als ein hübsches Gesicht hatte. Sie trug ein enges Kostüm und einen Hut. Nach einem Moment erkannte Truth eine Unterschrift in blasser Tinte: *Colin und Claire – die treuen Kritiker – Golden Gate Park, 1966.*

Colin MacLaren und Claire Moffat. Es juckte Truth in den Fingern, das Foto herauszulösen und an sich zu nehmen, doch ihr Gelehrteninstinkt hielt sie davon ab. Hier war ein Beweis dafür, daß Professor MacLaren Thorne Blackburn gekannt hatte.

Aber das ist noch kein Schwerverbrechen, oder? dachte Truth in ihrer wachsenden Erregung. *Ich frage mich, ob Julian mich irgendeines dieser Bilder kopieren läßt. Und ob ich ein Interview mit Professor MacLaren bekomme. Ich weiß, er hat sich vor ein paar Jah-*

ren vom Institut zurückgezogen. Wüßte gern, wo er jetzt steckt. Dylan wird es wissen.

Als sie an Dylan dachte, empfand sie ein merkwürdiges Schuldgefühl, als ob sie Dylan Palmer hinterhältig Schaden zugefügt hätte. Truth ging gewissenhaft in sich, aber sie war sich keiner Schuld bewußt; es stimmte, sie waren nicht im besten Einvernehmen geschieden, aber das war kein Grund für ein so plötzlich aufbrechendes schlechtes Gewissen.

Affektverlagerung. So nennen es die Seelenklempner. Du bist wegen irgend etwas beunruhigt, also tust du so, als wärest du es wegen etwas anderem.

Truth nagte an ihrer Lippe und überlegte, ob sie nicht ohnehin Dylan anrufen sollte.

Um ihm was zu sagen?

Seufzend wendete sie sich wieder den Fotos zu. Die meisten der Bilder in diesem Album hatten Unterschriften, doch nicht alle. Da war ein Bild von einem aus dem Verkehr gezogenen Schulbus, auf den die Worte *Mystery-Schulbus* gemalt waren. Davor stand eine Gruppe von Leuten, unter ihnen Irene und Katherine. Katherine trug Jeansschlaghosen und ein unter ihren Brüsten zusammengeknotetes *Cambrai*-Hemd, und sie lächelte freudestrahlend den Fotografen an. Thorne Blackburn. Immer hinter, nie vor der Kamera, als wollte er seine Geheimnisse vor dem Festgehaltenwerden behüten.

Sie blätterte nun etwas schneller und suchte vergeblich nach einem Bild von Blackburn. Kurz vor dem Ende hielt sie bei einem Studioporträt eines Mannes an, der in seinem Cowboy-Outfit aussah wie direkt aus einer Wild-West-Show – ausgenommen die alchemistischen Symbole, mit denen sein Hemd bestickt war, und die Sterne und Monde auf seinem schwarzen Stetson.

Die Zeile unter dem Bild lautete nur *Tex Arcana* und ließ Truth im Unklaren darüber, wer – oder was – der Mann war. Doch die Vergangenheit hütete ihre Geheimnisse. Sie schob das erste Album beiseite und zog das nächste an sich heran.

Endlich: Blackburn.

Auf der ersten Seite war ein Bild von der hochschwangeren Katherine, die neben Thorne Blackburn irgendwo in einem unbekannten Wohnzimmer stand. Er wirkte beinahe scheu, duckte seinen Kopf und wendete sich ab, als wollte er nicht fotografiert werden. Und jung – unsterblich inzwischen, wie nur diejenigen es waren, die von den Äpfeln Avalons gegessen hatten. Auf ewig jung.

Truth erwartete das innere Aufflackern selbstgerechter Empörung, das Blackburns Anblick immer bei ihr auslöste, doch sie fühlte nur eine müde Traurigkeit. Die Menschen auf diesen Fotos von damals, sie waren alle so unschuldig. Niemand hatte je etwas Vergleichbares getan wie sie; woher konnten sie wissen, wie es ausgehen würde – in Ruinen, Flammen, in Lügen und zerstörten Hoffnungen? Hatte Blackburn selbst etwas wissen können – wirklich?

Sie blätterte um.

Truth mußte über die Fotos von Blackburns Anhängern in ihren komischen Kostümen schmunzeln; sie sahen aus wie eine Mischung aus sonderbaren Käuzen und Besuchern der *Rocky Horror Picture Show*. Wenn sie beabsichtigt hatten, geheimnisvoll oder imposant zu wirken, so hätten sie diese Wirkung nicht deutlicher verfehlen können. Truth fragte sich, was ihre Gewänder damals wohl aus ihnen machen sollten.

Sie gelangte ans Ende des Albums und durchstöberte die anderen drei, bis sie auf eines mit Bildern aus der Zeit in Mexiko stieß. Das Album hatte mehrere leere Seiten, mehrere Stellen, wo Fotos entfernt worden und dunkle Rechtecke zurückgeblieben waren. Sie fragte sich, warum – und wann.

Viele der Fotos waren mit der Zeit verblichen oder bis zur Unkenntlichkeit überbelichtet, viele zeigten Monogramme, ohne Beitext, von Personen, die sie nicht kannte. Andere wiederum waren zugänglicher und gaben ihre Geschichte über die Jahre hinweg preis.

Der Mystery-Schulbus, nunmehr schrottreif, diente als Hintergrund für ein primitives Camp.

Fotos vom ländlichen Mexiko, wie sie jeder Tourist hätte schießen können.

Fotos von Katherine – und Tante Caroline, ihr dunkles Haar kurz geschnitten, gleich neben ihrer Zwillingsschwester. Die Frauen hielten zwischen sich ein Kind an der Hand, es war vielleicht ein Jahr alt und noch in Windeln. Sie halfen ihm bei den ersten Schritten.

Halfen ihr.

Truth versuchte in ihrem Innern ein seelisches Echo zu den Bildern zu finden; eine Art inneren Beweis, daß das Kind auf den Fotos sie selbst war und daß diese Erfahrungen ein Teil ihres Lebens waren. Doch es wollte sich kein Gefühl einstellen; es gab für sie keinen Glauben, nur intellektuelle Überzeugung. Sie hatte das verzweifelte Gefühl, vor einem Rätsel zu stehen, das ihr Leben erklären und ihm einen Sinn geben könnte, aber die Lösung war außerhalb ihrer Reichweite.

Truth schüttelte den Kopf. Die Vergangenheit hielt keine Antworten bereit. Das hatte ihr Tante Caroline oft genug gesagt.

Doch Tante Caroline hatte ihr dies aus eigennützigen Motiven gesagt, fiel Truth plötzlich ein.

Im Leben der meisten Kinder kommt irgendwann die beunruhigende Phase, in der sie erkennen müssen, daß diejenigen, die sie großgezogen haben, genauso menschlich, fehlbar und sterblich sind wie sie selbst. Zum erstenmal dachte Truth – dachte wirklich – an Tante Caroline als an eine Frau in ihrem Alter oder sogar noch jünger, und sie fragte sich, was für eine Frau das wohl gewesen war.

Sie war mit Thorne Blackburn befreundet gewesen – die Bilder lieferten den endgültigen Beweis –, wenn nicht sogar ein Mitglied seines Kreises. Sie war hier in Shadow's Gate gewesen in der Nacht, als ihre Schwester gestorben und Blackburn verschwunden war.

Verschwunden. In allen Zeitungsberichten hatte es so gestanden; die Polizei hatte nach Katherines Tod wochenlang nach ihm gefahndet. Doch Blackburn blieb verschwunden.

Und wohin war er gegangen?

Truth schüttelte den Kopf, als ob ihre Vorstellungskraft ein störrisches Pferd wäre, das einen Sprung verweigerte. Sie wußte nicht, wohin er gegangen war. Und zur gleichen Zeit kam ihr wieder in den Sinn, was Tante Caroline bei ihrem letzten Treffen zu ihr gesagt hatte:

»Die anderen. Du mußt die anderen finden.«

Sie blätterte langsam weiter, runzelte nachdenklich die Stirn.

Welche anderen?

Sie hatte angenommen, daß Tante Caroline die anderen Mitglieder aus dem alten Kreis der Wahrheit meinte – oder deren Familien. Die Zeitungen hatten Shadow's Gate als »Hippie-Kommune« bezeichnet und Kinder erwähnt, auch wenn keine Namen genannt wurden. Und jedes der »Kinder«, das 1969 hier gewesen war, wäre heute in ihrem Alter oder älter – und hätte es nicht so bitter nötig, von ihr gefunden zu werden.

Doch selbst wenn Tante Caroline dies gemeint haben sollte – Julian kümmerte sich schon darum, indem er alle um sich versammelte.

»Es ist wichtig, daß du weißt, du bist nicht die einzige. Ich habe die anderen im Stich gelassen …«

Tante Caroline war eine kranke Frau; sie lag im Sterben und stand unter Medikamenten …

Truth verweilte bei einem Foto, das vergrößert worden war und die ganze Seite ausfüllte. Im Unterschied zu den anderen war es eingeklebt worden, die Ecken bogen sich nach oben. Der Hintergrund war vertraut – das Foto war auf dem Rasen vor Shadow's Gate aufgenommen worden –, und es mußte ein professioneller Fotograf gewesen sein, der es gemacht hatte, denn Blackburn war darauf abgebildet.

Zwanzig Leute, die in ihren Gewändern wie eine Klasse von Zauberlehrlingen aussahen. Blackburns Kreis der Wahrheit. Sie entdeckte Blackburn und Irene; sich selbst, die mit einer Kinderhand Irene festhielt und mit der anderen einen Stoffaffen an die Brust drückte; Katherine in einer weißen Robe; und daneben Caroline in Straßenkleidung mit einem Baby.

Nicht ihrem Baby. Caroline hatte nie Kinder gehabt. Und auch nicht das ihrer Schwester – Truth war schon anderswo auf dem Bild.

Nicht irgendwelche anderen Kinder, sondern Blackburns andere Kinder, das war es, was Tante Caroline gemeint hatte –, daß Truth Jourdemayne nicht das einzige Kind von Thorne Blackburn war.

Es gab andere.

Die rechte Seite des Fotos war abgerissen, die Kante immer noch scharf und weiß. *Als ob es erst vor kurzem herausgerissen worden wäre. Warum?*

Solange Truth das Bild auch studierte, sie fand an Kindern nur sich selbst mit zwei Jahren und den ein paar Monate alten Säugling. Doch Tante Caroline hatte von »Kindern« gesprochen. Nicht die Kinder von Blackburns Anhängern, von denen in den Zeitungen immer nebenbei die Rede war, sondern Truths Halbbrüder und -schwestern.

»Die anderen. Du mußt die anderen finden.«

Es war schwierig, sich diese Kinder vorzustellen; selbst das Baby hier wäre heute eine junge Frau.

Oder ein Mann. Warum glaube ich, daß es ein kleines Mädchen ist?

Caroline Jourdemayne würde es wissen.

Truth stand auf und schloß das Album. In Julians Büro gab es ein Telefon. Sie könnte ihre Tante gleich jetzt anrufen und sie fragen – und die Antworten bekommen, die sie fürchtete.

Sie hatte sich vom Tisch entfernt, als die Tür aufging.

»Na, ich dachte mir doch, daß ich dich hier finden würde«, sagte Fiona Cabot triumphierend.

Selbst in dem unbarmherzigen Mittagslicht sah Fiona Cabot nicht alt aus, doch der Sonnenschein enthüllte unter dem dicken, sorgfältig aufgetragenen Make-up die Spuren eines ausschweifenden, genußsüchtigen Lebens. Ihr Haar, das Henna mehr als der Natur verdankte, fiel über ihre bloßen Schultern; Fionas schulterfreies Trikot und ihre Designer-Jeans ließen der Phantasie wenig Spielraum.

»Guten Morgen«, erwiderte Truth. Sie wurde sich der unangenehmen Tatsache bewußt, wie langweilig konventionell sie neben Fionas verschwenderischer Extravaganz wirken mußte.

»Na, ein bißchen im alten Schmutz gewühlt?« schnurrte Fiona und näherte sich dem Tisch, auf dem die Alben lagen. Truth wollte instinktiv die Fotos vor ihr schützen, obwohl Fiona unbestreitbar das gleiche Recht an ihnen hatte wie Truth, wenn nicht sogar ein größeres Recht darüber zu verfügen.

Fiona klappte das erstbeste Buch auf. »Du warst so ein schönes Baby«, flötete sie und wollte damit wohl andeuten, daß Truth die anfänglichen Erwartungen nicht erfüllt habe.

»Wollten Sie etwas von mir?« fragte Truth mit eisig-korrekter Höflichkeit. Jedes Wort kam so scharf wie ein Sprung im Glas.

Fiona schlug das Album mit einer Achtlosigkeit zu, daß Truth innerlich zusammenzuckte.

»Ich wollte dich nur über etwas in Kenntnis setzen: Du kannst hier ruhig hereinschneien und mit deiner illustren Herkunft angeben und glauben, daß du Julian und den ganzen Kreis damit um den Finger wickelst, aber das wird dir nicht gelingen.« Fiona drängte mit jedem Wort näher an Truth heran. Truth wich zurück, sie hatte das unterschwellige Gefühl, etwas Dünnem, Rattenähnlichem mit langen spitzen Zähnen gegenüber zu stehen.

»Ja, so ist es«, sagte Fiona leise. »Dafür kommst du zu spät – meine Macht ist sanft und unsichtbar, und das ist etwas, was du nie mehr lernst. Julian braucht eine wahre Gefährtin – und das ist etwas, was du nie sein wirst!« Fionas lodernde Augen bohrten sich in die von Truth, bis Truth fürchtete, daß Fiona sie tätlich angreifen wollte.

»Natürlich, ich glaube auch nicht, daß sie zum Backofen taugt, aber ich denke mal, das stört sie nicht sonderlich«, ließ sich eine männliche Stimme vernehmen.

Truth fuhr vor Überraschung zusammen, und Fiona tat einen Satz zurück und wendete sich dem Sprecher zu.

Hereward Farrar lehnte in der Tür und lächelte Fiona herausfordernd an.

»Ist schon in Ordnung«, sagte er mit gespieltem Mitgefühl. »Rothaarige gelten als eifersüchtig. Nur schade, daß deine Haarfarbe nicht natürlich ist.«

Fiona starrte ihn haßerfüllt an – und dann wieder Truth, die ihren unverhofften Retter mit Erleichterung anblickte. Truth atmete auf, als Fiona sich geschlagen gab; Fiona stakste aus dem Zimmer, schleuderte die andere Hälfte der Flügeltür auf und segelte an Hereward vorbei, als wäre er Luft.

»Sie hat soviel okkulte Macht wie ein Kaffeefilter«, vertraute Hereward Truth an, »also machen Sie sich keine Sorgen.

Es ist schwierig, Frauen für das Werk zu bekommen, und in gewisser Weise muß man nehmen, was man kriegen kann. Bei den meisten, die sich dafür interessieren, geht es eigentlich nur um eine Liebesgeschichte, leider.«

»Bei den Männern wohl nicht, nehme ich an«, gab Truth sarkastisch zurück, immer noch irritiert von dem Gespräch mit Ellis am frühen Morgen. »Danke für Ihr rechtzeitiges Eingreifen, Hereward; Fiona scheint eine falsche Vorstellung von den Dingen zu haben.«

»Sie glaubt, sie hätte eine Art Vorrecht auf Julian. Sie ist sein Hierolator, das ist alles. Weder Monogamie noch die Versklavung von Frauen in der Ehe sind mit dem Werk von Blackburn vereinbar«, fügte er hinzu.

Immer wenn ich anfange zu glauben, daß diese Leute etwas Vernünftiges sagen, beginnen sie Blödsinn zu reden.

»Na, jedenfalls vielen Dank«, sagte Truth unbeholfen. Ellis, die Bilder, das Erlebnis mit Fiona, das war alles zuviel, und Truth wollte nur fort, um nachzudenken.

»War doch selbstverständlich«, sagte Hereward. Es folgte eine weitere Pause, als ob Hereward darauf wartete, daß sie noch etwas sagte. Sie schwieg, und er hob die Schultern, drehte sich um und ging.

Truth widerstand der Versuchung nachzuprüfen, ob sich die Türen der Bibliothek abschließen ließen. Statt dessen lehnte sie sich für einen Moment dagegen. Ihr Herz raste wie nach einem Rennen.

Nimm dich zusammen! Sie können dich nicht umbringen. Sie können dich noch nicht einmal verletzen, ermahnte Truth sich selbst. Doch plötzlich spürte sie ein fast verzweifeltes Verlangen, von hier wegzukommen, ein inneres Drängen, das sie aus der Bibliothek trieb. Sie lugte um die halb geöffnete Tür, um zu sehen, ob kein weiteres Mitglied aus Julians Kreis ihr auflauerte.

Sie kam unbehindert zu ihrem Zimmer und erinnerte sich nur daran, daß Shadow's Gate denen, die sich in seinen Korridoren zu orientieren versuchten, üble Streiche spielen konnte. Sie schloß die Tür und drehte sich um.

Jemand war im Zimmer gewesen. Die Furcht, die Truth unten empfunden hatte, wuchs. Sie lief zum Bett und hob die Matratze hoch.

Die leidende Venus war noch da.

Truth starrte das Buch an und holte vor Erleichterung tief Luft. Bevor sie die Matratze wieder herunterließ, schob sie das Buch tiefer hinein. Die Erhebung war so gut wie nicht zu erkennen, als Truth die Tagesdecke wieder darüber breitete. Es war die umgekehrte Methode vom »Entwendeten Brief« in der Geschichte von Edgar Allen Poe; solange niemand danach suchte, war das Buch dort sicher.

Sie sah sich um. Das Zimmer war nicht mehr so, wie sie es verlassen hatte. Ihr Handkoffer lag auf einem Bänkchen, und die Kleidungsstücke, die sie hatte herumliegen lassen, waren ordentlich darin verstaut. Irene. Das mußte es sein. Sie konnte sich nicht vorstellen, daß Fiona etwas so Umsichtiges getan hätte, noch schien ihr – aus anderen Gründen – denkbar, daß einer der Männer, die sie am letzten Abend kennengelernt hatte, dafür in Frage kam.

Ein gefaltetes Stück Papier lag auf der glatten Decke des frisch gemachten Betts. Truth nahm es in die Hand; es war gutes Briefpapier, in leicht zur Seite geneigter Schrift und mit schwarzer Tinte beschrieben.

Meine liebe Truth, ich hoffe, daß Sie Zeit gefunden haben, über die Sammlung und unsere kleine Gemeinschaft nachzudenken und für sich festzustellen, daß erstere wertvoll und zweitere harmlos ist. Ich habe Sie nicht mehr angetroffen, als ich diesen Morgen hier vorbeikam, und dachte, daß ich lieber ein paar Zeilen hinterlasse, als Sie bei Ihren Studien zu stören. Wenn Sie mich brauchen: ich bin wahrscheinlich in meinem Büro. Und ich hoffe, bald mit Ihnen sprechen zu können. Julian.

Truth biß sich auf die Lippen. Sie war unentschlossen. Sie mußte mit Julian über die Benutzung der Sammlung reden; sie mußte sich darüber klar werden, ob sie hierbleiben oder in der Stadt Quartier nehmen wollte. Doch der Gedanke, auch nur so lange in diesem Haus zu verweilen, bis sie beides hinter sich gebracht hatte, ließ ihre Hände zittern. Sie mußte *weg* von hier.

Als sie ein Klopfen an der Tür hörte, konnte sie kaum einen Schrei unterdrücken.

»Truth?« rief eine leise Stimme. Michael.

Truth erschrak, eine hautnahe Erinnerung an den letzten Abend lief ihr den Rücken hinab. Sie fühlte sich zu Michael hingezogen, doch so, wie die Motte zum Kerzenlicht hingezogen – und nach Ellis' Eröffnung vom Morgen wußte sie nicht, wie sie Michael gegenübertreten sollte, ohne ihn mit einem ganzen Berg verrückter Anklagen zu überhäufen.

Wieder klopfte es, während sie versteinert in der Mitte des Zimmers stand und flehte, er möge die unverriegelte Tür nicht öffnen. Doch Michael Archangel war ein Gentleman, und schon bald hörte sie, wie sich seine Schritte entfernten.

Sowie sie sicher war, daß er sie nicht mehr hören konnte, eilte sie zur Tür und schloß sie ab. Jetzt fühlte sie sich geschützt – obwohl: Inwiefern war Michael eine Bedrohung für sie? – und atmete auf.

Sie mußte fort von hier – weg von diesem Haus, in dem all diese mächtigen Personen sie auf so erstickende Weise bedrängten. Was ihr im Sonnenlicht in der Bibliothek so vernünftig und naheliegend vorgekommen war, schien jetzt unmöglich geworden zu sein, und das einzige, woran Truth denken konnte, war Flucht.

Truth atmete durch. Sie gestand sich ein, kurz vor einer Panik zu stehen. Aber diese Ehrlichkeit warf mehr Fragen auf, als sie beantwortete, denn Truth konnte sich den Grund ihrer Angst nicht erklären.

Die Stimme in der Nacht? Ein Traum oder vielleicht das Echo von jemandem im Haus. Was auch immer, darin steckte keine unmittelbare Bedrohung.

Das Sich-Verlaufen auf dem Weg zum Frühstück? In der Tat bedenklicher als alles andere; sie wußte von Dylans Ausführungen, daß der Spuk in Häusern sich von den Emotionen seiner Opfer nährte, und wenn man genügend inneren Abstand bewahrte, konnte einem das Grauen nichts anhaben.

Fiona? Das Gespräch war unerfreulich gewesen, gewiß, aber nicht mehr.

Michael? War es der Gedanke, Michael wiederzusehen, der sie in solche Panik versetzte?

Nein. Ja. Sie wußte es nicht. Alles, was sie wußte, war: Sie mußte weg von hier – fort von diesem Haus –, bevor etwas Gräßliches geschah.

Sie mußte nach Shadowkill; sie mußte ihre Tante anrufen; sie mußte *Die Leidende Venus* in Sicherheit bringen. Ihre Handtasche umklammernd, als drückte sie ein Baby an sich, öffnete sie vorsichtig die Tür und schaute ängstlich hinaus.

KAPITEL 7

Das Lied der Wahrheit

Ich hielt für wahr, was jener so schön sang
Zu wunderlich verklärtem Harfenklang,
Daß der Mensch sich steigert Schritt für Schritt,
Sein totes Selbst, das schleppt er wandelnd mit.
ALFRED, LORD TENNYSON

In dem Augenblick, als Truth mit ihrem Auto den Weg hinunterfuhr, schienen solch schauerromantischen Ängste einem anderen Universum anzugehören. Der mittägliche Sonnenschein glitzerte in den regennassen Bäumen, und Shadow's Gate sah so arglos und schläfrig aus wie ein Dornröschenschloß in einem kalifornischen Freizeitpark.

Sie hatte niemanden gesehen, als sie das Haus verließ. Niemand hielt sie beim Pförtnerhaus an, und die verschnörkelten schmiedeeisernen Tore standen offen, so daß sie nicht einmal aussteigen und sie selbst öffnen mußte. Als sie die Old Patent Grant Road überquerte und auf der Landstraße 13 Richtung Shadowkill unterwegs war, verschwand auch noch der letzte Rest Unbehagen wie ein böser Traum.

Sie war sich nicht sicher, warum sie es für so wichtig hielt, das Zauberbuch zu verstecken, dennoch war dies das einzige, dessen sie sich im Moment überhaupt noch sicher war. Möglicherweise war Blackburn mehr als nur ein krimineller Schwindler gewesen – Truth wollte sich keineswegs zu seinen Gunsten festlegen –, aber selbst wenn man jede seiner lächerlichen Behauptungen für bare Münze nahm: Sollte bloßen Sterblichen die Macht gegeben werden, die Himmelstore zu stürmen? Oder sollte auch nur gedacht werden, daß sie die Macht dazu besäßen?

Sie versuchte sich einen Augenblick lang Gareth in einem der Gewänder vorzustellen, die sie auf den Fotos gesehen hatte, aber es gelang ihr nicht. Gareth wirkte viel zu normal.

Aber das ist das Entscheidende. Auch normale Leute geraten in diese magische Traumwelt hinein. Warum?

Darauf gab es keine Antwort, und Truth erreichte Shadowkill. Das kleine, am Hudson River gelegene Städtchen war in der kristallklaren Herbstluft voller Treiben, und Truth, nun ruhig, nahm sich vor, ihre Dinge in Ordnung zu bringen. Sie fuhr direkt zur Bed-and-Breakfast-Pension, in der sie schon gestern hatte übernachten wollen.

»Oh… hallo. Sind Sie von der Versicherung?« Die Frau, die auf Truths Klopfen hin erschienen war, trug ein fleckiges Sweatshirt und schmuddelige Hosen, in der einen Hand hielt sie einen Aufnehmer, in der anderen einen Schwamm. Sie sah mitgenommen aus.

»Nein, ich bin Truth Jourdemayne. Mrs. Lindholm?«

»Oh, mein Gott«, sagte Mary Lindholm. Sie zögerte, biß sich auf die Lippen. »Na… kommen Sie herein.« Sie hielt die Tür auf.

Truth trat in die Diele und sah sofort, was hinter Mrs. Lindholms Widerstreben steckte.

»Was ist… denn passiert?« fragte sie ganz verblüfft.

»Was ist nicht passiert?« sagte Mrs. Lindholm bitter. »Ein Teil des Dachs wurde abgedeckt, der Wasserboiler ist explodiert, dann haben wir einen Rohrbruch – Gott allein weiß, warum, in dieser Jahreszeit – und – naja, sehen Sie selbst.« Sie machte eine weiträumige Gebärde. »Sie können von Glück sagen, daß Sie letzte Nacht nicht hier waren – Sie hätten ertrinken können.«

Die Wände zeigten eine Wasserstandslinie wie nach einer Überschwemmung. Die Tapeten waren geschrumpelt und gewellt, offensichtlich vollgesogen, die Decke war aufgeweicht, und der Verputz fiel in großen Placken ab.

»Wenn Sie also Ihr Zimmer wollen...«, sagte Mrs. Lindholm hilflos.

»Ach, nein«, sagte Truth. »Eigentlich wollte ich mich nur entschuldigen, weil ich trotz Reservierung nicht gekommen bin. Aber mich haben in letzter Minute Freunde zum Bleiben überredet, und...« Sie hörte sich mit Überraschung diese plausible Halbwahrheit äußern. Sie hatte keineswegs vorgehabt, irgend etwas Derartiges zu sagen – und angesichts des Wasserschadens war klar, daß sie bei Mary Lindholm ohnehin nicht unterkommen konnte. Entweder mußte sie sich ein anderes B-and-B in der Gegend suchen oder ein Zimmer in irgendeinem Hotel.

Mrs. Lindhom lächelte sie müde an. »Tatsächlich bin ich angesichts der gegebenen Umstände froh, daß Sie gestern nicht gekommen sind. Und wenn Sie draußen einen Schadenssachverständigen von der Versicherung sehen, schicken Sie ihn zu mir, ja?«

»Natürlich«, sagte Truth und verabschiedete sich dankend.

Erst als sie im Auto war und losfuhr, erinnerte sie sich an ihren Traum von letzter Nacht: »Komm, du Prinzessin der Elemente, Undine, Geschöpf des Wassers...«

Koinzidenz, sagte sich Truth mit Überzeugung. *Es hat draußen geregnet – warum hättest du nicht vom Regen träumen sollen?* Das leise nagende Gefühl, daß es eine Verbindung zwischen ihrem Traum und dem Zustand von Mary Lindholms Pension geben müsse, ließ sich aber nicht so leicht abschütteln; die Wissenschaft war eine große Gläubige, was Koinzidenz betraf.

Sie stellte ihr Auto im Parkhaus im Stadtzentrum ab und setzte ihren Weg zu Fuß fort. Die Oktobersonne, ungewöhnlich stark, wärmte ihre Schultern, und die prächtigen Auslagen in den Geschäften verdrängten für eine Weile die Probleme, die sie beschäftigten.

Ein Magenknurren erinnerte sie daran, daß Kaffee und Brot um elf Uhr weder Frühstück noch Lunch ersetzen konnten. Bei einem Imbiß erstand sie Salat und Kaffee und begab sich an einen der Tische, die draußen für Gäste aufgestellt waren. Von dort sah sie ein grün-weißes Schild, das ihr zeigte, wohin sie als nächstes gehen würde.

Die Öffentliche Bücherei von Shadowkill war in einem Gebäude untergebracht, das aus der Jahrhundertwende stammte und die ausladende Ornamentik in der Architektur jener Zeit widerspiegelte. Da Shadowkill eine wohlhabende Gemeinde war, hatte die Bücherei nicht so sehr unter der Knauserei und dem Platzmangel zu leiden, wie sie sonst in öffentlichen Büchereien gang und gäbe waren. Vom hinteren Gebäudeteil ging ein moderner Flügel aus blendendem Kalkstein ab, und die Innenräume des alten Gebäudes waren sehr schön erhalten.

»Entschuldigen Sie, gibt es hier ein Münztelefon?« fragte Truth die Bibliothekarin am Informationstisch.

Die Frau wies ihr mit dem Finger die Richtung, und Truth ging in eine Nische, in der eine Reihe von Telefonen angebracht war. Es dauerte einige Minuten, in denen sie mit Tasche, Geldbörse und Telefonkarte jonglierte, bis sie ihren Anruf zustande brachte.

»Hallo, hier spricht Janine«, sagte eine fremde, klare Stimme.

»Oh, Verzeihung; ich muß mich verwählt haben«, sagte Truth.

»Wollen Sie mit Caroline Jourdemayne sprechen?« fragte die Stimme bedachtsam.

Truth spürte, wie der Mut sie verließ. »Ja.«

»Sie schläft jetzt«, sagte Janine. Truth atmete auf. »Könnten Sie nach vier Uhr zurückrufen – dann wird sie wach sein. Ich bin Janine Vaughan, Ms. Jourdemaynes Pflegerin.«

»Ich bin Truth Jourdemayne«, sagte Truth. »Geht es ihr ...«

»Oh, Sie sind ihre Nichte«, sagte Janine begeistert. Truth dachte bei sich, daß niemand wegen dieser schlichten Tatsache so in Freude geraten könnte, aber wahrscheinlich war es ein Schutzmechanismus gegen die ständige Arbeit mit todkranken Patienten.

»Wie geht es ihr?«

»Oh, unverändert«, sagte Janine und senkte ihre Tonlage leicht. »Sie ist immer noch recht munter. Dr. Vandenmeyer hält es noch für verfrüht, um sie ins Hospital zu bringen.«

»Das ist schön«, sagte Truth. Was blieb sonst zu sagen? »Ich rufe später wieder an.«

»Soll ich ihr sagen, daß Sie angerufen haben?«

»Nein«, antwortete Truth. »Ich will nicht, daß Sie sich aufregt, wenn alles in Ordnung ist. Ich rufe wieder an.«

»Nach vier Uhr«, sagte Janine.

Ihr erster Gedanke war gewesen, sofort zu Tante Caroline zu fahren, um von ihr Informationen zu bekommen, aber jetzt fand sie, daß es besser war, erst zu überlegen, bevor sie etwas unternahm. Tante Caroline war gebrechlich, wartete auf den Tod, und ihr Bewußtsein war wahrscheinlich getrübt von Medikamenten. Truth müßte jede ihrer Fragen in eine Form kleiden, die sicherstellte, daß Tante Caroline sich nicht unnötig aufregte.

Welche Form das auch immer sein mag, dachte Truth mit einem Anflug von schwarzem Humor. Was wäre die geeignete, höfliche Form, ein Gespräch über Zahl und Wohnsitz von Thorne Blackburns unehelichen Kindern zu beginnen?

»Entschuldigen Sie«, sagte Truth, als sie zu der freundlichen Frau am Schreibtisch zurückkehrte. »Haben Sie eine Abteilung mit Büchern über die Ortsgeschichte?«

Bald darauf saß Truth an einem kleinen Tisch in einem langen Saal im ersten Stock der Bücherei, zwei Ordner voller verstaubter Zeitungsausschnitte neben sich.

»Das ist alles, was wir über Thorne Blackburn und Shadow's Gate im Archiv haben. Bringen Sie die Ordner nicht durcheinander«, sagte Laurel Villanova, der für die Ortsgeschichte zuständige Bibliothekar.

»Ich werde achtgeben«, versprach Truth. »Da ist nur noch eine Sache. Haben Sie irgend etwas über ...« – sie suchte in ihrem Kopf nach dem Namen – »über das Zulassungspatent für den alten Elkanah Scheidow?«

»Ach, Sie wollen das Material zur frühen Geschichte.« Laurels Gesicht hellte sich auf. »Ich denke, wir haben ein paar Bücher im Präsenzbestand. Ich sehe mal nach.«

Laurel ging. Truth blätterte die Ordner durch, in denen Blackburns Leben von solchen Zeitungen wie *The Shadowkill Times-Reporter, The Poughkeepsie Journal, The Albany Times* und anderen Lokalzeitungen aufbereitet wurde. Da gab es nichts, was sie nicht schon wußte: Blackburn hatte 18 Monate lang in Shadowkill gewohnt. In dieser Zeit lag er regelmäßig mit dem Stadtrat in Fehde und focht kleinere Scharmützel mit dem Dutchess County Sheriff's Department aus. Sie steckte die Ausschnitte, die mit dem Tod ihrer Mutter zu tun hatten, in den ungelesenen Ordner. Vielleicht stand da auch etwas über Blackburns Kinder, dafür war noch später Zeit. Schließlich hatte sie inzwischen über ein Vierteljahrhundert gewartet.

Der zweite Ordner, derjenige, der sich mit Shadow's Gate selbst befaßte, war interessanter. Die ersten Ausschnitte waren gebräunt und brüchig, als sie sie berührte. Die Zeitung hatte damals den Namen *The Shadowkill Times Eagle*, und der früheste Ausschnitt datierte zurück auf das Jahr 1934.

»Hier, bitte sehr!« sagte Laurel, als er mit drei Büchern zurückkam. »Das dürfte Ihr Interesse finden.«

»Danke«, sagte Truth und gab ihm den Ordner über Blackburn zurück. Sie setzte sich wieder und begann in dem anderen Ordner und in den Büchern zu lesen. Dazu machte sie sich Notizen.

Ein paar Stunden später sah Truth von ihrer Arbeit auf und löste die Verspannung aus ihren steifen Schultern und ihrem Rücken. Sie hatte gefunden, was sie unterbewußt gesucht hatte, und fragte sich, was sie als nächstes tun sollte.

Das Shadow's Gate genannte Haus, in dem sie übernachtet hatte, war – entsprechend ihrer Einschätzung – in der Blütezeit der viktorianischen Neugotik erbaut worden: 1882. Im selben Jahr merkwürdigerweise, als die Schießerei im O.K. Corral das Ende des Wilden Westens einläutete. Es war das vierte Gebäude, das auf dem Grund erbaut wurde, nachdem zuerst 1648 Scheidow selbst sein Haus und seine Handelsniederlassung dort errichtet hatte, von denen es nur noch Abbildungen auf Stichen gab. Diese Bilder zeigten ein typisches holländisches Siedlerhaus aus dem 17. Jahrhundert, aus einheimischem Stein, klein, mit flachem Dach und schmalen Fenstern.

Das zweite Haus auf dem Platz von Scheidows *gehucht* oder Weiler war 1714 erbaut worden und hatte ebenfalls nur auf

Bildern überlebt – die Briten hatten es in den Revolutionskriegen nach 1770 niedergebrannt.

Von dem Gebäude, das sich dort einen Teil der nächsten hundert Jahre befunden haben mußte, fand Truth überhaupt nichts.

Es wäre leicht gewesen, die Quellen, die von dem jetzigen als dem vierten, nicht dem dritten Haus, sprachen, nicht weiter zu beachten – aber wenn es wirklich über ein Jahrhundert lang kein Haus gegeben haben sollte, warum sprach dann jede Quelle davon, daß das 1882er-Haus eine Wiedererrichtung von Shadow's Gate war? Mit Sicherheit hätte der Name nicht solange überlebt, wenn er nur ein leeres Feld bezeichnet hätte.

Wann war der Name der frühen Siedlung anglisiert und wann war er auf das Haus übertragen worden? Die Scheidows – die in verschiedener Schreibweise auftauchten – waren sicher in der Gegend geblieben. Tatsächlich füllten die Namen der Schydows, Skydoes, Cheidows, Cheddowes, Shaddows und Shatterses von der Ahnentafel von Shadowkill, die der Bibliothekar gebracht hatte, immer noch ganze Spalten im örtlichen Telefonbuch und spielten in öffentlichen Angelegenheiten eine aktive Rolle.

Die meisten Informationen fand Truth in einem der Bücher: *Eine Geschichte der Anfänge von Sheidow's Kill*, geschrieben von Matthew Cheddow, einem Nachkommen. Es war ein Privatdruck aus dem Jahr 1923. Matthew hatte zu der Zeit in Shadow's Gate gelebt und in der unsystematischen Art der Amateurhistoriker ein Kapitel über das Haus beigefügt. Sie nahm das Buch noch einmal auf und schaute hinein. Ja, da stand es:

Der Erbauer, der soviel wie nur möglich von dem ursprünglichen Bauwerk übernahm, begann dieses, das vierte Haus, das den lieblichen Landsitz seines Ahnen schmücken sollte, im Jahre des Herrn 1878.

Sie überflog ein paar weitere Absätze und fand noch etwas.

Der Strom im Untergrund, dessen Quelle sich für die frühen Siedler als so nutzbringend erwies und dessen chthonische Wasser für die vorhergehenden Bauherren eine so große Herausforderung waren, wurde sorgfältig mit einem unteren Gewölbe verkleidet, bevor die eigentliche Bautätigkeit auf Elkanah Scheidows ursprünglichem Baugrund wieder begann. Auf diese Weise wurde die Quelle in den Entwurf des Hauses eingefügt.

Was? fragte sich Truth erstaunt. Sie nahm eines ihrer anderen Bücher vor: *Kolonialtage am Hudson, mit einem kurzen Abriß über die Erteilung der Zulassungspatente für Scheidow und Rosenroth,* und warf einen weiteren Blick auf die Originalkarte der Gegend. Ja, da war eine Quelle angezeigt, ziemlich genau dort, wo das Haus stand. Jedes Haus war nahe an oder direkt über der Quelle errichtet.

Das bedeutete, daß Shadow's Gate über einer unterirdischen Strömung gebaut war.

In gewisser Hinsicht begann die parapsychologische Forschung gerade erst zu verstehen, daß die meisten psychischen Manifestationen mit dem Magnetismus zusammenhingen – vom Wünschelrutengehen, das die Fähigkeit voraussetzte, unendlich kleine Veränderungen im magnetischen Feld der Erde wahrzunehmen, bis zu psychokinetischen und Poltergeist-Aktivitäten, die ein so starkes magnetisches Feld erzeugten, daß Uhren stehenblieben und Tonbänder gelöscht wurden, während gleichzeitig Stühle und Teller durch die Luft flogen. Dylan behauptete sogar, daß man Geister magnetisieren könne, doch Truth hatte keine Ahnung, wie man eine solche Hypothese je überprüfen wollte.

Aber sie wußte, daß eine signifikante Zahl von Spukhäusern über unterirdischen Strömungen, Quellen oder abgedeckten Brunnen errichtet worden waren. Es gab etwas im Zusammenhang mit Wasser, das entweder die Energien des sechsten Sinnes freisetzte oder die Leute verrückt machte. Truth schwankte, was von beidem.

Doch sie glaubte, nun die Lösung für einen Teil von Thorne Blackburns Rätseln gefunden zu haben.

Des Rätsels Lösung war nicht, daß er ein großer Magier mit großen okkulten Kräften war, wie er behauptet hatte.

Sondern, daß er ein Spukhaus gekauft hatte.

Dieser Hypothese würde nicht jeder zustimmen, dachte Truth, doch die Parapsychologie war ihr eigenstes Gebiet, und sie selbst hatte sehr viel mehr Zeit mit dem Versuch verbracht, paranormale Geschehnisse zu analysieren, als mit …

Flehe Undine, die Elementargeister des Wassers, herab?

Truth schob den Gedanken beiseite. Vielleicht hätte Julian genau das getan – in der *Verwundeten Venus*, wie sie sich entsann, hießen die ersten vier der zehn Rituale »Krönung der Elementarkönige« –, doch auch wenn er dieses Ritual vollzogen hatte, bedeutete es noch lange nicht, daß tatsächlich ein Elementargeist aufgebrochen war und Mary Lindholms Haus zerstört hatte.

Aber es kam sehr gelegen, nicht wahr? Denn jetzt wirst du Julian fragen müssen, ob du sein freundliches Angebot noch annehmen und in Shadow's Gate wohnen kannst.

Das war lächerlich.

Sie mußte keineswegs.

Sie wollte es vielmehr.

Truth trennte ihre Notizen von den Büchern und Ausschnitten und ging den Bibliothekar suchen.

Laurel Villanova ging aufmerksam eine ältere Nummer des *Times Eagle* durch, als Truth zu ihm kam.

»Schon fertig?« fragte er.

»Für heute«, sagte Truth. »Vielleicht möchte ich aber später in der Woche noch einmal hineinsehen.«

»Dann werde ich es für Sie zurücklegen«, versprach der Bibliothekar. »Brauchen Sie sonst noch etwas?«

»Ich werde mich dann melden«, sagte Truth. »Ich weiß wirklich noch nicht genau, wo das Ganze mit mir hin will.«

»Jedenfalls, wenn ich irgend etwas für Sie tun kann«, sagte Laurel und erhob sich, um Truth aus dem Lesesaal herauszulassen.

Truth stand auf der Treppe vor der Bücherei und hatte nicht die geringste Vorstellung, wie spät es war. Obwohl es noch Stunden bis zum Sonnenuntergang waren, lag bereits das Versprechen von Dämmerung in der klaren Luft. Sie stopfte ihre Notizen wahllos in ihre Schultertasche und ging mit schnellen

Schritten zum Auto, ebenso stark vom Wunsch erfüllt, nach Shadow's Gate zurückzukehren, wie sie zuvor von dort hatte wegkommen wollen. Julian mußte glauben, sie habe sich um 180 Grad gedreht.

Sie kam ohne Probleme an ihr Auto – eigentlich war es unsinnig, mit dem Auto zu fahren, wenn das Zentrum der Stadt höchstens zwei Meilen entfernt lag. Das nächste Mal wüßte sie es besser.

Sie fuhr durch den Bogen des Pförtnerhauses – Gareth winkte – und dann den Weg hinauf zum Haus. Sie stellte ihr Auto neben einem weißen Volvo Kombi und einem schwarzen BMW ab, den sie für Julians Auto hielt; sie schloß ihren Saturn sorgfältig ab und lief dann leichtfüßig die Stufen zum Haus hinauf. Einer Eingebung folgend, versuchte sie erst, die Tür zu öffnen, bevor sie klingelte, und die Tür gab nach. Truth trat ein.

»Truth. Darf ich ein Wort mit Ihnen wechseln?«

Michael. Mit dem Klang seiner Stimme legte sich wieder das ganze seelische Gewicht des Hauses auf sie, und die Heiterkeit, die sie am Nachmittag in Shadowkill erfüllt hatte, war wie weggeblasen.

Sie drehte sich um. Michael Archangel stand in der Eingangshalle, ernst, kühl und steif, so wie sie ihn kennengelernt hatte, doch erneut hatte sie die schnelle, drohende Vision eines von Blitzen angeketteten Panthers.

»Aber sicher.« Was konnte sie sonst sagen? *»Übrigens, ich habe gehört, daß Sie für die Inquisition arbeiten; irgendwelche netten Daumenschrauben in letzter Zeit angelegt?«* Er würde glauben, sie hätte ihren Verstand verloren.

»Warum gehen wir nicht hinaus in den Garten?« sagte Michael.

Er führte sie durch eine Seitentür hinaus auf eine kleine Terrasse, die sich an einer Ecke des Hauses befand. Dort standen eine Bank, ein Tisch und Stühle – ein Ort zum Verweilen, wenn das Wetter wärmer war, doch die sinkende Sonne tauchte ihn in Schatten, weshalb es Truth ein wenig fröstelte.

»In der Sonne ist es wärmer«, versprach Michael und führte sie die Stufen hinunter.

Hier, gleich hinter dem Haus, hatte sich etwas von den alten Gartenanlagen erhalten, die das vierte Shadow's Gate in seinen besten Tagen umgeben haben mußten. Mit Platten ausgelegte Spazierwege wurden von Rosenbüschen und Blumenbeeten gesäumt, die sich nun auf ihren alljährlichen Winterschlaf einrichteten. Zur Rechten, hinter einer gepflegten Grünanlage, von der die Spuren des Sturms weggeharkt worden waren, erhob sich – wie Truth durch ihre Nachforschungen wußte – die strenge geometrische Form eines Labyrinths. Die Buchsbaumhecken bildeten eine ebenmäßige, dunkelgrüne Mauer. Einer der Pfade führte dorthin, und diesen ging Michael nun entlang.

»Sie scheinen uns etwas gewogener zu sein als gestern abend«, sagte Michael.

»Wirklich?« sagte Truth. *Ich fürchte, Vertraulichkeit gebiert Geringschätzung.*

»Julian sagt, Sie seien Wissenschaftlerin. Parapsychologin.« Michael rollte das Wort in seinem Mund, als ob er es nie zuvor gehört hätte.

»Statistische Parapsychologie ist mein Spezialgebiet. Man könnte sagen, daß ich darauf spezialisiert bin, sehen zu lernen, was wirklich da ist.« *Und nichts sonst.*

»Doch diejenigen, die sich radikal auf die Prüfung der physischen Welt beschränken, versäumen viel: die Schönheit eines Gedichts, den Gesang einer Lerche …«

»Solange ich das Gedicht abheften und die Lerche aufnehmen kann, finde ich mich damit ab, wenn ich sie nicht genieße«, sagte Truth barsch. »Mein Gebiet sind Tatsachen. Wie lange kennen Sie Julian schon?« ging sie zum Angriff über.

»Oh, schon recht lange«, sagte Michael unbefangen. »Er hat sehr viel in ziemlich kurzer Zeit erreicht – und will noch mehr erreichen. Er ist ein Mann von großer Energie.«

»Okkulte Energie, meinen Sie?«

»Warum sollte ich ihn in den Begriffen eines Systems loben, dessen Existenz Sie bestreiten«, sagte Michael lächelnd.

»An das Sie aber glauben?« fragte Truth.

Michael lächelte erneut. »Wenn ich bejahe, werden Sie nichts mehr ernst nehmen, was ich sage.«

»Das wäre?« Die Frage grenzte an Grobheit, und Truth tat es leid darum, doch das letzte, was sie jetzt wollte, war eine weitere Runde von dem scheinheiligen Mumpiz.

»Oft wollen wir Dinge wissen, wenn es für uns der weisere und glücklichere Weg wäre, nichts zu wissen – nicht nur für uns, sondern auch für diejenigen um uns herum«, begann Michael. »Nicht das Lernen an und für sich ist falsch, sondern …«

»Es gibt Dinge, die der Mensch nicht wissen sollte?« schoß Truth zurück.

»Würden Sie einem Baby eine geladene Pistole geben?« fragte Michael ruhig. Truth war von diesem Bild wie erschlagen, und Michael fuhr fort. »Nein, niemand würde das tun. Aber ein Erwachsener kann mit einer Waffe sicher umgehen, auch wenn das Mißbrauchs- und Unfallrisiko immer noch sehr groß ist. Wenn ich Ihnen sage, daß es Dinge gibt, die seit der Weltschöpfung existieren, Dinge, die der Mensch vielleicht eines Tages handhaben kann, für die seine Vernunft aber noch zu klein ist, um sie auch nur ertragen zu können …«

»Ich denke, daß weder Sie – noch sonst irgend jemand – das Recht haben, eine Linie zwischen Dingen zu ziehen, die studiert werden können, und anderen, die tabu sind. Es gibt nichts auf der Welt, was nicht studiert werden kann.«

Michael lächelte. »Hier spricht die Stimme der Wissenschaft.«

Sie hatten den Irrgarten erreicht. Truth blieb stehen und sah sich nach dem Haus um. Falls jemand sie aus einem der vielen Fenster beobachtete, so konnte sie es nicht erkennen.

»Ich glaube nicht, daß Glück wichtiger ist als Wissen. Und ich glaube nicht an Magie«, sagte Truth kategorisch.

»Wenn Sie nicht an Magie glauben – oder an etwas Übernatürliches –, wie können Sie dann an das Böse glauben?« Michaels Stimme traf sie von hinten.

Shadow's Gate warf lange, schräge Schatten über den Rasen. Truth holte tief Luft und zählte bis zehn, bevor sie antwortete. Wie war es möglich, daß eine Autofahrt von nur zwei Meilen ihr Gefühlsleben so verändern konnte. Demnächst würde sie Gespenster und Feen sehen.

»Ich möchte nicht Ihren Glauben herabsetzen«, sagte Truth, wobei sie ihm ihr Gesicht zuwandte, »doch nach meiner Überzeugung kommt das Böse von Menschen, die anderen Menschen etwas antun, und das hat nicht das Geringste mit übernatürlichen Machenschaften zu tun. So etwas wie Magie gibt es nicht – nur Naturgesetze, die wir noch nicht ganz begreifen.«

»Und wenn ich Ihnen sagen würde, daß so etwas wie Magie sehr wohl außerhalb Ihrer Gesetze existiert?«

»Dann – entschuldigen Sie – würde ich Ihnen einen guten Tag wünschen. Ich teile Ihren Glauben nicht.«

»Und so wollen Sie also darauf beharren, etwas zu erkennen, obwohl die Nichtkenntnis davon Sie glücklicher machen würde. Denn ich sage Ihnen das eine und meine es ehrlich: Wenn Magie das Böse ist, dann befindet sich das Böse hier. Und das Unglück.«

Truth öffnete den Mund – und schloß ihn wieder, fest. »Ich muß jetzt gehen. Ich nehme an, ich werde Sie beim Abendessen sehen, Michael?« sagte sie mit diplomatischer Entschlossenheit.

»Ja, gewiß«, sagte er in höflichem Ernst.

Sie wandte sich ab, um ins Haus zu gehen.

»Truth?«

Sie blieb stehen.

»Einen guten Tag«, sagte Michael ohne eine Spur von Humor.

Truth erreichte das Haus kurz darauf kochend vor Wut, ein Zustand, den ihre Kollegen am Bidney Institut seit langem schon zu diagnostizieren und sanft zu umschiffen gelernt hatten.

Wie konnte er es wagen, sich über sie lustig zu machen? Erst lockte er sie weg, zwang sie, sich sein mystisches Psychogeseire anzuhören, überhäufte sie mit Klischees, die für einen drittklassigen Film zu abgenutzt wären, und dann, als sie sich höflich ihm gegenüber verhielt, äffte er ihre eigenen Worte nach, um sie zu verhöhnen! Sie würde sich aber nicht verhöhnen lassen – wie wagte er es, auch nur seine Augen auf jemanden wie sie zu richten ...

Sie stürzte die Stufen zur Terrasse hoch und zerrte heftig am Griff der Tür. Sie schlüpfte ins Haus, und kaum den Bruchteil einer Sekunde später knallte die Tür hinter ihr zu.

Es würde ihm noch leid tun. Versuchte er, sie von Shadow's Gate zu vertreiben? Sie würde sich hier regelrecht einnisten! Gab es Dinge, die der Mensch besser nicht wußte? Man sollte Truth zu ihnen hinbringen! So, man sollte einem Baby keine geladene Pistole geben? Sie würde ihm eine abgesägte Schrotflinte in die Hand drücken! Sie würde ...

»Truth. Da sind Sie ja«, sagte Julian warmherzig. Er durchquerte das Foyer und ergriff ihre beiden Hände. »Sie sind so erhitzt. Sind Sie gerannt?«

Ihr rasender Hochmut platzte wie eine Seifenblase bei der Berührung durch seine Hände, und für einen Moment war sie ganz wirr von der Plötzlichkeit der Verwandlung. Was hatte sie gedacht?

Oder lautete die Frage besser: Wer hatte gedacht?

»Nur im Kreis herum«, sagte sie zu Julian mit ungezwungenem Lächeln. »Es tut mir leid, daß ich Sie heute früh verpaßt habe, aber ich mußte wegen einer Besorgung in die Stadt fahren und bin gerade erst zurückgekommen.«

»Werden Sie also bleiben?« fragte Julian. Er hielt immer noch ihre Hände, seine bewegten sich sanft, streichelten ihre Gelenke.

Nein! rief Truth in Gedanken. Nicht, wenn sie ihren Verstand verlor, sowie sie die Schwelle des Hauses überschritt.

»Um die Wahrheit zu sagen, ich wollte Sie fragen, ob ich ... ob Ihr Angebot noch gilt«, hörte Truth ihre Stimme. »Ich weiß, es ist ...«

»Wundervoll«, schloß Julian an. »Die anderen werden sich sehr darüber freuen – besonders Fiona. Sie hat mir gerade erst erzählt, wie sehr sie von Ihnen angetan ist.«

Darauf wette ich, dachte Truth. Doch ihre Entscheidung stand fest. Und selbst wenn es nicht die Entscheidung war, die sie eigentlich treffen wollte, widerstrebte es ihr auf seltsame Weise, daran noch etwas zu ändern. »Ja ... fein. Ich möchte die nächste Woche – wahrscheinlich den nächsten Monat – Ihre Blackburn-Sammlung durchsehen und meine Notizen in

Ordnung bringen. Verdammt – ich hätte mein Notebook mitbringen sollen.«

»Ich fürchte, es würde hier nicht gut funktionieren«, sagte Julian. »Die Stromversorgung ist, wie ich Ihnen bereits gesagt habe, sehr unzuverlässig, und Batterien verlieren zu schnell ihre Energie, um wirklich nützlich zu sein. Ich kann Ihnen eine Schreibmaschine leihen, wenn Sie wollen, und wir haben ein Kopiergerät – Sie können Kopien machen, wovon und soviel Sie wollen, solange das Stromnetz intakt ist.«

Er hielt unverändert ihre Hände, und eine Spannung anderer Art entstand in ihr, ersetzte Verwirrung und Ärger durch eine wärmere und rein sinnliche Empfindung. Ihre Finger rollten sich in Julians zusammen, und plötzlich fühlte sie sich scheu.

»Fein«, sagte Truth erneut. Während ihrer ganzen Schulzeit hatte sie mit handschriftlichen Notizen gearbeitet; es war nicht so schlimm, für eine Weile diese Technik wieder aufzunehmen. Und sie hatte ohnehin Meg gebeten, ihr den Computer nachzuschicken, für alle Fälle.

»Und bleiben Sie bei uns, solange Sie wollen«, fuhr Julian liebenswürdig fort. »Es kann Ihnen nicht entgangen sein, daß die – Reichtümer – meiner Sammlung nicht so leicht zu überblicken sind. Es wäre mir eine Ehre, Ihnen bei Ihrer Arbeit behilflich sein zu können.«

»Vielen Dank«, sagte Truth. Sie hielt inne, befreite widerstrebend ihre Hände aus seinen. »Julian, Sie wissen, daß ich keine … daß ich nicht an die Dinge glaube wie Sie, über das Wesen der Wirklichkeit. Ich möchte mir keinen Maulkorb auferlegen. Was ich über Blackburn herausfinde, das werde ich auch schreiben – auch wenn es wenig schmeichelhaft ist.«

Julians Lächeln wurde noch einladender. Er legte einen Arm um Truths Schultern und ging mit ihr zur Treppe. »Publiziert und seid verdammt, wie Wellington einst sagte – oder wäre ›Sag die Wahrheit und beschäme den Teufel‹ passender? Weder Thorne noch ich haben das Geringste von der offenen Wahrheit zu fürchten, Truth. Und ich war nie der Meinung, daß die Probleme der Welt durch Beschönigung zu lösen sind.«

Truth fiel ein Stein vom Herzen. Auch wenn Julian seinen Glauben sehr ernst nahm, so schien er den Glauben anderer doch zu respektieren.

»Kann ich irgend etwas jetzt für Sie tun?« fragte er.

Erst so spät erinnerte sich Truth an ihr Vorhaben, Tante Caroline anzurufen. »Kann ich mal telefonieren?«

»Hier entlang.«

»Leider ist das einzige Telefon hier drin. Ich habe mich bei der New Yorker Telefongesellschaft nach möglichen Neuanschlüssen oder einer Erweiterung des jetzigen Anschlusses erkundigt, aber soweit ich verstanden habe, wollen sie die Böden aufreißen und Löcher durch die Wände bohren, um sie zu legen«, sagte Julian, während er sie in sein Büro führte. Er ging zu seinem Schreibtisch, nahm den Hörer ab und horchte.

»... und wie Sie sehen, hat es kaum einen Sinn«, sagte er kläglich und hielt ihr den Hörer hin.

Truth nahm den Hörer und hielt ihn ans Ohr. Nichts. Sie drückte die Verbindungstaste am Apparat. Nichts.

»Die Leitung ist tot«, sagte sie, halb erstaunt.

»Das ist sie oft nach einem Sturm«, sagte Julian. »Ich werde Caradoc morgen früh nach Shadowkill schicken, wenn es bis dahin nicht wieder funktioniert. Doch normalerweise ist die Telefongesellschaft ziemlich flink im Reparieren der Leitungen.« Er zuckte mit den Schultern. »Ich kann Sie jetzt zurück in die Stadt bringen, wenn Sie wollen. Ist es ein wichtiger Anruf?«

»Nein, nicht so sehr«, sagte Truth zögernd. Sie legte den Hörer wieder auf die Gabel.

»Dann ist ja alles in Ordnung. Sehen Sie, Truth ...«

Truth schaute zu ihm auf, alarmiert von dem neuen Ton in seiner Stimme.

»Ich weiß, daß Sie nicht an das Werk von Blackburn glauben – und glauben Sie mir, ich habe nicht die Absicht, Sie zu missionieren –, aber ich weiß, daß Sie eine geübte Beobachterin sein müssen. Haben Sie je Erfahrungen in der Arbeit mit einem Medium gesammelt?«

»Ja, ein bißchen«, gab Truth zu.

»Heute abend sind die anderen nämlich mit Meditationsübungen beschäftigt. Es ist ein Fastentag für die *Praktikanten* – unsere ›Anfänger‹, wie man sagen könnte –, doch jeder, der im Rang eines *Adeptus Minor* oder höher steht, ist davon ausgenommen, und das sind im Augenblick nur ich, Irene und Light, und natürlich Sie und Michael, die unseren Regeln nicht unterstehen. Jedenfalls habe ich vor, Light zu hypnotisieren und es bei ihr mit ein wenig Psychometrie zu versuchen. Es würde mich sehr freuen, wenn ich Sie als Beobachterin gewinnen könnte.«

»Hypnose?« fragte Truth zweifelnd. Psychometrie, so wußte sie, war der Versuch, mit psychischen Mitteln Informationen über ein Objekt – oder dessen Besitzer – zu erlangen. Aber das Institut hatte keinen Test zuwege gebracht, der die Möglichkeit bloßer Telepathie ausgeschlossen hätte.

Julian grinste sie an. »Oh, seien Sie unbesorgt. Ich habe eine Zulassung als Hypnotherapeut. Die Hypnose kann, wenn nicht gefährlich, so zumindest höchst unerfreulich sein, wenn sie in die falschen Hände gerät. Ich würde nie etwas tun, das Light verletzen könnte.«

»Nein. Das weiß ich«, sagte Truth. »Und ich ... ich würde gern Ihrem Ritual zusehen«, fügte sie scheu hinzu.

»Kein Ritual, Truth«, verbesserte Julian sie behutsam. »Unsere Rituale enthalten Magie, und ich würde Sie ohne Vorbereitung so wenig unseren Ritualen aussetzen, wie ich einem Dorftrottel erlauben würde, Light zu hypnotisieren. Heute nacht findet nur eine Übung statt. Es ist eine Art Experiment.«

Das Abendessen war sehr viel schlichter und weniger förmlich als am Abend zuvor, und da nur Light, Michael, Julian und Irene daran teilnahmen, hatte Truth Gelegenheit, sich intensiver mit Light zu beschäftigen.

Am gestrigen Abend, als sie von Visionen im Wald plapperte, hatte das Mädchen einen fast einfältigen Eindruck gemacht. Heute schien sie nur schüchtern, löffelte ihre Suppe und schmierte ihr Brot mit der schlafwandlerischen Geschicklichkeit einer Blinden, auch wenn Truth wußte, daß sie sehr gut sehen konnte. Es war eher so, als ob sie etwas sah, das nicht gegenwärtig war – oder, vielleicht genauer, mehr als hier und jetzt vorhanden war.

»Ich glaube, es muß sehr interessant sein – an einem College zu arbeiten und die vielen Leute kennenzulernen, die von überall herkommen«, sagte Light sanft.

»Sind Sie nie auf einem College gewesen?« fragte Truth überrascht.

Zu ihrem Kummer errötete Light, so daß ihre blasse Haut sichtbar dunkler wurde. »Nein«, sagte Light, sanfter noch. »Ich war nie auf der Schule.«

»Aber ...«, sagte Truth stockend.

»Man muß nicht die Schule besuchen, um zu lernen«, sagte Michael und zerstreute den milden Tadel, der zwischen den beiden stand. »Wenn man lesen kann, dann gibt es keine Weisheit auf Erden, die sich nicht auf den Seiten eines Buches finden ließe.«

Light warf Truth einen zustimmenden Blick zu, und Truth fragte sich, ob Light wohl lesen konnte.

»Und wenn man nicht lesen kann«, sagte Truth, um dem Gespräch eine scherzhafte Note zu geben, »dann ist es fürs Lernen auch noch nicht zu spät, und alles andere kann man dem Briefträger überlassen.«

Light sah erleichtert aus, doch es war Julians anerkennendes Lächeln, das Truth noch mehr berührte. Als sie nach dem Essen aufbrachen, nahm sie ihn kurz beiseite, um ihn ohne Umschweife zu fragen.

»Kann Light lesen?«

»Offen gestanden«, sagte Julian, »ich weiß es nicht. Sie hat ein bemerkenswertes auditives Gedächtnis; was sie einmal gehört hat, vergißt sie nie mehr. Aber sie kann sehr schlecht mit direkten Fragen umgehen – wie Sie sicher noch feststellen werden.«

»Wo haben Sie sie gefunden?« gab Truth sich einen Ruck.

»An einem Ort, wo sie sich besser nicht aufhält. Nennen Sie es psychische Labilität, wenn Sie wollen, oder kleiden Sie es in ein anderes psychiatrisches Kauderwelsch: Tatsache bleibt, daß Light sehr … zerbrechlich ist. Noch vor sechs Monaten hätte sie es nicht ertragen können, unter so vielen Menschen zu sein, wie sie es gestern abend war. Aber ich glaube, sie ist auch einsam. Gewiß verstärkt es die Isolation, wenn man die Welt auf eine andere Weise wahrnimmt als normale Menschen. Zu Ihnen hat sie aber Zuneigung gefaßt, und ich hoffe, Sie werden immer freundlich zu ihr sein.«

»Man kann nicht anders als freundlich zu ihr sein«, sagte Truth aufrichtig, auch wenn sie ihre unvermittelte Freundschaft zu dem jungen, übersinnlichen Mädchen mit dem silbernen Haar etwas bedrängend fand. Truth war immer eher verschlossen gewesen, nur langsam der Liebe und noch langsamer dem Vertrauen zugänglich. Sie hatte sich vor allem bemüht, von niemandem abhängig zu sein, und war sich unsicher, ob sie den Gefühlen eines anderen etwas entgegenzusetzen hatte. Jetzt schien sich dies zu verändern; Truth hatte den Eindruck, als ob ihr ganzes Leben einer plötzlichen Wandlung unterlag.

»Gut«, sagte Julian. »Nun, wenn Sie mit mir kommen wollen, dann werde ich Ihnen etwas zeigen, was bisher nur wenige Menschen gesehen haben.«

1969, in Folge von Katherine Jourdemaynes Tod und Thorne Blackburns Verschwinden, hatten Blackburns Mätzchen mehr öffentliches Interesse auf sich gezogen, als ihnen wohl sonst zugekommen wäre. Auf allen Titelseiten der amerikanischen Zeitungen fanden sich Fotos von Shadow's Gate, und sogar das *Time Magazine* schmückte in jener Woche ein farbiges Titelbild. Doch inmitten des öffentlichen Rummels war der Ort, an dem der Mord stattgefunden hatte, nie fotografiert worden – zumindest gab es keine Fotos, die erhalten geblieben waren.

Julian führte Truth durch einen schmalen Flur, treppauf, treppab, bis sie vor zwei hohen Eichentüren zu stehen kamen, an die sich Truth noch von ihrem gestrigen Rundgang erinnerte. Beide Türen und der Türrahmen waren im dekorativen Stil ihrer Zeit mit floralem Schnitzwerk verziert, die Türknöpfe zeigten Sonnenreliefs mit abgerundeten Strahlen.

»Wo sind wir hier?« fragte Truth verwirrt.

»Dies ist das eigentliche Zentrum des Hauses. Von außen ist es nicht zu erkennen – ein ziemlich listiges Stück *trompe l'œil*-Architektur. Shadow's Gate ist als hohler Würfel gebaut. Um dies hier herum.«

Er öffnete eine der Türen. Truth trat hinter ihm ein und sah sich um.

Dieser wunderliche, zentrale Prachtraum von Shadow's Gate war kreisrund und maß annähernd zehn Meter im Durchmesser und beinahe doppelt soviel in der Höhe. Drei schmale Säulengänge lagen den Türen gegenüber, jeder etwas größer als diese und mit schweren, schwarzen Samtvorhängen davor. Das Rippengewölbe der Decke war mit einer Darstellung des Zodiakus und allegorischen Figuren bemalt, welche die leuchtenden Sterne ihres jeweiligen Sternbilds wie Juwelen trugen. Unter der Kuppel verlief eine dichte Fensterreihe. Jedes Fenster konnte für sich geöffnet werden, und in der Mitte eines jeden befanden sich schildförmige Bilder aus Buntglas, die sich in der Dunkelheit nicht erkennen ließen.

Die mit geschnitzten Ornamenten versehene Eichenholzverkleidung unterhalb der Fenster reichte bis zum Boden. Truth staunte, als sie im ganzen Rund Lampen angebracht sah, deren altmodisch verschnörkelte Halterungen ursprünglich einer Gasbeleuchtung gedient hatten.

Zwischen den Lichtquellen befanden sich riesige ägyptische Statuen – bemalte Holztafeln, wie Truth bald merkte, doch auf den ersten Blick wirkten die zwölf Fuß hohen Figuren echt. Sie kannte sich in der Ägyptologie nicht genügend aus, um sie zuordnen zu können, doch sie erkannte eine Frau mit Löwenkopf und eine mit dem Kopf einer Kuh, einen Mann mit dem eines Ibis und einen mit Hundekopf – oder war es der eines Schakals? Wiederum dazwischen hingen rote, weiße, schwarze und graue Fahnen. Diese zeigten auch Figuren, aber Truth konnte sie nicht recht erkennen.

Was hatte Light am Abend zuvor gesagt? »Der rote Hirsch

und das weiße Pferd; der graue Wolf und der schwarze Hund; Rot und Grau und Schwarz und Weiß, die vier Wächter des Tores.«

Erneut hatte Truth das schamhafte Gefühl, beim Belauschen ertappt zu werden, wie ein Kind, das ein Gespräch zwischen Erwachsenen aufschnappte.

Von den Fahnen glitt ihr Blick nach unten auf den Boden. Es war ein Kunstwerk, wenn auch etwas verwirrend: schwarze und weiße Marmorfliesen, jede um die dreißig Zentimeter im Quadrat, durchzogen im Schachbrettmuster den ganzen Raum. In ihre regelmäßige Geometrie fügte sich eine komplexe, golden marmorierte Figur aus Kreisen und Zeichen; zwischen dem inneren und dem äußeren Kreis befanden sich runde Fliesen aus rotem Stein, jede mit einem hell funkelnden Symbol intarsiert.

Truth betrachtete den Stern im inneren Kreis. Er hatte sieben, nein, neun Zacken ...

»Wie Sie sehen, hat Thorne einen neuen Boden legen lassen, als er Shadow's Gate kaufte. Es ist die einzige Veränderung, die er an diesem Raum vornahm, die Dekoration an den Wänden hat er beibehalten.«

Truth zuckte zusammen. Sie hatte einen Moment fast vergessen, daß Julian neben ihr stand.

»Sie meinen, daß der ursprüngliche Erbauer dies hier schon so *gebaut* hat«, sagte sie mit leichter Entrüstung.

»Warum nicht?« Julian zuckte mit den Schultern. »Damals war alles preiswerter. Die spiritualistische Mode war auf ihrem Höhepunkt. Sie haben hier vielleicht Séancen abgehalten. Vielleicht war es der Ballsaal. Wer weiß?«

Blackburn hatte es gewußt. Dessen war sich Truth sicher.

»Schön«, sagte Truth. »Was machen wir jetzt?«

»Zuerst«, sagte Julian, »werde ich die Bühne herrichten.«

In dem Raum standen Möbel – sie waren nicht leicht zu erkennen im ersten Schock, wenn man der schauerromantischen Raserei im Inneren von Shadow's Gate ansichtig wurde. Julian ging an eine Seite und kehrte mit zwei einfachen Holzlehnstühlen zurück, dann holte er einen Hocker und eine groteske moderne Stehlampe.

»Natürlich sieht es hier anders aus, wenn wir ein Ritual vollziehen. Bevor wir beginnen, können Sie sich gern einmal anschauen, wie es dann hergerichtet ist. Die übrige Zeit befinden sich der Altar und alle geweihten Waffen im Lager. Einer der Vorzüge alter Häuser liegt darin, daß es genügend Abstellkammern gibt; können Sie sich vorstellen, daß wir hier 37 Zimmer haben? Und Sie sitzen hier«, schloß er und stellte einen der Stühle neben Truth.

Sie setzte sich, für ihre Verhältnisse ungewöhnlich folgsam. Julian schaltete die Stehlampe an – die Verlängerungsschnur lief in Schlangenlinien über den Boden und verschwand unter den Vorhängen –, dann ging er hinüber zu der Leiste mit Lichtschaltern neben der Tür. Er drückte nacheinander die schwarzen, mit einer Perle besetzten Knöpfe, bis alle Wandleuchter ausgeschaltet waren und nur noch die kleine Halogen-Stehlampe Licht gab.

Truth fühlte sich wie in einer Höhle oder tief auf dem Meeresgrund. Plötzlich lastete ein Druck auf ihr, als hätte der große leere Raum, der sie umgab, ein spürbares Gewicht. Die Dunkelheit umhüllte sie wie schwerer, rauchartiger Samt. Ihr Herz schlug schneller.

Sie atmete tief und zählte ihre Herzschläge, um ruhiger zu werden. Sie wußte, daß Julian hier vollkommen zu Hause war, aber dieses Wissen brachte ihr keine Erleichterung.

Ein Rascheln drang aus der Dunkelheit, und eine bleiche Gestalt bewegte sich auf sie zu, doch bevor Truth sich ängstigen konnte, erkannte sie Light.

Die junge Frau trug ein einfaches, bodenlanges weißes Gewand. Die Ärmel waren gerade und eng geschnitten und reichten über ihre Hände. Es hatte keine Schärpe noch irgendwelche anderen Befestigungen, es wurde einfach durch einen Schlitz über den Kopf gezogen. Ihr Gesicht wirkte ruhig und entspannt, als sie auf dem Stuhl Platz nahm. Die Beleuchtung war so eingestellt, daß sie Lights Gesicht nicht erreichte.

»Du weißt, was ich heute abend vorhabe?« fragte Julian sie, seine Stimme leise und sanft.

»Du willst mich hypnotisieren, so wie du es schon mal gemacht hast«, antwortete Light.

»Richtig. Und wenn ich das getan habe, werde ich dir ein paar Gegenstände in die Hand geben. Ich möchte, daß du mir dann Geschichten über sie erzählst.«

»Was für Geschichten?« fragte Light schläfrig, bereits aus weiter Ferne, obwohl Julian mit der Einleitung der Trance noch nicht begonnen hatte.

»Welche du willst«, sagte er freundlich.

Julian zog etwas aus seiner Tasche: einen eiförmigen Gegenstand aus Quarz an einer langen Kette, die durch einen silbernen Ring mit ihm verbunden war. Der Quarz mußte geschliffen sein, denn er funkelte, als Julian ihn ins Licht hielt. Truth sah Julians Eisenarmband, als der dunkle Ärmel seiner Jacke zurückrutschte.

»Sieh das Licht an«, sagte Julian sanft. »Du bist in einem Raum mit einer Treppe, die nach unten führt...« Ein Schnipser mit den Fingern setzte das Pendel in kreisende Bewegung, es kreiste und blitzte auf.

Truth sah weg, bevor sie auch in seinen Bann geriet – oder vielmehr in Schlaf fiel. Sie wünschte, es hätte mehr Licht gegeben, doch jeder, der wie Light in Trance arbeitete, brauchte eine besondere und ihm vertraute Umgebung, um das tiefe Alpha-Stadium der Trance zu erreichen. Manche arbeiteten nur in der Nacht. Eine Frau, deren mediale Begabung Dylan des öfteren nutzte, geriet nur bei lautstarker Rockmusik in Trance.

Julians Stimme wurde immer mehr zu einem beruhigenden Brummen im Hintergrund, und jetzt, da sie sich an die Stille gewöhnte, konnte Truth andere Laute hören: ein rhythmisches Trommeln, das irgend etwas mit dem Wasserkocher zu tun haben mußte, ein leises Schaben von Ästen an Fenstern.

Sie blickte zu Boden. In dem schwarzen Marmorquadrat zu ihren Füßen war eine vielstrahlige Sonne in der Größe einer Halbdollar-Münze eingelassen, wie ein aus dem Himmel herabgefallener Tropfen. Sie blickte nach oben, doch die Kuppel war in Dunkelheit gehüllt. Nur ganz schwach konnte sie einen weniger dunklen Bereich ausmachen; dies lag an den Fenstern, die das Licht von den anderen Zimmern im Haus reflektierten. Es war kein Wunder, daß sie sich am Morgen verlaufen hatte, wenn das Haus um einen ausgesparten Würfel herum gebaut war. Sie hätte sich gern einmal den Grundriß des Hauses angeschaut. Die Pläne dazu mußten im Rathaus archiviert sein, nahm sie an.

Truth schaute wieder auf den glitzernden Stern zu ihren Füßen.

Das ist sicher die Mitte des Raumes, dachte Truth innerlich erregt.

Sie konnte sich nicht erklären, warum diese Erkenntnis sie so verstörte. Sie schaute zu Julian, der noch immer damit beschäftigt war, Light in Trance zu versetzen. Das Pendel in seiner Hand kreiste und blinkte, kreiste und blinkte …

»Bedecke ihr Bett mit den Zweigen wilder Kräuter, und breite auf ihr Lager das Fell eines jeden Tieres, das durch die Wälder streift. So ist der Altar des Hierolators, der Himmlischen Konkubine, zu deren Liegestatt die Sonne getragen wird und deren Ekstase den Weg weist.« Hatte sie das gelesen? Oder sich ausgedacht?

Es sah hier anders aus, wenn Rituale vollzogen wurden, sagte Julian. Natürlich tat es das. Der Altar würde aufgestellt werden, in der Mitte, genau hier, wo sie jetzt saß.

So wie es 1969 gewesen war.

Truth fühlte, wie eine Welle kalter Übelkeit sie ergriff.

Katherine Jourdemayne war hier gestorben.

In diesem Raum, an dieser Stelle war ihre Mutter gestorben. Blut rief nach Blut, und nur ein dünner Schleier trennte jenen Augenblick vom Jetzt.

Truth sah sie hier mit dem klaren Auge der Phantasie: Katherine und Irene hier im Zentrum, die anderen im Kreis um sie herumstehend, die Flammen ihrer Kerzen wie die Diamanten an einer Kette. Sie hörte das Grollen und Krachen des Donners wie fernes Artilleriefeuer; immer wenn ein Blitz aufzuckte, tauchte es die schwächeren Flammen in ein bleiches Nichts.

Und ihre Mutter war des Todes, würde sterben müssen, unschuldig, hilflos und ahnungslos; sie starb hier, ausgesaugt von den Mächten, die Blackburn gerufen hatte, und Truth konnte sie nicht retten.

Sie riß sich mit einem Keuchen aus ihrer Vision, und deutlich sah sie wieder Julian und Light vor sich. Light, in tiefer Trance, sah mit vertrauensvollen, weiten Augen Julian an.

Ebenso wie Katherine Blackburn angeschaut hatte.

Sie hatte ihm vertraut.

Er hatte sie umgebracht.

Er wird sie umbringen! rief es in Truth, und sie wußte nicht, welches der beiden Paare sie meinte. Blinde Angst schlug wie eine Flutwelle über ihr zusammen. Die Geschichte sollte sich hier in Shadow's Gate wiederholen, und Julian würde Light umbringen, die sanfte, vertrauende Light, und Truth war erneut hilflos.

So wie Caroline hilflos zugesehen hatte.

Wie …

Truth hörte nicht den lauten Knall, als ihr Stuhl umkippte. Sie sah die anderen Menschen im Raum nicht mehr. Sie wußte nur, daß sie sofort hier raus mußte.

Sie riß die Tür auf und rannte. Der Flur machte mehrere Biegungen, aber es gab keine in die Irre führenden Abzweigungen. Sie rannte ihn hinunter, strauchelnd und zwischen den Wänden torkelnd, bis sie die Eingangshalle erreichte. Nach Atem ringend, aber ohne ihr Tempo zu vermindern, stürzte sie die Treppe hoch; sie stolperte über die letzte Stufe, so daß sie ein paar Schritte auf allen Vieren kroch, bevor sie wieder auf die Füße kam. Sie fiel mehr durch die Tür, als daß sie ging, und stand zitternd und atemlos in ihrem Zimmer.

Es war noch jemand im Raum.

Er stand neben dem Fenster. Das Licht von ihrer Bettlampe ließ ihn halb im Schatten.

»Du bist eine verdammte Närrin«, sagte er barsch. Truth rang nach Atem, um zu antworten, würgte und begann zu husten.

Sie wußte, wer er war.

»Du bist …«, sagte sie.

Niemand war da. Nur die Vorhänge bauschten sich vor dem offenen Fenster.

Gelähmt vor Schreck schwankte Truth zu ihrem Bett. Sie setzte sich, starrte mißtrauisch auf das Fenster, aber es hielt keine weiteren Erscheinungen bereit.

Sie hatte soeben Thorne Blackburn gesehen.

Unmöglich.

Und ihn gehört.

Lachhaft.

»Streßbedingte Halluzination in hypnoidem Borderline-Zustand«, murmelte Truth bebend. »Das haben sie dir doch zur Genüge eingepaukt. Er war nicht da.«

Daß er dagewesen war, in jenem ewigen Jahr 1969, das ihre Phantasie mehr und mehr zu beschäftigen begann, entsprach allerdings der Wahrheit. Aber eines wußte Truth Jourdemayne, nämlich daß sie kein Medium war.

»Quatsch«, sagte sie laut.

»Würden Sie mir bitte erklären, was diese kleine Aufführung sollte?« fragte Julian mit eisiger Stimme von der Tür aus.

Truth wandte sich zu ihm um. Als ob ihre Bewegung eine solche Erlaubnis beinhaltet hätte, trat er ein, von katzenhaft verhaltener Wut.

»Ich dachte, daß Sie vom Fach wären. Ist Ihnen eigentlich klar, was Ihr kleiner Koller hätte auslösen können? Ich nehme nicht an, daß Sie ...«

»Julian, meine Mutter ist an der Stelle gestorben, als ich zwei Jahre alt war, und ich glaube wirklich nicht, daß ich mir das anhören muß«, schoß Truth zurück. Sie hörte den Zorn in ihrer Stimme und unterdrückte ihn, sie wollte gelassen und ruhig erscheinen. »Ich dachte, daß ich damit zurecht käme. Ich habe mich geirrt. Es tut mir leid.«

»Oh, mein Gott.« Julians Wut schwand im Nu. »Ich bin ein solcher Idiot... Da stelle ich mich hin, denke nur an mich und gebe mit meinem *théatre sacré* an und mache mir überhaupt keine Gedanken darüber, welche Erinnerungen in Ihnen wach werden müssen! Es tut mit leid.« Er setzte sich neben sie und legte seinen Arm um ihre Schulter.

Seine Wärme und Kraft schienen ihren ganzen erstarrten Körper zu durchdringen. Sie wollte sein Gesicht in ihre Hände nehmen, seine Lippen mit den ihren berühren, seinen Körper gegen sich anbranden spüren, und die Dunkelheit sollte gelöscht werden …

»Ich war dumm. Meine Phantasie ist mit mir durchgegangen«, sagte Truth rauh und verbannte das lockende Bild. »Ist Light in Ordnung?« fügte sie kleinlaut hinzu.

»Zum Glück war sie bereits versunken. Ich brauchte sie nur mit einer einfachen Maßnahme, die ich ihr für solche Notfälle eingeprägt habe, aus der Trance zurückzuholen. Sie ruht jetzt. Aber ich entschuldige mich noch einmal dafür, daß ich Sie einem so unerfreulichen Erlebnis ausgesetzt habe. Ich hätte überall mit ihr arbeiten können. Wir benutzen aber das *théatre sacré*, um im Unbewußten eine Gewöhnung an den Raum zu erreichen.«

»Es war mein Fehler. Machen Sie sich keine Vorwürfe«, sagte Truth. *Ich muß mich irgendwann damit abfinden*, dachte sie düster und kehrte zu Julians letzten Worten zurück.

Théatre sacré. Heiliges Theater. Ein weiterer Begriff aus Blackburns Repertoire: »Die erste Pflicht eines Magiers ist es, ein heiliges Theater aufzuführen.«

»Julian, sagen Sie … ich meine, glauben Sie wirklich …« Sie stockte.

»An das Werk?« Julian lächelte. »Natürlich glaube ich daran. Doch das heißt nicht, daß ich es für vollkommen halte oder daß es eingezäunt und mumifiziert werden sollte. Magie ist beides: Kunst und Wissenschaft. Und ich habe noch nie gehört, daß eine blinde Zustimmung und Übernahme je der Wissenschaft *oder* der Kunst genützt hätten. Obwohl es stimmt, daß Thornes Ruf viele Leute abstößt, und selbst ich muß zugeben, daß er eine ziemlich halbseidene öffentliche Karriere hatte …«

Truth verzog kaum die Mundwinkel. Julian nahm seinen Arm von ihrer Schulter und wendete sich ihr ganz zu. Sein Gesicht strahlte vor Intensität.

»… was wir nicht vergessen dürfen, wenn wir an Thorne Blackburn denken, ist, daß er ein sehr begabter … Bursche war. Er war kaum dreißig, als er starb, und hatte schon seit über einem Jahrzehnt international einen Namen in magischen Kreisen. Seine Fehler hatten mit seiner Jugend und mit seiner Selbstüberschätzung zu tun, ich habe hoffentlich daraus gelernt.«

»Sie werden also seine Fehler vermeiden?« sagte Truth mit einem schiefen, wissenden Lächeln. *Wie kann sich dessen je irgend jemand sicher sein?*

»Es gibt einen Fehler, den ich gewiß nicht machen werde«, sagte Julian. »Vergeben Sie mir, Truth, wenn ich jetzt ganz offen spreche, aber Katherine Jourdemayne – Ihre Mutter – starb an einer leicht zu erklärenden Überdosis Rauschgift. Wie und warum sie starb, war überhaupt kein Geheimnis. Wenn Sie sich mit Thornes Werk beschäftigen, werden Sie finden, daß der Stil seiner Magie stark von dem grenzenlosen und gesetzwidrigen Drogenkonsum beeinflußt war, wie er in der amerikanischen Gegenkultur der sechziger Jahre weit verbreitet war. Opium – Haschisch – Psilocybin – sogar LSD, eine Droge, die den Geheimen Meistern mit Sicherheit unbekannt war! – sie waren Teil all seiner Rituale, und ich habe das meiste davon rausgeworfen. Nicht ohne dafür kritisiert worden zu sein, wie ich Ihnen versichern kann, doch es ist die Disziplin, nicht das Rauschgift, die den Fuß des Suchenden auf den Pfad setzt. Der Drogenkonsum, der Ihre Mutter getötet hat, war Ausdruck des Exzesses jener Epoche; in unserer hat er keinen Platz.«

Truth konnte nur nicken, dankbar dafür, daß er so offen sprach.

»Und nichts wird Light geschehen«, fügte Julian in schmeichelndem Ton hinzu. »Selbst wenn Sie an die Koinzidenz glauben sollten – Light ist unser Hierophex, nicht unser Hierolator.«

Truth sah ihn ausdruckslos an.

»Katherine Jourdemayne war Thornes Hierolator, seine Heilige Konkubine. Light nimmt die Stelle in unserem Ritual ein, die Irene in Thornes innehatte – die des Hierophex, des Heiligen Sprechers.«

»Dafür wollte er eigentlich Caroline.« Was in Gottes Namen ließ sie dies sagen? wunderte sich Truth.

»Natürlich; es ist am besten, wenn Hierophex und Hierolator Schwestern sind.« Julian schien nicht überrascht von ihrer Feststellung, vielmehr schien er ihr beizupflichten. »Doch Caroline weigerte sich, und Thorne hat das akzeptiert.«

Also war Tante Caroline ein Medium gewesen – zumindest sagte Julian, Blackburn habe das geglaubt.

»Sie sehen müde aus, und ich sollte wirklich gehen und nach Light schauen«, sagte Julian. »Soll ich Irene mit einem Stärkungsmittel heraufschicken? Ich verspreche, es ist nichts Schädliches – oder Verbotenes.«

»Ach, nein, Julian, wirklich, ich…«, stammelte sie. Ihre Kraft verließ sie, floß aus ihr wie Wasser aus einem Waschbecken. »Ja, das wäre sehr nett, wenn es nicht zuviel Umstände macht«, schloß sie matt.

»Gut, dann schicke ich sie zu Ihnen«, versprach Julian. »Schlafen Sie gut, Truth.« Und bevor Truth es wahrnehmen oder sich wehren konnte, hatte er ihr den sanftesten aller sanften Küsse auf die Stirn gegeben und das Zimmer verlassen.

Zuviel passiert zu schnell, dachte Truth. Sie konnte sich auf nichts davon besinnen. Ihre Hände zitterten stark, als sie sie zu ihrem Gesicht hob. In der plötzlichen Nachwirkung des Erlebten konnte sie nicht aufhören zu zittern. Sie schlang ihre Arme eng um sich und schaukelte mit ihrem Oberkörper vor und zurück, so wie sie es seit ihren Kindertagen nicht mehr gemacht hatte.

Ich verliere den Verstand. Ganz bestimmt tue ich das.

Sie hatte sich soweit erholt, daß sie still sitzen konnte. Sie starrte ins Nichts, als Irene Avalon wenige Minuten später an die Tür klopfte. Der Gefühlssturm war vorüber und hatte Benommenheit hinterlassen.

»Oh, mein liebes Kind – was ist nur geschehen? Als Julian mir erzählte, daß du einen Zusammenstoß mit den Wächtern hattest, habe ich nicht im Traum gedacht…« Irene stellte das Tablett auf dem Ankleidetisch ab und kam zu ihr. »Deine Hände sind kalt wie Eis!« rief sie und nahm sie in ihre.

»Ich sah…«, begann Truth und verschluckte den Rest. Wenn sie Irene erzählte, daß sie ihren Vater gesehen hatte, würde sie als plappernde Geistesgestörte erscheinen – oder noch schlimmer, als vollkommen normal, nach Irenes verdrehten Maßstäben.

»Ist schon gut, Liebes, mach dir keine Gedanken darüber, was du gesehen hast. Ich glaube, daß die Wächter manchmal einfach vergessen, wie zerbrechlich wir in der Zeit lebenden Sterblichen sind – eine Warnung von ihresgleichen ist, als ob sie einen niederschlagen und einem zugleich etwas Wichtiges mitteilen, das man wissen muß. So ist es nun mal mit den magischen Mächten«, fügte sie im Ton eines leichten Vorwurfs hinzu.

Truth mußte über das so heraufbeschworene Bild lächeln: Irene, die eine der starren ägyptischen Tempelfiguren ausschimpfte.

»Hier habe ich etwas für dich!« sagte Irene. »Ich werde dir schnell ein heißes Bad einlaufen lassen; das und ein Schluck von meinem Stärkungsmittel werden dich wieder auf die Beine bringen!« Irene eilte ins Bad, das an Truths Zimmer anschloß, und gleich darauf hörte Truth das Wasser laufen.

»Ich laufe schnell hinunter, um dir von meinen Spezialbadesalzen und heißes Wasser für dein Getränk zu holen«, sagte Irene geschäftig. Truth nickte. Es war leichter, als sich auf einen Disput einzulassen. Sie war plötzlich viel zu müde, um sich zu widersetzen.

Als Irene das Zimmer verließ, ging Truth ins Badezimmer – ausgestattet im Stil der fünfziger Jahre – und betrachtete den aufsteigenden Dampf, der die weißen Kacheln und die Chromarmaturen einhüllte. Alles war sauber, weiß und antiseptisch, alterslos und perfekt, genau so, wie sie ihr Leben immer hatte haben wollen, ohne Ungewißheit oder Zweifel.

»Ich habe dir einen… Wo bist du, Liebes? Ah, *da* bist du.« Irenes Stimme kündigte sie an, lange bevor sie erschien. »Ich habe dir einen schönen warmen Bademantel gebracht, den du dann anziehen kannst.« Sie lehnte sich über Truth, um aus einem Tongefäß Kristalle in das schäumende Wasser zu streuen. Sofort nahm das Wasser in der Wanne eine intensive blaugrüne Farbe an, und ein belebender Geruch von Ozean und Wald stieg auf.

Truth atmete ein, nieste und mußte blinzeln. Der Duft erfrischte ihren Geist, wie der Dampf und das Wasser ihren Körper erwärmten, und sie fühlte sich fast augenblicklich besser.

»Was ist das?« fragte sie Irene.

»Eins meiner eigenen Rezepte«, sagte die ältere Frau. »Und dieses hier ebenso.« Sie reichte Truth einen dicken weißen Becher, gefüllt mit einer dampfenden roten Flüssigkeit.

Truth nahm ihn und inhalierte tief. Starke süße Düfte von Orangen und Blumen und Honig drangen in ihre Nase.

»Das ist nur mein Stärkungsmittel mit heißem Wasser. Da ist nichts drin, was dir nicht bekommen könnte, nur ein bißchen Honig, Kräuter und Whiskey. Du wirst in ganz England keine Pfarrerstochter treffen, die nicht hin und wieder auf einen Schluck Lebenswasser schwören würde.«

Truth lächelte und schlürfte ein wenig, während sich die Wanne füllte. Der heiße Stärkungstrunk glitt ihr wie Öl durch die Kehle, glättete und heilte alles, was er berührte.

Als die Wanne voll und der Becher leer war, drehte Irene den Wasserhahn zu und nahm den Becher aus Truths Händen.

»Jetzt genieße das Bad, und dann ab ins Bett. Du wirst dich morgen wie neu fühlen.«

»Danke«, sagte Truth. Spontan drückte sie die ältere Frau an sich. »Du bist so lieb«, sagte sie.

Irene antwortete mit Tränen in den Augen: »Ach, Kind, es ist nicht mehr, als was ich dir schuldig bin – und *ihm*.«

Das entspannende Bad mit den Kräuteressenzen stellte Truths Gleichgewicht wieder her. Als sie die Wanne verließ und sich den dicken, mit Frottee gefütterten Flanellbademantel umlegte, den Irene ihr mitgebracht hatte, fühlte sie sich müde, aber auch bereit, die Dinge noch einmal mit ruhiger Vernunft zu betrachten.

Doch sie schloß ihre Tür ab, bevor sie ihr Notizbuch nahm und sich hinsetzte, um ihre Gedanken zu sammeln.

Ein paar Minuten später hatte sie ihre Eintragungen, die sich mit den Tagesgeschehnissen beschäftigten, abgeschlossen: von Ellis' kryptischen Warnungen während des Frühstücks bis zu Michaels kryptischen Warnungen vor dem Abendessen. Die Liste der Leute, die sie in Shadow's Gate nicht gewarnt oder bedroht hatten, wurde immer kürzer, und am Ende wäre die einzige Person, die übrig blieb, wahrscheinlich Light.

Truth hatte starke Schuldgefühle wegen ihres Verhaltens gegenüber Light früher an diesem Abend, aber Julian hatte gesagt, daß das Mädchen nichts davon mitbekommen habe, und nach Truths Erfahrungen mit der Trance entsprach dies wohl der Wahrheit. Dennoch wollte sie sie morgen aufsuchen und sich bei ihr entschuldigen. Truth hatte das etwas verstörende Empfinden, daß sie sich hier in Shadow's Gate keine Geringfügigkeit, nicht die leiseste Unhöflichkeit erlauben durfte.

Wie schade, daß niemand Fiona das gleiche gesagt hat, dachte Truth und lächelte in sich hinein.

Bevor sie ins Bett ging, kontrollierte Truth noch einmal, ob *Die leidende Venus* noch sicher verstaut war, und diesmal zog sie das Buch aus dem Versteck heraus. Hier in dem Haus, wo es wahrscheinlich geschrieben worden war, erschienen seine sonderbaren Archaismen zugänglicher. Vielleicht würde sie bei intensivem Studium die dem Buch zugrundeliegende Idee, seine Absicht erkennen. Bisher erschien es ihr mehr wie eine Mischung aus einem Kochbuch und dem Soufflierbuch eines durchgedrehten Stückeschreibers.

Truth blätterte in dem Buch, las diese und jene Stelle, als klaubte sie Blüten in einem Gewächshaus auf. Griechische Titel und lateinische Beschwörungsformeln, ägyptische Kostüme und nordische Gottheiten; Blackburn hatte sich bei dem Entwurf seines Kults ohne Zweifel mit synchretistischer Hand freizügig überall bedient – und dann die Stirn gehabt, das Ganze in eine Art keltisches Zwielicht zu tauchen und zu behaupten, er trachte nach der Rückkehr der Alten Götter von *Tir na Og*, dem Land der Jugend, und er selbst sei ein Sohn der *Sidhe*, dem Geschlecht der Feen.

»Menschlich – oder annähernd«, hatte Ellis gesagt.

Das Frühstück schien tausend Jahre her zu sein, doch seine Worte kehrten plötzlich zurück und verfolgten sie. Wenn Blackburn halb elfisch war, was war dann sie?

Schwachsinn! schnaubte sie verächtlich.

Doch vor zwei Tagen hätte sie der Gedanke noch nicht so nervös gemacht.

KAPITEL 8

Entdeckte Wahrheit

Es braucht zwei, um die Wahrheit zu sagen –
einen, der spricht, und einen, der hört.
HENRY DAVID THOREAU

Der nächste Tag – der dritte, den Truth in Shadow's Gate verbrachte, wenn sie den Tag ihrer Ankunft mitrechnete – war ebenfalls klar, wenn auch nicht ganz so strahlend, doch im Oktober war man für jedes gute Wetter dankbar.

Wie am Tag zuvor schien das Haus noch zu schlafen, als Truth ihr Zimmer verließ. Sie hätte gern mit Light gesprochen, ohne daß einer der Männer zugegen war, doch sie war nirgendwo zu sehen. Sie nahm sich vor herauszufinden, wo Lights Zimmer lag, sofern sie dabei nicht allzu sehr auffiel.

Bevor sie Gefahr lief, ein erneutes Frühstück mit Ellis zu teilen oder mit Fiona oder Michael zusammenzutreffen, entschied sich Truth für ein Frühstück in der Stadt, in dem mit Aluminium ausgekleideten Speiselokal, das sie gestern auf der Hauptstraße gesehen hatte. Sie nahm das Auto, einerseits weil sie ein Zweimeilen-Spaziergang vor dem Morgenkaffee nicht reizte, andererseits weil – wie sie sich eingestand – sie im Auto niemand so leicht anhalten konnte.

Aber das ist lächerlich! erhob ein Teil ihres Bewußtseins Einspruch. Ihr Argwohn näherte sich bedenklich dem Verfolgungswahn.

Lächerlich? Das sind die Visionen von Thorne Blackburn auch.

Ironischerweise wäre es Truth leichter gefallen, das Erlebnis beiseitezuschieben, wenn sie etwas mystischer oder verträumter veranlagt gewesen wäre. Was sie gesehen und gehört hatte, wäre nichts anderes als die Projektion einer streßbedingten Nervenkrise. Doch Truth – zumindest glaubte sie dies von sich – hatte Nerven wie Drahtseile, und gewöhnlich begann sie nicht über Erklärungen von Phänomenen zu brüten, bevor sie ihnen auf den Grund gegangen war. Und sie mußte Thorne Blackburn keineswegs für einen Priester-König und Magier halten, um zu wissen, daß sie ihn gesehen hatte – jedenfalls nicht, nachdem sie gestern herausgefunden hatte, daß Shadow's Gate aller Wahrscheinlichkeit nach ein Haus war, in dem es spukte.

Und sie wäre jede Wette eingegangen, daß sie wußte, wo sich die verborgene Quelle befand.

Warum hätte man sonst diesen merkwürdigen runden Raum, der einer Geschichte von Edgar Allen Poe zu entstammen schien, in die Mitte des Hauses gebaut? Die übermauerte Quelle mußte sich direkt unter ihm befinden.

Wie schon zuvor hellte sich ihre Stimmung auf, und ihre Gedanken wurden klarer, als sie das Anwesen verließ. Es fiel ihr nun schwerer, die Begebnisse der letzten Nacht ernst zu nehmen. Wenn das alles so weiterging, dann mußte Truth sich gut überlegen, ob sie überhaupt in Shadow's Gate arbeiten konnte. Die endgültige Entscheidung konnte aber warten, bis sie mehr Informationen gesammelt hatte, und die seltsamen Empfindungen mochten von selber verschwinden.

So hoffte sie. Denn es ließ sich nicht von der Hand weisen, daß sie noch Arbeit in Shadow's Gate zu erledigen hatte.

Das Frühstück gab ihr Gelegenheit, sich über einige der am Ort befindlichen Übernachtungsmöglichkeiten zu erkundigen, und nach dem Frühstück fuhr sie in den Hyde Park, zur Verwaltung der *Mid-Hudson Cellular Phone Company*.

»Ich möchte ein Telefon kaufen«, sagte sie zu einem gutaussehenden jungen Mann, der ihr erwartungsvoll entgegenkam, und das waren die letzten einfachen, klar verständlichen Worte, die für die nächste Stunde geäußert wurden.

Ein Handy war, nach Truths ungenauer Kenntnis, eine Art schnurloses und tragbares Telefon, das die Anrufenden per Satelliten und Kurzwellen statt per Telefonleitungen miteinander verband. Erleichtert stellte sie fest, daß die Anschluß- und Benutzergebühren, nachdem sie den Anfangspreis bezahlt hatte, mit ihrer normalen Telefonrechnung geschickt würden. Wenn der Telefonanschluß in Shadow's Gate so unsicher und eingeschränkt war, wie Julian angedeutet hatte, dann brauchte sie etwas, das sich verläßlicher und problemloser handhaben ließ, und sie hatte keine Ahnung, wie lange sie es benötigen würde.

Eine Stunde später hatte sie einen Dreimonats-Mietvertrag – den kürzest möglichen – für ein tragbares Telefon in ihrer Schultertasche, mit dickem Anleitungsbuch und der Gewißheit, daß sie es für mindestens 24 Stunden nicht benutzen konnte.

»Wir sagen lieber 72 Stunden«, meinte der Verkäufer, »denn nachdem wir den Auftrag zur Verrechnungsstelle geschickt haben, haben wir keinen Einfluß mehr darauf, was weiter passiert. Vorn in Ihrem Bedienungsbuch steht eine Testnummer, die Sie wählen können, um festzustellen, ob Ihr Gerät schon funktioniert.«

»Danke«, sagte Truth resigniert. Sie hängte sich das Telefon samt Tasche über die Schulter. Sich mit dem Verkäufer anzulegen, hätte ihr nicht weitergeholfen, aber sie hoffte doch, das Telefon heute noch für einen Anruf bei Tante Caroline benutzen zu können. Die Liste der Fragen, die sie beschäftigten, wurde immer länger.

Hatte Blackburn gewußt, daß Shadow's Gate ein Haus mit magnetischer Energie war? Wer war das Baby auf der Fotografie? Wie viele Kinder hatte der verantwortungslose Blackburn in die Welt gesetzt – und wo steckten sie jetzt? Was wußte Tante Caroline über Julian Pilgrim, den neuen Herrn von Shadow's Gate?

Na schön, dachte Truth in weiser Selbstbescheidung. Wenn sie ihre Neuanschaffung nicht benutzen konnte, dann konnte sie immer noch auf das Telefon in der Bücherei zurückgreifen, um in Stormlakken anzurufen.

Doch als sie zur öffentlichen Bibliothek von Shadowkill kam, mußte sie feststellen, daß es für einen Anruf schon zu spät war.

»Tut mir leid, Ms. Jourdemayne.« Janines Stimme war ausdruckslos und mechanisch. »Mrs. Jourdemayne ist heute früh gestorben.«

Truth hielt den Hörer fest umklammert, damit er ihr nicht aus der Hand fiel. Ein erdrückendes Gewicht legte sich über sie – nicht so sehr Schuld, sondern das erstickende Gefühl, einen fatalen Fehler begangen zu haben, der sich nicht mehr gutmachen ließ.

»Soll ich kommen?« fragte sie wie betäubt.

»Ich sehe dafür eigentlich keinen Grund«, sagte Janine etwas grollend. »Sie hat wirklich alles vorausgeplant. Das Beerdigungsinstitut hat ihren Leichnam heute morgen abgeholt und zur Leichenhalle gebracht, und Mrs. Jourdemayne hat eine Liste mit Personen hinterlassen, die eine Freundin von ihr aus der Bücherei benachrichtigen soll; ich warte nur noch auf sie, damit ich die Schlüssel übergeben kann. Sie hat an alles gedacht«, sagte Janine in einer Art Ehrfurcht. »Es gibt nichts, was noch zu tun wäre.«

In weiter Ferne hörte sich Truth leere Höflichkeiten sagen, dann konnte sie endlich den Hörer auflegen und gehen.

Sie wanderte ziellos umher, nahm nichts wahr als den Gehsteig unter ihren Füßen. Sie wußte nicht, wie lange sie so unterwegs war, aber schließlich hielt sie an und sah, ihren Blick nach oben richtend, den schönen gotischen Spitzbogen einer Kirchentür vor sich.

Sie sah sich das Schild an der Kirche an. Eine Episkopalkirche. Sie erinnerte sich, daß Tante Caroline sie als Kind zur Sonntagsschule gebracht hatte. Sie war sich nie sicher gewesen, wie religiös Tante Caroline war.

Die Tür stand offen. Truth ging die Stufen hinauf und betrat die Kirche.

Innen herrschte Stille; es war dunkel im Vergleich zur sonnenbeschienenen Straße. Durch ein Rosettenfenster hinter dem Altar fiel etwas Licht herein, und an den Seiten der Kirche befanden sich alte Buntglasfenster. Es war friedlich; der Gegenpol zu dem kreisrunden Raum in Shadow's Gate. Sowie sich ihre Augen an das Dämmerlicht gewöhnt hatten, setzte sich Truth auf eine der Kirchenbänke.

Nach einem Moment begann sie sich unwohl zu fühlen. Sie wollte ein Bekenntnis zu Tante Carolines Tod ablegen, eine feierliche Antwort auf ihr Hinscheiden finden, aber es ging nicht. Die harte Holzbank unter ihr schien auf eine unerträgliche Weise unbequem, und die leere Stille gellte in ihren Ohren.

Was suchst du nach Weisheit in dem Tempel des toten Gottes, Tochter der Erde? Du bist keine der Seinen!

Es war nur ihre hyperaktive Phantasie, die diese Worte formte und in ihrem inneren Ohr wiederklingen ließ, aber gleichzeitig genau die Art von mystischem Schwulst, den Thorne Blackburn geäußert hätte.

Tochter der Erde. Kind der Sidhe …

Jetzt, da es zu spät war, haßte sich Truth für jede ungenutzte Gelegenheit, für jede Frage, die sie ihrer Tante nicht gestellt hatte. Jetzt war ihre einzige Zeugin, von der sie etwas hätte erfahren können und der sie trauen konnte, unwiderruflich gegangen – die Frau, die vielleicht eine Brücke hätte bauen können zwischen dem, was Truth einst gewesen, und dem, was aus ihr geworden war – oder wurde.

Ach, hör auf, dich zu bemitleiden! schalt Truth sich selbst. Sie hatte gewußt, daß Tante Caroline im Sterben lag – sie hätte froh sein sollen, daß die Frau, die sie großgezogen hatte, schließlich der letzten Entwürdigung durch ein anonymes Krankenhaus und medizinische Apparate entgangen war. Caroline Jourdemayne war in ihrem eigenen Bett gestorben, dafür mußte man dankbar sein. Seit dem Tod ihrer Zwillingsschwester war Carolines Leben eine Bürde und schwere Verantwortung gewesen, keine Freude, und jetzt war sie befreit davon.

Truth hätte um ihretwillen froh sein sollen.

Wovor fürchtete sie sich dann so …?

Mit dem Gefühl, daß sich hinter ihr ein weiterer Fluchtweg geschlossen hatte, stand Truth auf und verließ die Kirche.

»Ich habe noch ein Buch für Sie gefunden«, sagte Laurel Villanova triumphierend.

Es war kurz nach eins, und Truth war zur Bücherei zurückgekehrt, um den Aufruhr ihrer Gefühle mit der historischen Erforschung von Shadow's Gate zu verdrängen. Arbeit war für sie immer eine Fluchtmöglichkeit gewesen, eine so löbliche Flucht, daß nur wenige merkten, was dahinter steckte: eine Flucht vor der Wirklichkeit, die nur Schmerzen bereithielt, und vor einer Welt, der sie nicht angehörte.

Bisher hatte es immer funktioniert. Auch diesmal würde es seine Wirkung nicht verfehlen. Dankbar legte sie die ganze Traurigkeit des Tages ab; sie würde das Rätsel von Shadow's Gate lösen – und das Rätsel von Thorne Blackburn.

Truth nahm den verstaubten, grün gebundenen Band von Laurel in Empfang, dankte lächelnd und setzte sich an den Tisch.

Der Fluß, an dem die Geister wandeln: Eine Geschichte des Spuks im Hudson Valley, so lautete der Titel. Truth öffnete das Buch und runzelte die Stirn. Blackburn hatte auch ein Exemplar dieses Buchs besessen – Truth hatte es in Julians Sammlung gesehen.

Copyright 1938. Sie blätterte zur Inhaltsangabe.

»Da ist auch ein Kapitel über Shadow's Gate«, sagte Laurel. »Ich habe es für Sie angemerkt.«

Truth sah das Stück Papier herausragen und blätterte das Buch an der Stelle auf. Zunächst sah sie ein Kunstdruckfoto von einem weitläufigen Nordstaatenhaus, lang und flach im Stil der Kolonialarchitektur des 18. Jahrhunderts, kalkweiß angestrichen. Unter dem Bild stand die Zeile: *»Shadow's Gate, erbaut 1780. Foto 1869.«*

Es war das dritte Haus.

Die Zeit verflog, während Truth Jourdemayne der Arbeit nachging, für die sie ausgebildet worden war: Tatsachen erforschen, um die dahinter liegende Wahrheit zu entdecken. Die Bücher, die sie gestern gelesen hatte, lagen noch immer auf dem langen Tisch zur Hand, zudem hatte Truth auch noch ihre Notizen, auf die sie zurückgreifen konnte.

Die Zeit verrann, und allmählich nahm die Geschichte, von verschiedenen Gesichtspunkten aus betrachtet und noch mit vielen Fragezeichen versehen, Gestalt an.

1780, im ersten Jahr der neuen Republik, wurde das dritte Gebäude – »und wir werden es Shadowgate nennen, nach Elkanah Scheidow, welcher der erste Siedler hier war« –, an der Stelle von Scheidows Handelsniederlassung erbaut, die – wie Truth jetzt wußte –, neben der Quelle gestanden hatte, von der der *kill* oder Fluß ausging. Kein Wunder, daß sie es Scheidow's *kill* genannt hatten, wenn er sein Geschäft gleich daneben errichtet hatte.

Das Haus von 1780, das weniger als hundert Jahre später in den Geschichtsbüchern nicht mehr erwähnt wurde, war von einem der Nachkommen des *patroons* gebaut worden. In den knapp anderthalb Jahrhunderten, seit Elkanah Scheidow zum ersten Mal in diese üppige und rauhe Wildnis gekommen war, hatte sich der Besitz der Familie beachtlich vermehrt. Jede Generation baute auf dem Vermögen der vorhergehenden auf, und durch alle politischen Unsicherheiten und Fährnisse des Schicksals schaffte es die Familie, das Land zu behalten, das ihr ursprünglich übereignet und dann noch einmal von der britischen und der neuen amerikanischen Regierung formell zugesprochen worden war. Land war Reichtum. Das neue Haus sollte das widerspiegeln. Seine Fenster kamen aus Holland, seine Maurer aus New York City.

Das konnte aber nicht die andere, weithin bekannte Tatsache vergessen machen, die mit dem Geschlecht der Scheidows in Verbindung gebracht wurde.

Vor anderthalb Jahrhunderten hatte Elkanah Scheidow eine der heiligen Stätten einem indianischen Stamm der Gegend abgeluchst, um darauf seine Handelsniederlassung zu gründen. Vielleicht hatte er ursprünglich einfach nur vorgehabt, sein Geschäft auf neutralem Grund zu errichten, um von Stammesfehden möglichst verschont zu bleiben, doch das Ergebnis war, daß er ein Gesandter der *manitou*, Wächter der indianischen Geisterwelt, wurde. Mit einer so großen unsichtbaren Macht auf seiner Seite blühte Elkanahs Handel – hatte aber auch seinen Preis.

Die *manitou*, wenn man den Gerüchten der Zeit Glauben schenken wollte, waren mit der Anwesenheit des Eindringlings durchaus einverstanden – vorausgesetzt, daß er ihnen ebenso diente wie seine Vorgänger. Schon um 1780 begann ein seltsamer Ruch des Mißgeschicks über dem Haus zu schweben, das eines Tages Shadow's Gate heißen sollte.

Truth setzte aus der Familiengeschichte Stück für Stück ein bedrückendes Mosaik anhaltenden Unglücks zusammen: Hier starb ein Säugling, dort ein Kind. In der Quelle, die den Fluß wie das Städtchen hervorbrachte, starben so viele, daß Scheidows Enkel im Jahre 1684, nach dem Tod seines jüngsten Bruders, sie wie einen Brunnen ummauern, abdecken und ein Brunnenhäuschen errichten ließ, mit einer Tür, zu der er als einziger den Schlüssel hatte. Kurz darauf starb er, die Dokumente nannten keinen Grund. Doch Truth konnte sich mühelos vorstellen, wie er in einer stürmischen Nacht das Haus verließ, das Brunnenhaus öffnete und hineinging, die Abdeckung abnahm, um zur Quelle hinunterzuklettern, *und die Abdeckung von innen her wieder zuzog*.

Truth rief sich zur Raison: Sie wußte nicht und würde es nie wissen, wie Tobias Scheidow ums Leben gekommen war. Was sie wußte, war, daß beim Bau des dritten Hauses die Quelle in den Baukörper integriert wurde und alle Hinweise auf ihre genaue Lokalisierung für immer zerstört waren.

Mit der Abdeckung der Quelle im Jahre 1684 hörten die Berichte über Ertrunkene auf, doch andere Heimsuchungen schienen damit noch lange nicht gebannt. Und in jeder Generation gab es ein Mitglied in der Familie, das spurlos … verschwand.

Es ließen sich jede Menge Erklärungen dafür finden: Heirat, nicht erwähnter Tod, Familienskandal. Truth ärgerte sich, daß sie hier nicht nachforschen konnte, aber sie verfügte wirklich nicht über die Mittel, um zu entscheiden, ob jedes Verschwinden eine mysteriöse Ursache hatte. Aber die Abkömmlinge der Scheidows verschwanden ohne jeden Zweifel, und es waren keineswegs die Kinder: Etwa alle 25 Jahre machte sich ein erwachsenes Mitglied der Familie aus dem Staub.

Die Scheidows waren in Dutchess County wirtschaftlich wie politisch von großem Gewicht; in jenen Tagen war das Wort von einem Scheidow Gesetz und ein Skandal etwas, das man lieber vermied. Weder in den Lokalzeitungen noch in den Familienchroniken fand Truth erschütternde Verlustmeldungen oder einen Hinweis auf Schimpf und Schande, vor denen jemand floh.

Doch im Gegensatz zu den Zeitungen und Chroniken waren die Stammtafeln der Scheidows akribisch geführt, und wenn man das Muster erst einmal erkannt hatte, fand man die seltsamen Abgänge schnell. Ein Erwachsener in jeder Generation, der die Seinen verließ, ohne daß eine der Zeitungen dies anzeigte, die ansonsten eifrig alle Geburten, Todesfälle und Heiraten der Nachkommen des Stadtgründers vermerkten.

Die anderen Dinge, die Truth entdeckte – indem sie die unbewiesenen Behauptungen aus *Der Fluß, an dem die Geister wandeln* überprüfte, soweit es ihre Mittel erlaubten –, schienen in das sich abzeichnende Modell zu passen, das sie zu erkennen gelernt hatte, wenn Spuk und andere unerklärliche Geschehnisse im Spiel waren.

Es gab fortgesetzte Berichte über einen schwarzen Hund, der durch Mauern ging, über Lichter an seltsamen Orten zu seltsamen Zeiten, eine Kälte, die nicht abnahm, sowie die plötzliche unerklärliche Flucht von Hausgästen. Um 1800, so versicherte ihr das Buch, war bis ins ferne New York City bekannt, daß das Haus der Scheidows heimgesucht war.

Was das überragende Ereignis betraf, von dem das Buch sprach, so hätte es Truth sicher Jahre gekostet, um es zu bestätigen oder zu widerlegen. Es schien der Welt von Schundromanen und Revolverblättern zu entstammen, auch wenn es erst sechzig Jahre nach dem Geschehen rekonstruiert worden war, von einem Autor, der nach eigener Aussage zu jener Zeit als Kind in Shadowkill gelebt hatte.

Die Tatsachen, wenn man von solchen sprechen wollte, sahen kurz gefaßt so aus: Im April 1872 erhob Elijah Cheddow, ehemaliger Hauptmann der Unionsarmee bei der Niederschlagung des Südstaatenaufstands, die Axt gegen seine Frau, Zwillingstöchter und seinen Sohn (dieser noch ein Kind) sowie gegen alle Hausangestellten, und danach legte er Feuer und brannte das Haus bis auf die Grundmauern nieder.

Ihre Sterbedaten, wie sie in der Stammtafel festgehalten waren, stimmten überein. Das Feuer hatte es ganz gewiß gegeben, wenn man einem Zeitungsbericht vertrauen durfte, der ansonsten aber fast aufreizend zurückhaltend war und sich auf die nackten Tatsachen beschränkte, daß ein Feuer ausgebrochen sei, sich aber nicht ausgebreitet habe. Der Bericht erwähnte noch nicht einmal irgendwelche Toten, obwohl Truth die Todesdaten von Sarah, Elizabeth, Amy und dem Cheddow-Jungen in der Stammtafel überprüft hatte.

Zu Elijahs Tod gab es kein Datum.

Was den Rest der greulichen Geschichte anbelangte, so erhielt sie den Stempel »Nicht bewiesen« und landete in einer Gruft im örtlichen Legendenschatz. Ein Ende wie ein Paukenschlag für eine wahrscheinlich höchst abstoßende Familie. Nur, tatsächlich war es nicht das Ende, denn ein entfernter Vetter, Nathaniel Cheddow, kam her und baute, Gott weiß warum, ein weiteres Haus auf dem unglückseligen Grund ...

»Ms. Jourdemayne? Es ist halb sieben. Wir schließen gleich.«

Truth blinzelte und sah benommen zu Laurel auf. Erst jetzt bemerkte sie, wie dunkel es in dem Raum war. Dann erreichten sie die Worte des Bibliothekars.

»Halb sieben!« stöhnte sie. Sie war zu spät dran, wenn sie im Moment auch noch nicht wußte, zu was. Truth klaubte ihre Notizblätter und Entwürfe zusammen und erhob sich steif. Nachdem sie ihre Handtasche über die Schulter gehängt hatte, steckte sie sich die Bücher unter den Arm. »Kann ich sie ausleihen?«

Laurel zögerte. »Naja, wir geben sie ungern außer Haus, aber Sie gehören zur Fakultät von Taghkanic ... Ich denke, das ist in Ordnung.«

Truth korrigierte Laurels Fehleinschätzung nicht, da sie die Bücher wollte. Abgesehen davon arbeitete sie ja am Taghkanic, wenn nicht sogar dafür. Sie zeigte ihren Bibliotheksausweis, trug die Titel in der Verleihliste ein und verließ die Bücherei. Sie beglückwünschte sich für ihren Entschluß, daß sie am Morgen mit dem Auto gekommen war. Im Nu war sie zurück auf der Straße nach Shadow's Gate.

Das ein Spukhaus war. Ein erstklassiges, spitzenmäßiges, rekordverdächtiges Spukhaus, das es mit jedem irischen Gespensterschloß aufnehmen konnte.

Und das erklärte alles, was Truth über Thorne Blackburn wissen mußte.

Als sie unter den Bogen des Pförtnerhauses fuhr, war das Tor verschlossen. Sie wollte schon aussteigen und es selbst öffnen, da trat Gareth aus dem Haus und blinzelte in das Licht ihrer Scheinwerfer. Hinter dem Gitter sah er aus wie ein wildes Wesen in einem Käfig.

Als er Truth erkannte, hantierte er am Schloß herum, schob einen der schmiedeeisernen Torflügel auf und kam zu ihr.

»Gut, daß Sie kommen, Truth. Ich wollte das Tor schon für die Nacht abschließen. Sie hätten dann im Haus anrufen oder das Auto hier abstellen und den Rest zu Fuß gehen müssen.«

Gareth wies auf einen Telefonkasten in der Durchfahrt. Truth erinnerte sich an ihr Handy, das sie erst an diesem Morgen gemietet hatte. Sie fühlte einen heimlichen Triumph: Sie verfügte über Verbindungsmöglichkeiten, von denen Shadow's Gate nichts ahnte.

Shadow's Gate? Oder Julian?

»Danke, daß Sie hier sind. Ich hoffe, niemand hat sich Sorgen gemacht; ich bin in meiner Forschungsarbeit versunken und habe die Zeit vollkommen vergessen.« Sie hatte das seltsame Gefühl, Gareth irgendeine Erklärung schuldig zu sein. Und Julian eine Entschuldigung. Sie verhielt sich, als wäre Shadow's Gate ein Hotel!

Gareth grinste. »Das ist eine Erklärung, die Julian sicher nachfühlen kann – manchmal geht er in die Bücherei und kommt erst nach Wochen wieder heraus. Ich rufe ihn jetzt an und sage ihm, daß Sie zurück sind, dann können Sie einfach ins Haus gehen und sich frisch machen. Das Abendessen findet um halb acht statt.«

»Wieder ein Gelage heute abend?« scherzte Truth. Sofort tat es ihr leid, als sie den veränderten Ausdruck von Gareths Gesicht sah; leicht verschlossen, fast heimlichtuerisch blickte er plötzlich drein, was gar nicht zu seinen offenen Gesichtszügen passen wollte.

»Ja. Mhm. Na, wir sehen uns dann.« Er öffnete die andere Torhälfte, trat zurück und winkte sie durch.

Sie fuhr langsam an ihm vorbei. Ihre Scheinwerfer schnitten helle Bögen in den Wald, der dicht bis an den Fahrweg reichte. In der Oktobermitte war das Laub an den Ästen noch gelb, orange und rot, und die Reifen hatten auf dem rutschigen Boden nur wenig Haftung.

Dessen wurde sie sich schmerzlich bewußt, als plötzlich ein Hirsch vor ihr auftauchte, der wie gelähmt ins Autolicht starrte. Er war gewaltig; sein Fell war fuchsrot, und sein prächtiges Geweih leuchtete wie poliertes Gold. Es war der größte Hirsch, den sie je gesehen hatte.

Sie versuchte zu bremsen, merkte aber, daß es nicht ging. Das Auto geriet ins Schleudern, schien mit dem Heck vorausdrehen und mit der Seite gegen das Tier prallen zu wollen – so würde sie den Hirsch töten und das Auto zu Schrott fahren.

Verzweifelt kämpfte Truth gegen die physikalischen Gesetze an, warf das Steuer bis zum Anschlag herum und trat auf die Bremse. Schließlich kam das Auto zum Stehen.

Sie schaute sich um. Der Hirsch, der den ganzen Wirbel verursacht hatte, war nirgendwo mehr zu sehen.

Truth kurbelte ihr Fenster herunter und blickte sich suchend um, obwohl sie wußte, daß das Tier wahrscheinlich schon über alle Berge war – jedenfalls hatte sie es nicht angefahren! Während sie noch Ausschau hielt, fesselte ein weißer Fleck zu ihrer Linken plötzlich ihre Aufmerksamkeit. Weiß und vierbeinig ... Sie schaute angestrengt und fragte sich, ob es vielleicht ein weißer Hirsch wäre, doch dann erkannte sie ein weißes Pferd. Seine Augen leuchteten im Licht der Scheinwerfer rot, als es sich umwandte und lostrabte, zuerst ein Flackern zwischen den Bäumen, dann nur noch ein Fleck, dann war es ganz verschwunden. Truth hatte keinen Reiter gesehen. Als sie lauschte, hörte sie, wie das Hufgetrappel sich langsam in der Stille verlor.

Du kannst von Glück sagen, daß dir nichts passiert ist! sagte sich Truth. Jetzt, da alles vorbei war, erkannte sie, welches Glück sie gehabt hatte; sie war nicht schnell gefahren, aber mit einem solchen Tier zusammenzustoßen …

Truth runzelte die Stirn und startete ihren Wagen neu. Das Wild, das im Herbst auf den Campus kam und die Äpfel fraß, hatte mit dem Hirsch nicht die geringste Ähnlichkeit. Er war doppelt so groß, und er hatte rotes Fell anstatt des graubraunen Winterpelzes des Taghkanic-Wilds.

Ein kapitaler Hirsch.

Was sie mit ihren Scheinwerfern angestrahlt hatte, war das lebende Abbild des oft kopierten Gemäldes von Landseers »König der Bergschlucht« – ein großer, roter Hirsch, wie es ihn auf den Hochebenen in Schottland und in Irland gab.

Und das weiße Pferd …

»Der rote Hirsch und das weiße Pferd«, sagte Truth laut und erinnerte sich an Lights Worte. Aber die Tiere waren nicht durch Lights Visionen heraufbeschworen worden. Weit gefehlt – sie waren die Ursache der Visionen. In dieser Gegend hielten sich viele Leute Nachzüchtungen oder exotisches Getier, von Straußen bis zu Auerochsen, und Shadowkill war nur wenige Meilen von Millbrook Hunt Country mit seinen weltberühmten Pferdezuchten entfernt. Es war wohl nicht allzu schwierig, darunter einen roten Hirschen und ein weißes Pferd ausfindig zu machen – wahrscheinlich hatten sich die beiden in der Zeit, als der Besitz unbewohnt gewesen war, angewöhnt, hier umherzustreifen. Vielleicht gehörten sie sogar Julian.

Solange er keinen grauen Wolf aufbietet, mit einem schwarzen Hund werde ich schon noch fertig, dachte Truth mit einem Anflug von Galgenhumor.

Dann war sie angekommen.

Die Haustür war wie am Abend zuvor nicht verriegelt. Truth fragte sich, ob die Tür immer offenstand oder ob Gareth sie abends, wenn er vom Pförtnerhaus kam, abschloß. Sie fand es ungerecht, daß Gareth die meiste Zeit da draußen verbringen mußte. Was er dort wohl den ganzen Tag trieb? Aber selbst

Truth mußte zugeben, daß ein Torwächter wahrscheinlich nötig war. Auch wenn Shadow's Gate auf dem Lande lag, so änderte das nichts an der Tatsache, daß es keinen sicheren Ort auf der Welt gab.

Als Truth das Haus betrat, hörte sie leises Stimmengemurmel aus dem Salon, in den sie an ihrem ersten Abend geführt worden war. Sie sah auf ihre Uhr und runzelte die Stirn. Sieben Uhr. Sie hatte über eine Viertelstunde gebraucht, um den Fahrweg von fünf Minuten bis zum Haus zurückzulegen!

Nichts Ungewöhnliches, unter den Umständen. Du fängst langsam an, dich wie eine Figur aus diesen Büchern von Whitley Streiber zu verhalten – als nächstes siehst du noch kleine Außerirdische mit großen Augen, schalt sie sich selbst. Immerhin hatte sie noch Zeit, sich vor dem Abendessen frisch zu machen.

Der Tag war so ereignisreich gewesen, daß alles andere dagegen bedeutungslos erschien. Ihre »Vision« von Thorne – die anderen Kinder – ihre Rekonstruktion der Geschichte von Shadow's Gate mitsamt den Hinweisen auf den wahren Hintergrund – der rote Hirsch und das weiße Pferd – alles stritt in ihr darum, die erste Stelle einzunehmen, und alles wurde von der Tatsache beiseite geschoben, daß Caroline Jourdemayne tot war.

Aber sogar dies wurde noch verdrängt von dem, was Truth sah, als sie die Tür zu ihrem Zimmer öffnete.

Wenn sie nicht krank war – oder erschöpft wie gestern abend –, war Truth Jourdemayne peinlich auf Ordnung und Sauberkeit bedacht, sowohl was sie selbst als auch was ihre Dinge betraf. An diesem Morgen, bevor sie das Haus verließ, hatte sie alles sorgfältig in Schubladen und Wäscheregalen verstaut, bis das Zimmer beinahe unbewohnt aussah.

Doch als sie jetzt ihr Zimmer betrat, fand sie etwas anderes vor.

Die Schubladen der alten Ahornkommode standen weit offen, ihr durchwühlter Inhalt ragte in Stoffbergen hervor, und der Drehspiegel stand schief. Der Morgenmantel, den Irene ihr geliehen hatte, lag zerknautscht am Boden – obwohl Truth ihn an diesem Morgen auf einem Bügel in den Schrank gehängt hatte. Das ganze Zimmer trug die Spuren einer eiligen, aber rücksichtslos gründlichen Durchsuchung.

Das Buch! Ihr Herz raste, als sie neben dem Bett niederkniete und zwischen Matratze und Sprungfederrahmen umhertastete … Es war weg, sie wußte es, und dieser Verlust war mehr, als sie verkraften konnte …

Ein Wimmern der Erleichterung entfuhr ihr, als ihre Finger den Buchrücken berührten. Ihre Hände zitterten, als sie das Buch unbeschädigt aus dem Versteck hervorholte. Truth schloß die Augen fest, Tränen der Dankbarkeit traten hervor, als sie *Die leidende Venus* an ihre Brust drückte.

Das darf nie wieder passieren! dachte Truth aufgebracht. Sie mußte einen sicheren Ort für das unschätzbare Zauberbuch finden – einen Platz, an den niemand so einfach heran konnte.

Das sieht mir gar nicht ähnlich – dachte Truth in einem Moment verzweifelter Selbsteinsicht. Warum machte dieses Haus aus ihr eine verrückte Hysterikerin – und warum kam sie dennoch immer wieder her?

Es ist keine Hysterie. Es hat seinen guten Grund, versicherte die fremde innere Stimme. *Du hast hier eine Aufgabe zu erledigen.*

Sie schüttelte den Kopf und versuchte, ihre Erregung unter Kontrolle zu bekommen. Ihre Gefühle schienen alle um das Buch zu kreisen – vielleicht, wenn sie es irgendwo sicher verwahrte, hörten diese ich-fremden Angstanfälle auf. Das Buch noch an sich haltend, entleerte sie den Inhalt ihrer Tasche auf dem Bett. Kassettenrekorder, Ersatzkassetten, Notizbuch – die Tasche war groß genug, um *Die leidende Venus* und das meiste von dem anderen aufzunehmen.

Sie steckte das Buch hinein und schloß die Klappe der Handtasche, um es zu verbergen. Gut. Sie brauchte nun nur noch nach unten zu ihrem Auto zu gehen und es im Kofferraum einzuschließen. Dann konnte sie in Ruhe zurückkehren und herausfinden, wer zum Teufel die Frechheit besaß, in ihrem Eigentum herumzuwühlen, als ob es sich um ein Sonderangebot im Supermarkt handelte!

Sie hängte sich ihre Tasche, nun überraschend schwer, über die Schulter und hielt inne. Sie könnte ebensogut ihren Schmuck mit hinunternehmen.

Doch als sie ihn holen wollte, war er fort.

Beunruhigt, verärgert und immer wütender durchsuchte Truth die beiden oberen Schubladen der Kommode, wie es kein Dieb gründlicher getan hätte. Der Ring und die Halskette waren verschwunden.

Gestohlen.

Von wem? Die Frage ließ sie laut auflachen, und es klang gereizt und überdreht. Wer war nicht verdächtig? Normalerweise hätte sie am ehesten Fiona Cabot verdächtigt, da sie keinerlei Skrupel zu haben schien, doch in Hinblick auf das, was fehlte – der Schmuck, der zu Thorne Blackburns Ritualen gehörte –, kamen auch alle anderen in Frage: Ellis der Zyniker, Michael der Mystiker, Julian – der eine überlegene Distanz vorgab, die er aber im Grunde nicht haben konnte –, Irene …

Ich hasse diese Leute! Ich hasse dieses Haus! Alles, was ich will, ist: weg von hier! schrie eine kleine, zornige Stimme in ihr. Aber das stimmte so schon nicht mehr – wenn es das überhaupt je getan hatte.

Sie mußte an Light denken. Light – die vielleicht sogar ihre Schwester war.

Sie schob die Tasche an ihrem Riemen höher die Schulter hinauf und verließ das Zimmer.

Truth wollte nur hinaus zum Auto gehen, das Buch verstecken und sich wieder ins Haus stehlen, bevor irgend jemand etwas merkte – natürlich konnte sie auch einfach einsteigen und davonbrausen. Das wäre wahrscheinlich das Klügste, was sie tun konnte – sie könnte Julian später anrufen und ihm sagen, daß Tante Caroline gestorben war; das wäre ein Grund, der jedermann einleuchten würde …

Geh jetzt, und die anderen nehmen alles, was dir gehört.

Dummerweise bog sie am Fuß der Treppe in die falsche Richtung ab, die sie an der Tür vorbeiführte, hinter der sich die Sammlung der Blackburniana befand.

Die Tür stand offen.

Truth ergriff den Türknauf, um die Tür zu schließen, und wich erschrocken zurück. Der Griff war eiskalt – so kalt, als wäre er im tiefsten Winter tief unter Schnee vergraben. Schon von der kurzen Berührung schmerzten ihr die Finger.

Unnatürlich kalt…

Vorsichtig schob Truth die Tür weiter auf. Im Raum war es dunkel, die hohen Fenster neben dem Kamin spiegelten das Abendrot der Dämmerung. Das Feuer im Kamin war auf einen Rest orange glühender Kohlen zusammengesunken.

Unwillkürlich betätigte Truth den Lichtschalter. Ein Gefühl wissenschaftlichen Triumphs erfüllte sie, als das Licht an der Decke aufstrahlte, dann in der Leuchtkraft etwas abnahm, als ob ein Teil der Energie, die es speiste, von irgendeiner unbekannten Instanz für einen anderen Zweck abgezweigt würde.

Dann sah sie Light.

Das Mädchen trug das weiße Gewand, das Truth am Abend zuvor an ihr gesehen hatte. Sie kauerte wie ein Fötus zusammengekrümmt vor dem sterbenden Kaminfeuer, und ihr Haar hing wie ein spinnenwebartiges Totenhemd aus silberner Seide um sie herum. Truth konnte nicht erkennen, ob sie atmete oder nicht. Wenn der Raum so kalt war, wie es der Türknauf anzeigte, dann konnte Light dort nicht lange überleben.

Truth zögerte keinen Augenblick. Als sie die Schwelle überschritt, traf sie die bittere Kälte bis ins Mark. Sie hatte recht gehabt. Es war lebenswichtig für Light, daß sie hier herauskam.

Truth warf einen Blick auf das Gemälde über dem Kamin. Etwas an ihm hatte sich verändert, und bald erkannte sie, was es war. Das Porträt von Thorne Blackburn trug die Bernsteinkette und den Siegelring.

Ach. Wie merkwürdig, dachte sie befremdet. Aber sie hatte jetzt keine Zeit, über unwichtige Geistererscheinungen und deren verborgene Omen nachzugrübeln. Nur die Tiefe des schwach beleuchteten Zimmers trennte sie noch von Light. Doch es zu durchqueren, war nicht weniger anstrengend, als aus eigener Kraft die Außenmauer eines Gebäudes hinaufzuklettern.

Als sie sich vorwärtsbewegte, schien der mit großen Dielen ausgelegte Boden sich unter Truths Füßen zu neigen und zu schwanken. Um sie her krümmte sich der Raum und schimmerte, als ob sie ihn durch Wasser wahrnähme. Sie konnte

Light nicht mehr erkennen und hoffte nur, daß sie in ihre Richtung ging.

War es das, was Elijah Cheddow in der Nacht gesehen hatte, als er den Fluch von Shadow's Gate beenden wollte, indem er seine ganze Familie erschlug?

Die Kälte war schneidender als jede Winterkälte, die sie erlebt hatte, und eine Schwäche ergriff Besitz von ihr, als blutete sie aus einer offenen Wunde. Während sie sich weiter in den Raum vorkämpfte, kam ihr zum erstenmal die Ahnung, daß die Rettung, auf die sie sich eingelassen hatte, vielleicht undurchführbar war, daß sie und Light vielleicht beide hier sterben würden – Opfer von etwas Unwirklichem.

Es war entsetzlich und absurd, hier gegen eine nebelhafte Macht um das nackte Leben zu kämpfen, während wenige Zimmer weiter sich Leute miteinander unterhielten und lachten und ans Abendessen dachten – einfach lebten …

Die Zeit verlor ihre Bedeutung, wie in den entlegensten Fernen des Deliriums. Aus irgendeinem Grund schien es nach einer Weile vorteilhafter zu kriechen, und so erreichte Truth Light auf Händen und Knien.

Der Körper des Mädchens war steif und leblos, ihr weißes Fleisch hart und kalt, doch Truth, wild entschlossen, versenkte ihre tauben, froststarren Hände in das Kleid des Mädchens und begann daran zu ziehen. Lights Körper gab nach und folgte der Richtung, in die Truth sie zog. Einmal hielt Truth an, um sich am Tisch aufzurichten, dann schleppte sie ihre eisige Last weiter.

Ihr Blut war nur noch ein schmerzendes Brausen in ihrem Kopf, und die sauerstofflose Luft nahm ihr jede Energie. Stehenbleiben bedeutete Tod, doch Truth wußte, daß sie keine körperlichen Reserven mehr hatte, um weiterzugehen. Aber gleichgültig, wie nah sie ihrem Ende war, es kam ihr nicht in den Sinn, Light im Stich zu lassen.

Plötzlich umfaßten starke Arme – Arme aus der ersten Welt, der Welt des Lebens – ihre Hüfte und verliehen ihr Kraft. Sie zogen sie rückwärts. Einen verzweifelten, ewigen Augenblick lang dachte Truth, daß auch dies nicht reichen würde, um sie vor der Macht zu retten, die sie immer tiefer in den Raum sog.

Doch dann ließ das Gleichgewicht der Kräfte nach, und sie waren frei. Truth taumelte rückwärts über die Türschwelle, und sie hielt das schlaffe Gewicht der kalten, ohnmächtigen Light in ihren Armen.

Die Kälte brach sofort ab.

»Julian!« stieß Truth keuchend hervor, als sie ihren Retter erkannte. »Oh, mein Gott…«

Julians sonstiger Gleichmut war ins Wanken geraten. Seine schönen Gesichtszüge waren angespannt, fast lag ein Ausdruck von Angst unter seiner starren Maske der Selbstkontrolle.

»Was…?« sagte er und sah benommen auf. Dann kniete er neben Light nieder, nahm ihre eisigen Finger in seine Hände, und sein Verhalten änderte sich plötzlich. Er wiegte das bewußtlose Mädchen an seiner Brust, bis er merkte, daß es nichts half.

»Sind Sie in Ordnung, Truth?« fragte er und hob seinen Blick. »Wir müssen sie wärmen. Sie erfriert sonst.«

Truth nickte bebend. Sie zitterte noch vor Kälte, ihre Zähne schlugen aufeinander, doch Light befand sich in größerer Gefahr und brauchte die Hilfe dringender.

Julian stand auf, Light in seinen Armen, und ging zur Treppe. Truth schwankte hinterher und sah sich noch einmal um.

In der Bibliothek strahlten die Lichter hell, und die Flammen eines prasselnden Feuers loderten im Kamin. Über dem Gesims trug die Figur auf dem protzigen Gemälde weder Kette noch Ring.

Sie folgte Julian und Light die Treppe hoch. Ihre Muskeln schmerzten, als die Wärme in sie zurückkehrte. Das Zimmer des Mädchens lag zwei Stockwerke über dem von Truth, dort, wo früher die Bediensteten untergebracht waren. Darüber befanden sich nur noch das Dachgeschoß und die vier Turmzimmer, in denen Truth schon Licht gesehen hatte. Den Weg zu ihnen kannte sie aber nicht.

Die Tür, die sie auf Julians Geheiß öffnete, führte in ein kleines, gemütliches Zimmer mit schräger Decke. Die weißen

Spitzenvorhänge am Fenster waren schon etwas mürbe; als Truth sie zuzog, konnte sie die vielen Winkel im Dach von Shadow's Gate und ein Stückchen von der zentralen Kuppel sehen. Sie drehte sich um, als Julian Light auf das Bett legte. Er begann sie mit der klinischen Sachlichkeit eines Arztes auszuziehen.

»Ihre Nachthemden sind im Kleiderschrank. Können Sie mir eines davon geben?«

Sie fand sie sofort. Julian streckte seine Hand aus, doch Truth preßte das Hemd an sich, als sie Lights zarten, seltsam unerwachsenen Körper sah.

Schmale weiße Narben waren überall auf ihrem Rücken und ihren Schenkeln, und vereinzelt sah man den tiefen violetten Krater einer Zigarettenverbrennung.

Julian riß ihr das Nachthemd mit einem Ruck aus den Händen. »Was starren Sie so? Ich habe Ihnen erzählt, daß sie in einer Anstalt war«, sagte er grob. Zupackend und sanft zugleich zog er das Hemd über Lights schlanke Gestalt. Die Augen des Mädchens blieben geschlossen, sie gab nicht das geringste Zeichen von sich, daß sie bei Bewußtsein war.

»Sie ist gefoltert worden!« sagte Truth außer sich.

»Das wurde schon immer für ein besonders überzeugendes Argument gehalten, von Leuten, die glauben, andere müßten die Welt mit den gleichen Augen betrachten wie sie«, antwortete Julian mit müder Verachtung. »Glauben Sie etwa, *ich* habe sie gefoltert? Zünden Sie die Kerze unter dem Rechaud an – ich möchte Ihr etwas Branntwein warm machen«, fügte er knapp hinzu.

Julian deckte Light liebevoll zu, während Truth das Rechaud mit dem Teelicht und einer großen Schachtel Streichhölzer auf einem niedrigen Kabinettschrank fand. Sie zündete eines an, hielt die Flamme an den verkohlten Docht der kleinen Kerze, und dann wölbte sie ihre Hände über die Wärme. Es ging ihr jetzt besser, obwohl sie bezweifelte, daß sie sich je wieder wirklich warm fühlen könnte. Und Light war sehr viel länger in dem Raum gewesen.

»Julian, meinen Sie nicht, wir sollten einen Arzt rufen? Ich meine ...«

Julian fuhr herum, bemüht, ein freundliches Gesicht zu machen. »Um ihm was zu sagen? Daß sie beinahe erfroren wäre – vor einem lodernden Feuer in einem geschlossenen Raum im Oktober? Selbst wenn mir eine einigermaßen plausible Lüge einfiele, hätte Light Angst vor Fremden. Ich möchte sie dem nicht aussetzen.«

Er kam zu dem Kabinettschrank und öffnete ihn. Truth war erstaunt, darin eine ganze Auswahl von Süßigkeiten zu entdecken, von getrockneten Früchten und Studentenfutter bis zu Bonbons aus kristallisiertem Honig und Ahornzucker, als wäre es das Naschversteck eines unartigen Kindes.

Einiges davon entsprach allerdings keinem Kindergeschmack. Julian nahm eine Flasche Branntwein und eine Tüte mit kristallisiertem Honig heraus.

»Bei einem Schock verliert der Körper Zucker, und alle Formen psychischer Außenweltkräfte versetzen dem Nervensystem eine Art Schlag«, erklärte er, »so daß es zum Abfluß vitaler Energien kommt, die ersetzt werden müssen.« Er goß eine halbe Porzellantasse voll, stellte sie über die Flamme und füllte dann den festen Honig hinzu, bis die Tasse voll war. »Alkohol ist das schnellste Mittel, um die Chakren zu schließen, also die Zentren der psychischen Kraft, die im menschlichen Körper entlang dem Rückenmark angesiedelt sind. Es ist leicht, ihn zu mißbrauchen, weswegen so viele unserer Leute als Adepten beginnen und als Alkoholiker enden.«

»Wie Ellis?« fragte Truth. Sie setzte sich auf einen Stuhl neben Lights Bett und griff unter die Daunendecke, um Lights kalte Hände mit ihren eigenen zu wärmen.

»Wenn Sie so wollen. Der Abgrund ist die größte Herausforderung in der Entwicklung eines Magiers. Die meisten von ihnen bestehen diese Prüfung nicht – so wie Ellis. Wer weiß, wie es Thorne ergangen wäre?« sagte Julian abwesend und rührte den übersüßen Trank mit einem Teelöffel um. »Nur noch ein paar Minuten«, sagte er.

Truth betrachtete sorgenvoll Lights regungsloses Gesicht. Sie atmete normal, wenn auch etwas schwach, doch ihr Gesicht war so leblos, so bleich …

Die Erinnerung an das, was sie beide in der Bibliothek durchgemacht hatten, kehrte zurück, und sofort wehrten sich ihre Gedanken instinktiv dagegen. Thornes Bild hatte sich nicht geändert. *Das hast du phantasiert.* Doch warum sollte sie einerseits die objektive Wirklichkeit der Kälte, der Desorientierung, der Dunkelheit zugeben, und andrerseits die Verwandlung des Gemäldes für Halluzination halten? Das machte keinen Sinn. Fürchtete sie sich, daß doch etwas von Thorne Blackburn nach all den Jahren in Shadow's Gate überlebt hatte – überlebt, sich bewegt und gehandelt?

»Julian, wir müssen miteinander reden.«

»Einverstanden. Ah, ich glaube, jetzt ist es warm genug. Können Sie sie etwas aufrichten?«

Sie zuckte, als sie Lights kalte Haut durch den Stoff spürte, und wünschte, man hätte sie schneller aufwärmen können. Aber sie war sich nicht einmal sicher, was tatsächlich geschehen war, ganz zu schweigen davon, was nun zu tun war.

»Shadow's Gate«, sagte Julian bestimmt, »ist ein Nexus für die Kräfte, die vom Werk Blackburns ausgegangen sind, das wir hier erneut ausführen wollen.« Er sprach in einem lehrerhaften Ton, so als wollte er einem Kind die Furcht vor etwas nehmen. Mit der Tasse in der einen, dem Löffel in der anderen Hand näherte er sich dem Bett.

»Es war schon Zentrum paranormaler Aktivitäten, lange bevor Thorne Blackburn auch nur geboren war – er hat es als Spukhaus gekauft, weil es seinem Ruf förderlich war«, wandte Truth ein.

»War es das?« fragte Julian unbeeindruckt. Vorsichtig führte er den Löffel an Lights schlaffe Lippen und ließ die Honig-Branntwein-Mixtur auf ihre Zunge laufen.

»Sie wollen mir doch nicht weismachen, daß das heute abend eine Manifestation von Thorne Blackburn war!« sagte Truth. Vergeblich versuchte sie die Erinnerung an das veränderte Gemälde und den Besuch in der Nacht zuvor zu bannen.

»Ich verneige mich vor Ihrer überlegenen Kennerschaft von Blackburns Werk«, sagte Julian kühl, während er einen neuen Löffel mit Flüssigkeit in Lights Mund schob. War es Truths

Einbildung oder kehrte tatsächlich etwas Farbe in die blassen Wangen des Mädchens zurück? »Aber wenn es wirklich etwas zu bereden gibt, dann können wir das ja tun, wenn Light wieder hergestellt ist.«

Löffel für Löffel fütterte Julian Light mit dem Getränk, bis am Ende ein leichter Farbschimmer in ihr Gesicht zurückgekehrt war. Ihre Haut schien nun wärmer, und ihr Atem war der eines tiefen, natürlichen Schlafs. Sanft legte Truth sie zurück und steckte die Decke um sie herum fest.

»In Ordnung«, sagte Julian und stellte die Tasse mit dem Löffel zur Seite. »Jetzt wollen wir reden. Kommen Sie mit.«

Julians Zimmer befand sich auf dem gleichen Stockwerk wie das von Truth, aber auf der entgegengesetzten Seite des Hauses. Er bewohnte, was nahelag, die Herrensuite, die gleichen Zimmer, die Thorne Blackburn vor einem Vierteljahrhundert bewohnt haben dürfte.

Er führte Truth in ein Zimmer, das ganz in Grau und Dunkelblau gehalten war. Die Möbel bestätigten jene vornehme Modernität, die das Markenzeichen von Julians Inbesitznahme von Shadow's Gate war. Truth setzte sich dankbar auf ein dunkelgraues Samtsofa, das ihr Gewicht wie eine bergende Hand aufnahm.

»Einen Drink – den haben wir beide nötig.« Julian ging zum eleganten Barschrank aus Rosenholz und kehrte mit zwei kleinen, schweren Gläsern zurück, in die er je zwei Finger breit *Amber Fire* eingeschenkt hatte. Sie trank und spürte, wie eine belebende Glut ihre Kehle hinabrann und ihr Inneres erwärmte.

»Was werden Sie den anderen sagen?« fragte Truth nach einem Augenblick.

»Die Wahrheit – was ich dafür halte. Thorne hat in seinem magischen Tagebuch festgestellt, daß solche Manifestationen zu erwarten sind, wenn das Werk erst einmal begonnen wurde. Natürlich ist Light als Medium, das dem Werk verbunden ist, besonders gefährdet. Ich werde sie warnen und dafür sorgen, daß Irene bei ihr bleibt – sie kennt die Gefahren besser als irgend jemand sonst.«

Julian nahm einen Schluck aus seinem Glas, lehnte sich an den Barschrank, die schlanken, eckigen, männlichen Formen seines Körpers schwach vom Licht der Lampe vergoldet. Eine Aura der Gefahr ging von ihm aus, als ob er eine große Raubkatze wäre – doch anders als die Tiger im Zoo befand sich Julian Pilgrim in Freiheit.

»Und wenn der Grund etwas anderes als Blackburns... Werk ist?« sagte Truth mit, wie sie fand, bemerkenswerter Selbstbeherrschung.

»Die Vorkehrungen dürften trotzdem ihre Wirkung tun«, sagte Julian kurz angebunden. »Doch verzeihen Sie; ich bin müde, und ich klinge vielleicht spöttisch. Ich möchte keineswegs Ihr persönliches Engagement von eben schmälern – oder Ihren Mut. Was immer Sie für den Grund halten, zumindest stimmen wir darin überein, daß die Gefahr von heute abend tödlich war. Sie haben sich großartig verhalten.«

Es beunruhigte Truth ein wenig, wie glücklich sie sein Lob machte; und wie wertgeschätzt sie sich fühlte – als gäbe es kein Gut oder Böse, Richtig oder Falsch, bevor nicht Julian sein Urteil gefällt und ihr mitgeteilt hatte. Irgendwo tief in ihrem Inneren erkannte Truth die Tücke dieser neuen Falle und ging intuitiv dagegen an. Sie holte tief Luft, bevor sie zu sprechen begann.

»Ich habe einige Dinge über Shadow's Gate herausgefunden, die mich zu der Ansicht führen, daß es ein Zentrum paranormaler Energie ist – oder wie Laien sagen würden –, daß es darin spukt. Ich habe genug über seine Geschichte erfahren, um mir ziemlich sicher zu sein, was die Hauptquelle der Phänomene ist; wahrscheinlich könnte man sie sogar leicht ausschalten. Ich möchte mir aber gern noch mehr Klarheit verschaffen. Wenn ich also im Institut anrufen könnte, dann ließe sich übers Wochenende ein Team herschicken; spätestens am Montag. Sie wären Ihnen nicht im Weg...«

»Nein.« Julian lächelte, um seiner Ablehnung die Schärfe zu nehmen, aber sie war endgültig.

»Aber... bitte, betrachten Sie die Dinge doch einmal aus meiner Sicht, Julian; eine Gelegenheit dieser Größenordnung, mit einer solchen Fülle möglicher Belege...«

»Mit einer solchen Fülle von Sensationen, meinen Sie: ›Gespenster im Haus des Mordes‹; ›Blackburn spukt in Shadowkill‹. Ich staune, daß Sie auf einen solch oberflächlichen Schwindel reinfallen; das einzige, was in Shadow's Gate herumspukt, Truth, sind Erinnerungen. Und ich werde nicht zulassen, daß mein Haus von pickelgesichtigen Studenten in *Ghostbuster*-T-Shirts überfallen wird, erst recht nicht in einer so entscheidenden Phase meiner Arbeit.«

Doch die Phänomene mußten genau während dieser entscheidenden Phase untersucht werden. Manifestationen nährten sich oft von übersinnlichen Begabungen – Dylans Team »fütterte« oft ein Gespenst, um es zur Erscheinung zu bringen. Erfahrene Forscher konnten diese Phänomene an vorbelasteten Stätten selbst auslösen – und sie sogar, laut Aussage einiger dieser Foscher, aus bloßem menschlichen Willen erschaffen.

War das so sehr verschieden von Magie?

Ob ja oder nein, jemand mußte der parapsychischen Energie in Shadow's Gate auf den Grund gehen – und, nach ihrem Erlebnis von heute abend, sie restlos beseitigen. Sie mußte einen Weg finden, Julian von ihrer Sicht zu überzeugen. Selbstverständlich wußte sie, daß ein Frontalzusammenstoß nicht der geeignete Weg war. Sie mußte das Thema entschärfen und zu einer günstigeren Zeit wieder aufs Tapet bringen.

»Da ist etwas, das ich über Blackburn wissen muß«, sagte Truth schnell. »Ich glaube, Sie können es mir sagen. Gab es 1969 noch andere Kinder von Blackburn in Shadow's Gate?«

»Oh, sicher«, sagte Julian, beinahe entschuldigend. »Es gab Light.«

Truth starrte ihn fassungslos an. Julian trank ihr mit seinem Glas zu, zum Zeichen, daß er eine Erklärung abgeben wollte.

»Thorne, wie Sie schon bemerkt haben, hatte eine gewisse Anziehungskraft auf Frauen. Wir kennen wenigstens zwei Dutzend Frauen, mit denen er während seiner, sagen wir, Laufbahn Beziehungen hatte, und das ohne die« – er räusperte sich – »Abenteuer für eine Nacht mitzuzählen. Unter denen, die 1969 in Shadow's Gate lebten, waren vierzehn Frauen, und es steht einigermaßen fest, daß er mit jeder von ihnen hin und wieder geschlafen hat. Im Licht dieser Tatsachen ist es eigentlich verwunderlich, daß er nicht mehr Kinder gezeugt hat als die, von denen wir wissen.«

»Wie viele sind das?«

»Da sind Sie, natürlich«, sagte Julian mit schwachem Lächeln. »Da ist Light, deren Mutter wahrscheinlich eine Frau mit Namen Debra Winwood war – niemand, auch Light nicht, weiß es wirklich genau, und da Ms. Winwood tot ist, können wir sie auch nicht fragen.«

»Dann ist Light meine Schwester«, sagte Truth langsam. Eine Schwester, verloren in den ganzen Jahren, doch jetzt wiedergewonnen, um für sie dazusein und sie zärtlich zu lieben. »Was geschah mit ihr, nachdem ...«

»Nun, als die Polizei nach der Katastrophe von '69 das Haus verriegelte, gerieten die meisten Kinder von Shadow's Gate in die Hände der sogenannten Kinderfürsorge. Der einzige Grund, warum Sie davon verschont blieben, war Ihre Tante – und weil Ihre Tante einen ziemlich respektablen Eindruck machte. Die anderen wurden einfach ... konfisziert und in Waisenhäuser gesteckt. Es hat mich Jahre gekostet und Tausende von Dollar für Privatdetektive, um Light zu finden.« Julian füllte sich noch einmal sein Glas und nahm einen großen Schluck von dem scharfen Destillat.

»Gab es noch andere?« fragte Truth.

Julian schwieg eine Weile, bevor er antwortete. »Ein paar. Ich bin mir nicht ganz sicher; keiner aus Blackburns Kreis scheint es für sehr wichtig gehalten zu haben, die Eltern der Kinder in Shadow's Gate genau zu identifizieren.«

»Aber sicher hat Irene ...?« begann Truth.

»Irene erinnert sich nicht ... so gut an alles, wie sie glaubt. Wenn man ihr Fragen stellt, auf die sie keine Antwort weiß, wird sie nur ärgerlich«, sagte Julian.

Dies war das zweite Mal, daß Julian Truth davor warnte, einen der Bewohner von Shadow's Gate zu befragen. Warum?

»Was können Sie mir von den Kindern erzählen?« fragte sie.

Julian lächelte entwaffnend. »Sie sind sehr geduldig mit mir. Ich fürchte, ich weiß nicht allzu viel. Blackburns Kinder hatten kein Glück – mit Ihrer Ausnahme, versteht sich. Es gab noch ein Kind, das Blackburn anerkannt hat, einen Jungen, aber er ist mit großer Wahrscheinlichkeit nicht mehr am Leben.«

Es folgte eine Pause. »Wer?« fragte Truth, da er von sich aus anscheinend nicht fortfahren wollte. Doch als er dann sprach, war er so mitteilsam, daß Truth glaubte, sie hätte sein Schweigen falsch gedeutet.

»Ihr – und Lights – Halbbruder, der Anfang der sechziger Jahre geboren wurde, seine Mutter ist ebenfalls unbekannt. Thorne scheint ungewöhnlich großen Anteil an seinen Kindern genommen zu haben, er hatte sie immer bei sich und kümmerte sich um sie. Das könnte für die absonderlichen Namen, die er seinen Kindern gab, fast entschädigen.«

»Truth und Light«, sagte Truth mit kummervoller Miene. »Und der Junge?«

»Pilgrim«, gestand Julian. »Es hat mir damals einen ziemlichen Schock versetzt, als ich meinen Nachnamen in einem von Blackburns magischen Tagebüchern auftauchen sah, aber es ist nur ein faszinierender Zufall, nicht mehr. Der Junge erhielt diesen Namen, weil Thorne sich selbst als Pilger in der Welt der Menschen sah, als Abgesandter der *sidhe*.«

»Ich verstehe«, sagte Truth. Plötzlich erinnerte sie sich, mit einem Anflug von Besorgnis, daß ihre Tasche – darin *Die leidende Venus* – noch unten war, dort, wo sie sie hatte liegen lassen, wahrscheinlich in der Bibliothek. Sie wollte aufspringen und sie sofort holen gehen, doch das wäre zu auffällig gewesen. Die Tasche war verschlossen. Niemand hatte einen Grund, sie zu durchsuchen.

Aber indem sie daran dachte, kam ihr eine Idee, wie sie erreichen konnte, was sie wollte.

»Ich hoffe, Sie werden Ihre Meinung, was die Untersuchung des Hauses anbelangt, noch ändern. Doch die Entscheidung liegt bei Ihnen«, begann Truth listig. Julian legte die Stirn in Falten, Truth übersah es. »Übrigens habe ich in all der Aufregung ganz vergessen, Ihnen etwas zu sagen: Jemand war in meinem Zimmer. Mir fehlen zwei außerordentlich wertvolle Schmuckstücke.«

Julians grünblaue Augen musterten sie scharf.

»Meinen Sie, ich sollte die Polizei verständigen?« Truth bemühte sich, ihre Stimme harmlos klingen zu lassen.

Ihre Blicke trafen sich und blieben ineinander verhakt. Truth wich nicht aus; sie empfand weder Furcht noch Scham – nur das reine, klare Vergnügen, mit einem würdigen Gegner die Kräfte zu messen, wobei sie mit Waffen kämpften, die ihnen beiden geläufig waren. Ihr Herz schlug schneller, und sowohl Schmerz wie Müdigkeit wurden von der heißen, prächtigen Woge des Gefechts hinweggespült. Da war nichts von Mann und Frau, auch nichts von Reich und Arm darin: So stritten Gleiche, unter gleichen Bedingungen, um zu sehen, welcher Stirn der Kranz des Sieges gebührte.

Und so, indem sie der Falle auswich, welche die dunkle Seite des Vertrauens, die Aufgabe der Selbstverantwortung war, tappte sie in die entgegengesetzte Falle, auch wenn sie dies lange Zeit nicht merken sollte.

Schließlich lachte Julian und schaute weg. »Sie verstehen, daß ich keine Fremden hier haben will – aber ich wüßte nicht, warum Sie hier nicht nach so vielen Gespenstern suchen sollten, wie es Ihnen behagt, vorausgesetzt, Sie können es allein tun. Wir werden Sie natürlich unterstützen – tatsächlich könnte ich mir vorstellen, daß es für Donner und die anderen eine wertvolle Erfahrung sein könnte, einmal zu sehen, mit welcher Methode sich die alte Dame Wissenschaft der Welt des Verborgenen nähert. Aber niemand sonst, Truth.«

Die Worte waren unmißverständlich.

»Danke«, sagte Truth erregt. Julian zu dem zu bringen, was sie wollte, war berückend, als ob darin eine Art intimer Berührung läge, ein Vorspiel für weitere Annäherungen. »Ich werde das Institut morgen anrufen und schauen, ob sie mir meinen Rosenkranz und meine Rasseln schicken können«, fügte sie heiter hinzu. Sie hatte schließlich gewonnen und konnte sich eine Portion Selbstironie leisten.

Julian kam zu ihr herüber und nahm ihr das Glas aus der Hand, ein Zeichen, daß das Gespräch beendet war.

»Wir gehen jetzt besser hinunter zum Abendessen. Sie werden uns einen Teller aufgehoben haben, also brauchen wir nicht zu hetzen, aber ich habe Irene gebeten, mit dem Dessert zu warten – ich habe eine Ankündigung zu machen. Gehen Sie nur schon voraus; ich komme in wenigen Minuten nach.«

Truth, die ihre Tasche holen wollte, war nur zu begierig wegzukommen. Angesichts der erlebten Manifestation von vorhin betrat sie die Bibliothek mit Vorsicht, doch alles war normal, sogar das Heiligenporträt von Blackburn über dem Gesims. Es war seltsam sich vorzustellen, daß hier vor kaum einer Stunde ein Ereignis von solcher Gewalt stattgefunden hatte, ohne jemanden aufzuschrecken, doch Shadow's Gate war ein großes, solide gebautes Haus – sehr wahrscheinlich hatten die anderen im Haus nichts gehört.

Und so viel zum Wert der Behauptung, jemand habe große übersinnliche Kräfte! Wäre Fiona so empfänglich für paranormale Phänomene, wie sie glauben machen will, dann wäre sie hier zur Stelle gewesen!

Truth versuchte ihre geringe Meinung von Fiona zu bedauern – denn schließlich kannte sie die Frau kaum –, aber es wollte ihr nicht gelingen. Fiona Cabot war ein Charakter, wie Truth ihn des öfteren in ihrer Arbeit am Margaret Beresford Institut getroffen hatte: Leute, die ihre psychische Begabung zum Anlaß nehmen, um selbst die Mindestanforderungen gewöhnlicher Höflichkeit zu mißachten. Und die Unangenehmsten, fand Truth, waren am wenigsten übersinnlich, als ob die eine Eigenschaft mit der anderen im umgekehrten Verhältnis stünde.

Sie fand ihre Tasche genau dort, wo sie sie abgestellt hatte. Ein rascher Blick hinein zeigte ihr, daß alles in Ordnung war. Truth hauchte ein tief empfundenes Dankgebet – an wen, wußte sie nicht – und hängte sich die Tasche über die Schulter.

Eine flatternde Bewegung weiter vorn im Raum erregte ihre Aufmerksamkeit. Sie schrak unwillkürlich zusammen, aber nach einem Moment sah sie, was es war, und beruhigte sich. Es war nur ein gekräuseltes Stück Papierasche, das von dem Zug der aufgeheizten Luft über den Boden gewirbelt wurde.

Aber welche Papiere wurden hier verbrannt?

Zögernd ging Truth zum vorderen Teil des Raums. Daß Papier verbrannt worden war, ließ sich nicht übersehen; der Feuerrost war vollgestopft davon, an seinen Seiten füllten halbverbrannte Blätter den Kamin. Sie wunderte sich, daß ihr dies zuvor entgangen war: Selbst von hier aus konnte sie die handgeschriebenen Zeilen in roter Tinte auf den Blättern erkennen, braun vor schwarzem Hintergrund an den verkohlten Rändern.

Sie erkannte sie wieder. Sie hatte sie an ihrem ersten Nachmittag hier gesehen.

Wer – und warum – verbrannte hier Irenes Versuche, das Ritual der Wegbereitung aus *Die leidende Venus* zu rekonstruieren.

Hatte Light es getan – und wenn ja, warum? War das Verbrennen der Seiten das auslösende Moment für das gewesen, was sie beinahe das Leben gekostet hätte?

Noch mehr Fragen ohne Antwort. Sie schob ihre Tasche höher die Schulter hinauf und machte sich auf den Weg zu ihrem Auto.

Kurz darauf kehrte sie zum Haus zurück. Tasche und Buch waren sicher im Kofferraum verstaut. Sie vermißte den Schmuck, aber wie er auch immer abhanden gekommen war, morgen wäre noch früh genug, nach ihm zu suchen. Nun wollte sie sehen, ob sie das Speisezimmer auch ohne Sherpa-Führer finden konnte; Shadow's Gate hatte eine gewisse, an Spiegelkabinette erinnernde, Unbeständigkeit, was die Lokalisierung seiner Zimmer anbetraf.

Entgegen ihren Befürchtungen schien das Haus heute abend keine neuen Versteckspiele mit ihr treiben zu wollen, und durch eine halb offenstehende Tür sah Truth ein vertrautes Zimmer. Sie ging hinein.

»... mehr Zeit. Du kannst in so kurzer Zeit keine Ergebnisse erwarten.«

Irene.

Truth stand im Eingang des Salons, in dem sie und die anderen zwei Abende zuvor ihren Aperitif zu sich genommen hatten. Durch die nun geschlossenen Schiebetüren am Ende des Raums konnte man das Speisezimmer erreichen.

»Ich brauche die Ergebnisse, von denen du sprichst. Ohne sie bleibt mir keine Wahl, als zu handeln oder das Böse zu ermuntern, wo es sich zeigt, und also mich selbst zu zerstören, was auf das gleiche hinausläuft. Keine Zeit der Welt kann daran etwas ändern oder an mir oder an dem, wofür ich kämpfe. Und ich glaube nicht, daß noch Zeit ist, Irene«, sagte Michael in seiner leicht fremd anmutenden Sprechweise.

Die Stimmen kamen aus einem kleinen Alkoven – der in der Blütezeit des Hauses die Telefonkabine gewesen war. Truth trat einen Schritt zurück, um nicht gesehen zu werden. Sie hatten sie nicht gehört.

»Es muß sie geben«, sagte Irene, und jetzt bemerkte Truth den verzweifelten Ton in ihrer Stimme. »Es muß sie geben! Es ist voreilig von dir, zu urteilen – zu früh. Ich hatte so wenig Zeit, um …« Irenes Stimme wurde plötzlich leise, und Truth mußte sich zurückhalten, um nicht doch ins Zimmer zu treten, um sie besser zu verstehen. Bald wurde Irene wieder vernehmbar. »… Vaters Saat. Ich glaube, daß es schon einen Wandel gibt; in ein paar Wochen wird alles wunderbar sein, das weiß ich. Ich habe so hart gearbeitet, Michael – mein ganzes Leben lang –, das kann nicht alles umsonst gewesen sein. Wenn du mich nur ließest …«

»Tu, was du kannst.« Michaels tiefe Stimme schnitt mit geringschätziger Endgültigkeit in ihr Wort. »Und ich tue, was ich tun muß. Das ist kein Urteil – ich, unter allen Geschöpfen, habe kein Recht über die Ausflüchte anderer zu urteilen. Es ist eine Prophetie. Ich sehe keine Alternative vor mir, als einzugreifen …«

Michaels Stimme brach ab, und als sie wieder einsetzte, war sie so sanft und leise, daß Truth sich anstrengen mußte, ihn zu verstehen.

»Weine nicht, Tochter, denn dieses Ende war in das Buch des Lebens geschrieben, bevor die Welt erschaffen ward, und am Ende gibt es nichts für mich oder dich zu tun, als eine Zeile daraus zu löschen. Du hast dein Bestes gegeben, im Dienst für deinen Meister – nun mußt du mich dem meinigen dienen lassen.«

Truth blieb nicht länger – sie wäre nicht mehr lange in der Lage gewesen, sich still zu verhalten, nicht mit all dem mystischen Geschwätz von Meistern und Dienern, das durch die Luft schwirrte. Doch abgesehen von ihrer Abneigung, Michaels und Irenes Stimmen hatten ernsthaft besorgt geklungen. Was für einer Selbsttäuschung saßen sie diesmal auf?

Und um wen ging es bei dem Ganzen? grübelte Truth. Nach ihrem gestrigen Gespräch mit Michael nahm sie zunächst an, daß die beiden über *sie* sprachen, doch sie konnten ebenso gut Light meinen – oder sogar Julian. Sie versuchte, den mitangehörten Dialog noch einmal zurückzuverfolgen, aber das Gesagte entschlüpfte ihrem müden Gedächtnis. Irgend etwas hatte sich nicht geändert, und die Zeit wurde knapp, und jetzt saßen Michael und Irene in Nischen und flüsterten darüber.

Julian würde das mißfallen. Wenn Truth sich einer Sache sicher war, so dieser.

Doch als sie endlich das Speisezimmer erreichte – sie war den langen Umweg über die Flure gegangen – fragte sie sich, ob das ganze Gespräch nicht doch nur ein Spuk gewesen war, denn sowohl Irene als auch Michael waren dort, saßen am Tisch, als hätten sie sich in der letzten Stunde nicht von ihrem Platz gerührt.

Truth trat ein, blinzelte ein wenig wegen der helleren Lichter. Sie schaute sich nach Julian um, der aber erst nach ihr hereinkam. Der Stuhl neben ihm war unbesetzt, und ein Teller mit Abdeckung zum Warmhalten stand davor.

»Kann mir mal jemand sagen, was hier vor sich geht?« fragte Fiona schrill.

»Nein«, antwortete Hereward freundlich. Er lächelte, und seine weißen Zähne blitzten wölfisch.

Der graue Wolf. Eine unvermittelte Erkenntnis durchfuhr Truth wie ein Stoß zwischen die Schulterblätter, verrückt und unleugbar. Hereward war der graue Wolf.

Die Erschöpfung und der Alkohol ergriffen auf einmal Besitz von ihr, drängten ihre Sinne in einen unwirklichen, halbträumerischen Zustand, in dem Unmögliches zu plausibler Wirklichkeit wurde. Hereward, der graue Wolf, war einer der Wächter des Tores – aber wo waren die anderen?

Sie sah sich am Tisch um. Zu ihrem Erstaunen trug jeder der Dinierenden ein zweites und anderes Gesicht über dem eigenen: Caradoc, mit den füchsischen Zügen des Gauners; Donner, mit dem flächigen, leeren Gesicht einer Tierart, die sie nicht identifizieren konnte. Gareths *Anima* war nur schwach zu erkennen, mehr eine Andeutung als eine Erscheinung; Fionas Gesicht war eine Verbindung von funkelnden Augen mit einem scharfen, schwarzen Schnabel – oder nadelgleichen Reißzähnen.

Mit dieser Doppelsichtigkeit wagte sie nicht, Michael anzusehen. Die gleiche innere Regung, die für diese hypnose-ähnlichen Visionen verantwortlich war, ließ sie davor zurückschrecken. Aber sie wollte noch andere betrachten.

Ah, hier haben wir ihn, dachte sie mit verwirrter Genugtuung. Über Ellis Gardners Gesicht schwebte irgendwie der Nimbus des schwarzen Hundes. Aber wo waren das weiße Pferd und der rote Hirsch?

Sie betrachtete Julian und erwartete sein goldenes Geweih – und erlebte die größte Überraschung, denn über Julian hing kein Heiligenschein, kein Nimbus, keine spirituelle Maske.

Über Julian strahlte und leuchtete nichts.

KAPITEL 9

Fremder als die Wahrheit

Was sollte ich sagen,
Da der Glaube starb,
Und die Wahrheit floh
Vor dir ins Grab?
SIR THOMAS WYATT

»Schön«, sagte Julian, als Truth sich gesetzt hatte, »wie ich sehe, sind nun alle da. Light wird nicht mehr kommen; sie fühlt sich nicht wohl.«

Irene unternahm einen erfolglosen Versuch aufzustehen; Julians Lächeln nötigte sie auf ihren Stuhl zurück. Truth fand, daß er ziemlich erschöpft aussah. Vor nur wenigen Minuten, als sie ihn verließ, hatte er noch einen relativ normalen Eindruck gemacht. Die seltsame, übermütige Laune, die sie vorhin beim Eintritt ins Speisezimmer gespürt hatte, schwand beim Anblick seines Gesichts: Die Menschen und Dinge waren jetzt nicht mehr, als was sie schienen, und Truth hielt ihre Visionen nur noch für einen Tagtraum.

Oder beinahe. War jene andere Sicht der Dinge die, mit der Light die Welt durchgehend wahrnahm? Truth dachte an die schrecklichen Narben auf dem Körper der jüngeren Frau und erschauerte. Wenn man die Welt in einer solchen Maske sah, war es besser, sie in sich verborgen zu halten.

Truth sah vor sich auf den noch warmen Teller, von dem der Duft von Fleisch und Bratensoße aufstieg. Ihr Magen zog sich zusammen. Das letzte, was sie in diesem Moment wollte, war etwas zu essen.

»Ich habe eine kleine Ankündigung zu machen«, fuhr Julian fort, »und ich dachte, ich nutze die Gelegenheit, da ihr hier alle versammelt seid. Es gibt eine Veränderung in unserem Arbeitsplan.«

Dies klang viel zu harmlos, um der Grund für eine solch gespannte Erwartung zu sein, doch Truth konnte deutlich erkennen, wer von den Leuten am Tisch Blackburns Mystik auf den Leim gegangen war und wer nicht. Die meisten der Männer – Ellis, Donner, Caradoc – waren Anhänger. Gareth sah nur verwirrt aus; Hereward schien abwesend.

Irene sah eher beunruhigt als interessiert aus, und Fiona hatte offensichtlich größeres Interesse daran, gut auszusehen, als an dem, was irgendwer zu sagen hatte.

»Wie ihr wißt, ist es uns nicht gelungen, das Material, das mit der *Leidenden Venus* verloren ging, zu rekonstruieren. Trotzdem werden wir mit dem Blackburn-Werk weitermachen. Wir werden das Tor an All Hallow's Eve in zwei Wochen öffnen. Das heißt, daß jetzt die richtige Arbeit beginnt, die Eingeweihten müssen von nun an rituelle Kleidung und Pelze je nach ihrem Rang tragen. Ich weiß, daß wir unterbesetzt sind, so daß einige von euch Doppelrollen übernehmen müssen, aber ich denke, wir können es schaffen. Nun …«

Julians Kunst, das Ganze wie eine Einsatzbesprechung der Royal Air Force in einem alten Spielfilm über den Zweiten Weltkrieg klingen zu lassen, war verblüffend. Truth verkniff sich ein Lächeln und griff nach ihrem Weinglas. All diese Arbeit und das ganze Theater; das hatte nichts mit Magie zu tun …

»Julian, das kann nicht dein Ernst sein!«

Irene Avalon war aufgestanden und sah Julian über die Länge des Tischs hinweg an. Das grelle Make-up, das sie heute abend trug, ließ sie auf grausame Art älter aussehen, und das Licht von den Kerzenleuchtern glitzerte in ihren Ohrringen, während sie vor Erregung zitterte.

»Du weißt, daß Thorne den Vollzug des Rituals für Beltaine vorsah – zur Zeit des Hochwassers und nicht des Niedrigwassers!«

»Und so war es, als er es versuchte – doch hat es funktioniert?« fragte Julian rhetorisch. »Nein. Es hat nicht funktioniert. Es ging daneben, weil während des Hochwassers nicht genug Energie verfügbar war. Und deswegen schlage ich vor, statt dessen die Zeit bei Niedrigwasser zu wählen.«

»Das Niedrigwasser; die *qlipothischen* Energien... Das könnte hinhauen«, sagte Donner langsam.

»O ja, mein Kleiner – und wenn eine Kuh einen Motor hätte, wäre sie ein Volkswagen«, sagte Ellis giftig. »Julian, ich bin jetzt seit mehr als zwanzig Jahren mit dem Werk vertraut. Ein bißchen Rekonstruktion ist eine Sache...«

»Hör mal, du weißt doch überhaupt nichts besser!« sagte Gareth zu Ellis und wurde auf seinem Stuhl förmlich größer.

»Es ist wohl wenig hilfreich, wenn ich vorschlage, daß wir es erst auf Thornes Weise und dann auf deine versuchen?« sagte Caradoc mit bewußt leiserer Stimme als Ellis und Gareth.

Julian lächelte. »Ein kluger Vorschlag, Caradoc, und deiner Stellung im Tempel würdig – nur Halloween ist in zwei Wochen und Beltaine erst in sechs Monaten. Ich will nicht noch ein Jahr warten, um das Neue Zeitalter einzuleiten. Du vielleicht? Wir versuchen jetzt meine Version – und wenn das fehlschlägt, dann versuchen wir es in sechs Monaten nach Thornes Methode.«

»Dann wirst du nicht mehr leben!« brauste Irene auf. »Julian, Thorne hat gewußt, daß sich die Energien des Niedrigwassers nicht leicht fesseln lassen. Er hat gesagt, daß die Menschen nicht in den chthonischen Energien herumpfuschen sollten. Die chthonischen Mächte sind prähuman, inhuman. Es ist zu gefährlich, sich mit ihnen einzulassen. Die Loge ist nicht vollzählig – du hast noch nicht einmal jemanden, der die höheren Ränge ausfüllt! Du hast gesagt...«

»Schau mal.« Julian beugte sich vor, die Handflächen auf dem Tisch. »Solange wir uns nicht für Menschenopfer entscheiden wollen – und wenn ich dich daran erinnern darf, sogar *das* mißlang 1969 –, bleibt uns nichts anderes übrig, als ein anderes Verfahren zu finden, mit dem wir mehr Energie in die Wegbereitung leiten können, als es uns im nächsten Frühjahr möglich ist. Wir brauchen keinen Dietrich für dieses Tor – wir brauchen eine Brechstange. Nun gut. Ich habe kürzlich einige

Dinge herausgefunden, die ich mit euch zu geeigneter Stunde an einem anderen Ort besprechen möchte, aber ich möchte euch jetzt sagen, daß – wie ich glaube – die Kräfte, die wir an Halloween entfesseln können, uns dieses Brecheisen an die Hand geben. Wenn wir morgen zügig mit den Vorbereitungen beginnen, haben wir genug Zeit für die Anlaufphase zur Öffnung des Tores – wenn ihr alle auf meiner Seite seid.«

Stille breitete sich aus – doch Julian, merkte Truth, war zu gerissen, um sie zu stören. Truth hatte das entmutigende Gefühl, an einem Wendepunkt zu stehen, an dem der Gang der Ereignisse sich nach ihrem Willen beeinflussen ließe, ohne zu wissen, wie.

»Was ist damit, daß wir das Ritual nicht haben?« fragte Donner.

»Wir arbeiten mit dem, was wir haben«, antwortete Julian. »Den Rest improvisieren wir. Und indem wir das Tor öffnen, vollenden wir Thornes Lebenswerk und läuten ein neues goldenes Zeitalter der Götter und Menschen ein.«

Er hatte sie gewonnen; Truth spürte, wie sich die Waage auf der Seite der Zustimmung neigte, als stünde sie auf einem krängenden Schiffsdeck. Sie würden tun, was Julian wollte, auch wenn sie glaubten, daß es falsch war. Er hatte sie geblendet, genauso wie Thorne seinen Kreis vor einem Vierteljahrhundert geblendet hatte, in Unkenntnis dessen, was das Ende mit sich brächte.

Und trotz Julians Versprechungen war Truth von großer Furcht erfüllt, daß es diesmal auf die gleiche Weise endete.

Truth wußte später nicht mehr, was es zum Dessert gegeben oder ob sie es gegessen hatte. Sie hatte mehr Wein getrunken als beabsichtigt, spürte aber keine Wirkung. Jedesmal, wenn ihre Gedanken sich fort von den Spukphänomenen, die Shadow's Gate – und sie selbst – heimsuchten, und hin zu der kalten Tatsache von Tante Carolines Tod bewegten, trug ihre kranke Seele neue Wunden davon. Tante Caroline war tot, und Truth hatte das gefährliche Gefühl, versagt zu haben.

Was hatte sie versäumt, das sie hätte tun müssen? Was hatte sie getan, das sie nicht hätte tun dürfen – und was konnte sie tun, um den Schaden zu beheben? *Zu spät, zu spät, zu spät, zu spät …* Die Stimme hallte in ihrem Kopf.

Erleichtert stand sie mit den anderen vom Tisch auf. Die anderen gingen an ihre Arbeit – Thorne Blackburns Werk –, und Truth empfand eine wachsende Aversion dagegen. Diese unterschied sich jedoch von dem unüberlegten Haß, den sie anfangs mit hierher gebracht hatte.

Sie warf einen Blick ans Ende des Tisches. Michael stand hinter seinem Stuhl und starrte Julian mit einem Ausdruck quälenden Hungers in den Augen an.

So mögen die Verdammten in der Hölle das Paradies anstarren, dachte Truth und wunderte sich über diese seltsame Assoziation. Ihr Bewußtsein schien in letzter Zeit immer öfter Zuflucht zur Theologie zu nehmen, mit all den gewaltigen Fragen nach Gott und dem Bösen, die ihr sonst für ihr Neuzeit-Leben so unwichtig erschienen waren.

Michael, der sich beobachtet fühlte, wendete die Augen von Julian ab und streifte Truth. Sie stürzte den Rest von ihrem Wein hinunter und wich seinem Mitternachtsblick aus.

›Was Menschen Übles tun, das überlebt sie. Das Gute wird mit ihnen oft begraben‹, Shakespeares Worte, aus der Rumpelkammer des Gedächtnisses hervorgerufen, waren ein passender Ausdruck ihrer Gedanken. Das Böse hatte ohne Zweifel seinen Urheber hier in Shadow's Gate überlebt, wenn das, was sie heute in der Bücherei von Shadowkill entdeckt hatte, nicht frei erfunden war.

Und wohin, wohin gehörte Michael Archangel, wo war sein Platz in dem Ganzen? Kein Anhänger von Thorne Blackburn, aber, aus irgendeinem Grund hier zugegen, hielt er es dennoch für außerordentlich wichtig.

Was?

Sie würde morgen darüber nachdenken, entschied Truth. Jetzt war sie zu müde. Alles, was sie wollte, waren ein Bad und ein Bett. Welche Geheimnisse Shadow's Gate auch bergen mochte, sie mußten sich gedulden, bis Truth ausgeruht genug war, um sich mit ihnen zu befassen.

Doch als sie die Treppen hinaufstieg, führten ihre Schritte sie nicht zu ihrem, sondern zu Lights Zimmer.

Ihre Schwester. Sofern sie Julian glauben konnte, aber in ihrem Herzen wußte Truth, daß sie nicht Julian brauchte, um die Wahrheit zu kennen. Seit dem ersten Augenblick, seit ihrer ersten Begegnung mit Light hatte sie gewußt, daß sie ein Teil von ihr war.

Eine Schwester. Truth kostete den Gedanken aus, und auch was damit sonst noch zusammenhing – daß Light nicht hierbleiben müßte, daß Truth sie mit zu sich nehmen würde, für sie sorgen und sie lieben, wie sie sich immer jemanden gewünscht hatte, den sie lieben konnte.

Jemanden, der ihr sicher war.

Der Stich unwillkommener Selbstanalyse traf sie, verlangte nach Überprüfung, doch sie schob ihn beiseite, wie sie neuerdings vieles beiseite schob. Als ob das Haus ihr Ziel billigte, fand sie Lights Zimmer ohne Mühe und schob die Tür auf.

Eine Nachtlampe brannte auf dem Tisch neben dem Bett und erfüllte das Zimmer mit sanftem Bernsteinlicht. Light lag und schlief noch genauso, wie Truth und Julian sie verlassen hatten. Ihre Wangen waren leicht gerötet, ihre Atemzüge tief und regelmäßig.

Truth trat ein und schloß die Tür. Die Anspannung in ihrem Körper ließ nach, als hätte sie in dem Zimmer eine Art Hafen erreicht. Sie nahm einen Holzstuhl und trug ihn neben das Bett. Sie wollte noch eine Weile bei Light sitzen, bevor sie in ihr eigenes Bett ging und sich der Absolution des Schlafs überließ.

Sie stellte den Stuhl vorsichtig ab und schaute kurz auf ihre Uhr. Zehn. Es war, alles in allem, ein ereignisreicher Abend gewesen.

»Ich verstehe nicht, warum dir der Schmuck so fehlt.«

Eine Männerstimme, mit fernem Anklang an schauspielerische Sprechausbildung. Truth machte einen Satz, als hätte sie einen Schlag bekommen, und blickte sich entsetzt um, doch die Tür war zu. Niemand war im Zimmer, nur sie und Light.

»Wenn der Schmuck irgend jemandem gehört, dann mir. Caro hatte nicht das geringste Recht, ihn mitzunehmen, und erst recht nicht, ihn weiterzugeben, auch dir nicht.«

Kalter Schrecken kroch schlangengleich über Truths Haut. Die narrende Stimme sprach aus Lights Mund.

»Wer bist du?« Truth zwang sich, ihre Stimme leise und ruhig klingen zu lassen, damit Light nicht aufwachte, und nachzusehen, wer aus ihren Augen blickte?

»Der Prophet gilt nichts im eigenen Land.«

Mit der klinischen Teilnahmslosigkeit des Schocks sah Truth, wie Lights Gesicht sich zu einem sardonischen Grinsen verzerrte, obwohl die Augen des Mädchens geschlossen waren und sie allen Anzeichen nach schlief. »Du bist nicht der heilige Petrus – wie oft wirst du mich verleugnen?«

Selbst wenn Light die großartigste Schauspielerin gewesen wäre, glaubte Truth nicht, daß sie eine solch eindeutig männliche Stimme mit so geschmeidiger Genauigkeit hervorbringen konnte.

»Aller guten Dinge sind drei«, sagte sie gleichmütig.

»Na gut. Dies ist also das dritte Mal, und – das nächste Mal solltest du mich erkennen. Wenn du den Schmuck wirklich wiederhaben willst, er ist in der obersten Schublade der Kommode – aber ich warne dich, er gehört mir. Nimm ihn, und du bekommst mehr, als dir zusteht.«

Du willst also Thorne Blackburn sein? Truth verbiß sich die Worte. Sie wollte keine Antwort hören. Statt dessen ging sie zur Kommode – zwei Schritte – und zog eine der oberen Schubladen auf.

Der Ring und die Kette lagen oben auf einem säuberlich zusammengelegten Wäschestapel.

»Du wärest überrascht, wenn du wüßtest, was mir zusteht«, preßte Truth die Worte aus ihrer Benommenheit hervor.

Keine Antwort.

Sie wendete sich um. Light schlief ungestört.

»Blackburn!« Truths Stimme war ein Peitschenknall in der Stille. Light rührte sich und murmelte verärgert im Schlaf. Es kam keine weitere Antwort.

Truth raufte sich die Haare. *Ich verliere den Verstand. Soviel ist sicher.* Sie wendete sich wieder der Schublade zu und nahm die Kette heraus. Sie legte sie sich um und ließ sie unter ihrem

Pulli verschwinden. Die Bernsteinperlen strahlten augenblicklich Wärme aus, während das Gold als kaltes Gewicht auf ihrem nackten Bauch lag. Sie nahm den Ring und steckte ihn in ihre Rocktasche.

Denk nach. Du kannst dir keine Hysterie leisten. So etwas wie Magie gibt es nicht. Du hast dein Leben dafür eingesetzt. Aber das schaltet den Rest des Paranormalen nicht aus. Betrachte dies hier wie jeden anderen Spuk. Ich wünschte nur, ich wüßte …

»Was geht hier vor«, murmelte Truth laut. Sie tastete zur Selbstversicherung nach dem Amulett unter ihrem Pulli. Für alles, was heute abend hier geschehen war, gab es Erklärungen aus der wirklichen Welt. Light mußte in ihr Zimmer gegangen sein, den Schmuck gefunden und mitgenommen haben. Psychometrie und Lights Fähigkeiten als Medium reichten aus, um alles Weitere zu erklären – sie war nur froh, daß Light nicht auch *Die leidende Venus* gefunden hatte; sie mußte ein besseres Versteck dafür finden als den Kofferraum ihres Autos.

»Truth?«

Diesmal klang die Stimme vertraut. Light. Truth ging schnell zum Bett zurück und ergriff Lights Hand.

»Hast du ihn gesehen?« fragte Light.

»Wen gesehen, Liebes?« Die ungewohnt zärtliche Anrede kam Truth leicht über die Lippen. Sie umschloß die kleinen kalten Finger, die vertrauensvoll in ihrer Hand lagen, noch fester.

»Thorne«, sagte Light. »Er kommt manchmal und sitzt bei mir.« Sie gähnte so ungehemmt wie ein kleines Kind. »Ich bin so müde«, klagte sie.

»Möchtest du mir erzählen, was heute abend geschehen ist?« Truth haßte es, sie zu drängen, doch war dies vielleicht ihre einzige Chance, diese Fragen zu stellen, bevor Julian mit Light sprach.

Warum glaube ich das? Julian war, seit ich hier bin, nur ausgesucht freundlich zu mir – und auch Light hat er nicht das Geringste zugefügt.

Light schaute sie mit schläfrigem Zutrauen an, und Truths zurückhaltendes Herz erlag diesem Ansturm der Unschuld.

Light gehörte zu ihr, war Blut von ihrem Blut, ihres Schutzes bedürftig.

»Thorne und ich sind nach unten in die Bibliothek gegangen«, sagte Light, ohne zu merken, welche Wirkung ihre Worte auf Truth hatten. »Er wollte, daß ich für ihn Papiere heraussuche.«

»Warum hat er das nicht selber getan?« fragte Truth mit betont neutraler Stimme.

Light kicherte, als hätte Truth einen guten Witz gemacht. »Weil er körperlos ist, deshalb! Und er kann keine Dinge berühren, meistens, weil es« – ein weiteres Gähnen – »die Energie abbaut, besonders wenn Eisen im Spiel ist. Deshalb habe ich's gemacht.«

»Und dann?« fragte Truth.

»Sie brannten«, sagte Light und zeigte kein Interesse an einer Fortsetzung des Gesprächs. Truth erinnerte sich, was Julian über Light und Fragen gesagt hatte, und sie drang nicht weiter in sie.

»Sie brannten«, sagte Truth. »Das taten sie sicher. Warum schläfst du nicht noch ein bißchen, okay?«

Light drehte sich um und kuschelte sich tiefer in ihre Kissen. In wenigen Augenblicken atmete sie wieder in tiefem Schlaf.

Truth wartete noch kurz, ging dann auf Zehenspitzen hinaus und schloß die Tür vorsichtig hinter sich. Thorne Blackburn war tot. Wie Marleys Geist, daran bestand kein Zweifel. Und solange nicht ein redseligeres und besser erhaltenes Gespenst, als es bisher in den Annalen der Parapsychologie aufgetaucht war, durch Shadow's Gate geisterte, hatten die Gespräche zwischen Light und Thorne Blackburn nicht stattgefunden.

Was das andere Thema anging: Auch Truth hatte *keine* Unterredung mit Thorne Blackburn gehabt, auch wenn das gerade Erlebte das Gegenteil nahezulegen schien. Denn es gab keinen Thorne Blackburn, der durch Light hindurch sprach, es konnte keinen geben – nur einen labilen Verstand, der sich anschickte, Wahn und Selbsttäuschung zu erliegen.

Auch unechte Magie konnte der Seele Schaden zufügen. Truth mußte ihre Schwester hier herausholen, bevor noch mehr Unglück geschah. Sie mußte Julian davon abhalten, Light für seine Rituale zu benutzen.

Aber wie? Truth hatte keine Ahnung, wie alt Light war, doch wenn sie Blackburns Kind war, mußte sie mindestens Mitte zwanzig sein – längst mündig. So wenig Julian Light gegen ihren Willen hier festhalten konnte, so wenig konnte Truth sie zwingen, mit ihr fortzugehen.

Es gab keine leichten Antworten. Wenn Light nicht mitging, was konnte sie dann tun? Truth würde es nicht ertragen, sich oder ihre neu gefundene Schwester der öffentlichen Neugier auszusetzen, indem sie die zuständigen Behörden einschaltete. Vielleicht war sogar ein Abstieg in den Wahn hier in Shadow's Gate den Institutionen vorzuziehen, die ihre deutlichen Spuren auf Lights Körper hinterlassen hatten.

Ohne Zwischenfall kam sie zu ihrem Zimmer und öffnete vorsichtig die Tür. Niemand war da – natürlich konnte auch niemand da sein. Nicht wirklich. Mit einem erleichterten Seufzer trat sie ein und schloß die Tür hinter sich ab. Dann beseitigte sie wie eine Katze alle Spuren der Durchsuchung, hängte Kleidungsstücke auf und glättete die Wäschestapel in den Schubladen, bis nur noch der Stapel von Büchern und ihr Notizbuch auf dem Bett an die Unordnung erinnerten.

Anschließend ging sie zum Fenster, öffnete es und atmete die würzige Nachtluft des Oktobers ein. Unter ihr, wohin das Licht vom Haus fiel, war das Gras grün, außerhalb der hellen Flecke war es schwarz. Sie reckte ihren Kopf, aber sie konnte die Kuppel des Zentralraums nicht sehen, so sehr sie sich auch mühte. Wenn sie nach oben in den Himmel schaute, sah sie, daß die Wolkendecke aufgerissen war, und der zunehmende silberne Halbmond war ein strahlender Funke zwischen den Bäumen. An Halloween war Vollmond, in nicht ganz zwei Wochen.

Wenn Julian sein Ritual durchführte, wußte Gott allein, welche Manifestation unkontrollierter psychischer Kräfte der unterirdischen Quelle er damit auslöste – es sei denn, sie kam ihm zuvor und entzog jener Kraft den Boden.

Sie wünschte von Herzen, Dylan wäre hier. Die Geistersuche – und Geistervertreibung – waren sein Feld, nicht ihres.

›*Er kann keine Dinge berühren, weil es die Energie abbaut. Besonders wenn Eisen im Spiel ist.*‹ Das Echo von Lights Worten kehrte zu ihr zurück. War das der Schlüssel, um den Spuk in Shadow's Gate zu beenden? Zwischen parapsychologischen Phänomenen und Magnetismus herrschte eine seltsame, wenn auch noch nicht ganz geklärte Beziehung, die sie sich vielleicht zunutze machen konnte.

Einen Moment lang brachte Truth Mitgefühl für Thorne Blackburn auf. Sie war sich jetzt ziemlich sicher, daß er Shadow's Gate nach der Lektüre von *Der Fluß, an dem die Geister wandeln* gekauft hatte. Hatte er gewußt, wie stark die psychische Energie an diesem Ort war, mit dem er sein Spiel treiben wollte, oder hatte er geglaubt, die ganzen Spukberichte seien nur Lug und Trug wie sein eigenes Geschäft? Vielleicht waren die schrecklichen Folgen gar nicht sein Fehler gewesen, sondern das Haus, das ihn benutzte …

Truth gab sich einen Stoß. Es war aufreibend genug, Thorne Blackburn zu erforschen, auch ohne Entschuldigungen für ihn zu erfinden! Ein Haus, in dem es spukte, hatte keinen eigenen Willen – Spukphänomene waren schlicht der Ausdruck von Personen, die zu Lebzeiten mit einem bestimmten Ort verbunden gewesen waren, und dahinter steckte nicht mehr freier Wille als in einer Tonbandaufnahme! Gespenster – Besessenheit – körperlose Geister – all das gehörte in das zwielichtige Grenzland zwischen Parapsychologie und Okkultismus, eine Grenze, die Dylan Palmer und Colin MacLaren mit Hingabe erforschten. Truth Jourdemayne hielt sich von diesen Dingen möglichst fern, sie bevorzugte Dinge, die sich messen ließen.

Was Thorne Blackburn anging, war er nun wirklich der letzte, der für die Opferrolle taugte. Blackburn hatte das Leben aller ruiniert, die an sein Paradies vom Neuen Zeitalter geglaubt hatten, und noch nach seinem Tod lockte sein Ruf Menschen herbei, die sich seinen ausrangierten Mantel begierig überzogen.

Sogar, wie Truth zugeben mußte, Julian. Julian, der von sich glaubte, er setze Blackburns Werk fort – der es sogar bald zum Triumph führen wollte?

Und was würden Julian und seine Freunde tun, wenn ihre Magie dieses Mal nicht gelang, weil Magie nicht gelingen konnte, niemals …

Bist du dir da sicher, Truth? flüsterte eine innere Stimme. Aber auch wenn sie es nicht war, schreckte Truth um ihrer Selbstachtung und um des Überlebens willen vor einer Welt zurück, in der Magie und Chaos herrschten.

Gehe den Spukerscheinungen auf den Grund, befahl Truth sich selbst und begann, vor ihrem offenen Fenster auf und ab zu gehen. Das hieß, daß sie Kameras und Tonbandgeräte brauchte – sehr kostbare Instrumente, die das Institut ihr nicht einfach zur Verfügung stellen würde. Selbst Dylan hatte manchmal Probleme, den Direktor zur Herausgabe der Geräte zu bewegen.

Dylan. Wenn sie ihn anrief und ihm die Sache schilderte, würde er ihr helfen. Er würde es verstehen, wenn sie ihm erklärte, daß Julian keine Fremden im Haus duldete.

Er mußte einfach.

Gedankenverloren rang sie die Hände. Dylan mußte verstehen, er mußte helfen – ohne ihn konnte sie nichts tun.

Truth blieb stehen. Freunde waren dazu da, einander beizustehen. War Dylan ihr Freund? Er hatte versucht, es zu sein. *Sie* war diejenige, die sich distanziert verhalten hatte, so daß keine Freundschaft entstanden war – genauso wie sie sich, solange sie denken konnte, von jeder tieferen Beziehung ferngehalten hatte. Jetzt wollte sie ihn für sich einspannen, im Namen einer Freundschaft, die nicht existierte – außer vielleicht in Dylans Wunschvorstellung.

Wenn das der Preis ist, dann mußt du ihn bezahlen. Strecke die Waffen und mache seinen Traum wahr, wenn das der Preis für seine Hilfe ist, sagte die gefühllose Stimme in ihr. *Wir tragen unsere Schuld ab. Das ist das Gesetz. Wem wir uns verpflichtet haben, an den sind wir für alle Zeit gebunden; das ist das Gesetz des Blutes.*

Hinter ihren Augen spürte Truth den Druck der Einsicht – oder der Phantasie; sie konnte es nicht unterscheiden –, und sie vertrieb ihn, halb wütend, halb ängstlich und wohl wissend, daß es in ihren Träumen wiederkehren würde, das kalte, unmenschliche Andere, das seine Kraft aus diesem Haus und dem Land bezog, worauf es stand, das im Gegensatz zur warmen, menschlichen Leidenschaft stand.

Eine Leidenschaft, die Truth immer von sich gewiesen hatte – bis jetzt, da ihr die Möglichkeit gegeben war, sie endgültig aus ihrer Seele zu verbannen.

Truth stöhnte, sank auf ihr Bett und wälzte sich hin und her, bis das Goldmedaillon der Bernsteinkette sich schmerzhaft in ihre Haut grub. Menschliche Fehlbarkeit oder unmenschliche Perfektion – ihr ganzes Leben über hatte sie es abgelehnt, eine Wahl zu treffen, doch sie wußte, daß sie sich eines Tages entscheiden mußte.

Wie Thorne Blackburn sich entschieden hatte – für die Menschlichkeit, obwohl er wußte, daß sie ihn zerstören würde.

»Du identifizierst dich zu sehr mit deinem Thema«, sagte Truth in lautem Trotz und lachte kurz auf. »Das nennt man Übertragung. Nur deswegen betreibst du so großartig Forschung, wo jeder vernünftige Mensch längst seine Sachen gepackt und das Weite gesucht hätte.«

Sie holte tief Luft, erkannte ihre Furcht – vor der Veränderung, vor dem Ungewissen, vor den todbringenden Möchtegern-Magiern. Als erstes würde sie morgen Dylan anrufen und sehen, ob sie ihn dazu bewegen konnte, die Aufnahmegeräte vom Bidney Institut herüberzuschicken. Dann würde sie nach Light sehen, sich um ein ruhiges Gespräch mit Michael bemühen und – o ja – ihre Recherche für die Biographie wieder aufnehmen, die der vorgebliche Grund ihres Hierseins war.

»Thorne Blackburns Botschaft an die Welt: Kauft keine Häuser, in denen es spukt«, sagte Truth laut. Sie wünschte sich jemanden, mit dem sie sprechen konnte...

Irene. Truth klammerte sich an den Gedanken wie an einen Strohhalm. Irene war vor 26 Jahren hier gewesen, als alles passierte. Sie hatte Truths – und Lights – Mutter gekannt. Gleichgültig, was Julian gesagt hatte, Truth konnte sie über die Kinder, über Thorne Blackburn befragen – sogar über die parapsychologischen Phänomene. Wenn sie Irene dazu bringen konnte, über die Gefahren der paranormalen Manifestationen in Shadow's Gate zu sprechen, gelänge es ihr vielleicht sogar, Julian zu überreden, Dylan herkommen und das Haus untersuchen zu lassen.

Plötzlich wünschte sich Truth verzweifelt Dylans Nähe, und wenn auch nur unter dem Vorwand, daß Spukhäuser sein Gebiet waren und nicht ihres ... und vielleicht, weil sie nicht ihr ganzes weiteres Leben damit zubringen mochte, letzte Gelegenheiten und vertane Chancen aufzurechnen, ohne je eine davon wahrgenommen zu haben.

Sie mußte noch heute abend mit Irene sprechen.

Der Entschluß, einmal gefaßt, erfüllte sie mit Hoffnung und neuer Kraft – jedenfalls war es etwas, das sich bewerkstelligen ließ. Truth richtete ihr Haar und prüfte ihr Gesicht im Ankleidespiegel. Sie konnte sich sehen lassen.

Im letzten Moment nahm sie die Kette ab und steckte sie zusammen mit dem Ring in die Kommode. Dann schloß sie die Tür auf und trat hinaus auf den Flur.

Die Zeit hatte einen ihrer seltsamen Sprünge getan, oder Truth hatte länger mit Aufräumen und Grübeln verbracht, als sie dachte; die Flure waren dunkel, da sie nur von weit auseinanderliegenden schwachen Garderobentischlampen erleuchtet wurden. Als Truth auf ihre Uhr sah, ging es auf Mitternacht zu. Wo konnte sie Irene finden? Am ersten Abend hatte Irene ihr gesagt, sie wohne gleich um die Ecke; und hatte Julian nicht heute abend auf die Tür von Irenes Zimmer gezeigt? Ja. Er hatte gesagt, daß es direkt unter Lights Zimmer liege, ein Stockwerk tiefer. Wenn ihr das nur zur Orientierung geholfen hätte ...

Es erwies sich aber als nicht allzu schwierig, vielleicht zu ihrem Unglück. Truth bog um die Ecke und sah die Tür, die sie als Irenes wiedererkannte, offenstehen. Ein Mann trat heraus. Truth erstarrte, vergaß zu atmen. Mit aufgerissenen Augen sah sie ihn an.

Sein blondes Haar war länger als das von Fiona, wallte frei und lockig über seinen Rücken. Er trug Schlagjeans, überzogen mit bunt gemusterten Stoffresten, sowie eine gehäkelte Weste aus verschiedenfarbiger Wolle über einem gebatikten

T-Shirt. An seinem linken Handgelenk befand sich statt einer Uhr ein breites Band, das im Dämmerlicht schwarz aussah.

Sie kannte die Gestalt von Hunderten von Fotografien.

Er zog die Tür sanft zu. Jede seiner Bewegungen war wie die eines jungen Liebhabers, der von einem Besuch bei seiner Geliebten aufbricht. Dann lief er über den Flur davon, fort von Truth, mit federndem, entschlossenem Schritt.

Thorne Blackburn.

Ein Gespenst aus der Vergangenheit. Ein Mann mit dem drahtigen, kräftigen Körper seiner Generation, als es noch keine Megavitamine, Jogging und persönliche Fitnessberater gegeben hatte. Ob Gespenst oder lebendiges Wesen, wußte Truth nicht zu sagen, aber sie wußte, daß sie diese sich entfernende Gestalt bisher noch nicht in Shadow's Gate gesehen hatte.

Komisch. Er ist kleiner, als ich ihn mir vorgestellt habe, dachte Truth und unterdrückte den Ausbruch eines unnatürlichen Gelächters, das in ihrer Brust aufstieg. Es hatte keinen Sinn, Irene jetzt zu wecken – falls sie schon schlief.

Was für ein verworrenes Netz das war – auch ohne die allgegenwärtigen Täuschungsmanöver! Sie konnte sich Julians Reaktion vorstellen, wenn sie ihm berichtete, daß sie Thorne Blackburn durch die Flure von Shadow's Gate hatte gehen sehen. Er würde nicht viel anders reagieren als sie, wenn man ihr vor einer Woche das gleiche erzählt hätte.

Was für ein Wirrwarr, dachte sie wieder und kehrte zu ihrem Zimmer zurück.

Als sie ihre Tür öffnete, sah sie resigniert, daß erneut jemand dagewesen war. Die Bücher, die sie aus der Bücherei mitgebracht und in einem Haufen auf dem Bett liegen gelassen hatte, waren nun säuberlich auf dem Schreibtisch aufgestapelt, und ihr Notizbuch lag aufgeschlagen obenauf. Wenigstens war, wer auch immer sie diesmal heimgesucht hatte, mit Ordnungssinn vorgegangen.

Sie schloß die Tür hinter sich ab, obwohl es jetzt eigentlich keinen Sinn mehr hatte, und ging zum Schreibtisch. Ihr Notizbuch war an einer Stelle aufgeschlagen, die biographische Anmerkungen zu Thorne enthielt, und quer darüber war in schrägstehender Schrift, die sie von den Foto-Alben kannte, geschrieben:

›Lügen, alles Lügen. Aber so ist die Wahrheit, Truth.‹

Es sollte Blackburns Handschrift darstellen, und in diesem Augenblick war sie bereit, sie dafür zu halten, auch wenn es unmöglich sein mochte. Falls es wirklich seine Handschrift war, gab es nur einen Grund mehr, gründliche Untersuchungen anzustellen. Falls jemand sie imitiert hatte – *warum hatte er das getan*?

Sie zitterte noch immer am ganzen Körper, als sie ihren Pyjama anzog und ins Bett ging. Sie hatte nicht die Absicht, zu schlafen, jetzt, und sich auf ihre Träume einzulassen. Sie schrieb in ihr Tagebuch, bis ihre Augen brannten, notierte akribisch Eindrücke und Erlebnisse, beschrieb die Phänomene mit klinischer Sachlichkeit: der Wirbel in der Bibliothek, Lights offenbare »Übertragung« von Thorne, Truths eigene Wahrnehmung im Flur. Sie war Wissenschaftlerin. Sie stellte keine Theorie auf, bevor sie nicht alle Daten gesammelt hatte.

Sie überprüfte jedes Faktum peinlich genau auf den Spielraum, den es für mißgeleitete Wahrnehmung, Fehleinschätzung oder schlichten Irrtum ließ. Außer im letzten Fall – um Mitternacht hatte sich Truth nicht als sonderlich zuverlässige Beobachterin empfunden – gab es dafür keine Anzeichen.

Ein Spuk – oder, in der Sprache ihres Berufs, ein paranormales Ereignis: etwas in der Wirklichkeit, worüber die alltägliche Welt ebenso spottete wie Truth über Magie. Doch Truth, deren bisherige Entwicklung nicht durch Glauben, sondern durch Arbeit bestimmt war, »glaubte« an paranormale Phänomene und wußte, daß diese eine Gefahr darstellten, die die sogenannten »Magier« nicht ernst nahmen.

Truth schüttelte müde und belustigt den Kopf. Julian dachte, er könnte mit ein paar Sprüchen und Gesängen unter Kontrolle halten, womit auch immer das Haus ihn zu überschütten plante, so wie ein vorgeschichtlicher Heide Jungfrauen in den Rachen des Vulkans warf in der Hoffnung, dieser möge ihn verschonen – und mit dem gleichen Erfolg.

Vorausgesetzt natürlich, daß sie recht hatte. Aber es konnte keine andere Erklärung geben – oder ihr ganzes Leben war auf Irrtümern aufgebaut.

Sie legte ihr Tagebuch beiseite und wendete sich den Büchern zu, die sie aus der Bücherei mitgebracht hatte. Versunken in die frühe Geschichte von Shadowkill, las sie die Nacht hindurch bis zur Morgendämmerung.

Im unversöhnlichen Morgenlicht studierte Truth ihr Spiegelbild. Ihr Gesicht war bleich vor Erschöpfung und von zu wenig Schlaf, der Glanz ihrer Augen wurde von den dunklen Schatten darunter verstärkt. Nun, dann sollte es eben so sein. Sie hatte früher schon Nächte durchwacht und überlebt. Es würde ihr heute gutgehen, sofern sie nichts Kompliziertes tun müßte – wie Autofahren.

Nachdem sie herausgefunden hatte, daß es in ihrem Badezimmer keine Dusche gab, nahm sie ein kurzes Bad mit Schwamm und kaltem Wasser, um sich wacher zu machen. Gleichgültig, was sich ihr heute abend in den Weg stellte, und sollte das Schlafzimmer mit Ketten versperrt sein, sie mußte Schlaf bekommen – oder sich geschlagen geben vor einem Stück Rindfleisch und einer gekochten Kartoffel – um einen Satz von Charles Dickens zu zitieren.

Sie zog schnell eine Khakihose und einen warmen Rollkragenpullover an; ein wenig leger, aber sie hatte sich für das Herumstöbern in staubigen Archiven gekleidet, nicht um mit Leuten von Julians Schlag zu verkehren. Vielleicht sollte sie einen Spaziergang nach Shadowkill unternehmen und ein paar Sachen kaufen, um ihrer Garderobe neuen Pfiff zu geben. Sie bezweifelte, daß sie an diesem Morgen sonderlich für intellektuelle Arbeit taugte. Zunächst plante sie nur, nach Light zu sehen und sich dann auf der Suche nach Kaffee ins Speisezimmer vorzuwagen und abzuwarten, wie sich die Dinge von dort aus entwickelten.

Doch als sie zu Lights Zimmer im zweiten Stock hinaufging, war es leer.

»Sie ist mit Julian gegangen«, sagte Irene, die einen Stapel zusammengelegter Leinenwäsche trug.

Im unbarmherzigen Morgenlicht wirkte der purpurrote Kaftan, den sie trug, wie ein bizarres Kostüm. Die Linien ihres Gesichts wiesen in einer Mischung aus Erschöpfung und Niedergeschlagenheit alle nach unten. Irene Avalon sah sterbenskrank aus, doch Truth hatte plötzlich keine Zeit für Mitgefühl.

»Wohin?« fragte sie hart. Wohin hat er meine Schwester gebracht?

»Sie sind im Tempel. Aber …«

Truth wartete das Ende des Satzes nicht ab.

Immer im Kreis, im Kreis ging's herunter – sie wurde eine immer bessere Pfadfinderin in Shadow's Gate, dachte sie in verzweifelter Gelassenheit –, bis sie das Erdgeschoß erreichte und dort den seltsamen schmalen Korridor entlangging, der zum großen Hof in der Mitte des Hauses führte. Sie kam zum Stehen und versuchte einen der sonnenstrahligen Bronzeknöpfe.

Abgeschlossen. Die Tür war zu.

»Julian! Machen Sie auf!«

Truth trommelte gegen die Tür. Sie nahm keine Rücksicht darauf, daß sie möglicherweise eine Sitzung störte, die Julian mit Light abhielt. Julian wußte doch, daß Light zerbrechlich, daß sie krank gewesen war. Wie konnte er es *wagen*, sie jetzt dem hier auszusetzen?

Schließlich hielt sie atemlos inne. Denn sie erhielt nicht mehr Antwort, als hätte sie an eine Hausmauer sechs Counties entfernt getrommelt. Sie lehnte sich gegen die Wand, rieb sich ihre schmerzende Hand und keuchte. Irgend jemand in diesem Mausoleum mußte einen Schlüssel haben – und sie würde ihn sich besorgen.

Ihr erster Halt auf der Suche war das Speisezimmer. Sie war sich sicher, daß sie bei Ellis fündig werden würde, und wenn sie seine eigene Kopie stehlen müßte. Doch als sie ankam, war es nicht Ellis, sondern Michael, der es sich dort gemütlich machte.

»Wo ist Ellis?« fragte Truth unvermittelt. »Ich muß in den Tempel.«

Michael war genauso seltsam förmlich gekleidet wie bei ihrer ersten Begegnung: Selbst beim Frühstück trug er einen schwarzen Anzug mit Seidenkrawatte. Doch Michaels Kleidung war kein Ausdruck seiner Macht, wie Julians. Michael trug sie, als wäre es eine Art Eingeborenenkleidung und er selbst der aristokratische Botschafter eines großen exotischen Reiches.

Michael stand höflich auf, als sie eintrat.

»Ich glaube, er schläft noch«, sagte er. »Julian hat den Kreis gestern nacht lange wachgehalten, und Ellis spielt in dem Ritual eine ziemlich große Rolle. Truth, was gibt's für Probleme? Sie sind weiß wie ein Laken.« Er kam einen Schritt auf sie zu.

»Ich muß in den Tempel«, wiederholte Truth verbissen. »Julian hat Light mit hineingenommen ...«

Sie unterbrach sich, als sie Michaels Gesicht sah.

»Light im Tempel? Nein, da ist sie nicht«, sagte er erstaunt. »Julian ist mit ihr hinaus aufs Land gefahren. Sie haben sie gerade verpaßt; Julian ist vor fünfzehn Minuten losgefahren; sie ...«

»Verdammt ...« Truths Stimme schnappte vor Zorn beinahe über. »Wem von euch darf ich glauben? Irene hat mir erzählt, sie seien im Tempel – und der Tempel ist abgeschlossen!«

Michael sah sie fast mitleidig an. »Ich würde Sie nicht anlügen, niemals, und am wenigsten, wenn es um Light geht. Vielleicht sind sie für eine Minute oder so hineingegangen, aber ich gebe mein Wort, ich habe sie gerade wegfahren sehen, wie ich Ihnen gesagt habe. Und Julian schließt den Tempel immer ab, wenn sie nicht drin sind.« Er bot ihr den Stuhl neben sich an und setzte sich wieder. Seine dunklen Augen ruhten auf ihr.

Truth ließ sich langsam auf den angebotenen Stuhl nieder, beinahe beschämt über ihren Gefühlsausbruch angesichts Michaels bedachter Ruhe. Gewiß, sie hatte ein Recht, sich um Lights Wohlergehen zu sorgen, doch gleich so an die Decke zu gehen ...

»Erzählen Sie mir, was letzte Nacht passiert ist«, sagte Michael. Truth starrte ihn ausdruckslos an, und Michael schob ihr die Thermoskanne hin. Es tat ihr gut, den Morgenkaffee einzuschenken und die warme Tasse zwischen den Händen zu halten. Der erste Schluck stellte ihre Selbstbeherrschung vollends wieder her.

Selbstbeherrschung. Das ist das erste, was Shadow's Gate zerstört. Und dann den ganzen Rest.

Erst zögernd, dann forscher, als die Erinnerung an ihre Wut sie in Fahrt brachte, erzählte Truth Michael von dem Wirbel in der Blackburn-Bibliothek und von Lights Zusammenbruch.

»... und als ich ihm vorschlug, es untersuchen zu lassen, lehnte er ab. Zunächst«, verbesserte sie sich hastig. »Dabei kann ich nicht alles alleine machen! Und Julian muß einsehen, daß mit solchen Phänomenen nicht zu spaßen ist; er wird sich jemanden anderen als Light suchen müssen, wenn er heiliges Theater spielen will. Er kann sie nicht länger benutzen – nicht nach diesem Vorfall.«

»Aber da irren Sie sich, Truth«, sagte Michael düster. »Es ist genau die Art von Vorfall, die Julian davon überzeugt, daß er sich auf dem richtigen Weg befindet und sein Werk fortsetzen muß – mit Light.«

Als ob er nichts Dramatisches gesagt hätte, schob er Truth den Korb mit warmen Brötchen hin. Die Marmeladengläser glitzerten im Sonnenlicht, ihr Inhalt turmalin- und bernsteinfarben oder golden.

»Er irrt sich«, sagte Truth schlicht, ohne Emotion. Sie nahm sich ein Brötchen und überdachte ihre Worte. Sie klangen irgendwie seltsam. »Sie irren sich«, berichtigte sie sich gewissenhaft. »Julian ist ein ... Er würde so etwas nie tun.« *Würde er?*

Michael seufzte, als lastete das ganze Gewicht der Welt auf ihm. »Wir haben so selten recht, wenn wir zu wissen glauben, was ein anderer tun oder nicht tun wird. Sie sind Wissenschaftlerin, Truth. Würden Sie mit Ihren Untersuchungen nur aus Gründen der Bequemlichkeit aufhören?«

»Nein – aber ...«

»Ebensowenig wird Julian aufhören. Es hat ihn viele Jahre und unvorstellbare Opfer gekostet, um den Punkt zu erreichen, den er jetzt erreicht hat. Er wird nicht aufhören. Und im Grunde bleibt ihm nur noch wenig Zeit.«

Truth runzelte die Stirn. Michael und Irene hatten gestern beide davon gesprochen, wie knapp die Zeit war. Doch für einen Mann mit Julians Mitteln – oder scheinbaren Mitteln – machte das keinen Sinn. Wenn Julian Pilgrim der war, der er zu sein schien …

»Warum? Warum hat er nur noch wenig Zeit?«

Michael lächelte, und sie war etwas verlegen wegen ihrer Gruselphantasien. »Einfach deshalb, weil er die Öffnung des Tores, die er vorhat, nicht allein vollbringen kann. Er braucht mindestens sieben Personen. Mehr – soviel ich verstanden habe, wären von Vorteil. Und zusätzlich zu einem funktionierenden Trancemedium erfordert sein Konzept auch einen sogenannten Hierolator«, sagte Michael leise.

Truth hatte noch immer nur eine äußerst vage Vorstellung davon, welchen Platz der Hierolator – oder die Heilige Konkubine – in Blackburns Ritualen einnahm, doch sie wußte, daß es Fionas Rolle war. Sie fühlte einen fernen Groll, als ob dieses Gefühl und diese Frau sich nicht trennen ließen.

»Er braucht sieben Leute«, wiederholte Truth. Sie ging die Namen im Kopf durch: Gareth, Donner, Caradoc, Hereward und der Rest. »Aber mit ihm selbst sind es neun.«

»Für wie lange?« fragte Michael. »Magische Verbindungen sind von Natur aus flüchtig. Julian hält die Leute durch die Kraft seines Willens hier versammelt.«

Und durch sein Geld, dachte Truth spöttisch, aber sie verstand, was Michael meinte. Julian hatte für seine mystischen Mitstreiter im Kreis der Wahrheit keine echte Autorität, weder weltlich noch spirituell. Was sie bei ihm hielt, war die Hoffnung auf Erfolge in der Magie – oder vielleicht auf noch mehr materiellen Gewinn.

»Er muß bald handeln«, sagte Michael. »Er hat gesagt, er will an Halloween einen Versuch wagen; ich glaube ihm das. Die Gefahr für Sie wird mit dem Sonnenaufgang enden …«

»Oh, Michael, nicht das wieder«, sagte Truth gequält. »Was, glauben Sie, wird Julian tun – mich dem Großen Gott Pan opfern? Ich glaube, ich kann seinen Charakter besser beurteilen.«

»Ich habe nie gesagt, daß Julian eine Gefahr für Sie darstellt«, erinnerte sie Michael, und Truth errötete über ihre eigene Unterstellung. »Die Gefahr für Sie liegt im Wissen. Wenn Sie lernen, was ich fürchte – und Sie werden es lernen, wenn Sie hierbleiben –, dann können Sie nie mehr in Ihr altes Leben zurück, sein Friede und seine einfachen Freuden sind dann dahin.«

»Wieso glauben Sie, daß ich so etwas hätte?« platzte Truth heraus, und die Selbstentblößung, die darin lag, ließ ihre Wangen erneut rot werden. Sie hätte ihm ebenso erzählen können, daß ihr Leben hohl und leer war, daß es nichts gab, für das es sich zu kämpfen gelohnt hätte.

Denn ihr ganzes Leben, so wurde Truth jetzt klar, war ein Kampf *gegen* etwas gewesen, ein blinder, kopfloser Widerstand, der ihr keine Zeit zur Selbsterkenntnis gelassen hatte.

»Ich meine, wenn es so gefährlich ist, warum klären Sie mich dann nicht darüber auf, so daß ich entscheiden kann, ob ich bleibe oder gehe«, fügte sie schnell hinzu, um ihre Empfindungen abzulenken. »Wir sind hier nicht im 18. Jahrhundert, Michael – es gibt kein ›der Mensch darf nicht wissen‹, und wir alle leben täglich mit Schrecken, die jede Vorstellungskraft übersteigen. Hunger, Krieg ...« Sie unterbrach sich, gestikulierte mit ihrer Kaffeetasse. »Was könnte furchtbarer sein als Aids? Oder ein Schuß aus einem überholenden Auto?«

Michael lächelte bitter. »Wenn ich mich selbst so gut erkläre, daß Sie es verstehen und die Wahrheit meiner Worte akzeptieren, dann habe ich versagt, denn dann haben Sie bereits die Wahrheit gelernt, die ich von Ihnen fernhalten will. Solange es eine Hoffnung gibt, daß Sie unschuldig bleiben, muß ich schweigen – um Ihretwillen.«

Schau, schau, bist du wirklich ein Mitglied der Inquisition? Oder nur der Großinquisitor?

Die flapsigen Worte, die Truth äußern wollte, formten sich von selbst in ihrem Kopf, aber sie ließ sie unausgesprochen. Truth war überzeugt, daß Michael an das glaubte, was er sagte, und seit gestern abend war sie ehrlich genug einzuräumen, daß ein solcher Glaube nicht automatisch bedeutete, daß der Mann verrückt war.

Spontan streckte sie ihre Hand aus und legte sie auf seine.

»Es tut mir leid, Michael. Ich weiß, Sie meinen, was Sie sagen. Es ist wahrscheinlich sogar wahr. Aber ich kann einfach nicht gehen. Ich kann nicht.«

In sich hineinhorchend, war Truth ein wenig überrascht, daß dies die reine Wahrheit war. Wenn sie jetzt, aus welchem Grund auch immer, fortging, dann würde ein wesentlicher Teil des Mechanismus, der aus ihr Truth Jourdemayne und nicht irgendeine andere Frau gemacht hatte, für immer zerbrochen sein.

Michaels Hand schloß sich über ihrer und bot einen Schutzraum, den Truth, wie sie wußte, nicht annehmen konnte, ohne sich selbst aufzugeben. Sie sah sich plötzlich selbst als eine Motte, die in der grausamen Flamme von Michaels heiligem und reinigendem Feuer zugrunde ging.

»Ich werde für Sie beten und hoffen, daß Sie die Kraft finden, zu gehen«, sagte Michael.

»Und ich vermute, daß Sie und ich am ersten November ein längeres Gespräch haben werden«, sagte Truth, um Aufheiterung bemüht. Alle Instinkte riefen ihr zu, vor Michael wegzulaufen – nicht vor dem, was er tun würde, sondern einfach vor dem, was er war. Sie zwang sich zu bleiben, wo sie war, und seine Hand zu halten.

Kind der Erde, dies ist nicht dein Ort …

Michael lächelte sie an, mit der schmerzhaften Sanftmut eines Mannes, der einmal mehr eine große Bürde auf sich lud, die er dennoch bis zum Ende tragen mußte.

»Tut mir leid«, sagte er bedauernd, zog seine Hand zurück und erhob sich, und in diesem Augenblick konnte Truth seine Sorge wie das Läuten einer großen Glocke spüren.

Dann verließ Michael den Raum und überließ Truth sich selbst.

Die Morgensonne funkelte in den Kristalltropfen der nicht angezündeten Kronleuchter. Das freundliche Zimmer mit seinem anmutigen viktorianischen Mobiliar, seinen Brokattapeten und dazu passenden Samtvorhängen wirkte fremdartig, wie von Marsbewohnern für irgendeinen außerirdischen Ritus hergerichtet. Truth streckte die Hand aus, die Michael gehalten hatte, und blickte sie an, als ob sie sie zum ersten Mal sähe.

Wer würde sie sein, was sollte sie tun, wenn alles, was sie für Wirklichkeit hielt, eine solch tödliche Wunde erhalten hatte? Was, wenn diese Leute nicht verrückt waren? Was, wenn ihre Art, die Welt zu sehen, die richtige war?

Was, wenn ihr Vater, den sie all die Jahre gehaßt hatte, kein Monstrum war, sondern ein Held?

Der Schmerz der hervorquellenden Tränen brachte sie auf den Boden zurück. »Nein«, flüsterte sie. »Sie haben unrecht. Es ist nichts als ein dummes Spiel. Ich werde es beweisen. Das *werde* ich.«

Der Raum, in dem sich die Blackburn-Sammlung befand, lag still und friedlich in der Morgensonne, wie ein Tempel, errichtet für die Heiterkeit des reinen Denkens. *Der reinen Lügen*, dachte Truth verzweifelt. Sie hatte eine schwache Ahnung, daß sie den Kampf, den sie führen mußte, nur verlieren konnte.

Ebenso wie sie ihren Verstand zu verlieren schien. Denn wenn sie nicht gesehen und gehört haben konnte, was sie gesehen und gehört hatte, was blieb ihr dann noch, woran sie glauben konnte?

Ein leichter Duft von Zitronenpolitur lag in der Luft, und sie sah, daß der Kamin von der Asche gereinigt worden war. Sie fragte sich, wer das wohl gemacht hatte – wer überhaupt in Shadow's Gate für Sauberkeit sorgte. Gewiß war es nicht Irene, trotz der Tatsache, daß Truth sie heute morgen gesehen hatte, als sie offensichtlich Lights Bett machen wollte. Irene konnte nicht die ganze Arbeit im Haus leisten. Truth hatte aber bisher keine anderen Bediensteten in Shadow's Gate gesehen als Hoskins, den Koch, und Davies, seinen Gehilfen. Wenn nicht Irene und nicht Hoskins, wer dann?

Diese kleinen häuslichen Rätsel beschäftigten sie nur kurz. Sie warf erneut einen Blick auf den Kamin. Sie mußte unbedingt Julian fragen, was hier verbrannt worden war, auch wenn sie darauf schon eine Antwort von Light hatte – oder von dem, was aus ihr gesprochen hatte.

Wenn sie daran glauben wollte.

Und wenn sie …

Nein. Mit einer fast körperlichen Anstrengung stieß Truth die Unvernunft von sich und versah sich mit sämtlichen Waffen der Logik, die sie ihr ganzes Leben lang beschützt hatten. Es spukte hier, das war alles. Sie ging zum Kamin, und auf dem Weg spürte sie plötzlich schneidende Kälte, als stünde sie im Zug.

Aber es war hier zuvor kein Luftzug gewesen. Was hier gewesen war, etwa gestern abend, war ein großes paranormales Ereignis, und damit so etwas hier geschehen konnte, mußte es eine Art Fokus geben – eine Stelle in dem Raum, wo die Aktivität ihr Zentrum hatte … und solche Stellen oder Orte zeichneten sich fast immer durch einen Kältestrom aus.

So wie dieser hier.

Wie ließ er sich prüfen? Eine geeignete Ausrüstung lag in ferner Zukunft – vorausgesetzt sie konnte Dylan erreichen und ihn zur Mithilfe bewegen. Doch die Antworten brauchte sie *jetzt*!

Truth schaute sich um und sah auf einem der niedrigeren Buchregale eine Reihe von Büroutensilien durcheinander liegen. Darunter befand sich eine Rolle mit dünnem Zwirn und ein Stück Tafelkreide.

Diese würden für ihren Zweck ausreichen.

Ein Schmetterlingshalter war ein guter Ersatz für ein Pendel. Truth schnitt einen Zwirnsfaden etwas kürzer als ihre Körperlänge ab – damit, wenn sie mit ausgestrecktem Arm stand, das Gewicht der Metallklammer am Ende des Zwirns sich etwa zweieinhalb Zentimeter über dem Boden befand. In knapp fünf Minuten war sie mit ihren Vorbereitungen fertig.

Sie stand am Rand der Stelle, an der sie den Luftzug verspürt hatte, und hielt ihren Arm gerade von der Schulter weggestreckt, das Pendel hing senkrecht herunter. Dylan hatte gesagt, die besten Pendel seien aus Kupfer, das hatte mit Elektrizität zu tun; Truth hoffte nur, daß eine Büroklammer ebenso wertvolle Dienste leistete. Sie hatte seinen Aufsatz über die Kartierung von Kaltfleck-Phänomenen gelesen, worin genau das beschrieben war, was sie jetzt tun wollte; aber sie hatte nie bei einer solchen Arbeit zugeschaut.

Sie hatte sich davor gefürchtet. Das wurde ihr jetzt klar. Parapsychologie war eine feine Sache, solange sie mit Hilfe von Computern und in Laboratorien gemessen wurde. Doch der losgelassenen Wissenschaft auf ihrem eigenen Gebiet zu begegnen, davor scheute sie zurück, aus Furcht vor dem, was sie sehen würde.

Es gab so viel, von dem sie sich abgegrenzt hatte, einfach, um es nicht zur Kenntnis zu nehmen. So viele Gelegenheiten waren dadurch verloren gegangen. Und jetzt wollte Michael, daß sie sich weiter versteckte – sah er nicht, daß sie sich ebensogut lebendig begraben lassen könnte?

Sie biß ihre Zähne zusammen und stand fest, blickte hinunter und wartete darauf, daß sich das Ersatzpendel bewegte. Es kreiste gemächlich und schwang vor und zurück, wurde langsam und langsamer, bis es seine Ruheposition erreichte.

Doch als es stehenblieb, hing es nicht richtig.

Truth blinzelte mit den Augen, versuchte, die Ruhe des Pendels nicht zu zerstören. Es war schwer zu glauben, was sie sah, auch wenn es exakt das war, worauf Dylans Untersuchung sie vorbereitet hatte: Der Faden hing von ihren Fingern in einem Winkel, das Pendel am Ende zog ihn aus der Lotrechte fort, als ob ein unsichtbarer Magnet es anzöge.

Truth markierte mit den Augen die Stelle, wohin das Pendel zu streben schien. Als sie einen Schritt tat, fiel es zurück in seine alte Schwingung, als wäre sein unnatürlicher Schwebezustand nur eine dem Licht geschuldete Täuschung gewesen. Sie malte mit der Kreide ein Zeichen auf den Boden und ging ein paar Schritte zur Seite, um erneut das Pendel ausgestreckt zu halten. Ihre Schulter begann sich zu verkrampfen, als sie das Pendel ruhig zu halten versuchte und darauf wartete, daß es zum Stillstand kam.

Eine halbe Stunde später taten ihr Nacken und Schulter weh, und Kreidezeichen bezeichneten ein unregelmäßiges Oval von fast einem Meter Länge. Innerhalb dieses Perimeters war die Temperatur mindestens 15 Grad kälter als im übrigen Raum.

Ich hab's! triumphierte Truth im stillen. Wenn sie erst einmal das Polybarometer aufgestellt hätte, um die Schwankungen zu messen, wäre es, als hielte sie ein Stethoskop an den Herzschlag des Hauses. Spitzen und Täler in der Aktivität würden die Temperatur- und Druckschwankungen spiegeln.

Truth runzelte die Stirn. Das war alles sehr schön, wenn es zutraf. Aber sie war sich zu 90 Prozent sicher, daß die Quelle das Zentrum der Aktivität war – und die Quelle befand sich unter Julians Tempel, nicht hier.

War es nicht so? Truth seufzte und wickelte den Zwirn um das improvisierte Pendel.

Und hielt inne.

Sie wurde beobachtet.

Die Erkenntnis kam mit der Plötzlichkeit einer Offenbarung und war um so unheimlicher, da Truth sich gegenüber der zweiflügligen Eichentür befand und wußte, daß sie nicht geöffnet worden war.

Sie war allein in diesem Raum.

Aber das Gefühl, beobachtet zu werden, war so intensiv, daß es an Schmerz grenzte. Truth ließ das Zwirnknäuel fallen, so daß es um sie herum kullerte, dann drehte sie sich zur Wand in ihrem Rücken um.

Die Wände in der Bibliothek waren mit den für jene Zeit üblichen Verzierungen bemalt, doch jetzt lief am äußeren Rand einer dieser Malereien ein schwarzer Riß herunter, setzte sich senkrecht über die Holzvertäfelung fort und endete erst in den Rissen der Dielenbretter.

Eine Tür.

Sie war schon zwei Schritte darauf zugegangen, als ihr klar wurde, daß, wer immer diese Geheimtür sichtbar gemacht hatte, möglicherweise noch dahinter stand – und sie traute diesem Wem-immer keineswegs nur freundliche Absichten zu. Sie zögerte, gefangen zwischen Neugier und Vorsicht.

Sie hörte einen hohen wimmernden Laut, wie wenn man mit der Fingerspitze über den feuchten Rand eines Kristallglases fährt. Dann ein dumpfer Schlag, schwer und hölzern, wie eine Axt, die tief in einen Holzklotz schlägt.

Truth wirbelte herum, um zu sehen, wie das goldgerahmte Gemälde von Thorne Blackburn, sechs Fuß hoch und vier Fuß breit, auf den weißen Marmorvorsatz des Kaminsimses knallte. Die untere Leiste des reich verzierten Gipsrahmens wurde zerschmettert. Truth konnte gerade noch zurückspringen und hörte die Gipssplitter wie Hagelkörner auf den Boden spritzen, als das riesige Bild nach vorn kippte und mit der Vorderseite voraus gerade dahin stürzte, wo Truth bis eben gestanden hatte. Die Wucht, mit der es aufschlug, war von einem Donnerschlag begleitet, dem Tag des Jüngsten Gerichts würdig.

Truth würgte. Die obere Kante des Rahmens lag keine dreißig Zentimeter von ihren Füßen entfernt. Wenn sie sich nicht in Richtung der versteckten Tür bewegt hätte, dann läge sie jetzt unter dem Bild begraben.

Die Tür.

Sie wendete sich ihr erneut zu, sah aber keinen Spalt mehr in der Wand. Mit zitternden Beinen ging sie zur Wand, tastete sie mit einer Hand ab.

Es gab keine Tür, keine Verbindungsstelle, nicht einmal die Möglichkeit einer Tür. Verputz und Wandfarbe bildeten eine dichte, durchgehende Oberfläche, die sich nicht vortäuschen ließ. Hier konnte keine Tür sein.

Vielleicht war es eine Halluzination – noch ein parapsychologisches Ereignis, kam ihr in den Sinn, und sie spürte einen ihr vertrauten Ärger, daß sie zu wilden Spekulationen Zuflucht nahm. Aber sie wußte es einfach nicht – es gab keinen verläßlichen Weg herauszufinden, welche Regeln hier noch galten.

Sie kehrte zu dem zerstörten Bild zurück. Der zerplatzte Gips vom Goldrahmen bildete ein weißes Sternmuster auf dem gelben Kiefernboden. Jetzt, da es mit der Bildseite nach unten lag, konnte man leicht erkennen, daß das Porträt von Blackburn nicht auf Leinwand, sondern auf Holz gemalt war. Das Gemälde mit dem Rahmen mußte zwei Zentner wiegen. Ein eisiger Schauer lief ihr den Rücken hinunter. Dies hätte Gehirnerschütterung, gebrochene Knochen bedeuten können – wenn nicht Schlimmeres. Sie tastete nach einem der Stühle und stützte sich auf die Rückenlehne, als sie sich hinsetzte.

Jetzt, da die unmittelbare Gefahr vorüber war, begann ihr Körper zu reagieren, ihre Muskeln tanzten und zitterten, als gehorchten sie dem Willen eines anderen. Truth zwang sich, die Furcht, die sie zu verschlingen drohte, niederzukämpfen und sich auf das zu konzentrieren, was geschehen war. Das Bild war heruntergestürzt.

Warum? Sie glaubte nicht länger an Zufall.

Truth hatte das Geräusch der sich öffnenden Tür gehört.

»Ah, hm«, machte Caradoc, der auf der Türschwelle stand. »Ich, huh…«, er schaute von dem Bild zu Truth. »Kann ich helfen?«

KAPITEL 10

Wahrheit oder Wagnis

Nichts ist so ausgefallen und irrational, als daß einige Philosophen es nicht schon als Wahrheit ausgegeben hätten.
JONATHAN SWIFT

Truth lachte hilflos auf und schaute von dem Bild in Caradocs Gesicht. »Auch wenn es so aussieht, ich neige nicht zu Bilderstürmerei. Es ist einfach heruntergefallen.«

War es nicht so?

Caradoc kam auf sie zu. Das Licht ließ sein dunkelbraunes Haar rot erscheinen und umgab seinen modisch kurzen Haarschnitt mit einem schwach glänzenden Glorienschein. Er stand neben ihr und betrachtete ernst den Boden.

»Jemand«, sagte Caradoc nach langer Bedenkzeit, »muß es aufheben und wieder an die Wand hängen. Julian wird verdammt sauer sein.«

Er sagte dies mit düsterem Behagen.

»Die Holztafel scheint nicht zerbrochen zu sein, also ist dem Bild wahrscheinlich nichts passiert«, sagte Truth mit so tröstender Stimme, wie ihr möglich war, »aber der Rahmen ist wohl hinüber.« Caradoc schnaubte vielsagend.

Sie wendete ihren Blick wieder der Wand zu. Hoch oben auf der eierschalenfarbenen Fläche befand sich ein kleiner kreisrunder Fleck, wie ein Kugelloch, in dem die Kugel noch steckte – die zurückgebliebene Hälfte des Hakens, an dem das Bild aufgehängt gewesen war. Sie schaute zu Boden und sah den Rest davon. Die andere Hälfte des durchtrennten Hakens lag in dem Gipsstaub direkt neben ihren Füßen. Er war so dick wie ihr Finger und sah aus, als wäre er durchtrennt worden.

»Was für ein Schlamassel«, sagte Caradoc, womit er ihre Aufmerksamkeit zurückgewann. »Sie können wirklich von Glück sagen, daß Sie nicht darunter liegen. Ich war auf dem Weg zum Frühstück, da hörte ich es runterfallen – zumindest habe ich geglaubt, daß es das war; es klang wie die Posaunen des Jüngsten Gerichts. Zuerst dachte ich, es würde donnern.«

Unwillkürlich sah Truth zum Fenster. Der klare blaue Himmel kündigte keine Gewitter an.

»Oh, sicher«, sagte Caradoc, als ob sie gesprochen hätte, »heute abend gibt es einen gewaltigen Sturm – Sie werden sehen.«

Er hielt inne, so wie jemand, der bleiben wollte, aber nicht wußte, ob dies erwünscht war. Truth fragte sich, wie sie bei ihrer Ankunft auf die Bewohner von Shadow's Gate gewirkt haben mußte, wenn er sich ihr gegenüber so verhielt. Sie konnte sich jetzt weniger denn je erlauben, isoliert zu sein und am Rande zu stehen. In dem Kampf, der auf sie zukam, brauchte sie Verbündete, und sie hatte zu lange damit gewartet, sich welche zu suchen.

Sie schob diesen Gedanken aber beiseite, um sich nicht ablenken zu lassen.

»Caradoc«, fragte Truth, »hat irgend jemand schon einmal von Geheimgängen hier in Shadow's Gate gesprochen? Hinter den Wänden zum Beispiel?«

Caradoc runzelte die Stirn. »Es soll einen unter der Küche geben, der zum Stall führt – wo mal ein Stall war, meine ich, vor über hundert Jahren. Aber ich glaube, daß er zugemacht wurde, damit der Boden in der Küche nicht absinkt – damals, als Blackburn das Haus besaß, hat Julian gesagt. Und ich weiß, daß es Geheimtreppen in den Schlafzimmern im zweiten Stock gibt, die zu den Türmen führen. Julian hat sie mir auf den Plänen gezeigt.« Caradoc sah sie fragend an.

»Aber nicht hier in diesem Raum?« fragte Truth.

»Nein, keine im Erdgeschoß, außer der Küche. Es wäre kein Platz dafür, nehmen Sie nur den Trommelraum und all die Korridore drumrum.«

»Den Trommelraum?« fragte Truth.

»Den Tempel. Einige von uns nennen ihn den Trommelraum. Er ist rund, und wenn man bei einem Sturm drin ist, dann ist es wie in einer Trommel – es hallt unglaublich.«

»Hm.« Ihre Beine waren nun stabil genug, und so stand Truth auf. Sie fuhr mit ihrem Schuh im Gipsstaub auf dem Boden herum und beugte sich dann zu dem Haken herunter. Sie drehte ihn zwischen ihren Fingern hin und her. Der Haken, der das Bild gehalten hatte, war glatt durchgeschnitten, ohne den gezackten Rand von zerschlissenem Metall, das auseinandergebrochen war.

Aber wenn er durchgesägt worden wäre, hätte er dann nicht sofort herunterstürzen müssen, statt zu warten, bis sie darunter stand? Und er konnte nicht in dem Moment durchgesägt worden sein, unmittelbar bevor das Bild fiel, es sei denn, in Shadow's Gate gab es mit CO_2-Lasern bewaffnete Kobolde.

Sie versuchte es mit einem anderen Thema.

»Sagen Sie, Caradoc, was halten Sie davon, wie Julian die Öffnung des Tores handhabt?« *Und was hältst du davon, Truth Jourdemayne?* fragte sich Truth, als sie sich sprechen hörte.

Caradoc zuckte mit den Schultern. »Vielleicht funktioniert es so, wie er es sich vorstellt. Obwohl, wissen Sie, mit der Magie ist es so, daß wir etwas erreichen und es wochenlang nicht merken. So ist Magie nun mal.«

Wenn ihr etwas erreicht, merkt ihr es innerhalb von Sekunden. Truth wußte nicht zu sagen, wo diese innere Gewißheit herkam, oder auch die hoffnungslose Überzeugung, daß Caradoc wenig von den Gefahren verstand, die mit dem Großen Werk verbunden waren, an dem er mitarbeitete. Seine Magie gehörte einer Welt der Allegorie und Gnosis an, nicht der Welt schierer unheimlicher Macht.

»Bei der Magie geht es um wirkliche persönliche Transformation, verstehen Sie, nicht dieses ganze David-Copperfield-Zeug«, fuhr Caradoc fort. »Ich glaube an das, was Blackburn versucht hat, und ich kann mir keine bessere Zeit vorstellen, um das Tor Zwischen Den Welten zu öffnen, als jetzt. Die Menschheit könnte wirklich ein bißchen Hilfe brauchen, verstehen Sie?«

Truth schaute kurz von dem Metallstück auf in sein Gesicht. Seine Haselnußaugen leuchteten vor Überzeugung – als hätte er das Problem der Welt erkannt und zugleich etwas gesehen, was er zur Lösung beitragen könnte, eine Bereitschaft, die beinahe an Fahrlässigkeit grenzte und das eigene Wohlergehen hinter das Wohl des Ganzen zurückstellte.

Truth fand den Gedanken an einen solchen leidenschaftlichen Idealismus zutiefst verwirrend.

»Was, glauben Sie, wird geschehen, wenn das Tor Zwischen Den Welten geöffnet ist?« fragte sie, vom Allgemeinen zum Konkreten übergehend. Sie war neugierig, was er erwidern würde. Sie mußte mehr über das Endresultat des Blackburn-Werks wissen, wenn sie weiterkommen wollte.

»Nun, laut Blackburn selbst sind das Götter- und das Menschenreich nach dem Willen der Götter in prähistorischer Zeit voneinander getrennt worden. Die Erinnerung an die Trennung lebte als der Mythos von der Vertreibung aus dem Garten Eden fort, aber in Wirklichkeit gingen die Götter fort, und nicht die Menschen wurden vertrieben«, begann Caradoc in der Art eines geläufigen Vortrags.

Truth hörte ihm gespannt zu.

»Nun«, sagte Caradoc, »Kommunikation ist zwischen den Reichen immer möglich – das ist es, wovon Magie handelt –, und natürlich konnten die Götter in die Menschenwelt hineinwirken, wenn sie wollten, aber als das Tor Zwischen Den Welten geschlossen war, konnten die Menschen sich nicht mehr in die Welt der Götter begeben.«

»Und Thorne Blackburn wollte das alles ändern?« fragte Truth. Es schien ein ziemlich ehrgeiziges Unterfangen für jemanden, der noch keine dreißig Jahre alt war, als er starb.

»Das *Werk* sollte das alles ändern«, verbesserte Caradoc sie sanft. »Blackburn ging davon aus, daß das Ritual zur Wegbereitung – das sind zwei Wochen Rituale, aber jeder, der darüber spricht, tut so, als ob es nur um die letzte Woche ginge – die Kettenreaktion auslöst, die schließlich das Götter- und das Menschenreich wieder miteinander verbinden wird. Und wir könnten sie endlich fragen, warum sie uns verlassen haben.«

Hinter den ruhigen Worten hörte Truth den Schrei der verlassenen Kinder: *Warum habt ihr mich allein gelassen, Papi? Mami? Verlaßt mich nicht, geht nicht weg …*

»Und die Götter werden das Öffnen des Tores erlauben?« fragte Truth mit ruhiger Stimme. Sie hatte so ihre Vorbehalte gegen Caradocs Glauben, die Götter – wenn es sie denn gab – würden einfach zusehen, wie die Menschen die Mauer einrissen, die sie selbst errichtet hatten.

»Blackburns Philosophie besagt, daß die Menschen zu allem, was sie tun können, auch das Recht haben, es zu tun; daß der Geist der Menschen weder dem Willen der Kirche noch des Staates unterliegt. Natürlich ist damit nicht Raub oder Massenmord gemeint«, fügte Caradoc hinzu, eine Einschränkung, die er – wie Truth fand – recht häufig vorbrachte.

»Verstanden«, sagte Truth kurz, obwohl sie nur verstanden hatte, daß Blackburns Philosophie als Entschuldigung herhielt für ein Leben ohne Ehrfurcht und Beglaubigung, ein Leben der Selbstgefälligkeit und reinen Torheit, alles im Namen des Dienstes an einer höheren Wahrheit. Selbst wenn man Blackburns Zielen die wohlwollendste Deutung zukommen ließ, war die Menschheit für einen so verschrobenen moralischen Kodex einfach nicht geschaffen. Sie wollte noch etwas sagen, vielleicht sogar etwas erklären. Aber sie fand nicht die rechten Worte, und dann war der Moment vorbei.

»Ich denke, ich sehe mal nach, ob Julian schon auf ist – erzähle ihm das mit dem Bild«, sagte Caradoc zögernd.

»Er ist nicht da. Er ist mit Light fortgefahren, sagt Michael«, erinnerte sich Truth.

Es erleichterte sie, daß Caradoc das nicht anzweifelte. »Das macht er oft. Es scheint ihr zu helfen. Armes Kind. Es wird ihr besser gehen, wenn wir das Tor geöffnet haben.«

»Warum?« konnte Truth sich nicht verkneifen zu fragen.

Caradoc blickte Truth ein wenig ungeduldig an. »Wenn das Tor erst einmal offen ist und die Götter zurückkehren, wird Light keine seltsame Ausnahme mehr sein. Sie wird *normal* sein«, sagte er schließlich.

»›Eure jungen Männer werden Träume träumen, und eure alten Männer werden Gesichte sehen.‹ Jesaja, nicht wahr?« sagte Truth.

»Etwas in der Richtung«, gab Caradoc zu. »Na, dann warte ich, bis Julian zurückkommt. Möchten Sie Frühstück?«

»Nein«, sagte Truth nach kurzer Überlegung. »Ich habe ein paar Sachen zu erledigen. Trotzdem vielen Dank.«

Caradoc ließ sie allein, und erneut hatte Truth das beklemmende Gefühl, eine Herausforderung oder eine Prüfung bestanden zu haben.

»Eure jungen Männer werden Träume träumen, und eure alten Männer werden Gesichte sehen«, zitierte Truth sich selbst. Doch als der biblische Prophet Jesaja diese Worte sprach, hatte er vom Eschaton, vom Ende der Zeiten gesprochen. Die letzten Tage. Ragnarok. Armageddon. Er konnte nicht wissen, was spätere Jahrhunderte aus diesen Worten machen würden.

Aber war Blackburns Interpretation so weit von dem Propheten entfernt? Meinte er nicht mit der Wegbereitung den Anfang vom Ende?

Wenn dem so war, dann war, was Julian anstrebte, nicht irgendein fröhliches Ritual, das der Aufklärung diente, sondern etwas Finstereres.

Sehr viel finsterer.

Entsprechend der Voraussage der Telefongesellschaft funktionierte Truths neu gemietetes Telefon nicht. Bevor sie aber nachsah, ob das Telefon von Shadow's Gate vielleicht heute Dienst tat, lief sie lieber die Meile nach Shadowkill, wo es problemlos benutzbare Telefone gab. Zumindest bot ihr der Ausflug die Möglichkeit, die Kette und den Ring aus dem Versteck in der Kommode in den sichereren Kofferraum ihres Autos zu bringen. Auf diese Weise kam sie auch wieder zu ihrer Handtasche.

Es hatte etwas von einer leicht verrückten, umgekehrten Schatzsuche; und Truth fragte sich beklommen, wie lange sie noch dem Plünderer, der es auf ihre Schätze abgesehen hatte, einen Schritt voraus bleiben konnte. Mit Sicherheit machten diese häufigen Gänge zum Auto – da sich inzwischen ihr gesamtes Gepäck darin befand – selbst die argloseste Seele argwöhnisch.

Diesmal war Truth auf der Hut vor dem unheimlichen Einfluß von Shadow's Gate, und sie beobachtete sich selbst so gut und genau wie möglich, als sie den Fahrweg zum Pförtnerhaus hinunterging. Wenn sie ihren Sinnen trauen konnte, hatte Shadow's Gate eine wahrnehmbare Wirkung auf die Gefühle – oder auf das Vorstellungsvermögen. Je mehr sie sich von diesem Ort und seinem Einfluß entfernte, desto stärker wurde ihr Drang, alles, was dort geschehen war, abzutun. Durch das schmiedeeiserne Tor am Ende des Fahrwegs zu gehen, war, als ob sie zwei Valium mit einem Schuß Whisky zu sich nähme. Kein Wunder, daß sie immer wieder dorthin zurückkehrte, wie die zur Selbstzerstörung neigende Heldin eines Gruselromans, wenn alles, was dort geschah, seine emotionale Macht verlor, sobald sie den Landsitz verließ.

Voll gespannter Neugier überprüfte sie es, und das ging zu Fuß leichter als mit dem Auto. Die Grenze war nicht so klar und abrupt, wie Truth gedacht hatte, aber sie war da. Sie fragte sich, warum niemand von den anderen sie je erwähnt hatte. Vielleicht verließen sie das Gelände nicht oft genug – doch Gareth zumindest verbrachte doch jeden Tag im Pförtnerhaus. Gewiß hatten sie gemerkt, was Shadow's Gate mit ihnen anstellte.

Es sei denn, es stellte nichts mit ihnen, sondern nur etwas mit ihr an – mit Blackburns Tochter.

Widerwillig gestand sie sich die Möglichkeit ein, daß die Ereignisse von Shadow's Gate auf sie abzielten. Zumindest hatte es seit ihrer Ankunft eine Zunahme paranormaler Geschehnisse gegeben.

Aber wie zielte es auf sie ab? fragte sich Truth, als sie glücklich in der Stadt angekommen war. In Shadow's Gate befand sie sich auf einer abnormen emotionalen Achterbahn, richtig – aber war das nicht eine verständliche Reaktion auf die emotional so aufwühlende Erforschung ihrer Vergangenheit? Und falls ja, ließ es dann nicht eher ihre Ruhe hier und jetzt unnatürlich erscheinen?

Vor nicht allzu langer Zeit wäre dies leicht zu beantworten gewesen – gewiß war dies hier ihr normaler Zustand, und die hysterischen Phantasien, unter denen sie in Shadow's Gate litt, eine Illusion.

Aber Light war verletzt worden. Das Bild war von der Wand gefallen. Laß alles andere Traum oder Vision sein, sagte Truth sich selbst, diese Dinge waren Wirklichkeit – genauso wirklich wie die kalte Stelle auf dem Boden der Bibliothek. Irgend etwas stimmte nicht mit dem Haus, das einst Thorne Blackburn besessen hatte. Und wie die Heldin in dem Gruselroman – nur mit wesentlich besseren Gründen – würde Truth nach Shadow's Gate zurückkehren und das Haus zwingen, sein Geheimnis preiszugeben.

Wenn sie es vermochte.

»Dylan? Hier ist Truth.«

»Truth! Hey, das ist schön! Wo steckst du?« Dylan war aufrichtig erfreut, von ihr zu hören, und Truth kam sich ein wenig selbstsüchtig vor, daß sie nur anrief, weil sie ihn um einen Gefallen bitten wollte.

»Ich bin in einem kleinen Städtchen namens Shadowkill. Es liegt in Dutchess County, ich bin hergekommen, um mir Shadow's Gate anzuschauen, und …«

Die Sätze gingen ihr leicht von den Lippen; die Geschichte des Hauses, die sie ausgegraben hatte; ihre Überzeugung, daß es ein Zentrum paranormaler Energie war, die Dinge, die sich bisher im Haus ereignet hatten.

»… ein bißchen Psychokinese und das Übliche; eine kalte Stelle in der Bibliothek, aber ich glaube nicht, daß dort die wirkliche Aktivität liegt. Es gibt ein Trancemedium, das dort lebt, und …« *Und sie ist meine Schwester,* fügte Truth stumm hinzu. Sie erzählte weiter, was sie in Erfahrung gebracht hatte und was sie vermutete.

»… er will nicht, daß Fremde sich im Haus herumtreiben, aber an der Monitor-Ausrüstung hat er nicht viel auszusetzen, deshalb habe ich gedacht …«

Sie war wieder in der Bücherei von Shadowkill und saß auf dem schmalen, kurzen Bänkchen in der altmodischen hölzernen Telefonzelle. Durch die Glastür konnte sie den Informationstisch sehen und dahinter die endlosen Reihen von Büchern auf ihren Jahrhundertwende-Regalen.

Shadowkill war ein nettes Städtchen, schlicht und freundlich. Warum fühlte sie sich dann so bedroht – als ob es dort etwas gäbe, vor dem sie bald jemanden beschützen mußte – und es nicht schaffte?

»Wie bitte? Dylan, ich kann dich nicht verstehen.« Plötzlich wurde ihr durch Dylans fragenden Ton bewußt, daß sie abwesend war, und sie kehrte in die Gegenwart zurück.

»Ich habe gesagt, warum soll ich nicht am Wochenende mit einem Truck und ein paar von meinen Studenten hochkommen, das Zeug aufbauen und ein paar Versuche durchführen. Ich kann dich zum Abendessen ausführen und …«

»Nein.« Die Ablehnung kam so prompt, daß es an Grobheit grenzte, und Truth beeilte sich, sie abzuschwächen. »Julian will keine Fremden hier haben.«

Es entstand eine Pause. »Ah«, sagte Dylan, und nun war ein Teil der Wärme in seiner Stimme erloschen. »Julian, nicht wahr? Der zurückgezogen lebende neue Meister von Shadow's Gate?«

»Ehrlich, Dylan, du klingst wie ein schlechter Gruselroman«, sagte Truth. Im Augenblick erinnerte sie sich nicht an ihre wehmütigen Phantasien von verlorenen Gelegenheiten; sie war zutiefst irritiert von Dylan, und sie konnte sich nur mit Mühe darauf besinnen, daß sie ihn um eine Gefälligkeit bitten wollte.

»Es ist nur so … Sieh mal, der Mann ist natürlich stinkreich und könnte sich wahrscheinlich den ganzen Institutsklimbim von seiner Portokasse leisten …«

Dylan lachte. »Nur wenn seine Taschen zwei Komma fünf Millionen Dollar tief sind.«

»Na, das könnten sie durchaus sein«, sagte Truth und dachte daran, was sie bisher gesehen hatte. Es folgte Schweigen.

»Er wiederholt das Werk von Blackburn«, platzte Truth plötzlich heraus.

»Weiß er, wer du bist«, fragte Dylan behutsam.

»Ja.« *Zum Teufel, eine Tochter.* »Es ist nur … ich habe … meine Schwester ist hier, Dylan, und …«

»Ich komme runter zu euch«, fiel Dylan ihr ins Wort. »Du weißt nicht, auf was du dich mit diesen Leuten einläßt.«

Die Selbstverständlichkeit, mit der er sich das Recht herausnahm, sich einzumischen, traf sie empfindlich, obwohl ein ferner Teil in ihr auch belustigt war – daß dieser Unschuldige sich erdreistete, *sie* beschützen zu wollen, ahnungslos wie er war.

Der Augenblick ging vorüber.

»Falls ausgerechnet du das weißt, Dylan, dann kann ich dich nur bewundern«, sagte Truth, um einen heiteren Ton bemüht. »Aber ich fürchte, wenn jemand tatsächlich weiß, wer und wie diese Leute sind, dann wohl ich.«

»Eine Schwester. Du hast gesagt, eine Schwester«, sagte Dylan. Er klang aufgeregt.

»Blackburn hatte mehrere Kinder gezeugt«, sagte Truth unverblümt. »Eines davon ist hier. Das ist alles.«

Am anderen Ende der Leitung herrschte ein beredtes Schweigen: Nach Dylans Meinung war das längst nicht alles.

Dieses Gespräch ging schief. War sie im Umgang mit Menschen schon immer so ungeschickt gewesen? Oder war es nur, weil Dylan Palmer versuchte, ihren kalten Panzer zu durchstoßen?

Eine Wahl. Du mußt hier eine Wahl treffen, Tochter der Erde.

»Sieh mal«, sagte Truth wieder und kehrte zu ihrem Anliegen zurück. »Wichtig ist jetzt, das Ausmaß paranormaler Ereignisse in Shadow's Gate aufzuzeichnen. Julian hat nichts dagegen, wenn du mit einem Team im November kommst, dann kannst du hier in dem Haus machen, was du willst, aber ich glaube wirklich, daß wir jetzt mit der Aufzeichnung anfangen müssen. Ich brauche dich.« *Es ist gefährlich hier, Dylan, aber wenn ich dir das sage, dann willst du nicht mehr hören, was ich sonst zu sagen habe.*

Truth brach ab, seufzte und rieb sich mit der freien Hand die Stirn. Von der schlaflosen Nacht taten ihr die Knochen weh, aber das war es nicht allein. Alles schien sie in diesen Tagen zu erschöpfen, als ob ihre Müdigkeit unsichtbare Mauern errichtete, die sie zwangen, den für sie bestimmten Weg zu gehen.

»Ich brauche dich«, wiederholte sie, »um die Ausrüstung herzukriegen. Die Kameras. Ein paar von den Aufzeichnungsgeräten. Ich weiß, um was ich da bitte, Dylan ...«

»Nein, ich glaube nicht, daß du das weißt«, sagte er ruhig, und das Gespräch verstummte erneut.

»Was muß ich sagen, damit du tust, was ich möchte?« brachte sie enttäuscht hervor. Wenn dies ein Beispiel dafür war, wie das sogenannte normale Leben funktionierte, das die Leute ihr immer anpriesen, dann vielen Dank, dann blieb sie lieber, wie sie war. »Ich brauche diese Geräte. Ich muß es wissen. Bevor jemandem etwas passiert«, fügte sie gedämpft hinzu.

Über die große Entfernung hinweg hörte sie, wie Dylan seufzte.

»Truth, darum geht es nicht… Diese Apparate sind nicht billig. Selbst wenn ich nur einen von den Barometern und eine Kamera bringe… Weißt du, daß eine Filmrolle hundertzwanzig Dollar kostet? In welchem Budget bitte soll ich diese Kosten verstecken?«

»Ich bezahle es selbst«, murmelte Truth.

»So geht es nicht. Truth…« Sie hörte ihn noch einmal seufzen, und sie stellte sich vor, sie könnte seinen Atem auf ihrer Wange spüren – fand sie diese Vorstellung abstoßend oder anziehend? »Was tust du denn da oben?« fragte Dylan hilflos.

Diesmal verlor sie die Kontrolle über ihre Gefühle, und ihre Selbstbeherrschung ging in die Brüche wie ein zu Boden geworfener Teller. »Was ich hier tue, Dylan? Ich tue genau das, was du und alle anderen immer von mir verlangt haben. Ich lasse mich auf die Sache ein. Ich bin unbekümmert. Ich trete mit meinen Gefühlen in Kontakt. Verdammt, ich trete sogar mit meinem Vater in Kontakt.« Es folgte ein spöttisches, kaum kontrolliertes Auflachen. »Ich lerne meinen Vater besser kennen, Dylan – ist das nicht etwas, was du für angebracht halten würdest?«

Sie spürte, wie der Gesang der Macht in ihr anschwoll; das berauschende Wissen, daß sie die Kraft hatte, mit einem Wort zu verwunden, in das Leben anderer einzugreifen, sie zum Gehorsam zu zwingen, denn sie hatte die Macht zu befehlen…

»Ich komme hoch und hole dich da weg. Und wenn dieser Julian versuchen sollte, mich aufzuhalten…« Dylans Stimme war scharf, schroff. Truth konnte die Spannung zwischen ihnen beiden wie einen dicht geführten Peitschenhieb spüren, und dieser brachte sie zurück in die Welt.

»›Dieser Julian‹ wird dir zu verstehen geben, Dylan Palmer, daß du keinerlei Recht hast, mich wie eine vierzehnjährige Ausreißerin zu behandeln«, sagte Truth. Mit Mühe hielt sie ihre zitternde Stimme zurück; all ihre Instinkte drängten sie, ihn anzuschreien; wenn er hier wäre, würde sie mit Klauen und Krallen auf ihn losgehen … »Ich bin eine erwachsene Frau. Ich brauche die Ausrüstung. Ich dachte, du würdest mir helfen. Du willst nicht. Das ist alles.« Ihre Hände zitterten. Sie holte tief Luft.

»Ich helfe dir.« Dylans Stimme war so leise, daß sie sich anstrengen mußte, ihn zu verstehen. »Ich will sehen, was ich loseisen kann. Hast du eine Nummer, unter der ich dich erreichen kann?«

Sie hatte gewonnen, doch der Sieg machte sie nicht glücklich. »Ich wohne in Shadow's Gate, aber das Telefon dort ist nicht sehr zuverlässig. Ich habe ein Handy gemietet, es funktioniert nur noch nicht. Du kannst beide probieren.« Sie gab ihm die Nummern; er las sie ihr noch einmal vor.

Truth stutzte; Dylan hatte diese Behandlung von ihr nicht verdient. »Es tut mir leid, daß ich dich so angegriffen habe, Dyl. Ich …«

Sie schwankte, ob sie ihm von Tante Carolines Tod erzählen sollte, dann nahm sie davon Abstand, den Tod ihrer Tante zu mißbrauchen, um auf billige Art sein Verzeihen zu erheischen.

»Ich hatte vor kurzem einige persönliche Probleme«, sagte sie schließlich. »Und ich mache mir Sorgen wegen dieser Leute. Sie spielen Okkultisten in einem Spukhaus, und ich glaube, sie spielen mit dem Feuer.«

»Und mit dem Geld von diesem Julian, wie du sagst, können sie sich eine wirklich teure Zündholzschachtel leisten«, sagte Dylan und beendete ihren stillen Gedanken. »Wenn es … wenn es sonst noch etwas gibt, das ich für dich tun kann, Truth, sag es mir bitte. Vielleicht wird Colin …«

»Kein Fremder«, sagte Truth schnell. »Julian …« Was konnte sie sagen, das in Dylan nicht neue Befürchtungen weckte? »Laß mir nur ein paar Wochen Zeit, Dylan, ja? Nach

Halloween ist alles vorüber und in Ordnung.« Selbst für Truth hatte der Klang dieser Worte ein verlorenes Echo: ein einsames Pfeifen auf dem dunklen Friedhof.

»Wenn du es sagst«, antwortete Dylan zweifelnd. »Ich werde tun, was ich kann.«

»Ich danke dir«, sagte Truth aufrichtig. Sie wollte noch etwas sagen, haßte aber den Gedanken, etwas zu sagen, was nicht der Wahrheit entsprach. »Als ich Hilfe gebraucht habe, habe ich an dich gedacht«, sagte sie. Die Worte kamen mit zögernder Offenheit.

Sie konnte an seinem eingehaltenen Atem hören, daß Dylan sich freute, und plötzlich erkannte sie die Stärke seiner Gefühle für sie. Sie hatte nichts getan, um sie sich zu verdienen; daß Dylan soviel für sie empfand, gab ihr das Gefühl, gefangen zu sein, beinahe unwürdig.

Nein, nicht unwürdig. Eher traurig, so als ob sie zu lieben gleichbedeutend damit war, Zerstörung zu umwerben.

»Behalte mich in deinen Gedanken, ja? Ich rufe dich morgen an, vorausgesetzt ich komme durch«, antwortete Dylan.

»Sicher.« Kurz darauf hängte Truth ein. Das meiste des Gesprächs verblaßte bereits und hinterließ nur die Erinnerung an Dylans verletzte Gefühle und seine Bereitschaft, ihr zu helfen, wie eine Art seelisches Zahnweh. Dylan hatte Besseres verdient, als auf ein nettes Wort von ihr zu warten.

Einen Augenblick lang ließ sie ihren Gedanken freien Lauf. Wie wäre es, wenn sie mit Dylan über den Campus von Taghkanic spazierte und über lauter unwichtige Dinge spräche, ohne irgendeinen Zweck oder ein Ziel. Einfach nur, um herauszufinden, wer und was Dylan Palmer war – und wie es sich anfühlen würde, mit ihm zusammenzusein.

Dann schob sich die Wirklichkeit davor, wie eine eisenbeschlagene Tür. Selbst angenommen, Dylan ließe sich auf eine solche Zeitverschwendung ein, wer sagte denn, daß er daran interessiert war, die Zeit ausgerechnet mit ihr zu verschwenden? Wenn er wüßte, wer sie war …

Und wer ist das genau?

Aber er wußte es – oder? Und er hatte bisher noch nicht Reißaus genommen.

Schon bereit, schreiend in die Wälder zu laufen, Truth? Herewards Stimme von ihrem ersten Abend in Shadow's Gate fiel ihr ein.

Doch diesmal klangen die Worte nicht witzig.

Truth bummelte solange durch Shadowkill, wie sie konnte, aß in dem chinesischen Restaurant an der Hauptstraße zu Mittag, durchstöberte alle preiswerten Boutiquen nach ein paar Accessoires, um ihre Garderobe aufzupeppen. Wenn sie für längere Zeit in Shadow's Gate blieb, dann wollte sie nicht wie eine arme Verwandte auf Besuch erscheinen.

In einem Laden fand Truth ein besonders schönes, dunkelblaues Chenille-Umhängetuch; Silberfäden aus Lurex waren hineingewoben, so daß es dem Himmel in einer sternenklaren Nacht glich; und obwohl sie nicht wußte, wozu sie das Tuch tragen würde, kaufte sie es sofort. Eine lange Samtflickenweste aus demselben Laden sowie ein Paar silberne Ohrringe mit Onyx- und Markasitbesatz gesellte sich zu ihren Einkäufen. Sie war wieder auf der Straße, als sie das Kleid sah und mit Bedauern feststellte, daß sie schon zuviel ausgegeben hatte

Der Name des Geschäfts hieß *innovations*, und Truth war schon beim Anblick des schlichten goldbuchstabigen Schilds im Eckschaufenster entschlossen, keinen Schritt hineinzutun. Doch dann sah sie das Kleid im Schaufenster.

Es befand sich auf einer Schneiderpuppe aus Flechtwerk, und die sandgewaschene Seide paßte sich den Rundungen der Puppe wie angegossen an. Der Stoff hatte alle möglichen Farbnuancen von Grün, vom bläulichen Feuer des Smaragdherzens bis zum Peridot-Gelb des Tigerauges. Die Seide war marmoriert; die Farbtöne hatten das wellige Flammenmuster, das Truth von Vorsatzblättern in älteren Büchern kannte.

Der Schnitt war einfach – im Stil eines Prinzeßkleids mit in grünem Samtkord eingefaßtem Ausschnitt –, doch es war der Saum, der das Kleid wirklich zu etwas Besonderem machte. Schon an der Puppe im Schaufenster konnte Truth erkennen, daß der breite Saum mit einem Dutzend Zwickel aus einem opaleszierenden Seidenimitat appliziert war, die dem langen

Rock eine märchenhafte Fülle verliehen, als hätte sich eines von Cinderellas Ballkleidern zufällig nach Shadowkill verirrt.

Das Kleid funkelte.

»Wieviel kostet das Kleid – das im Schaufenster?« hörte sich Truth kurz darauf fragen. Die Verkäuferin, die sie ansprach, war viel zu klug, um darauf zu antworten; sie nahm das Kleid von der Schaufensterpuppe und reichte es Truth. Der Stoff glitt über Truths Hände wie ein kostbares, kühles Tonikum, geschmeidig und zugleich schwer und im Licht schimmernd.

»Dazu braucht man keinerlei Schmuck«, sagte die Verkäuferin. »Sie können sich einfach ein grünes Samtband um den Hals legen. Ich glaube, ich habe noch welche da, wenn Sie sehen möchten, wie es ausschaut.«

Truth hielt das Kleid ins Licht. Sie fand, daß es ihr stehen könnte.

»Wie teuer ist es?« fragte sie entschieden. Sie wollte sich nicht vom Muster und der leuchtenden Oberfläche des Stoffs verführen lassen.

Die Verkäuferin gab auf und nannte eine Zahl, die ungefähr dem entsprach, was Truth wöchentlich verdiente.

Das ist nicht so schlecht, dachte Truth. In der Stadt würde ich das Doppelte bezahlen. Und sie brauchte etwas, eine Belohnung, einen Trost, ein Kleid, das sie auf dem Ball tragen konnte …

»Und das Tuch, das Sie gekauft haben, paßt wunderbar dazu«, sagte die Angestellte hoffnungsvoll. Truth schaute hinunter auf den verräterischen Zipfel preußischblauer Chenille, der aus einer ihrer Einkaufstaschen lugte. Sie bezweifelte, daß die Verkäuferin recht hatte, aber als sie die Stücke zusammen ins Licht hielt, sah sie, daß es stimmte. Mitternacht und Mädesüß und die wilde Freiheit, die sie sich in ihrem ganzen Leben immer versagt hatte, hier lag alles auf einmal vor ihr zum Mitnehmen.

»Es paßt mir wahrscheinlich nicht«, sagte Truth, nach einem Strohhalm greifend.

»Oh, es paßt Ihnen bestimmt. Warum probieren Sie es nicht an?«

Es paßte natürlich. In der kleinen Umkleidekabine schaute Truth in den Spiegel und ersetzte die Goldknöpfe an ihren Ohren durch die baumelnden Silberohrringe. Das Grün in den länglichen, rautenförmigen Steinen antwortete auf die Grüntöne in den changierenden Farben des Kleids, und um ihre Beine herum schwang das glitzernde Kleid, zeigte bloße Haut hier und gemusterte Seide und den Schimmer weißglühenden Gewebes dort.

Als sie das Tuch um ihre Schultern legte, blickte sie eine Zigeunerprinzessin aus dem Spiegel an, stark und selbstbewußt.

Kleidung ist Macht. Ein Geheimnis, das die Magier schon immer kannten. Wie du dich anziehst, so wirst du; du kannst Macht wie ein Gewand überziehen und werden, wer oder was du willst ...

Sie schüttelte ihren Kopf, daß ihre Ohrringe aufblitzten, und fehl am Platz waren jetzt nur noch die braunen Straßenschuhe, die Truth an ihren Füßen trug.

Eine Viertelstunde später verließ sie *innovations* mit dem Kleid in einer Schachtel, immer noch mit einem chromgrünen Band um den Hals und mit der Adresse eines Schuhgeschäfts in der Hand. Wen kümmerte es, wenn es nirgendwo eine Gelegenheit gab, ein solch fabelhaftes Kleid zu tragen – sie konnte selbst bestimmen, wo und wann sie es trug.

Als sie das Schuhgeschäft erreichte, kam ihr die Frau hinter der Kasse bekannt vor. Truth starrte sie an und versuchte sie einzuordnen.

»Ich bin Mary Lindholm, erinnern Sie sich? Das Bed-and-Breakfast?«

»Ach, natürlich. Ich habe Sie nur nicht hier erwartet«, sagte Truth. »Wie geht es Ihnen?«

Mrs. Lindholm verzog das Gesicht. »Der Gutachter hat gesagt, so etwas hätte er noch nie gesehen – als ob jemand das Dach abgenommen und das Haus aus einem von diesen riesigen Feuerwehrschläuchen vollgepumpt hätte. Im ganzen Haus müssen neue Leitungen verlegt werden, und das ist nur der Anfang. Ich weiß einfach nicht, wie so etwas passieren konnte...« Mit einem Ruck munterte sie sich auf. »Deshalb helfe ich hier meiner Cousine aus, um dem Moder zu entfliehen. Und was kann ich für Sie tun?«

Truth erklärte, was sie brauchte. »Ich hoffe, ich finde etwas Passendes zu dieser Farbe«, fügte sie hinzu und zog das Kleid so weit hervor, daß der grüne Samtbesatz zu sehen war.

Mrs. Lindholm lächelte. »Ich glaube, ich habe genau das Richtige. Welche Schuhgröße haben Sie?«

Ein paar Minuten später kam sie mit einer Schuhschachtel aus dem Hinterzimmer zurück. »Ich habe mir gedacht, daß die noch da sind; Roxy wollte sie eigentlich am Ende der Saison zurückschicken, aber sie hat es vergessen, und nach dem Stichtag nimmt die Firma keine Remittenden mehr an. Probieren Sie die mal an und schauen, ob sie Ihnen gefallen – ich kann Ihnen einen guten Preis machen.«

Truth nahm die Schachtel und sah hinein. Die Pumps waren aus grünem Samt mit goldenen Absätzen. Das Oberleder war mit goldenen Schnürsenkeln und Glassmaragden verziert – Schuhe wie für die Königin von Elfenland. Truth schaute auf den Namen des Designers, goldgedruckt auf der Innensohle – und schluckte. Nie würde sie sich diese Schuhe leisten können – schon gar nicht, nachdem sie sich das Kleid gekauft hatte.

Aber wäre es nicht lustig, sie trotzdem anzuprobieren, einfach so zu tun …

Truth setzte sich und zog ihre braunen Straßenschuhe aus. Sie streifte die Söckchen über, die Mrs. Lindholm ihr reichte – da sie heute nicht geplant hatte, elegante Schuhe zu kaufen, war sie darauf auch nicht eingerichtet –, und dann schlüpfte sie in die Schuhe.

Sie ging hinüber zum Spiegel und nahm das Glitzern der Schuhe bei jedem Schritt wahr. Sie fühlte sich wie Dorothy in *Der Zauberer von Oz*, nur daß ihre Schuhe smaragdgrün und nicht rubinrot waren.

»Sie sind perfekt«, sagte Mary und nannte einen Preis, der nur knapp über dem des Kleides lag – ein Drittel von dem, was die Schuhe eigentlich kosteten.

»Aber sie sind von Stuart Weitzman!« sagte Truth. Die Schuhe dieses berühmten Designers waren das letzte Wort in

Eleganz – und kosteten gewöhnlich mehr als tausend Dollar das Paar.

»Wir alle drücken manchmal ein Auge zu«, sagte Mary Lindholm. »Warum sollten Sie die Schuhe nicht haben? Roxy hat sie auf einer Modenschau gesehen und konnte auch nicht widerstehen. Aber, wie Sie sehen, sie sind immer noch da. Ich habe ihr gleich gesagt, daß die sich in Shadowkill nicht verkaufen werden.«

»Da haben Sie sich geirrt«, sagte Truth entschlossen und gab ihr ohne das geringste Zögern die Kreditkarte. Mary Lindholm hatte recht. Manchmal mußte man ein Auge zudrücken und der Frau, die Truth Jourdemayne einmal gewesen war, ein ehrendes Andenken bewahren.

Truth verließ das Schuhgeschäft mit einer Einkaufstüte mehr. Sie war so atemlos, als hätte sie Dämonen getrotzt, und wußte, daß es nun Zeit war heimzugehen.

Auf ihrem Weg zurück zu Shadow's Gate ließ Truth ihre Gedanken schweifen in der Hoffnung, daß ihr Unterbewußtsein die eine oder andere Antwort hervorbringen würde auf die Probleme und Rätsel, die sie umgaben. Ihr Verstand lehnte es rundweg ab, sich damit zu beschäftigen. Statt dessen wendete er sich der nebelhaftesten und am wenigsten dringlichen ihrer gegenwärtigen Sorgen zu – ihrer Zukunft.

Was fing sie mit dem Rest ihres Lebens an? Sie hatte soviel Sicherheit in ihrem Beruf gehabt wie jedermann, bis sie vor kurzem entdeckte, daß das Gebiet der Parapsychologie aufregend und eine Herausforderung für sie war, und ihr Privatleben …

Gab es nicht. Sie hatte Kollegen und Bekannte, doch keine nahen Freunde. Dylan kam einem Freund am nächsten, und sie wußte, daß sie dies heute morgen auf unfaire Weise ausgenutzt hatte, indem sie auf seine Liebenswürdigkeit spekulierte.

Ach, aber er will nicht mich! protestierte Truth innerlich.

Warum läßt du ihn das nicht allein entscheiden? antwortete eine an Blackburn erinnernde Stimme. *Hör auf, ihm jedesmal den Kopf abzureißen, wenn das Gespräch zwischen euch über ein ›Guten Morgen, Ms. Jourdemayne‹ hinausgeht.*

Na schön. Das konnte sie wohl. Aber was fing sie mit dem Rest ihres Lebens an? Wollte sie es hinter einem Schreibtisch im Bidney Institut verbringen? Wenn sie das Buch, das sie über Thorne Blackburn plante, tatsächlich schrieb und veröffentlichte, dann würde das ihr Leben unwiderruflich verändern. Vorträge, Reisen, praktische wissenschaftliche Arbeit …

Wenn sie dieser Wissenschaft überhaupt treu blieb.

Doch in diesem Punkt versagte sogar ihre Vorstellungskraft. Wenn Truth nicht am Bidney oder einem verwandten Institut gearbeitet hätte, was hätte sie dann getan? In all den Jahren hatten ihre Neigung, Studium, Interesse und ihre Ausbildung sie zum Gebiet der Parapsychologie geführt, wie einen Pfeil, der untrüglich seinem Ziel entgegenflog – oder eine Gläubige mit einer Berufung.

Doch nun betrachtete sie sich zum ersten Mal selbst, und ohne Nachsicht fragte sich Truth, ob ihre Zufriedenheit mit ihrem Berufsweg nicht ein weiteres Glied war in dem, was sie jetzt als eine lange Kette von Fehlentschlüssen ansah. Was, wenn ihr Leben sich nicht für die Parapsychologie, sondern für deren dunklere Schwester entschieden hätte?

War Wissenschaft ihre Berufung – oder Magie?

Als Truth die Auffahrt zum Haus hoch ging, sah sie einen der Männer – Donner, wie sie vermutete – auf einem kleinen Traktor in Kreisen über die großflächige Wiese fahren. In einer angehängten Vorrichtung saugte er das Laub auf und hinterließ eine samtige Rasenfläche. Er winkte ihr, als er sie sah, und sie winkte zurück. Hinter ihm, über den sanft ansteigenden Hügeln, die alles waren, was der Staat New York an Bergen vorzuweisen hatte, türmten sich Gewitterwolken: ein Hinweis auf den herannahenden Sturm, den Caradoc am Morgen vorausgesagt hatte.

Angesichts dessen, was während des letzten Sturms geschehen war, wegen dem sie hiergeblieben war, erachtete Truth es als vorteilhaft, wenn sie sich früh zum Schlafen zurückzog.

Julians schnittiger schwarzer BMW parkte unter dem Portikus neben Truths Saturn und dem weißen Volvo. Der Wagen erinnerte Truth daran, daß sie mit Julian reden mußte – und daß sie Light sehen wollte. Sie nahm ihre Einkaufstaschen in einen bequemeren Griff unter ihre Arme und stieg die Stufen zum Vordereingang des Hauses hinauf. Als sie die letzte Stufe erreichte, kam Gareth um das Haus herum und trug zwei riesige Säcke mit Abfall von der Wiese. Sein Gesicht heiterte sich auf, als er sie sah.

»Hallo«, sagte Gareth und stellte die Säcke für einen Momnt ab. »Unten in der Stadt gewesen? Sagen Sie, haben Sie gehört, was letzte nacht passiert ist?« fuhr er, bevor sie antworten konnte, mit offenbarem Enthusiamus fort. »Und heute morgen? Die Kräfte sammeln sich – Julian sagt, daß wir schon Manifestationen der Elementarkönige haben, und bald werden wir die Astralschiffe der Wächter des Tores ebenfalls zu sehen bekommen.«

Es war merkwürdig, dachte Truth nicht zum ersten Mal, jemanden wie Gareth, der nach außen einen völlig normalen Eindruck machte, in seinen abgetragenen Jeans und dem grasfleckigen T-Shirt, ein solch albernes Zeug reden zu hören, das irgendeiner dekadenten Opium-und-Absinth-Sekte in Bloomsbury entstammte. Im kühlen Herbstsonnenschein des Hudson Valley klang es noch abwegiger.

»Ja, das ist schön«, sagte Truth unpassend.

Gareth grinste sie mit so liebenswürdigem und normalem Gesichtsausdruck an, daß Truth einen Augenblick lang glaubte, sie sei hier die Wahnsinnige.

»Aber Sie waren ja da – habe ich ganz vergessen – Sie haben *gesehen*, wie es passierte. Ist es nicht großartig?«

Diesmal hielt er inne und wartete, offensichtlich auf ihre Zustimmung – daß psychische Wirbel, herunterstürzende Bilder und Gespensterhirsche in der Tat großartig waren.

Nur wußte Gareth nichts von dem Hirsch, denn sie hatte niemandem von den Tieren erzählt, die sie auf ihrer Rückfahrt zum Haus gestern gesehen hatte. Julian hatte dies selbstmächtig prophezeit.

Aber wenn Geisterhirsche – und, wie sie annahm, auch Pferde, Wölfe und Hunde – eine Manifestation des Blackburn-Werks waren und kein Symptom für die natürliche paranormale Aktivität in Shadow's Gate, was wurde dann aus ihrer Theorie, nach der die Probleme Blackburns von dem Spukhaus und nicht von seiner Magie ausgingen?

Was kam zuerst – die Magie oder der Magier?

»Truth?«

»Oh. Tut mir leid, Gareth. Ich war ... in Gedanken.«

»Es ist ganz schön aufregend, hier an Ort und Stelle zu sein, wenn das Neue Zeitalter anbricht, nicht wahr?« sagte Gareth fröhlich. »Sagen Sie, sind Sie sicher, daß Sie nicht bei uns mitmachen wollen? Sie könnten wahrscheinlich gleich von der Novizin zum Zelator aufsteigen, fast über Nacht, und dann hätten Sie freien Zutritt zum Tempel und könnten an sämtlichen Ritualen und allem teilnehmen.«

Einen kurzen Moment zögerte Truth. Sie hatte nicht den blassesten Schimmer, was ein Zelator war, auch wenn es die Blackburnsche Entsprechung für eine junge Pfadfinderin zu sein schien, doch die Idee, mit ihren eigenen Sinnen überprüfen zu können, was wirklich vorging in den Ritualen des Kreises, schien eher anziehend als abstoßend.

»Gut, ich werde darüber nachdenken, einverstanden?« fragte sie.

»Klar!« Gareths begeistertes Grinsen wurde noch breiter, und Truth hatte plötzlich die grausame Erkenntnis, daß Gareths Freude von dem Ansehen herrührte, das es ihm einbrachte, von ihrer zaghaften Einwilligung zu berichten. Intuitiv spürte sie, daß Gareth Crowther hier ein Außenseiter war – in mancher Hinsicht sogar mehr als Michael.

Denn Gareth wünschte sich sehr, dazuzugehören – und Michael hatte diesen Wunsch nicht.

Gareths Aufmerksamkeit wendete sich wieder den Blättern zu. »Na, ich kümmere mich jetzt mal besser um die Säcke. Wir haben eine Verbrennungsanlage für solchen Abfall, aber die Stadt erlaubt uns die Benutzung nur noch zwei Wochen im Jahr, so daß wir das Zeug bis November horten müssen. Was für ein Aufwand.«

Truth lächelte mitfühlend. Gut vorstellbar, daß die Auflagen der Stadt keinen anderen Hintergrund hatten als ihr Unbehagen an Shadow's Gate und seinen Bewohnern. Und zwar an *all* seinen Bewohnern bis zurück zum alten Elkanah Scheidow selbst …

Wer gebunden hat, was frei sein muß, wer sich eingemischt in Dinge, die unberührt waren, mit dem, was gegen seine Fesseln aufbegehrt, bis es befreit war, um seinen rechtmäßigen Platz unter Denen Die Reiten einzunehmen …

Truth blinzelte. Gareth war schon zur Hälfte die Auffahrt hinuntergegangen und zog die Säcke hinter sich her.

»Gareth!« rief Truth. Er blieb stehen. »Ich muß mit Light reden – weißt du, wo sie ist?«

»Draußen beim Irrgarten, glaube ich. Sie können ums Haus herumgehen – lassen Sie Ihre Sachen da, wenn Sie wollen. Ich bringe sie rein.«

»Ach, lassen Sie nur«, sagte Truth. »Ich komme zurück und hole sie dann.« Sie stellte ihre Taschen auf der Ruhebank rechts neben der Tür ab. Sie wollte nur ein paar Minuten fortbleiben, und wer sollte sie hier schon bestehlen?

Sie ging um die Seite des Hauses herum, durch den Portikus, wo einst die Kutschen hingebracht wurden, um bei schlechtem Wetter Fahrgäste aussteigen zu lassen oder aufzunehmen. Zur Rechten mußte irgendwann eine Remise auftauchen, doch alles, was Truth sah, waren die hinten liegende Terrasse, der Garten und das Buchsbaum-Labyrinth. Und nirgendwo sah sie Light. Hatte Julian nicht erzählt, daß Light manchmal in den Wäldern wanderte? Wenn sie jetzt dorthin gegangen war, konnte Truth sie bis zum Anbruch des Neuen Zeitalters suchen, ohne sie zu finden.

Truth lugte in den Irrgarten und fragte sich, ob Light sich vielleicht hier irgendwo auf den weißen Kieswegen aufhielt. Der Schlüssel zu diesem Irrgarten war einfach; wie in vielen brauchte man nur abwechselnd links und rechts zu gehen, um in die Mitte zu gelangen, und mit der gleichen Methode fand man auch wieder hinaus.

Truth setzte einen Fuß auf den Pfad, der hineinführte, als sie Stimmen hörte. Einen Augenblick später erschienen Light und Michael. Er hatte seinen Arm um ihre Schulter gelegt, und Light lachte zu ihm auf, ihr silbernes Haar auf seinem Arm und vom Wind aufgebauscht. Michael berührte mit einem Finger ihre Nasenspitze und lächelte, und sie drängte sich verspielt an seine Brust. Dann sahen sie Truth.

Light fuhr zurück wie ein ertapptes Kind. Michael beobachtete, wie Truth reagierte, aber Verstellung lag ihm nicht. Er versuchte nichts von dem, was Truth gerade gesehen hatte, zu verbergen oder sie glauben zu machen, daß sie es nicht gesehen hätte.

»Hallo«, sagte Truth in einem, wie sie hoffte, neutral gehaltenen, freundlichen Ton. »Ich habe Light gesucht, und Gareth meinte, daß sie hier zu finden ist. Ich wollte nur sichergehen, daß du nach gestern abend wieder wohlauf bist«, sagte sie, die letzten Worte direkt an Light gerichtet.

»Oh.« Light schien unsicher. »Mir geht es gut«, sagte sie hoffnungsfroh, und Truth kam der Gedanke, daß Light vielleicht gar keine Erinnerung mehr an die Geschehnisse vom vorigen Abend hatte. Möglicherweise hatte sie nur Erinnerungen an all die anderen Zeiten, als Leute in sie eingedrungen waren, um Informationen aus ihr herauszukriegen, die sie nicht hatte, über Ereignisse, an die sie sich nicht erinnern konnte.

»Schön, dann ist ja alles in Ordnung«, sagte Truth mit aufmunterndem Lächeln. Sie überlegte, ob Julian Light gesagt hatte, wer ihr Vater war, und wenn ja, ob Light sich genug zusammengereimt hatte, um von selbst darauf zu kommen, daß sie Schwestern waren. »Ich wollte dich nur wiedersehen. Das ist alles.«

»Du willst nicht über Thorne reden?« fragte Light zweifelnd.

Aus ihrem Augenwinkel bemerkte Truth, wie Michaels Stirn sich kurz in leicht alarmierte Falten legte.

»Ich will über nichts reden, worüber du nicht reden willst«, sagte Truth aufrichtig. »Worüber willst du denn reden?« Sie sprach langsam und direkt, wie zu einem zurückgebliebenen Kind, obwohl nichts bei Light auf eine solche Beeinträchtigung hindeutete; es war nur eine so tiefe Verschiedenheit, daß es dafür noch keine Worte gab.

Light kicherte, senkte den Kopf und warf Truth einen verschmitzten Blick zu. »Du hast ein Geheimnis«, sagte sie.

Truth brauchte einen Moment, um zu erkennen, daß das Wort, das sie gehört hatte, nicht das war, was sie erwartet hatte. »Ich habe ein Geheimnis?« fragte sie.

Light nickte und lächelte. Truth sah Michael an und hoffte auf einen helfenden Hinweis.

»Glaubst du, daß Truth es gern als Geheimnis bewahren möchte? Oder will sie es uns mitteilen?« fragte Michael.

Statt einer Antwort löste sich Light von seinem Arm und kam auf Truth zu, ihre Hand ausgestreckt. Truth ergriff sie, und Lights Finger legten sich um ihre, in einem erstaunlich kräftigen, festen Griff.

»Sie ist… besorgt«, sagte Light, als ob sie Sätze in einer fremden Sprache entzifferte. »Darüber, daß ich es weiß? Nein, darüber, was andere tun werden, wenn sie es wissen. Aber sie glaubt doch, daß es besser ist, wenn alle es wissen. Truth mag keine Geheimnisse«, verkündete Light und starrte mit silbernem Blick in Truths Augen.

Truth ließ sich von dieser Vorführung nicht beunruhigen, die alles bedeuten konnte, von genuiner Telepathie bis zu einer so genauen Ahnung, daß sie ans Übernatürliche grenzte.

»Light ist meine Schwester«, sagte Truth zu Michael, zu ihm aufschauend. Lights Finger schlossen sich fester um ihre. Also war es richtig gewesen, es zu sagen.

Vielleicht war es die Nähe zu der stark übersinnlichen Light, aber als sich ihre Blicke trafen, war es Truth, als könnte sie Michaels unausgesprochene Gedanken hören:

Wenn Sie nicht um Ihrer selbst willen gehen wollen, so wollen Sie vielleicht um Lights *willen gehen? Bringen Sie sie weit weg von hier, bringen Sie sie in* Sicherheit*!*

Truth schüttelte widerstrebend den Kopf. *Und was würden* Sie *mit meiner Schwester tun, wenn Sie das Recht dazu hätten?*

»Ich habe mit Light über ihre Begabung gesprochen«, sagte Michael laut, als beantwortete er ihre unausgesprochene Frage.

»Michael meint, ich soll keine Visionen haben«, sagte Light, keineswegs beunruhigt.

»Michael sagt«, verbesserte Michael und kam näher an die beiden Frauen heran, »daß alle menschlichen Sinne eine Gabe

Gottes sind, und die Gabe des Menschen an Gott ist, daß er mit diesen Sinnen diszipliniert umgeht.«

»Das heißt, Light soll ihre Kräfte nicht nutzen?« warf Truth scharf ein.

»Das heißt, daß wir gesandt sind, um in dieser Welt zu leben, und solange wir hier sind, ist es unsere Pflicht, uns für die Dinge bereitzuhalten, die man uns zu vollbringen ruft. Und nicht sollen wir versuchen, in einer anderen Welt zu leben. Light hat große Fähigkeiten, aber es kann sein, daß es ihre Aufgabe in dieser Welt ist, sie ruhen zu lassen.«

»Bei allen…«, begann Truth, doch Lights Druck um ihre Hand ließ sie innehalten. Normal zu sein – war das so schlimm, wenn sich von anderen zu unterscheiden Light soviel Leid gebracht hatte?

»Sie würden doch auch nicht sagen, daß Ihre Schwester mit allen, die sie trifft, sprechen, geschweige denn, sie zu sich nach Hause einladen sollte. Wieviel weniger also sollte sie das tun, wenn der Besucher unsichtbar ist und sie niemanden hat, dessen Urteil sie vertrauen und dessen Hilfe sie beanspruchen kann, außer sich selbst.«

»Sie wollen also, daß sie…« Truth fiel keine höfliche Umschreibung dessen ein, was Michael ihrer Ansicht nach wollte.

»Daß sie den Schutz annimmt von jemandem, der das Tor zu ihrer Seele vor allen bösen Einflüssen versperrt«, sagte Michael standhaft. »Abzulehnen, was sie ist, wenn dies das Handwerk Gottes ist, wäre hoffärtig, um das mindeste zu sagen, aber bei ihrer Verwundbarkeit den Schutz zurückzuweisen wäre Wahnsinn.« Michael lächelte freundlich, um seinen Worten den Stachel des Fanatismus zu nehmen.

»Ich sehe deine Seele«, sagte Light sanft zu Michael. Sie wollte noch etwas sagen, doch Michael legte ihr sacht den Finger auf die Lippen.

»Du darfst jetzt nichts sagen, oder deine Schwester wird noch behaupten, daß ich einen schlechten Einfluß auf dich habe, ein religiöser Fanatiker, der glaubt, daß jeder so wie er das Göttliche suchen muß.«

»Und sind Sie einer?« fragte Truth beherzt, womit sie den Krieg zum Feind trug.

»Es gibt so viele Wege, sich dem Göttlichen zu nähern«, erklärte Michael. »Aber nur einer, so glaube ich, ist sicher, und diese Sicherheit wurde teuer mit Leid, Sorge und Tränen erkauft, bezahlt bis zum heutigen Tag. Aber ich merke, daß ich Sie belästige, Truth. Sie finden mich gewiß recht ermüdend. Soll ich Sie und Light allein lassen?«

»Oh, nein«, sagte Truth und dachte an ihre Einkäufe, die auf der Eingangstreppe warteten, und daran, wie glücklich Light mit Michael schien – zumindest solange Julian nicht in der Nähe war und sein Mißfallen zeigte. »Ich habe einiges zu tun – ich wollte wirklich nur nachsehen, ob Light wohlauf ist.«

»Ja«, sagte Michael. *Jetzt,* sagten ihr seine Augen. *Aber was ist mit der Zukunft?*

Als sie zur Treppe zurückkehrte, waren ihre Einkaufstaschen fort. Es kam Truth nicht in den Sinn, daß sie gestohlen sein könnten; sie war mehr verblüfft als beunruhigt, und dann erinnerte sie sich an das Angebot von Gareth, die Taschen mit hineinzunehmen.

Er hat es jedenfalls getan, dachte sie. Gareth bemühte sich allzu sehr zu gefallen, er versuchte einen Platz im Kreis zu erwerben, als ob sie ihm dieses Recht nicht von allein einräumen würden. Sie wollte gleich in ihrem Zimmer nachsehen.

Als sie in die Eingangshalle trat, brachte der ferne Meeres- und Piniengeruch ihr plötzlich den ersten Abend in Shadow's Gate ins Gedächtnis zurück. Sie schüttelte ihn ab. Geruch war der ursprünglichste der fünf Sinne, derjenige, der am ehesten unlogisch-assoziative Erinnerungen auslöste. Das hatte nichts zu bedeuten – außer vielleicht, daß die Tür zum Trommelraum/Tempel offenstand. Sie versuchte sich zu erinnern, ob sie das eine Mal, als sie im Tempel gewesen war, Weihrauch gerochen hatte, konnte es aber nicht. Sie ging die Treppe hoch und stellte fest, daß die Tür zum Tempel nicht die einzige war, die offenstand.

Ihre Zimmertür ebenfalls, und Truth hörte raschelnde Geräusche. Packte Gareth nun ihre Sachen auch noch aus? Das ging ein bißchen zu weit.

Truth eilte durch die Tür und blieb wie angewurzelt stehen.

Fiona Cabot war in ihrem Zimmer, trug wie gewöhnlich eines ihrer knappen Outfits – einen Body aus burgunderrotem Samt mit einem duchsichtigen Chiffonrock –; warum eine Frau, die es so verzweifelt nach Respekt verlangte, sich anzog, als kaufte sie aus *Frederick's of Hollywood*-Katalog ein, war für Truth ein bisher noch ungelöstes Rätsel.

Überall lag Papier aus den Einkaufstaschen verstreut herum, und die Taschen selbst waren gründlich durchwühlt. Als Truth hereinschaute, probierte Fiona gerade die Samtweste – Truth's Samtweste – an und wendete sich dem Spiegel auf der Kommode zu, um sich zu bewundern. Als sie sich wieder umdrehte, sah sie Truth.

»Ach, da bist du ja. Ich habe gesehen, wie dieser blonde Idiot die Sachen hier hochbrachte, also habe ich mich entschlossen, zu gucken, ob mir irgend etwas davon gefallen könnte.«

Ihr Gesicht war heiter und unbeschwert. Truth war einen Moment lang verblüfft, daß Fiona sich in ihrem Zimmer herumtrieb, dann wurde sie von einer solchen Wut erfaßt, daß sie davon beinahe erstarrte. »Mach, daß du hier raus kommst«, sagte sie. »Und zieh das gefälligst aus, es gehört dir nicht.«

»Du kannst mich nicht zwingen.« Fionas Lächeln war ein häßliches Etwas. »Es ist, wie dein lieber alter Papa gesagt hat – ich habe das Recht zu tun, was mir gefällt, und du hast das Recht, darüber zu zetern. Aber du wirst nicht zu Julian gehen und ihm etwas vorzetern, weil du dann zu jämmerlich wirken würdest, und vielleicht würde er dich dann nicht länger hier dulden. Also, schätze ich mal, wirst du dich mit mir abfinden müssen.«

Fiona zog die Weste aus und warf sie in eine Ecke, dann wendete sie sich wieder den Einkaufstaschen zu, wobei sie leise summte.

Der Wutanfall war vorüber, machte einer kalten Verachtung Platz und einer Verwunderung, wie sie sich bei der Entdeckung einer neuen Spezies einstellen mochte. Sie hatte sie in Büchern und im Fernsehen gesehen, aber niemals hätte sie erwartet, einem Exemplar davon im wirklichen Leben zu begegnen; einer Hexe; einer Frau, die soviel Gedanken und

Energie investierte, um andere Menschen unglücklich zu machen, wie die meisten Leute aufbrachten, um glücklich zu werden.

Fiona drehte sich wieder zu ihr um, lächelte süß und antwortete mit einem so widerwärtigen Wort, daß Truths Gehör wie unter Schock stand. Fiona nahm Truths Nagelschere von der Kommode, dann langte sie in eine der Taschen zu ihren Füßen und brachte eine Handvoll grün marmorierter Seide zum Vorschein – Truths Kleid.

Truth tat einen Schritt ins Zimmer, überlegte, ob sie die Schere Fionas Hand entwinden konnte, bevor sie ihr offenbares Vorhaben in die Tat umsetzte.

»Das würde ich nicht tun«, sagte Julian sanft. Beide Frauen erstarrten, als wäre die Bemerkung an sie allein gerichtet. »Fiona, mein Engel, bist du unartig gewesen?« fragte Julian.

»Truth hat mir ihr neues Kleid gezeigt, das sie in der Stadt gekauft hat«, log Fiona aalglatt, »und ich wollte einen losen Faden abschneiden. Nur jetzt sehe ich ihn nicht mehr.«

Sie ließ das Kleid und die Schere zusammen auf den Boden fallen und stieß sie mit einem Fuß zur Seite. Sie lächelte Julian mit der vollkommenen Überzeugung einer Frau an, die weiß, daß man ihr glauben wird, nicht weil sie glaubwürdig, sondern weil sie schön ist.

»Fiona, mein Schatz.« Julians Stimme war warm und verständnisvoll, und Fiona erblühte unter ihr wie eine Rose in der Sonne. Truth wunderte sich, daß sie den Zorn darunter nicht hörte; er stieg aus ihm hervor wie der Qualm von einem Stück Trockeneis, arktisch und glühend.

»Wenn du Miss Jourdemayne noch einmal belästigst – egal auf welche Weise –, werde ich Hereford beauftragen, dich zur nächsten Bushaltestelle zu bringen, und du hast dann besser genug Geld in der Tasche, um dir ein Ticket zu kaufen, denn ich garantiere dafür, daß der große Geldzug entgleist sein wird. Ich kann in Shadow's Gate keine Poseure und Versteller gebrauchen – das heißt, ich brauche dich nicht. Ich hoffe, ich habe mich klar ausgedrückt?« fragte er gnädig.

Was immer Fiona erwartet hatte, gewiß war es nicht diese leidenschaftslose, grimmige Beschämung. Das Mädchen wurde so bleich, daß ihr liederliches Make-up auf der Oberfläche ihrer Haut kreidig und schwer aufzuliegen schien. Ihre Augen wurden größer, schimmerten durch die Linsen der herabfallenden Tränen.

»Fiona?« fragte Julian mit der gleichen sanften Stimme.

Fiona schluckte, ihre Lippen formten eine häßliche Öffnung des Beschwichtigens. Sie schüttelte den Kopf, unfähig zu sprechen, der Samtbody wirkte plötzlich düsterrot gegen die aschene Blässe ihrer Haut. Julian tat einen Schritt zur Seite, und Fiona ergriff die angebotene Gelegenheit zur Flucht und rannte aus dem Zimmer.

»Es tut mir leid«, sagte er. »Sind Ihre Sachen noch in Ordnung? Ich nehme an, es ist kein Geheimnis für Sie, daß Magie – wie Parapsychologie – eine große Anziehung auch auf innerlich wenig gefestigte Menschen hat.« Er lächelte trübsinnig.

Der Zorn, den Truth in Julian wie einen Peitschenschwung gespürt hatte, war gewichen und hatte Truths ganze Wut auf Fiona mit sich genommen. Sie fühlte sich ausgelaugt, aber ruhig, ihre einzige Empfindung war ein schwaches Mitleid mit Fiona, die so brutal zurechtgewiesen worden war. Jetzt, nur ein paar Minuten später, schien es kaum glaublich, daß die Worte – Fionas und Julians – überhaupt gesprochen worden waren. Sie ging hinüber und hob ihr Kleid auf, zuerst aber räumte sie die Schere vorsichtig weg. Sie untersuchte das Kleid eingehend, doch Fiona hatte keine Spuren auf seiner schimmernden Oberfläche hinterlassen. Sie hängte es sich über einen Arm und las dann die Weste auf. Sie fragte sich, wie sie es je tragen sollte, ohne sich an diese Szene zu erinnern. Sie legte beide Kleidungsstücke auf das Bett.

»Schön.« Julians Urteil war voller aufrichtiger männlicher Anerkennung. Truth spürte, wie sie leicht errötete.

»Es ist wie der alte Witz – ›Ich habe es im Schaufenster gesehen und konnte nicht widerstehen‹«, sagte Truth und versuchte, von dem Kompliment abzulenken.

»Sie haben ein gutes Urteilsvermögen«, sagte Julian und faßte seine nächste Galanterie in sorgfältig neutralere Worte, obwohl sein Lächeln warm und vertraulich blieb. »Jedes Urteil enthält ein Risiko. Die meisten Leute haben Angst vor Risiken.«

»Ich habe keine Angst«, sagte Truth. Ihre Augen trafen sich.

»Nein«, sagte Julian mit nach innen gekehrtem Lächeln. »Ich kann mir nicht vorstellen, daß Sie die haben.«

Das Abendessen, an dem Fiona nicht teilnahm, verlief still und zügig. Die anderen, die Truths Anwesenheit mittlerweile voll akzeptiert hatten, sprachen offen vor ihr – jedoch in der technischen Begriffssprache der hohen Magie, die Truth so fremd war wie die der Physik.

Was, zum Beispiel, war ein Weniger Verbannendes Ritual. Es schien etwas Ähnliches wie die Mittlere Säulenübung zu sein, worunter sich Truth aber ebenfalls nicht das Geringste vorstellen konnte. Gespräche über Pfade, Säulen, Tore und Häuser – sowie links- und rechtshändige Bäume – gaben ihr das Gefühl, an einer Teeparty durchgedrehter Gärtner teilzunehmen – zumindest bis sie anfingen, über ihre konkreten Vorhaben und Arbeiten zu sprechen. Sie wußte nicht, was das alles zu bedeuten hatte, aber sie begann, dem widerwillig Respekt zu zollen.

Light strahlte, ebenso vertieft in die Sache wie die anderen und zugleich in schelmisch guter Laune. Alle anderen, sogar Ellis, behandelten sie wie eine geliebte kleine Schwester, doch Truth hatte gesehen, was die anderen ignorierten – was die Ausübung von Lights Energien sie kostete –, und sie wußte, daß liebende Ignoranz sogar töten konnte.

Sie mußte Light von hier fortschaffen, und es schien, als hätte sie hier nur Michael als Verbündeten.

Es war seltsam, dachte Truth, daß sie, was sie für sich selbst nicht zu tun bereit war – Shadow's Gate verlassen –, sofort für eine Frau täte, die sie seit kaum einer Woche kannte. Doch Light war ihre Schwester, von gleichem Blut, und Blut rief nach Blut.

»Ich fürchte, daß wir Sie jetzt verlassen müssen«, sagte Julian und unterbrach Truths Grübeleien. Er lehnte sich besitzergreifend über ihren Stuhl, seine Hand auf ihrer Schulter. »Aber, wie Gareth gesagt hat, Sie sind stets willkommen, bei uns mitzumachen.«

Truth zwang sich, Michael nicht anzusehen, denn sie spürte, daß dies ein taktischer Fehler sein könnte. Es war eine vertrackte Sache, wenn man seinem eigenen möglichen Verbündeten nicht über den Weg trauen konnte.

»Geben Sie mir mehr Zeit«, sagte Truth, und der schmeichelnde Druck auf sie war abgewehrt.

»Alle Zeit, die Sie wollen«, sagte Julian lächelnd und folgte den anderen aus dem Speisezimmer. Truth und Michael blieben allein zurück.

»Michael?« Truths Frage brach ab, als er sich vom Tisch erhob. Er stand und wartete, seinen Kopf ihr höflich und aufmerksam zugeneigt.

»Wenn ich Sie fragen würde, ob ich am Kreis der Wahrheit teilnehmen soll, würden Sie mir sicher dringend abraten, nicht wahr?«

Michael erwog einen Moment lang die Frage – und wählte seine Worte mit dem gleichen Bedacht wie ein Anwalt oder Richter.

»Wenn Sie in Julians Kreis eintreten, dann werden Sie weder Glück noch Ruhe damit gewinnen und wahrscheinlich alle Hoffnung zerstören, auch nur eines von beidem in Ihrem Leben je wiederzufinden«, sagte er endlich.

Ähnlich gedrechselte Worte wie man sie von einem Jesuitenpfarrer erwarten konnte, dachte Truth säuerlich.

»Michael – Sie glauben nicht an Magie, an das Werk, nicht wahr? Sie glauben, daß mein Vater verrückt war, stimmt's?« *Und wenn das so ist, warum sind Sie dann hier, Michael Archangel?*

»Nein. Ich glaube, daß er recht hatte«, sagte Michael schlicht. »Das ist das Problem. Alles, was er sagte, war die Wahrheit. Gute Nacht, Truth. Schlafen Sie gut.«

Und damit verließ Michael sie, und Truth blieb allein im Speisezimmer von Shadow's Gate.

Nach der Auseinandersetzung mit Fiona und dem Gespräch mit Michael war an Schlaf eigentlich nicht zu denken, doch Truth hatte an diesem Tag eine lange Wanderung an frischer Luft unternommen und davor eine schlaflose Nacht gehabt. So konnte sie während des kurzen Bades mit dem neuen Badesalz, das sie heute auch in Shadowkill gekauft hatte, kaum die Augen offenhalten und war beinahe schon dabei einzuschlafen, bevor sie die Lichter ausschaltete.

Sie wurde – glaubte sie – von einem lauten Donner geweckt und öffnete ihre Augen in ein neonweißes Aufflackern von Blitzen, das ihr Zimmer zu einem grau-monochromen Abbild seiner selbst ausbleichte.

Auf dem Stuhl neben ihrem Bett saß ein Mann. Sie atmete tief durch. Schreien? Sie war sich nicht sicher.

»Halt den Mund!« sagte er einfühlsam. »Ich hasse schreiende Frauen.«

Die Blitze leuchteten erneut auf – weiter weg diesmal – und erstarben wieder. Das Zimmer blieb dunkel zurück, erfüllt von dem Geräusch trommelnden Regens. Doch Truth hatte ihren mitternächtlichen Besucher bereits erkannt. Sie bezwang ihr Entsetzen und streckte ihre Hand nach der Lampe neben ihrem Bett aus.

»Laß«, sagte Thorne Blackburn.

Truth hielt inne. Wenn dies ein Traum war – es konnte sein, es konnte sein, sagte sie sich verzweifelt –, dann würde er ein Ende haben, und sie kämpfte darum aufzuwachen. Doch jeder ihrer Sinne war schon von überscharfer Wahrnehmung, und der Mann auf dem Stuhl – nur ein formloser Schatten, wenn kein Blitz ihn beleuchtete – war immer noch da.

»Was willst du?« fragte Truth. War es nicht das, was man Gespenster fragte? Erneut flackerte ein Blitz auf, schnell wie die Zunge einer Schlange, und zeigte ihr den Thorne von den Fotos – langes blondes Haar, Kopfband, Jeansweste und gebatiktes T-Shirt.

»Meine Halskette und meinen Ring, um damit zu beginnen. Wo hast du sie?«

Einen lähmenden Moment lang konnte sie sich nicht erinnern. Sie war zu angsterfüllt, um selbstbewußt zu sein. Sie glaubte ernsthaft und mit primitivem Schrecken, daß dies ihr Vater war, Thorne Blackburn, zurückgekehrt von den Toten.

»In meinem Auto«, brachte sie schließlich über die Lippen.

»Na schön, zum Teufel; ich kann dich in diesem Wetter nicht rausschicken, um sie zu holen«, sagte Thorne Blackburn.

Der Donner folgte seinen Worten mit scharfem Krachen und ersterbendem Grollen. »Versteck sie irgendwo im Haus, ja? Sie gehören mir. Ich brauche sie. Mehr als du jedenfalls.«

Der Regen schlug mit der Kraft von geschleudertem Kies gegen die Fensterscheibe. Wieder Blitze: In dem Aufleuchten sah Truth Thornes Schatten an der Wand, wirklich und wahrhaft wie die alterslose Erscheinung vor ihr. Sie schloß die Augen fest, angefüllt von ursprünglichem Ekel und Grauen.

»Du bist tot«, sagte sie durch die zusammengepreßten Zähne. »Du kannst nichts brauchen.« Der Donner, der dem Blitz folgte, kam mehrere Sekunden später. Das Gewitter zog ab.

»Und du bist genauso dickköpfig wie deine Mutter«, sagte Thorne liebevoll, »aber es ist schwierig genug, diesen Hattrick zu vollführen, ohne meine Zeit mit Diskussionen zu vergeuden. Ich bin gekommen, um dir zu sagen: Verlasse mein Haus, bevor du dir deinen rationalistischen Arsch verbrennst. Was, zum Teufel, glaubst du, wer du bist, Hans Holzer? Du bist nicht wie andere Leute, Schätzchen, du bist meine Tochter ...«

Es war schwierig, einerseits geängstigt zu bleiben, wenn man andrerseits von einem toten Elternteil liebevoll und in leichtem Slang ausgeschimpft wurde. Truth langte nach dem Lichtschalter und knipste ihn hektisch an.

Das Licht auf ihrem Nachttisch ging an. Auf dem Stuhl saß niemand.

Und wer um alles in der Welt war Hans Holzer?

Das Zimmer war dunkel, erleuchtet nur durch den schwachen Schimmer von Fernsehgerät und Videorekorder.

»... Dank euch, zukünftige Epopte des neuen Zeitalters, es ist wirklich toll, mit Ed heute abend hier zu sein, und wir haben einen wirklich langen kosmischen Trip für euch alle auf Lager ...«

Truth saß rotäugig und übernächtigt in dem Zimmer mit der Blackburn-Sammlung und sah sich Videobänder an. Betrachtete ihren Vater.

»Ich bin gekommen, um dir zu sagen: Verlasse mein Haus, bevor du dir deinen rationalistischen Arsch verbrennst.«

Sie hatte das Band schon fünfmal laufen lassen: Hier, auf Videokassettten, waren Kopien sämtlicher Auftritte, die von Thorne gefilmt worden waren: Carson, Sullivan, *The Dating Game*, die Hollywood Bowl – sogar ein paar Minuten Woodstock. Zuvor hatte sie den Gedanken, sich Thorne anzuschauen, nicht ertragen können, noch nicht einmal im elektronischen Medium. Jetzt konnte sie ihren Blick nicht abwenden.

Er war so jung. In seinen Zwanzigern auf diesen Clips, einer der führenden Köpfe der sogenannten Jugendrevolte, dieser erstaunlichen demographischen Bewegung, in der Jugendliche um die zwanzig die populäre Kultur der Nation eroberten, von der Musik bis zur Mode. Die Jugendrevolte, die britische Invasion: der ferne Liverpooler Akzent, den sie gehört hatte …

… in ihren Träumen? Oh, bitte, laß es einen Traum gewesen sein …

… war hier auf diesen Bändern immer noch wahrnehmbar, wenn man aufmerksam zuhörte und wußte, was man suchte, obwohl Thorne Blackburn irgendwann hart an sich gearbeitet hatte, um sich die glatte und gemessene Sprechweise eines Radioansagers anzueignen. Oder war der Liverpooler Akzent ein Zusatz, etwas, das er nachträglich angenommen hatte, um aus der Faszination der 60er Jahre an allem Britischen Kapital zu schlagen? Keiner der biographischen Abrisse über Thorne Blackburn war sich seiner Nationalität ganz sicher gewesen; Truth hatte nur vermutet, daß er Amerikaner war.

Sie hatte, wie sie jetzt wußte, viel zu viele Vermutungen angestellt.

Nach Thornes Erscheinen in ihrem Zimmer kam Schlaf, gleichgültig wie sehr ihr Körper danach verlangte, nicht mehr in Frage. Nach einer Stunde, in der ihr bei jedem wiederkehrenden Donnerschlag die Haare zu Berge standen und in der sie den Impuls überwand, einfach ihre Autoschlüssel zu nehmen und abzuhauen …

Ohne Light? Und wo willst du hin? Du bist noch nie vor irgend etwas in deinem Leben weggerannt? Außer vor der Tatsache, daß du Thorne Blackburns Tochter bist.

... hatte sie aufgegeben und sich angezogen. Und war hierhergekommen, um nach einem Beweis irgendwelcher Art zu suchen. Die Bänder, die Julian gesammelt hatte. Die ganzen Filmmeter handelten von Thorne.

Was, zum Teufel, glaubst du, wer du bist? Hans Holzer?

Nein. Hans Holzer war ein Dozent und Autor von Büchern über Geister, Spuk und Okkultismus, den Thorne von seinem gemäßigten Zugang zur Welt des Übernatürlichen abgebracht hatte. Aus diesem Grund, wenn schon aus keinem anderen, waren seine Bücher in der Blackburn-Sammlung vertreten. Sie mußte seinen Namen von Dylan oder jemand anderem gehört haben, auch wenn sie sich kaum daran erinnerte. Es war nicht möglich, daß ihre Information von Thorne Blackburn stammte.

Als sie die winzige, sich bewegende Gestalt sah, die für immer auf Filmbändern konserviert war, wunderte sich Truth darüber, was sie gesehen – oder geträumt – hatte. Wenn es ein Traum gewesen war, dann war der Mann in ihrem Zimmer ohne Zweifel Thorne Blackburn gewesen.

»Du bist nicht wie andere Leute, Schätzchen, du bist meine Tochter ...«

Die Stimme, das Gesicht, alles war gleich. Obwohl ihr Unterbewußtsein diese Bänder nicht gekannt hatte, war sie gewiß mit genug Material umgegangen, um ein Traumbildnis zu schaffen, das der Wirklichkeit so nahe kam, daß ihr waches Bewußtsein die beiden miteinander verschmelzen konnte.

Was ist dann mit der Handschrift in deinem Buch? Oder was sprach durch Light? Und der Mann, den du im Flur vor Irenes Zimmer gesehen hast? Was ist damit?

Truth schlug ihre Hände vors Gesicht. Hilflos und voll innerer Ablehnung, glaubte sie.

»Oh, Gott verdamme dich, Vater. Gott verdamme dich zur Hölle!«

KAPITEL 11

Wahrheit oder Folgen

Diese Wahrheit prüfe in deinem Geist,
Daß in einer unbegrenzten Welt
Das Unbegrenzte besser, das Unbegrenzte schlechter hält.
ALFRED, LORD TENNYSON

Doch nach dem ersten Schritt in den Abgrund des Wahns wußte Truth nicht, was sie jetzt tun sollte. Ein wahrer Gläubiger, dachte sie, der sich von den Fesseln der Wirklichkeit befreite, hielt nach Zeichen und Wundern Ausschau, die ihn in seiner neuen Torheit bestätigten. Doch sie wollte nicht einmal den Beweis, den sie hatte, geschweige denn mehr davon.

Wenigstens hatte es nichts mit Magie zu tun, sie mußte nur zugeben, daß sie Gespenster sah, ihnen zuhörte, mit ihnen sprach. Jedenfalls mit einem Gespenst.

Doch Gespenster waren himmelweit entfernt von der vernünftigen, sterilen Welt der klinischen Parapsychologie, der Psychokinese und außersinnlichen Wahrnehmung, den Versuchsserien, die in modernen, hell erleuchteten Gebäuden durchgeführt wurden.

Sie fürchtete, daß das Gespenst nur der Anfang war, als ob sie in irgendein unheimliches Schattenland zwischen Magie und Wissenschaft verschlagen wäre; an einen Ort, in dem weder die Gesetze der einen noch der anderen galten. Und auch Thorne wollte, daß sie Shadow's Gate verließ.

Bevor ich mir meinen rationalistischen Arsch verbrenne. Aber ich bin keine Rationalistin mehr, nicht wahr, Vater? Nein, ich fürchte, Papas kleines Mädchen ist durchgedreht.

Sie wollte weinen, aber ihre Augen schmerzten nur, ohne daß Tränen kamen. Die hatte sie wohl alle schon ausgeweint. Truth schüttelte müde den Kopf.

Ein zischendes Geräusch schreckte sie auf. Das Band im Videorekorder war ans Ende gelangt. Sie stellte den Ton leise, drückte die Rückspultaste und stand auf, um das Licht anzuschalten. Sie reckte ihre steifen Glieder. Im Dunkeln zu sitzen hatte sie nicht weiter gebracht. Sie sah auf ihre Uhr. Beinahe fünf Uhr am Morgen. Soviel zur Nachtruhe.

Alle – naja, wenn man Thorne und Michael für alle nimmt, egal – wollen, daß ich Shadow's Gate verlasse. Aber nicht, weil ich hier in Gefahr wäre. Keiner von ihnen hat das behauptet.

Sie versuchte sich auf das zu besinnen, was Michael in ihren aufreibend ergebnislosen Gesprächen zu ihr gesagt hatte.

Nicht, weil ich in Gefahr bin. Nicht deswegen. Sondern weil ich hier etwas lernen *werde.*

Was? Ihr lebenslanger Argwohn gegen Thorne Blackburn kehrte mit voller Kraft zurück – wenn er sie hindern wollte, irgend etwas zu lernen, dann war sie entschlossen, herauszufinden, was es war.

Ihre Hand lag immer noch auf dem altmodischen Lichtschalter, als die Tür zur Bibliothek aufging.

»Ach – du bist es«, sagten Irene und Truth im Chor.

Irene Avalon war allem Anschein nach auf dem Weg ins Bett oder kam von dort. Ihr weißes Haar hatte sie unter einem silbernen Haarnetz zurückgebunden, ihr Gesicht war ungeschminkt. Sie trug weiche rote Pantoffeln, ihre rundliche Figur war in den gleichen schweren Flanellmorgenmantel gehüllt, den sie Truth geliehen hatte. Truth verglich sie mit der schlanken, fröhlichen rothaarigen Frau auf den Fotos – die auch nicht mehr ganz jung gewesen sein konnte, wenn 25 Jahre sie so hatten altern lassen – und dachte, daß die Magie der Zeit die grausamste Zauberkunst von allen war.

»Ich habe das Licht hier drin gesehen«, sagte Irene. »Ich habe im Tempel noch meditiert nach unserer Arbeit und war auf dem Weg nach oben. Ich wollte aber sichergehen, daß nicht wieder einer von den Gaunern das Licht angelassen hat. Es sind alles gute Jungs, aber keiner von ihnen hat sich je Gedanken darüber gemacht, wo der nächste Penny herkommt, wenn du mich fragst.«

»Das Gewitter hat mich geweckt«, sagte Truth. Die halbe Wahrheit war immer noch besser als gar keine. »Ich dachte, ich gehe runter und arbeite noch ein bißchen, solange es still ist.«

»Hast du keinen guten Schlaf?« Irene betrachtete Truths Gesicht eingehend. »Nein«, gab sie sich selbst zur Antwort. »Kind, du siehst vollkommen abgespannt aus. Was du brauchst, ist eine gute Tasse Kakao, und dann mußt du dich mal richtig ausschlafen. Ich glaube, du bist schon halb auf das Werk eingestimmt; kein Wunder, daß du nicht schlafen kannst, wenn der Kreis arbeitet.«

Irenes Erklärung, wie sehr sie auch nach Hokuspokus klang, war immer noch angenehmer, als sich die Wirklichkeit eingestehen zu müssen. Sie ließ sich von Irene mit in die Küche nehmen, wo die ältere Frau einen kleinen Topf auf den Herd stellte.

»Echter Kakao und nicht so eine scheußliche moderne Mischung voller Chemikalien und hydrierter Pflanzenfette – pah! Nur eine Prise Safran, zum Einschlafen. Das wurde schon im Mittelalter heißen Getränken beigegeben; nichts Schädliches«, sagte Irene besänftigend.

»Solange ich nicht ins Mittelalter zurückkehren muß, um es zu trinken«, scherzte Truth schwach.

Irene lachte und hantierte in der Küche, nahm die Milch aus dem Eisschrank, gab Safran, Vanille, braunen Zucker und Kakao hinzu, schlug das dampfende Gebräu schließlich schaumig und füllte es in zwei große Becher.

Truth nahm einen davon und sog den Duft ein. Die Honigsüße war wie ein Feld eßbarer Blumen im Sonnenschein; hinter dem strengen Aroma der Vanille und dem köstlich-exotischen Schokoladegeruch spürte sie den schwach weinartigen Beigeschmack von Melasse und die Würze des delikat-erdigen Safrans heraus. Sie nippte an ihrem Getränk. Es schmeckte noch besser, als es duftete.

»Köstlich«, verkündete Truth. Aber auch eine ganze Badewanne voll davon würde ihr den Schlaf nicht zurückbringen.

Sie sprachen über Nebensächlichkeiten – das Wetter, die Läden in der Stadt. Truth hatte das Gefühl, daß Irene ihr etwas sagen wollte, auch ihr lagen einige Fragen auf der Zunge.

Irene füllte gerade ihre Becher mit dem letzten Rest aus dem Topf, als ein Schlüssel in der Tür gedreht wurde, die früher der Lieferanteneingang gewesen war. Einen Augenblick später kam ein Mann herein, der sich seinen Mantel aus Samtcord von den Schultern zog. Eine genau wie er gekleidete Frau folgte ihm.

»Ach, Mr. Walker«, sagte Irene. »Das sind Mr. und Mrs. Walker, Truth – sie kümmern sich um den Haushalt – morgens, wenn sie niemand stört.«

»Guten Morgen, meine Damen«, sagte Mr. Walker – durchaus höflich, doch der Wunsch, sein Revier für sich zu haben, war offenkundig.

Deswegen also hatte Truth die Leute nie gesehen, die für Julian das Haus in Schuß hielten – sie waren wahrscheinlich vor neun Uhr schon wieder weg, und Mr. Hoskins ging um acht Uhr abends, so daß Julian und seine Apostel die Nacht für sich allein hatten.

»Ach, und jetzt habe ich hier gewirkt und Ihnen die Küche schmutzig gemacht. Ich möchte schwören, Mr. Walker, daß Sie mich das nicht beseitigen lassen«, sagte Irene reumütig. Sie nahm den anstößigen Topf, als ob sie ihn abwaschen wollte, doch Mr. Walker schickte sie mit einer Handbewegung weg – schroff, wie Truth fand.

»Komm, Irene, laß uns gehen und den armen Mann in Ruhe seine Arbeit tun.« Truth ergriff den Arm der älteren Frau, und mit ihren Kakaobechern verließen sie die Küche.

Truth hätte jedes andere Zimmer im Haus für einen Plausch vorgezogen, doch Irene führte sie in den Tempel. Er war noch nicht aufgeräumt; als Irene und Truth eintraten, stand noch ein Kreis von Stühlen in der Mitte und verlieh dem Raum die trostlose Ähnlichkeit mit einem verlassenen Klassenzimmer.

Irene schaltete das Licht ein, dann setzte sie sich auf einen Stuhl und klopfte einladend mit der Handfläche auf den Stuhl neben ihr.

Truth folgte der Aufforderung, setzte sich und schaute in ihren Becher. Die Tatsache, daß Irene sie hierher gebracht hatte, zeigte, daß dieser Raum für Irene keine Schrecken barg – dabei war sie auch in der Nacht, in der Katherine starb, hier gewesen.

»Erzähl mir von meiner Mutter«, sagte Truth. »Hat mein – hat Thorne sie geliebt, was glaubst du?« Die Worte brachen aus ihr hervor.

Es war eine kindische Frage, und ungeschickt obendrein. Doch Irene dachte ernsthaft darüber nach. Truth sah ein schwaches Lächeln um ihre Mundwinkel und Augen spielen. Welche Erinnerungen Irene auch immer an jene Zeit hatte, sie galten offenbar nicht nur dem entsetzlichen Ende.

»Sie war seine Seelenfreundin; da habe ich nicht den geringsten Zweifel. Es gab zwei Frauen, die er auf diese Weise geliebt hat – oh, mich hat er nicht so geliebt, aber ich mißgönne es ihnen nicht. Besser ein Zehntel von einem Mann wie Thorne und die Erinnerungen daran, als von einem anderen Mann alles, und es bleibt einem nur Reue. Aber Thorne ...

Es waren zwei, Katherine und, naja, laß sie uns einfach die andere nennen. Er konnte sie nicht beide haben, und als er sich entscheiden mußte, entschied er sich für Katherine, auch wenn er dadurch die andere verlor. Ach, das hatte nichts mit Eifersucht zu tun – wir waren damals nicht eifersüchtig, wir wollten eine neue Welt schaffen, und alle Regeln des Zusammenlebens sollten geändert werden. Ich glaube, daß du es warst, die bei Thorne den Ausschlag für Katherine gab, aber ich plaudere hier aus dem Nähkästchen, dazu habe ich kein Recht. Er hat sie beide geliebt und eine für die andere aufgegeben. Zweifle also nie an Thornes Liebe zu deiner Mutter.«

Irene nippte an ihrem Kakao, in Gedanken an jene Zeit versunken.

»In einer Hinsicht war Thorne Blackburn derjenige auf der Welt, der das Zeug dazu hatte, Katherines Wildheit zu bändigen. Du hast das Aussehen von deiner Mutter, aber für mein Gefühl hast du in deinem Wesen mehr von Caro. Ihre Dickköpfigkeit zum Beispiel – Thorne sagte immer, daß nichts

Caro bewegen könnte außer Caro selbst; wenn sie einmal einen Entschluß gefaßt hatte, war jeder Versuch, sie umzustimmen, zwecklos. Ach, aber Katherine, die wollte das Unmögliche; sie war verwegen wie der Teufel und genauso stolz. In jener Nacht … ging sie einfach zu weit, das war alles. Sie ging zu weit.« Irene schüttelte den Kopf, der Schmerz trübte die Freude an der Erinnerung.

»Tante Irene, was ist in der Nacht mit Thorne geschehen?« Die familiäre Anrede entschlüpfte ihr, bevor Truth sich dessen bewußt wurde; sie empfand eine plötzliche heftige Liebe zu der alten Frau, und einen Augenblick lang glaubte sie fast, daß sie sich von früher an Irene erinnerte.

»Er … sah, daß sie tot war. Es gehört noch mehr dazu, aber ich fürchte, ich kann es dir nicht erzählen; ich bin durch den Kreis zur Verschwiegenheit verpflichtet.« Irene nahm den Faden der Erzählung mühelos wieder auf. Es war nicht nötig, die Nacht eigens zu benennen – in der Geschichte von Thorne Blackburn gab es nur eine Nacht. »Aber er wußte, daß sie tot war. Er nahm seinen Schmuck ab – sie waren eine Art Rangabzeichen, Liebes, auf den alten Fotos kannst du sie an ihm sehen – und warf ihn weg; einen Ring, eine Kette und ein Armband –, und er hob sie in seine Arme und weinte wie ein Kind. Doch die Polizei hat ihn nie gefunden, obwohl sie zwei Tage lang hier überall nach ihm suchten und bis hinunter nach Fishkill Straßensperren errichteten.«

Sie seufzte und schüttelte den Kopf. »Es hat mir einen ganz schönen Schock versetzt, als ich Julian mit Thornes Armband sah, kann ich dir sagen. Aber es ist nicht das echte, hat er mir gestanden, nur eine Kopie nach den Angaben im Arbeitsheft. Man nimmt neun Ringe aus Eisen, weißt du …«

Irene schweifte ab, wie ein Rebhuhn, das vor Jägern hin- und herflattert, um die Aufmerksamkeit vom Nest abzulenken, doch Truth ließ sich nicht ablenken.

Wenn dies die Wahrheit war, dann hatte sie sich geirrt. Die ganzen Jahre, in denen sie Thorne Blackburn für den Tod ihrer Mutter verantwortlich gemacht hatte.

»Du hast gesagt, Thorne sah, daß Katherine tot war. Wie ist sie gestorben? Julian sagt, es war eine Überdosis Rauschgift –

war es das? Was ist passiert? Was ist mit Thorne passiert?« fragte Truth.

»Das kann ich dir nicht sagen«, antwortete Irene schlicht. »Du gehörst nicht zum Kreis. Ich habe geschworen, verstehst du: zu bewahren und geheimzuhalten, keine Kunst oder Künste preiszugeben, nicht einen Teil und keine Teile ...«

»Ja, schön. Weiß Julian es?« fragte Truth ungeduldig.

»O ja. Er hat mich gefragt, und sobald er den nötigen Rang erworben hatte, habe ich es ihm erzählt.«

Diese Möglichkeit stand Truth nicht offen, auch wenn sie bis zum Jüngsten Tag hier saß. »Aber die Polizei ...«, sagte sie entmutigt. Sicher hatte die sich mit so einer Erklärung nicht zufriedengegeben. Leute, die sich heute auf den fünften Zusatzartikel zur Verfassung beriefen, wanderten ins Gefängnis, und das waren Reporter; wie wäre es erst suspekten Kultanhängern in den sechziger Jahren ergangen.

Irene schüttelte traurig den Kopf. »Es tut mir leid, Schatz; ich würde es dir sagen, wenn ich könnte, aber es ist so, als würdest du einen Priester fragen, was in der Beichte gesprochen wurde, verstehst du? Schwüre sind etwas Wirkliches, und man darf sie nicht brechen. Ich kann dir erzählen, was ich der Polizei gesagt habe, und davon ist jedes Wort wahr.«

Sie tätschelte Truths Hand, und Truth zwang sich ein Lächeln ab. Es war nicht Irenes Fehler ...

Daß sie verrückt war? Oder ihrem Gewissen verpflichtet? Oder einfach loyal? Truth wußte es nicht. Plötzlich schien es keine Schurken mehr zu geben, und das bereitete ihr nicht weniger Furcht als das Böse selbst.

»Was ich ihnen gesagt habe, war dies, und es ist die reine Wahrheit, alles, was man mit bloßen Augen sehen konnte. Ein plötzlicher Sturm kam auf, als wir – der Innere Kreis, wir dreizehn – im Tempel waren, und er drückte die Türen auf, die vorn am Haus und diese hier. Katherine – deine arme Mutter – wand sich in Krämpfen. Sie haben später gesagt, daß es eine Überdosis Rauschgift war, die Thorne nie zugelassen hätte, hätte er davon gewußt, das mußt du mir glauben – jedenfalls haben sie es für einen Unfall gehalten, sonst hätten wir alle mit Mordanklagen rechnen müssen. Johnnys Vater – also unser Johnny, er gehörte damals zu unserem Kreis – armer Kerl, er ist seit fünfzehn Jahren unter der Erde – hatte Geld genug für einen berühmten Anwalt, und wenn sie Johnny nicht vor Gericht stellten, mußten sie uns andere auch laufen lassen. Ich glaube nicht, daß sie sonderlich viel Interesse an der Sache hatten, die Polizei hatte keins, auch wenn es natürlich anders ausgesehen hätte, wenn sie Thorne in die Hände bekommen hätten …«

»Ja, Tante Irene. Aber in der Nacht. Du sagst, es hat ein Gewitter gegeben?«

»Ja. Thorne hat gern bei Gewitter gearbeitet; er sagte, die Energien seien dann besser zu nutzen. Aber das Gewitter in dieser Nacht… Nun, der Sturm drückte die Türen auf, und natürlich gingen unsere Kerzen aus – vom Wind ausgeblasen, verstehst du. Wir versuchten, das Licht anzuschalten, aber die Stromversorgung war wegen des Sturms zusammengebrochen, und als wir dann die Taschenlampen geholt hatten, war Thorne verschwunden – und Katherine tot.«

»Dann ist er vielleicht einfach weggerannt?« sagte Truth unsicher. Aber selbst wenn die Polizei ihn nach einem Vierteljahrhundert nicht mehr suchte, so wäre Julian bestimmt auf seiner Spur – und Julian, da ging Truth jede Wette ein, hätte ihn gefunden.

»Das hat die Polizei gesagt, und man muß ihr zugestehen, daß sie in dem alten Haus keinen Stein auf dem anderen ließ, und wir haben natürlich nichts dagegen unternommen. Wir konnten nicht«, fügte Irene mit entschuldigendem Lachen hinzu. »Thorne war der Eigentümer des Hauses, verstehst du – uns andere nannten sie Hausbesetzer und sagten, wir hätten kein Recht, hier zu sein. Und sie sperrten uns ins Gefängnis, alle außer Caroline, aber am Ende mußten sie die meisten von uns wieder laufen lassen, nachdem Johnnys Vater sich eingeschaltet hatte. Aber sie nahmen Debbie das Baby weg, das arme Mädchen, und als sie ihr mitteilten, daß man ihr das Sorgerecht entzog, erhängte sie sich in ihrer Zelle. Das ist alles so lange her«, sagte Irene traurig.

Die »Debbie«, von der Irene sprach, mußte Debra Winwood, Lights Mutter, sein, und Johnny war sicher Jonathan Ashwell, dessen Vater tatsächlich so vermögend und einflußreich war, wie Irene in ihrer konfusen Erzählung berichtet hatte. Aber was für eine grausame Maßnahme! Truth spürte Zorn in sich aufsteigen, um das hilflose Mädchen von damals zu verteidigen, obwohl der gesunde Menschenverstand ihr sagte, daß es noch eine andere Seite der Geschichte geben mußte als die, von der Irene erzählte.

»Was wurde aus den anderen Kindern?« fragte Truth.

»Pilgrim rannte in der Gewitternacht davon. Er war ein wilder Bursche; nur Thorne konnte ihn zur Vernunft bringen; er muß völlig außer Kontrolle geraten sein, nachdem Thorne ... verschwunden war. Sie haben ihn aufgegriffen, während der Rest von uns festgehalten wurde; mehr haben wir nicht gehört. Der arme kleine Kerl war erst acht; ich weiß nicht, was dann aus ihm wurde. Caro wollte, daß man ihn ihr gäbe, aber das lehnten sie ab, und so versuchte sie, wenigstens dich und Light zu behalten, aber – ach! – die Bullen – so nannten wir die Polizei damals – hatten nur im Sinn, das Heer der Gottlosen auszutilgen: Dreißig Hippies, die in einem großen alten Haus Magie betrieben.«

Irene schwieg einen Moment und sah in die Ferne. Als sie weitersprach, war ihre Stimme angespannt vor Wut.

»Alle Kinder wurden weggebracht – es waren nicht nur Thornes Kinder. Einige der Eltern waren verheiratet, aber das hatte keine Bedeutung. Das war sechs Monate, bevor Caro dich wiederbekam, und auch das gelang ihr nur durch einflußreiche Freunde, denke ich mir. Es wurde in den amerikanischen Zeitungen erwähnt, so daß ich noch Ausschnitte gesehen habe, als ich wieder zu Hause war. Aber sie kam zu mir ins Gefängnis und sagte mir, ich und die anderen, wir sollten uns fernhalten von dir und ihr. Wahrscheinlich wußte sie schon, daß ihr ein Kampf bevorstand.

Die anderen Kinder, ich weiß nicht, was mit ihnen geschah. Ich bin mir wirklich nicht sicher, was sonst alles passiert ist, nachdem sie die Mordanklage fallengelassen hatten. Ich wurde nach England deportiert. Die Scheißkerle haben mich zu einer ›unerwünschten Person‹ erklärt, und du weißt, daß man so etwas aus seiner Akte nicht mehr leicht rausbekommt. Von da an war ich nicht wieder in Amerika.«

Irene seufzte erneut und schüttelte den Kopf. »Ach, in all den Jahren habe ich mehr als nur Schwierigkeiten gehabt, aber Thorne war es wert, das alles.« Sie lächelte rückblickend, auf eine Art, die Truth früher verärgert hätte, die sie jetzt aber nur traurig machte.

»Ich weiß nicht, wie Julian die Behörden dazu bewegt hat, mir einen neuen Paß und ein Visum für Amerika und das Ganze zu geben«, fuhr Irene in leicht fragendem Tonfall fort, »aber er hat einiges zuwege gebracht, der gute Junge. Ich war unten in Brighton – das Kristallkugeln- und Handlesegewerbe in den Badeorten, weißt du, und auch, wenn ich nicht mehr so viele Kräfte wie früher hatte, eine Herzlinie konnte ich immer noch lesen. Ich war sogar in Kontakt mit einigen Zirkeln, die noch das Blackburn-Werk ausführten – oh, wir wurden damals königlich geschnitten, sowohl von der O. T. O. als auch von der Goldenen Dämmerung. Sie meinten, Thorne wäre nicht seriös genug, doch nachdem er verschwunden war, gab es genug Leute, die ihn gekannt hatten und sein Werk weiterführen wollten – wenigstens das Ebnen des Pfades, auch wenn ohne *Die leidende Venus* niemand den Weg bereiten konnte. Bis auf Julian natürlich …«

Irene plapperte weiter munter vor sich hin, während Truth angestrengt nachdachte. Eins ging aus Irenes Erinnerungen klar hervor – Thornes Leichnam war nie gefunden worden. Irene hatte gesagt, daß er verschwunden, nicht, daß er gestorben war.

»Dann könnte Thorne noch am Leben sein?« fragte sie schließlich.

Irene hielt inne und starrte sie an. Dann lachte sie kurz und überrascht auf. »Nein! Thorne noch auf der Welt? Oh, Truth, ich habe dir nichts zu sagen, wirklich, aber das sage ich dir: Nein. Wenn du glaubst, daß er in jener Nacht fortgerannt ist, dann ist das nicht wahr.«

Irene zögerte, unsicher, ob sie ein Geständnis machen sollte. Schließlich holte sie tief Luft. »Er hat diesen Raum nie verlassen, weder durch die Tür, noch durch das Fenster. Ich war hier, und ich versichere es dir. Und das ist alles, was ich dir sagen kann.«

Auf Irenes Insistieren hin ging Truth auf ihr Zimmer und versprach, sich wenigstens ein paar Stunden hinzulegen. Das mitternächtliche Gespräch mit Thorne Blackburn war schon unwirklich geworden; schwer zu glauben, daß es überhaupt stattgefunden hatte.

Aber sie zweifelte nicht daran, daß Thorne hier gewesen war. Irgendwo. Irgendwie. Und als Wissenschaftlerin genügte ihr die bloße Tatsache seiner Anwesenheit nicht. Sie wollte die Gründe wissen.

Warum hier? Warum jetzt? Warum *sie*?

Trotzdem schlief sie ein, und als sie aufwachte, war es früher Nachmittag. Sie hatte in ihren Kleidern geschlafen und fühlte sich zerknittert und schmuddelig. Ein kräftiger Schwall kalten Wassers in ihr Gesicht wischte die Spinnweben beiseite. Sie nahm nun ihre Arbeit wieder auf, wegen der sie hergekommen war – die Durchsicht von Julians Blackburn-Sammlung –, und machte sich weitere Notizen für die Biographie.

Wenn Blackburn tatsächlich Engländer gewesen war, so konnte sie Dylan fragen, ob einige seiner Freunde in England etwas über Thornes früheres Leben herausbringen oder ihm durch das Paßamt auf die Spur kommen konnten.

Paß. Wenn die britischen Behörden wirklich Irenes Ausweis – und die amerikanischen Behörden ihr Visum – eingezogen hatten, wie hatte Julian beides für sie wiedererlangt?

Vielleicht war Irene einfach falsch informiert worden.

Während sie sich in Gedanken ihrem Forschungsgegenstand näherte, wechselte sie die Kleidung. Trotzig zog sie die Samtweste über eine weiße Baumwollbluse und dunkle Freizeithosen. Wenn sie schon vor einem Gespenst nicht davonlief, dann würde sie vor Fionas Wutanfällen erst recht nicht kneifen. Und Julian hatte diesen ein unmißverständliches Ende gesetzt, sofern Fiona überhaupt noch bei Sinnen war.

Aber war sie das? Ja, das *ist die Frage …*, dachte Truth sarkastisch.

Ihr Magen erinnerte sie daran, daß sie noch kein Frühstück gehabt hatte. Wenn sie zuwenig Schlaf bekam, sollte sie zumindest genug essen. In ihrer Studentinnenzeit hatte sie schlaflose, mit Studieren verbrachte Nächte mit Hilfe von Pizzas zum Mitnehmen und Unmengen von Süßigkeiten durchgestanden. Auch wenn sie es soweit nicht kommen lassen wollte, ein herzhaftes Mahl wäre jetzt genau das Richtige.

Zu Mittag gab es in Shadow's Gate ein Buffet. Auf den beiden Anrichten standen eine Suppenterrine, mehrere Salate und kaltes Fleisch. Offenbar war das Mittagessen, wie das Frühstück, eine eher beiläufige Angelegenheit. Die Leute kamen und gingen je nach Lust und Laune.

Als Truth hereinkam, saßen Ellis, Hereward und Light am Tisch. Light hatte einen Teller mit Desserts neben ihrem Ellbogen stehen. Mit einem Löffel rührte sie lustlos in einem Suppenteller herum. Ihr Gesicht hellte sich auf, als sie Truth sah.

»Oh, fein! Dir geht es besser.« Light neigte den Kopf, als hörte sie zu, und Truth merkte, daß ihre Augen ins Leere blickten.

»Du machst dich krank, wenn du all das süße Zeug auf leeren Magen ißt«, hörte Truth sich sagen.

Ellis schnaubte auf eine Weise, die nahelegte, daß er das Gleiche sagen wollte. Das Wasserglas neben seinem Teller war zur Hälfte mit einer bernsteinfarbenen Flüssigkeit gefüllt. Truth wettete, daß dies kein Eistee war. Light zog abwehrend die Schultern hoch und ließ den Löffel in die Suppe fallen, daß es aufspritzte.

»Oh, es macht keinen Unterschied«, fügte Truth eilig hinzu, »in welcher Reihenfolge du die Suppe und das Dessert ißt. Hauptsache, du ißt beides.«

»Kinder«, sagte Hereward zu niemand Bestimmtem. »Ich kann weder mit ihnen noch ohne sie leben.« Light streckte ihm die Zunge heraus, und er grinste sie an. Sie schob die Suppe fort und biß mit triumphierender Befriedigung in ein Stück Schokoladenkuchen.

»Sandwiches kann man sich dort drüben machen, Suppe und Salat sind unter dem Fenster. Kaffee und Dessert stehen in der Küche – mittags dürfen wir ins Heiligtum, weil Hoskins dann Besorgungen macht«, erklärte Hereward Truth.

Sie füllte sich einen Teller an der Anrichte und stellte ihn am Platz neben Light ab. Dann ging sie in die Küche, um sich Kaffee zu holen. Als sie mit einer Tasse in der einen Hand und einer Serviette voll noch warmer Kekse in der anderen zurückkehrte, sah sie, daß von ihrem Sandwich mit Eiersalat nur noch die Hälfte übrig war und Light ein schelmisch unbeteiligtes Gesicht machte.

»Hm. Ich kenne einen Trick, der doppelt so gut ist«, sagte Truth und holte sich ein paar Scheiben Roastbeef. Light kräuselte ihre Nase und widmete sich wieder ihrem Dessert.

Truth aß von dem Roastbeef. Es war köstlich wie alles Essen in Shadow's Gate und genau das, was ihr darbender Magen brauchte. Sie nahm Platz und wischte mit ihrer Serviette einen Fleck Mayonnaise von Lights Wange. Die Fürsorglichkeit, die sie für Light empfand, war geradezu beängstigend.

»Schön. Was macht ihr heute nachmittag?« fragte Truth gutgelaunt. Sie dachte flüchtig an ihre Unterhaltung mit Caradoc – war diese wirklich schon gestern gewesen? – über Magie als Kunst persönlicher Transformation, als ein Werkzeug des menschlichen Geistes, das nicht durch den Willen der Kirche oder des Staats eingeschränkt werden sollte. Noble Gedanken – aber wie sah die Wirklichkeit aus?

»Der Tempel bleibt heute abend dunkel, also werden wir nicht arbeiten«, sagte Hereward auf ihre Frage. »Aber die meisten von uns müssen noch Text für das morgige Ritual lernen. Wir führen es nicht zum ersten Mal durch, aber ich hasse es, unvorbereitet am *théatre sacré* teilzunehmen«, fügte er hinzu.

Die Art, wie Hereward sprach, löste in Truth eine Erinnerung aus. »Sie sind Schauspieler, stimmt's? Wenn Sie nicht ... hier sind?«

Hereward lachte. »Oh, ich bin immer ›hier‹, aber Sie haben recht. Ich werde jetzt nicht fragen, ob Sie mich in irgendeinem Stück gesehen haben, denn das haben Sie nicht, aber – woher wissen Sie?«

»Während meiner Collegezeit habe ich mich öfter mit einem Jungen vom Broadway getroffen. Ich erinnere mich, wie er davon sprach, daß das Theater dunkel bleiben würde – ich dachte damals, es hätte etwas mit der Stromrechnung zu tun.«

Hereward lachte: »Nein; nur, daß es nicht bespielt wird. Aber ich muß mich konzentrieren. Ich will nicht im Text hängenbleiben.« Er sah sie mit seinen grauen Wolfsaugen fest an und schien seinen Worten eine andere Bedeutung verleihen zu wollen.

»Na, wenigstens brauchst du kein blutiges, großes Schwert mit dir herumzuschleppen, während du dein bißchen Text runterrasselst, mein lieber Wächterkollege«, sagte Ellis. »Gestern nacht dachte ich, daß Julian das Ding durch mich hindurchbohren wollte.« Er nahm einen größeren Schluck aus seinem Glas – Sherry, vermutete Truth.

»Na, du hast es fallen lassen«, sagte Hereward, der immer noch Truth ansah. »Aber dafür sind Proben im Kostüm ja da, mein lieber Türwächter. Und da wir von Kostüm sprechen, Truth, was haben Sie der kleinen Fee, unserem tiziangelockten Engel der Leidenschaft angetan? Seit ich sie kenne, habe ich sie noch nie so viele Einsätze verpassen sehen wie letzte Nacht.«

Da er von Kostümen sprach, mußte Hereward recht gut wissen, was vorgefallen war, aber Truth fiel es im Traum nicht ein, ihn mit mehr Details zu füttern.

»Wie lange kennen Sie sie schon?« fragte Truth statt dessen. Erst nachdem sie die Frage gestellt hatte, wurde ihr klar, wie sehr sie die Antwort interessierte.

»Der Kreis arbeitet seit ungefähr einem Jahr zusammen. Wir beide – Ellis und ich – hatten vorher schon mit Blackburns Werk Erfahrungen gemacht, und so war es natürlich auch mit Irene und Doc – das ist Caradoc –, aber ich möchte schwören, daß Fiona einen Airt nicht von einem Epopt unterscheiden konnte, bevor sie Julian kennenlernte.« Hereward zuckte mit den Schultern.

Airt war gälisch und hieß »Richtung«, aber Truth hatte – zu Fionas Entlastung – nicht die blasseste Vorstellung davon, was ein Epopt war –; hatte nicht Thorne das Wort gebraucht? Sie sah fragend zu Ellis hinüber, aber von ihm war keinerlei Aufklärung zu erwarten.

»Wahr – was immer das heißen mag. Manchmal denke ich, daß Thorne uns allen einen großen Dienst erwiesen hätte,

hätte er sein magisches System mit geringerer weiblicher Beteiligung entwickelt«, sagte Ellis.

»Warum, Ellis? Hört sich an, als ob du etwas gegen Frauen hast«, sagte Hereward schalkhaft.

Ellis schnitt eine säuerliche Grimasse. »Alles, was ich sage, ist nur, daß Blackburns Werk um Hierolator und Hierophex komponiert ist, und das sind beides Frauen.«

»Es gibt immer noch das Ritual des Anubis«, merkte Hereward provozierend an.

»Ja«, bestätigte Ellis kommentarlos. Er sah Truths verständnislosen Blick und gab, nach einem Schluck von seinem Glas, nach. »Da Sie wahrscheinlich bei Ihrer Forschung darauf stoßen werden, sage ich es Ihnen schon jetzt: Das Ritual des Anubis ist Blackburns Ebnen des Pfades, in dem Männer die Rollen der Frauen übernehmen. Es wurde vom Kreis des Feuers – der Blackburn-Loge in San Francisco – veröffentlicht...«

»So ist es«, bestätigte Hereward.

»Aber ich weiß nicht, ob es je wirklich ausgeführt wurde. Wenn ja, dann wäre es nicht schwer gewesen, Thornes Grab ausfindig zu machen – er hat bestimmt eine Menge Lärm veranstaltet, als er sich darin umgedreht hat.«

Abgesehen davon, wieviel Ellis getrunken hatte – und Truth hielt es für eine ganze Menge –, blieb seine sarkastische Redeweise genau und klar. Allmählich kam es Truth so vor, als hätten die okkulte und die akademische Welt mehr Gemeinsamkeiten, als sie ursprünglich gedacht hatte – Parteikämpfe und Streitereien, eine kleine, geschlossene Gemeinschaft, in der jeder jeden kannte und übers Ohr haute.

»Nicht zu erwähnen die Schwierigkeit, ein männliches Trancemedium in mündigem Alter für deinen anubischen Hierophex zu finden. Stimmt es nicht, daß die meisten Medien Frauen sind?« fragte Hereward Truth.

Sie war dankbar, daß ihr eine Frage gestellt wurde, auf die sie tatsächlich eine Antwort wußte, und sie fragte sich, ob dies in Herewards Absicht lag.

»Es scheint so zu sein, aber eines der berühmtesten Medien, die geschichtlich belegt sind, war R. L. Lees, ein Mann. Er lebte im vorigen Jahrhundert in London und wurde sogar wegen der Ripper-Morde konsultiert. Ein anderes berühmtes Medium aus der Zeit war Daniel D. Home; Houdini hat versucht, ihn zu entlarven und ist gescheitert. Aber es ist wahr, daß mindestens dreimal so viele Frauen wie Männer als Medien tätig sind. Vielleicht fällt es Frauen leichter zu akzeptieren, daß die Welt nicht nur, na ja, durch logische Analyse erfaßbar ist«, schloß Truth ein wenig kraftlos.

»Wenn das nicht die Wahrheit ist«, sagte Ellis bitter.

»Wenn die Welt ein logischer Ort wäre, dann wären wir alle Unitarier«, sagte Hereward, »und niemand würde sich wegen irgend etwas streiten. Aber ich muß mich beeilen – Julian hat mir eine Einkaufsliste gegeben, und ich muß bis nach New York fahren, um die Sachen zu bekommen.«

Hereward stand auf.

»Wenn du nach New York fährst, komme ich mit. Ich will in meine Wohnung und ein paar Sachen holen«, sagte Ellis. Er leerte sein Glas und erhob sich ebenfalls. Er schwankte etwas und stutzte sich mit einer Hand am Tisch ab.

Hereward schob seinen Stuhl unter den Tisch und musterte Ellis scharf.

»Ja, ich weiß, was er gesagt hat«, sagte Ellis, als ob Hereward gesprochen hätte, »aber es geht mir nicht darum, in der Tonight Show aufzutreten – wie es Unser Gründer zu seiner Zeit gemacht hat, wenn ich dich erinnern darf –, sondern ich will nur sehen, ob Dorian die Pflanzen genug gießt, und ein paar Winterklamotten einpacken. Es wird hier oben hundekalt.«

Hereward richtete seinen Blick zur Decke, als erflehte er himmlische Hilfe, und atmete langsam aus. »Auf deine Verantwortung, mein lieber Türwächter«, sagte er schließlich. »Aber ich werde Julian deinetwegen nicht anlügen.« Er nahm sein und, wie Truth mit Erleichterung sah, Ellis' Geschirr und trug es in die Küche.

Da gab es also einen Riß in Julians New-Age-Harmonie, dachte Truth, nachdem die beiden Männer gegangen waren. Das Geplauder war eloquent, und die Anekdoten waren amüsant, doch unter dem Ganzen gab es etwas, womit sie nicht herausrückten, und sie hätte herzlich gern gewußt, was das war.

Light, die ihr Dessert aufgegessen und die Suppe stehen gelassen hatte, stellte ihr Geschirr zusammen und wartete.

»Und was machst du?« fragte Truth.

»Ich gehe mit dir«, sagte Light.

Light war eine wenig spürbare Begleitung. Sie folgte Truth in die Bibliothek und rollte sich an einem sonnigen Fleck wie eine Katze zusammen. Ihre Augen starrten ohne Blinzeln in die Ferne. Ein paar Minuten später konnte Truth sie schon nicht mehr erreichen.

Wo war sie hin? Truth schaute in die weit geöffneten silbernen Augen und wunderte sich. Sie ließ das Kind in Ruhe. Andere hatten rücksichtslos genug an ihr herumgezerrt.

Kind? Truth zweifelte. Wenn Light tatsächlich Thornes Tochter war – und da schien es kaum einen Zweifel zu geben –, dann mußte sie mindestens 27 Jahre alt und – wenn sie die Tochter von Debra Winwood war – irgendwann vor dem 30. April 1969 geboren sein. Truth dachte erneut an den Selbstmord von Lights Mutter und schauderte. Welch schrecklicher Anfang für ein Leben, das nur Schatten enthielt.

Bis ihr Julian in den Sinn kam. Immer wenn sie anfing, Julian in der Rolle eines herrschsüchtigen Verbrechers zu sehen, hielt Truth sich vor Augen, wieviel er für Light getan hatte, und nahm sich vor, sich ihren Argwohn aus dem Kopf schlagen. Natürlich hatte Julian wie jedermann seine dunklen Seiten, aber das Gute, das er getan hatte, war unübersehbar.

Mit einem Seufzen wendete sich Truth den Aktenordnern und Thorne Blackburn zu. Er war immer noch die eine Gewißheit in ihrem Leben – es fiel ihr keineswegs leicht, sich daran zu erinnern, daß er kein Teufel war, sondern nur ein Scharlatan des Okkulten: ein Showman, ein Schwindler, ein Heuchler.

Und von den Toten auferstanden, dachte Truth absurderweise, war er nicht anders als in seinem Leben.

Sie begann, die Briefe zu lesen, die Julian umsichtig gesammelt und in chronologischer Reihenfolge geordnet hatte. Thorne hatte eine umfangreiche Korrespondenz mit Füllfederhalter geführt, und seine Briefe glitten ebenso oft in Unleserlichkeit wie in dummes Geschwätz ab – der erste datierte von 1959. Thorne befand sich in New Orleans; er hatte einige bissige Kommentare über das »Touristengeschäft« abzugeben, die er mit den Sätzen schloß:

... Ich müßte die Tore des Todes aufstoßen und Marie LaVeau zurückbringen, damit sie unter die mundus *wandelt, wobei ich mir allerdings unsicher bin, was der größere Schrecken wäre – diese vollgefressenen Trottel oder die Hexenkönigin selbst. Die Dinge haben sich verändert, seit ich das letzte Mal hier war.*

Dann fuhr Thorne mit der fröhlichen Versicherung fort, daß beim letzten Mal, als er hier gewesen sei, New Orleans sich noch in den Händen der Franzosen befunden hätte und daß er fände, die Stadt, insbesondere Natchez Under Hill, habe sich sehr gewandelt. Der Brief endete mit einer anmutig verbrämten Bitte um Geld sowie mehreren Zeilen, die wie griechische Schrift aussahen. Truth übersetzte:

»Das ist nicht tot, was ewig liegt/ Und mit – unleserlich – sogar den Tod besiegt.« 1959 stand Thorne offenbar unter dem magischen Einfluß von H. P. Lovecraft oder aber wenigstens Giuseppe Valsamo, Graf Cagliostro – zumindest wenn Thorne behauptete, daß er über hundert Jahre alt sei.

»Mein Vater, der Vampir Lestat«, stöhnte Truth.

Die Briefe wurden länger und länger, Seiten voller ausführlicher Erklärungen oder Widerlegungen okkulter Theorien in kleinster Handschrift. Ungeachtet dessen, was er sonst noch sagte, äußerte Thorne sich von Anfang an unmißverständlich über das Tor zwischen der Welt der Götter und der Welt der Menschen. Und durch Magie sei es zu öffnen.

In späteren Briefen fügte er die Behauptung hinzu, daß er vom »Alten Blut« sei – den *sidhe* abstamme – und die Götter ihn auserwählt hätten, das Tor zwischen den beiden Welten noch einmal zu öffnen. In mehreren Briefen bezog Thorne sich auf »den Krieg«, so daß Truth zunächst dachte, es ginge um Vietnam, bis ihr klar wurde, daß er den Zweiten Weltkrieg meinte.

Wenn Thorne etwa dreißig gewesen war, als er starb, mußte er irgendwann um 1939 geboren worden sein und seine früheste Kindheit den Krieg als Hintergrund gehabt haben. Doch die Angaben zu seiner Vergangenheit waren äußerst oberflächlich, fast ungewollt:

... seit dem Krieg wurde allen Menschen, die sich den höheren Welten zugeordnet fühlen, klar, daß wir uns dem Ende einer Ära nähern. Crowley glaubte, das Neue Zeitalter wäre für 1904 verkündet worden, aber er verstand Aiwass nicht richtig; er war nur eine Stimme, die rief: »In der Wildnis schaffe den Pfad!« ...

Was für ein Glück, dachte Truth, als sie auf das Datum des Briefes sah, daß das Große Tier nicht lange genug gelebt hatte, um selbst noch seine Degradierung von Luzifer zu Johannes dem Täufer zu erleben. Crowley starb 1947; wenn seine Signatur in dem Buch aus Thornes Bibliothek nicht gefälscht war, hieß das, daß Thorne als Kind Crowley gekannt hatte.

Truth machte sich eine Notiz, um später die Verbindung Blackburn/Crowley zu untersuchen. Crowleys neuere Anhänger waren eine verschwiegene Gemeinschaft, geradezu vernünftig im Vergleich zu dem Unsinn, der über sie geschrieben worden war.

Thornes Korrespondenz nahm zu der Zeit ab – zumindest enthielten Julians Ordner immer weniger Briefe –, als Thorne seine Untergrund-Zeitung in San Francisco herausbrachte. Sie war von einem seiner Anhänger erworben worden – ebenso wie das Haus im Haight-Ashbury-Viertel, oder der Mystery-Schulbus und am Ende Shadow's Gate –, die schließlich alle Thorne als Eigentümer hatten, denn, wie er seinen Geldgebern leichthin erklärte: »Ich kann es nicht ertragen, von der Mildtätigkeit, abhängig von den Launen anderer zu leben.«

Dennoch nahm er bereitwillig große Geldspenden in Empfang, und Truth, die sich der Materie mit immer größerer Unbefangenheit näherte, wunderte sich, daß er so viele davon auftreiben konnte; Leute mit sehr viel Geld achteten gewöhnlich besser darauf, wem sie ihr Geld gaben.

Thorne mußte ein unfehlbares Gespür für Leute mit Geld

besessen haben, sowie einen gänzlich uneigennützig wirkenden Charme, mit dem er sie erleichterte. Die Leute, die 1969 in Shadow's Gate gewohnt hatten, waren von dem Verdacht der Beteiligung am Tod und Verschwinden Thornes nicht aufgrund einer liberalen Gesinnung seitens der örtlichen Polizei entlastet und freigesprochen worden. Und schon gar nicht, weil sie Hippies waren. Aber sie waren *reiche* Hippies.

»Kein einziger von ihnen unter dem Rang eines Börsenmaklers«, murmelte sie laut. »Na, du weißt – es ist ebenso leicht, einen reichen wie einen armen Mann zu lieben.« Und Thorne hatte es offenkundig leichter gefunden.

Aber Truth fand weder in seinen Briefen noch in den an ihn adressierten ein Indiz dafür, daß er seine Anhänger ausnahm und ihr Geld in seine eigenen Taschen steckte – zumindest nicht so, wie sie es sich vorgestellt hatte. Im engsten Sinne war Thorne Blackburn also kein Schwindler, Betrüger, Schuft und Hochstapler.

Es stimmte, daß Thorne mehrere Vermögen durchgebracht hatte, die ursprünglich nicht ihm gehörten, aber er hatte sie alle für das ausgegeben, was er *das Werk* nannte – für extravagante Spinnereien wie die Sterling-Silber-Einlegearbeiten im Fußboden des Tempels in Shadow's Gate. Er war gewiß jemand gewesen, der Menschen beeinflussen konnte, und wahrscheinlich hatte er diese Gabe weidlich ausgenutzt …

»Aber seine Absichten waren rein«, sagte Truth mit einem Seufzer. *Oh, Vater, was soll ich mit dir anfangen?* In den geldbewußten, habgierigen neunziger Jahren ließ sich sein Ruf einfach mit seinem Finanzgebaren ruinieren.

Aber wollte sie das tun? Wirklich? Immer noch?

»Julian kommt«, kündigte Light an. Truth zuckte zusammen bei dem unerwarteten Klang ihrer Stimme, und einen Augenblick später klopfte es leise an der Tür.

Julian trug ein Jackett aus Rohseide und dazu eine Tweedhose. Diese Kombination gab ihm das Flair eines ordinären Juwelendiebs auf Urlaub. Er ging quer durch den Raum zu Truth und schaute auf die Papiere.

»Die Geschichte eines unterbrochenen Lebens?« fragte er, nahm einen der Briefe zur Hand und betrachtete ihn.

Truth dachte unweigerlich an die Geldsumme, die er bezahlt haben mußte, um einen ganzen Ordner mit diesen unersetzlichen Dokumenten zu füllen …

»Julian, wie haben Sie … ich meine, es muß schwierig für Sie gewesen sein …« Truth wurde rot.

»Sie meinen, in wie viele Häuser ich eingebrochen bin?«

Seine gute Laune grenzte an Euphorie; Julian war heiterer, als Truth ihn je erlebt hatte. »Kein Grund, die Stirn zu runzeln; die Wirklichkeit ist viel nüchterner: Ich habe in den führenden Magie-Journalen Annoncen aufgegeben und die Briefe *gekauft*, auf die eine oder andere Art. Leider hat Thorne selten die Briefe aufgehoben, die an ihn adressiert waren: So fürchte ich, ist es mit wenigen Ausnahmen eine ziemlich einseitige Korrespondenz.«

Sie hatte bereits gemerkt, daß die Sammlung nur sehr wenig Briefe *an* Thorne enthielt, und wenn Julian mit seinen Mitteln keine anderen als diese zum Vorschein gebracht hatte, dann konnte sie schwerlich Besseres erreichen.

»Ist das mein Stichwort, nun zu sagen, daß es ein paar Dinge gibt, die man für Geld kaufen kann?« fragte Truth leichthin.

»Wahr, o ja, wahr – aber nur sehr wenige«, sagte Julian in einer Art Singsang. Er schien seine überspannte Fröhlichkeit allmählich zu bändigen. »Aber die allerwichtigsten Dinge kann man mit Geld nicht kaufen – diese Erfahrung habe ich gemacht. Und was haben Sie über Thorne erfahren?«

»Nicht viel – es sei denn, Sie zählen den Schnellkursus seines magischen Glaubens hinzu – und seine finanziellen Niederlagen«, konnte Truth sich nicht verkneifen zu sagen. »Julian, wenn jemand das weiß, dann Sie: Wo wurde er geboren? Wie ist er zum Okkultismus gekommen?«

»Wie taktvoll«, sagte Julian und lächelte sie an, »wenn man weiß, daß Sie kurz davor waren zu sagen: ›Wie konnte er sich auf diesen Blödsinn einlassen?‹« Er zog einen Stuhl neben ihr hervor und setzte sich. »Aber das wird kaum Ihre Fragen beantworten.«

Er legte seine Hände vor sich auf den Tisch und betrachtete seine Fingerspitzen, als ob dort Worte geschrieben stünden.

»Soviel ich weiß, war Thorne wahrscheinlich Engländer, oder wenigstens hat er sehr lange in England gelebt. Seine Vergangenheit gleicht eher einem ungelösten Kriminalfall, mit einer Handvoll von Hinweisen und keinen Erklärungen, so daß ich fürchte, ich kann Ihnen auch nicht mehr als ein Vierteljahrhundert angesammelter Legenden bieten.« Julian betrachtete weiterhin seine Fingerspitzen, und unwillkürlich folgte Truths Blick dem seinen, bis sie beide auf die perfekt manikürten Ovale starrten.

»Eine Möglichkeit ist, daß Thornes Mutter Engländerin war und einen Amerikaner heiratete, wie es so viele in den vierziger Jahren taten. Sie zog dann natürlich mit ihrem Mann in die Vereinigten Staaten, und Thorne wurde hier geboren«, sagte Julian. »Dann, nachdem seine Eltern tot waren, kam er nach England, wo ihn seine Großeltern aufzogen. Das FBI führte eine Akte über ihn, und ich hatte durch eine größere magische Operation Gelegenheit, sie einzusehen: Durch Herabflehen des Gesetzes zur Informationsfreiheit. Thorne war zu der Zeit, als das FBI ihn zu beobachten anfing, mit Sicherheit amerikanischer Staatsbürger.« Julian warf ihr einen Blick zu, und Truth war sofort gefangen von dem strahlenden Türkis seiner Augen; verwirrend und faszinierend wie die karibische See.

»Aber wissen die denn nicht mehr über ihn?« fragte Truth nach einer Weile. Sie spürte, wie eine Art unsichtbares Netz von ihr abfiel, und Julian lächelte.

»Die haben sich mehr für seine Kontakte zur Untergrund-Kultur interessiert als für seine Schulzeit«, sagte er bedauernd. »Unbesonnen von ihnen, wenn man bedenkt, wie Thorne aus allem, was ihn betraf, ein Geheimnis machte. Da seine familiären Hintergründe nicht die höchste Priorität hatten, habe ich die Sache nicht weiter verfolgt, aber ich nehme an, daß er den Nachnamen seiner Mutter als einen seiner sogenannten Taufnamen bekam, so daß zu seiner Geschichte auch die der Thornes gehört. Es war übrigens Thornes Zweitname; sein erster Vorname war Douglas.«

»Irgendwie kann ich mir Blackburn nicht als Doug vorstellen«, gestand Truth. »Es dürfte nicht leicht sein, da fündig zu werden, aber es gibt doch Unterlagen über Soldatenhochzeiten, und ich weiß auch schon, daß ich einen Militärstützpunkt im Norden von England ins Auge fassen muß.«

»Wie kommen Sie darauf?« fragte Julian, und Truth antwortete, bevor ihr klar wurde, was sie sagte.

»Man kann es an seinem Tonfall hören; es klingt nach Liverpool oder Birmingham; es ist eine andere Art zu sprechen als in Südengland. Wenn er bei seinen Großeltern aufgewachsen ist, dann hat er ihre Sprechweise angenommen ...«, hörte sie sich weitersprechen.

»An seinem Tonfall?« unterbrach Julian sie. *Wann haben Sie je Thorne sprechen gehört?* stand unausgesprochen zwischen ihnen.

O ja, du hast Liverpool bei ihm herausgehört – aber nur, solange er ungezwungen sprach, etwa wenn er seine Tochter zurechtwies, sie solle Shadow's Gate verlassen –, aber nicht auf den Tonbändern, die Julian zusammengetragen hatte. Truths Wangen wurden dunkelrot, als ihr das Ausmaß ihres Ausrutschers bewußt wurde.

»Auf den Bändern kann man es hören, wenn man genau achtgibt.« Ihre Stimme klang tonlos und wenig überzeugend, aber war die Wahrheit glaubhafter?

Julians Augen erstrahlten von einem inneren Leuchten. »Wenn er für irgend jemanden zurückkommen würde, dann für Sie«, sagte er wie zu sich selbst.

Was konnte sie entgegnen? Daß sie nicht an Gespenster glaubte? Nachdem sie Julian annähernd erpreßt hatte, die Aufnahmegeräte herholen zu dürfen, weil sie sich so sicher war, daß es in Shadow's Gate spukte? Sie wendete den Blick ab und sah jetzt, daß Light nicht mehr da war.

»Light«, sagte sie und stand auf, schaute sich um.

»Sie war hier, als ich hereingekommen bin«, sagte Julian unbekümmert. »Sie wird sich gelangweilt haben und hinausgegangen sein. Machen Sie sich keine Sorgen, Truth, Sie werden sich noch daran gewöhnen, daß Light unbemerkt wie eine kleine Katze kommt und geht. Sie ist alt genug, um mit dem meisten selbst fertig zu werden; solange sie zum Abendessen im Haus ist, mache ich mir nicht zu viele Gedanken.«

»Aber ...«, begann Truth.

»Sorgen Sie sich nicht«, sagte Julian ruhig und legte seine Hand auf ihre. Truth setzte sich zögernd wieder hin. Bei dem warmen Druck seiner Hand durchlief sie ein kleiner Schauer. Ob es ihr gefiel oder nicht, es war etwas Zwingendes in dem, was Julian sagte – denn entweder konnte Light auf sich selbst aufpassen, oder aber sie gehörte zurück in eine der Anstalten, aus der Julian sie gerettet hatte.

»Sie haben recht«, räumte sie ein, obwohl sich alles in ihr gegen die Worte sträubte – aber war das nicht nur falscher Stolz? Sie hatte sich nie so unsicher gefühlt. Sie wußte, daß sie Light beschützen mußte – sie wußte nur nicht, *wie*.

»Schauen Sie nicht so beunruhigt«, sagte Julian mit einem neckenden Ton der Vertraulichkeit in seiner Stimme. »Meine Arbeit geht blendend voran, und wie ich sehe, hat Ihre auch vielversprechend angefangen. Wenn Sie glauben, daß Sie für Ihre Recherche nach England reisen müssen, dann wäre es mir eine Ehre, dafür aufzukommen. Und ich habe – ganz gute Beziehungen zur dortigen Gesellschaft. Ich wäre glücklich, Sie mit so viel Empfehlungen zu versehen, wie Sie brauchen.«

»Das ist sehr großzügig, Julian«, sagte Truth langsam.

»Es ist sehr egoistisch«, korrigierte Julian sie liebevoll. »Ich bin ebenso begierig, die Geheimnisse von Thornes Vergangenheit zu erfahren, wie Sie. Stimmt es, daß er Aleister Crowleys Patenkind war? War sein Großvater Mitglied der Goldenen Dämmerung?« Sein Lächeln lud sie ein, seine Neugier – und vielleicht auch mehr – zu teilen.

»Ist unsere Theorie auch nur einen Pfifferling wert, wenn Thorne 1939 geboren wurde?« schoß Truth zurück. »Der Krieg dauerte von 1941 bis 49, zumindest für die Amerikaner. Wenn Ihre Theorie stimmt, wäre Thorne frühestens 1942 geboren worden.«

»Das ist nicht ausgeschlossen«, sagte Julian. »Dann wäre er 1969 siebenundzwanzig gewesen.«

»Als er starb?« fragte Truth scharf. Was immer Irene Avalon von jener furchtbaren Nacht wußte – oder für ihr Wissen hielt –, hatte sie Julian Pilgrim mitgeteilt.

»Als er verschwand, jedenfalls«, wandelte Julian die Frage ab. »Er wurde nie mehr gefunden, nicht durch die besten Kräfte des Dutchess County Sheriff's Department, der New York State Polizei und des FBI.«

Truth schüttelte entmutigt ihren Kopf. Die einfachsten Fragen über Thorne waren überwuchert von einer dicken Schicht aus Selbstgefälligkeit und Mystifikation.

»Wie wär's mit einer Reise nach England, mir zuliebe?« versuchte er, sie zu überreden. »Oder wir könnten zusammen fahren, in ein paar Wochen. Weihnachten in Paris, vielleicht?«

»Sie hören sich an, als ob Sie mich verführen wollten.« Truth sprach ohne nachzudenken. »Oh, mein Gott, Julian... ich wollte nicht...«, haspelte sie mit brennenden Wangen.

»Schon in Ordnung: Ich wollte es ja. Auf möglichst höfliche Weise, versteht sich.« Julian nahm Truths Hand vom Tisch und öffnete sie zwischen den seinen. Mit seinem Daumen fuhr er durch die Höhlung ihres Handtellers. »Sie sind sehr scharfsichtig, Truth, und alles andere als naiv. Sie wissen, daß es nur wenige Dinge gibt, um die jemand mit so viel Mitteln, wie ich sie habe, bitten muß. Aber ich würde mich furchtbar gern mit Ihnen treffen – privat. Möchten Sie mit mir heute zu Abend essen – irgendwo anders als in Shadow's Gate?«

Er lächelte ihr in die Augen. Truth war so durcheinander, daß sie einen Moment brauchte, um zu verstehen, was er meinte, und als es sie erreichte, konnte sie nur nicken, so als gehorchte sie der Stimme eines anderen.

Das »River View Inn« lag eine Stunde nördlich von Shadowkill, in Columbia County. Es hatte eine wunderschöne Aussicht über den Hudson, einen international erfahrenen Küchenchef und eine verglaste Veranda, wo man beides in Luxus genießen konnte. In dem Moment, als Julians BMW in die lange, geschwungene Auffahrt zu dem Haus eingebogen war, das Julian als »normales Landgasthaus« apostrophiert hatte, war Truth nicht nur tief dankbar, daß sie sich in der Stadt das grüne Seidenkleid gekauft hatte, sondern auch, daß sie ihre falsche Bescheidenheit überwunden und es angezogen hatte – es war genau das richtige Kleid für diesen Ort und Anlaß.

»Ah, meine Schöne, endlich habe ich Sie für mich allein«, neckte Julian, als er das sturmblaue Umhängetuch von Truths Schultern nahm. Sie schenkte ihm ein Lächeln, während er seinen Mantel und ihr Tuch an der Garderobe abgab.

»Bring mich nur bis Mitternacht zurück – sonst verwandle ich mich in einen Kürbis«, scherzte Truth und versuchte, seine Tonlage zu treffen.

Julian lächelte und bot ihr seinen Arm, dann gingen sie ins Restaurant.

Das »River View Inn« war ursprünglich eine der Villen am River Hudson gewesen, die eine Generation später als Shadow's Gate gebaut worden waren: ein üppiges Anwesen aus dem Jazz-Zeitalter. An seiner Privatanlegestelle wurde in den Tagen der Prohibition manche Kiste mit illegalem kanadischem Whiskey ausgeladen. Es hatte mehrere Besitzer in seiner Geschichte erlebt, bis es 1979 von Jillian und Peter Randollph gekauft wurde, beide Abgänger des CIA – was in diesem Teil des Staates New York das *Culinary Institute of America* meinte und nicht die *Central Intelligence Agency*. Nach fast zwanzig Jahren harter Arbeit durch die Randollphs und einem Artikel im *New York Magazine* war das Gasthaus über Nacht zum Erfolg geworden; es war ein beliebtes Lokal für Hochzeiten aus der Umgebung, und die wenigen Übernachtungsgelegenheiten waren auf Monate im voraus reserviert.

»Und wußten Sie, daß es sogar ein Gespenst gibt?« fragte Julian, als der Maître sie an einen Tisch auf der Terrasse führte.

»Sie machen Witze!« sagte Truth.

Man zeigte ihnen ihre Plätze, und Truth hielt einen Moment inne, um die Aussicht zu genießen, obwohl die Sonne schon seit geraumer Zeit untergegangen und es so dunkel war, daß sich nicht viel erkennen ließ. Doch die Büsche, die den Pfad zum Wasser hinunter säumten, waren mit bunten Lichtern geschmückt, und auf dem Strom fuhr ein Tankschiff flußabwärts.

»Nein, im Ernst«, widersprach Julian. Ein Kellner erschien und nahm mit vollendeter Aufmerksamkeit die Getränkebestellung entgegen.

»Wollen wir einfallslos sein und Champagner bestellen?« fragte Julian. »Oder möchten Sie lieber einen Cocktail?«

»Oh, nein, Champagner wäre wundervoll.« Sie hatte nicht vor, von dem moussierenden weißen Wein, den sie mit dem Namen verband, zuviel zu trinken, denn sie wollte ihre Sinne beisammen halten. Auch wenn sie andererseits Julian keinerlei Schranken auferlegen, sondern ihn dazu bewegen wollte, etwas von sich selbst preiszugeben.

Aber warum will ich das tun? Wenn irgend jemand in Shadow's Gate keine dunklen Geheimnisse hat, dann Julian.

»Und das Gespenst?« erinnerte Truth.

»Cristal, wenn Sie haben, sonst bringen Sie uns Perrier-Jouët«, sagte Julian dem Kellner. »Und legen Sie den 82er P-J *grande cuvée* zum Dessert auf Eis, seien Sie so freundlich.« Der Mann verneigte sich und ging.

»Ach ja, das Gespenst. Der alte Joseph Peladan, der dieses Haus erbaute, war einer der typischen Raubkapitalisten um die Jahrhundertwende, etwa von der Kategorie William Randolph Hearst. Hier in den unteren Räumen läßt sich nicht mehr viel erkennen, weil sie als Restaurant umgebaut wurden, aber um das Haus auszustatten, hat Peladan Stuck, Holztäfelung und Kunstgegenstände aus englischen Bürgerhäusern hergeschafft, und auch Möbel. Das Haus hier muß in seiner besten Zeit wie ein Museum ausgesehen haben. Na ja, jedenfalls war unter den Dingen, die Peladan bestellt hat und die pünktlich per Schiff geliefert wurden, auch ein Gespenst.«

Der Champagner kam. Truth probierte zuerst nur, dann nahm sie einen großen Schluck. Dies war Lichtjahre entfernt von dem sogenannten Schaumwein, der bei gesellschaftlichen Anlässen im Taghkanic College gereicht wurde.

Paß bloß auf, Dorothy – du bist nicht mehr in Kansas.

Sie nippte an ihrem Glas, während Julian charmant weitererzählte. Mehr und mehr, fand Truth, wurde es eine unterhaltsame Gespenstergeschichte – oder ein Stück Lokalsage über einen Millionär und seine von einem Gespenst heimgesuchte Bibliothek.

»... wenn Sie also irgendwo eine Dame in altmodischem Abendkleid sehen«, schloß Julian, »dann dürfen Sie alles, nur nicht nach der Uhrzeit fragen.«

Truth lachte, wie es in seiner Absicht lag, und ein Kellner, der sich in der Nähe aufhielt, nutzte den passenden Moment, um sich mit zwei großen in Leder gebundenen Speisekarten zu nähern.

»Wenn Sie nichts dagegen haben, frage ich einfach Peter, was er uns heute empfiehlt; das ist spannender«, sagte Julian.

Er schaute sie fragend an; Truth nickte. Julian winkte; der Kellner nahm die Karten und ging wieder.

Truth sann über ihre ungewohnte Passivität nach. Es war, als nähme sie an einer magischen Suche teil, bei der die Antwort auf das Rätsel erst am Ende zu finden war und sie unterdessen auf jede Frage, die ihr gestellt wurde, mit Ja antworten mußte.

Er bezweckt etwas, aber ich weiß nicht was. Ich kann mir keinen Grund denken, warum er mich einwickeln will. Was habe ich an mir, das er nicht woanders billiger bekommen könnte?

Aber es war schwer, angesichts von Julians Liebenswürdigkeit solche Gedanken aufrechtzuhalten – er war an diesem Abend so charmant, daß die üblichen Lästigkeiten des Alltags sich in nichts auflösten, und zurück blieb eine Hollywoodversion der Wirklichkeit.

»Ich muß gestehen, ich habe einen besonderen Grund, warum ich Sie hierher gebracht habe«, sagte Julian, als ihnen ein *hors d'œuvre,* das der Kellner als Lachspastete in Blätterteig mit wildem Spargel ankündigte, serviert wurde. »Ich fühle mich ... sehr zu Ihnen hingezogen«, sagte er beinahe schüchtern, »und habe mich gestern so entsetzlich dumm benommen, daß ich hoffe, auf diese Weise verlorenen Boden zurückzugewinnen.«

»O ja«, stimmte Truth ernst zu, »Sie haben sich so schlecht benommen, daß ich gar nicht mehr weiß, worum es eigentlich ging.« Sie nahm eine Gabel voll von dem köstlichen *hors d'œuvre.* Es schien auf der Zunge zu zergehen. Sie schauderte bei dem Gedanken an die Rechnung für dieses *Diner à deux;* wenn dies das Leben war, das die Reichen führten, so würde sie sich leicht daran gewöhnen können.

Und war es nicht das, was ihr angeboten wurde?

Das Frösteln, das sie durchlief, ließ sie beinahe zittern. Julian hatte sie an einen vornehmen, erstklassigen Ort gebracht, um ihr ... was anzubieten?

Er hatte gerade etwas gesagt. »Entschuldigen Sie, Julian: Was haben Sie gesagt?«

»Ach, nichts von Bedeutung. Nur daß ich gern den Eindruck zerstreuen möchte, ich hätte etwas dagegen, Shadow's Gate untersuchen zu lassen. Im Grunde hatte ich mir, als ich mit Ihnen darüber sprach, noch gar keine Gedanken gemacht. Aber ich habe mich jetzt entschlossen, das Haus im November zu verlassen. Wenn Ihre Freunde mit ihren Apparaten herkommen wollen, dann kann ich es auch offen und Hoskins hier lassen, wenn Ihnen das sinnvoll erscheint.«

»Das wäre großartig«, sagte Truth. *Und zu spät; was immer passiert, es wird nächste Woche sein, zu Halloween.* »Ich habe mit Dylan gesprochen – Dr. Palmer ist der Gespensterjäger des Instituts –, und er hat großes Interesse« – jedenfalls wenn es Ausdruck von Interesse war, daß er sie einen Dummkopf nannte –, »und er will einen Teil der Ausrüstung schon vorausschicken. Es dürfte bald da sein. Das stört Sie doch nicht, oder?«

Es war sonderbar, dachte Truth befremdet, wie sie all die taktischen Schliche, die sie bei anderen verurteilte, selbst so natürlich anwendete, wenn es ihr nötig erschien. Wie konnte Julian jetzt sagen, daß es ihn störe, ohne zugleich wie ein Idiot zu wirken?

»Wie sollte mich das stören, wenn es Ihr Interesse an uns wach erhält?« antwortete Julian. »Wovor ich Angst habe – und ich weiß, Sie haben Verständnis dafür – ist, daß etwas davon nach draußen dringt und Thornes Name mit einer Art Amityville-Idiotie in Verbindung gebracht wird. Inzwischen kennen Sie uns gut genug, um zu wissen, daß wir uns wirklich nicht nach Publizität sehnen.«

Sie kennen? Aber ich kenne Sie nicht, Julian …

»Thorne schien die Öffentlichkeit zu hofieren«, betonte Truth. Das *hors d'oeuvre* war aufgegessen. Der um sie herum schwebende Kellner räumte die Teller ab.

»Das ist lange her und in einem fernen Land gewesen«, sagte Julian mit schiefem Lächeln. »Diese Art von Unschuld haben wir nicht mehr. Ich halte Thorne in mancher Hinsicht für einen zutiefst unschuldigen Mann, Sie nicht auch?«

Der Kellner kehrte mit den großen Platztellern zurück, die als Unterlage zu den Essenstellern dienten. Julian füllte ihre Champagnergläser nach.

»Unschuldig?« sagte Truth nachdenklich. »Ich weiß nicht, ob ich ihn unschuldig nennen würde. Aufrichtig ja, aber …« Leidenschaftlich aufrichtig, in der Tat, und erfüllt vom Idealismus seiner Zeit, nur daß dieser bei Thorne die bizarre Wendung zum Okkulten genommen hatte. Wie seine ganze Generation wollte Thorne Frieden und Liebe in die Welt bringen – in seinem Fall war diese Vision verbunden mit der Wiederkunft des Goldenen Zeitalters, als die Götter und Heroen unter den Menschen gelebt hatten.

Hatte er sich je gefragt, ob das überhaupt erstrebenswert war?

»Wie dem auch sei«, sagte Truth und zuckte mit der Schulter, »ein solches Urteil läßt sich erst formulieren – oder bestreiten –, wenn das ganze biographische Material gesichtet ist, meinen Sie nicht?«

»Touché«, sagte Julian und prostete ihr mit dem Glas zu. »Und ich kann nur hoffen, daß die Biographin ebenso verständnisvoll wie schön ist.«

Thorne Blackburn, so schien es, war der unsichtbare Dritte bei dem Festmahl. Julian, der ihre Versuche, ihn über sich selbst auszufragen, ignorierte, sprach während des ganzen Essens von Thorne: die Zeit in San Francisco, die Universal Mystery Tour, die Odyssee quer durch das ganze Land mit dem Mystery-Schulbus, die acht Monate in Mexiko, wo sich die Idee der Rituale, wie sie in *Die leidende Venus* niedergelegt sind, herauskristallisierte.

Truth gab es auf, Julian zu befragen. Statt dessen fühlte sie die wachsende Versuchung, ihm von den Erscheinungen Thornes in Shadow's Gate zu erzählen – aber sicher war Thorne Julian ebenso erschienen?

Wenn sie nicht einfach nur verrückt wurde.

Das ließ sich nicht ausschließen.

»Ich würde zehn Jahre meines Lebens dafür geben, wenn ich wüßte, wo sich das Buch jetzt befindet«, sagte Julian, nachdem ihre Teller abgeräumt waren. »*Die leidende Venus* war in Shadow's Gate; soviel wissen wir. Thorne hat noch Zusätze geschrieben und es bis zum Schluß korrigiert und verbessert. Die Polizei hat danach gesucht und es nicht gefunden, und natürlich habe ich das Haus, als ich Shadow's Gate kaufte, auf den Kopf gestellt. Nichts.«

»Was wollte denn die Polizei mit einem Zauberbuch?« fragte Truth. Die Wendung, die das Gespräch nahm, weckte in Truth Schuldgefühle. Das Buch, das Julian so verzweifelt suchte, befand sich zur Zeit im Kofferraum ihres Autos.

Truth haßte Heimlichtuerei, und Julian schien – oh, nein, nicht sie zu verdächtigen, sondern eher Hoffnung in sie zu setzen …

Und gleichzeitig riet ihr eine leise, kleine innere Stimme – des Selbstschutzes? –, das Buch verborgen zu halten – so wie Tante Caroline es getan hatte.

Denn wenn Julian überall nach Thornes Gegenständen gesucht hatte, dann hatte er Caroline Jourdemayne gewiß nicht ausgelassen.

Truth hatte das quälende Empfinden, kurz vor einer wichtigen Erkenntnis zu stehen, aber was immer es zu erkennen gab, es löste sich in nichts auf, als Julian weitersprach.

»Sie hatten immer noch vor, einen Prozeß gegen Thorne anzustrengen, und dachten, daß sein Zauberbuch Gott weiß was für belastendes Material enthielte. Das Buch war in magischen Kreisen ziemlich bekannt. Thorne hat in seinem Tagebuch und Essays oft darauf Bezug genommen«, sagte Julian mit einem Anflug von Wehmut.

Alles würde sie lesen müssen, ebenso wie seine Briefe, dachte Truth mit sinkendem Mut. Vielleicht könnte sie Thorne bitten, von den Toten aufzuerstehen, damit er ihr die Texte erklärte.

»Aber Sie brauchen Thornes Zauberbuch nicht unbedingt, nicht wahr? Sie machen das …« Truth konnte nur noch mit den Händen gestikulieren, da ihr die rechten Worte fehlten.

»Unser Kreis führt tatsächlich das Ritual der Wegbereitung aus, manchmal auch die Öffnung des Tores genannt«, ergänzte Julian selbstgefällig. »Ohne das Buch.

Da Sie mir das Stichwort geben, darf ich kurz weiter erklären, daß die Wegbereitung der letzte Teil einer Reihe von Ritualen ist, deren Durchführung zehn Tage dauert; sie zielen alle auf den Baum des Lebens ab – aber es würde mich Jahre kosten, die Kabbala zu erklären. Um eine lange Geschichte in aller Kürze zusammenzufassen und das Rätsel perfekt zu machen: Der erste Teil der Öffnung des Tores ist publiziert worden – in verschiedenen Fassungen, muß ich hinzufügen – und bildet den Hauptteil des Blackburn-Werks, so wie es heute ausgeführt wird. Diese neun Rituale werden zusammen das Ebnen des Pfades genannt und bilden in sich selbst ein komplettes magisches Programm. Thorne hat vorgeschrieben, daß dieses Programm mehrere Male als in sich abgeschlossene Einheit durchgeführt werden soll, damit der Kreis lernt, sich aufeinander einzustellen. Aber sie ist das unabdingbare Vorspiel zur Wegbereitung oder Öffnung des Tores.«

Es war erstaunlich, wie plausibel das alles klang, sogar logisch. In ihren Gedanken zögerte Truth, aber wenn Magie, wie Julian sie beschrieb, mehr als die bloße Ausgestaltung eines Wahns war, was war dieses Mehr?

»Die Ihnen fehlt«, sagte sie und brachte das Gespräch zurück auf etwas, dessen sie sicher war.

»Nicht anders erging es Thorne – einst«, sagte Julian beinahe bissig. »Verzeihen Sie, aber ich höre seit Wochen das gleiche von Irene und Ellis, und es ist ja wahr: Ich habe die Wegbereitung, wie sie in *Die leidende Venus* beschrieben wird, *nicht* zur Hand. Aber ich habe Irene, die sie mehrere Male mit Thornes damaligem Kreis geprobt hat, und ich habe… nun, ich möchte Ihre Langmut nicht weiter mit dem dunklen Zwilling der Wissenschaft strapazieren.«

Das war ein Begriff von Colin MacLaren, den Dylan besonders gern zitierte – und Thorne hatte Professor MacLaren vor vielen Jahren gekannt. Sie schaute Julian an. Liebenswürdig, intelligent und fast normal – noch dazu gutaussehend und reich! Es wäre so einfach, Julian nach Thorne und MacLaren zu befragen – und ihm zu erzählen…

Ihm von Thorne zu erzählen. Von dem Buch. Daß sie es besaß, daß es hier war, daß er das Ritual nicht nachträglich neu konstruieren mußte, daß...

»Was, glauben Sie, hat der Küchenchef sich als Dessert ausgedacht, Julian? Wissen Sie es?« fragte Truth munter und entging der Versuchung.

Das Dessert war atemberaubend: Verschiedene Kompotte aus frischen Früchten, püriert und in Likör und Zucker eingelegt, angerichtet in einer Schale aus buntem Zuckerglas.

»Es ist zu hübsch zum Essen!« protestierte Truth.

»Wenn Sie es nicht essen, wird es nur schmelzen«, erwiderte Julian mit heiterer Unbarmherzigkeit. Truth glaubte, daß Julian das Thema Thorne Blackburn und *Die leidende Venus* aufgeben und wieder zu sich selbst zurückkehren wollte – zu einem Mann mit Vermögen und Esprit.

Als der Kellner, der die Schalen gebracht hatte, sich zurückzog, erschien der für den Wein zuständige Ober mit einer naßbeperlten, halb in weißes Tuch gewickelten Flasche. Ein anderer livrierter Kellner trug den Eiskübel fort, der nur noch das geschmolzene Eis und die leere Champagnerflasche enthielt.

»Ihr Champagner, Sir. Der Kellermeister konnte keinen 1982er *grande cuvée blanc* mehr finden, aber wir haben einen 85er doppelten *cuvée rosé*, der hoffentlich Ihren Zuspruch finden wird.« Er schwieg und wartete auf Julians Entscheidung.

Es war sehr seltsam, fand Truth, einen Blick in die Welt zu tun, wo nicht nur Sätze wie diese etwas bedeuteten, sondern wo Fragen, die solche Sätze auslösten, verzweifelt wichtig genommen wurden: die Welt des Reichtums, eine Welt, die durch Privilegien so blank poliert war, daß jeder kleine Makel in der perfekt glänzenden Oberfläche als gewaltiger Fehler angesehen wurde.

Julian legte die Stirn in Falten, und für einen Augenblick dachte Truth, daß er eine Szene machen würde, doch dann lächelte er, und der bange Ober entspannte sich.

»Natürlich. Champagner rosé, Truth?«

Das Getränk in ihren Gläsern war von bezauberndem Muschelrosa, und seine Süße rann ihre Kehle hinab wie flüssig gewordener Rosenduft. Dieses Getränk verführte einen zur

Leichtfertigkeit, und ein Teil von Truth begrüßte diesen Gedanken.

Aber wenn ich irgendeine Dummheit begehe, dann – weil ich es will, und nicht weil ich von teuren Getränken benebelt bin. Sie stellte das halbleere Glas ab.

»Mögen Sie es nicht?«

»Es ist wunderbar. Aber ich fürchte, wir Akademiker nehmen normalerweise nicht an einer solchen Art Leben teil. Ich bin es nicht gewöhnt.«

»Dann müssen wir Sie einfach eingewöhnen. Tanzen Sie?«

Truth hätte bares Geld gewettet, daß es im Hudson Valley keinen Tanzsaal mehr gab. Julian fand aber nicht nur einen, sondern gleich drei, beginnend mit dem »River View Inn« selbst, das einen kleinen Tanzboden im ehemaligen Gewächshaus hatte, mit einer Kapelle, die für Livemusik sorgte.

So war es in der Tat sehr spät, als Julians BMW vor der Eingangstür von Shadow's Gate vorfuhr.

»Ich lasse Sie hier hinaus und bringe das Auto noch nach hinten. Ach, und falls Sie nach Ihrem suchen, ich habe Gareth heute gebeten, es unterzustellen. Bei dem schlechten Wetter, das vorausgesagt wurde, ist es dort besser aufgehoben.«

»Wie hat er es gefahren?« fragte Truth. »Ich habe ihm keine Schlüssel gegeben.« Sie würde sich hüten, da sich mit dem Zündschlüssel auch der Kofferraum öffnen ließ, und darin befand sich *Die leidende Venus*. Sie hatte die Schlüssel aus Vorsichtsgründen sogar an diesem Abend mitgenommen.

»Ach? Dann hat er es wohl stehen lassen und wird Sie morgen nach dem Schlüssel fragen. Aber schlafen Sie schön, meine Süße.«

Also gab es keinen Schlummertrunk mehr und keinen raffinierten Annäherungsversuch. Truth war etwas erleichtert darüber; noch eine Komplikation in ihrem Leben wäre einfach zuviel für sie gewesen, und Julian schien klug genug, dies zu wissen. Sie stieg aus dem Auto.

»Sie auch«, sagte sie und wollte die Tür schließen. Julian reckte sich und ergriff ihre Hand, drückte ihre Finger zu einem kurzen Kuß an seine Lippen. Die Geste enthielt soviel Selbstironie, daß keine Peinlichkeit von ihr ausging. Truth wendete sich um und hörte, wie das Auto hinter ihr fortfuhr.

Obwohl ihr Kopf von dem Wein und der Musik ganz benommen war, veranlaßte sie ihr Pflichtgefühl, daß sie dem Weg ums Haus zu der Durchfahrt folgte, wo sie das letzte Mal ihr Auto abgestellt hatte.

Es stand noch da, unberührt. Die Erleichterung zusammen mit dem Champagner erzeugten in ihr ein Schwindelgefühl. Etwas entfernt schlug eine Autotür zu. Das Geräusch in der Nacht warnte sie, daß sie besser ins Haus ging, bevor Julian zurückkehrte – wenn sie vermeiden wollte, daß der Abend eine Richtung nahm, auf die sie nicht vorbereitet war.

Trotz ihrer leichten Verwirrung empfand Truth, als sie in ihr Zimmer kam, Schutz und Geborgenheit, die sie für immer verloren geglaubt hatte.

Sie wußte auch, woran es lag. Sie spürte Thornes Anwesenheit. Er würde ihr nie etwas antun. Dies wußte sie mit der unbezweifelbaren Intuition eines Kindes; sie spürte, wie der Haß auf ihn, den sie all die Jahre mit sich herumgeschleppt hatte, einfach verschwand.

Weißt du die Wahrheit, so wird die Wahrheit dich befreien. Thorne Blackburn mochte tot sein, er mochte von den Toten zurückgekehrt sein, die Dinge, die er im Leben getan hatte, mochten immer noch verrückt, hassenswert oder schlicht rätselhaft für sie sein, dennoch würde er nie wissend oder gar absichtlich seiner Tochter Schaden zufügen.

Er hatte sie geliebt.

Er liebte sie jetzt. Und mit dieser Gewißheit fing ein bedürftiger, verkümmerter Teil von Truth Jourdemayne an, sich zu regen und seine Flügel zu spreizen.

»Champagner-Geschwätz«, murmelte sie laut vor sich hin, bedrängt von ihrem eigenen Gedankengang. Sie ließ sich stöhnend aufs Bett plumpsen und schleuderte ihre Schuhe von sich. Ihre neuen Schuhe, mit denen sie gleich das erste Mal, als sie sie trug, getanzt hatte. Soviel zur praktischen Vernunft.

Sie streckte sich auf dem Bett aus und starrte mit gerunzelter Stirn zur Decke.

Liebe war ja sehr schön, aber sie war mit Sicherheit nicht genug, um jemanden aus dem Jenseits zurückzuholen; wenn es nur um Liebe ging, dann würden ohne Zweifel Tausende – Millionen – von Toten zurückkommen, um die trauernden Geliebten zu trösten. Liebe allein konnte Thornes Anwesenheit nicht erklären.

Wenn er wirklich da war. Wenn es nicht die Selbsttäuschung einer Frau war, dic mit voller Geschwindigkeit auf einen erstklassigen Nervenzusammenbruch zusteuerte. Ihre innere Gewißheit konnte ein Symptom für ihre Krankheit sein.

Welchen Beweis hatte sie? Welchen Beweis konnte sie erlangen? Irgend etwas Greifbares – oder, wenn das nicht ging, irgendeine Information, die nur Thorne haben konnte, irgend etwas, das sie nachprüfen konnte. Was hatte er überhaupt in ihrem Zimmer zu suchen?

Ach, natürlich – er will seinen Schmuck wiederhaben. Der ist immer noch mit dem Buch im Auto. Ich muß den Schmuck für ihn herholen ... gingen ihre Gedanken.

Und vielleicht war ihre unkritische Hinnahme von Thornes Gegenwart das Beängstigendste von allem.

KAPITEL 12

Wahre Lügen

Schwört mir die Liebste, daß sie treu: erkannt
hab ich die Lüge, will ihr aber glauben.
WILLIAM SHAKESPEARE

Tante Caroline hat Die leidende Venus in jener Nacht mit sich genommen. Sie ist die einzige, die es haben kann. Aber warum? Sag mir warum?«

Ein Trommeln in der Ferne, wie der Lärm herannahender Hufe.

»Du bist ein kluges Mädchen, Truth. Du hast alle Fakten. Du hast sogar das Buch. Finde es selber heraus.

Keine Pferde ...

Aber ... protestierte Truth; sogar sie fühlte sich ...

... aus dem Schlaf gerissen, fand sie sich im Bett liegend, benommen und verwirrt, und der hämmernde Lärm war ihr in die Welt gefolgt.

»Die Tür«, sagte sie schließlich. Ihr Kopf brummte wie ein Wespenschwarm.

»Ich komme«, sagte sie. Sie warf einen kurzen Blick auf die Uhr. Neun. *Neun Uhr am Morgen?* empörte sich ein Teil ihres Innern. Sie hatte weniger als vier Stunden Schlaf gehabt – kein Wunder, daß sie so desorientiert war.

»Truth?« rief Gareth durch die Tür. »Da ist ein Lastwagen gekommen, mit sechs Kisten – die sollen für Sie sein.«

Zehn Minuten später stand Truth, eilig angezogen und halbwach, in der Eingangshalle und schaute hinaus zur Einfahrt, wo ein weißer Lastwagen parkte. Drei Kisten, jede etwa vier

Fuß hoch, waren auf dem Kies abgestellt, und eine vierte wurde gerade vorsichtig von der Ladefläche gehoben. Auf allen stand in großer Druckschrift ZERBRECHLICH und DIESE SEITE NACH OBEN sowie MARGARET BERESFORD BIDNEY INSTITUT – NICHT STÜRZEN.

Dylan hatte sich für sie ins Zeug gelegt. Dies war die Ausrüstung, um die sie gebeten hatte.

»Jemand muß hier unterschreiben. Sind *Sie* Ruth Jourdemayne?« fragte der Fahrer, als wäre er es leid, diese Frage zu stellen.

Truth erkannte ihn wieder – es war der übliche Frachtservice, den das Institut benutzte; sie hatte den Fahrer schon früher gesehen. Sie atmete auf, daß Dylan nicht selbst gekommen war. Was hätte sie zu ihm sagen sollen? *›Hallo, Dylan, ich habe ein längeres Gespräch mit meinem toten Vater gehabt, und dir geht es soweit gut‹*?

»Truth Jourdemayne«, verbesserte sie. Sie nahm die Schreibunterlage in Empfang.

»Guten Morgen«, sagte Julian.

Anders als Truth hatte Julian sich nicht die Mühe gemacht, sich anzukleiden; er trug einen seidenen Paisley-Morgenmantel über einem schwarzen Seidenpyjama, und sein schwarzes Haar fiel ihm in einer ungestümen Tolle in die Stirn. Im blendenden Morgenlicht kniff er die Augen zusammen und sah Truth an, eine Augenbraue spöttisch hochgezogen.

»Das Institut hat die Ausrüstung geschickt, um die ich gebeten habe«, sagte sie unnötigerweise. Eine fünfte Kiste gesellte sich zu den vieren auf dem Kies. Truth blickte hinunter auf die Schreibunterlage in ihren Händen.

»Das Institut hat einen originellen Sinn fürs *Timing*.« Er hob leicht seine Stimme. »Sie können sie hereinbringen! Wir können sie dann zu einer zivilisierteren Zeit öffnen«, fügte er an Truth gewandt hinzu.

»Hey, Mann, ich soll die Sachen hierher bringen – von was anderem hat keiner was gesagt«, beklagte sich der Fahrer.

Julian wurde vollkommen still.

»Ojemine«, hauchte Gareth. Truth blickte kurz zurück zu Julian. Sie brauchte keine hellseherischen Kräfte, um zu merken, daß die Spannung in der Eingangshalle rapide zunahm – sie mußte nur das Gesicht von Gareth ansehen.

Julian ging ein paar Schritte vor, bis er an den Stufen der Treppe angelangt war. Als er an Truth vorüberging, nahm er ihr die Schreibunterlage aus den Händen. Die Sonne verwandelte sein Haar in einen schwarzen Glorienschein, blendend wie das Gefieder eines Raben.

»Aber ich bin sicher, daß Sie nichts dagegen haben, die Kisten ins Haus zu bringen«, sagte Julian freundlich. »Sie werden doch nicht erwarten, daß die Dame sie selbst hereinträgt, oder?« Da war nichts Bedrohliches in den Worten oder in der ruhigen, gemessenen Stimme. Aber dennoch fürchtete sich Truth. Und Gareth ebenso.

»Hey, Mister, ich wollte damit nicht – es ist nur extra, das ist alles.«

»Das Institut ...« begann Truth.

»Natürlich übernehme ich alle Extrakosten«, sagte Julian lächelnd. Doch Truth fühlte sich dadurch nicht erleichtert, und als sie sich nach Gareth umschaute, hatte er die Flucht ergriffen.

»Na also«, sagte Julian, jetzt wieder die Sanftmut in Person, und drehte sich um. »Ein Fortschritt, jedenfalls.« Er unterdrückte ein Gähnen. »Gareth, haben wir Platz ...«

Erst jetzt schien Julian zu merken, daß Gareth nicht mehr da war, und erneut spürte Truth die scharfe Spannung im Raum.

»*Gareth* ...« sagte Julian ganz sanft.

»Warum bringen wir sie nicht in die Bibliothek?« sagte Truth schnell. »Einiges muß sowieso dorthin.«

»Schön. Sie können alles dort abstellen.«

Truth sah zu, wie die erste der sechs Kisten mit Lastkarren und Stützen die Treppe hochgehievt wurde. Sie ging voraus in die Bibliothek und ließ Julian allein.

Der Raum wirkte seltsam und unfertig ohne das drohend aufragende Porträt von Thorne Blackburn. Was Julian wohl mit dem beschädigten Bild gemacht hatte? Gestern abend hatte sie vergessen, ihn danach zu fragen.

Die Kiste wurde hereingerollt, und Truth bat die Männer, sie in der Mitte des Raums abzustellen und die Tische beiseite zu schieben, falls sie im Weg wären. Während die Arbeiter dies taten, kehrte sie in den Flur zurück.

Und sah Gareth, der zu Julian ging, unwillig wie ein kleiner Junge, der zu etwas gezwungen wird. Sah Julians Lächeln breiter werden – blitzschnell und tückisch schlug er ihm mit dem Handrücken ins Gesicht, so daß Gareth taumelte. Das Geräusch war laut, stumpf und endgültig.

Truth wich vor Schreck zurück in die Türöffnung und hielt sich mitfühlend die Wange. Warum hatte Julian das getan? Gareth war das harmloseste Wesen, das sie sich vorstellen konnte.

Die Arbeiter verließen die Bibliothek, um die nächste Kiste zu holen. Nach einem Moment nahm Truth ihren Mut zusammen und spähte zur Tür hinaus.

Julian stand allein. Er sah sie fragend an, und zum ersten Mal spürte Truth wirklich das Zerren und Drängen des schlafenden Geistes von Shadow's Gate, so wie er um sie herumwirbelte, besessen von seiner eigenen Erfüllung. Und er benutzte sie alle als seine Werkzeuge.

Wahrscheinlich gehörte das, was sie mit angesehen hatte, auf irgendeine Art zum Blackburn-Werk. Wenn Gareth die Art, wie er behandelt wurde, nicht mochte, so stand es ihm frei zu gehen – nach allem, was Truth wußte.

Und vielleicht war das, was sie gesehen hatte, überhaupt nicht passiert.

Julian kam zu ihr herüber.

»Sie sehen kränklich aus heute morgen«, sagte er und legte einen Arm um sie. Die Wärme seines Körpers war durch die dünnen Seidenschichten seiner Kleidung spürbar, die Hitze ging von seinem Körper in ihren über, und sie war ihm nahe genug, um den schwachen, hautwarmen Duft seines Parfums zu riechen.

»Ich bin nur… ein Morgenmuffel«, flunkerte Truth. Es machte sie ganz verrückt zu spüren, wie die Seide auf ihrer nackten Haut rieb; ein schmerzhaftes erotisches Gefühl, das ihre Verwirrung nach dem unsanften Erwachen und ihre frühere Furcht ersetzte. Es wäre so leicht, auf seine behutsame Einladung einzugehen; ihre Hand zu heben, um seine Wange zu streicheln; zu folgen, wohin er sie führte.

Als die Arbeiter mit der zweiten Kiste kamen, war es fast eine Erlösung.

Als sie ihre Arbeit getan hatten, waren die meisten der anderen Hausbewohner aufgestanden. Truth verstand nun, warum die Männer nur so widerwillig bereit gewesen waren, die Kisten hereinzubringen. Nachdem sie die letzte Kiste abgestellt hatten, waren alle drei naßgeschwitzt und ihre Köpfe rot vor Anstrengung.

»Möchten Sie Kaffee, bevor Sie gehen?« fragte Truth, die sich für die Mühe verantwortlich fühlte.

»Ich bin froh, wenn ich hier wieder weg bin, meine Dame. Wenn Sie hier unterschreiben wollen …« Der Fahrer hielt ihr wieder die Schreibunterlage hin. Sie nahm sie entgegen.

»Vielleicht sollten Sie die Kisten erst öffnen und kontrollieren, ob alles in Ordnung ist?« schlug Julian boshaft vor. Neben ihm schnaubte Caradoc verächtlich.

Julian lehnte im Eingang und hielt einen dampfenden Becher Kaffee in der Hand. Er hatte sich mittlerweile angezogen und sah in seinem kragenlosen Leinenhemd und dunklen Armani-Anzug einschüchternd lässig aus.

Der Fahrer schaute ihn an, eine hoffnungslose Feindseligkeit in den Augen, wie ein von einem Leoparden in die Enge getriebener Hund.

»Ich bin sicher, daß alles in Ordnung ist«, sagte Truth schnell. »Und wenn nicht, dann kann ich es durch bloßes Ansehen auch nicht feststellen.« Sie kritzelte ihre Unterschrift auf das oberste Blatt Papier und reichte die Unterlage zurück. Der Fahrer nahm sie und verließ eilig das Haus.

»Fahren Sie vorsichtig«, rief Julian ihm gutgelaunt hinterher.

»Julian, das war gemein«, sagte Truth. Sie war hin und her gerissen zwischen Mißbilligung und Bewunderung für die Gewandtheit, mit der Julian seinen Willen durchgesetzt hatte.

»Ich muß Ihnen etwas gestehen«, sagte Julian und nahm einen Schluck aus seinem Becher. »Ich hasse Diebe, vor allem wenn sie sich dumm anstellen.«

»Diebe?« fragte Truth überrascht. Sie hatte eher erwartet, daß er ›Proleten‹ oder etwas dergleichen sagen würde.

»Er wollte Sie um den Dienst bringen, den Sie gerechterweise erwarten durften. Er wollte zusätzlich Geld dafür verlangen, daß die Kisten ins Haus gebracht wurden, aber ich bezweifle stark, daß dies im Transportvertrag so vereinbart ist. Erpressung und Wucher, ganz einfach.«

In Julians Darstellung klang es ganz logisch.

»Vielleicht haben Sie recht«, sagte sie zögernd.

»Wozu der Mensch fähig ist, dazu hat er ein Recht«, sagte Caradoc. »So steht es im Blackburn-Werk.«

»Aber«, sagte Truth, die sich ungern zu so früher Stunde auf einen philosophischen Disput einlassen wollte, »das heißt, daß der Mann ein Recht hatte, mich zu übervorteilen.«

»Wenn er es gekonnt hätte«, stimmte Julian nachdenklich zu. »Aber er hat es nicht gekonnt.«

»Frühstück!« lud Caradoc niemand Bestimmten ein. Er schlenderte davon und ließ Truth und Julian allein.

Julian lächelte sie an.

»Genug der jesuitischen Logik. Kommen Sie; es ist ein so wunderschöner Morgen, und wir sind wach, wir sind beide hier – Gott steh uns bei –, und ich habe bis zum Nachmittag frei. Was wollen wir unternehmen?« fragte Julian.

Truth betrachtete die Kisten durch die offene Tür. »Ich fürchte, die Pflicht ruft«, sagte sie widerstrebend.

»Wenigstens werden Sie mir beim Frühstück Gesellschaft leisten, da werden wir Monsieur Hoskins über die Maßen verblüffen«, sagte Julian. »Ach, und geben Sie doch Gareth Ihre Wagenschlüssel, ja? Das Auto steht noch immer da, habe ich gesehen.«

»Ich kann es nach dem Frühstück selber wegfahren«, sagte Truth. »Ich muß sowieso ein paar Sachen daraus holen.« *Und dann weiß ich auch, wo es steht, falls ich es mal schnell brauchen sollte.*

»Schön.« Julians Lächeln zeigte nicht die mindeste Spur davon, daß sein Wille durchkreuzt wurde. »Also nach dem Frühstück. Gareth wird Ihnen zeigen, wo Sie es abstellen können.«

Zumindest gaben die vier Stunden Schlaf ihr für eine Weile die Illusion, ausgeruht zu sein, und ein gutes Essen konnte ebenfalls etwas von der Müdigkeit vertreiben. Julian schien jedenfalls ein Anhänger von einem herzhaften Frühstück zu sein. Er setzte sie mit einer Tasse Kaffee an den Tisch ins Speisezimmer und kehrte ein paar Minuten später mit zwei voll beladenen Tellern aus der Küche zurück.

Obwohl Caradoc vom Frühstück gesprochen hatte, war er nirgendwo zu sehen, und Truth fragte sich, wo er hingegangen sein mochte.

Auch fragte sie sich, ob Gareth's Wange von dem Schlag gezeichnet sein würde, wenn sie ihn das nächste Mal sah.

»Jetzt geht's los«, sagte Julian und stellte einen Teller vor sie hin. »Nicht jeder ißt in Shadow's Gate Frühstück, aber denen, die es wollen, leistet Mr. Hoskins bewußte Beihilfe.«

»Oh, Julian – soviel kann ich nicht essen!« protestierte Truth. Auf ihrem Teller türmten sich Schinken, Omelette, frische Früchte und Muffins. Offenbar stellte Mr. Hoskins nicht nur Brötchen und Kaffee bereit, sondern machte auch Frühstück auf Bestellung.

»Aber sicher können Sie«, sagte Julian und nahm eine Gabel voll von seinem Teller. »Ihr Körper ist eine Maschine; glauben Sie, daß er ohne Kraftstoff läuft?«

»Bei Ihnen hört sich alles so einfach an«, protestierte Truth.

»Genauso, wie ich erwarte, daß sich bei Ihnen – was war es doch gleich? Statistische Parapsychologie? – alles so einfach anhört. Es hängt alles davon ab, wieviel man weiß.«

Ich weiß nur, daß ich nicht sehr viel weiß, sagte Truth zu sich selbst.

Caradoc und Gareth kamen gemeinsam. Gareth verschwand in der Küche und kehrte kurz darauf mit einem Teller zurück, auf dem sich Schinken und buttergetränkte Toasts mit Ahornsirup häuften. Er vernichtete das alles mit einem frohgemuten Eifer, den Truth nur bewundern konnte.

Die Wange war nicht gezeichnet.

»Wenn alle aufgestanden sind, können wir Ihnen beim Aufstellen von dem Zeug helfen«, sagte Gareth kauend.

»Mit ›wir‹ meint er Hereward und Donner«, sagte Caradoc, »denn Ellis ist alles andere als eine Hilfe. Um es vornehm auszudrücken.«

»Ellis ist in Ordnung«, verteidigte Gareth gutmütig seinen abwesenden Gefährten. »Und wenn Sie Ihr Auto nach hinten fahren wollen …«, fügte er zu Truth gewandt hinzu, ohne den Satz zu beenden.

»Ich bin sicher, daß Truth mit Freuden die Chance ergreifen wird, die Parapsychologie gegen den Okkultismus zu verteidigen«, sagte Julian und bezog Gareth ins Gespräch ein. »Und sie wird sicher gern erklären, was all diese Maschinen für Wunder vollbringen.«

»Ich bin keine Spezialistin«, erinnerte Truth sie. »Meine Arbeit beginnt normalerweise nach der Erhebung der rohen Daten – Wahrscheinlichkeit versus Möglichkeit und solche Dinge. Wir haben sogar statistische Untersuchungen über die spontane Fehlerquote bei zufälligen Infrarotaufnahmen durchgeführt, um eine Basis dafür zu haben, ob es sich um einen Geist oder um einen Materialfehler im Film handelt.«

»Das ist etwas anderes als die Aussage von Zeugen, die dabeiwaren«, sagte Julian.

»Aber Zeugen sind doch unzuverlässig«, sagte Truth, die von dem Thema und der Belehrung ihrer kleinen Zuhörerschaft sichtlich angeregt war. »Es gibt zu viele Möglichkeiten, um die menschliche Wahrnehmung zu täuschen. Nur die Maschine ist objektiv.«

»Natürlich kann man Maschinen nicht täuschen«, murmelte Julian. Truth verspürte einen Stich.

»Sie sind arme Apparate, aber sie sind alles, was wir haben. Wenn Sie auf etwas Vollkommenes warten wollen, werden Sie gar nichts zuwege bringen«, sagte sie scharf.

»Richtig«, gab Julian zu. »Sie werden aber vielleicht mit mir übereinstimmen, wenn ich sage, daß man eine gewisse Balance zwischen Mensch und Maschine aufrechterhalten sollte. Ich frage mich, warum noch kein Skeptiker, der das weitverbreitete Phänomen der – wie er wohl sagen würde – wahnhaften Wahrnehmung von Gespenstern und Besuchern aus dem All feststellt, sich je der Frage gewidmet hat, warum die Leute sehen, was sie sehen.« Er schmierte Butter auf sein Muffin und biß mit Genuß hinein.

Es war ein treffender Gedanke, den auch Truth anerkannte. »Das ist eine Frage, für die ich nicht zuständig bin«, gestand sie ein. Unter Julians drohendem Blick nahm sie eine Gabelladung von ihrem Omelette, dann noch eine.

»Nun, wenn wir mit Sir Isaac Newton einig sind, daß wir alle am Rand des unermeßlichen Ozeans stehen und ein paar hübsche Muscheln sammeln, während das Meer des absoluten Wissens über unsere Füße schäumt, dann genügt das«, sagte er.

Vielleicht ja, dachte Truth. *Aber ich glaube nicht, daß wir uns darüber einig sind – darüber, warum die See kocht und ob Schweine Flügel haben,* widersprach Truth stumm.

»Da Sie mir beim Ausreißen und Schule-Schwänzen Ihre Gesellschaft verweigern«, sagte Julian nach dem Frühstück, »gehe ich in mein Arbeitszimmer und erledige ein bißchen Korrespondenz. Ich freue mich über jede Störung von Ihnen«, erklärte er grinsend.

»Versprochen«, sagte Truth. Sie ließ ihr Frühstück größtenteils unberührt zurück und ging hinauf, um ihre Schlüssel zu holen.

Auf dem Weg nach unten, Schlüssel in der Hand, überlegte Truth, wo sie *Die leidende Venus* verstecken konnte. Fionas unwillkommener Besuch hatte ihr gezeigt, wie wenig sicher ihr Zimmer war, und selbst wenn Fiona sie nicht noch einmal belästigte, so gab es dafür noch ein halbes Dutzend anderer Kandidaten.

Light.

Die Idee war anziehend und absonderlich zugleich. Warum sollte jemand Lights Zimmer durchsuchen, wenn doch alle sicher waren, daß das unirdische übersinnliche Mädchen nichts zu verbergen hatte. Und Truth hatte eine Reihe von Nischen und Spalten in dem Dachzimmer entdeckt, wo sie das Buch unterbringen konnte. Solange Light keinen Verdacht schöpfte, wäre es dort sicher – andernfalls würde Light *Die leidende Venus* sofort Julian übergeben. Aber wenn Thorne wirklich bei ihr gewesen war – und nicht nur eine Wahnvorstellung –, dann würde sein beschützendes Interesse sich gewiß auch auf seine zweite Tochter erstrecken.

Sie ging hinaus und fröstelte in der Morgenkälte.

Ihr Auto stand dort, wo sie es abgestellt hatte; sie schaute sich verstohlen um, ob jemand in Sicht war, dann öffnete sie den Kofferraum. Die Kette und der Ring waren da, auch *Die leidende Venus*. Nach einem weiteren heimlichen Blick rundum steckte sie das Buch und den Schmuck schnell in ihre Handtasche und machte sie zu. Dann schloß sie den Kofferraum.

Wo sollte sie ihr Auto nun hinbringen? Hinter der Durchfahrt und dem Seiteneingang gab es nur den Rasen und den Irrgarten. Sie brauchte Gareth.

Wie die ohnmächtig werdende Heldin in einem Gruselroman? Vergiß es!

Mit einem bißchen detektivischen Gespür kam sie der Sache auf die Spur; in Erinnerung daran, wohin Julian in der Nacht zuvor mit seinem Auto gefahren war, folgte sie einfach der Kurve des Fahrwegs, vorbei an der Vorderfront des Hauses, bis sie zu einem Holzbau kam, der wie eine ehemalige Kutschenremise aussah und hinter einer Baumgruppe stand. Die Türen standen offen, und sie sah Julians makellosen BMW neben dem weißen, stark ramponierten Volvo-Kombi. In einer Ecke lehnte ein schwarzglänzendes Motorrad, der Tank mit silbernen Sternen bemalt. Sie hielt es für Herewards Fahrzeug – er sah am ehesten aus wie jemand, der ein solch wahnsinniges Zweirad fuhr.

Und seit wann hältst du Zweiradfahrer für wahnsinnig? fragte sich Truth. Es schien ihr neuerdings so, daß sie bisher durch ihr Leben schlafgewandelt war – und plötzlich, da sie erwachte, traf sie auf ein unbekanntes Ich, das viele Vorlieben und Abneigungen hatte, die sie nicht so recht als ihre eigenen erkennen konnte.

In wen verwandelte sie sich? In *was* verwandelte sie sich?

Sie seufzte. Alles, was sie erreichen mußte, war, bis zum nächsten Dienstag durchzuhalten. Julian wollte sein Ritual am Montag – Halloween – ausführen und würde, natürlich, nichts erreichen …

Natürlich? Es hat meine Mutter umgebracht.

Rauschgift hat meine Mutter zerstört – nicht Magie. Und Thorne war unschuldig!

Bist du dir sicher? Wirklich sicher?

Thorne hätte Katherine Jourdemayne nicht umgebracht. Er hat sie geliebt.

Dessen bist du dir also auch sicher, kommentierte die schneidende innere Stimme. *Ist dir je in den Sinn gekommen, daß Thorne Blackburn von dem, was passierte, genauso überrascht worden war wie alle anderen?*

Ich werde ihn fragen, wenn ich ihn das nächste Mal sehe, sagte sich Truth grimmig.

Wenn ich ihn sehe.

Da sie nun wußte, wo sie ihr Auto parken sollte, dauerte es nur noch Minuten, bis sie es in der dafür vorgesehenen Lücke abgestellt hatte. Sie hängte sich die schwer gewordene Sporttasche so zwanglos und beiläufig wie möglich über die Schulter und ging zum Haus zurück.

Wenn man Shadow's Gate so vor sich liegen sah, konnte man kaum glauben, daß es ein Pfuhl des Wahnsinns und Verbrechens sein sollte, wie gründliche Forschung und finstere Phantasien es nahelegten. Die Morde von Elijah Cheddow waren 1872, also vor über einem Jahrhundert geschehen; Katherines Tod und Thornes Verschwinden lagen 26 Jahre zurück. Jetzt, da sie hier stand, fiel es ihr schwer sich vorzustellen, daß sie vor wenigen Abenden in der Bücherei beinahe erfroren wäre – oder daß Light in der Stimme ihres Vaters gesprochen hatte.

Als sie die Auffahrt hinaufging, sah sie, daß die Eingangstür offenstand. Sie trat vom Kiesweg zurück hinter die Bäume.

Michael kam zur Tür heraus. Sein Haar glänzte im Sonnenschein blauschwarz, und er trug wie immer einen dunklen, dreiteiligen Anzug mit Krawatte. In dieser Förmlichkeit spiegelte sich vielleicht das kirchliche Amt, das er innehaben mochte.

Er drehte sich um, streckte seine Hand aus, und Light trat neben ihn.

Sie trug ein Kostüm mit dunkler Bluse – Truth sah diese Art Kleidung zum ersten Mal an ihr. Ihr Haar war hochgesteckt, so daß sie streng und verblüffend erwachsen aussah, als ob die feenhafte Kindfrau, die Truth kannte, nur eine Maske gewesen wäre, die sich jederzeit ablegen ließ. Doch Truth war überzeugt davon, daß die Light, die sie kannte, die echte war.

Also mußte dies hier eine Maske sein.

Wozu?

Michael legte seinen Arm um Light und geleitete sie die Stufen hinunter. In der weißen Morgenhelle schienen beide wie aus Licht gemeißelt. Er lächelte sie an; Light hob ihre Hand und streichelte sein Gesicht. Dann machten sich beide zu Fuß auf den Weg in die Stadt.

Oh, bitte, laß ihn sie fortbringen …

Truth rieb sich verwirrt die Stirn. Sie spürte die ersten Anzeichen von Kopfschmerzen. Es war noch nicht Mittag, aber der Morgen war außerordentlich anstrengend gewesen. Und zugleich wollte sie doch nicht, daß Michael ihr Light nahm – er sollte sie nur von *hier* fortbringen, und das hatte er wohl nicht vor.

Was hatte er also vor?

»Das soll mich weiter nicht bekümmern, solange niemand in ihrem Zimmer ist«, murmelte sie pragmatisch. Sie wartete, bis das Paar hinter der Kurve verschwunden war, dann verließ sie ihr Versteck.

Das Haus legte Truth keine Steine in den Weg, als sie Lights Zimmer suchte. Daß sie so dachte, erschreckte sie ein wenig. Es war nur zu verführerisch, dem Anthropomorphismus zu verfallen und tote Objekte mit menschlichen Eigenschaften zu versehen. Häuser waren unbelebt. Sie hatten weder Bedürfnisse noch Wünsche – und sie konnten auch nicht handeln.

Aber ihre Bewohner konnten das. Und was genau wollten die Bewohner von Shadow's Gate?

Truth öffnete die Tür und trat in Lights Zimmer, noch halb mit ihren Gedanken beschäftigt. Was wollten sie alle … und wie weit würden sie gehen, um es zu bekommen?

Die Sitzbank vor dem Fenster hatte einen Deckel zum Öffnen; darin lagen Bettücher und Decken gestapelt. Ein muffiger Geruch ging davon aus, so als ob die Wäsche nicht mehr benutzt würde. Truth steckte *Die leidende Venus* in einen Kissenbezug und verstaute sie ganz unten auf dem Boden der Truhe. Das Versteck war weder genial noch narrensicher, aber es war besser als nichts.

Sie wog die Bernsteinkette in ihrer Hand. Es war sinnvoll, den Ring und die Kette ebenfalls außerhalb ihres Zimmers aufzubewahren – wenn sie sie hier versteckte, würde derjenige, der zufällig auf sie stieß, vielleicht nicht weiter suchen.

Oder er würde erst recht tiefer graben und das Buch entdecken.

»›Erst zahlst du das Geld, dann hast du die Wahl‹«, zitierte Truth laut. Nach kurzem Bedenken legte sie die Kette zurück in die Schublade, aus der sie sie vor ein oder zwei Tagen genommen hatte.

»Willst du sie wiederhaben, Vater? Komm und hol sie dir.«

Den Ring nahm sie mit sich.

Wo den Ring verstecken – so daß sie (und vielleicht Thorne) ihn nötigenfalls schnell holen konnte? Diese Art von Beschäftigung verlieh Shadow's Gate den Charme einer vorösterlichen Eiersuche. Die meisten Orte, die sich anboten, waren zu augenfällig – oder ließen sich in der Eile zu schwer erreichen. Schließlich gab sie es auf und brachte ihn wieder in ihr Zimmer – und in einem plötzlichen Geistesblitz verbarg sie ihn auf dem Grund des Badesalztöpfchens, das sie gekauft hatte.

Na also. Das wäre erledigt.

Jetzt mußte sie sich nur noch um die sechs Kisten voller empfindlicher Apparate kümmern.

Um vier Uhr nachmittags machte sich Truth ernsthaft Gedanken, ob sie nicht den falschen Beruf ergriffen hatte. Auch wenn ihr vier starke Männer – Caradoc, Hereward, Donner und Gareth – zur Seite standen und das schwere Heben und Auspacken der Geräte besorgten, so war damit nur der erste Schritt getan.

Zur Mittagszeit, als ihre Helfer mit allem fertig und die Kisten mitsamt dem Verpackungsmaterial weggeräumt waren, sah sich Truth im Besitz von drei Kameras, die sich einstellen ließen, um in Abständen bis zu einer Stunde automatisch Bilder aufzunehmen. Zwei von ihnen waren mit superempfindlichen, hochauflösenden Filmen geladen, die es ihr erlaubten, auch bei fast vollkommener Dunkelheit erkennbare Fotos zu schießen. In der dritten war ein Infrarot-Film eingelegt, der nicht auf Licht, sondern auf Wärme reagierte. Dylan hatte keine Reservefilme geschickt, und Truth fragte sich, warum.

Außerdem hatte sie nun ein Industrie-Tonbandgerät, sechs Tonbänder und sechs Mikrophone zur Verfügung, die so empfindlich waren, daß sie noch das Geräusch von Wasser in den Rohren eines anderen Stockwerks aufzeichneten.

Sie hatte nicht eines, sondern zwei Polybarometer, die speziell für das Institut angefertigt worden waren und jede Veränderung in der Temperatur und im Luftdruck des Zimmers festhielten, und natürlich auch alle Erdbeben und Erschütterungen, die sich ereignen mochten.

Auch war sie mit genügend Batterien für alle Geräte ausgerüstet.

Das einzige, was ihr nun noch fehlte, war eine Strategie.

Da sich die Geräte auf Rollen befanden, glaubte Truth nicht, daß es ihr allzu große Schwierigkeiten bereiten würde, sie dorthin zu schieben, wo sie sie haben wollte – auch wenn sie außer dem Tonbandgerät keinen der Apparate eine Treppe hinaufbekommen hätte. Also entließ sie ihre willigen Helfer und blieb mit dreißig Seiten handgeschriebener Instruktionen von Dylan zurück sowie den Bedienungsanleitungen, die zu jedem der Geräte gehörten.

Gareth brachte ihr ein Sandwich, und erst als er sie verlassen hatte, fiel Truth ein, daß sie eine gute Gelegenheit verpaßt hatte, ihn zu fragen, was an diesem Morgen geschehen – oder möglicherweise auch nicht geschehen – war. Ein solches Versäumnis hatte mit schlechter Planung zu tun, und sie hielt sich einfach für unfähig. Sie seufzte und wendete sich wieder Dylans Notizen zu.

Je weiter sie las, um so mehr gelangte sie zu der Überzeugung, daß ihr Feldforschung nicht lag.

Um zwei Uhr nachmittags war sie so verzweifelt, daß sie Dylan anrief. Ihr tragbares Telefon funktionierte heute.

»Truth! Wie geht es dir?« klang Megs Stimme vergnügt aus dem Hörer.

»Danke gut, Meg.« Was sollte sie schließlich anderes sagen? »Ist Dylan da?«

Dylan war leider nicht da, und so konnte sie ihm nur noch einmal die Nummer ihres neuen Telefons hinterlassen – wenn sie jedoch nicht ständig in Hörweite war, hatte er nichts davon – und kehrte zu der Ausrüstung und den Instruktionen zurück.

Noch nie hatte sie sich so überfordert gefühlt.

Jetzt, da sie die ganzen von ihr angeforderten Apparate hatte, wußte sie nicht, wo sie sie aufstellen sollte. Längst hätte sie sich darüber Gedanken machen müssen.

Die Bibliothek war ein lohnender Platz, immerhin hatte dort schon ein paranormales Ereignis stattgefunden: Es war vernünftig, eine Kamera und einen Polybarometer dort zu stationieren.

Der nächste einleuchtende Ort – für den zweiten Polybarometer, die beiden anderen Kameras und das Tonbandgerät – war ihr eigenes Zimmer. Thorne war dort aufgetaucht – wahrscheinlich würde er wiederkommen.

Und wenn er kam, würde sie ihn bannen.

Aber dann müßte sie zugeben, daß sie von einem Geist verfolgt wurde – und wer dieser Geist war. Wissenschaftliche Methode hin oder her – Truth war keineswegs gewillt, sich dem neugierigen Interesse von Julians Kreis der Wahrheit auszusetzen, falls so etwas dabei herauskam. Es mußte einen anderen Weg geben.

Also entschied sie sich, das zweite Polybarometer im Tempel aufzustellen.

Julian steckte etwa um drei Uhr seinen Kopf herein, um zu sehen, wie es ihr ging. Er hatte nichts dagegen, daß sie das Polybarometer in den Tempel brachte, doch die Kamera und das Tonbandgerät erlaubte er dort nicht.

»Unsere Rituale sind geheim, Truth. Und auch wenn ich die Hoffnung habe, daß Sie eines Tages eher hinter dem Tempelvorhang als außen davor sind, kommt das Fotografieren und Aufnehmen unserer Arbeit nicht in Frage.«

Am Ende – da sie sowohl mit ihren Ideen als auch mit ihrer Geduld am Ende war – beschloß Truth, die beiden anderen Kameras auch in die Bibliothek zu stellen, um ein parallaktisches Bild herzustellen. Und dies lieferte ihr die perfekte Ausrede dafür, das Tonbandgerät mit auf ihr Zimmer zu nehmen. Sollten sie denken, daß sie es nur aus dem Weg haben wollte. Vielleicht konnte sie an einen Beweis gelangen, ohne daß irgend jemand etwas davon merkte.

Aber was sollte sie mit ihm anfangen, wenn sie ihn erst einmal hatte?

Als sie das Tonbandgerät die Treppe hochgeschleppt hatte, war es schon nach sechs. Sie wußte nicht, ob überhaupt irgendeines der Geräte aus dem Institut funktionierte. Aber sie war sich ziemlich sicher, daß sie keines beschädigt hatte.

Sie warf einen kurzen Blick aus dem Fenster. Die Sonne war bereits untergegangen. Am Himmel stand nur noch ein schwacher Streifen von indigofarbenem Licht, und der Garten und das Labyrinth hinter dem Haus wurden von Scheinwerfern angestrahlt. Nach diesem nur im Haus verbrachten Tag schien Truth ein Spaziergang an der frischen Luft höchst verlockend.

Der Nachsommer – die wenigen warmen Tage nach dem ersten Frost im November – lag noch vor ihnen. Die Abendluft war kühl und einladend, und sie folgte dem weißen Kiesweg. Die meisten Räume in dem alten Haus waren erleuchtet, darunter auch einer oben in der Ecke. Lights Zimmer.

Wo sie und Michael heute wohl hingegangen sind? Einen Moment lang ließ Truth ihren Gedanken freien Lauf, um sich die Zukunft vorzustellen. Wenn dies hier vorüber wäre, dann würde sie Light mit sich nehmen. Sie hatte eine Wohnung mit zwei Schlafräumen; es würde nur wenig Ungelegenheiten machen, ihre Arbeitssachen in ihr Schlafzimmer umzuverlegen und Light ein eigenes Zimmer zu geben. Light konnte sich ebensogut auf dem Campus von Taghkanic ergehen wie hier im Garten, und Truth …

Doch hier versagte ihre Phantasie, denn Truth konnte sich nicht recht vorstellen, wie sie in ihr altes Leben zurückkehren sollte. Und was wäre, wenn sie Julians Angebot von gestern abend annähme und mit ihm nach Europa reiste? Was würde dann aus Light?

Wir könnten sie mitnehmen, dachte Truth, obwohl ihr klar war, daß Light denkbar schlecht darauf vorbereitet war, mit den chaotischen Fährnissen einer Europareise fertig zu werden.

Aber das ist nicht so wichtig, dachte Truth mit seltsamer Distanz. Es wäre ohnehin nicht meine Entscheidung.

Während dieser Zukunftsgrübelei hatten ihre Schritte sie zu dem Irrgarten geführt. Vor dem Eingang zögerte sie. Sie war versucht hineinzugehen, und falls sie ihn nicht umgestaltet hatten und er mit dem Plan, den sie in einem der Bücher gesehen hatte, noch immer übereinstimmte, konnte ihr nichts passieren.

Und falls doch, wie sehr konnte sie sich in einem so kleinen Areal schon verlaufen? Es war ja nicht gerade das Labyrinth von Hampton Court. Truth ging den Pfad hinein.

Sie hatte gerade noch genug Zeit, den Irrgarten zu betreten und zu erkennen, daß die Buchsbaumhecken das Licht abschnitten und es eine blödsinnige Idee war, sich hier im Dunkeln hineinzuwagen, als … etwas … geschah.

Wäre sie in Kalifornien und nicht im Staat New York gewesen, hätte Truth es für ein Erdbeben gehalten; es hatte die gleiche rollende, desorientierende Beschaffenheit, als ob man über eine nicht vorhandene Stufe stolperte.

Dann merkte sie, daß etwas brannte – sie roch den Rauch und hörte das Prasseln der Flammen wie fernes Gewehrfeuer. Sie drehte sich um.

Keine Hecke behinderte ihre Sicht auf das brennende Haus. Sie wollte darauf zugehen, blieb aber stehen, als ihr klar wurde, daß etwas nicht stimmte. In den wenigen Minuten, die sie draußen war, konnte sich kein Feuer dieser Größenordnung ausgebreitet haben. Dann erkannte sie, daß das brennende Haus nicht dasjenige war, das sie verlassen hatte.

Es war ein langer, niedriger und verschachtelter Bau, mit weißen Schindeln verkleidet, die kleinen Fenster hoch unter dem Dachgesims. In den Fenstern loderte das Feuer wie flüssiges Gold. Es war Shadow's Gate – wie es in der Nacht des Brands 1872, vor 123 Jahren, gewesen war.

Als ob sie die gleiche Hellsicht besäße, die sie bei anderen untersuchte, starrte Truth in das Feuer und schien durch es hindurch zu sehen – ganz klar erstand vor ihr das Bild eines weißgestrichenen Schlafzimmers mit Himmelbett, dessen Baldachin sich an die einstürzende Decke schmiegte. Überall tobte das Feuer, aber selbst die Flammen konnten die Spuren von Blut, die die Wände überzogen, nicht auslöschen.

In der Mitte des Zimmers stand ein Mann, seine Haut schillerte rot, sein Hemd war naß von Blut und Schweiß. Er schluchzte und schlug mit einer Axt sinnlos auf Körper ein, die sich längst nicht mehr wehrten und auch nicht mehr atmeten.

Elijah Cheddow. Der auf seinem Landsitz seine Familie ermordet hatte und in dem Feuer zu Tode kam, das er selbst gelegt hatte. Niemand hatte je den Grund dafür erfahren, doch in Truth wuchs ein Verdacht.

Die Feuervision verschwand, als ein Teil des Daches einstürzte und eine Säule sprühender Funken in den Himmel schleuderte. Aus weiter Ferne konnte sie Glockengeläut hören, das die Bewohner von Shadowkill alarmierte.

Doch trotz des Grauens lösten die Bilder, die Truth sah, keine Furcht in ihr aus – ihre Gefühle waren so gedämpft, als läge das Ganze im Schatten eines noch viel größeren Schreckens, einer Macht, die – einmal entbunden – genährt werden mußte.

»Ich kenne eine Bank, wo die wilde Zeit wächst«, sagte eine bekannte Stimme hinter ihr. »Nein, dreh dich nicht um.«

Sie schaute kurz zur Seite, als Thorne sie ansprach, und sie fühlte, wie das Feuer, das sie nicht mehr sah, verschwand, zurückgedrängt in die Vergangenheit. Der Abendwind flüsterte in den Blättern der Buchsbaumhecke.

»Hallo«, sagte Truth, und dann widerstrebend: »Hallo, Vater.«

Die Furcht, die sie angesichts des Feuers nicht empfunden hatte, überkam sie jetzt – nicht wegen Thorne, sondern wegen ihr selbst, wegen ihres Verstandes. Jetzt begriff sie, was Michael damit gemeint hatte, als er sie aufforderte, zu gehen, solange es Dinge gab, die sie noch nicht wußte – solange sie noch die Gewißheit hatte, daß die Welt nur auf eine Weise wahrgenommen werden konnte.

»Willst du nicht zu deinem Auto gehen und abfahren? Du kannst deine Sachen abholen lassen – und wenn du sie nicht bekommst, ist es auch nicht so schlimm. Du bist sowieso fein angezogen«, fügte Thorne abfällig hinzu.

»Warum sollte ich weggehen?« überwand sich Truth zu fragen. *Jetzt, da ich endlich anfange zu begreifen, wer ich wirklich bin.* Sie starrte vor sich auf die Hecke. Sie konnte immer noch den Eingang zu ihrer Rechten sehen. Das brennende Haus war nicht mehr da.

»Du glaubst also, du könntest dir der Dinge und deines Verstandes immer sicher sein«, erwiderte Thorne. »Du bist nicht wie die anderen – du bist *meine* Tochter. Und du verstehst noch nicht einmal, was das heißt.«

Wirklich nicht? Wenn Blut nach Blut ruft?

Truth drehte sich auf einmal um. Niemand stand hinter ihr. Sie warf einen raschen Blick auf den Pfad zum Haus, obwohl sie wußte, daß niemand, der hier gestanden hatte, in so kurzer Zeit dorthin entschwunden sein konnte.

»Ich bin schon verrückt«, sagte Truth laut. »Ich habe über Halluzinationen gelesen – die sind ganz anders. Normale Menschen sehen keine Dinge, die nicht da sind, und reden nicht mit Leuten, die nicht existieren. Und was ist mit Light?«

Keine Antwort.

»Thorne!« Ihre Stimme war dringlich, fordernd. Ihr war es mittlerweile gleichgültig, ob es sich hier um Wirklichkeit handelte oder nicht. »Was ist mit Light? Was wird aus ihr, wenn ich gehe? Sie wird nicht mit mir gehen. Sie ist auch deine Tochter – unser Blut – was wird aus ihr?«

Ich stehe hier draußen und schreie die Büsche an, wurde Truth plötzlich klar.

»Thorne? Vater?« *Ach bitte, antworte mir.*

»Das Licht und die Wahrheit sind der Weg«, sagte Thorne Blackburn. Truth konnte nicht feststellen, aus welcher Richtung die Stimme kam, obwohl sie aus seiner Stimme eine gewisse Fröhlichkeit heraushören konnte. Offenbar bereitete ihm sein Geschick im Versteckspielen Vergnügen. »Und der Weg ist der Weg des Pilgers. Dein Blut hat für dich die Wahl getroffen, Tochter. Nimm dich in acht.« Die Stimme verhallte wie in einem besonderen Theatereffekt.

»Oh, mein Gott!« schnappte Truth, vor Erregung atemlos. Nicht noch eine von diesen geheimnisvoll dramatischen, übertriebenen Warnungen! Ihr fiel in diesem Moment alles ein, was sie Thorne Blackburn sagen wollte, und es war nichts darunter, was man zu einem Vater, ob lebend oder tot, gut sagen konnte.

Ich werde verrückt. Jetzt habe ich all die Auseinandersetzungen mit meinem Vater, die ich als Teenager gehabt hätte, nur daß ich kein Teenager bin und er tot ist.

Truth eilte ins Haus zurück.

Wo immer Michael und Light am Nachmittag gewesen waren, zum Abendessen fanden sie sich pünktlich ein. Fiona saß ebenfalls am Tisch und vermied es, Truth anzusehen.

Julian präsidierte über ihnen wie ein antiker Gott über seinen ungebärdigen Kindern, schmeichelnd, tadelnd oder gebietend. Für Truth hielt er ein besonderes Lächeln bereit, und es wärmte sie wie das Feuer, das am Abend im Kamin des Salons gebrannt hatte. Erst später kam ihr in den Sinn, daß dieses Feuer möglicherweise ihre Vision vom Brennen des alten Shadow's Gate ausgelöst haben könnte.

Das Tischgespräch wirbelte um sie herum, angeregt und erwartungsvoll. Der Kreis wollte in dieser Nacht seine Arbeit aufnehmen und mit den Ritualen beginnen, die in der Wegbereitung gipfelten. Die ganze Woche hindurch von Montag bis Halloween wollte der Kreis sich um Mitternacht treffen, um sechs Stunden lang bis zum Tagesanbruch Blackburns kompliziertes *théatre sacré* aufzuführen. An Halloween würden sie bei Einbruch der Dunkelheit anfangen und das abschließende Ritual von Thornes Liturgie in die Tat umsetzen – dasjenige, das die Welt der Götter wieder mit der der Menschen zusammenführen sollte.

Und was dann?

Obwohl sie erst ein paar Tage hier war, hatte sie doch zu den meisten Leuten aus Julians Zirkel Zutrauen gefaßt und fand sie sympathisch: den zurückhaltenden Donner; Hereward mit seinen versteckten Spöttereien; Ellis, der sich immerzu selbst auf den Arm zu nehmen schien; Caradoc, dessen Charakter gar nicht zu etwas so Abwegigem und Übertriebenem wie dem Kreis paßte; Gareth, der so leidenschaftlich gern dazugehören wollte – und der so wenig Begabung für die Liebe mitbrachte. Sie waren keine leblosen Fallbeispiele in einer Monographie über Sektenkulte – sie waren Menschen, die auf eine Katastrophe zusteuerten.

Warum war sie sich dessen so sicher?

Diese Frage wurde immer dringlicher, je länger sie darüber nachdachte. Sie stand kurz vor einem Nervenzusammenbruch – und wenn nicht, was ging dann in und mit ihr vor?

Derweil ritt Thorne auf der Tatsache herum, daß sie *seine* Tochter war, als ob dieser Umstand sie in eine besondere Gefahrenklasse brächte.

Je länger Truth in Shadow's Gate blieb, desto mehr Fragen und desto weniger Antworten hatte sie.

Die Mitglieder des Kreises empfahlen sich gleich nach dem Abendessen. Truth nahm an, daß eine Reihe von Vorbereitungen zu treffen waren, die dem Ritual vorangingen. Julian blieb noch zurück, und als Truth aufstand, begleitete er sie in den Salon.

Die Lichter waren gedämpft, das Feuer im Kamin war heruntergebrannt. Die Gläser von den Cocktails vor dem Essen standen noch unabgeräumt herum. Truth ging zum Kamin hinüber und schaute in die letzte Glut. Wer war Thorne Blackburn – und *was* war seine Tochter?

Julian kam zu ihr und legte seinen Arm um sie; sie spürte die Wärme seiner Hand auf ihrer Schulter. Es strömte eine stete Kraft in ihm, wie das leise Summen eines Motors im Leerlauf.

»Ihre Geräte werden wahrscheinlich bis morgen ein paar interessante Daten aufzeichnen«, sagte Julian.

»Das hoffe ich«, sagte Truth. Doch selbst die Aussicht, daß sie die Energieschwankungen während der Arbeit einer okkulten Loge festhalten konnte, änderte nichts daran, daß sie ein Verhängnis über sich schweben fühlte.

»Sagen Sie mir doch, daß Sie bei uns mitmachen wollen«, drängte Julian. »Daß Thornes eigenes Blut bei seinem größten Triumph fehlt, ist doch eine Schmach, finden Sie nicht auch?«

»Light nimmt doch daran teil«, sagte Truth unbesonnen.

»Wahr«, stimmte Julian zu. »Aber alle Kinder von Thorne sollten daran teilnehmen.«

»Ich... ich werde es mir durch den Kopf gehen lassen«, sagte Truth noch immer gedankenverloren.

»Ich gebe sogar zu, daß mein Wunsch zum Teil ganz egoistisch ist: Wenn Sie nicht mit uns arbeiten, werde ich Sie in der nächsten Woche kaum sehen.«

»Dürfen Magier egoistisch sein?« fragte Truth, um einen heiteren Ton bemüht.

»Schließen Sie sich uns an, und ich werde Ihnen zeigen, was Magier sind«, sagte Julian. Seine Stimme enthielt ein samtiges Versprechen. Er nahm ihre wiederholte Absage gut gelaunt hin, küßte sie sanft auf die Stirn und brach zu seiner Magie auf.

Nachdem er fort war, wünschte sie fast, sie wäre mit ihm gegangen. Ihr war zuvor noch nie aufgefallen, wie leer und trostlos Shadow's Gate in der Nacht war – ein Theater ohne Vorstellung.

Sie sah auf die Uhr auf dem Kaminsims. Neun Uhr dreiundzwanzig. Soviel zum wilden Nachtleben der Superreichen. Truth gähnte. Sie hatte in den letzten Tagen viel zu wenig Schlaf gehabt, und früh zu Bett zu gehen, konnte nicht schaden.

Sie ging hoch auf ihr Zimmer. Ihre Bettdecke war zurückgeschlagen – das mußte Irene gewesen sein, denn bei Fiona konnte sich Truth soviel hausfräulichen Sinn nicht vorstellen –, und ihr Nachtzeug lag ausgebreitet. Sie wollte nur noch die Ereignisse des Tages in ihr Tagebuch notieren und sich dann hinlegen.

Sie entkleidete sich und machte sich bettfertig, dann schaltete sie das Tonbandgerät ein. Dylan sagte immer, die meisten Mängel in der Registrierung von parapsychologischen Phänomenen kämen daher, daß die Geräte nicht eingeschaltet würden. Truth wollte diesen Fehler vermeiden – zumal die einschlägigen Ereignisse in Shadow's Gate sich nicht an einen bestimmten Terminplan hielten.

Die großen Bänder begannen sich langsam zu drehen, die Anzeigenadeln tanzten nervös über die Skalenanzeige. Das Gerät gab einen leisen Ton von sich, das »Mikrofon an« bedeutete und schon wenige Schritte entfernt nicht mehr zu hören war. Jedes Band hatte eine Dauer von zwölf Stunden – das Gerät würde also bis halb zehn am nächsten Morgen laufen. Truth prüfte, ob alle Kabel sorgfältig eingestöpselt waren und nicht im Weg herumlagen – um eine Unterbrechung zu vermeiden, lief keiner der Apparate vom Institut über das Stromnetz; jeder hatte eine eigene große Batterie, die mindestens für eine Woche ausreichte. Und eine Woche war alles, was Truth brauchte.

Sie drückte auf den »Test«-Knopf. Die Leuchtdiode der Batterie leuchtete rot auf: 87 Prozent geladen. Mehr als genug.

Dies erinnerte Truth an Julians Warnung, daß die Batterien in Shadow's Gate nur eine kurze Lebensdauer hatten. Daraufhin probierte sie ihr tragbares Telefon, wählte ihre eigene Nummer von Zuhause und wurde von ihrem Anrufbeantworter begrüßt. Immerhin, das Telefon funktionierte noch.

Sie überlegte, ob sie Dylan noch einmal anrufen sollte, und verwarf die Idee schließlich. Es war spät, sie war müde – und die Apparate liefen so gut oder so schlecht, wie es eben ging. Truth nahm ihr Tagebuch mit ins Bett und hielt die Erlebnisse des Tages fest.

Als sie damit fertig war, fühlte sie sich angenehm schläfrig. Sie stand aber noch einmal auf, um nach dem Tonbandgerät zu schauen.

Es funktionierte nicht.

Sie brauchte einige Augenblicke, bis sie es registriert hatte.

Wie war es möglich, daß das Gerät plötzlich nicht mehr arbeitete? Die Nadeln lagen regungslos am Anschlag der Anzeigefenster, und alle Statuslichter waren aus.

Hatte sich der Batterieanschluß gelockert? Doch die Apparate waren so konstruiert, daß Poltergeister kaum eine Chance hatten – der Stecker war mit zwei Metallflanschen in der Batterie befestigt. Truth öffnete die Schutzhaube über dem »Test«-Knopf der Batterie und drückte ihn. Die Leuchtdiode blieb dunkel.

Aber vorhin hatte sie doch noch funktioniert. Sie hatte fast volle Ladung angezeigt.

Sie warf einen kurzen Blick auf die Steckdose in der Wand. Sie konnte das Gerät natürlich an das Stromnetz anschließen. Das war verlockend, doch sie wußte, wie wenig verläßlich die Stromversorgung im Haus war – wenn sie den Apparat direkt ans Netz im Haus anschloß, riskierte sie einen Spannungsstoß, der das komplizierte Innenleben des Apparats für immer zerstörte. Truth seufzte. An Schlaf war nun nicht mehr zu denken. Sie schaltete das Gerät aus und löste es von der Batterie. Diese schloß sie an der Steckdose an, woraufhin ein grünes »Auflade«-Zeichen und ein schwaches Zittern der Nadeln ihr zeigte, daß die Gesetze der Physik noch nicht ganz außer Kraft gesetzt waren.

Was war mit der restlichen Ausrüstung. Truth stöhnte, zog ihren Bademantel an, schlüpfte in ihre Hausschuhe und ging hinunter.

Drei Kameras und ein Polybarometer befanden sich in der Bibliothek. Die Batterie einer Kamera war tot; die anderen drei zeigten 33, 17 und 40 Prozent Ladung an, obwohl Truth sie alle mit einer Ladung von 80 bis 90 Prozent aufgestellt hatte. Bei allen Kameras waren auch die Timer außer Funktion; da sie den Erscheinungszyklus der Manifestationen, die sich in der Bibliothek konzentrierten, nicht kannte, hatte Truth sie so eingestellt, daß die Kameras jede Stunde ein Bild aufnahmen. Eine der Kameras hatte bereits den ganzen Film verschossen – Truth erschrak; laut Dylan war der hochempfindliche Film sehr teuer. Eine andere war so eingestellt worden, so daß sie nur alle sechs Stunden ein Bild machte. Die dritte war auf Handbedienung umgestellt.

Es wäre nur zu beruhigend, wenn das hier Sabotage ist, dachte Truth. Beruhigend, aber unwahrscheinlich – Julian hatte nicht den mindesten Versuch unternommen, sie bei ihrer Arbeit zu behindern, und sie bezweifelte, daß es sich hier um einen mutwilligen Akt handelte.

Sie schloß das Polybarometer an die Batterie mit den 40 Prozent an – obwohl sie bei der Geschwindigkeit, mit der die Batterien ihre Ladung verloren, kaum die Nacht durchhalten würde – und sah sich nach Steckdosen um, an denen sie die anderen aufladen könnte. Sie fand zwei in der Bibliothek – die Batterien schienen sich vorschriftsmäßig aufzuladen. Um die dritte wollte sie sich erst später kümmern. Zumindest hatte sie jetzt einen Beweis für die Richtigkeit von Julians Behauptung, daß die Batterien in Shadow's Gate ihren Geist aufgaben.

Als sie mit der Bibliothek fertig war, kam Schlaf für sie auch nicht mehr in Betracht, und ein Knurren in ihrem Magen erinnerte sie daran, daß sie zu aufgedreht gewesen war, um beim Abendbrot genug zu essen.

Eine gute Tasse Kakao, wie Irene sagen würde, heilt alle Wunden. Das brauche ich jetzt.

Ein schmaler Spalt Licht unter der Tür warnte sie, daß jemand in der Küche war. Am wenigsten war sie darauf gefaßt, Michael zu treffen, obwohl er der einzige im Haus war, der sich um diese Zeit hier aufhalten könnte. Er stand vor dem Herd und rührte in einem Kochtopf.

Jackett und Weste hatte er über einen Stuhl geworfen und die Ärmel seines Hemds bis zu den Ellbogen hochgekrempelt. Ohne den Schutz seiner würdevollen Amtskleidung wirkte Michael überraschend jung. Ein starker Schokoladegeruch stieg vom Topf auf, als er weiterrührte.

»Kann es sein, daß wir die gleiche Idee hatten?« fragte Truth. Sie hätte wohl etwas verlegen sein sollen, da sie im Bademantel vor Michael erschien, aber sie fühlte sich darin vollkommen bekleidet, und auch der Pyjama ließ weniger als so manche Straßenkleidung sehen. Außerdem war Michael ohnehin kein Mann, auf den sie flog. Da war etwas zu … Fremdes, ihrem Wesen Zuwiderlaufendes an ihm.

Ein komischer Gedanke. Light mag ihn.

»Kakao?« fragte Michael. Er lächelte. »Ich habe genug für zwei.«

Truth nickte, nahm sich einen von den Dessertkuchen, die vom Abendessen übrig waren, und setzte sich an den Küchentisch. Michael kam mit dem Topf und zwei Porzellanbechern. Geschickt goß er beide voll und setzte sich ebenfalls.

»Julian denkt daran, das Haus im November zu schließen«, sagte Truth und schnitt damit versteckt ihr Thema an.

»Ich glaube, daß er das tun will«, sagte Michael.

»Will, nicht wird«. »Glauben Sie, daß er es tun wird?« fragte sie herausfordernd.

Michael sah sie direkt an, und wieder hatte Truth das Gefühl einer lauernden Gefahr.

»Ich denke, Julian glaubt ..., daß es keinen Grund gibt, weiter als bis zum 31. Oktober vorauszuplanen«, sagte Michael bedacht.

»Dem Tag seines Schlußrituals«, ergänzte Truth. Michael nickte.

Wollte Michael damit sagen, daß Julian unzurechnungsfähig war? Aber wie weit konnte man Michael ernst nehmen, wenn es um Fragen der Vernunft und Zurechnungsfähigkeit ging?

»Was, glauben Sie denn, wird passieren, wenn ...« *Wenn er merkt, daß es nicht funktioniert.* Truth konnte es nicht über sich bringen, diesen Satz zu sagen.

»Lassen Sie mich eine Gegenfrage stellen: Was, glauben Sie, wird Julian mit der Macht anstellen, die ihm zuwächst, wenn er den Weg für heidnische Götter öffnet und sie wieder auf der Erde sind?«

»Thorne Blackburn hat immer gesagt, daß die Wegbereitung ein neues goldenes Zeitalter einleiten wird«, sagte Truth langsam.

»Bewundernswert vage«, sagte Michael mit wütendem Lächeln.

»Dann glauben Sie, daß Julian nicht das Beste für die Menschheit anstrebt?« *Genau das hat mir noch gefehlt; ein weiteres Gespräch um den heißen Brei mit einem Spinner. Naja, der hier lebt wenigstens noch.*

»Und Sie?« schoß Michael zurück. »Denken Sie gut nach: Reinen Altruismus gibt es in dieser Welt fast genauso selten wie eine Freundlichkeit ohne dahinter stehendes Interesse.«

»Ich dachte, Sie sind sein Freund«, sagte Truth, die sich zu langweilen begann. Ihre Gefühle für Julian waren zu wirr, um allzu vielen Prüfungen standzuhalten. Sie hatte keine Lust, sich Michaels Gespinst von Zweideutigkeiten anzuhören.

»Ich bin sein Freund«, sagte Michael. »Vielleicht der einzige, den er noch hat – und jedenfalls der, den er am meisten braucht.«

»Na, ist das nicht großartig für Sie beide«, sagte Truth ärgerlich. Sie leerte ihren Becher und stand auf. »Sagen Sie mir nur eines, Michael: Sie hassen die Magie, glauben nicht an die Erforschung des Unbekannten, und Sie glauben, daß Julian wahnsinnig ist. Warum sind Sie dann eigentlich hier?«

Michael schaute auf zu ihr, und seine Augen waren voller Zorn und Schmerz. Ihre Gereiztheit schien ihr plötzlich verfehlt, als spottete sie über einen Mann, der bereits tödlich verwundet war.

»Ich bin hier, weil ich hier sein muß«, sagte Michael, »weil das Gute nur in der Gegenwart des Bösen handeln kann. Ich habe im Unterschied zu ihm keine Wahl.«

»Michael, Sie müssen klar und vernünftig mit mir reden«, sagte Truth verzweifelt. »Sie müssen mir die Wahrheit sagen.«

»›Was ist Wahrheit? fragte Pilatus spottend‹«, zitierte Michael bitter. »Also schön: die Wahrheit. Wenn Sie hierbleiben, bringen Sie Ihre unsterbliche Seele in Gefahr. Es ist möglich, daß Ihnen Gelegenheit gegeben wird, Ihren Glauben an den einen Himmel zu widerrufen. Es ist möglich, daß Sie sie nutzen. Der Widerruf wird Sie das Licht kosten, Truth – Sie werden den Rest Ihrer Tage unter Schatten wandeln.«

»Das ist… Quatsch«, sagte Truth hilflos.

»Es ist die Wahrheit«, sagte Michael traurig, »aber Sie können sie nicht verstehen. Und wenn Sie das erst einmal können – dann werden Sie, wie ich fürchte, den Zeitpunkt überschritten haben, vor dem Sie noch eine Wahl hatten.«

»Ich habe Ihnen gesagt, daß ich… Ihren Glauben nicht teile«, sagte Truth zaghaft.

»Ihre Annahme unseres Glaubens ist weder für seine Existenz noch für seine Wahrheit entscheidend«, sagte Michael. »Er *ist*.«

Sie konnte mit Michael nicht verständlicher reden als mit den anderen. Michael hielt sich an einen Glauben, der seine Welt formte – und ohne deren Wirklichkeit zu akzeptieren, wie sollten sie beide sich je verständigen können?

»Gute Nacht, Michael«, sagte Truth schließlich und brachte ihren Becher zum Spülbecken.

»Schlafen Sie gut«, sagte Michael Archangel.

Auf ihrem Weg ins Bett machte sie einen Umweg an Lights Zimmer vorbei. Light war schon bei den anderen im Tempel und ihr Zimmer leer. *Die leidende Venus* lag noch dort, wo Truth sie versteckt hatte.

Das Buch blieb die nächsten neun Tage dort.

KAPITEL 13

Die Stunde der Wahrheit

Der Ruhm der Zeit ist's, Könige zu befrieden,
Den Trug entlarvend, Wahrheit aufzudecken.
WILLIAM SHAKESPEARE

Der dreißigste Oktober fiel auf einen Sonntag, und Truth verbrachte ihn genauso wie jeden anderen Tag in der letzten Woche – in der Blackburn-Sammlung von Shadow's Gate. Mittlerweile hatte sie sich so viele Notizen gemacht, daß diese es an Menge bald mit ihrem Quellenmaterial aufnehmen konnten, und außerdem einen ersten Rohentwurf ihres Buches erstellt. Es waren Kapitel über Thornes Anfänge und über die Entwicklung seiner »Jünger« nach seinem Tod vorgesehen, doch die eigentliche Substanz des Buches würde nach wie vor Thornes öffentliche Karriere mit all ihren skandalösen Exzessen liefern, genauso wie sie es ursprünglich geplant hatte.

Nur daß die Exzesse ihr nicht mehr sonderlich skandalös erschienen.

Sie versuchte die innere Stimme zu überhören, die ihr einredete, daß Thorne nicht mehr Exzesse getrieben hätte als seine Zeitgenossen, daß der Ernst seines Glaubens die Scheidelinie zwischen Hochstapler und Visionär oder zwischen Betrüger und Wahnsinnigem verwischte, wenn nicht auslöschte. Thorne hatte geglaubt – er hatte nicht Geld gestohlen, um sich zu bereichern.

Und in gewissem Sinn hatte er überhaupt nicht gestohlen – der Reichtum, mit dem seine Anhänger ihn überhäuft hatten, war restlos in den Versuch geflossen, seine Vision zu verwirklichen, und nichts war davon übrig.

Selbst seine Lügen waren Übungen in der Kritikfähigkeit – wenn er seinen Anhängern unglaubliche Geschichten über seine Vergangenheit und seine Heldentaten erzählte, so glaubten sie ihm kein Wort – ebensowenig wie irgendeinem anderen, der sie zum Narren halten wollte. Thorne war in einer Zeit groß geworden, als die Erinnerung an Hitler noch lebendig war – was Thorne vor allem wollte, war eine Welt der Halbgötter, keine Welt der Anhänger und Mitläufer.

Wie hat nur alles so schiefgehen können, Vater?

Aber Thorne auf die Spur zu kommen, war keineswegs die einzige Beschäftigung, der Truth nachging. Da war noch die Sache mit den Batterien.

Als sie in jener Nacht wieder hinaufgegangen war, war ihr Handy ebenfalls tot. Im ersten Moment wollte sie das nutzlose Ding aus dem Fenster werfen, konnte sich aber gerade noch zurückhalten. Zum Glück hatte sie es nur gemietet und nicht gekauft, und außerdem hatte Julian sie gewarnt. Am nächsten Morgen wollte sie sich darum kümmern. Und damit begann ein entnervender, einwöchiger Kampf mit Batterien, Versuchen, das Telefon am Stromnetz anzuschließen und anderen Kriegslisten, bis sie schließlich aufgab. Aber das war noch nicht das Schlimmste.

Zu Julians Belustigung blieb keine der Batterien von Dylans Apparaten länger als ein paar Stunden geladen. Da konnte sie anstellen, was sie wollte. Daß Dylan nur so wenig Filme mitgeschickt hatte, erwies sich als gleichgültig – sie bekam die, die sie hatte, nicht voll.

Nicht, daß es ihr sonderlich viel ausmachte, die Geräte nicht benutzen zu können. Abgesehen von solchen schädlichen Einflüssen war Shadow's Gate lammfromm gewesen. Die Zimmer blieben, wo sie hingehörten, und die Bilder auch. Weitere Begegnungen mit Thorne Blackburn fanden nicht statt, und sie stellte überrascht fest, daß sie es geradezu vermißte. Sie hing irgendwie an dem alten Gauner, so als ob er der böse Onkel mit den beklagenswerten Manieren wäre, der aber trotzdem zur Familie gehörte. Er würde ihr fehlen, wenn sie Shadow's Gate verließ.

Sie schaute sich, auf ihrem Bleistift kauend, in der Bibliothek um. Durch die vorhanglosen Fenster flossen Kaskaden von weißem Oktoberlicht herein. An dem anderen Tisch saß Caradoc, umgeben von Büchern über Magie. Truth hatte einen Blick hineingeworfen und sie unverständlich technisch gefunden, doch Caradoc schien nicht die mindesten Schwierigkeiten zu haben – er arbeitete sich systematisch vor, verglich ein Buch mit dem anderen und machte sich in einem großen, dunkel gebundenen Skizzenbuch Notizen. Er war vollkommen in seine Arbeit vertieft – in diesen Tagen waren alle Mitglieder aus dem Kreis der Wahrheit mit dem Werk beschäftigt und wendeten ihre ganze Energie darauf, ihren Part in der Ausführung von Thornes komplizierten Ritualen zu vervollkommnen. Sie sah kaum jemanden von ihnen, außer zum Abendessen.

Ein Theater für einen einzelnen … und dann noch für einen, der vielleicht gar nicht kommt, dachte Truth. Für sie stellte es sich so dar, als ob Julians Kreis jede Nacht ein Kostümspektakel veranstaltete – und die restlichen Stunden verbrachten sie mit Proben, Bühnenaufbau und Schminken. Nun, Truth war froh, daß sie nichts damit zu tun hatte. Sie arbeitete ebenfalls hart und war mit der Blackburn-Bibliothek beinahe fertig.

Sie würde bald abfahren, dachte sie müßig. Sie hatte die meisten Dokumente, auf die sie später Bezug nehmen wollte, von Hand abgeschrieben. Außerdem würde Julian sich anderen Dingen zuwenden, wenn die Wegbereitung hinter ihnen lag. Was sollte sie dann noch hier?

Das Schlußritual sollte in der morgigen Nacht stattfinden.

Truth blinzelte und blickte umher, benommen wie nach einem langen Traum. Morgen nacht war Halloween – und Julians letztes Ritual.

Wo war die Zeit geblieben? Über eine Woche, und sie hatte sich treiben lassen, als ob sie alle Zeit der Welt hätte. Und jetzt war keine Zeit mehr.

Diese Erkenntnis versetzte sie in Alarmstimmung wie alles, was ihr hier widerfahren war, und die plötzliche Dringlichkeit und Zeitnot hatten etwas Erstickendes. Das Haus selbst schien auf einmal aufzuwachen.

Wo hatte sie ihren Kopf gehabt – sie war noch nicht einmal nach Stormlakken gefahren, um am Gedenkgottesdienst für Tante Caroline teilzunehmen.

Truth erhob sich langsam, ihr war leicht schwindlig. Vom Boden neben dem Kamin blickte Light zu ihr auf und lächelte, dann wendete sie sich wieder ihrem Fadenspiel mit Silberperle zu.

Truth stöhnte innerlich. Sie hatte sich für so fleißig und emsig gehalten, und jetzt mußte sie erkennen, daß sie sich hinter ihrer Arbeit versteckt hatte, um sich vor ihrer eigentlichen Arbeit zu drücken. Sie hätte viel engagierter versuchen müssen, Light von hier wegzubringen; hätte mehr über die anderen und deren Beweggründe herausfinden müssen – mehr über Julian, in drei Teufels Namen; so viel Geld schoß nicht wie Unkraut aus dem Boden …

Sie hatte, seit sie ihr Handy aufgegeben hatte, noch nicht einmal versucht, Dylan anzurufen. Meg hätte ihm ihre Nachricht ausrichten können, aber so – nichts.

Das ließ sich schnell ändern.

Sie hatte keine Scheu, zu Julian ins Arbeitszimmer zu gehen – wenn er das einzige Telefon in Shadow's Gate hatte, mußte er an alle möglichen Störungen gewöhnt sein –, doch sie störte ihn nicht. Julian war nicht da.

Truth ging zum Schreibtisch und nahm den Hörer von der Gabel. Sie hielt ihn ans Ohr. Kein Ton.

Sie drückte ein paarmal schnell auf die Taste – eine blödsinnige Angewohnheit, die sie aus alten Filmen hatte –, und da nahm sie einen merkwürdigen Geruch in dem Zimmer wahr, einen bitter-moderigen, durchdringenden, doch seltsam angenehmen Duft.

Das Telefon war offenbar tot, obwohl das Wetter vergleichsweise ruhig gewesen war. So hatte sein Versagen also nichts mit Stromausfall zu tun. Truth legte den Hörer zurück. Dabei fiel ihr Blick auf Julians Tagesplaner, der offen auf dem Schreibtisch lag.

Das darf ich nicht, sagte sich Truth und schaute hinein. Nicht, daß das Herumschnüffeln ihr irgend etwas einbrachte. Die meisten Eintragungen bestanden aus Reihen von unentzifferbaren Symbolen, mit Ausnahme einer einzigen vom heutigen Tag, die in einfacher Schrift da stand: *Mit Ellis sprechen.*

Über was wohl? rätselte Truth, aber das ging sie wirklich nichts an. Also ließ sie den Zeitplaner und ging aus dem Zimmer, bevor irgend etwas Peinliches geschah.

Sie kehrte in die Bibliothek zurück. Nun war sie so ruhelos, wie sie vorher träge gewesen war. Light sah sie lange an, bevor sie wieder die Perle auf den weißen Kordeln hin- und herrutschen ließ. Truth schaute ihr zu und faßte den Entschluß, nach Shadowkill zu fahren und mit Dylan zu telefonieren. Doch da kam ihr eine noch bessere Idee.

Sie hätte es längst schon tun sollen: ihre Tagebuchaufzeichnungen an Dylan schicken. Er sollte sie sich anschauen und sich ein Urteil bilden. Er würde ihre Visionen von Thorne nicht für einen Beweis ihrer intellektuell-moralischen Verfehlung halten – alles von Selbstsuggestion bis zu echter Übersinnlichkeit durfte man ihr nachsagen, ja, aber kein nebulöses Anzeichen von Truths persönlicher Verfehlung.

Sie konnte Dylan vertrauen.

Und sie würde *Die leidende Venus* ebenfalls von hier fortschicken – an ihre eigene Adresse im College. Vielleicht konnte sie das Buch in der Stadt fotokopieren und Dylan gleich eine Kopie mitschicken – sie argwöhnte, daß Dylan mehr Blackburn-Schüler war, als er eingestehen wollte, auch wenn er die Grenze zum Okkultismus nie überschritt. Vielleicht konnte er ihr helfen, einen Weg zu finden, wie man das Buch entschärfte.

Bisher hatte Truth an all diese Dinge nicht gedacht – nur deshalb, weil sie sich nicht stark genug gefühlt hatte, die unvermeidlichen Folgen zu ertragen. Aber während sie hier in Shadow's Gate vor sich hingeschlummert hatte, war in ihr eine tiefgreifende Veränderung vorgegangen, in ihrem Selbstverständnis; und Dylan gegenüber zuzugeben, daß sie seine Hilfe brauchte, ängstigte sie nicht mehr. Hilfe zu brauchen, hieß nicht, daß man seine Selbstachtung aufgab. Jeder Mensch brauchte manchmal Hilfe, so war die Welt nun einmal.

Sie nahm ihre Notizen und verließ die Bibliothek. Heute war Sonntag – sie würde ihr Paket pünktlich in dem Moment abschicken, wenn das Postamt morgen öffnete.

Als erstes mußte sie nun – solange Light sicher hier unten war – *Die leidende Venus* zurückholen.

Truth stieg die Treppe hoch zum zweiten Stock. Das Buch war noch an seinem Platz – und ebenso, trotz Thornes Einforderung, die Kette. Sie nahm beides und brachte es in ihr Zimmer. Sie legte die Kette in eine Schublade und begann die Dinge für das Paket zusammenzusuchen: ihre Diktaphonkassetten, ihr Notiz- und ihr Tagebuch, das Material, das sie über die Spukgeschichte von Shadow's Gate zusammengetragen hatte. Das alles war so viel, daß sie einen stabilen Karton brauchte.

Vielleicht gab es unten einen. Sie würde Hoskins fragen – oder vielleicht fand sie Irene.

Von der Tür aus warf sie noch einmal einen Blick auf den Stapel. Das Buch war unter den anderen Papieren begraben, unsichtbar. Sie ging hinaus und schloß die Tür.

Es dauerte eine halbe Stunde, bis sie einen Karton, Klebeband und Packpapier beisammen hatte. Hoskins half ihr, so brauchte sie Irene nicht zu belästigen – falls sie sie überhaupt gefunden hätte. In diesen Tagen glich das ganze Haus einer riesigen Maschine, dem Werk von Thorne geweiht, und jeder arbeitete wie ein Rädchen daran mit, entweder durch Meditation, Proben oder persönliches Ritual oder durch Zubereiten der verschiedenen Farben, Öle, Tees und Duftstoffe, die – frisch hergestellt – so wichtig für die allnächtlichen Aufführungen schienen. Truth fühlte sich ein wenig verloren, obwohl sie eine solche Disziplin aus akademischen Kreisen recht gut kannte.

Auf dem Weg zu ihrem Zimmer dachte sie über einen Brief nach, doch dann fand sie, daß sie es Dylan ebensogut auch am Telefon erklären konnte. Sie wollte das Paket packen und es über Nacht im Kofferraum ihres Autos lassen. Dort war es sicher. Und dann wollte sie noch heute in den Ort laufen und Dylan anrufen. Ein Spaziergang würde ihr guttun: Sie konnte sich nicht erinnern, wann sie das letzte Mal Shadow's Gate verlassen hatte, seit das Haus ihr keine Falle mehr stellte.

Und warum hätte es das tun sollen?

Shadow's Gate schien sie schließlich, auf eine bizarre Art, aufgenommen zu haben.

Sie öffnete den Karton und begann ihn zu füllen.

Die leidende Venus war weg.

Zuerst glaubte sie, daß sie sich täuschte. Sie durchsuchte den Stapel Blatt für Blatt, dann alle anderen Papierstapel und schließlich jeden Zentimeter im Zimmer.

Das Buch war nicht da.

Sie hatten es sich geholt. Nach all ihrer Sorge, all ihrer Planung, im Moment, als sie es ihrer Zugriffsmöglichkeit für immer entziehen wollte, hatten sie es sich geholt.

Sie fühlte eine unendliche Wut, als ob das Haus erwachte und seinen ganzen brausenden Wahn in sie hineinverfrachtete. Das Blut raste wie Feuer durch ihre Venen. Sie war es leid, nett zu sein und sich davon einlullen zu lassen, wie vernünftig sie alle angeblich waren. Sie war es leid, mit ihnen auszukommen, Rücksicht zu nehmen. Das hier war zuviel.

Sie ging zu Julian. Sie wollte das Buch sofort zurückhaben – es war *ihr* Buch; Thorne war tot, und es gehörte *ihr*; sie hatte es geerbt.

Sie konnte nicht weiter denken. Als sie ihre Tür aufstieß, krachte diese mit solcher Wucht gegen die Wand, daß es sich wie ein Gewehrschuß anhörte. Zum ersten Mal schmeckte sie die Macht, die ihre Geburt ihr verlieh, und sie nahm sie mit glühender Bereitwilligkeit an, als wäre sie ein lange vernachlässigter Teil von ihr. Als sie die Treppe hinunterlief, spürte sie, wie sich die Energie des Hauses auf sich selbst zurückzog, geschwächt.

»Julian?« rief sie von halber Höhe. Ihre Stimme hatte eine drohende Schärfe.

Hereward überquerte den schwarzweißen Marmorboden der Eingangshalle auf seinem Weg zur Tür. Er schaute kurz zu ihr hinauf, dann öffnete er die Tür, und weiß-gekleidete Männer traten ein und schoben eine Bahre auf Rollen vor sich her.

Dieser Anblick brachte sie etwas zur Besinnung.

»Hereward?« rief sie, aber er führte den ärztlichen Notdienst, ohne anzuhalten, durch die Halle.

Truth ging ratlos den Rest der Treppe hinunter. Die Tür stand immer noch offen. In der Einfahrt stand ein Krankenwagen, sein Blaulicht drehte sich noch.

Was ist passiert?

»Ist es nicht schrecklich?« sagte Irene. Sie kam aus dem Salon ins Foyer. »Es war – oh, wie konnte Ellis nur so etwas tun – er ist diese Stufen so oft hinauf- und hinuntergegangen!«

»Was hat…« begann Truth, doch die Männer vom Notdienst kamen zurück, schoben die Krankenbahre langsam und vorsichtig vor sich her. Gareth und Hereward folgten mit grimmigen Gesichtern.

Ellis lag darauf. Er war angeschnallt, was für den Ernst seiner Verfassung sprach. Sein Gesicht war grau vor Schmerz, und seine Augen flimmerten. Als er Truth sah, wehrte er sich gegen die Gurte und öffnete und schloß seinen Mund.

Truth rannte zu ihm. »Ellis?«

»Er ist die Treppe hinuntergestürzt. Die ehemalige Bedienstetentreppe. Wir benutzen sie normalerweise nicht, weil sie so steil ist, und …«, sagte Gareth.

»Er ist auf seinen Kopf gefallen«, sagte Hereward hart.

Ellis klammerte sich mit eiskalten Fingern an Truths Hand. Sie schaute in seine Augen; sie blickten starr zurück und füllten sich mit Schmerztränen. Sein Mund bewegte sich verzweifelt, doch die Worte, die er sagen wollte, kamen nicht heraus.

»Mach dir keine Sorgen«, hörte Truth sich sagen. Ellis' schrecklicher Unfall hatte ihre Wut ausgelöscht, und nun empfand sie nur tiefes Mitleid. Ellis schloß seine Augen.

»Miss?« sagte einer von der Ambulanz, und Truth wurde von hinten fortgezogen, aus dem Weg. Die Männer manövrierten die Bahre die Treppe hinunter.

Truth sah sich um. Hinter ihr stand Julian, in haigrauem Armani-Anzug. Er blickte Ellis mit einem undefinierbaren Gesichtsausdruck hinterher.

Was würde Julian jetzt tun? Sie wußte nicht viel über die Arbeit des Kreises, aber sie wußte, daß Ellis eine wichtige Rolle im Ritual innehatte. Ellis war der schwarze Hund – einer der vier Wächter. Gab es jemanden, der ihn ersetzen konnte?

»Truth?« sagte eine Stimme vom offenen Eingang her.

Sie drehte sich um.

Es war Dylan.

Dylan Palmer trat ins Foyer. Er schaute zurück, dorthin, wo der Fahrer der Ambulanz die Wagentüren hinter der verwundeten Fracht schloß.

»Als ich herfuhr und den Krankenwagen sah, dachte ich schon… Ich bin froh, daß nicht du darin liegst.« Seiner Stimme war die Erleichterung anzuhören.

Dylan trug ein graues Arbeitshemd aus Kordsamt, die Ärmel etwas hochgekrempelt, verwaschene Jeans und Stiefel. Sein sandfarbenes Haar war zerzaust. Er schien in einem anderen Licht zu stehen als die übrigen.

»Und wer sind Sie?« fragte Julian, bevor Truth die in ihr widerstreitenden Gefühle sortiert hatte und sprechen konnte. Julian trat vor, und der Unterschied zwischen ihm und Dylan war so schreiend wie der zwischen Julian und Gareth – doch der Vergleich fiel nicht unbedingt zu Dylans Ungunsten aus.

»Dr. Dylan Palmer«, sagte Dylan, seinen Titel leicht betonend. »Vom *Margaret Beresford Bidney Memorial Psychic Science Research Laboratory* am Taghkanic College. Sie müssen Julian Pilgrim sein.« Er streckte seine Hand aus und lächelte.

»Und was führt Sie hierher?« fragte Julian mit neutraler Stimme. Er hielt seine Hand zurück. Obwohl Julian nicht in seine Richtung sah, merkte Truth, daß Gareth unruhig wurde – sofort erinnerte sie sich an den Morgen, als die Kisten geliefert wurden.

Julian mochte keine Überraschungen.

»Ich geh' lieber mal und schließe das Tor«, sagte Gareth.

»Bemühe dich nicht. Ich glaube nicht, daß Dr. Palmer lange hierbleiben will«, sagte Julian.

Dylan ließ seine Hand sinken, hielt aber sein Lächeln aufrecht. »Nun, eigentlich bin ich gekommen, um Truth zu sehen.«

»Da ist sie«, sagte Hereward.

»Hallo, Dylan«, begrüßte Truth ihn verlegen. *Was um Himmels willen machst du hier?* Schließlich – als ob etwas in ihr sich entschlossen hätte, sich schnellstmöglich aus der Affäre zu ziehen – stieg Ärger in ihr hoch. Wie konnte Dylan es wagen, hierher zu kommen?

Wie von einem unhörbaren Alarmsignal herbeigerufen, tauchten plötzlich Caradoc aus der Bibliothek und Donner aus dem hinteren Teil des Hauses auf. Der Auflauf im Foyer nahm immer mehr die Züge einer unangenehmen Konfrontation an. Das konnte Truth nicht zulassen. Dylan gehörte ihr, *sie* hatte das Recht, ihn zu strafen, wenn *sie* es wollte – nicht die anderen durften über ihn Gericht sitzen.

»Julian, können wir einen Moment in den Salon gehen?« fragte sie. Julian nickte, schwach lächelnd. Truth ging zu Dylan, faßte ihn am Arm und führte ihn von den anderen fort.

»Was ist denn in den wahnsinnigen Wissenschaftler mit seinen Muskelmännern gefahren?« fragte Dylan und deutete mit dem Kopf zur geschlossenen Tür.

»Was willst du hier?« wollte Truth wissen. Die Wut kam in süßen Wellen über sie – die Rage, die sie vorhin gefühlt hatte, stieg wieder in ihr hoch und wischte, da sie jetzt ein neues Ziel hatte, Verwirrung und Zweifel beiseite. Und dieses Ziel war Dylan.

»Ich könnte dich das gleiche fragen«, sagte Dylan mit belegter Stimme. »Vor zwei Wochen gehst du auf und davon und erzählst mir, daß du eine Biographie über Thorne Blackburn schreiben und hier damit anfangen willst. Zehn Tage später rufst du mich an und brauchst Untersuchungsgeräte für Shadow's Gate – die ich für dich besorgt habe – und dann ... nichts mehr. Ich hab's bei deinem Handy versucht, ich hab's mit der Nummer vom Haus versucht – nichts.«

»Also bist du hergekommen, um mir nachzuspionieren«, sagte Truth vorwurfsvoll.

»Also bin ich hergekommen, um zu sehen, ob bei dir alles in Ordnung ist«, verbesserte er sie. »Was geht hier vor? Wer war der Mann, der in den Krankenwagen gebracht wurde?«

»Ellis Gardner. Noch einer von Julians ›Muskelmännern‹, wie du sie zu nennen beliebst. Er ist eine Treppe hinuntergestürzt.«

Dylan antwortete nicht direkt darauf. »Ich habe mir Sorgen um dich gemacht«, sagte er schließlich. »Du bist nicht mehr du selbst.« Er trat einen Schritt auf sie zu. Truth hob eine Hand, wie um ihn abzuwehren.

»Woher weißt du, wer ich bin und wer ich nicht bin, Dylan? Ich bin Thorne Blackburns Tochter – das Blut will heraus.« Truth schritt zum Kamin und kehrte Dylan den Rücken zu. »Ich nehme an, ich sollte dir für deine Sorge dankbar sein – für die Ausrüstung, wenn nicht auch sonst. Du hast mich jetzt gesehen. Julian will gerade jetzt keine Besucher im Haus haben. Warum fährst du nicht einfach wieder zurück?«

Das Schweigen zog sich hin, und Truth drehte sich um. Dylan starrte sie an. »Was, zum Teufel, ist in dich gefahren?« sagte er befremdet. »Was geht hier vor?«

»Das Blackburn-Werk«, sagte Truth hart. »Nein, ich bin nicht daran beteiligt, wenn du das meinst. Ich bin hier, weil Julian eine sehr nützliche Sammlung von Blackburn-Stücken hat – das ist alles.«

»Und was ist mit dem Spuk?« fragte Dylan wütend. »Oder soll ich das auch vergessen?«

Truth zuckte mit den Schultern. Sie wollte den Streit beenden, war sich aber nicht sicher, ob sie die Kraft dazu hatte. »Ich bin nicht… Die ganzen Apparate laufen mit Strom, Dylan. Und nichts funktioniert. Die Batterien verlieren in Stunden ihre Ladung.« Sie lachte kurz auf. »Aber sieh mal, Julian hat nichts dagegen, daß ein ganzes Team die Phänomene untersucht – aber erst nächste Woche.« Ihre Worte hatten einen warnenden Unterton.

»Wenn er sein Halloween-Ritual hinter sich hat? Ach komm, Truth, guck nicht so überrascht – ich wäre ein verdammt schlechter Geisterforscher, wenn ich die hohen Feiertage der Biester nicht kennen würde. Samhain und Walpurgisnacht sind die wichtigsten. Nur, wie eng an Thorne hält sich Julian? Wer soll diesmal dran glauben?« Dylan hatte die Fäuste geballt – er sprach jetzt sehr laut und beinahe unbeherrscht, als ob Shadow's Gate, das sich von hochgepeitschten Emotionen nährte, ein neues Opfer gefunden hätte.

»Das ist eine Gemeinheit, so etwas zu sagen!« schrie Truth und verlor als erste die Selbstkontrolle. Ihr Körper zitterte vor Verlangen, auf ihr Gegenüber einzuschlagen. »Du weißt nichts über Julian und was er getan hat, du dringst hier einfach ein und erhebst grundlos Anklagen, obwohl Julian ...« Sie brach ab und versuchte sich mit größter Anstrengung zu bezähmen. Ihre Fingernägel krallten sich schmerzhaft in ihre Handballen. »Julian ist der freundlichste und klügste Mensch, den ich kenne, und ich habe keine Lust, mir deine schmutzigen Verleumdungen anzuhören. Er will mir bei meinem Buch helfen ...«

»Kein Buch ist das wert!« unterbrach sie Dylan laut. »Hörst du auf deine eigene, innere Stimme? Siehst du nicht, was sie mit dir hier anstellen? Wie kannst du nur so blind sein ...«

»Geh.« Die ganze Wut von Truth war in sich zusammengeschrumpft, bis sie nur noch ein kalter, harter Klumpen war, der wie ein eisiges Feuer in ihrer Brust schwelte. »Irene Avalon war die engste Freundin meiner Mutter. Light ist meine Schwester. Denkst du, sie hätten mir etwas angetan? Wir haben hier sogar einen Rationalisten, der Julian für den Antichristen hält – Julian wird wohl keine Teufel um sich herum züchten, wenn so jemand neben ihm steht. Geh, Dylan, und spar dir deine Schreckgespenster für die *Late Late Show*.« Sie schlang ihre Arme um sich, denn sie fror sogar im strahlenden Sonnenschein, der durch die Fenster hereinströmte.

Dylan kam zu ihr, sein Gesicht verriet Reue.

»Ich hätte nie zulassen dürfen, daß du hierbleibst, nachdem du mir gesagt hast, daß es hier spukt. Spuk geht ans *Bewußtsein*, Truth, das macht ihn so heimtückisch. Du brauchst keine Wände, aus denen Blut rinnt, oder Nonnen ohne Köpfe, wenn die entfesselte Macht des menschlichen Geistes viel gefährlicher ist«, sagte er traurig. »Bitte ...«

Truth sah ihn kalt an. Warum gab er nicht auf und ließ sie in Ruhe? Menschen wie sie konnten mit Gefühlen nichts anfangen.

Doch Thorne hatte etwas anderes gewählt – und seine Wahl hatte ihn zerstört.

»Das ist mein Spezialgebiet, Truth. Ich weiß, wovon ich rede«, sagte Dylan ernst.

»Ich bin hier noch nicht fertig«, sagte Truth. Sie konnte von der Energie des Hauses Kraft beziehen; das spürte sie gerade jetzt, da sie sie gegen das Haus benutzt hatte. Sie trat vor, und Dylan mußte einen Schritt ausweichen.

»Ich könnte dich hier mit Gewalt wegholen oder dir mit der Polizei drohen, damit du mit mir gehst, aber ich habe immer vernünftige Lösungen vorgezogen«, sagte Dylan. Er spreizte seine Hände. »Wenn du aus deinem eigenen freien Willen hier bist …«

»Das bin ich«, unterbrach ihn Truth.

»Du bist eine erwachsene Frau und fähig, deine eigenen Entscheidungen zu treffen, auch wenn ich sie persönlich für falsch halte. Aber paß um Gottes Willen auf dich auf, Truth – der gefährlichste Ort auf der Welt für ein ungeschütztes Medium ist ein Haus, in dem es spukt.«

»Ich bin kein Medium«, sagte Truth. Sie hatte in den Tests am Institut nie ungewöhnliche Werte gehabt; in Anbetracht ihres Vaters war sie froh gewesen …

Dylan seufzte und fuhr sich mit der Hand durchs Haar. »Mag sein. Willst du es auf einen Versuch ankommen lassen? Deine Tante war eines der stärksten Trancemedien, die je mit Rhine gearbeitet haben. Das war der Grund, warum Thorne auf sie und ihre Zwillingsschwester aufmerksam wurde. Natürlich dachte er auch, daß sie *sidhe*-Blut in ihren Adern hätten oder etwas in der Art, aber wie immer du es betrachtest, übersinnliche Wahrnehmung ist erblich.«

»Oh, Gott.« Die kalte Wut, die sie beherrscht hatte, verlor ihre Macht. Truth legte ihre Hände vors Gesicht und lehnte sich gegen den Kaminsims. Sie hatte keinen Grund, Irene und Michael ernst zu nehmen, oder Thorne bei seinem Gespensterbesuch, aber wenn Dylan – der ruhige, vernünftige, verläßliche Dylan – das gleiche sagte, was sollte sie dann denken?

»Warum habe ich das nicht gewußt?«

»Ich dachte, daß du es wüßtest. Truth …« Dylan trat auf sie zu.

»Ich bin so glücklich, daß Sie noch hier sind, Dr. Palmer«, sagte Julian. »Ich möchte die Gelegenheit nutzen, mich für den Empfang vorhin zu entschuldigen – wenn ich nicht gerade störe?«

»Nein, Julian, natürlich nicht«, sagte Truth, dankbar für sein Erscheinen. Julian durchquerte den Raum, um sich neben sie zu stellen. Truth lehnte sich an ihn.

»Als Sie ankamen, Dr. Palmer, war gerade ein geschätzter Kollege und lieber Freund schwer verunglückt. Er wird ins Saint Francis Hospital nach Poughkeepsie gebracht.«

»So weit weg?« fragte Truth überrascht.

»Es gibt kein Haus in der Nähe, in dem Ellis wirklich geholfen werden könnte, meine Liebe«, sagte Julian und ergriff ihre Hand. »Das Northern Dutchess Hospital kann ein solches Trauma nicht heilen, wie Ellis es erlitten hat, und das Albany Medical ist noch weiter weg. So fürchte ich, war ich etwas schroffer als gewöhnlich«, sagte er zu Dylan gewandt. »Ich nehme an, Sie sind der Wissenschaftler, der im nächsten Monat mein Haus erforschen will?« Er streckte seine Hand aus. »Ich hoffe, ich kann Sie überreden, heute abend unser Gast zu sein.«

Dylan nahm die Einladung höflichkeitshalber an.

Und alles, was zwischen Truth und Dylan noch zu klären gewesen wäre, blieb ungesagt.

Während des Essens rief Julian im Krankenhaus an – das Telefon in Shadow's Gate hatte einen seiner wenigen wachen Momente – und kehrte düster belustigt zurück.

»Er wird noch geröntgt, und sie wollten mit mir gar nicht reden. Ich habe ihnen gesagt, daß ich für die Unkosten aufkomme, und plötzlich wurden sie sehr mitteilsam.«

»Sie kommen dafür auf?«

»Natürlich«, sagte Julian. »Schauspieler haben kein Geld – und schon gar keine Krankenversicherung. Und da Ellis in gewisser Hinsicht für mich gearbeitet hat ...«

»Noblesse oblige«, sagte Dylan, und diese Bemerkung war so spitz und treffend wie alles, was Dylan an diesem Abend von sich gab.

Die Förmlichkeit der Situation erlaubte es Truth, ihre Gefühle wieder in den Griff zu bekommen und nachzudenken. Wenn sie zu Julian ging und die Rückgabe der *Leidenden Venus* verlangte, dann gab sie damit zu, daß das Buch zuvor in ihrem Besitz gewesen war, und das bedeutete zugleich, daß sie es mit nach Shadow's Gate gebracht und versteckt gehalten hatte.

Das konnte sie einfach nicht zugeben.

Schreibe deine Verluste ab und gehe, flüsterte eine an Thorne erinnernde Stimme in ihrem Inneren. *Vor zwei Monaten hattest du das Buch noch nicht; und jetzt brauchst du es nicht. Schreibe es ab und verschwinde schnell von hier.*

»Der gefährlichste Ort auf der Welt für ein ungeschütztes Medium ist ein Haus, in dem es spukt«, hatte Dylan gesagt.

»Du bist nicht wie die anderen Leute, Schätzchen, du bist meine Tochter«, wiederholte Thornes Stimme.

Nein. Sie konnte nicht einfach gestehen. Der einzige Grund, es dennoch zu tun, wäre, um Julians Hilfe bei der Suche nach der *Leidenden Venus* zu gewinnen. Und sie war sich nicht sicher, ob sie damit rechnen konnte.

Truth beobachtete Julian. Er unterhielt sich liebenswürdig mit Dylan und schien es nicht zu bemerken. Konnte sie ihr Buch selber finden?

Vielleicht. Sie hatte das Haus und die Nacht, um zu suchen – sie wußte genau, wo die Hausbewohner sich wie lange aufhielten. Von Mitternacht bis um sechs Uhr im Tempel, und auch wenn eine Bombe draußen losginge, würde das niemanden von ihnen ablenken.

Außer Michael. Doch von ihm sah sie zunächst ab. Mit ihm würde sie sich auseinandersetzen, wenn es soweit war. Sie wollte jetzt nur das Buch finden und Shadow's Gate verlassen. Morgen früh könnte sie versuchen, Light davon zu überzeugen, mit ihr zu gehen. Möglicherweise fand das letzte Ritual gar nicht statt.

Doch wenn Julian nach Ellis' Verletzung die nächtliche Arbeit des Kreises aussetzte, wie sollte sie dann nach dem Buch suchen?

Dylan brach nach dem Abendessen auf. Truth und Julian standen gemeinsam auf der Treppe und sahen zu, wie er mit seinem kleinen braunen Datsun den Weg zum Tor fuhr.

»Ich bin froh, daß er weg ist«, sagte Julian. »Ich war so nervös wie ein Erstsemestler, der vom Dekan geprüft wird. Ich hoffe, ich habe bestanden.«

»Ich habe noch nie jemanden gesehen, der weniger wie ein nervöser Erstsemestler gewirkt hat«, sagte Truth und lehnte sich an ihn. Julian legte seinen Arm um ihre Taille, in einer besitzergreifenden Weise, die sie nicht länger als zudringlich empfand. Es war erstaunlich, daß sie kein schlechtes Gewissen hatte, obwohl sie noch an diesem Abend Julians Zimmer durchstöbern wollte. Gewiß, sie wollte nichts stehlen, aber das machte keinen Unterschied.

»Das macht meine lange Übung«, sagte Julian und drehte sie zu sich um. »Eine Weile habe ich mich gefragt, ob ich in Dr. Palmer einen Rivalen habe.«

»Natürlich nicht«, sagte Truth und errötete leicht. Julian hatte keinen Rivalen, niemanden, der ihm ebenbürtig war. Er nahm ihren Arm und führte sie ins Haus.

»Dann komm mit mir, einzig Schöne, wir werden eine Kordel um den Globus legen und Thornes kleine Geheimnisse herausfinden und – wer weiß?« Er lächelte ihr zu und schloß die Tür.

»Julian, was ist nun mit dem Werk? Ich meine, Ellis wird morgen nacht nicht mit Ihnen arbeiten können, auch wenn er sich nur den Arm gebrochen hat.«

»Es ist nicht nur der Arm«, sagte Julian, während sie zurück in den Salon gingen. »Er hat einen Schädelbasisbruch, mindestens. Ich werde hinfahren und das Finanzielle regeln, und vielleicht können sie mir dann Genaueres sagen.«

Er nahm einen Briefbeschwerer aus Glas und schaute ihn an, als ob darin etwas über Ellis' Zustand zu lesen stünde.

»Aber was wird mit dem Kreis?« beharrte Truth. Julian wandte sich zu ihr um.

»Ach, ein anderer kann den Part von Ellis übernehmen – wir haben bisher schon so viele Rollen doppelt besetzt, daß jeder jede kennt. Gareth kann sie übernehmen. Das kriegen wir schon hin. Ich werde das Werk nicht um ein Jahr verschieben, nur weil…« Er brach ab. »Ich klinge sicherlich furchtbar gefühllos«, sagte er mit einem kleinen entschuldigenden Lächeln.

»Nein. Nur entschlossen.« Truth fühlte sich über die Maßen erleichtert – der Kreis würde also heute nacht im Tempel sein.

»Ich fürchte aber, daß ich unsere Einladung an Sie, bei uns mitzuwirken, nun nicht zurücknehmen, aber verschieben muß. Die Zeit reicht dafür nicht mehr. Aber vielleicht kann ich Sie auf unseren Reisen überzeugen.« Sein Lächeln wurde wärmer.

»Ich…« Truth versagte die Stimme.

Sie hatte ihm deutlich sagen wollen, daß sie keineswegs die Absicht habe, mit ihm nach England zu gehen; daß sie eine Liebesgeschichte mit ihm eher bedrohlich fand; daß ihre Pflicht hier und jetzt ihrer Schwester und ihrer Arbeit galt.

»Wer weiß?« sagte Truth stattdessen, und ein prickelnder Schauer der Erwartung lief ihr über die Haut.

Julian fuhr hinunter nach Poughkeepsie und regelte die Dinge mit dem Krankenhaus. Er hatte Truth nicht gefragt, ob sie ihn begleiten wolle, und sie hatte nicht darum gebeten. Sie zog es vor, sich um Light zu kümmern, auch wenn sie sich mittlerweile umentschieden hatte – sie wollte Light nicht mehr bewegen, mit ihr zu kommen. Wenn der Ausfall von Ellis für den Kreis eine große Belastung darstellte, so würde Lights Weggang seine Arbeit zum unmittelbaren Erliegen bringen. Sie hatte das schon immer gewußt – Light war schließlich das Trancemedium des Kreises –, doch vor Ellis' Unfall hatte sie gehofft, Light ließe sich von ihr abwerben. Jetzt wußte sie, daß daran nicht zu denken war. Der Kreis brauchte sie zu sehr. Der Verlust von Light bedeutete ein vollständiges Scheitern.

Truth war sich nicht sicher, ob sie das so schlecht finden sollte. Sie bezweifelte aber, daß Light ihr zustimmen würde. Julian war es so wichtig, das Ritual endlich durchzuführen, und Light schuldete ihm so viel – und das gleiche galt für Truth.

Was würde er am Dienstag morgen machen, wenn die Welt sich nicht verändert hatte und er feststellen mußte, daß alles umsonst gewesen war?

Wenn es so war …

Truth seufzte, ihre Gedanken sprangen hin und her zwischen der Vernunft und dem Glauben des neuerstandenen Kreises der Wahrheit. Am Dienstag morgen würde sie mit ihr gehen. Dessen war sie sicher. Sie würde sie von hier wegholen, und dann …

Sie zuckte mit den Schultern. Dienstag war früh genug, sich darüber Gedanken zu machen.

Die Atmosphäre beim Abendessen war gespannt bis gereizt, so dräuend wie das neue Gewitter, das sich über dem Storm King Mountain zusammenbraute. Julian war noch nicht heimgekehrt, er hatte aus Poughkeepsie angerufen – Ellis lag auf der Intensivstation, und Julian wollte zum Nachtritual zurück sein. Zum vorletzten.

Michael war ebenfalls abwesend, er war ohne Erklärung gegangen, und niemand sagte etwas dazu. Vielleicht erfüllte er die anderen mit ebensolchem Unbehagen wie Truth – obwohl er und Irene eng befreundet zu sein schienen.

Truth schloß müde die Augen. Wem konnte sie vertrauen – was konnte sie glauben? Alle konnten nicht die Wahrheit sagen, dazu waren ihre Geschichten zu widersprüchlich.

»Armer Ellis«, seufzte Irene wieder, »ich habe ihm gesagt, daß diese Treppe gefährlich ist.«

»Sie war nur so gefährlich, weil er zuviel getrunken hat«, schnarrte Fiona. »Mir ist es egal, daß er sich verletzt hat. Ich bin froh, daß er weg ist. Ich habe ihn sowieso nie gemocht.«

»Wie eine wahre Dame gesprochen«, sagte Hereward gedehnt. Fiona funkelte ihn giftig an.

»Wie schön, daß wir uns in des Meisters Abwesenheit alle so gut verstehen«, sagte Caradoc. Er trug einen blassen Seidenanzug mit offenem Hemd, als ob er Julians Stelle bezüglich der Designer-Anzüge übernommen hätte. Er spielte mit dem Siegelring an seiner rechten Hand und ließ sein Essen stehen.

»Was erwartest du denn?« sagte Donner ärgerlich. Er war sonst immer so still, daß es Truth regelmäßig überraschte, wenn er etwas sagte. Sie hatte den Eindruck, daß die anderen Blackburnisten ihn ziemlich kalt ließen. »Wir sind alle erschöpft. Sechs Stunden Ritual jede Nacht, mindestes vier Stunden Vorbereitung, mehr verdammtes Latein und Griechisch, als je einer gesehen hat, und Julian stößt…« Er brach ab, als ob, was er sagen wollte, nicht an diesen Tisch gehörte.

Tatsächlich, dachte Truth, sah er sehr müde aus. Sie sahen alle müde und erschöpft aus, sogar Fiona. Nein, mehr als das. Ausgezehrt, als ob sie langsam ihre Lebenskraft einbüßten.

»Und Julian stößt uns ständig mit der Nase drauf«, stimmte Hereward zu. »Manchmal glaube ich, er würde am liebsten alles allein machen.«

»Doch er kann es nun mal nicht, und also nutzt es nichts«, erklärte Caradoc, und mehr war dazu nicht zu sagen.

Truth hatte ihren Reisewecker auf Mitternacht gestellt, nur für den Fall, daß sie einschliefe. Er war zum Aufziehen und deshalb nicht anfällig für die Probleme, die Shadow's Gate anderen Uhren bereitete. Ihre Armbanduhr hatte schon vor langem den Geist aufgegeben. Aber ohnehin würde sie ihn nicht brauchen, denn sie saß hellwach, während der Minutenzeiger Stunde um Stunde umrundete.

Sie nutzte die Zeit und sah ihre Arbeitsnotizen durch. Sie hätte sie Dylan mitgeben können, aber ohne das Zauberbuch hatte das wenig Sinn.

Die Wahrheit war, wie Truth sich eingestand, daß sie ihre Notizen Dylan nicht geben wollte – noch nicht. Er hätte sie nur benutzt, um sich noch weiter einzumischen und hier einzudringen.

Sie wußte nicht recht, ob sie ihn beschützen oder bestrafen oder den Sieg allein davontragen wollte – sie wußte nur, daß sie ihn nicht hier haben wollte. Nicht bevor die morgige Nacht hinter ihnen lag.

Draußen vor ihrem Fenster trommelte der Regen gegen die Scheibe und auf das vorragende Dach darunter. Das Gewitter hatte nach dem Abendessen eingesetzt. Bis jetzt funktionierte die Elektrizität noch. Nur für den Fall, daß sich dies änderte, hatte sie eine Kerze und Streichhölzer in Griffweite. Der Regen bildete das Hintergrundgeräusch zu ihrer Lektüre, und von fern rollte der Donner durch die Hügel am Hudson River.

Damals in der Nacht hatte es auch geregnet. Das Feuer von 1872 war deshalb so leicht unter Kontrolle zu bringen gewesen, weil es den ganzen Tag geregnet hatte. Der Boden und die Bäume waren so mit Nässe vollgesogen, daß das Feuer nicht überspringen konnte. Andernfalls hätte sich das Feuer wahrscheinlich ausgebreitet und ganze Landstriche verwüstet.

Es hatte auch 1969 bei Thornes Schlußritual geregnet. Irene hatte ihr erzählt, wie der Sturm die Türen im Haus aufgedrückt hatte.

Die Woche über war klares Wetter gewesen. Klar … und ruhig.

Und jetzt regnete es wieder. Und stürmte.

Truth schaute auf ihren Reisewecker, den zuverlässigsten Zeitmesser, den sie noch hatte. Viertel vor zwölf. Sie würde noch eine halbe Stunde warten, um ganz sicher zu gehen, und dann würde sie jedes Zimmer durchsuchen, bis sie gefunden hatte, was ihr gehörte.

Sie wischte sich die feuchten Hände an ihrer Jeans ab. Inzwischen war sie etwas aufgeregt. Die Unternehmung wäre ihr leichter gefallen, wenn nicht Elijah Cheddow ihr in den Fluren hätte begegnen können. Auch wenn es nicht sehr wahrscheinlich war, genügte die bloße Möglichkeit, um ihr Unbehagen zu bereiten – und wenn Thorne sich wieder zeigen sollte, würde sie wahrscheinlich vor Angst sterben.

Wenn Thorne auftauchte, konnte sie ihn allerdings auch fragen, wer das Buch hatte – und das Halsband und den Ring. Sie waren ebenfalls verschwunden. Nachdem Dylan abgefahren war, hatte sie noch einmal nachgesehen, aber sie war von den Geschehnissen zu durcheinander, um wirklich wütend zu werden. Sollte Thorne sich darüber grämen – schließlich hatte er gesagt, es wäre sein Schmuck.

Aber das Buch, das mußte sie haben. Das gehörte nicht Thorne – nicht mehr.

Um vierzehn Minuten nach zwölf gab es einen gewaltigen Donnerschlag gleich über ihr, und alle Lichter gingen aus. Truth schnaubte nur verächtlich und zündete ihre Kerze an. Doch Mut und Vernunft, die sie im Zimmer beherrschten, waren bei schwankendem Kerzenlicht auf dem Flur mühsamer aufrechtzuerhalten. Sie hatte Dinge gesehen, die nicht sein konnten – und sogar mit ihnen gesprochen. Mutig zu sein fiel schwerer, wenn man wußte, was alles geschehen konnte.

Sie wußte nicht, wo Michael schlief – und vielleicht war er zurückgekehrt. Wenn sie aus Versehen sein Zimmer betrat, würde sie ihm sagen, sie habe sich verlaufen. Sollte er sie eine Lügnerin nennen, wenn er wollte – die Erklärung wäre glaubwürdig in Anbetracht dessen, was sie beide über Shadow's Gate wußten.

Und vielleicht... Doch nein. Sie schüttelte den Kopf. Von Michael Archangel konnte sie keine Hilfe erwarten, aus welchem Grund auch immer.

Sie begann mit Irenes Zimmer. Irene hatte sie schätzen und lieben gelernt, und sie glaubte nicht, daß Irene ihr etwas stehlen würde, aber ein sonderbares Verlangen nach Gerechtigkeit ließ sie jedes Zimmer durchsuchen, ob sie jemandem einen Diebstahl zutraute oder nicht.

Sie fand nichts – nur Kleidung, Schminksachen und Ohrringe, ein handgeschriebenes Kräuterbuch, das mit ihrem Buch nicht die geringste Ähnlichkeit hatte, persönliche Gegenstände. Ein Foto von Thorne mit Katherine und Caroline Jourdemayne in hübschem Lederrahmen. Eine Kopie von dem Goldanhänger an Thornes Bernsteinkette in Silber.

Als nächstes kam Lights Zimmer dran. Sie suchte in gleicher Weise, fand noch weniger; es bestätigte sich nur, daß Light eine außerordentliche Naschkatze war.

Sie kehrte zum ersten Stockwerk zurück. Zuerst durchsuchte sie die Zimmer, in denen jemand wohnte, dann die leeren. Dann käme der Rest des Hauses, wenn ihr dazu noch Zeit blieb.

Und sie hoffte, daß sie nicht auf Michael stieß.

Sie traf ihn nicht. Vielleicht war er noch nicht zurück. Truth kannte ihn aber so wenig, daß sie keine Mutmaßungen anstellte, wohin er gegangen sein könnte. Oft erkannte sie ein Zimmer erst, wenn sie etwas gefunden hatte, was den Besitzer identifizierte.

Fionas war leicht zu erraten. Sie hatte an den merkwürdigsten Plätzen jede Menge Geld gehortet. Auf dem Boden einer Schublade fand sie eine von Julians Krawatten und ein Blatt Papier mit Fionas mühevollen Versuchen, seine Handschrift zu kopieren. Doch Fiona hatte das Buch nicht, so sehr Truth es auch wünschte.

Ellis' Zimmer war ein trauriges Durcheinander, überall waren Schnapsflaschen versteckt. Was hatte er ihr zu sagen versucht, als er auf der Krankenbahre lag? Truth durchsuchte sein Zimmer besonders sorgfältig, aber es lohnte sich nicht.

Noch vier Zimmer. Die von Caradoc, Hereward, Donner und Gareth, aber es war schwer zu sagen, welches wem gehörte. Wem gehörte der Koffer mit Büchern über Magie, und wem die Pistole mit Patronenschachtel? War Gareth der mit dem Benzinkanister im Zimmer? Oder gehörte ihm der Stapel Pornohefte, die durch ihre Roheit abstießen?

Das Zimmer, das sie für das von Michael hielt, war nahezu leer. Zuerst dachte sie, es wäre unbewohnt. Doch hingen Michaels schwarze Anzüge im Schrank. Und im hinteren Teil des Schranks befand sich ein schmaler, langer schwarzer Lederkoffer, in dem alles, von einer Elektrogitarre bis zu einem Schnellfeuergewehr, stecken konnte. Doch Truth bezweifelte, daß *Die leidende Venus* sich darin befand.

Was bedeutete, daß keiner von ihnen das Buch hatte.

In ihrem Kopf hämmerte es – von der Angespanntheit, Anstrengung, dem flackernden Kerzenlicht. Überall roch es geradezu betäubend nach Weihrauch, und das ganze Haus schien im Rhythmus des Rituals zu erbeben, das in seinem Herzen vollführt wurde. Wenn sie nur ihre Augen schloß, konnte sie es sehen: Der Ring ruhig leuchtender Kerzen; die brennende Energie um Light; Julian gekrönt von Sonne und Mond, Zeichen dafür, daß Thornes Macht auf ihn übergegangen war.

Eine Macht, die groß genug war, um ihr Versprechen einzulösen. Eine Macht, die das Tor zur jenseitigen Welt aufstieß.

Ein heißer Wachstropfen brachte sie zu Bewußtsein. Ihre Augen öffneten sich; sie hielt die Kerze senkrecht und merkte, daß sie stehend geschlafen hatte.

Sie hatte geträumt.

Natürlich hatte sie das.

Nur leider waren die Kopfschmerzen Wirklichkeit. Truth rieb sich die Augen, und ihr war, als ob sie immer noch den Gesang hörte. Sie stand vor der Tür zu Julians Räumen. Ihn hatte sie sich bis zum Schluß aufgehoben; vielleicht unbewußt, weil sie nicht entdecken wollte, was sie bereits ahnte – daß Julian *Die leidende Venus* gestohlen hatte.

Sie öffnete die Tür behutsam, aber natürlich war niemand da – Julian befand sich mit den anderen im Tempel. Das nagende Gefühl, daß sie sich vorstellen konnte, was jetzt im Tempel geschah, ließ sich nur schwer beiseite schieben; immer, wenn ihre Konzentration nachließ, wurde sie mit Macht zu ihrer Phantasie hingezogen. Sie konnte sogar den Weihrauch riechen …

Doch dies hier war keine Illusion; Julians Zimmer roch tatsächlich nach Weihrauch – und was war daran verwunderlich? Seine Kleidung war wahrscheinlich getränkt mit dem Geruch.

Sie vertrieb die unwirklichen Gespinste aus ihrem Kopf und begann mit der Suche.

Die anderen waren nur Gäste auf Shadow's Gate, doch Julian war hier zu Hause. Sein Zimmer enthielt mehr persönliche Gegenstände als die anderen. In der Schublade von Julians Nachttisch fand sie auf einem Umschlag ein zusammengerolltes Stück Papier, Teil einer Fotografie. Sie faltete es auseinander und glättete es – das Bild von einem Kind, ein schlanker, eindringlich dreinblickender Junge in einem gebleichten T-Shirt, sein langes Haar nach hinten gebunden. Irgendwoher schien sie das Bild zu kennen; aber es war jetzt keine Zeit, darüber nachzugrübeln. Sie nahm den Umschlag und schüttelte einen Packen Fotos heraus. Sie waren alt, vergilbt und verblaßt, und alle zeigten denselben Jungen.

Sie schaute sie hastig im Kerzenlicht durch. Auf einem war auch Thorne abgebildet. Pilgrim. Der Junge mußte Thornes Sohn Pilgrim sein, der fortgelaufen war.

Jetzt wußte sie, warum sie das Bild gekannt hatte. Es war der Teil des Bildes, der aus dem Gruppenfoto von Thornes Kreis mit Shadow's Gate im Hintergrund herausgerissen worden war – als hätte jemand versucht, Pilgrim aus der Gruppe zu tilgen.

Aber warum waren diese Bilder hier und nicht unten in dem Album?

Auch darüber nachzudenken, fehlte ihr die Zeit. Sie mußte sich beeilen. Sie zog ihren Reisewecker aus der Jackentasche. Er schien noch zu gehen. Drei Uhr, und noch endlose Wege, die sie zu gehen hatte. Sie legte die Bilder zurück in die Schublade.

Die leidende Venus war nicht in Julians Räumen.

Truth ging hinunter in sein Büro. Dabei durchquerte sie die Energiewellen, die vom Ritual ausgingen. Truth spürte ihr Kraftfeld um sich wie einen blutheißen Ozean. Im Büro standen ein paar Kerzen; unbekümmert zündete Truth sie an. Während die Wellen gegen sie anbrandeten, wühlte sie sich durch Ordner, Bücherregale und Schreibtischschubladen, gleichgültig, ob sie Spuren hinterließ.

Nichts. Julian hatte das Buch nicht.

Truth erhob sich langsam und entfernte sich vom Schreibtisch.

Nein. *Nein.* Ihre Hände zitterten. Sie hatte das Gefühl, jeden Moment losschreien zu müssen. Sie blies die anderen Kerzen aus, schwach vor Erschöpfung. Sie war sich sicher gewesen, daß Julian es hatte; so verdammt sicher, daß sie jetzt nicht wußte, was sie als nächstes tun sollte.

Das Licht ihrer Kerze blitzte von der Karaffe wider, die in dem Eckbarschrank stand. Truth stellte ihre Kerze auf dem Schreibtisch ab und ging hinüber, füllte das Glas daneben mit einer Flüssigkeit, die in dem Dämmerschein nahezu schwarz aussah. Sie roch zuerst daran, bevor sie trank – einer der süßen Weine, die Julian bevorzugte.

Ich hoffe, es ist Amontillado. Allmächtiger, Montresor? Ja, Fortunato; Allmächtiger. Sie kippte es herunter wie bittere Medizin, dann goß sie sich noch ein Glas ein. Sie trank es langsamer; das erste begann zu wirken, als sie das zweite halb getrunken hatte. Ein heftiger Ruck ging durch die Welt. Das Gefühl lähmender Anteilnahme an dem Ritual zerriß. Was hatte Julian gesagt, als er Light den Brandy verabreicht hatte? Irgend etwas über Alkohol, der die Chakren abstumpft, was immer damit gemeint war.

Kein Wunder, daß Ellis trinkt – ich meine: getrunken hat –, wenn er das damit ausblenden konnte. Julian würde es okkulte Sensibilität nennen, und Dylan das Auftauchen hereditärer psychischer Fähigkeiten. Truth war es gleichgültig, wie die beiden es nannten – sie wollte es nur lossein.

Der Wein erfüllte sie mit Hitze und machte sie träge. Dennoch mußte sie irgend etwas tun.

Aber es gab nichts mehr zu tun. Sie konnte höchstens morgen zu Julian gehen und sich von ihm auslachen lassen oder mit ihm zusammen weinen. Oder nichts sagen und nichts tun und das Buch einfach abschreiben. Sie setzte sich hinter den Schreibtisch und starrte düster ins Kerzenlicht.

Jetzt, da es zu spät war, erkannte sie, was sie alles hätte tun können. Warum hatte sie Dylan nicht alles erzählt, als er hier war? Sie hatte ihm doch auch ihre Tagebücher und eine Kopie der *Leidenden Venus* zuschicken wollen. Warum hatte sie ihm verschwiegen, daß es das Buch gab?

Sie wußte keine Antwort darauf. Aber es war vier Uhr früh, und sie hatte keine Wahl mehr. Sie nippte an ihrem Glas. Nach längerem Bedenken nahm sie den Telefonhörer ab.

Das Freizeichen tönte ermunternd, und sie wählte Dylans Nummer aus dem Kopf.

Nichts. Sie ließ es so lange klingeln, bis auch dem hartnäckigsten Schläfer klar sein mußte, daß es sich um einen Notfall handelte. Er war nicht zu Hause. Sie kehrte zum Freizeichen zurück und rief in seinem Büro an. Der Anrufbeantworter schaltete sich ein. Truth legte auf.

Sie rief das Forschungslabor in Taghkanic an. Dort antwortete jemand, den sie nicht kannte. Dylan war nicht da, und mit wem sonst konnte sie sprechen? Und was wollte sie ihm sagen?

Daß ich den Verstand verliere? Daß die alten Naturgesetze ihre Gültigkeit verloren haben? Daß ich hier mitten im 20. Jahrhundert sitze und mir nicht nur darüber Gedanken mache, ob es so etwas wie Magie gibt, sondern darüber, ob eine bestimmte Form von Magie weiß oder schwarz ist? Dafür bin ich nicht ausgebildet worden!

Sie legte den Hörer auf und fühlte sich besiegt. Es hatte keinen Sinn weiterzusuchen. Sie war ausgetrickst worden, bevor sie auch nur die Spielregeln gekannt hatte. Sie schenkte ihr Glas noch einmal voll, nahm ihre Kerze und ging zu Bett.

»Vielleicht verschwende ich meinen Atem – vielleicht bist du lebensmüde. Oder kannst einfach nicht hören. Aber ich komme den ganzen Weg hierher – und du hast keinen Schimmer, was das heißt –, weil ich mich für dich verantwortlich fühle. Ich habe dir genug Zeichen und Wunder gezeigt, um deinen Selbsterhaltungstrieb zu wecken, aber *du bist immer noch hier*. Nun sag mir mal, warum!«

Die – mittlerweile – vertrauter klingende, schimpfende Stimme holte Truth aus schwerem Schlaf. Sie setzte sich auf, ihr war elend – sie hatte *viel* zuviel getrunken und fühlte sich immer noch nicht ganz nüchtern. Im Zimmer herrschte das graue Licht kurz vor der Dämmerung, und dort schritt die dunkle Silhouette von Thorne Blackburn auf und ab.

»Thorne«, sagte Truth benommen.

»Richtig«, gab er zurück. Die innere Ruhe, mit der sie diese Antwort akzeptierte, überzeugte sie davon, daß sie noch schlief und träumte. »Und jetzt packst du deine Koffer, nimmst deinen Hut, und wenn du dich beeilst, schaffst du es bis zum Frühstück nach Hause.«

Truth saß aufrecht. Da das Licht draußen zunahm, konnte sie Thorne deutlicher erkennen – er trug wieder mal seine Kette, und der Skarabäus aus Lapislazuli steckte als dunkles Oval an seiner Hand.

»Du hast deinen Schmuck gefunden«, stellte sie fest.

»Und du hast getrunken. Das ist eine außerordentlich günstige Zeit, um sich mit Bacchus einzulassen. Aber du hattest immer schon einen Sinn für passende Gelegenheiten. Steh auf. Zieh dich an. Und dann verschwinde.«

»Ich kann nicht ohne Light gehen«, protestierte Truth, die immer verwirrter wurde. »Willst du nicht, daß das Tor geöffnet wird? Wenn ich Light jetzt mit mir nehme, dann können sie das Ritual nicht durchführen, und Julian hat so hart daran gearbeitet – denk doch einmal an seine Gefühle – und ich kann es nicht…«

»Julians Gefühle?« explodierte Thorne. Truth schrak zusammen. Er blieb am Fußende ihres Bettes stehen und starrte sie wütend an, unbestreitbar wirklich. In ihrem leicht alkoholisierten Zustand überkam Truth Furcht.

»Du machst dir Gedanken über Julians Gefühle?« brüllte er. »Wach auf und rieche den Schwefel, Mädchen – es gibt keinen Julian! Da unten im Tempel, das ist dein Halbbruder Pilgrim – und du bist ihm noch nicht gewachsen, liebes Kind. Du hast nicht das Zeug zu einer Heldin«, feixte er.

Das Blut will heraus. Sie mußte diese Wahrheit vom ersten Augenblick an geahnt haben – woher sonst kam ihr Widerstreben angesichts von Julians Verführungsversuchen. Sie empfand halb Abscheu und halb Reiz bei dem Gedanken, wie nahe sie daran gewesen war, Julians Annäherungen zu erliegen.

Den Annäherungsversuchen ihres Halbbruders.

»Aber er liebt doch…« stockte sie.

»Sich selbst«, ergänzte Thorne. »Alles andere ist nur Schauspielerei.«

»Wie deine? Hast du dich je um etwas anderes als um dich selbst gekümmert?« fragte Truth. Doch sie sprach zur bloßen Luft.

Truth blinzelte und holte tief schaudernd Atem. Niemand da. Natürlich nicht – sie hatte Thorne herbeigeträumt, eine Sache von Nerven, Erschöpfung und zuviel Sherry.

Nein. Sie war es leid, sich selbst etwas vorzumachen, ihre Erinnerung an Thorne und das Zeugnis ihrer Sinne abzuleugnen. Wenn es ein Traum war, dann ein wahrer.

Es gab keinen Julian Pilgrim. Das änderte alles. Julian hatte ihr erklärt, daß niemand wüßte, wo Pilgrim sich aufhielt.

Thorne hatte gesagt, daß Julian Pilgrim war. Wer von beiden log – der Lebende oder der Tote?

Thorne würde sie nie anlügen.

Aber warum sollte Julian das tun?

Also, ich habe nicht das Zeug zu einer Heldin? Das wollen wir doch mal sehen!

Truth zog sich schnell an und steckte, um ihre Bedenken zu beschwichtigen, ihre Schlüssel in die Tasche. Sie war auf dem Weg zu Julian, um die Wahrheit zu erfahren, augenblicklich.

Als Truth hinunterkam, verließen sie gerade den Tempel. Die Tür stand offen, und das Licht der Lampen verlieh allem in dem Raum ein falsches, abstoßend künstliches Aussehen. Die Mitglieder des Kreises, die Truth sah, wirkten wie Schauspieler nach einer schweren Vorstellung; sie bewegten sich automatenhaft, offenbar hatten sie nichts als ihr Bett im Sinn. Truth ging hinein.

Der Geruch gelöschter Kerzen mischte sich mit dem herbsüßen Duft des Weihrauchs, den sie in Mengen benutzten. Der Rauch hing noch in einer dicken blauen Wolke in halber Höhe unter der Decke. In der Mitte stand ein länglicher Altar, mit Fellen bedeckt, auf Rollen.

Einige der anderen blickten auf, als sie eintrat, gingen aber konzentriert ihrer Arbeit nach – räumten Dinge von den Tischen und packten sie ein. Die Männer und Irene waren in grüne Gewänder gekleidet, während Light Rot und Fiona einen blauen Kimono trug, der wenig Magisches an sich hatte. Sie saß erschöpft auf einem der Holzstühle, rauchte eine Zigarette und starrte ins Leere. Truth konnte Julian nirgends sehen.

Lights rotes Gewand machte sie noch blasser. Ihre Augenlider waren halb geschlossen und zuckten, als sie Truth sah. Hereward, der ihr am nächsten stand, legte stützend einen Arm um sie. Seine Haut war aschgrau vor Müdigkeit, und unter seinen Augen waren tiefe, dunkle Ränder. Er sagte etwas zu Light, und sie nickte. Daraufhin führte er sie zur Tür. Er schien nicht überrascht, Truth zu sehen, er streifte sie nur und murmelte etwas, das vielleicht eine Entschuldigung war, dann brachte er Light fort.

Die anderen folgten nach und nach. Truth trat zur Seite, um sie vorbeizulassen, bis schließlich niemand mehr da war.

»Julian?« sagte Truth unschlüssig.

Julian kam hinter einem der Vorhänge im hinteren Teil des Tempels hervor. Wie Fiona hatte auch er kein Gewand an. Er trug einen schwarzseidenen Morgenmantel, und nichts darunter. Im Unterschied zu den anderen zeigte Julian keine Müdigkeit; seine Wangen waren gerötet, und seine Augen funkelten vor fiebrigem Tatendrang. Ein erstickend starker Parfumgeruch ging von seiner bemalten, glänzenden Haut aus, und sein Haar war geölt, so daß es in schwarzen Strähnen an seinem Kopf lag. Er strahlte Sexualität wie einen Befehl aus, und Truth spürte, wie ihr Körper instinktiv darauf reagierte. Gestern hätte sie dem Bedürfnis, das Julian in ihr weckte, einfach nachgegeben – aber sie war in den letzten 24 Stunden einen weiten Weg gegangen, und andere Bedürfnisse waren stärker.

»Ich muß mit Ihnen reden. Jetzt sofort«, sagte Truth.

»Ja, sicher«, antwortete Julian. Ein Lächeln spielte um seine Mundwinkel, das er nicht ganz unterdrücken konnte – als ob er mehr wüßte als sie. »Ich bin gleich wieder da.«

Sie blieb im Eingang zurück, etwas nervös und unzufrieden. Der Altar mit den darübergelegten Pelzen stand unverändert in der Mitte des Tempels. Julian hob eines der Felle hoch und zog ein kleines Paket heraus, das in bestickte, violette Seide gewickelt war.

»Gut denn«, sagte Julian. »Warum gehen wir nicht in mein Wohnzimmer?«

»Julian …«, sagte Truth, aber er schritt schon voraus, so daß ihr keine Wahl blieb, als ihm zu folgen.

»Okay. Da wären wir, machen Sie es sich bequem. Meine Güte, Sie sind aber früh auf den Beinen heute morgen.« Julian setzte sich auf das graue Samtsofa in seinem Zimmer, ein Handtuch um den Nacken gelegt. Er hatte damit die letzten Reste der rituellen Farbe und des Öls abgewischt, aber auch ohne sie sah er wie eine halbwilde Zauberer-Kreatur aus. Das seidenumwickelte Päckchen lag vor ihm auf dem Tisch.

Jetzt, da sie hier war, ließ das klare kalte Tageslicht ihre Einbildungen und Vielleicht-Träume lächerlich erscheinen. Ihr Kopf hämmerte noch, und sie wollte nur zurück in ihr Bett.

»Vielleicht ein Glas Wein? Es ist früh für Sie, aber spät für mich, also sagen wir, es ist eine Art Nachttrunk.« Julian stand auf und ging hinüber zu dem Barschrank, wählte zwei kleine, dünnstielige Gläser und füllte sie mit einer rubinroten Flüssigkeit, in denen das Licht wie in einem Kristall funkelte.

»Portwein – er soll das Blut nähren, so glaubte man früher. Immer noch eine der reinen Freuden im Leben, egal was heute geglaubt wird.« Er brachte beide Gläser und stellte sie auf den Tisch neben das Päckchen. »Setzen Sie sich«, drängte Julian und nahm selbst Platz. Truth schüttelte stumm den Kopf.

»Nun? Ich möchte Sie nicht zur Eile drängen, mein liebes Kind, aber heute ist unsere große Nacht, und ich habe vor, mich zu duschen und hinzulegen. Natürlich, wenn Sie sich anschließen wollen …« Er lächelte.

Sag es, forderte sich Truth auf. *Sag es einfach.*

»Sie sind Thorne Blackburns Sohn Pilgrim«, sagte Truth. Jedes Wort kostete sie übergroße Anstrengung und ließ sie erschöpft zurück.

Julians Gesicht verlor mit einem Schlag alle Munterkeit. Und ebenso schwand die menschliche Wärme daraus. Er starrte sie wortlos aus seinen grünblauen Augen an, sein Gesicht war nur noch eine stumme, unmenschliche Maske.

Nach einem langen Moment kehrte Leben in ihn zurück. Aber es war, als ob die Haut ein neues Wesen umspannte – als ob Truth nicht nur seinen Namen genannt, sondern ihn herbeibeschworen hätte. Julian war verschwunden, als hätte es ihn nie gegeben.

»Schon wahr«, sagte Pilgrim. Sein Lächeln wurde breiter. »Wie hast du es herausgefunden?«

Bis zum Schluß hatte Truth noch gehofft, daß es nicht so wäre; daß Thorne eine Illusion war – oder aber log. Aber jetzt, da sie darauf achtete, erkannte sie Thornes Züge in Julians – in Pilgrims – Gesicht wieder.

Ihr Bruder, der auch jetzt noch vor ihr posierte, als ob ihr gemeinsames Blut keine Rolle spielte. Und zu ihrer Beschämung spürte auch sie das Verlangen, das sie für ihn empfunden hatte, noch immer in sich.

»Thorne hat es mir gesagt«, gestand Truth. Pilgrim legte seinen Kopf zurück und sah sie mit zusammengekniffenen Augen an. Er war nicht überrascht.

»Aha. Er ist also hier. Ich dachte mir schon so etwas. Was für eine fröhliche Familienvereinigung wir hier haben – die Lebenden und die Toten hier versammelt diesseits des Jüngsten Gerichts, nach dem wir alle Arm in Arm und singend durch das Tor des ewigen Lebens schreiten werden. Aber kein Zweifel, Thorne wird ein anderes Lied singen nach morgen nacht.«

»Pilgrim«, sagte Truth, die kaum etwas verstand.

»Ja. Pilgrim. Dein lange verlorener Bruder. Freust du dich nicht, mich zu sehen? Das solltest du. Ich habe mich gefreut, als ich dich sah.« Pilgrim streckte sich katzengleich. »Ich habe genau gewußt, wo du dich überall herumtreibst. Ich habe dich jahrelang beobachtet, aber ich hatte nicht recht das Gefühl, daß es dich glücklich machen würde, mit meiner fröhlichen Schar das Neue Zeitalter mitzugestalten. Du kannst dir meine Freude kaum vorstellen, als du plötzlich in meinem Haus aufgetaucht bist, um dein wahres Erbe anzutreten. Es ist nämlich dein wahres Erbe, liebe Schwester – das Blut der *sidhe*, der Leuchtenden Götter, fließt in unseren Adern, so wie in Thornes, und wir sind die natürlichen Herrscher unter den Menschen.

Thorne war zu feige, das Vermächtnis anzunehmen; oder, laß es uns nachsichtig sagen, vielleicht war die Zeit noch nicht reif für einen Führer. Aber jetzt haben wir die neunziger Jahre, Truth, und die Welt wartet auf… neue Helden.« Pilgrim lächelte sie heiter an und trank von seinem Wein.

Truth war plötzlich vollkommen nüchtern, und sie hatte kein Verlangen danach, auch nur einen Moment länger in Shadow's Gate zu bleiben. Sie wollte versuchen, Light und Irene davon zu überzeugen, mit ihr zu gehen. Aber wenn ihr das nicht gelänge, würde sie alleine gehen – Dylan hatte recht, man konnte anderen Leuten das Leben nicht abnehmen, und wenn die beiden sich ihr nicht anschlossen, würde sie andere Wege finden, um Light zu retten.

Aber sie konnte nicht bleiben.

»Warum hast du mir nichts gesagt?« fragte Truth. »Ich hätte …«

»Mir Vorhaltungen gemacht, liebe Schwester, mit deiner langweiligen Rationalität – und Moral. Wärst du so nett zu mir gewesen, wenn du gewußt hättest, wer ich bin? Das glaube ich nicht – aber du bist so süß, so außerordentlich süß …«, murmelte Pilgrim in eindeutiger Absicht.

»Du bist mein Bruder«, protestierte Truth und unterdrückte die kalte Lähmung des Entsetzens. Alles Verlangen war erloschen und hatte einer Furcht vor dem Mann Platz gemacht, der ihr gegenübersaß. Wie hatte sie je glauben können, Julian zu kennen? Es gab keinen Julian; Thorne hatte recht; es gab nur diesen lächelnden, wildäugigen Dämon.

»Inzest, liebe Schwester, ist unter den *sidhe* kein Verbrechen – tatsächlich wird dazu geraten, und in den antiken Tempeln von Ägypten und Atlantis folgten sie dem Brauch der Leuchtenden Götter. Aber ich sehe, daß dich der Gedanke daran abstößt. Wie könnte ich erwarten, daß du für das Neue Zeitalter bereit bist? – Du hast mir noch nicht einmal das Buch gegeben, obwohl ich sehr freundlich danach gefragt habe.«

»Du hast es gewußt?« Irgendwie war es keine Überraschung, als hätte sie die verborgenen Geheimnisse in Shadow's Gate von Anfang an gekannt.

»Wenn man bereit ist, mehr als nur die fünf groben Sinne zu gebrauchen, dann kann man erstaunlich viel Wissen erwerben. Ich habe sogar gewartet – sehr geduldig, wie ich fand –, daß du es mir gibst. Es ist noch nicht zu spät, weißt du«, erklärte Pilgrim ermunternd.

Das alles bereitete ihm viel Vergnügen, erkannte Truth mit leise aufsteigendem Ärger. Er sollte beschämt und schuldbeladen dort sitzen, statt dessen räkelte er sich bequem auf seinem Sofa herum und machte sich über sie lustig.

»Wo ist *Die leidende Venus*?« fragte Truth heiser.

»Hier.« Pilgrim schlug die Seide zurück, und Truth sah den ihr vertrauten Einband. »Ich habe das Ganze natürlich vor ein paar Tagen kopiert – ich habe dir schon am ersten Tag gesagt, daß wir hier einen Kopierer haben. Hast du geglaubt, ich hätte das Buch vergessen? Ich habe es sogar an seinen Platz zurückgelegt, nachdem ich es kopiert hatte. Es hat nur ein paar Stunden gedauert, und du warst dir so sicher, daß es unter der Wäsche gut versteckt lag. Aber dann sah es so aus, als ob du es loswerden wolltest – und das konnten wir nicht dulden, oder? Es gehört dir nicht. Du bist zu ängstlich, um es zu benutzen – aber ich nicht. Die Macht des Tores kann für sehr viel weitreichendere Zwecke eingesetzt werden, als unser gemeinsamer Vater sich je träumen ließ – ich werde an der Spitze der Wilden Jagd reiten, und die menschliche Rasse wird erneut die Sklavenrasse der *sidhe* werden!«

»Das ist nicht, was Thorne erreichen wollte!« brauste Truth auf.

»Fängst du doch noch an, unseren Vater zu verteidigen?« schnurrte Pilgrim. »Das Blut will heraus, ist es nicht so? Schade, daß du seine Ängstlichkeit geerbt hast – und nur ich seine Vision!«

»Also gut. Du hast seine Vision geerbt. Du hast sogar sein Buch. Und du kannst bis in alle Ewigkeit sein törichtes kleines Ritual durchführen und sehen, wohin es dich bringt!« fuhr Truth ihn wütend an. Sie haßte es, wenn jemand sie zum Narren hielt, und alles was sie wollte, war, dieses unerfreuliche, furchterregende Gespräch zu beenden und zu gehen. Sie wollte sich sogar bei Dylan entschuldigen.

»Eine solche Selbsttäuschung ist eine Schande für unser Blut«, sagte Pilgrim tadelnd. »Du weißt genau, daß es gehen wird – du hast es gefühlt. Du, meine Liebe, bist der Schlüssel für das entscheidende Schloß. Deine Macht, nicht meine, wird den Vorhang zerreißen.«

Truth starrte ihn an. »Du bist verrückt«, sagte sie kurz.

Pilgrim seufzte. »Ich fürchte, das ist nun mal die Rolle, die ich spielen muß. Es war eine lange Nacht, und ich bin müde. Aber du vergißt, meine dickköpfige kleine Rationalistin, daß Magie eine Wissenschaft ist. Thorne hat das gesagt, ich habe es gesagt – bei allen Göttern, ich glaube, sogar unser hübscher

Michael hat es gesagt –, aber du hast uns alle ignoriert. Ich kann es gerne noch einmal sagen.«

Pilgrim hielt inne, streckte sich genüßlich aus und sah sie mit einem Ausdruck aufreizender Unschuld an. Mit jedem Augenblick schien er jünger zu werden, auf eine Weise jungenhaft, wie Julian es nie gewesen war.

Doch Pilgrim und Julian waren ein und derselbe Mann – oder nicht?

»Die wissenschaftliche Methode sagt, daß jede Handlung Konsequenzen hat, daß Verfahren zu Ergebnissen führen und das gleiche Verfahren zu immer dem gleichen Ergebnis führt. In der Sprache des Laien ausgedrückt: Das Tor kann nur unter ganz bestimmten Bedingungen geöffnet werden. Erstens: Das vollständige Ritual mit all seinen Einzelheiten, so wie ich es jetzt besitze. Zweitens: Man kann nur ein Tor öffnen, wenn auch eins da ist. Laut deinen faszinierenden Arbeitsnotizen weißt du ganz genau, daß es hier eins gibt. Der alte Elkanah Scheidow hat es mit einem einzigen Schlag geöffnet, und wir werden es aus den Angeln heben. Drittens: Das Tor reagiert nur auf seinen Torwächter.«

»Das ist Ellis«, sagte Truth. Ellis war der Torwächter im Kreis der Wahrheit – das hatte er gleich an ihrem ersten Abend in Shadow's Gate gesagt.

»Nein, meine Liebe. Das bist du.« Pilgrim lächelte, und gegen ihre innerste Überzeugung fühlte Truth ein Frösteln des Einverständnisses. Gleichgültig, wie wahnsinnig Pilgrim war, er hatte zugleich recht. Die Macht hier war ihre. Es gab eine Verbindung zwischen Truth und der Magie, die von Shadow's Gate ausging. Sie hatte es im ersten Moment gefühlt, als sie das Haus sah. Aber sie war zu blind gewesen, zu dumm, zu störrisch, um zu verstehen, was ihre Sinne ihr sagen wollten – bis jetzt.

Und jetzt war es zu spät.

»Oh, du hättest es selbst herausgefunden – wenn du dir nur die Mühe gemacht hättest, ein paar Sachen zu lesen, als du in meinem Zimmer warst diese Nacht. Hast du wirklich geglaubt, daß ich deine Hilfe bräuchte, um Thornes Geschichte aufzudecken, wenn ich mir die besten Detektive leisten kann, die für Geld zu haben sind? Ich habe schon vor langer Zeit alles herausgefunden, was es über unseren Vater zu wissen gibt – mehr als du dir vorstellen kannst. Zum Beispiel waren die Thornes und Jourdemaynes Vettern und Cousinen, hast du das gewußt? Und beide Familien standen im gleichen Verhältnis zu den Scheidows – ich gebe zu, das liegt mehrere Generationen zurück, aber die Tatsache besteht, wenn du genau hinsiehst.

Ich habe genau hingesehen. Und Thorne auch. Thorne kam hierher, weil er bereits wußte, daß es in Shadow's Gate ein Tor gab. Er suchte sich deine Mutter aus, um seine *sidhe*-Macht mit ihrem menschlichen Erbe zu mischen. Thorne war nicht der Sohn von Edward Blackburn, auch wenn er ehelich empfangen und geboren wurde. Thornes Mutter war eine Hexe, und sein Großvater war Magus gewesen. Seine Mutter tanzte besessen, um Hitlers Armeen von England fernzuhalten, und Thorne wurde während eines Rituals empfangen, gezeugt von dem, den das Ritual herabgerufen hatte. Thornes Vater war ein Leuchtender Gott – doch seine Mutter war eine Frau. Sie stammte von einer Linie ab, die die Energie hier beherrschen konnte.«

»Warum erzählst du mir das alles?« fragte Truth.

»Es ist eine große Erleichterung, damit nicht mehr allein zu sein. Trink deinen Wein«, sagte Pilgrim. »Wie ich gesagt habe, Thorne stammte von der richtigen Linie ab, hatte aber das falsche Geschlecht – die Tore reagieren nur auf Frauen; das ist so seit Anbeginn der Zeiten. Es war die Braut vom alten Elkanah Scheidow, die das Tor als ihre Mitgift in die Ehe einbrachte. Thorne fand Katherine und brachte sie hierher – ihr Kind wäre der natürliche Torwächter geworden, doch Thorne war ungeduldig. Er versuchte, das Tor in seiner Generation zu öffnen, mit dem Resultat, daß die Macht, die in Abwesenheit des Torwächters durch das Tor drang, zu groß für ihn war. Er konnte sie nicht kontrollieren, du erinnerst dich: Katherine starb, und du warst ein Kind. Dieses Problem werde ich nicht haben.« Pilgrim leerte sein Glas und stand auf.

»Wirst du nicht?« fragte Truth und versuchte, höflich zu bleiben. Pilgrim schritt ruhelos im Zimmer auf und ab.

»Nein. Weil du morgen dabeisein wirst, nicht wahr? Auf dem Altar? Du wirst mein Hierolator sein, und zusammen werden wir das Tor Zwischen Den Welten öffnen.«

»Nein!« Ihre Abwehr war instinktiv und jäh. »Du hast Fiona«, sagte sie, ihren Ausruf mildernd.

»Diese verlogene Schlampe«, sagte Pilgrim tonlos. »Du kannst dir nicht vorstellen, was die Brunft mit ihr mich gekostet hat. Sie kann mir nicht geben, was ich brauche. Du kannst es.«

»Nein, Pilgrim«, sagte Truth. »Das kann ich nicht tun für dich.«

Ich sollte jetzt gehen. Sie könnte später darüber nachdenken, ob Pilgrim immer schon wahnsinnig gewesen war oder ob Shadow's Gate ihn in den Wahnsinn getrieben hatte. Jetzt mußte sie weg von hier – sie konnte die Polizei in Shadowkill verständigen; die würde ihr glauben.

»Du meinst, daß du nicht willst!« rief Pilgrim plötzlich voller Wut. Er sprang schnell heran und stellte sich zwischen Truth und die Tür. In dem altmodischen Schloß steckte ein verzierter Schlüssel, Pilgrim drehte ihn um und steckte ihn in die Rocktasche.

»Du!« fauchte er. »Du hast dein komfortables Leben mit deiner liebevollen Tante geführt, und alles wurde dir in den Schoß gelegt –, während ich bestraft wurde, bestraft dafür, daß ich sein Sohn war, von all den engstirnigen kleinen Moralisten, die mich nach *ihrem* Bild formen wollten! Hast du überhaupt eine Vorstellung davon, was ein Kind ohne Eltern in dieser Gesellschaft durchmacht? Es kommt in eine Pflegefamilie, wenn es Glück hat – oder in Waisenhäuser, wenn es Pech hat –, und jeder der dort angestellten, liebevollen Verantwortlichen paßt besser in ein Bordell in der Hölle als an irgendeinen Ort auf dieser Erde!

Soll ich dir von den Schrecken erzählen, Schwesterherz? Soll ich dir meine Narben zeigen, wie ich dir Lights gezeigt habe? Wird dich das mir geneigt machen? Du weißt nicht, was ich gelitten habe, bis ich dies hier erreicht habe – und du willst mir einen kleinen Gefallen verweigern, um den ich dich bitte!«

Er tobte jetzt und schrie, aber niemand sonst hörte ihn durch die dicken Mauern von Shadow's Gate.

Oh, Vater, du hattest recht, bitte, hilf mir …

»Ich …«, begann Truth, doch die Lüge blieb ihr in der Kehle stecken.

Pilgrim lachte sanft. Wieder kippte seine Laune unvorhersehbar um. »Keine Bange, Schwester. Ich bin schon mit ganz anderem Widerstand fertig geworden. Ich bin, wenn du so willst, ein Experte auf dem Gebiet.

Nimm Ellis, zum Beispiel. Ellis hatte herausgefunden, wer ich bin – und das wirft zu viele unangenehme Fragen auf. Wie kommt ein armer Waisenjunge in den Besitz von so vielen Millionen – in so jungen Jahren? Nun, mach dir darüber keine Gedanken; es ist eine lange Geschichte und teilweise recht langweilig. Aber er wollte es dir sagen – und deshalb hat er seinen unvorhergesehenen Flug gemacht. Ich glaube übrigens nicht, daß er zu uns zurückkehren wird – normalerweise ist Insulin für Nichtdiabetiker tödlich, und der arme Ellis war so schlimm verletzt …

Michael hat natürlich die ganze Zeit Bescheid gewußt«, fuhr Pilgrim fort, während Truth ihn mit starrer Furcht und Faszination ansah, so wie ein Vogel eine Kobra ansehen mochte.

»Ich dachte, er wollte Geld, aber nein – und schließlich, was hatte er in der Hand? Thornes Sohn zu sein ist noch kein Verbrechen, oder?« Pilgrim setzte sich auf die Sofalehne. Er lächelte Truth an. Seine Augen funkelten von dem Wissen, daß Truth Angst hatte. »Ich dachte, daß der hübsche Michael uns verlassen müßte, auch wenn es mir in diesem Moment sehr viel Ungelegenheiten bereitete. Aber er wollte nur hier wohnen. Unser Michael, verstehst du, predigt Reue, und er glaubte, mich dazu überreden zu können, zu tun … was ich nicht wollte. Ich ließ es ihn natürlich versuchen, bis ich herausfand … Nun, ich will keineswegs deine Leichtgläubigkeit strapazieren; es genügt zu sagen, daß der Erzengel Michael Schwierigkeiten mit seinem Auto bekommen hat. Und ich glaube nicht, daß wir ihn wiedersehen werden.« Pilgrim lächelte und zeigte seine scharfen, weißen Zähne.

»Pilgrim, bitte öffne die Tür.« Es bedurfte all ihrer Energie, um ihre Stimme ruhig und beherrscht klingen zu lassen; ohne die furchtbare Angst zu verraten, die sie erfüllte. Diese Wirklichkeit war entsetzlicher als jedes Gespenst – die Wirklichkeit eines Verrückten, der gemordet hatte und wieder morden würde.

»Gleich«, sagte Pilgrim, jetzt geradezu schmachtend. »Ich verspreche es. Ich habe nicht vor, dir etwas zuleide zu tun – du bist meine Schwester. Ich möchte, daß du mich liebst. Als ich Light fand und sie aus dem dreckigen Gefängnis holte, das sich Krankenhaus nannte, wollte ich, daß sie mich liebt, und sie hat es getan, aber es war nicht genug. Ich will auch, daß du mich liebst«, sagte er mit schmeichelnder Stimme.

Truths Mund war trocken. Jeder Nerv ihres Körpers war vor Schrecken angespannt. Pilgrim wartete auf eine Antwort, und sie wagte nicht zu lügen.

»Ich möchte dich lieben, Pilgrim. Thorne möchte das auch.«

Aber das war die falsche Antwort.

»Thorne!« schrie Pilgrim außer sich. »Er liebt mich nicht – er hat uns im Stich gelassen – mich hat er im Stich gelassen! Und es ist mir gleichgültig, ob es ihm heute leid tut – es ist zu spät dafür!« Er hielt inne und atmete heftig.

»Er hätte das nie tun dürfen, Pilgrim«, sagte Truth. Sie konzentrierte sich auf den Schlüssel in Pilgrims Rocktasche. Sie mußte an ihn herankommen – und nichts wie weg hier. Sie glaubte nicht, daß die anderen ahnten, was für ein Monstrum Pilgrim war, und der einzige Weg, sie zu retten, war, die Polizei zu verständigen.

»Nein.« Einen kurzen Moment lang sah Truth Tränen in Pilgrims Augen aufsteigen, als er einen weiteren manischen Stimmungsumschwung erlitt. »Ich habe ihn geliebt – ich habe an ihn geglaubt – und dann war er weg, und jeder ...« Pilgrim rang nach Atem und wischte sich die Augen.

»Willst du mir nicht helfen? Bitte, willst du mir nicht helfen, kleine Schwester? Ich habe Ellis nicht wirklich verletzt, weißt du«, sagte er, und Truth konnte sehen, wie er versuchte, die Julian-Maske aufzusetzen. »Oder Michael. Michael mußte nach New York. Er wird morgen zurück sein. Wir sind alte

Freunde – wir sind zusammen ins Seminar gegangen. Es tut mir leid, daß ich dir Angst eingejagt habe. Die anderen verstehen es. Magie ist die Umleitung der Wirklichkeit durch Ausübung des Willens. Manchmal sitzen wir alle unseren Illusionen auf. Die Rituale machen mich erregt, und wir sind so nahe dran … Nur noch vierundzwanzig Stunden.« Pilgrim senkte den Kopf, ein Bild der Reue.

Es war so leicht, ihm zu glauben, und Truth wünschte, sie könnte es. Innerlich weinte sie um den Liebhaber, der nur eine Illusion gewesen war, und um den Bruder, den sie nie gekannt hatte, aber sie war nicht mehr bereit, sich selbst zu belügen oder sich von anderen belügen zu lassen. Sie würde alles tun, was in ihrer Macht stand, um Pilgrim zu helfen, aber sie würde damit beginnen, daß sie für ihre und die Sicherheit der anderen sorgte.

Sie wartete auf den nächsten Ausbruch von Pilgrim. Sie wagte kaum zu atmen, doch Pilgrim rührte sich nicht. Schließlich schien er sich selbst wachzurütteln und seufzte.

»Na schön. Wir können es immer noch ein anderes Mal versuchen. Ich denke nicht, daß du noch bleiben und diese Dinge für dich behalten willst, auch wenn ich dir das Buch zurückgebe?« Pilgrim lachte locker, und nun war der Eindruck von Normalität fast vollkommen.

Truth sagte nichts. Sie wußte nicht, was sie sagen durfte, ohne einen weiteren gewalttätigen Schub auszulösen. Schließlich schien Pilgrim davon abzusehen, sie seinem Willen gefügig zu machen.

»Okay. Ich nehme an, daß ich das verdient habe. Aber bevor du gehst, möchte ich, daß du mir vergibst«, sagte Pilgrim. Pilgrim reichte Truth das unberührte Glas. »Bitte.«

Truth nahm es entgegen. Trotzdem hätte sie nichts daraus getrunken, aber sie sah, wie er sie beobachtete. Es abzulehnen hätte ihm einen neuen Grund gegeben, um … was zu tun?

So war es sicherer. In dem Glas war kaum mehr als ein Eßlöffel. Truth hatte gesehen, daß Pilgrim aus der gleichen Karaffe einschenkte, und er hatte sein eigenes Glas ausgetrunken. Er legte den Türschlüssel vor sie hin auf den Tisch und sah sie durch etwas herabgesunkene Lider an. Truth spürte, wie sich in ihren Augen Tränen des Mitleids für den kleinen Jungen sammelten, der so viel durchgemacht hatte, um dieser Mann hier zu werden.

»Ich vergebe dir, Pilgrim«, sagte Truth und trank.

Sie langte nach dem Schlüssel.

Pilgrim lächelte.

Der Wein hatte einen bitteren Nachgeschmack. Sie fühlte, wie ihre Zunge taub wurde. Sie versuchte aufzustehen – wegzurennen, gegen ihn zu kämpfen, zu *schreien* –, doch der Wein machte ihr Blut bereits schwer und kalt.

»Dummerchen.«

KAPITEL 14

Der Geist der Wahrheit

Wer hat je in freiem, offenem Streit
die Wahrheit unterliegen sehen?
JOHN MILTON

»Ich muß schon sagen«, sagte Thorne Blackburn, »wenn eines meiner Kinder sich gegen den gesunden Menschenverstand versündigt, gibt's keine halben Sachen.«

Die Stimme drang durch ihren unruhigen Schlaf. Truth versuchte, sich aufzusetzen, aber sie konnte sich nicht bewegen.

Der Versuch brachte sie zu Bewußtsein und ließ sie ihren Körper wieder wahrnehmen. Schmerzende Schultern und Handgelenke, Kopf- und Halsschmerzen – alles tat ihr weh. Und zu ihrem Erstaunen lag sie gar nicht.

Sie öffnete mit Mühe ihre trägen Augen und spähte umher.

Sie saß auf einer harten Holzbank, die nach feuchter Erde und Moder roch. Ihr gegenüber befand sich eine niedrige Holztür, grau und verfallen. Die Balken der tiefen Decke begannen fast gleich über ihr, und in den Winkeln sah Truth dichte Spinnweben. Die Wände waren aus alten, rohen Ziegeln gebaut, der graue Mörtel zwischen ihnen war zerbröckelt. Der Boden war einfach nur festgetretene Erde, und die Wände neigten und krümmten sich.

Zunächst sah sie Thorne nicht. Ihre Hände waren ihr über den Kopf gebunden, und als sie sich bewegen wollte, spürte sie das kalte Metall von Handschellen an ihren Gelenken. Sie reckte ihren Kopf hoch und sah eine schimmernde Metallplatte, die in die Decke gemauert war. Durch einen Ring lief eine etwa drei Fuß lange Kette, die an den Handschellen befestigt war. Sie zerrte daran.

»Laß das lieber. Oder willst du, daß dir die Decke auf den Kopf fällt?«

»Was ...?« Sie wandte sich der Stimme zu und sah Thorne, der in der entferntesten Ecke des Raums stand, als wäre er soeben durch die Mauer hereingekommen. Die Deckenbalken streiften beinahe seinen Kopf. Er wurde von einer Grubenlaterne angestrahlt, die auf einer Kühlbox zu seinen Füßen stand. Er trug eine Lederweste mit Fransen über einem bestickten Leinenhemd, und die Hosenbeine waren so weit ausgestellt, daß seine Füße darunter verschwanden. Er hielt einen Schlüssel in die Höhe.

Noch nie in ihrem Leben war sie so froh gewesen, ein Gespenst zu sehen.

»Was ...?«

»Der alte Weinkeller unterm Haus. Oder willst du wissen, wie er dich in Schlaf versetzt hat. Ganz einfach. Die Tablette war im Glas und nicht im Wein. Der Trick ist ziemlich alt.«

Truth schüttelte den Kopf, was ihr stechenden Schmerz und Übelkeit verursachte. Sie lehnte sich zurück an die Wand und keuchte.

»Ich werde dich losmachen, aber ich brauche deine Hilfe«, sagte Thorne. »Ich will, daß du hier wartest und mit ihnen gehst, wenn sie zurückkommen. Diesem kleinen Bastard muß das Handwerk gelegt werden, und ich will verhindern, daß noch jemandem etwas geschieht.«

Truth nickte zaghaft, dennoch tat ihr jede Nackensehne weh. Sie holte langsam Luft und spürte, wie die Übelkeit nachließ. »Ich habe wohl alles vermasselt, oder? Ich bin keine sehr gute Heldin.«

Thorne lächelte sie liebevoll an und schüttelte den Kopf. »Oh, ich zweifle nicht an deinem Mut, Schätzchen – mir macht eher dein Verstand Sorgen. Was in aller Welt ist in dich gefahren, Pilgrim auf diese Weise zu konfrontieren? Er ist verrückt, mußt du wissen«, sagte Thorne.

»Ich habe davon gehört«, erwiderte Truth trocken.

Thorne kam zu ihr und griff nach den Handschellen. Der Keller war kalt. Truth konnte die Hitze spüren, die von Thornes Körper ausstrahlte –

– spürte seinen Griff an ihren Handgelenken –

– sah das Make-up auf seinem Gesicht, mit dem er sorgfältig die Spuren des Alters zu verdecken suchte; sein Haar, das immer noch lang, doch unnatürlich golden war.

Nacheinander sprangen die Handschellen auf.

»Du bist lebendig!« rief Truth aus. Sie sprang auf und faßte seine Hände, bevor er zurückweichen konnte. Sie waren fest und warm und wirklich – schwielig und abgearbeitet und etwas faltig: die Hände eines Mannes in den Sechzigern. Thornes Hände.

»Du lebst«, wiederholte Truth.

»Überraschung«, sagte Thorne grinsend.

Jetzt, da sie genauer hinsah, fiel die Maske der Jugend vollends von ihm ab – es war alles nur Puder, Clairol und Als-ob; alte Kleider und geschickte Beleuchtung. Dies war kein Gespenst. Es war ein lebendiger Mann, so wirklich wie sie selbst.

»Oh, mein Gott«, sagte Truth und sank auf die Bank zurück. Ihr drehte sich alles, und sie schloß die Augen.

»Willst du ein Bier?« fragte Thorne und zerrte die Kühlbox aus der Ecke. Auf ihr lag eine Wolldecke, die er ausrollte und ihr um die Schultern legte.

»Ich bin seit '69 hier«, sagte Thorne. Er saß neben ihr auf der Bank und hatte seinen Arm um sie gelegt. Truth hielt eine Flasche mit Apfelsaft in ihren Händen, und in den Pausen seiner Geschichte drängte er sie zum Trinken. »Und in dem Schlamassel, in dem alle nach meinem, naja, ›Tod‹ steckten, dachte ich, daß ich hier ungestört bis ans Ende meiner Tage leben könnte.«

Truth nahm einen Schluck. Thornes Geschichte, von ihm in einfachen, schmucklosen Worten erzählt, war fast noch unglaublicher als alles, was sie bisher in Shadow's Gate erlebt hatte.

»Pilgrims Herkommen war für mich ein Schock. Und einen noch größeren bekam ich, als ich herausfand, was er vorhatte. Ich war mir sicher, daß er keine Chance hat – ich wußte ebensowenig wie er, wo *Die leidende Venus* abgeblieben war, und anfangs hatte ich keine Ahnung, wer er war und was er wußte. Und später ... naja, das war später.«

Truth tätschelte sein Knie. »Aber wie ...? Aber warum ...? Ich meine, die ganzen Jahre, alle haben dich gesucht ...« Sie schloß ihre Augen. Sie war immer noch benommen von ihrer Betäubung, und ebenso war sie überwältigt von diesen Enthüllungen.

»Wach auf. Trink deinen Saft«, sagte Thorne. »Nun, du wirst dich gewundert haben, daß ich so mir nichts dir nichts auftauche und verschwinde.«

Truth kicherte. »Du hast mich zu Tode erschreckt.«

»Glaube ich kaum. Du bist wie deine Mutter – sie wäre in die Hölle gegangen und hätte dem Teufel ins Auge gespuckt, nur um ihn klein beigeben zu sehen. Aber das Gespenst zu spielen war einfach. Dieses Haus wurde früher von entflohenen Sklaven, die auf dem Weg nach Kanada waren, als Untergrundstation benutzt. Das ganze Haus ist untertunnelt.«

»Hereward sagt aber, daß alles aufgefüllt wurde – oder so ähnlich«, widersprach Truth, auch wenn sie nicht mehr genau wußte, was Hereward gesagt hatte.

»Was? Denkst du, die Tunnel waren auf den Bauplänen verzeichnet, die im Rathaus liegen? Nur die Leute, die sie gegraben haben, wußten davon. Der Irrgarten wurde über einem der Ausgänge gebaut, und niemand hat es gemerkt. Sehr bequem, diese Tunnel – ich habe dort gelebt, solange mir die Luft oben zu dick war.«

Sie war nicht wahnsinnig. Eine große Erleichterung durchdrang Truth wie stärkende Medizin, wärmte und beruhigte sie noch mehr als die Wolldecke und die Gegenwart ihres Vaters. Sie war nicht wahnsinnig, sie hatte keinen Zusammenbruch – Thorne lebte und war *hier*.

»Nach einer Weile fing ich an, mich draußen herumzutreiben, übernahm Gelegenheitsarbeiten bei den Leuten in der Gegend, auf Tauschbasis sozusagen. Ich weiß nicht, ob sie mich für einen Deserteur, einen Radikalen auf der Flucht oder was sonst gehalten haben – den meisten war es auch egal. Trink deinen Saft.«

Truth trank noch einen Schluck. Sie war durstig, doch das Schlucken tat weh. Sie konnte von Glück sagen, daß Pilgrim sie nicht einfach vergiftet hatte.

»Pilgrim«, sagte sie und versuchte aufzustehen.

Thorne zog sie mit Gewalt auf ihren Platz zurück. »Du bist nicht in der Verfassung, es mit Pilgrim aufzunehmen.«

Truth setzte sich und fühlte die Schwäche in ihrem Körper. Thorne hatte recht. Und es gab so vieles, was sie wissen wollte; so viele Fragen.

»Was war mit meiner Mutter?« fragte sie.

Thorne seufzte. Einen Augenblick lang sah man ihm jeden gelebten Tag seiner über fünfzig Jahre an. »Gib mir … etwas mehr Zeit, bevor wir über Katherine sprechen. Ich habe dir so viel geraubt, Tochter, aber … gib mir etwas mehr Zeit.«

Truth nickte. »Ich habe dich gehaßt, weißt du«, gestand sie verlegen. »Ich habe gedacht, du wärest eine Art Ungeheuer, das alle mit seinen Lügen einwickelt und aussaugt. Aber …«

»Ich habe nie gelogen«, sagte Thorne mit Nachdruck. »Gott stehe mir bei, das war die größte meiner Sünden: Daß ich geglaubt habe. Und Zwietracht gesät. Pilgrim – gütiger Himmel, daß mein Werk derartig verfälscht werden konnte! Was wir damals taten, das taten wir aus Liebe und in Unschuld, aber Pilgrim geht es nur um Macht – Macht, die mit Blut und Lügen und endlosem Schmerz erkauft wird. Wenn ich mir überlege, was er tun wird, wenn seine Sache gelingt … bekomme ich es mit der Angst.«

»Aber kannst du nicht …?« fragte Truth.

»Die Polizei holen? Aber sicher – und Pilgrim hätte mich am Kragen, und ein paar faschistische Anwälte erklären Schwarz für Weiß, und nächstes Jahr ist er wieder hier mit einem neuen Kreis, der ihm bedingungslos folgt. Nein, wir müssen das Tor schließen«, sagte Thorne ernst. »Und dazu brauche ich deine Hilfe.«

In *Die leidende Venus* war vom Schließen des Tores nicht die Rede, aber Thorne – wenn irgend jemand – konnte so etwas zur Not auch erfinden. »Ich habe ganz vergessen, daß du an diesen Unsinn glaubst«, sagte Truth. Thorne lachte.

»Mach du dich nur über deinen alten Vater lustig, liebes Kind. Wenn ich erst einmal Pilgrim aus dem Weg habe, dann können wir beide, du und ich, das ganze Ding ohne große Mühe schließen. Ich habe in den letzten zwanzig Jahren eine Menge dazugelernt. Du würdest staunen – das heißt, wenn du etwas von Magie verstündest«, verbesserte sich Thorne schalkhaft.

»Aber mach dir keine Gedanken – ich werde nichts von dir verlangen, was du nicht erhobenen Hauptes in jeder Kirche tun könntest«, fügte er hinzu und grinste über ihre Vorbehalte. Dann schwand sein Lächeln. »Aber es ist … der einzige Weg, die Sache in Ordnung zu bringen, verstehst du?« Er beschwor sie fast.

Truth drückte seine Hand. Sie wußte, was er wollte, und es wäre leicht gewesen, ihm einfach zuzustimmen. Aber diesmal hatte sie sich vorgenommen, die richtige Wahl zu treffen, nicht nur die logische. Sie war nun etwas kräftiger, ihr Kopf klar – sie konnte Thorne darum bitten, sie hinauszuführen, dann die Polizei anrufen, wie sie es ursprünglich vorgehabt hatte, um das Ritual und Pilgrim aufzuhalten.

Doch Thorne hatte bezüglich der Anwälte recht. Gewiß konnte sie Pilgrim des Mordes bezichtigen … aber wann hatte er über Michael und Ellis die Wahrheit gesagt und wann gelogen? Wenn sie ihn des Mordes bezichtigte, und beide tauchten gesund und munter wieder auf … Truth schauderte bei dem Gedanken an den Medienrummel, den das auslösen würde.

Außerdem wurde Thorne Blackburn immer noch wegen Mordes gesucht, ein Verbrechen, das nicht verjährte. Es gab keine Möglichkeit, ihn davor zu schützen, und in der Aufregung um sein Wiedererscheinen konnte ein Verfahren gegen Pilgrim schlicht untergehen.

Aber angenommen, ihr und Thorne gelänge es, das Ritual aufzuhalten? Das Schließen des Tores würde die paranormale Aktivität in Shadow's Gate zum Erliegen bringen, genau so, wie sie gehofft hatte. Und dann hätte Pilgrim keine Macht mehr, weder die des Kreises noch die des Hauses, die er für seine Zwecke ausbeuten konnte.

Noch vor einem Monat hätte sie diese Gedanken für blanken Irrsinn gehalten – aber sie hatte die Mitglieder des Kreises gesehen, grau und ausgezehrt, während Pilgrim vor hektischer Vitalität überschäumte.

Halte das Ritual auf. Schließe das Tor. Versiegle die schwärende seelische Wunde, die alles in diesem Haus vergiftet, und dann regle die anderen Dinge.

So war es vernünftig.

»Wenn ich dir helfe«, sagte Truth, »dann wirst du aber niemanden verletzen, oder?«

Thorne verzog das Gesicht. »Ich habe nicht vor, Pilgrim umzubringen, wenn du das meinst. Ich habe noch nie jemanden umgebracht und bin jetzt zu alt, um damit anzufangen. Aber ich glaube, ich kann Irene dazu bringen, ihm ein Betäubungsmittel zu verabreichen, und wenn das nicht funktioniert, kann ich ihm noch eins über den Kopf geben.« Er lächelte. »Ich finde, Kopfschmerzen sind das mindeste, was er sich verdient hat.«

»Das finde ich auch«, sagte Truth düster und rieb sich ihre Schläfen. »Also schön, was soll ich tun?«

Thorne blieb noch eine Weile bei ihr. Sie sprachen über alltägliche Dinge – Bücher und Filme, das Leben im Taghkanic College. Truth merkte, daß Thornes Kenntnis der Alltagskultur kurz nach 1969 abbrach – kein Wunder, wenn er all die Jahre danach im Untergrund gelebt hatte. Er wurde immer unruhiger, bis er schließlich gestand, daß er aufbrechen müsse.

»Ich habe nicht viel Chancen, wenn sie herkommen und mich hier erwischen«, sagte er entschuldigend.

»Geh nur. Ich fürchte mich nicht im Dunkeln.«

»Ach, ich laß dir die Laterne und den Rest da. Sie sollen es für ein Zusammenwirken mystischer Energien halten«, schnaubte Thorne. Er stand auf, um zu gehen.

Truth stand ebenfalls auf und umarmte ihn. Er war nur ein paar Zentimeter größer als sie, und was früher die Schlankheit eines jungen Mannes gewesen war, war nun die Abgehärmtheit des unterernährten Alters.

»Du bist so dünn!« sagte Truth. »Bekommst du auch genug zu essen?«

»Kümmere dich um dich selbst.« Thorne lachte. »Du glaubst noch nicht an Magie – nicht richtig. Aber bevor diese Nacht vorbei ist, werden wir hier eine Show abziehen, die du dein Lebtag nicht vergessen wirst.«

»Ich bin gespannt darauf«, sagte Truth, und diesmal meinte sie es ernst.

Thorne hob die Hand, Zeige- und Mittelfinger gespreizt. »Friede«, sagte er und verschwand hinter einer Ecke der Kellerwand.

Truth setzte sich wieder und hüllte sich in die Decke ein. Jetzt mußte sie nur noch warten.

Nach einer Weile aß Truth eines der Sandwiches aus der Kühlbox. Nur im Keller zu sitzen und keine andere Lektüre als das Etikett einer Apfelsaftflasche zu haben, war langweilig. Irgendwann nickte Truth ein. Das Gerassel von Schlüsseln am Vorhängeschloß weckte sie. Die Tür ging auf, und Fiona trat ein.

»Schau an«, höhnte Fiona, als sie die Laterne und die Kühlbox sah. »So gemütlich wie zu Hause. War das deine Idee, Gareth?«

»Nein.« Gareth folgte Fiona in den Keller. Sie trugen beide grüne Gewänder, und Gareth sah beunruhigt aus.

»Also komm. Wenn du dich sowieso schon von den Handschellen befreit hast«, schnauzte Fiona. Truth stand auf und räkelte sich.

»Sollten wir nicht …?« begann Gareth.

»Lieber Gott, was willst du? Soll ich sie über ihre Rechte aufklären. Also gut, kleines Miststück: Du tust entweder, was ich dir sage, oder du kriegst deine Fresse poliert. Wenn nicht von Gareth, dann von Julian.«

»Es gibt keinen Julian«, sagte Truth.

»Ach ja? Das wird für den Mann mit dem Geweih da oben sicher ein Schock sein, wenn er's hört. Bewege deinen lahmen Hintern.« Sie packte Truths Arm und zerrte sie mit sich.

Truth taumelte vor und wäre gefallen, wenn Gareth sie nicht aufgefangen und gestützt hätte.

»Gareth«, sagte Truth. »Warum machst du hier mit? Du weißt, daß es unrecht ist.«

»Ich ...«, sagte Gareth.

»Er macht es für mich«, sagte Fiona spöttisch. »Weil ich ihn liebe. Ist es nicht so, Gareth?« Sie griff wieder nach Truths Arm und bohrte ihre scharfen Nägel hinein. Zwischen den beiden Mitgliedern des Kreises stolperte Truth zum Keller hinaus und die Treppe hinauf.

Sowie sie das Parterre erreichten, wurde Truth klar, daß etwas Entsetzliches im Gange war. Aus dem Tempel strahlte Energie wie aus einem lodernden Hochofen. In ihrer Vision schien alles von vielfarbigen Lichthöfen umgeben, die leuchtende Spuren durch die Luft zogen.

Truth konnte den heftigen Regen hören, der draußen niederging. Doch noch lauter als das Geräusch des Unwetters hörte sie den Gesang, als ob sie schon im Tempel wäre. Scharfer Weihrauchgeruch drang in ihre Nase und Kehle, daß sie würgen mußte.

Sie erreichten den Tempeleingang, und schließlich begriff Truth. Das Ritual wurde nicht erst begonnen, so daß sie und Thorne die Dinge beobachten und noch rechtzeitig eingreifen konnten. Sondern das Ritual war seit mehreren Stunden im Gang.

Wo war Thorne? Warum war er nicht hier und holte sie heraus?

Gareth öffnete die Türen.

Eine neue Welle der Energie brandete über Truth hin, ein schwarzer Wirbel, der gleichzeitig nährte und verschlang. Die Energie sog an ihr, zerrte sie zurück in die Vergangenheit, in eine andere Nacht, einen anderen Tod ... zu dem kleinen Mädchen, kaum zwei Jahre alt, das verzweifelt versuchte, seiner Mutter in den Hof des Todes zu folgen. Und es verlor in seinem unendlichen Schmerz den Zugang zu seiner seelischen Lebendigkeit ... bis heute.

Als würde ein zu enges Kleid von ihr genommen, spürte Truth plötzlich, wie ihre Wahrnehmungen sich verwandelten, bis sie mit neuer Zuversicht und neuem Vertrauen den Rhythmus von Sein und Werden in sich pulsieren fühlte. *Dies* war die wirkliche Welt, in die sie vielleicht zu spät erwachte.

Im Tempel war der Kreis von leuchtenden Kerzen umstellt. Durch die Akustik des Raums erklang der Regen wie ein tausendfältiges Trommeln. Lights Gesang hämmerte mit solcher Wucht auf sie ein, daß sie erschauerte – mit einer Kraft, die weit über diejenige der anderen Versammelten hinausging. Truth strengte sich an, etwas zu erkennen, obwohl ihre Vision voller Funkenflug und glitzernder Regenbogen war und ihr ganzer Körper unter dem mächtigen Herzschlag des Hauses erzitterte.

Light stand am schmalen Ende des Altars, ihren Kopf zurückgeworfen. Sie war in tiefer Trance. Sie schrie Satz für Satz in einer unbekannten Sprache. Ihr Körper war in Truths neuer Sichtweise wie eine chromgrüne Flamme. Jedes Wort schien in der Luft weiterzuschweben, als ob die Laute Dauer gewonnen hätten. Truth bebte unter der Kraft, die durch sie hindurchströmte. Die anderen um sie her hatte sie vergessen. Lights Wille und der Wille von dem, was aus ihr sprach, hielten das Ritual gebündelt und auf sein Ziel gerichtet. In dem so fortgeschrittenen Stadium brauchte Pilgrim die anderen nicht mehr.

Irene stand wie erstarrt, ihr farbig geschminktes Gesicht von ungläubigen Tränen entstellt. Neben ihr kniete Hereward auf dem Boden und hielt seine gefalteten Hände gegen den Magen gedrückt. Sein Gesicht war schrecklich bleich, Blut klebte ihm am Mund, und mehr Blut sickerte durch seine zusammengepreßten Finger. Er war in blaues Licht getaucht – seine Lebenskraft floß langsam aus ihm heraus.

Als Truth eintrat, blickte er sie an. *Verzeih*, formten seine Lippen. Er schüttelte den Kopf und versuchte aufzustehen.

Caradoc stand mit ausdruckslosem Gesicht neben dem Altar und hielt ein Weihrauchgefäß. War das hier, was er sich erhofft hatte? Er zeigte mit keiner Miene, daß irgend etwas Ungewöhnliches geschah. Truth betrachtete ihn, sah aber nur eine schreiende Stille, über der das Unglück seine Schwingen ausbreitete.

Wo war Donner? Sie suchte ihn und entdeckte ihn schließlich. Er stand regungslos und hatte seine ganze Aufmerksamkeit Pilgrim zugewandt.

»Suchst du deinen weißen Ritter?« fragte Pilgrim Truth. Seine Wangen waren gerötet. Er trug eine Kopfbedeckung mit Hirschgeweih und ein Wolfsfell über den Schultern. Er war nackt und hielt ein riesiges rituelles Schwert in der einen Hand und eine schwarze Pistole in der anderen. Er richtete sie auf die einzige andere Person im Raum, die ihm gefährlich werden konnte. Die Waffe glühte für Truths übersinnliche Wahrnehmung wie ein Stück Kohle in seiner Hand, zum Zeichen, daß er sie vor kurzem abgefeuert hatte. Er hatte auf Hereward geschossen – war Donner der nächste? Waren dies die Toten, mit denen Pilgrim seine Zauberei nähren wollte, um das Tor zu öffnen?

Oder wartete der Tod auf Truth?

Sie setzte sich zur Wehr. Sie riß sich von Fiona los, doch Gareth hielt ihren Arm mit eisernem Griff.

»Laß mich los! Gareth – um Gottes Willen!« schrie Truth. Sie fühlte, wie die Macht, die Pilgrim gerufen hatte, von ihr Besitz nahm. Unwiderstehlich wurde sie in Pilgrims Kreis hineingezogen, um ihm zu Willen zu sein. Und ihre Unterwerfung würde in dem gleichen Schrecken und Chaos enden wie schon einmal.

»Ich glaube, daß dein Gott und seine Boten heute nacht ausbleiben werden – und auch Thorne Blackburn!« rief Pilgrim über die Stimmen von ihr und Light hinweg. »Glaubst du wirklich, Truth, daß ein einzelner, schwacher alter Mann, der die Gabe der Götter mißachtet hat, gegen *mich* aufkommen könnte? Nun komm her – ich werde dir dein Herz herausschneiden, dummes Weib. Wenn das Tor erst geöffnet ist, brauche ich dich nicht mehr. Los, Gareth – es ist angezeigt, daß eine Frau für das Wohl der Menschen sterben soll!«

Pilgrim lachte wirr, doch seine Pistole blieb auf Donners Brust gerichtet.

Unbegreiflich: Gareth begann sie nach vorn zu schleppen – aus Schwäche oder weil er sich an das Ritual verloren hatte oder weil er so sehr wünschte, sich an etwas außerhalb seiner selbst hinzugeben. Truth wollte sich ihm entwinden, und vielleicht wäre sie freigekommen, wenn Fiona ihr nicht einen schweren Kerzenleuchter in den Bauch gestoßen hätte. Als

Truth nach Luft rang, drehte Gareth ihr die Arme auf den Rücken.

Er brachte sie zu Pilgrim. Hitze strahlte von ihm aus und Macht – sie konnte es mit ihren neuen Sinnen wahrnehmen; ein dumpfviolettes Leuchten schimmerte auf seiner Haut, als ob eine Art astraler Doppelgänger in seinem Innern kurz davor wäre, aus seiner sterblichen Hülle zu platzen.

»Jetzt ketten wir sie an den Altar, vergewaltigen und verstümmeln sie und schneiden ihr das Herz heraus. Ach, komm schon, Irene, hör auf zu heulen – wir sind nicht mehr in den sechziger Jahren! Donner, sei ein braver Junge, komm her und hilf uns«, sagte Pilgrim, sein Gesicht eine Maske aus Fröhlichkeit und Irrsinn.

Oh, wie konnten sie nur glauben, er würde irgendeinen von ihnen leben lassen nach dem, was sie hier in dieser Nacht gesehen hatten? Wie viele von ihnen waren hier wie Irene – geheim, illegal, und niemand würde es merken, wenn sie verschwand?

»Donner! Tu's nicht!« rief Truth. »Er wird dich umbringen!«

Pilgrim fuchtelte drohend mit der Pistole und lachte. Seine Stimme klang hoch und abgehackt gegen Lights Gesang. Auch wenn man nicht an Magie glaubte und die Energie nicht spüren konnte, die hier wütete, so war da immer noch die Pistole. Truth spürte, wie Gareth sie auf den Altar hob. Sie trat wild um sich.

»Im Namen des Weißen Christus und des Yod-He-Vau-He, das Tetragrammaton mit seiner ganzen Macht!« brüllte eine Stimme von der Tür her.

Lights Gesang brach ab, als ob sie einen Schlag bekommen hätte. Gareth schwang herum und schleifte Truth mit sich.

Michael Archangel stand auf der Schwelle. Sein Haar war naß von Blut; über seinen Augenbrauen stand ein Kranz roter Perlen. Er trug das Gewand eines Priesters, und in seinen blutenden Händen hielt er ein Schwert, wie es Truth noch nie gesehen hatte. Es war von weißen Strahlen umgeben, als ob ein Scheinwerferlicht allein darauf gerichtet wäre.

»Ich fordere dich auf, von diesen Irrtümern der Finsternis abzulassen und dich dem Urteil Gottes zu unterwerfen!« rief

Michael. Truth spürte, wie die Macht dessen, der ihn sandte, sich ausbreitete: brennend und unversöhnlich.

Pilgrim schwang sein Schwert, und Gareth kroch mit Truth aus der Gefahrenzone heraus. Die feindlichen Kräfte stießen aufeinander, und einen Moment lang wurde der Vorhang von Zeit und Geburt entzweigerissen, und jeder im Raum stand in der Gegenwart der Ewigkeit.

»Domaris!« schrie Light. »Hilf mir!« Sie fiel auf die Knie und schrie weiter vor Angst und Schmerz.

»Deoris!« Der alte, der ewige Name lag der Schwester auf den Lippen – die beiden Schwestern, die am Anfang der Welt vor einem Schrein geschworen hatten, sich nie trennen zu lassen bis ans Ende der Zeit. Vor Truth entrollte sich die Geschichte ihrer ungeteilten Leben von Geburt zu Geburt, zurück bis zu jener alten Sünde, die sie für immer an das Rad kettete.

Die Vision verging. Sie machte sich jetzt ohne Mühe von Gareth los und eilte durch die Kräfte, die im Raum wirbelten.

»Ich beuge mich vor keiner Macht – sei es Gott oder Teufel!« rief Pilgrim. Das rituelle Schwert war dunkel sichtbar, seine schwarze Schneide ein Loch im Gewebe der Schöpfung selbst. Er hob es hoch. »Du, Unterpfand des Sklavengottes, wirst dich vor mir beugen – und mich anbeten!«

Michael schritt vor. Seine bloßen Füße hinterließen blutige Spuren auf dem Tempelboden. Er hielt sein Schwert zur Abwehr bereit, als Pilgrim angriff. Ein gleißender Nebel schien die beiden Männer von den anderen im Tempel abzusondern, als ob ihre Körper nicht mehr Teil der diesseitigen Welt wären.

Truth erreichte Light und ließ sich neben ihr nieder. Ihre Schwester hatte zu schreien aufgehört – sie lag schlaff und bewußtlos auf dem Boden. Ihre Haut war eiskalt. Truth fühlte nach ihrem Puls, er war schwach, aber regelmäßig. Sie preßte ihre Schwester an ihre Brust und sah dem Kampf zu.

Michaels Stimme erklang in sonorem, tiefem Latein, und jede Silbe schien das Tuch der Wirklichkeit zerreißen zu wollen. Pilgrim schwang das Schwert, aber nicht von dieser Klinge kam der Angriff. Mit der anderen Hand umriß er eine

Figur in der Luft, und Truth sah die Gestalt wie durch einen Schleier blutigen Nebels.

»Adonai!« rief Michael, und die schwirrende Figur verschwand.

»Komm«, sagte Thorne und packte Truth an den Schultern. Sie schrie auf. Fast hätte sie Light fallen lassen. Die Vorhänge vor dem Alkoven bewegten sich noch von Thornes Hindurchgehen. Sie konnte kaum noch etwas sehen. Der ganze Tempel schien in einem lodernden Lärm zu ersticken, und Truth war es, als ertränke sie in einem Meer des Unwirklichen, das plötzlich greifbar wurde.

»Nein! Light...«

»Wir haben keine Zeit!« rief Thorne ihr ins Ohr. »Sie sind schon zu weit vorgedrungen! Es wird nicht mehr aufhören – wir müssen es jetzt schließen!«

Er hatte recht – Truth konnte es fühlen. Das verlorene Gleichgewicht hier nährte sich vom Kampf zwischen Michael und Pilgrim. Es spielte jetzt keine Rolle mehr, ob das Ritual zu Ende geführt wurde – das Tor würde sich öffnen, wenn Thorne und sie nicht eingriffen.

Vorsichtig ließ sie Light auf den Boden gleiten und rappelte sich hoch. »Wird ihr auch nichts passieren?«

»Nein, nicht wenn wir es schaffen«, sagte Thorne grimmig. Er schnappte sich *Die leidende Venus* vom Altar. Truth riß ihm das Buch aus der Hand. Der Einband war heiß und eisig zugleich, brannte wie ein verglühender Stern.

Thorne nahm sie am Handgelenk und zog sie mit sich durch den Vorhang des Bogengangs. Dort war es stockfinster, aber Thorne bewegte sich sicher durch die Dunkelheit, öffnete eine Tür, hinter der eine Treppe hinunterführte. Ein schwacher Schimmer, beinahe phosphoreszierend, leuchtete von unten hoch; genug, um den Weg zu finden, zumindest in der letzten Verzweiflung.

»Die alte Zisterne«, sagte er kurz.

Truth folgte ihm hinunter in einen Raum, der genauso groß war wie der Tempel oben, ein großer trommelförmiger Raum, gemauert aus jahrhundertealten Ziegeln und Steinen. Das Chaos im Tempel fiel von ihren Sinnen ab, und sie begann wieder zu sehen. Sie starrte auf eine gebogene Mauer und erkannte, daß sie zum Originalfundament des Hauses von 1648 gehörte.

»Komm«, sagte Thorne.

Die Treppe war aus Schmiedeeisen. Sie schepperte und wackelte, als Thorne und Truth sie hinabliefen. Truth hielt das Buch fest an ihre Brust gedrückt. Unten sah Truth, daß das Licht von einer glasbedeckten Sturmlampe kam, die in einer Nische an der Wand hing.

»Die Quelle ist da unten.« Thornes Mund zuckte, als er auf den Boden zeigte. »Scheidow überzeugte die Taghkanics davon, daß er ein großer *manitou* wäre, indem er die Quelle für seine Zwecke einsetzte. So bekam er die Indianer dazu, daß sie mit ihm im Pelzhandel zusammenarbeiteten.«

»Dieses Gelände scheint Schwindler nur so anzuziehen«, gab Truth zurück, und Thorne lachte.

»Los, komm. Da ist ein Tunnel, der nach draußen führt.«

Es gab zu viele Dinge, vor denen sie sich fürchtete, als daß sie jetzt Angst gehabt hätte, aber für den Rest ihres Lebens sollte diese Flucht aus Shadow's Gate der Stoff ihrer schlimmsten Alpträume sein. Das alte System von unterirdischen Gängen war verwahrlost. Frühlingsregen und Wintereis vieler Jahrzehnte hatten die Wände eingedrückt, und durch die niedrige Decke waren Wurzeln gebrochen, deren Gestrüpp manchmal so weit herunterhing, daß man nur noch auf allen vieren vorwärtskam. Truth hatte die ständige Sorge, daß der Tunnel einstürzen und sie beide lebendig begraben könnte. Immer, wenn der Donner durch das Tal rollte, zuckten ihre Hände leicht, doch ihr Bewußtsein war Welten von irgendeiner kreatürlichen Angst entfernt.

Sie konnte überall um sich die entfesselte Gewalt des offenen Tores spüren, sein Pulsieren, das vom Rhythmus des abgebrochenen Rituals nicht mehr abhing und sich nun nach eigenem Gesetz aufbaute und wuchs. Alles leuchtete in spektralem Licht, als wäre Shadow's Gate nicht länger von dieser Welt.

Schließlich kamen sie an eine Stelle, wo Balken die Decke stützten und auch den Rahmen für die Tür in der gekalkten Wand vor ihnen bildeten.

»Das alte Kühlhaus«, erklärte Thorne und öffnete die Tür.

Das Kühlhaus war noch verrotteter als der Tunnel. Eine weitere Tür – morsch und kaum noch in den Angeln – führte nach draußen. Die Nacht war blaßsilbern wie bei Vollmond, obwohl Sturm und Gewitter immer noch durch das Tal rasten. Truth klopfte sich mit der freien Hand Schmutz und Spinnweben von ihrem Rock. Durch die Tür roch sie die würzige Süße der Nachtluft.

»Da hinaus?« fragte sie. Ein Windstoß trieb einen Schwall Regen in die Türöffnung. Ihr Rock wurde naß, und sie fröstelte.

»Das nächste Mal, wenn ich dich rette, bringe ich einen Regenschirm mit«, versprach Thorne.

Truth stopfte das Buch unter ihren Pulli und drängte sich an Thorne vorbei. Der Regen war eisig und lieblich zugleich, er wusch den Schmutz von ihr ab und drang bis auf ihre Haut. Über ihr dröhnten die Donnerschläge, und Blitze durchstachen den Himmel wie fernes Artilleriefeuer.

Thorne kam neben sie. Der Hang, auf dem sie standen, war mit Dornengestrüpp überwuchert. Truth hörte Thorne einen Schwur tun, während der Regen sie durchnäßte. Sie warf einen Blick zurück. Shadow's Gate war nirgendwo zu sehen.

»Schnell«, sagte Thorne. »Wir dürfen keine Zeit verlieren.« Er nahm sie bei der Hand und rannte mit ihr über den aufgeweichten Boden, der Sturm peitschte auf sie ein.

Sie waren mit Schlamm bedeckt und bluteten von zahllosen Dornenkratzern, als sie Thornes Ziel erreichten. Beide waren mindestens einmal ausgerutscht. Mehrfach hätte Truth das Buch beinahe verloren – doch hartnäckig hatte sie es fest umklammert, trotz Prellungen und gebrochener Fingernägel.

Thorne ging nun langsam auf die Lichtung zu. Er zog Truth hinter sich her. Sie wischte sich Regen und Haare aus den Augen und sah sich um.

Sie waren jetzt tief im Wald hinter Shadow's Gate, wo alte Bäume wie Säulen in einem Tempel standen. Sonst war die

Vegetation eher spärlich. Der Regen fiel hier nicht so stark, obwohl der Spätherbst nur wenig Blätter an den Bäumen gelassen hatte.

Die Lichtung war hufeisenförmig von Granitsäulen gesäumt, die ebenso roh behauen und in die Erde eingesunken waren wie die Pfeiler von Stonehenge. Die Steine, zwölf an der Zahl, standen ziemlich eng zusammen, nicht mehr als vier Fuß auseinander. Das Erdplateau, das sie umgaben, war vor langer Zeit geharkt und geglättet worden, doch jetzt lag Laub auf dem von Rotwild kurz gefressenen Gras.

»Das haben wir in unserem ersten Sommer aufgebaut. Carl hat sich sein Handgelenk gebrochen, und Irene bekam vom Giftsumach den schlimmsten Ausschlag, den du je gesehen hast«, sagte Thorne. Er rang nach Atem vom Rennen. Sein Haar lag angedrückt an seinem Kopf. Er grinste, als ob ihm nicht der Ausgang, sondern nur der Kampf etwas bedeutete.

Truth berührte eine Steinsäule. Sie war überraschenderweise nicht kalt, sondern so warm, als hätte die Sonne seit Stunden darauf geschienen, und unter ihren Fingern spürte Truth ein leises Beben. Nach allem, was Truth in dieser Nacht erlebt hatte, konnte auch diese Sonderbarkeit sie nicht erschrecken.

»Was machen wir jetzt? Wozu sind wir hier?« fragte Truth. Sie schüttelte ihr nasses Haar aus der Stirn und widerstand der Versuchung, sich an die Säule zu schmiegen. Deren Wärme, woher immer sie stammen mochte, war für Truth ohnehin nicht ausreichend.

Thorne ging an den äußersten Punkt des Halbkreises, wo zwischen den beiden mächtigsten Steinsäulen eine größere Lücke klaffte. Er hielt inne, als verursachte ihm der nächste Schritt Schmerzen.

»Pilgrim hat diesen Ort gefunden, aber Irene hat ihm nie erzählt, was es in Wahrheit mit ihm auf sich hat – immerhin dafür habe ich gesorgt. Das Böse ist seltsam leichtgläubig. Er hat nicht mehr von mir gewußt als du, aber er hat sich einen anderen Teil von meiner Legende ausgesucht. Es ist wahr, daß das Haus der Magie deiner Mutter unterstand. Meine Magie lebte hier.«

Damit trat er einen Schritt zurück und stellte sich zwischen die beiden Säulen. Sie begannen zu schwingen und erzeugten einen hohen, zauberischen Ton, der durch das Dröhnen des Sturms hindurchklang, und plötzlich begannen die Steine in einem bläulichen Licht zu erstrahlen, wie das Leuchten der Sterne.

Sein Körper zuckte, als ob elektrischer Strom durch ihn hindurchjagte. Truth sah das Funkeln seiner entblößten Zähne im Elfenblau der Steine widerscheinen.

»Vater!« schrie Truth und wollte zu ihm.

Sie rutschte aus und stürzte auf die harten Kanten des Zauberbuchs, das sich unter ihrem aufgeweichten Pullover befand. Sie rappelte sich auf, kniete im Schlamm und blickte zu ihrem Vater auf – er war nicht verletzt, wie sie befürchtet hatte. Vielmehr schien Thornes Körper den Stromkreislauf des Kraftfeldes hier zu schließen.

Langsam hob er seine Hände und streckte sie ihr entgegen, gekrönt von blauweiß schimmernder Energie. Sie wußte, was er von ihr erwartete.

Immer noch kniend, zog Truth *Die leidende Venus* unter ihrem Pullover hervor. Der Einband, an dem nur noch kümmerliche Fetzen vom Umschlag hafteten, war naß und glitschig. Sie reichte das Buch zu Thorne hinauf.

Er sagte etwas, aber bei dem lärmenden Regen und dem Wind konnte sie ihn nicht verstehen, und er schüttelte den Kopf. Dann berührte er das Buch.

Die Kraft des Kreises strömte in ihren Körper und suchte in die Erde zu fahren. Truths Körper zuckte, wie es Thornes getan hatte, obwohl die Kraft sie ganz und gar erstarren ließ. Es gab kein Entfliehen – sie fühlte es, als die Kraft in die Erde floß und dort auf eine größere Kraft stieß – ein Fluß, der dem unermeßlichen Ozean entgegenströmte, welcher die Kraft wieder in den Fluß drängte. Die Kraft stürzte zurück in ihren Körper, durch sie hindurch, durch Thorne, durch die Steine hindurch und wieder zurück in die Erde, ohne Ende. Truth schloß die Augen. Hier war der Frieden, nach dem sie sich gesehnt hatte. Hier endlich, und sie wollte sich nur dem ewigen Ruf seiner Gezeiten unterwerfen.

»Nein!« Thornes Ruf rüttelte sie wach. Sie sah in seine leuchtenden blauen Augen, und sie wußte, daß er sie nicht für diese Unterwerfung hergebracht hatte. Die Kraft mußte beherrscht, das Tor mußte geschlossen werden. Sie mußte die Flut in sich mit ihrem Willen bändigen – sie war die Wächterin des Tores, und hier war das Tor.

Aber wie?

Thornes Brust hob sich, als er atmete; er schöpfte Luft und Kraft. Dann begann er zu singen, die fremdartigen kurzen Phrasen, die Truth in ihren Träumen verfolgt hatten, seit sie in Shadow's Gate war – die Worte, die in dieser Welt nur Worte, doch in einer anderen lebendige Wesen waren, wirklich und körperlich und bewußt.

Die Nacht, der Sturm, der Wald und der Kreis aus Steinen, alles fiel ab von ihren Sinnen wie ein abgetragenes Stück Kleidung vom Körper. Sie schritt durch das Tor hindurch und stand mit Thorne auf einem hohen Berg, wo gewaltige Heerscharen versammelt waren, die auf das Zeichen zum Angriff warteten. Der Ozean brandete unten gegen die Klippen, und über den Köpfen der Menge drehte sich ein Rad zwischen den Sternen – ein Rad aus blendendem Silber, und jede der Speichen war ein beidseitig geschliffenes Schwert.

In die Erde hinab; von der Erde hinauf; das ewige Sakrament des Gebens und des Nehmens … Thorne hatte die ganze Zeit gesungen, doch auf einmal konnte Truth die Worte verstehen, die keine Worte mehr waren, sondern Wirklichkeit.

»Ich bin ein Falke/ Über dem Kliff …«

Sie stimmte in den Gesang ein. Jeder Vers war eine Rune, ein Wort, ein Zauber – gewoben aus lebendigem Atem.

»Ich bin ein Dorn/ Unter der Haut …«

Dann sah sie die Gestalt von allem. Sie sah, was sie tun mußte; sah die Aufgabe, die Thorne ihr zugedacht hatte und wie sie zu lösen war; sah den Preis und den Schmerz und maß ihre Kraft an der Aufgabe, und jetzt sang sie allein:

»Ich bin ein Köder/ Aus dem Paradies …«

Über dem Horizont entdeckte sie die zerborstene Gestalt von Pilgrims Ritual, und sie wußte, daß sie auch damit umgehen mußte. Thornes Stimme setzte wieder mit ein, und das

Buch brannte zwischen ihren Händen wie glühendes Eisen, doch keiner von ihnen ließ es fallen.

»Ich bin ein Zauberer, wer, wenn nicht ich/ Soll das Tor Zwischen Den Welten kennen?«

Pilgrims verworrenes Vorhaben zerfiel, und jetzt brannte das Tor vor ihrem inneren Auge, silbern funkelnd; seine Klingen waren die Gefahren, die der Suchende überwinden mußte, um ins Paradies einzugehen.

Sie wußte, was sie zu tun hatte. Die Worte leuchteten in ihr. Doch sie auszusprechen bedeutete, daß sie von nun an auf einem Pfad stand, den sie bis zum Ende ihrer Tage gehen müßte.

Sie hatte keine Wahl. Niemand sonst konnte es tun.

»Ich bin die Geburt jeder Hoffnung ...«

Ihre Hände brannten. Ihr Wille und ihre Pflicht hielten sie gebunden; die Leidenschaft zu wissen und nach dem Wissen zu handeln hatte sie an diesen Punkt geführt.

»Ich bin die Tür für jede Mauer ...«

Sie konnte spüren, wie es gegen sie andrängte; das schwere Gewicht der Vorsehung, als verschöbe sich auf einer ganz anderen Ebene als ihrer eigenen ein bedeutendes Gleichgewicht; und das Tor Zwischen Den Welten schwang wieder zu und stellte ein Gleichgewicht her, das lange mißachtet worden war. Der Augenblick, in dem sie beenden konnte, was sie begonnen hatte, kam und ging vorüber. Truth empfand die Panik jedes wilden Lebewesens, das in der Spur eines daherbrausenden Zuges stand. Da erreichte die Kraft, die sie gerufen hatte, ihren Höhepunkt und explodierte in ihr, nahm an Gewalt noch zu und suchte Erlösung. Sie schrie, und an ihren Händen sprangen die Blasen auf. Die Flüssigkeit floß wie Tränen über ihre Finger, doch endlich war das Tor geschlossen. Sie hatte es geschlossen, und jetzt gab es nur noch eines zu tun.

»Ich bin der Schlüssel für jedes Schloß ...«

Der Schlüssel war ihr Körper, ihre Seele, die von ihrer lebenden Gestalt abgespalten war, und jetzt konnte auch Thorne ihr nicht mehr helfen.

»Ich bin das Schloß für jedes Tor ...«

Ihre Stimme versagte. Ihre Zunge blutete von den Worten, aber wenn sie jetzt aufhörte, wäre der Schaden nicht behoben, und aller Kummer und aller Schmerz, die sie gelitten hatten, wären umsonst gewesen.

»Ich bin ein Zauberer, wer, wenn nicht ich/ Soll das Tor Zwischen den Welten versiegeln?«

Es war vollbracht. Der Berg war fort, die Heerscharen waren fort. Das Tor war nicht mehr unter den Sternen, und so war auch das Licht erloschen.

Truth lag auf dem matschigen Boden. Sie öffnete die Augen, aber der gespenstische Anblick hatte sich in nichts aufgelöst; alles war schwarz. Nur Fetzen von dem, was sie gesehen hatte, erfüllten sie noch mit Staunen, dann verblaßten auch sie wie ein Traum.

Es blieb die Wahl, die sie getroffen hatte und mit der sie nun zu leben lernen mußte.

Sie fror, betäubt, durchnäßt und entkräftet. Der Regen war ein Geräusch in der Ferne. Der Sturm hatte sich gelegt, und das Gewitter war weitergezogen. Truth erhob sich auf die Knie. Sie war vom Kinn bis zu den Füßen mit einer dicken Schlammschicht überzogen.

»Vater?« rief sie heiser. Der Schlamm war sogar in ihren Mund gedrungen. Sie spuckte.

»Hier«, sagte Thorne. Sie konnte ihn nur schwach erkennen. Er stand zwischen den Steinsäulen. Die Arme über der Brust gekreuzt, hielt er *Die leidende Venus* in den Händen.

»Du ... ich ...« Sie hockte sich auf ihre Fersen und strich sich mit schmutzigen Händen das Haar aus dem Gesicht. »Es hat funktioniert. Wir haben es geschafft. Es ist Wirklichkeit.« Die Worte waren nur Schatten einer wahren Sprache – von nun an würde sie die Welt so sehen; wie die Welt für diejenigen war, die das Paradies gesehen hatten und unter Schatten fortleben mußten.

»Das habe ich immer gesagt.« Thornes Stimme klang belustigt. »Und jetzt, es tut mir leid, mein Herz, aber ich bin heute nacht nicht ganz ehrlich zu dir gewesen. Ich hoffe, daß du mir eines Tages verzeihen wirst, aber jetzt ... kann ich nicht länger bleiben. Das war geschwindelt. Ich muß jetzt gehen.«

Sie wußte es. Der Teil von ihr, der auf dem Berg vor dem Tor des Silbernen Rades gestanden hatte, verstand. Das Spiel mußte zu Ende geführt werden.

»Wohin?« fragte Truth. »Warum mußt du gehen? Vater, ich habe dich gerade erst wiedergefunden ...«

»Und ich werde dich immer liebbehalten, Truth. Doch in der Nacht, als deine Mutter starb, ging ich hierher, um sie zurückzuholen – mit der Kraft meines Blutes bezwang ich das Tor, und für diese Anmaßung wurde ich mit einer gerechten Strafe bedacht. Lebe wohl, mein Kind.«

»Nein!« Truth sprang auf ihre Füße und rannte auf ihn zu, aber sie kam zu spät.

Die Blitze leuchteten auf. In der Lücke zwischen den Säulen, wo Thorne gestanden hatte, stand er nicht mehr – nur eine große graue Eiche, in deren Rinde das Symbol vom Kreis der Wahrheit tief eingeritzt war.

Und *Die leidende Venus* war nicht mehr in der Welt der Menschen.

KAPITEL 15

Deinem eigenen Selbst sei treu

Du, der du die große Wahrheit glaubst
Und der Welt die großen Taten raubst,
Entschlossen, mutig, handelnd.
CHRISTOPHER SMART

Truth brauchte beinahe eine Stunde für den Weg vom Hügel bis zum Haus, und als sie dort ankam, fand sie ein einziges Chaos vor. Brandgeruch lag in der Luft. Polizei, Krankenwagen und Feuerwehr waren da, und sogar ein paar Gaffer aus Shadowkill waren von den Sirenen und dem Lärm angelockt worden. Truth kam gerade noch rechtzeitig, um zu sehen, wie Hereward in einen Krankenwagen gehoben wurde. Ein Krankenpfleger in weißem Kittel stand neben ihm und hielt eine Flasche mit Glukoselösung über seinen Kopf.

Was war geschehen? Bestimmt hatte Pilgrim nicht gesiegt, wenn all diese Menschen hier waren – aber was war geschehen? Sie rannte zwischen den kreuz und quer stehenden Autos durch und hielt nach Light Ausschau, nach Irene, nach allen, die zum Kreis gehörten.

»Halt, Miss! Sie können da nicht reingehen.« Ein Feuerwehrmann hielt sie vor dem Eingang des Hauses fest. Sein schwerer Mantel roch stark nach Feuer und Rauch. Die Türen standen offen. Truth sah dicke weiße Schläuche, die sich ins Innere schlängelten, und Wasserpfützen auf den Holzdielen. Das elektrische Licht brannte noch und ließ die Szene surreal erscheinen.

»Meine Schwester ist da drin!« sagte Truth und versuchte sich loszureißen.

»Da ist niemand mehr drin«, sagte der Feuerwehrmann. »He! John! Sie sucht ihre Schwester!« rief er jemandem zu, der nur wenige Schritte entfernt stand.

Ein Mann mit breitkrempigem Hut, wie ihn die Staatspolizei trug, kam zu ihnen. Das Walkie-talkie, das vor seinem Bauch baumelte, gab hin und wieder verzerrte Stimmgeräusche von sich. »Gehen Sie mit ihm, Miss. Er wird Ihnen helfen, Ihre Schwester zu finden«, sagte der Feuerwehrmann.

»Ihr Name?« fragte der Polizist. Er faßte mit einer Hand unter ihren Arm und führte sie zurück zu seinem Auto. »Wohnen Sie hier?«

»Truth Jourdemayne. Ich bin seit ein paar Tagen hier für Forschungsarbeiten. Meine Schwester ist im Haus! Wissen Sie …«

»Es ist keiner mehr drin, Ma'am«, versicherte der Polizist. »Wenn Sie mir einfach ein paar …«

»Truth!« Light stürmte so heftig auf Truth zu, daß sie sie beinahe umwarf.

»Oh, Gott sei Dank, dir ist nichts passiert – aber du wirst ganz naß«, fügte sie fast im gleichen Moment hinzu.

Light trug noch ihr rotes Gewand, aber darum herum war etwas gewickelt, das wie eine der Fahnen aus dem Tempel aussah. Ihr langes, silberweißes Haar war naß und zerzaust, und ihre Haut war rußverschmiert.

»Ist mir egal!« sagte Light. Sie umarmte Truth noch kräftiger, so daß ihr eigenes Samtgewand die Nässe von Truths Kleidung aufnahm. Truth erwiderte die heftige Liebkosung. Sie empfand tiefe Erleichterung. Light war gerettet.

Der Polizist, der sah, daß er hier überflüssig war, zog sich zurück. Für eine kurze Weile, wie Truth wußte. Denn es gab Fragen, die dringend einer Antwort bedurften – was sollte sie sagen?

Zunächst aber gab es für sie nur eine einzige wichtige Frage: »Pilgrim – wo ist Pilgrim?«

»Er ist da drüben«, sagte Michael, der von einem der großen Autos hergestapft kam und sich neben Light stellte. Er trug eine Decke um seine Schultern und sah müde aus. Aber er ähnelte nicht im entferntesten der blutenden Erscheinung mit dem Flammenschwert, die Truth früher am Abend gesehen hatte.

War das überhaupt wirklich gewesen? Sie schaute in die Richtung, in die Michael wies, und erkannte Pilgrim.

Er wurde von zwei ärztlichen Nothelfern zu einem der Polizeiwagen geführt. Sie hielten ihn an den Armen, seine Hände waren in Handschellen auf den Rücken gebunden. Er stolperte zwischen ihnen über das Gras und redete wirr:

»… Könige der Dunkelheit die Zitadellen der Erde und Ozeane überragen die Schlösser in den Kerzen und der Regen singt im Finstern und Felsen über den Steinen im Ozean …« So ging sein Gerede fort, ohne Sinn und Zusammenhang. Truth sah, ohne zu sehen, und erkannte die Ketten, die ihn fesselten. Sie waren stärker als alles, was sie oder Thorne hätte schmieden können: Sie banden Pilgrim eng an sich selbst und würden dafür sorgen, daß sein Wahn nie wieder jemand anderen als ihn selbst verletzte.

Michael hatte das getan – oder die Macht, der er diente –, als Pilgrim die Gewalt über das Tor verlor. Truth fand nichts Trauriges daran. Sie sah Michael in die Augen und erkannte endlich, vor was er sie die ganze Zeit hatte beschützen wollen: Vor dem Wissen darüber, was sie war, und vor der Verantwortung, auf dem Pfad zu gehen, den sie nun betreten hatte.

Truth fühlte einen tiefen Verlust; jetzt, da sie die Wahrheit kannte, hätte sie Michael zu ihren Freunden zählen können. Doch nein. Sie und Michael hatten schon vor langer Zeit verschiedene Pfade gewählt.

Die christliche Kirche hielt den Menschen für zu schwach, um die Erfahrung des höheren Wissens zu ertragen, und so lehrte sie, daß dieses Wissen von den Menschen ferngehalten werden müsse. Julian Pilgrim hatte dagegen behauptet, daß alles Wissen dem Menschen gehöre, gleichgültig ob er dafür bereit war oder nicht.

»Du bist tropfnaß«, sagte Michael tadelnd. »Du wirst dich erkälten.« Er nahm die Decke von seiner Schulter und legte sie ihr um. Sie war noch warm von seinem Körper, und Truth lächelte ihn traurig an. Diese Nacht hatten sie und Michael auf der gleichen Seite gegen das Unheil gekämpft, doch das nächste Mal trafen sie vielleicht als Gegner aufeinander.

Michael streckte seinen Arm aus, und Light kehrte zurück an seine Seite.

»Ich werde mich um Light kümmern und dafür sorgen, daß sie unter ihren Gaben nicht mehr leiden muß. Das kann ich ... Noch ist Zeit zu wählen, Truth. Wollen Sie mit uns kommen?«

»Nein, Michael«, sagte Truth sanft. »Ich habe mich entschieden.«

Es gab noch einen anderen Weg als den von Michael und den von Pilgrim – einen Pfad, der weder schwarz noch weiß war, sondern grau wie der Nebel: Thornes Pfad, der nun auch der ihre war. Ein Pfad, den zu gehen Pilgrim sich geweigert hatte und dem zu folgen Truth nicht stark genug gewesen war.

Truth schluckte ihre Tränen hinunter, sie wußte, daß die Zeit ihren Pfad und den von Light weiter auseinanderführen würde, bis es am Ende keine Gemeinsamkeit mehr gab. Und Light liebte ihn. Wenn das, was Thorne und sie – und Michael – heute nacht getan hatten, irgendein Ziel gehabt hatte, dann war es die Freiheit, solche Entscheidungen zu treffen. Sie wendete sich ab. »Ich werde jetzt besser mal nach den anderen sehen«, sagte sie.

»Gehe mit Gott, Truth«, sagte Michael ruhig, und sie wußte, daß seine Worte nicht leer waren – sie waren ein Gebet, das sie nicht erwidern konnte. Truth ging.

Anders als bei dem letzten großen Feuer war Shadow's Gate diesmal nicht vollkommen niedergebrannt. Allerdings war der Tempel in der Mitte des Hauses eingestürzt und verwüstet, und was das Feuer nicht geschafft hatte, hatte das Wasser der Feuerwehrleute nachträglich besorgt.

Die Feuerwehrwagen formierten sich und fuhren zurück in die Stadt. Die Gefahr war vorüber. Truth fragte sich, ob Teile des Hauses noch bewohnbar waren – sie sehnte sich so sehr nach einem heißen Bad. Die Kälte steckte bereits in ihren Knochen, und ihre Finger waren taub.

Truth fand Donner und Irene beisammen. Er hatte einen Arm um sie gelegt. Irene saß auf einem Campingstuhl, den ihr jemand gebracht hatte. Beide waren in Decken gehüllt. Auf Irenes Wangen sah man Tränenspuren, und sie wirkte furchtbar alt.

»›Wer mein Bruder, meine Schwester in der Kunst, der ist mein Bruder, meine Schwester in allen Dingen‹«, sagte Donner mit schiefem Lächeln, als er Truth sah. »Wie geht's?« fügte er vorsichtig hinzu.

Wie Light trug auch Donner noch sein Gewand und hatte Rußspuren im Gesicht. Er schien in den letzten Stunden um Jahre gealtert zu sein, seine braunen Augen blickten müde.

»Ganz gut«, sagte Truth ebenfalls zurückhaltend. »Tante Irene, ist mit dir alles in Ordnung?« Sie kniete sich vor die ältere Frau und hielt dabei ihre Decke mit beiden Händen an der Schulter fest.

»Es war falsch – alles falsch«, sagte Irene still vor sich hinweinend. »Er hat alles zerstört – alles! Er hat es beschmutzt ...«

»Nein«, sagte Truth mit Nachdruck. »Pilgrim hat nichts zerstört, was sich nicht wieder herrichten ließe. Wir werden es zusammen wieder herrichten. Ich brauche dich, Tante Irene. Ich möchte von dir lernen. Willst du mir helfen?« Sie hatte nicht darüber nachgedacht, was sie sagen wollte, aber sie zweifelte nicht an der Wahrheit ihrer Worte. Die Kunst der Magie war eine angeborene Kraft, die aber Disziplin und Übung benötigte – Übung, die Truth fehlte.

Langsam wendete sich Irene Avalons Blick von ihrem inneren Schmerz ab. Sie schaute Truth an und streichelte ihr mit zitternden Fingern die Wangen.

»Ja«, sagte sie mit festerer Stimme. »Ja, das will ich.«

Truth stand auf und fragte Donner: »Wo sind die anderen?«

Er zuckte mit den Achseln. »Hereward ist in einem Krankenwagen weggebracht worden, und Julian ...«, seine Stimme erstarb. »Michael und Light müssen sich hier irgendwo herumtreiben, und ich habe Gareth und Fiona gesehen ...«

Die, da war sich Truth sicher, waren längst auf dem Weg fort von hier. Von allen, die heute nacht am Kreis beteiligt gewesen waren, hatten nur Pilgrim und vielleicht Fiona genau gewußt, was sie taten. Sie hoffte, daß Gareth nicht allzu sehr unter

Fiona leiden würde – doch was immer Gareth widerfuhr, er hatte es im Grunde nicht anders gewollt.

»Donner, was ist denn heute nacht passiert?« fragte Truth. Sie wollte damit nicht ihre eigenen Wahrnehmungen überprüfen – sie wußte, was sie gesehen hatte –, sondern wissen, was die anderen wahrgenommen hatten. Denn ab jetzt lebte sie in zwei Welten.

Donners Blick war unruhig, er konnte ihr nicht in die Augen sehen. »Ich weiß nicht«, sagte er, und dann: »Wir waren alle ziemlich betrunken.«

»Betrunken?« fragte Truth ungläubig.

»Ja, natürlich«, sagte Irene bestimmt, wenngleich nicht so, als ob sie daran glauben würde. »Deshalb ist auch das Feuer ausgebrochen. Einer von den Jungs hat Unfug getrieben und dabei die Kerzen umgeworfen. Hätten wir nicht alle Hände mit dem Feuer zu tun gehabt, hätten wir sicher Julians Schuß auf Hereward gehört.«

»Ja«, sagte Donner. Voller Erleichterung zog er die tröstende Lüge der Wirklichkeit vor. »So war's.«

Truth schüttelte den Kopf. Sie fragte sich, was die anderen wirklich gesehen hatten und wie verantwortlich sie für ihre Taten waren, nachdem das Ritual begonnen hatte.

»Ich bin gleich zurück«, sagte sie zu Donner und Irene. »Ich will jemanden fragen, ob man das Haus gefahrlos betreten kann.«

Sie lief herum und suchte, bis sie den Branddirektor bei seinem Auto fand.

»Ich heiße Truth Jourdemayne«, stellte sie sich vor, »und ich würde furchtbar gern ein heißes Bad nehmen. Darf man das Haus wieder betreten?«

»Na, ich würde sagen, das geht schon in Ordnung«, sagte der Branddirektor und schob seine Kappe zurück. »Es sieht da drinnen ziemlich schlimm aus, aber ich bin sicher, daß kein baulicher Schaden entstanden ist. Gehen Sie nur nicht in den Raum, in dem das Feuer ausgebrochen ist, bevor nicht die Leute von der Versicherung da waren.«

»Kein Problem«, sagte Truth. »Und – vielen Dank für Ihre Hilfe.«

»Das ist unser Job, Ms. Jourdemayne«, sagte er lächelnd. »Es war eine verdammt aufregende Nacht, was?«

Freund, du hast nur einen kleinen Teil davon erlebt, sagte Truth stumm zu ihm.

Als sie zu den anderen zurückgehen wollte, um ihnen die gute Nachricht mitzuteilen, hörte sie eine Hupe. Sie wandte sich um und sah einen braunen Datsun mit blitzenden Scheinwerfern die Auffahrt hochkommen.

Dylan.

Truth rannte dem Auto entgegen, das bereits rutschend zum Stehen kam. Dylan sprang heraus, fast ohne die Tür zu öffnen, sein ganzer Körper atmete Erregung und Besorgnis.

»Dylan… es ist alles in Ordnung… der Ausrüstung ist nichts geschehen, und …«, begann Truth.

»Zur Hölle mit den Kisten!« sagte Dylan, schnappte sie sich und schüttelte sie beinahe. »Was ist mit dir?«

Was mit ihr war? fragte sich Truth. Sie hatte eine lange Reise hinter sich, um an diesen Ort zu kommen, die sich nicht in Meilen und Stunden messen ließ. Und auf dieser Reise hatte sie nicht nur ihren Vater, sondern auch sich selbst gefunden.

»Ist mit dir alles in Ordnung?« fragte Dylan. »Ich bin noch einmal nach Shadowkill gefahren… Ich wollte in der Nähe sein, für den Fall… Dann habe ich das Feuer gesehen …«

Sie wich ein bißchen zurück, um ihre Arme unter seinen hindurchzustecken.

»Ach, mir geht's gut. Komm mit herein. Wir suchen für dich einen Platz, wo du den Rest der Nacht schlafen kannst. Ich glaube nicht, daß du hier noch irgendwelche Gespenster finden wirst. Und weißt du, da wir gerade von Gespenstern reden, ich glaube, ich habe einen völlig neuen Ansatz für meine Biographie über Thorne gefunden«, sagte sie und führte Dylan zu den anderen.

Nicht wie die Welt ihn haben wollte, sondern wie er war – ein Mann, der schließlich herausgefunden hatte, daß Vollendung manchmal die falsche Wahl war.

Und sie würde das Buch *Die leidende Venus* nennen.